小学教师教育本科段教材

儿童文学教程

ERTONG WENXUE JIAOCHENG

首都师范大学初等教育学院　组编

主　编　　王泉根
副主编　　张国龙

作　者（以章节先后为序）

王泉根　王　蕾　王　林　李蓉梅
陈　莉　金莉莉　王　冰　王　玉
张国龙　李文华　郑欢欢　左　昡
陈苗苗　吴　岩

首都师范大学出版社
CAPITAL NORMAL UNIVERSITY PRESS

图书在版编目（CIP）数据

儿童文学教程/王泉根主编．—北京：首都师范大学出版社，2008.1(2025.1重印)

ISBN 978-7-81064-999-5

Ⅰ．儿…　Ⅱ．王…　Ⅲ．儿童文学—文学理论—高等学校—教材　Ⅳ．I 058

中国版本图书馆CIP数据核字（2008）第004201号

ERTONG WENXUE JIAOCHENG

儿童文学教程

王泉根　主编　张国龙　副主编

责任编辑　王红梅

首都师范大学出版社出版发行

地　址　北京西三环北路105号

邮　编　100048

电　话　68418523(总编室)　68982468(发行部)

网　址　http：//cnupn.cnu.edu.cn

北京印刷集团有限责任公司

全国新华书店发行

版　次　2008年1月第1版

印　次　2025年1月第8次印刷

开　本　787mm×1 092mm　1/16

印　张　27.25

字　数　471千

定　价　55.00元

序　言

在我国基础教育的改革与发展中，小学教师培养模式的改革恐怕算是最具有挑战的方面和领域之一。一方面，它面临着学历层次提高的要求；另一方面，它也需要适应新的课程标准的改革；同时，小学一线教师的培养机构也在经历着由中等师范院校向大学的转变。所有这些都要求小学教师培养过程中的各个环节和因素都相应地进行改革与调整。在这些环节和因素中，教材的重新建设则是一个非常关键的方面。由首都师范大学初等教育学院组织编写的高等教育自学考试初等教育专业（独立本科段）的新教材，既集中了各个方面研究和实践的经验与成果，又适应新形势的要求与挑战，是经过反复打磨，而形成的一套不仅能够满足高等教育自学考试需要，而且同样适应高等学校小学教师培养和培训的系列教材。它是我国第一套适合于高等教育自学考试初等教育专业本科阶段学习教材，因而对小学教师培养模式建设和教学创新有着特殊意义，是提高小学教师培养质量和水平的一个重要因素，也是该专业主考学校首都师范大学初等教育学院给所有小学教师提供的宝贵的教育资源。

当然，作为高等教育自学考试用书，这套教材在编写过程中，始终坚持了以考生为本的基本原则。在熟悉和了解小学教师的实际与小学教师参加自学考试的特点的基础上，在掌握和认识高等教育自学考试规律和基本要求的实践中，这套教材在整体结构的安排、各本书的体例、章节的顺序以及内容的组织、文字的写作等方面，均充分考虑了高等教育自学考试考生的实际需要和特点。同时，这套教材不仅在形式上考虑了小学教师考生的学习特点和实际，而且，在内容上也结合了当前小学教师面临新课程标准要求的实际需要，包括整个书目的选择、教学目标的制定，以及教学内容的安排等，都在一定程度上体现了当前基础教育，特别是小学教育改革与发展的要求。而在这些方面，我个人感到比较突出的主要有以下几个方面。

第一，重视小学教师研究能力的培养与训练

与以往中小学教材不同的是，这套教材在强调小学教师在教材教法方面的学习与训练以外，还非常重视小学教师对于各个主要学科的教学研究。例如，这套教材中将过去比较传统的小学语文、英语和教学教材教法的课程，分别拓展为《小学语文教学研究》、《小学英语教学研究》和《小学数学教学研究》，由此突出了小学教师培养和训练中研究能力的锻炼和提高。这与当前中小学教师队伍建设和新课程的要求是非常一致的。如果说，过去我们常常将学科知识、教育教学的知识与能力以及道德修养三个方面作为合格教师的基本条件，那么，随着时代的发展和教育的改革与变化，研究能力也将越来越成为一个合格教师的必要条件。不会研究课程、教材和学生的教师，绝对不是一个合格的教师。而这套教材正是非常敏锐地看到了这一点，并且在教材体系上进行了这样的改革与创新，应该说，这种改革是非常必要和及时的。这里需要特别说明的是，有的人也许会认为，小学这样简单的教学还需要什么研究吗？如果我们这样来看这个问题，这样认识小学教师的工作，那真是极大的误解。根据教育学的基本理论和个体成长的规律，小学阶段的儿童的成长对他一辈子的影响都是十分关键的，而在这个阶段的教育也是最复杂的，我们甚至可以认为，它可能比在中学和大学的教育对个体的成长都更加重要。因为，正是在这个阶段，儿童开始形成了他的各种习惯，特别是对学习外部世界和社会的基本态度。这种习惯和态度对于他而言，将是一辈子的事情。从发展心理学的角度看，小学阶段的儿童所经历的发展阶段也是比较复杂的，其中的变化也是非常丰富的。因此，它对于教师的研究能力的教学水平的要求也是非常高的。特别是要求教师能够结合教学，对儿童和青少年本身，包括他们的成长规律、学习规律与特点等，进行深入细致的探讨和研究。

第二，注重培养和提高教师的素养

大量实践证明，中小学教师不仅需要具有比较丰富的学科知识和理论，掌握熟练的教学技能，而且，也需要具备非常高的综合素养。这种综合素养往往是看不见，摸不着的，但是，它又常常是在各个方面发挥作用的。它是一种显性的知识，更是一种隐性的知识。它体现在一个教师的观念之中，也常常表现在教师的思想和方法中。这套教材非常清楚地看到了这种需要，因而也加强了这个方面的建设。例如，《数学的观念、思想和方法》一书，正是比较充分地体现了这个特点和取向。而且，历史类的教材也是帮助教师形成这种综合素养的非常有效的途径，包括中外教育史和中国文学史。这里需要特别提出的是，小学教师的培养与中学教师的培养模式、培养规格都是不同的。一般而言，小学教师往往是一种全科性的培养，而中学教师则更多是一种专科性的培养，因而两者的知识和理论结构是不同的。作为小学教师，由于学生的特点不同，往往需要具有更加全面的知识、理论和能力，从这个角度看，这种综合性的素养常常是十分重要的。如何全面地掌握各个学科的知识，特别是融会贯通地应用这些不同的知识，了解各个学科知识和理论之间的关系，对于小学教师来说，可能比单纯某一个方面的学科知识更加重要。

第三，适应新课程的特点和要求

我国目前正在进行和实施的中小学新课程改革和新的课程标准的建设，对于我们过去的课程和教材都是一个新的挑战，它要求在课程建设和教材编写方面相应地进行调整和改革。在这次新课程标准的建设中，比较突出的特点就是非常关注青少年学生的需要，体现了以学生为本的思想和原则：增加了综合活动实践课。这对于我们许多小学教师来说，也是一个新的挑战。现在这套教材正是非常及时地抓住了这种变化，特别加强了这个方面的建设。例如，《小学生综合实践活动》教材，以及《小学生心理发展与心理健康》教材正是反映了这种新的要求，适应了新的课程标准对小学教师的要求，也为小学教师应对这种挑战提供了非常直接的帮助和支持。应该说，这种综合实践活动课的建设是一项非常需要研究和探讨的课程。而且，小学的综合实践活动与中学的综合实践活动课又是有所不同的。如何抓住小学综合实践活动的特点，的确不是一件容易的事情。而丛书的编写者大胆地进行了这方面的尝试，并且产生了比较好的效果，这一点是值得鼓励和赞赏的。

显然，希望在一个简短的序言中将这套教材的各个方面都详细地进行介绍是不可能的。但是，作为一个关注我国基础教育改革与发展的教育工作者，欣喜地看到它的出版，进而借这个机会表达自己的一点儿想法和体会，也算是一种参与吧！这里，我还要特别感谢北京市教育委员会和北京市高等教育自学考试委员会的领导的支持和非常具体的指导帮助。我也要感谢首都师范大学的领导，特别是首都师范大学初等教育学院的领导在组织编写这套教材中所付出的辛勤劳动和大量科学细致与认真的组织工作。当然，我一定要感谢这套丛书的各位编写者的努力，以及首都师范大学出版社领导、本套书的责任编辑，没有他们的智慧和踏实的工作，没有他们的大力支持，整套教材的出版也是不可能的。

但是，在最后我还应该说明的是，一套教材无论如何的出色，也总是有它的不足的。它不可能囊括小学教师所应该具有的所有知识、理论和素质。也不可能完全反映所有小学教师教育研究的全部观点与看法。更加重要的是，它不可能完全代替教师本身的教学实践和工作，更不能取消教师本人的创新。一套教材的真正的效果，还应该取决于教师的教学工作，依靠教师对教材的研究和应用。如果说，教材只是一种教学资源，那么，这些资源能否真正发挥比较大的作用，产生更大的效益，还需要依靠教师本身的实践。

谢维和
2004 年 4 月 27 日
于励耘楼

前　言

一转眼，从事儿童文学教学研究已有20多个年头了，虽然每年都在为学生讲授儿童文学课程，从本科生讲到硕士生、博士生，从内地讲到台湾、香港，以至新加坡，不同“版本”的教案也写过无数种，但我却从来没有想过要正儿八经地公开出版一本《儿童文学教程》。2006年9月1日，首都师范大学初等教育学院院长王智秋教授、中文部主任崔增亮教授，特来北师大找我，我们在师大附近的香丰阁饭馆餐聚。真没有想到，香丰阁餐聚彻底扭转了我从未出版过教材的做法——王院长和崔主任热情而坚定地邀请我为首都师范大学初教学院组编的“小学教师教育本科段教材丛书”主编一本《儿童文学教程》。两位教授告诉我：现在全国高校有91所初教学院将儿童文学作为本科生的必修课，至于开设儿童文学课程的师专、中师那就更多了。初教学院担负着培养小学教师的任务，本科生的儿童文学素养将直接影响他们走上教师教育岗位后的语文教学品质。两位教授的话音刚落，我就一口答应了下来。真可谓不谋而合，因我近年正在从事儿童文学与中小学语文教学的研究课题，如何将儿童文学教学研究成果直接服务于中小学语文教学正是我所要探寻的。为今天的在校本科生——未来的小学语文教师撰著《儿童文学教程》不正是最好的途径吗?

根据王智秋、崔增亮教授的具体要求与“小学教师教育本科段教材丛书”的体例，我于9月14日拟成《儿童文学教程》（以下简称《教程》）的撰写目标与大纲，并筹组了作者队伍。9月16日，编写人员在北师大兰蕙公寓举行第一次工作会议，以后又先后召开了多次。我们就《教程》的目标、体例、章节、撰写要求、分工协作等，进行了充分详尽的讨论。参与本《教程》的作者，大多是毕业于北师大儿童文学专业的博士或在读的博士生，他们都是经过严格专业训练、具有良好学术根基的儿童文学专门人才。至于北师大吴岩副教授、首都师大李文华副教授、王冰讲师等，更是具有丰富教学经验的儿童文学一线教师，吴岩还是国内著名的科幻文学作家、评论家，中国第一位科幻文学硕士生导师。因而可以这样说：参与本书撰著的是一支具有坚实专业知识与学术素养，充分熟悉、把握本门学科前沿状况的精英团队。这是实现本《教程》既定目标的基本保证，也是本《教程》的显著特色之一。

一时代有一时代的文学，一时代也有一时代的儿童文学。文学的变中有不变，不变中有变。虽然文学作为人类精神标本与思想灯火的本质属性不会改变，但毕竟不同时代的文学有其自身的时间性、独特性与现在进行时态，儿童文学也是如此。进入21世纪的中国儿童文学，与20年前相比，就已有很大的不同。今日中国儿童文学的外部生态环境至少有以下三方面的突出变化：一是由20年前的计划经济体制转变为完全的市场化，加入WTO以后，中国经济已与世界全面接轨；二是由20年前的单一纸质媒体传播途径转变为多媒体时代，特别是互联网，已使中国孩子接受信息与阅读的方式发生了“革命性”改变。如果说五六十年代的孩子是看连环画长大的，七八十年代的孩子是看电视长大的，那么今天这一代的孩子则是看电脑、打游戏机长大的；三是更为宽松自由的写作环境使作家有了更多的美学选择，个人化写作、自由撰稿人影响着新一代文学工作者。以上文学外部生态环境的种种改变，势必影响儿童文学的生产方式、传播途径及读者对文学的态度与接受；势必影响新世纪儿童文学作家的儿童观、儿童文学观以及儿童文学的审美判断与艺术尺度；同时，势必影响儿童文学的理论观念、教学研究与学科建设。文学是时代的镜子与灯火，是民族精神和灵魂的最重要载体与媒介。身处如此快速发展变化的时代，作为新世纪的《儿童文学教程》，自然应当与时俱进，写出具有充分时代性的新教材。正是基于这样的认识，本《教程》立足于中国的现实，力求充分反映新世纪以来我国儿童文学的新观念、新成就、新趋势，努力吸纳中外儿童文学理论研究的成果与经验。例如，关于“以善为美”的儿童文学基本美学特征，关于儿童文学的三个层次与两大门类，关于儿童文学的叙事视角与艺术母题，关于儿童文学与中小学语文教学、家庭教学，关于儿童文学的新文体（如成长小说、动物小说、幻想文学），关于儿童文学的多媒体研究（如图画书、卡通、儿童影视、戏剧以及网络儿童文学）等等，有的是本《教程》首次提出或引用，有的则由本《教程》作了新的阐释，使之更趋学理性。努力使本《教程》真正成为体现21世纪时代特征，呈现出有别于20世纪教材的新精神、新面貌、新内容，这是本《教程》第二方面的特色，也是最重要的特色。

儿童文学的文体具有门类丰富性与自身专有性（如有一般文学所不具有的童话、儿歌）的特征，如何处理好儿童文学文体的内部系统及其在教材中的位置，一直是儿童文学教材编写中的一个“理不清”的问题。国内出版的有关儿童文学的教材，有的将儿童文学文体分为：低幼儿童读物、儿童诗歌、童话、寓言、儿童故事、儿童小说、儿童散文、儿童报告文学、儿童科学文艺、儿童戏剧文学、儿童影视文学（蒋风主编《儿童文学教程》，希望出版社1993年版）；有的分为：儿歌、儿童诗、童话、寓言、儿童故事、儿童小说、儿童散文、儿童报告文学、儿童科学文艺、图画文学、儿童戏剧文学、儿童影视文学（方卫平等主编《儿童文学教程》，高教出版社 2004 年版）；有的分为：儿歌、儿童诗、童话、寓言、儿童故事、儿童小说、散文、儿童戏剧、儿童电影、科学文艺（浦漫汀主编《儿童文学教程》，山东文艺出版社 1991 年版）等等。以上教材的儿童文学文体分类固然有其合理性与实用性，但却难以体现儿童文学的“文体秩序”，也即这样的分类到底是以什么作为尺度，同时也难以包容今日世界儿童文学实际上已有的多种多样的文体，难以体现儿童文学文体与其他艺术门类结合的交叉性、互融性特征。有鉴于此，本《教程》在儿童文学文体的分类及其探究方面（这是本《教程》的主体内容，占全书 6 章之多），作了全新的革新与设计，即以相关文体自身的独特性组合为一体，重构秩序，统筹分类，共计为 6 大类 20 种：

本《教程》的儿童文学文体分类
- 一、韵文体
  - 1. 儿歌
  - 2. 儿童诗歌
- 二、幻想体
  - 3. 童话
  - 4. 寓言
  - 5. 幻想文学
- 三、叙事体
  - 6. 儿童故事
  - 7. 童年小说
  - 8. 少年小说
  - 9. 成长小说
  - 10. 动物小说
- 四、散文体
  - 11. 儿童散文
  - 12. 儿童报告文学
  - 13. 儿童传记文学
- 五、多媒体
  - 14. 图画书、卡通（文学与美术结合）
  - 15. 儿童影视（文学与银屏结合）
  - 16. 儿童戏剧（文学与舞台结合）
  - 17. 网络儿童文学（文学与网络结合）
- 六、科学体
  - 18. 科幻小说
  - 19. 科学童话
  - 20. 科学诗

我们不敢说以上分类是儿童文学文体的最佳分类模式，但这一分类所具有的“文体秩序”、“文体内涵”的科学性、合理性及其充分呈现新世纪儿童文学文体的丰富性与交叉性，则是显而易见的。实际上，这样的分类势必要求本《教程》对所涉及的文体尤其是以往教材从来没有提到过的文体（如幻想文学、成长小说、动物小说、图画书、卡通、网络儿童文学等）必须加以新的阐释与建构，以充分呈现儿童文学学科（教材是学科建设的核心载体之一）自身的研究领域、理论体系、研究方法和专门的术语系统。这是本《教程》又一方面的重要特色。相信每位接触过本《教程》的读者，必然有耳目一新之感。

作为教材，本《教程》从立项开始，就一以贯之地注重教材内容的相对稳定性，教材撰著的科学性、规范性，使之能在一个较长时期内不被淘汰，成为有关高校选择教材的首选。这是本《教程》所期盼的，当然能否实现这一愿景，则要由各地高校和广大读者去检验了。

本《教程》由我拟定章节大纲，提出儿童文学文体的新分类法，并花了将近两个月时间修润、统稿（有的是重写），最后定稿。张国龙为本《教程》的组织联络、网络排版乃至重新录入，做了大量艰苦细致的工作。参与撰著的全体人员，对自己承担的章节，高度负责，有的反复修改多次。金莉莉、张国龙、郑欢欢还分别负责本小组幻想体、散文体、多媒体的文稿统筹。总之，这是一部充分体现北京师范大学儿童文学学科新思维、新观念、新方法的儿童文学新教材。作为主编，我要向全体作者深表感谢，正是由于大家的辛苦劳动，才能按计划、高质量地完成书稿。同时，我要深深感谢首都师范大学初教学院王智秋院长、崔增亮主任，两位教授的充分信任与愉快合作，才使我实现了出版《儿童文学教程》的愿景。感谢新世纪的阳光、惠风。

本《教程》各章节具体分工与作者如下（以章节先后为序）：

王泉根教授、博导，王蕾博士	第一章
王林博士	第二章第 1～2 节，第七章第 1 节
王冰讲师、硕士	第二章第 3 节，第四章第 3 节
李蓉梅博士	第三章第 1～3 节，第五章第 5 节
陈莉博士	第三章第 4 节，第五章第 1 节，第六章第 1 节（与张国龙合写）
金莉莉博士	第四章第 1～2 节
王玉博士	第四章第 4 节
张国龙博士	第五章第 2～4 节，第六章第 1 节（与陈莉合写）
李文华副教授	第六章第 2～3 节
郑欢欢副教授、博士	第七章第 2 节
左昡博士	第七章第 3 节
陈苗苗博士	第七章第 4 节
吴岩副教授、博士	第八章

王泉根

2007 年 8 月 5 日

于北京师范大学文学院

目　录

第一章　儿童文学的基本原理

第一节　儿童文学的人文价值与美学责任

一、*儿童文学与儿童读物*

什么是儿童文学？要了解什么是儿童文学，先须了解什么是儿童读物。“儿童文学”和“儿童读物”是两个既有联系又有区别的概念。两者的共同性主要体现在它们的服务对象和价值功能上。它们都是成年人为了少年儿童精神生命的健康成长而创作、改编、出版的精神产品，其服务对象主要为少年儿童，也即两者的主要生产者都是成年人，主要消费者都是少年儿童。从这个意义上，我们可以这样说：“儿童读物是为儿童准备的精神礼物”，“儿童文学是大人写给小孩看的文学”。

但儿童文学与儿童读物又有着很大的区别。从“儿童”与“读物”的概念出发，我们更容易认识这种区别。什么是儿童呢？1989 年 11 月 20 日第 44 届联合国大会通过的《联合国儿童权利公约》明确规定：“儿童系指 18 岁以下的任何人。”1991 年 9 月 4 日第七届全国人大常委会第 21 次会议通过的《中华人民共和国未成年人保护法》规定：“未成年人是指未满 18 周岁的公民。”由此可见，儿童即是指人类社会中 18 岁以下的未成年人。那么，什么是图书呢？《简明不列颠百科全书》将其定义为：“图书是手写的或印刷的，有相当长度的信息，用于公开发行。信息记载在轻便而耐久的材料上，便于携带。它的主要目的是在人与人之间传递信息，因其便于携带与耐久而能达到此目的。它不受时间与空间的限制，行使宣告、阐述、保存与传播知识的目的。”根据联合国教科文组织的规定，凡是由出版社（商）出版的 49 页以上的印刷品，具有特定的书名和著作者名字，编有国际标准书号（ISBN），标有定价并取得版权保护的出版物，称为图书（book），而 5 页以上 48 页以下的，则称为小册子（pamphlet）。由此可见，儿童读物（图书）是人类社会专门为 18 岁以下的未成年人精神生命健康成长服务的适合于他们阅读、接受的出版物。未成年人包括 0 岁至 18 岁的婴儿、幼儿、儿童、少年四个年龄段的孩子。由于 0 岁至 2 岁的婴儿尚在襁褓之中，童蒙未开，因而一般都将儿童读物的读者对象界定在 3 岁至 18 岁。

读物一般指图书、出版物，是精神产品的载体。载体所承载的内容可以是各色各样的，儿童文学作品即是其中之一。因此，儿童读物的范围要大于儿童文学，儿童文学是儿童读物的一种。所谓“儿童读物”，即各类适合儿童阅读的出版物，如思想品德读物、自然科技和文史知识读物等。儿童读物也常常采用一些形象化的文学手法，但它与儿童文学仍是性质不同的两类事物。在“适合于儿童阅读”这一点上，儿童读物与儿童文学是一致的；在内容上，儿童文学作品中也常常包含一定的知识信息，但是儿童文学作品并不以系统地介绍和说明知识为目的，它只是将有关的知识内容有机融入作品整体的审美世界之中，并诉诸儿童读者的审美心理世界。因此，儿童文学的文学性是作品中的一种有机构成，而不只是知识内容的形象化手段。相反，儿童读物可以是非文学性的，也可以吸纳、采用一些文学手法，但这些文学手法的运用只起到辅助的作用，并不具备独立的、完整的艺术品格和审美价值。因此，“儿童文学”和“儿童读物”是两个内涵和外延都不相同的概念。

一般而言，我们将儿童读物分为六大类，从这六大类中，我们也能看出儿童文学和儿童读物的关系：

第一类是儿童启蒙读物，即向儿童传授最基本、最简单、最实用的一般知识的读物，如古代的《三字经》、《百家姓》等等，现代的看图识字、识字卡片、智力开发等读本。

第二类是思想品德教育与励志类读物，这是帮助儿童实现社会化过程，建立正确的价值观、人生观、道德观、审美观的图书，有关激励少年儿童励志成长、发奋成才的读物也属于这一范畴。

第三类是科普读物，指传授、普及科学知识的读物，如《十万个为什么》就属于这一类。

第四类是传播人文历史知识的读物，如《上下五千年》。

第五类是现在比较流行的儿童图画书和卡通读物。这种读物因其视觉化的艺术特征而越来越受到儿童喜爱。

第六类是文学读物，这就是我们所说的“儿童文学读物”。

由此可见，儿童文学只是儿童读物中的一种，但它是儿童读物中最重要、最核心、最具审美价值与人文内涵的读物。

二、*儿童文学的重要性*

明白了儿童文学与儿童读物的区别，再来谈“儿童文学”就容易理解了。那么，什么是儿童文学？或曰儿童文学是什么？上文我们提出“儿童文学是大人写给小孩看的文学”，具体地说，我们可以这样界定：儿童文学或称少年儿童文学，是以18岁以下的儿童为本位，具有契合儿童审美意识与发展心理的艺术特征，有益于儿童精神生命健康成长的文学。这一特殊文学内部，因读者年龄的差异性特征（如身心特征、思维特征、社会化特征），而又将其具体区分为少年文学、童年文学、幼年文学三个层次。

正如儿童的生理成长需要多方面的物质营养，儿童的精神成长同样需要多方面的精神食粮，而文学则是最重要的精神食粮。在儿童的生命成长过程中，不能缺乏文学的熏陶，而儿童文学作为儿童精神生命中最早接触的文学形式，对培养儿童良好的人性基础，丰富和升华儿童的想象力、思维能力和审美能力有着极为重要的作用。

（一）儿童文学是人生最早接受的文学

人的一生中，要接受各种各样的文学形式，但最早接触的是儿童文学。早期接触到的优秀文学作品，对人的一生有着深远的影响。苏联文学家高尔基回忆童年的读书情景时深有体会地说：“每一本书就像阶梯的一小级，每攀登一级，我就愈脱离动物走向人——走到更美好的生活的理想，到达对于这种生活的渴望。”“我读得越多，书就使我和世界愈接近，生活对我变得更加光辉，更加美丽。”我国作家郭沫若也曾动情地回忆起幼时唱儿歌的情景，那种诗情画意留给他极深的印象。他说道：“儿时和姐妹兄弟在峨嵋山下望月，有时会顺口唱出这些儿歌来，那时候的快乐，真是天国了！”这些例子生动地说明了儿童文学具有极高的艺术素质，能使人们在幼时获得快乐，而且其美妙印象会伴随终身，永不磨灭。

（二）儿童文学是儿童最喜爱的读物种类

据有关儿童阅读情况调查报告显示，儿童最喜欢的还是儿童文学，特别是对学龄期的儿童而言，文学性阅读占了他们阅读中的绝大部分。儿童之所以特别喜欢儿童文学，根本原因在于儿童文学是一种以儿童为本位，也即以儿童为目的，以儿童为中心，为儿童而创作、编写，并且适合他们阅读兴趣与接受能力的文学。真正的儿童文学作品，从内容到形式都是非常“儿童化”的，充满着儿童的想象与幻想，儿童的观察视角和表达方式，儿童的心理（童心）与情趣，儿童喜闻乐见的题材内容、情节结构、人物形象、语言艺术。同时，儿童文学还是一种充满着幽默、快乐、阳光色彩与游戏精神的文学，张扬儿童天性，助长儿童本性上的美质。

（三）儿童文学已成为中小学语文教学的重要课程资源与校园文化建设的重要内容

语文教学与儿童文学实际上是“一体两面”。什么是儿童文学？如上所述，儿童文学就是专为18岁以下的未成人（也就广大中小学生）精神生命健康成长服务并适合他们审美接受心理和阅读经验的文学。根据不同年龄段孩子的特点，儿童文学内部又可细分为适合幼儿园阶段阅读的幼年文学，适合童年阶段（小学生）阅读的童年文学，适合少年阶段（中学生）阅读的少年文学。就文体而言，主要有少儿小说、童话、寓言、故事、儿童散文、儿童诗歌等。因而儿童文学是少年儿童的最爱，尤其是幼儿园、小学、初中阶段的孩子（学生）。我国现代著名教育家、文学家同时也是现代童话大师叶圣陶曾对儿童文学与语文教学的关系，作过相当精辟的论述：“给孩子们编写语文课本，当然要着眼于培养他们的阅读能力和写作能力，因而教材必须符合语文训练的规律和程序，但是这还不够。小学生既是儿童，他们的语文课本必是儿童文学，才能引起他们的兴趣，使他们乐于阅读，从而发展他们多方面的智慧。”① 因而由叶圣陶在20世纪三四十年代编写的《开明国语课本》，可以说百分之百是儿童文学作品，或是经过他精心改写的适合儿童阅读兴趣的其他读物。小学语文课本中有这样一首诗：“弯弯的月儿小小的船，/小小的船儿两头尖。/我在小小的船儿坐，/只看见闪闪的星星蓝蓝的天。”这就是叶圣陶专门为小学语文教材创作的儿童诗。

然而令人遗憾的是，以前，我国的一些语文教材毫无道理地将儿童文学开了出去，而将大量成年人的东西或经过压缩、改写的成年人的东西，塞进语文课本。其结果不但使孩子们的学习兴趣提不起来，更糟糕的是，还使他们害怕语文，害怕作文，对语文产生厌烦情绪。语文是我们中华民族文化之根，孩子们一旦厌烦语文，其后果真是不堪设想。将儿童文学与语文教学割裂开来的做法，可以说连最起码的文化常识都不具备，让这样的观念指导语文，语文教学怎么能搞好呢？

所幸的是，现在，随着语文教学改革的深入，随着语文教学人文性的加强，儿童文学终于又回到了语文教材和学生的课外阅读之中。教育部在世纪之交制定和公布的《九年义务教育全日制小学语文教学大纲》的“教学内容和要求”这一部分对此作了明确的表述：“低年级语文要注意儿童

---

① 叶圣陶：《我和儿童文学》，上海少年儿童出版社编《我和儿童文学》，上海：上海少年儿童出版社，1980年。

化，贴近儿童生活，充分考虑与儿童经验世界和想象世界的联系，课文类型以童话、寓言、诗歌、故事为主，中高年级的课文题材、体裁、风格应该多样，要有一定数量的科普作品。”①《大纲》中提到的课文类型，全是儿童文学的常见文体。教育部颁布的《全日制义务教育语文课程标准》明确要求：“教材应符合学生的身心发展特点，适应学生的认知水平，密切联系学生的经验世界和想象世界，有助于激发学生的学习兴趣和创新精神。”②所以符合学生身心发展特点、有助于他们健康成长的儿童文学在语文教材中占据了重要地位。以现行的人民教育出版社出版的九年义务教育五年制小学语文教科书为例，儿童文学作品（从文学的角度划分）共有386篇，占总篇目的80%以上。这说明儿童文学已经成为小学语文课堂教学的主要资源，在小学语文教学中扮演着重要角色。具体体裁按年级分类如下：

表1-1　　单位：篇

体裁＼年级	一年级	二年级	三年级	四年级	五年级	总计
诗歌	40	27	5	2	4	386
童话	13	11	8	0	0	
儿童故事	10	15	30	20	24	
科学文艺	7	4	7	7	8	
寓言	1	4	6	2	2	
散文	1	11	28	44	23	
儿童小说	0	0	0	10	11	
小计	72	71	84	85	74	

当今中国小学语文教学改革的现状与未来愿景，实在太需要儿童文学了。儿童文学走进学校，走进课堂，走向广大学生的精神世界，这实在是教育的福音，孩子们的福音，人类的福音——因为孩子的未来象征着人类的未来。正如联合国教科文组织《世界教育报告》的前言所指出的那样：“我们留下一个什么样的世界给予子孙后代，在很大程度上取决于我们给世界留下了什么样的子孙后代。”我们完全有理由相信，人类进入崭新的21世纪以后，儿童文学必将会在儿童的精神生命成长中发挥越来越重要的作用。

① 《九年义务教育全日制小学语文教学大纲》，7页，北京：人民教学出版社，2000年。

② 《全日制义务教育语文课程标准》，14页，北京：北京师范大学出版社，2001年。

因为，这种完全彻底地服务、服从于儿童的文学正在全面进入学校教育与教学领域。

三、儿童文学的美学责任

儿童文学是以善为美、引人向上、导人完善的文学。“以善为美”是儿童文学的基本美学特征。

人类之所以还要在成人文学之外，再创造出一种专为未成年人服务的文学，创造出一个专门属于儿童的并能为他们的心灵所能愉快地感知的语言世界，其根本原因与价值所在，就是为了充分呈现人类社会（成人世界）尊重儿童的权利与社会地位，充分理解和满足儿童世界具有不同于成人世界的特殊的精神需求与文学接受图式。这既是人类对现实儿童世界的尊重，也是对人类自身曾经经历过的儿童世界的回忆。人类不能没有童年，不能没有儿童世界，不能没有儿童文学。

人类之所以要创造出儿童文学，还在于需要通过这种适合儿童思维特征和乐于接受的文学形式，来与下一代进行精神沟通与对话，在沟通和对话中，传达人类社会对下一代所寄予的文化期待。因此，从这个意义上说，儿童文学是两代人之间进行文化传递与精神对话的一种特殊形式，是现世社会对未来一代进行文化设计（也即人化设计）与文化规范的艺术整合。与成人文学大致倾向于“以真为美”的美学取向不同，儿童文学作为一种寄予着成人社会（创作主体是成年人）对未来一代（接受主体是未成年人）文化期待与殷殷希望的专门性文学，其美学取向自然有其不同于成人文学之处，这就是“以善为美”，这是儿童文学的基本美学特征。

从本质上说，以善为美是为了在人类下一代的心灵做好一个人之为人的打底的工作，是为着下一代精神生命的健康成长的工作，是一件涉及“人的目的”的伟大事业。在关于艺术目的的问题上，黑格尔曾有过这样精辟的论述，他认为“由于艺术在本质上是心灵性的”。所以它的“终极目的也就必须是心灵性的”，是为填补心灵的需要而存在的。“因此，只有改善人类才是艺术的用处，才是艺术的最高目的。”① 在文学艺术的实践性上，人们更把这种“改善人类”的“最高目的”寄望于儿童文学艺术。“童年的情况，便是将来的命运”（鲁迅语），儿童是生命的开始，在儿童身上，总是寄托着人类的希望。儿童文学也就是在这一意义上被赋予了比成人文学更具体、更实际的“改善人类”的“最高目的”的文学实践本性。

---

① 黑格尔：《美学》第1卷，63～69页，北京：商务印务馆，1979年。

儿童文学在人类文化与文明中的作用在于实现人类社会对下一代的文化期待，这是一种具有生命意义和“改善人类”“最高目的”的价值期待，也就是希望通过儿童文学这种特殊的艺术形式使下一代“构成了他将来做一个怎样的人的观念”。① 儿童文学“以善为美”的内涵正在于人（儿童）自身，在于指向人（儿童）的自身的完善，即通过艺术的形象化的审美愉悦来陶冶和优化儿童的精神生命世界，形成人之为人的那些最基础、最根本的价值观、人生观、道德观、审美观，夯实人性的基础，塑造未来民族性格。

儿童文学坚持“以善为美”美学理想的艺术创造，在题材内容方面有其不同于成人文学的明显区别。世界上一切优秀儿童文学作品已经为我们提供了这方面具有艺术实践本性的审美范式，这就是远离暴力，远离成人社会的恶俗游戏与刺激，远离一切不利于儿童精神生命健康成长的社会生态因素。成人有责任为少年儿童共同营造良好的文化生态环境与和平安定的世界。

第二节　儿童文学的三个层次与两大门类

一、*儿童文学的三个层次*

儿童是寻求精神信息的时期。人生的儿童期需要契合儿童时代审美特征与视读经验的儿童文学。儿童时代是由幼年、童年、少年三个年龄段组成的，儿童文学应当是为处于这些不同年龄阶段少年儿童服务的艺术载体。

接受美学认为，文学作品是为读者而创作、为读者而存在的，只有被读者理解和接受，才能实现其美学价值和社会功能，变成活生生的艺术。作为儿童文学的接受对象——千百万小读者与大读者一样，他们不是消极的被动的反应环节，而是实现作品功能潜力的主体，是促进儿童文学发展的一个决定性因素。儿童文学对少年儿童来说，并非是被给定的客观认识对象，其价值也不是一个超越时空的常数，而只是一种外部刺激。瑞士心理学家皮亚杰认为，任何外部刺激只能通过“同化”与“顺化”两种机能才能得以实现：只有当外部刺激被主体同化于他的认识结构之中，主体才能对此作出反应，从而发生某种改变，即作出某种顺化；如果外部刺激超

① 茅盾：《再谈儿童文学》，载《文学》1936（1）。

出了主体结构同化的范围，那么同化和顺化都无法进行，也即无法整合于主体已有的结构之中。由于儿童文学的接受对象是包括了从学龄前的幼儿（3～6岁）到少年（13～14岁）乃至“准青年”（17～18岁）这样一个复杂的未来公民集合群，由于这个集合群中的各个年龄阶段的孩子对各自所需的文学在题材内容、艺术形式、表现手法等方面有着明显的差异（例如：少年不喜看奶声奶气的幼儿读物，幼儿看不懂少年小说、报告文学），因此，儿童文学必须适应各个年龄阶段的少年儿童主体结构的同化机能，必须在各个方面契合“阶段性”读者对象的接受心理与领悟力。这就规定了建立多层次儿童文学——幼年文学、童年文学、少年文学分类的必然性与科学性，具体地说，这三类文学各自具有鲜明的艺术个性与独特使命。

幼年文学（或称“幼儿文学”）是为3岁至六七岁（幼儿园阶段）的幼儿服务的文学。由于幼年期的身心刚开始发育，缺乏知识和生活经验，他们的生活是以游戏为主导，处于启蒙阶段，故幼年文学应强调正面教育，特别注重娱乐与趣味，顺应满足幼儿心理发展的需要，帮助幼儿认知客观事物，培养幼儿的良好习惯和品德，养成幼儿的学习能力，丰富幼儿的语言知识。幼年文学是一种“浅语艺术”，在创作上应特别注意深入浅出、形象易懂、可诵易记。创作方法以浪漫主义为特色。人物形象多为类型化。主要文体有儿歌、幼儿诗、低幼童话故事等。

童年文学（或称狭义的“儿童文学”）是为6岁至7岁到11岁至12岁（小学阶段）的儿童服务的文学。由于童年期的生活是以学习为主导，富于幻想，好奇好问，求知欲旺盛，特别喜欢那些充满浪漫幻想和故事性强的作品，故童年文学也应强调正面教育。应注重想象与认知，顺应满足儿童发展想象的能力，开阔认识世界的视野。创作方法以浪漫主义与现实主义互补为特色。人物形象既有类型，也有性格丰满的典型。主要文体为童话、幻想文学、科学文艺及儿童小说、儿童诗等。

少年文学是为12岁至13岁到17岁至18岁（中学阶段）的少年服务的文学。由于少年期是从幼稚期向青年期过渡的一个近乎突变的时期（亦称“危险期”），情绪的不稳定与性发育为其突出特点，故少年文学必须特别重视美育与引导，帮助少男少女健全地走向青年，走向成熟。少年文学在强调正面教育的同时，应注重全景式的生活描写，引导少年正确把握和评价社会人生的各个方面。创作方法以现实主义为主，亦应引入意识流、纪实体、散文化、象征化、哲理化等多种传达方式。人物形象以塑造具有当代意识的典型形象为主，着重揭示人物性格的丰富内涵。主要文体为少年小说（包括成长小说、动物小说等）与少年诗、寓言、散文、报告文学等。

必须指出，幼年文学、童年文学、少年文学这三者是互相渗透、相辅相成的，而不是各成一体、互相割裂的封闭块结。

二、*儿童文学的两大门类*

儿童文学是一种特殊样式的文学。与成人文学相比，其最大特殊性在于：它的创作者、购买者乃至讲解者多是成年人，而接受对象是少不更事的孩子。这就在儿童文学的“生产”领域与“消费”领域之间产生了明显的“代沟”；成年人的审美趣味、文化心理、价值观念等与孩子们的接受机制是不相协调的，成年人无法再复归到孩子的心理状态与想象世界中去，因此，诚如茅盾所说：“儿童文学最难写。试看自古至今，全世界有名的作家有多少，其中儿童文学作家却只寥寥可数的几个。”① 于是由成年人创作的“儿童文学”势必出现两种悖反现象：一种是处处以儿童为中心（本位）、“善于从儿童的角度出发，以儿童的耳朵去听，以儿童的眼睛去看，特别以儿童的心灵去体会”② 的契合小读者审美趣味与接受心理的纯粹的儿童文学，例如丹麦安徒生的童话，中国杨红樱的“淘气包马小跳系列”；另一种是出于成年人某种宣教、传道、惑众的政治需要或其他需要，用来演绎教义或图释概念的形式上的儿童文学，例如西方某些用以宣传基督教教义的“儿童文学”，我国“文化大革命”时期标语口号式的“儿歌”。小读者虽不能对成年人写的“儿童文学”加以评说，但他们却有权力作出接受或不接受的抉择。真正为孩子们服务的作品，不但能影响人的一生，留下终生难忘的印记，而且被一代又一代的小读者流传下去；而那些出于其他目的的名义上的“儿童文学”，虽然有的也能鼓噪一时，但过不多久就烟消云散，在小读者心里留不下半点痕迹。纵观中国的现当代儿童文学史，莫不如此。

但是，少年儿童的文学鉴赏兴趣，并不恪守于成年人为他们主观划定的“儿童文学”圈子，他们还从成人文学中寻找适合自己审美趣味的作品。于是，一些为大读者创作的作品就出现在小读者——尤其是正在走向青年阶段的少年读者的书包里、课桌上。产生这种现象大致有如下原因：第一，孩子是变化的、生长的，他们的文学修养、视读经验、审美理想也时时在变化、生长着；第二，孩子总是好奇的，他们虽然迷恋于花的世界、鸟的世界，但对这个广阔而复杂的由成年人主宰的人的世界，尤其充满好奇心。

---

① 茅盾：《中国儿童文学是大有希望的》，载《人民日报》，1979 年 3 月 26 日。

② 陈伯吹：《谈儿童文学创作上的几个问题》，载上海《文艺月报》，1956 年 6 月号。

于是，少年儿童实际上认定和阅读的“儿童文学”就有这样两大门类：一是“儿童本位的儿童文学”，即上文所论及的以儿童为本位而创作的、契合小读者审美趣味与接受心理的文学，用郑振铎的话说就是：“儿童文学是儿童的——便是以儿童为本位，儿童所喜看所能看的文学。”[①] 这里的儿童本位，即是儿童中心：作品的中心读者是少年儿童，它是以表现少年儿童眼光中的现实世界或心灵中的幻想世界为中心内容、以再现和提升少年儿童的审美意识为重要美学特征的文学。很明显，这一部类的儿童文学断然排除了那些以宣教、传道、惑众为目的的名义上的“儿童文学”。第二类是“非儿童本位的儿童文学”。这类文学的中心读者是成年人，它是以表现成年人眼光中的现实世界或心灵中的幻想世界为中心内容、以再现和提升成年人的审美意识为重要美学特征的文学。但是，由于这类文学作品的某些艺术元素深深地吸引了小读者，契合他们的审美接受心理与阅读兴趣——如童年记忆、少年心态、成长故事、魔幻手法、变形组合、动物形象、拟人方式、荒诞情调、游戏精神、喜剧意识等，于是就被小读者“拿来”当作了自己的读物。在中国文学中，最典型的例子莫过于《西游记》（这是一部标准的成人小说）。因此，我们认为：儿童文学实际上是一种“模糊”文学，儿童文学与成人文学之间没有泾渭分明的界限；只有比较意义上的相对独立的儿童文学，没有严格意义上的绝对完善的儿童文学。

作为文学大系统中的“小儿科”，儿童文学与整个文学具有不可分割的一致性。凡是文学具有的——性质、特征、功能等，儿童文学也同样具备；凡是成人文学所拥有的一切文体——小说、散文、诗歌、戏剧、科学文艺等，儿童文学也无所不包。除此之外，它还有两类只在自己园地扎根的文体——童话与儿歌。

综上所述，我们也可对“什么是儿童文学”作如下的理解：作为文学大系统中的一个相对独立的组成部分的儿童文学，是成年人为吸引、提升 3 岁至 18 岁的少年儿童鉴赏文学的需要而创作的一种专门文体。它既是由少年文学、童年文学、幼年文学三个层次的文学所组成的集合体，又是由“儿童本位的儿童文学”与“非儿童本位的儿童文学”两大部类所构成的整一体。不同年龄阶段少年儿童的心理差异与接受能力，决定并制约着少年文学、童年文学、幼年文学各自具有的审美特征及思想、艺术上的要求；少年儿童审美趣味的自我选择与生长、变化着的阅读经验的自我调节，则

① 郑振铎：《儿童文学的教授法》，原载宁波《时事公报》，1922 年 8 月 10～12 日，参见王泉根评选《中国现代儿童文学文论选》，南宁：广西人民出版社，1988 年。

规定了“儿童本位的儿童文学”与“非儿童本位的儿童文学”存在的客观性与科学性。无论是“三个层次”还是“两大门类”的文学，它们都有维护自己独立的创作规律与艺术个性的权力，都以其自身的文学价值——认识、教育、审美、怡情与平衡心理的作用，通过童话、小说、散文、诗歌、戏剧与科学文艺等体裁，将少年儿童引导培育成为具有健全的文化心理、理想的精神人格、高雅的文学修养、优渥的审美意识的社会成员为最终目的。试以图表简示如下：

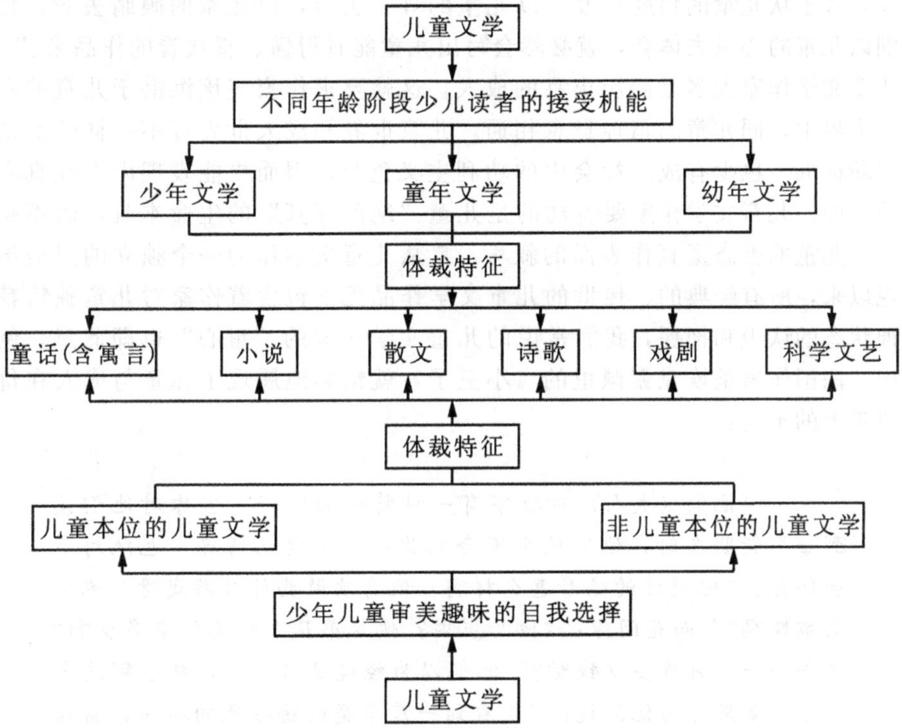

第三节　儿童文学的叙事视角与艺术母题

一、*儿童文学的叙事视角*

叙事视角是指特定叙事文本看取世界的特殊眼光和角度，它是作者和文本的心灵结合点，也是文学语言的透视镜或文字的过滤网。叙事视角的多样化选择是现代文学包括现代性儿童文学确立起独立品质的标志之一。现代性儿童文学的叙事视角主要有这样 4 种：儿童视角，成人视角，两代人对话、对比的视角，少年作者的视角。

（一）儿童视角

选择儿童视角的创作主体是成人作家。由于身心与人生的变化，成人作家实际上已不可能复归到儿童状态。因而成人作家在儿童文学创作中选取的“儿童视角”，是努力使自己重新“回到”童年，以儿童的感受形式、思维方式、叙事策略和语言句式，去重新诠释和表现所在的世界。对此，陈伯吹曾作过相当形象的表述：“一个有成就的作家，愿意和儿童站在一起，善于从儿童的角度出发，以儿童的耳朵去听，以儿童的眼睛去看，特别以儿童的心灵去体会，就必然会写出儿童能看得懂、喜欢看的作品来。”① 儿童文学作家大多是经历丰富的成人，这就要求作家应该沉潜于儿童的心灵世界中，同儿童的精神息息相通。儿童世界和成人世界有不一样的价值判断标准，也少有成人社会中的功利主义色彩，因而更能表现出人性真实的一面。儿童文学作家要表现的是儿童“绝假存真”的生命本真，而不是只对儿童的稚态童真作表面的叙写。自从儿童文学作为一个独立的门类出现以来，所有经典的、传世的儿童文学作品无不包含着作家对儿童独特精神状态的认识和把握，我们常说的儿童文学作家的“童心”也即此意。例如，法国作家圣埃克絮佩里的《小王子》就精彩地展现了儿童与成人在价值观上的不同：

> ……他们（成人）对数字有一种特殊的爱好。当你对他们谈到一个新朋友时，他们从来不会向你打听主要的情况，也绝对不会问你：“他说话的嗓音怎么样啊？他喜欢做些什么游戏呀？他采集蝴蝶吗？”而是问你：“他几岁啦？他兄弟几个？他体重多少啊？他爸爸一个月挣多少钱呀？”他们以为经过这么一问，就了解这个人了。如果你对他们说：“我看到一座漂亮的粉红色的砖房，窗前开着绣球花，屋顶上落着成群的鸽子……”他们怎么也想象不出这座房子是什么样的。你必须这样对他们说：“我看到一座房子，价值十万法郎。”那他们就会叫起来：“啊，多么漂亮的房子呀！”

因此，以儿童视角为主创作的作品常以“卫护童年”的主题出现。一般说来，从儿童自身生活层面直接描写儿童故事、关注儿童世界的作品，也大多属于此种视角，如杲向真的《小胖与小松》、郑春华的《大头儿子和

① 陈伯吹：《谈儿童文学创作上的几个问题》，载上海《文艺月报》，1956年6月号。

小头爸爸》、杨红樱的《淘气包马小跳》、瑞典作家玛丽亚·格里帕的《艾尔韦斯的秘密》等。

（二）成人视角

成人视角主要是以成人的眼光来看待少儿与少儿世界，写少儿与少儿世界，主要是体现成年人的人生感受与生命体验。这类儿童文学作品大致有两个写作维度：第一，回忆自己的童年生活，表现出对童年、故乡、母亲和土地的爱和留恋，具有强烈的“寻根”意识。写作这类题材的作家通常都有一个难忘的童年，童年的生活情景成为他们创作取之不尽的灵感源泉，因而带有明显的自传体色彩，常常见于儿童散文中，如鲁迅《朝花夕拾》中的若干散文、巴金《我的幼年》等。有时作家还会把这类作品的主旨强调到极致，以至于形成“童心崇拜”的创作倾向。这类作家把童心作为逃避丑恶的成人世界的“净土”，把回到童心本真作为解决社会问题的“良方”。如丰子恺的散文及印度大诗人泰戈尔的散文和诗歌就有很明显的“童心崇拜”的创作倾向。第二，作家向少儿传达作为过来人的人生经验和感受。这类作品强调要“告诉儿童真的世界和真的生活”，流露出成人生活的沉重和辛酸苦辣，并反映出时代的变动。他们的儿童文学创作总是和特定时代的社会思潮与文学流脉相一致。如五四新文化运动时期文学研究会的作家们，他们高举“为人生”的旗帜，强调作品“要能给儿童认识人生”（茅盾语），这一特征在叶圣陶的童话《稻草人》中表现尤为明显。这种现实主义的创作潮流在中国的儿童文学发展中一直居于主导地位。

（三）两代人对话、对比的视角

儿童文学实质上是两代人进行精神对话和文化传递的途径之一，因而两代人进行对话和对比也是儿童文学中常见的叙事视角。两代人之间，由于生活兴趣和人生经历的不同，常常会出现观念上的不一致，也就是我们通常称的“代沟”，儿童文学特别是少年文学就成为沟通“代沟”的最好途径。如陈丹燕的小说《上锁的抽屉》，写的就是因为处于青春发育阶段的“我”锁上了自己的日记本而和母亲发生的“冲突”，小说以“我”和母亲的和解而结束。又如刘心武的小说《我可不怕十三岁》、秦文君的长篇小说《男生贾里》的某些篇章也属于这种视角。这种视角还常常将成人世界和儿童世界相对照，在对照中写出童心的美和成人的某种丑。这种创作模式与“童心崇拜”有相似之处，但并不完全一致。它主要用于儿童小说和少年小说中。如曹文轩的早期小说就充满着这样的对比：《红枣儿》中小婷婷的诚实、善良与“叔叔”的狡诈、欺骗；《静静的水，清清的水》中鸭宝的纯洁、率直和卖假药的“爸爸”的龌龊、卑鄙。

（四）少年作者的视角

少年儿童的视角是近年来儿童文学出现的较为特殊的一种叙事视角，作者多是未成年的少年（也有一小部分儿童），他们以自己的眼光来观察同龄人，观察世界，写同龄人，写世界。如广东深圳高中女生郁秀的长篇小说《花季・雨季》，又如有多位北京少年作者参与写作的“自画青春”系列小说。这些作品常常直接描写少年作者自身或同龄人的现实生活与精神世界，描写他们在成长过程中的困惑、烦恼和体悟。因此，他们的作品大都显得比较真实。也因为他们表达的是大多数同龄人的实在感受，具有亲历性和亲和性的特点，所以很能引起同龄读者的共鸣。但由于这类作品缺乏成人作家厚重的人生体验和丰富的艺术表现技巧，因而也常会得之直率而失之“轻浅”。

二、儿童文学的艺术母题

儿童文学的题材十分广泛，一般成人文学所表现的题材，儿童文学也可以表现，只是表现的方式、角度不同而已。为了能较准确、较概括地把握儿童文学的题材特点，我们常用“母题”这一概念来概括。“母题”的概念比“题材”的概念更抽象，居于更高层次，它所指的是一种审美眼光，一种艺术氛围，一个相当宽广的审美范围。儿童文学研究者刘绪源在《儿童文学的三大母题》一书中将儿童文学的母题分为爱的母题、顽童的母题、自然的母题三种。实际上，儿童文学的艺术母题还有关于成长的母题，关于幻想的母题。本章将集中探讨成长的母题、幻想的母题、爱的母题与自然的母题。

（一）成长的母题

儿童文学是人之初的文学，儿童文学的目的与意义在于人之初——儿童生命的成长。成长在儿童文学中，密集地汇聚在“少年人”这一年龄阶段，也即小学高年级以上、成年人以下这一段（大致在12～18岁）。因而儿童文学的成长总是与少男少女在这一年龄阶段巨大的身心变异所带来的困惑、烦恼、憧憬、期待，与青春年少的生命之间朦胧的情感吸引乃至“来往过密”，与自我意识的觉醒和家长、学校、社会之间的“亲子关系隔阂”即所谓“代沟”的出现，与成长中的少年儿童的人格独立性、自主性、自尊性、自信心的尊重与理解等，紧密地交织在一起。成长的艺术母题，大量地出现在儿童文学中的小说创作，主要是那些以少年人为主体艺术形象的少年小说、成长小说、校园小说里。在当代外国儿童文学中，如《麦田地的守望者》、《绿衣亨利》、《在轮下》、《世外顽童》、《阿拉斯加的挑战》、

《纽约少年》、《古莉的选择》、《安琪拉的灰烬》、《追风筝的人》等，在当代中国儿童文学中，如《草房子》、《青铜葵花》（曹文轩）、《非法智慧》（张之路）、《男生贾里全传》（秦文君）等，都是探索成长主题的富于创造性的艺术作品，对于成长中的少年儿童产生过广泛的影响。

（二）幻想的母题

没有幻想，就没有儿童文学。因而儿童文学的审美创造无论在任何时候，总是与幻想世界紧密地联系在一起。就文体而言，幻想型儿童文学比较多地集中于童话、寓言、科幻、动物小说等。儿童文学幻想世界中的艺术形象，最常见也最易激起小读者连类无穷的想象与阅读快感的是动植物形象，尤其是动物形象。此外，还有神魔形象、超人形象、英雄形象、特异人物（如巨人、小精灵、小矮人）形象等。如果将幻想艺术形象与人类关系作一比较的话，我们可以将其分为这样四类：第一类是拟人体形象，即赋予非人类的形象以人类的性质和本能，大量的动植物形象即属于此，如安徒生的《丑小鸭》。第二类是超人体形象，大量的神魔形象、变形形象、特异人物形象即属于此。这些形象具有超越人类的多种多样的本领，如能在空中飞行（J·K·罗琳《哈里·波特》）、会变形（安徒生《海的女儿》）、形体特异（斯威夫特《大人国和小人国》即《格列佛游记》）、永不长大（巴里《彼得·潘》）。在西方童话中，经常出现的小精灵、小仙女、小矮人，还有巫婆、巨人、魔法师、幽灵等这样一些独特的个体和群体，都属于超人体形象范畴。第三类是智人体形象，这类形象既不存在于人类也不存在于动植物，甚至在神魔世界中也难觅踪影，而是存在于科学幻想的四维空间，这主要是科幻文学中的机器人、外星人、克隆人、隐形人形象等。第四类是常人体形象，虽然这类形象就是人类社会中的普通人，但由于经过艺术夸张、加工以后，同样成了幻想世界中才能出现的角色，如安徒生《皇帝的新装》、《豌豆上的公主》，张天翼《大林和小林》等作品中的皇帝、公主、大林、小林等。

（三）爱的母题

儿童的成长不能没有爱。爱的母题总是弥漫在儿童文学的艺术空间，尤其是在散文类作品以及为年龄偏小的孩子所欣赏的幼儿文学作品中。人类之“爱”大致可以分为两大类：第一大类是以自我为中心的爱，首先是欲望，如对物质、生存、性的基本要求；其次是审美，如对某种艺术品的欣赏，例如集邮、收藏古董；再次是友谊，具体说有以利益为重的友谊、以兴趣为重的友谊和以道义为重的友谊等。第二大类的爱是超越之爱，博爱，是以他人为中心的爱，是抛弃自我欲望、无所求、无功利目的的爱。

浸透在儿童文学中的爱主要是后一种爱，即超越之爱，博爱。这种爱对于儿童人文精神的养成是极其重要的。安徒生说过：“爱和同情——这是每个人心里应该具有的最重要的感情。”中外优秀儿童文学作品正是以这种最温暖人心的感情深化、亮化和美化着少年儿童的精神生命。这也是儿童文学“以善为美”价值意义的具体真切的体现。

爱的母题所体现的是成人对于儿童的期许与眼光，又可分为母爱型和父爱型两种。现代母爱型儿童文学作品是“带着自己丰富的人生体验”来作爱的传达，它采用适合儿童口味的表现形式，在审美上侧重于“审美情感的升华”，在情绪基调上是“亲切温馨”的。父爱型儿童文学作品的最大特征是“直面人生”，它是以现实的深刻的眼光看待和处理人生中的难题。父爱型的儿童文学作品让儿童从渗透着现实感的艺术形象中自然地理解事物的意义，主动地去发现现实。所谓儿童文学的“教育作用”，正是在这一审美过程中实现的。母爱型儿童文学传达的是“亲切温馨”的艺术氛围，父爱型儿童文学传达的是“端庄深邃”的艺术氛围。

（四）自然的母题

儿童文学是最亲近大自然的文学。这一方面是由于儿童与生俱来的生命基因与自由天性充分地保存着人类对大自然和动物世界、植物世界的本真状态的亲近及与之融为一体的感情，年龄越小，表现得越彻底越本真；另一方面，儿童在生命成长过程中随着心理时空的逐渐扩展，需要对未知领域进行不断探索与认知，从而获得更大的生存发展空间，积累更多的感情与理性经验，而这一“未知领域”除了社会人生，主要就是外部的自然万物、宇宙天体。同时，随着人类社会快速的现代化进程以及永无止境地向大自然索取，已造成全球性的生态危机、物种锐减、水污染、空气污染以及全球性气候变暖等重大问题，这一严酷现实告诫人类：人类若想永存地球，就必须善待地球，善待地球上的其他生灵，善待地球的生态与生存。世界是成人的，也是儿童的，但归根结底是儿童的。因而有关生态环境与灾害防范、动物保护与可持续发展、现代人的生存困境与拯救等人类的共同问题，已日益成为世界文学关注的焦点与热点，也成为儿童文学创作的重要艺术母题。在儿童文学中，有关自然的母题，主要集中在动物小说、科幻小说以及以大自然为题材的散文、报告文学、山水诗中。中外儿童文学这方面的代表作不胜枚举，如《昆虫记》（法国法布尔）、《森林报》（前苏联比安基）、《西顿动物故事》（加拿大西顿）、《椋鸠十动物故事》（日本椋鸠十），中国动物小说大王沈石溪的《狼王梦》、《第七条猎狗》，刘先平大自然探险文学《大熊猫传奇》、《千鸟谷追踪》等。

第四节　儿童文学的文体构成

一、*儿童文学文体的特殊性*

文体是指一定的话语秩序所形成的文本体式。中国古代的“体”、“文体”既指文类，也指语体、风格等。在通常的意义上，文体主要指文学体裁，即文学作品存在的具体样式。各类体裁都有自己构成的特殊规律，因而在语言运用、形象描绘、结构安排等方面都有自己的特点。历史上关于成人文学的文体分类，由于使用的标准不同，曾经产生过多种分类法，例如，“二分法”把文体分为韵文和散文，“三分法”把文体分为叙事类、抒情类和戏剧类，“四分法”将文体分为诗歌、小说、散文和戏剧。

儿童文学的文体有自己的特殊性。它除涵盖上述“四分法”中的四种文体（儿童诗、儿童小说、儿童散文和儿童戏剧）外，还应增加儿歌、童话、寓言、故事、科学文艺五种文体。这五种文体之所以单列，是出于两种考虑：一是儿歌、童话系专属于儿童文学领域的；二是寓言、故事、科学文艺虽然成人文学领域也有，但特别适合儿童，且成人文学中的四大门类也不能涵盖这三种文体。

儿童文学的文体之所以有这些特殊性，是因为：

第一，儿童文学的文体是不断发展演变的。儿歌、童话作为儿童文学中最古老的两种文体形式，是在古代儿童的游戏环境和人类的育儿环境中形成的，它们在印刷业落后的古代，是人类对儿童进行启蒙教育的主要形式。随着社会文明程度的提高，尤其是科学技术的日趋发达，儿童文学的文体也越来越丰富。例如，图画故事书的出现便是现代彩色印刷技术发展的结果，科学文艺是现代科学技术发达的结果，儿童电视剧和卡通片是当代科技成果综合运用的产物。还有近几年来在儿童图书市场上不断出现的异型书、立体书、香味书等等，更是丰富了儿童文学的传达样式。

第二，各种相近的文体在幼年文学、童年文学和少年文学中的重要性不尽一致。例如：小说在少年文学和童年文学中十分重要，但在幼年文学中，它与故事区别不大；寓言，幼儿对其哲理性内涵不易理解，他们大多当成童话来读；报告文学，在少年文学中的作用举足轻重，而在幼年文学中则不多见。反之，儿歌、图画故事等是幼年文学中十分重要的文体，但在少年文学中则已退居次要的地位。

第三，各种文体的分类都是相对的，各种文体交叉的情形并不少见，如儿童诗中就有童话诗、散文诗等形式，幼儿戏剧中有童话剧、歌舞剧等形式。在同类型的文体中，相互融合的情形就更普遍了，有的儿童诗吸收了儿歌的民间特征，有的儿童故事也采用了童话的表现方法，它们之间有的很难完全区别开来。

第四，一个时代有一个时代的文学，随着时代的不断发展，儿童文学的新文体也不断出现。例如，凸显读者自由选择性的少年自我历险小说，医学和文学相结合的亲子小说，网络和文学相结合的双媒互动小说等等。可以想见，儿童文学的新文体会越来越多。

二、*儿童文学的六种基本文体*

据上述可以看出，儿童文学的文体范围十分广泛。但是在儿童文学内部，各种文体的重要性不尽一致。因此，本书将着重介绍以下六种基本文体。

其一，童话，它是一种古老的文学样式，也是儿童文学最基本最重要的体裁之一，它是具有浓重幻想色彩的虚构故事。幻想，是童话的基本精神。

其二，寓言，它是一种寄托着教训和哲理的简短故事。它常常通过一个生动有趣的故事来阐发人生哲理，寄托道德训诫。

其三，儿童诗，它是适合儿童听赏诵读的自由体诗歌。和儿童文学的其他题材相比，它更注重情感的抒发、意境的创造和表达的含蓄。

其四，儿童小说，它是少年儿童最感兴趣、最易接受的叙事性文学。儿童小说作为小说的一个分支，具有人物、情节、环境三大要素。小说是文学的主干文体，儿童小说是儿童文学的主干文体。

其五，儿童散文，它是为儿童创作适合他们欣赏，篇幅短小，知识性强，写法自由，文情并茂的一类文章。它以记叙真人真事、真情实景为主要内容，真实地抒发作者的心灵感受和生命体验。“真实”，是散文的灵魂。

其六，科幻小说，它是科学文艺的一种，它是科学幻想内容与小说形式有机结合的产物，是把自然现象和科学成果同人类的生活联系起来，从反映社会关系出发，虚拟情节，设立场景，塑造形象，运用幻想这一浪漫主义的艺术手法，描绘人类的发展轨迹和人类对大自然、对宇宙奥秘的探索。

以上六种是儿童文学的基本体裁，结合21世纪以来我国儿童文学创作生产与理论研究的实际，本书特将儿童文学的文体分列为六个方面：

一是儿童文学的韵文体，包括儿歌（传统儿歌与现代儿歌）、儿童诗歌；

二是儿童文学的幻想体，包括童话、寓言、幻想文学；

三是儿童文学的叙事体，包括儿童小说、成长小说、动物小说、故事；

四是儿童文学的散文体，包括艺术散文、少儿报告文学、传记文学；

五是儿童文学的多媒体，包括图画书、卡通、儿童影视、儿童戏剧、网络儿童文学；

六是儿童文学的科学体，即儿童科学文艺。

本书对以上六个方面的文体将有专章详作探讨。

第五节　中外儿童文学鸟瞰

一、*中国儿童文学概貌与代表性作家*

（一）中国儿童文学概貌

在中国，现代意义上的儿童文学发轫于20世纪初叶。古代儿童的文学接受与阅读形式主要有民间童话、童谣以及《三字经》、《千家诗》等儿童启蒙读物，《西游记》等充满幻想气质的作品和儿童文学也有某些共通之处。

伴随着对儿童的“发现”，专为儿童这一特殊群体创作的儿童文学在20世纪的五四新文化运动时期得到了超常规的发展。1922年，叶圣陶在《儿童世界》杂志发表的《小白船》，是我国第一篇由作家原创的文学童话。1923年，商务印书馆出版的叶圣陶短篇童话集《稻草人》，成为我国第一本儿童文学作品集。《稻草人》的出版，“给中国的童话开了一条自己创作的路”（鲁迅语），在我国儿童文学史上具有划时代的意义。早期的儿童文学创作者中，不少是在成人文学创作中卓有成就的大师，如叶圣陶、冰心、茅盾、郑振铎等，其中冰心的《寄小读者》是20世纪20年代脍炙人口的儿童散文名著，影响了几代儿童。三四十年代，张天翼创作的《大林和小林》、《秃秃大王》，陈伯吹创作的《阿丽恩小姐》、《波罗乔少爷》等长篇童话，扩大了题材范围，使我国童话从西方传统的国王、公主、王子等类型中脱颖而出，塑造了不少充满现实主义精神的童话形象。

50年代是我国当代儿童文学发展的第一个黄金时期，产生了一大批富含教育意义的经典儿童文学作品，如张天翼的《宝葫芦的秘密》、严文井的《“下次开船”港》、陈伯吹的《一只想飞的猫》、洪汛涛的《神笔马良》等。徐光耀的小说《小兵张嘎》、孙幼军的童话《小布头奇遇记》是60年代的重要收获。

八九十年代是我国当代儿童文学发展的第二个黄金时期，被统称为“新时期儿童文学”。儿童文学作为一项系统工程受到前所未有的重视，创作开始向各个层面深入拓展。儿童文学摆脱了“教育工具论”的束缚，大大加强了文学的审美功能；“儿童文学的三个层次（幼年文学、童年文学、少年文学）”的理论划分，校正了儿童文学标准单一性与创作现象丰富性之间的矛盾错位，从而有力地促进了儿童文学的创作生产力。这一时期涌现了大量精彩的儿童文学作品，如曹文轩的《草房子》，秦文君的《男生贾里》、《女生贾梅》，张之路的《第三军团》，沈石溪的《狼王梦》，董宏猷的《一百个中国孩子的梦》，郑春华的《大头儿子和小头爸爸》，郑渊洁的“热闹派”童话，冰波的“抒情派”童话，周锐的“哲思型”童话，张秋生的“小巴掌”童话等等。无论在创作实绩还是在理论批评方面，这一时期的儿童文学都取得了巨大成就。

进入 21 世纪以来的儿童文学，正走向多元共生的新格局。作为儿童文学两翼的幻想文学和成长小说的自觉意识正在增强；以杨红樱的“淘气包马小跳”为代表的系列小说有力地丰富了童年阶段的小学生文学阅读；儿童文学重要而独具特色的品种“图画书”也正在被倡扬；儿童文学作品出版数量正在逐渐升高。新世纪的中国儿童文学充满着生机与活力，体现出了完全的儿童本位意识和走向世界的意识，众多作家被激情燃烧的童心所鼓舞的进击姿态和走向更为深广的审美世界的执著精神，让人们看到了新世纪中国儿童文学繁荣的可能。

2006 年，由湖北少年儿童出版社出版的《百年百部中国儿童文学经典书系》，荟萃了“五四”迄今将近一百年间的一百部中国儿童文学精品，全面展现了现代中国儿童文学的创作成就、艺术品质与审美嬗变，被誉为中国儿童文学的“世纪长城”。

（二）十位代表性作家①

叶圣陶（1894～1988），著名现代文学作家、教育家，我国现代儿童文学的奠基人之一。名绍钧，字圣陶，江苏吴县人。1914 年开始写作小说，1921 年初与茅盾、郑振铎等发起组织文学研究会，提出“为人生”的文学主张，并严肃认真地进行创作实践。1920～1921 年间，为少年儿童创作了《儿和影子》、《拜菩萨》等小诗。1921 年冬开始致力于童话创作，先后出版

① 本章简要介绍十位中国儿童文学代表性作家，请读者结合本书相关章节中的“名家名著推介”，参照阅读。

了童话集《稻草人》（1923）、《古代英雄的石像》（1931）等。20世纪50年代以后，又出版了《叶圣陶童话选》、《〈稻草人〉和其他童话》等作品。

冰心（1900～1999），著名现代文学作家，我国现代儿童文学的奠基者之一。原名谢婉莹，福建长乐人，“五四”时期开始文学创作。1923年赴美留学期间，将旅途和异邦的所见所闻所思写成书信体的散文寄回北京《晨报》“儿童世界”专栏发表，1926年结集为《寄小读者》出版。1958～1959年，创作了《再寄小读者》，共14篇通讯。20世纪70年代末，又创作了《三寄小读者》，共10篇通讯。冰心的《寄小读者》系列散文，引导孩子从小培养起爱祖国、爱故乡、爱亲人、爱自然的思想情愫，哺育了几代小读者的心灵。此外，冰心还创作有《冬儿姑娘》、《小橘灯》、《陶奇的暑假日记》等儿童小说。

张天翼（1906～1985），著名现代文学作家、童话家。原名张元定，湖南湘乡人。1949年后曾先后任中国文联全国委员、中国作家协会党组成员、书记处书记、《人民文学》主编等职。其文学创作始于1928年，主要作品有《华威先生》等小说。1932年起精心为孩子们创作童话、儿童小说，主要作品有《大林和小林》、《宝葫芦的秘密》、《秃秃大王》、《金鸭帝国》、《罗文应的故事》等。

严文井（1915～2005），著名儿童文学家。原名严文锦，湖北武昌人。1949年后曾先后担任中国作家协会党组副书记，《人民文学》主编，人民文学出版社社长、总编辑等。1943年出版第一本童话集《南南和胡子伯伯》。1949年创作了中篇童话《丁丁的一次奇怪旅行》。发表于1957年的中篇童话《“下次开船”港》代表了严文井童话创作的最高成就，被译成英、俄、日等多种文字。20世纪70年代末，又发表了《南风的话》、《歌孩》等短篇童话。

陈伯吹（1906～1998），著名儿童文学家。上海宝山人。毕生从事儿童文学创作、儿童读物编辑、外国儿童文学翻译及儿童文学的教学和理论研究工作，在儿童文学园地辛勤耕耘一生。1949年后先后任华东师范大学、北京师范大学教授，中华书局、人民教育出版社编审，上海少年儿童出版社副社长。1981年捐款倡设了“儿童文学园丁奖”（现为“陈伯吹儿童文学奖”）。主要作品有《阿丽思小姐》、《华家的儿子》、《波罗乔少爷》、《一只想飞的猫》、《飞虎队与野猪林》等数十种，论文集有《儿童文学简论》、《作家和儿童文学》等。

孙幼军（1933～　），著名儿童文学作家。黑龙江哈尔滨人。1960年毕业于北京大学中文系，长期在外交学院任教。创作以童话为主。20世纪60

年代有长篇童话《小布头奇遇记》、幼儿童话《萤火虫找朋友》等。70年代以来创作有《怪老头儿》、《小狗的小房子》、《唏哩呼噜历险记》、《小贝流浪记》等童话。翻译有巴西童话《童话国的小客人》、日本童话《不不园》、捷克童话《一只聪明的小狐狸》等。1990年荣获国际安徒生奖提名，是获此殊荣的第一位中国作家。孙幼军童话具有非凡的艺术魅力，语言从儿童口语中加工提炼，力求优美准确，呈现出一种轻盈美妙、朴素自然的美质。

金波（1935～ ），著名儿童文学诗人、作家。原名王金波，河北冀县人。首都师范大学教授。著有儿童诗集《绿色的太阳》、《我的雪人》、《我们去看海——金波儿童十四行诗集》等；童话集《影子人》、《追踪小绿人》、《乌丢丢的奇遇》等；散文集《等你敲门》、《心往哪里飞》、《寻找幸运花瓣》等。1992年荣获国际安徒生奖提名。以美的诗歌表达爱的主题，是金波儿童诗总的特色。他的诗满怀激情地书写对祖国的爱、对大自然的爱、对儿童及儿童美好心灵的爱。同时，诗人从儿童的视角出发，捕捉提炼美的意象、展开美的想象。以美丽的画面、优美的意境、精美的语言构筑成篇，实现了爱的教育与美的熏陶。

张之路（1945～ ），著名儿童文学作家。山东诸城人。1968年毕业于首都师范大学物理系。中国电影集团一级编剧。1977年开始发表作品，创作涉及小说、童话、影视等多种领域。主要作品有电影剧本《霹雳贝贝》、《魔表》等；童话集《野猫的首领》，中篇童话《我和我的影子》、《傻鸭子欧巴儿》等；小说集《在楼梯拐角》、《题王》等；长篇小说《第三军团》、《非法智慧》、《有老鼠牌铅笔吗》等。2006年荣获国际安徒生奖提名。小说代表作《第三军团》以五个高中少年为主人公，他们以神秘的第三军团自称，在社会上进行了一系列神秘而正义的行为。整部小说散发着凛然正气，具有震撼人心的艺术力量。

曹文轩（1954～ ），著名儿童文学作家。江苏盐城人。1974年入北京大学中文系读书，毕业后留校任教。现为北京大学中文系教授，博士生导师。创作以小说为主，主要有长篇小说《草房子》、《红瓦》、《根鸟》、《青铜葵花》、《山羊不吃天堂草》等。多部作品被翻译为英、法、日、韩等文字。2004年荣获国际安徒生奖提名。代表作《草房子》成功地塑造了少年桑桑的形象，桑桑身上集中了一种矛盾的性格特征，有天真的深刻、幼稚的成熟和善良的诡计。《草房子》通过不同人物的生活经历，写出了少年人成长的几种不同途径、方式和层次，体现了少年人的自我意识生成的不同境界。

秦文君（1954～ ），著名儿童文学作家。上海人。1971年去黑龙江大兴安岭上山下乡 8 年，1982 年起从事专业少儿编辑出版工作。现为上海少年儿童出版社名誉总编辑。创作以小说为主，主要作品有长篇小说《男生贾里全传》、《女生贾梅全传》、《一个女孩的心灵史》、《十六岁少女》、《孤女俱乐部》、《宝贝当家》、《调皮的日子》等。2002 年荣获国际安徒生奖提名。《男生贾里》、《女生贾梅》是秦文君的代表作，讲的是初中生贾里、妹妹贾梅和贾里的同学鲁智胜等孩子们在成长过程中经历的平平常常，但十分精彩有趣的学生生活。整部作品由一个个独立成篇的小故事串联而成，具有幽默智慧、引人入胜的艺术魅力。秦文君的小说被誉为“新时期少年儿童的心灵之作”，坚持儿童本位的写作立场，不断开掘艺术潜质，感动当下，感动时代。

二、*外国儿童文学概貌与代表性作家*

（一）外国儿童文学概貌

世界各国文化有着各自的悠久历史与独特性、丰富性，世界各国儿童文学同样丰富多彩，各具特色。在没有专门为儿童写作的远古年代，充满浪漫和幻想色彩的古希腊、古埃及、古巴比伦、古希伯来神话，满足着儿童的想象世界与向往历险的渴望。公元前 6 世纪的《伊索寓言》短小精悍、形象生动、内涵丰富，也成为儿童的挚爱。

14 世纪至 16 世纪欧洲文艺复兴运动“发现”了儿童，强调要发展儿童的独立性，激发儿童的创造力。1658 年捷克教育家夸美纽斯出版了第一本百科知识大全《世界图解》。1762 年法国启蒙思想家卢梭出版的《爱弥儿》，则是第一部把儿童作为具有独立人格的人来描写的教育小说。

1697 年，法国作家贝洛的《鹅妈妈的故事》出版，这本薄薄的童话小书为贝洛赢得了不朽的国际声誉，在儿童文学发展上具有重大意义。一时间，掀起了一阵儿童读物写作热，涌现了诸如斐那龙的《泰勒马科斯历险记》、波蒙夫人的《美女与野兽》等经久不衰的儿童文学名作。成人文学中的《鲁滨孙漂流记》、《格列佛游记》也因其蓬勃的想象力和无畏的冒险精神，被儿童“拿来”作为精神读物。

19 世纪，儿童文学从成人文学中独立出来，并进入黄金时代。黄金时代的突出标志是格林兄弟 1812 年至 1822 年出版的《儿童和家庭童话集》（《格林童话》）。格林兄弟搜集的德国各地的民间童话，以其简练的风格、浓郁的乡土气息，成为儿童所深爱的经典。在英国，数学家卡洛尔的《爱丽丝漫游奇境记》“把荒诞文学的艺术提高到最高水准”。19 世纪中期，矗立起了一座世界童话的丰碑——丹麦安徒生童话。安徒生以自己杰出的创作证明了童话并非仅仅是启蒙读物，而是能征服所有的读者。《海的女儿》、《丑小鸭》、《皇帝的新装》等故事中有某种潜在的力量使他们获得精神的超升。安徒生童话独特的艺术魅力与深刻的人道主义精神，使其经久不衰、世代流传。而在意大利，科洛迪的《木偶奇遇记》制造出一种幽默热闹的童话氛围，成为“童话圣经”。在美国，著名作家马克·吐温的两部小说《汤姆·索亚历险记》、《哈克·贝利费恩历险记》第一次为世界儿童文学塑造了两个立体的儿童人物形象。19 世纪出现的一大批世界一流的儿童文学作品，已成为世界文学的经典名著，其影响一直延续至今。

“20 世纪是儿童的世纪”。儿童文学作品的题材不断扩大，体裁多样，风格流派多元发展。英国巴里的《彼得·潘》塑造了令人无限向往的“永无岛”和拒绝长大的彼得·潘。米尔恩的《小熊维尼·菩》表现了憨态可掬的小熊维尼和朋友们的快乐生活。法国圣埃克絮佩里的《小王子》充满优雅、恬静和深沉的哲理思索。意大利的罗大里创作了《洋葱头历险记》、《假话国历险记》、《电话里的故事》等一系列充满游戏精神和幽默感的佳作。20 世纪中后期，瑞典儿童文学巨匠林格伦的《长袜子皮皮》三部曲，塑造了一个天不怕地不怕的邋遢女孩皮皮，表现了儿童心中狂放的想象力。进入新世纪，外国儿童文学出现了《哈利·波特》等幻想文学新作，图画书更是风行全球。

（二）十位代表性作家①

雅各布·格林（1785～1863）和威廉·格林（1786～1859），世称格林兄弟，德国语言学家、民间童话收集大师。格林兄弟原本都是语言学家，出版有《德语语法》、《德语词典》。在深入研究民族语言的过程中，他们对民间口头文学发生了浓厚的兴趣，从 1806 年起开始收集整理民间童话、故事。在 40 年左右的时间里，他们收集、整理出版了 200 多篇童话和 600 多篇德国民间故事。兄弟俩几乎终生在一起，相互合作。他们采集编写的《儿童与家庭童话集》（一般称为《格林童话》）于 1812 年出版，1857 年出完最后一卷，共 216 篇童话。出版后，为兄弟俩带来了很高的声誉，同时也使童话这种文学体裁的地位大大提高。代表作《白雪公主》、《灰姑娘》、《小红帽》等成为全世界广为人知的经典名篇。《格林童话》在艺术形式方面具有欧洲民间童话的共性：单纯、明晰、稚拙，极符合儿童的思维特征与接受心理，因而成为世界儿童文学长传不衰的经典之作。

① 本章简要介绍十位外国儿童文学作家，请读者结合本书相关章节中的“名家名著推介”，参照阅读。

安徒生（1805～1875），丹麦著名童话作家，北欧第一个赢得国际声誉的作家。1835 年安徒生出版了第一部童话集《讲给孩子们听的故事》，受到儿童热烈欢迎。1835 年至 1857 年，安徒生几乎在每年的圣诞节都要奉献给孩子们一本童话。他一生共创作 168 篇童话，代表作有《海的女儿》、《丑小鸭》、《卖火柴的小女孩》、《皇帝的新装》等。安徒生以他独特的创作风格开辟了世界童话发展的新纪元，创造了一个丰富神奇的“安徒生世界”。这个世界充满着诗与幻想，充满着爱与感动，充满着美与悲剧。安徒生童话中所蕴含的温暖的人性美、艺术美、幻想美已经温暖和照亮了全世界一代又一代的小读者与大读者的心灵，成为全人类共同的精神财富。1954 年，国际儿童读物联盟（IBBY）设立“安徒生奖”，每两年奖励一位儿童文学作家。如今，国际安徒生奖已经成为世界儿童文学的最高荣誉。

卡洛尔（1832～1898），英国著名童话作家。卡洛尔原本是一位数学家，曾在牛津大学任教近 30 年，写过《几何符号化》等数学论著。然而使他饮誉世界的却是两部以小姑娘爱丽斯为主人公的童话作品。1862 年的一个夏日，卡洛尔应他邻居的女儿——7 岁的爱丽斯的要求，为她讲述了一个“奇境记”的故事。出乎意料的是，他以后将这些故事整理出版，竟大受孩子们的欢迎，而且轰动文坛，风行全球，这就是《爱丽斯漫游奇境》、《爱丽斯镜中游》。这部童话以一种无逻辑的幻想，串联了一系列奇妙的故事。语言幽默诙谐，完全摆脱了教训的框框，作为一种欢乐的文学广受世界各地儿童的喜爱。1969 年，以英国学者为首建立了世界性组织——卡洛尔协会。

马克·吐温（1835～1910），美国 19 世纪最杰出的现实主义作家，曾当过印刷所学徒、排字工、领港员和新闻记者。丰富的阅历孕育了他多产的创作，他的创作以幽默讽刺见长，语言活泼生动。其作品数量之多、艺术之纯熟使他在美国文学史上占有重要地位。在他众多的作品中，为世公认的成就最高的是两部以儿童为主人公的历险小说——《汤姆·索耶历险记》、《哈克贝利·费恩历险记》。重要作品还有《王子与贫儿》、《傻瓜威尔逊》等。

怀特（1899～1985），美国著名散文家、评论家，儿童文学作家。1976 年出版《怀特书信集》，1977 年出版了散文选集。他创作的《小老鼠斯图亚特》（1945）、《夏洛的网》（1952）、《天鹅的喇叭》（1970）三部童话多次获奖，享有世界声誉。这些拟人童话将人物活动的幻想境界与社会的真实生活糅合，代表着西方现代童话创作“双线结构”的新趋势。作者将童话世界的善良、真诚与现实社会的庸俗、虚伪两相比照，寓意深刻，鲜明地体现出作家的社会批判与审美追求。

圣埃克絮佩里（1900～1944），法国著名作家。一生以飞行为职业。文学创作有小说、童话、散文，大多以航空生活为素材。他的《小王子》在法国当代文学史上具有重要地位。这部童话以深邃哲理与简洁行文的完美结合成为世界文学经典，被译成100多种语言，全球发行量仅次于《圣经》。在作者逝世50周年之际，法国政府把作者与小王子的肖像印在了50法郎的钞票上。

林格伦（1907～2002），瑞典著名儿童文学作家。她是一位高产的作家，为世界儿童创作了80多部小说、童话和故事。著名小说有《疯丫头玛迪琴的故事》、《玛迪琴懂事了》、《淘气包艾米尔》三部曲、《大侦探小卡莱》三部曲等；著名的童话作品有《长袜子皮皮》三部曲、《小飞人》三部曲、《米奥，我的米奥》等。她一生获奖颇丰，1958年获得国际儿童文学最高奖项——国际安徒生奖。代表作也是成名作《长袜子皮皮》塑造了一个身心尚未被社会扭曲、儿童天性自然流露、健康成长的儿童形象，反映了儿童对健康、快乐、自主自由的向往。瑞典设立的“林格伦奖”是当今世界奖金最高的儿童文学大奖。

姜尼·罗大里（1920～1980）意大利著名儿童文学家。曾任记者、编辑，创作有诗歌、童话、小说。诗集有《好哇，孩子们》、《诗的火车》，小说有《三个小流浪儿》，童话有《洋葱头历险记》、《假话国历险记》、《蓝箭》、《电话里的故事》、《二十加一个童话》、《有了个结尾的童话》等。他的作品构思奇巧、新颖，风格轻巧幽默，大多具有很强的游戏性、娱乐性，善于化严峻于诙谐，既具有丰厚的思想内容，又极富儿童情趣。1960年，罗大里因其对儿童文学所做出的卓越贡献而获得了国际安徒生奖。

J·K·罗琳（1965～　），英国著名女作家。从20世纪90年代开始创作《哈里·波特》系列，包括《哈里·波特与魔法石》、《哈里·波特与密室》、《哈里·波特与阿兹卡班的囚徒》、《哈里·波特与火焰杯》、《哈里·波特与凤凰令》、《哈里·波特与混血王子》等六部，第七部也是终极篇《哈利·波特与死亡圣婴》于2007年7月21日出版。每部作品一问世即成为全球畅销书。《哈里·波特》系列以哈利·波特在魔法学校的学习、成长及与伏地魔的斗争为线索，表现正义与邪恶的较量，充满着瑰丽的想象与悬念。全书以46种语言在全球发行，被称为“读图时代”儿童文学的奇迹。据此改编的电影刷新着各国票房的最高纪录。

本章链接　新世纪重要儿童文学理论著作推介

《现代中国儿童文学主潮》

王泉根　著

本书是一部系统研究现代中国儿童文学发展思潮与创作现象的专著。分为 4 编 29 章，68 万字。面对纷繁驳杂的文学景观，作者自辟蹊径，力图以“史、论、评”三者结合、宏观研究与微观透视互为补充、多视角多层面的复合研究法，审视中国儿童文学从传统向现代转换的内在机制、历史轨迹以及整个世纪的儿童文学在现代化进程中的生动气象与美学嬗变。本书内容涉及文学研究的两大板块：一是文学史，即对已经成为凝固历史的文学过去式的解读；一是文学现状，即对正在发展运动中的文学现在式的透视，由此交互构成本书上编与中编的主体内容。上编“发展思潮论”，凡 12 章。重在以整体面貌梳理 20 世纪中国儿童文学的来龙去脉、发展思潮与历史轨迹，建构具有学理逻辑思路的史论体系；中编“个案研究论”，凡 8 章，是对一些具有特殊意义的作家作品、文学现象的个案解析。作者的儿童文学理论话语正是产生于对以上两者（文学史与文学现状）的深入研究之中，即：既以这两者为基础而跳出具体文体上升到对儿童文学基本观念的美学顿悟，从文学史和文学现状出发，不断走向理论；又以理论为根据，阐释和把握现象，对代表性历史文本进行自具个性色彩的评析和解读，以不断走向文学史和文学现状，并由此产生出下编“观念本体论”（凡 7 章）的观点与内容。学科建设的贯通性、互渗性正是本书的一大特色。本书的外编（凡 2 章）以“论点透视”的形式，点评了 1902～1999 年间 280 篇重要的儿童文学文论，对一个世纪的儿童文学理论批评作了一番别开生面的系统考评。本书既是中国儿童文学研究的重要学术成果，也是研究中国儿童文学可资借鉴的专门著作。本书曾获 2001 年国家图书奖提名奖，2003 年中国高校人文社会科学研究优秀成果奖二等奖。

（重庆出版社 2006 年第 1 版第 3 次印刷）

《中国新时期儿童文学研究》

王泉根　主编

本书是第一部系统考察、研究 1977 年以来中国新时期儿童文学的专门著作。共 120 万字，附有 8 页珍贵的历史照片。全书以中国新时期社会文化变革和当代文学演进为宏阔背景，以“新时期社会转型——儿童观、儿童文学观转变”为主线，从宏观研究、文体研究、地域研究、传媒研究、文献研究五个方面入手，对中国新时期儿童文学的观念更新、创作现象、文体建设、地域特色、传媒发展、热门话题、对外交流以及整个儿童文学的美学嬗变与生动气象作了充实、具体而又充满理性思维与辨析精神的研究。全书气象宏大，论证充分，材料翔实，生动展示了作为素质教育最佳媒体的儿童文学与新时期中国社会现代化进程、新一代中国少年儿童精神生命成长的关系，提出了许多具有创造性的见解，勾画了 20 世纪后期中国儿童文学的总体格局。本书既是近年“中国当代文学与文化研究”前沿领域的一项重要学术成果，也是研究中国当代文学与儿童文学不可不读的专门著作。

（河北少年儿童出版社 2004 年版）

《儿童文学新视野》

朱自强　编

本书系儿童文学论文集，分为 5 辑：1.“儿童文学：历史·文化·哲学”包括 5 篇文章，主要探讨了儿童文学与文化的内在联系；2.“儿童文学观念建设”由 6 篇文章组成，围绕儿童文学是什么，各位专家学者发表了自己的看法；3.“艺术形态论”由 11 篇文章组成，内容涉及民间童话、儿童小说、成长小说、Fantasy、神话、卡通等多种文体形态；4.“儿童文学新批评”的 6 篇文章主要对具体作品进行解读，包括曹文轩、程玮、陈丹燕、秦文君等的小说；5.“儿童文学读者论”的 3 篇文章侧重于探讨儿童文学的接受主体及其对文体的接受情况；“儿童文学与语文教育”3 篇文章主要从儿童文学作为语文教育的内容，作为课程资源的角度来探讨儿童文学与语文教育的关系。本书涵盖面广，研究方法不拘一格，对促进儿童文学理论建设和观念更新均有重要参考价值。

（中国海洋大学出版社 2004 年版）

《外国童话史》

韦　苇　著

作为外国儿童文学研究专家的韦苇，曾出版过多种外国儿童文学与外国童话史著，本书是他对童话作了重新思考后的一次“学术历险”与实验。本书对外国童话史的书写进行了新的建构，全书分为上下两编；上编二战前的童话史；童话文体的建立。分编为四章十一节；下编二战后的童话：童话拓开广阔的幻想空间。分编为八章二十三节。上编部分论析了包括贝洛、格林、霍桑、豪夫、安徒生、科洛狄、王尔德、巴里、米尔恩、托尔金、萨尔登等童话作家的传统经典作品。下编是体现韦苇创新思维之处，所描述的几乎全是“现代幻想故事”（Modern Fantasy）也称小说童话或小说性童话，他将林格化、达尔、怀特誉为“世界童话三座巍峨的山峰”，并按地区探讨了北欧、德语地区、英语地区、意大利和法国、苏联、日本的童话创作。本书是研究外国童话发展历史与艺术实践的重要论著，对童话艺术研究与外国儿童文学史研究也有重要参考价值。

（河北少年儿童出版社 2003 年版）

《科幻文学入门》

吴　岩　吕应钟　著

本书是“十五”国家重点图书出版规划项目“科幻新概念理论”丛书中的一本，吴岩任丛书主编。本书共分为五部分：第一部分了解科幻；第二部分题材举要；第三部分认识外国科幻；第四部分认识中国科幻；第五部分科幻亚文化。本书从科幻小说的概念、科幻观、文化传统与科幻小说等科幻文学的基本理论和基本原理出发，研究科幻文学的本质，探讨了宇宙天文、外星人、机器人、时空观念、“新”世界等科幻文学的主要题材，并梳理和分析了中外科幻文学的发展状况和经典科幻作品。本书把西方科幻的发展分为四个阶段，对《弗兰肯斯坦》、凡尔纳及其作品、威尔斯和他的科幻小说、阿西莫夫、莱姆科幻的哲学空间等西方科幻经典作家、作品和科幻现象进行了详尽的介绍和细致的文本分析。同时，理清中国科幻文学的发展脉络，并分析了刘慈欣、王晋康、韩松、星河、杨鹏等活跃在当代科幻文坛上的作家及其创作特色。最后，第五部分把科幻文学作为一种文化现象与当代的现实生活进行了接轨。本书由吴岩与台湾的吕应钟合著，是中国大陆第一本正式出版的科幻理论著作，也是一本系统、全面的科幻理论教材，为科幻研究者和科幻爱好者提供了理论基础和研究素材。

（福建少年儿童出版社 2006 年版）

《中西童话研究》

舒 伟 著

本书是关于中西童话的比较研究，是“儿童文学文体研究”的专著，分为六章：第一章童话辨析论；第二章欧洲文学童话的源流；第三章托尔金的童话观：神话想象与童话艺术；第四章以《山海经》为代表的中国神话传统的童话因素；第五章大器晚成与独步先行：论《西游记》的童话性；第六章童话的心理学研究及其意义。本书是舒伟的儿童文学博士学位论文，是一部学术视野开阔、学术品位很高的专著。还在 1991 年，舒伟就同夫人一起翻译出版了美国著名精神分析学家布鲁诺·贝特尔海姆的《永恒的魅力：童心世界与童话世界》这一世界儿童文学理论名著，成为 20 世纪八九十年代唯一译成中文的西方儿童文学理论专著。舒伟在《中西童话研究》中，以古今对话、中西比较、宏观微观互补的多种视角复合研究法，以中西童话的本体论比较研究视角，对童话的特质和根本属性进行了深入探讨。特别是此书对托尔金的童话观，对弗洛伊德、荣格学派的童话心理学与贝特尔海姆的童话心理学的阐释在国内学术界尚属首次。更具价值的是，本书还以托尔金的童话理论分析了《山海经》和《西游记》，认为它们是我国古已有之的类似于《魔戒》那样的幻想作品。本书呈现出一种宽厚的学术背景与理论气度，并有精细缜密的个案剖析，运用西方童话心理学阐发了独特新颖的观点，是童话研究的突破性成果，填补了中西童话深度比较研究的空白。

（吉林大学出版社 2006 年版）

《当代儿童文学与素质教育研究》

周晓波 主编

本书是 2002 年度国家社会科学基金项目的结项成果，主体分上编和下编。上编是理论探索，核心所在是当代儿童文学与素质教育系列研究，共十五章。第一、二章是调查研究篇，调查分析中小学生的文学能力结构与文本接受，并对童话与儿歌的接受作专题研究；第六、七、八、九章是阅读研究篇，多方面探讨了如何促进儿童读者阅读能力的问题；其余六章是教学研究篇，就童话、童诗、儿童散文的教学进行了探索，还探讨了儿童早期家庭文学兴趣及中小学生课外文学兴趣的培养与习作指导，以及“新思维实验教学”。下编是教学实践，核心所在是小学儿童文学兴趣培养与习作指导，共六章。第一章童话兴趣班教学实例；第二章儿童诗兴趣班教学实例；第三章儿歌兴趣班教学实例；第四章儿童故事兴趣班教学实例；第五章儿童散文的欣赏与习作指导；第六章课本剧的编创与习作指导。专家鉴定意见认为，本书以鲜明的、崭新的现代观念，从调研现状切入，吸收前人及西方的理论与研究成果，对儿童文学与素质教育的多重关系，进行了全面、系统、深入的论证与探讨，不乏具有说服力的精当见解。这项成果对中小学校通过儿童文学教育促进学生综合素质的全面提升，具有切实可行的推广和应用价值。

（上海少年儿童出版社 2004 年版）

《儿童文学与中小学语文教学》

王泉根　赵　静　等著

本书是王富仁、郑国民主编的“文艺学与中小学语文教学研究”丛书中的一种，全书分为五编 21 章 60 节，每一编都有引言或附录。第一编课程资源研究；第二编比较教育研究；第三编对策研究；第四编文体教学研究；第五编实践研究。中小学语文教学改革后，儿童文学作品在中小学语文教材中占了相当大的比重。本书研究了教改后中小学语文教育所面临的一系列新课题。第一编从课程论、认知心理学、接受美学等多种理论出发探讨了把儿童文学作为课程资源的科学性、合理性、现实性及可操作性。第二编，阐述了中美两国母语教材中儿童文学的异同，并运用儿童文学、教育学等理论分析比较结果，指出我国现行小学语文教材的不足。第三编从理论和实践两个层面为中小学语文教育提供了对策。第四编以童话为研究个案，从教师讲授、儿童接受、传授内容、传授过程等方面对童话教学提出基本理念和多样化教学方式的建议，旨在提升童话教学的课堂艺术质量。第五编考察了河北邢台一市四县的语文教学，在具体调研的基础上提出了对中小学语文教育的改进措施与建议。本书由文学与教育学的专家学者历时三年精心打造，是中小学语文教育基础研究和应用研究的重要成果，对语文教学改革与素质教育、新课标实施下的当代中小学语文教学具有重要的指导意义和参考价值。

（广东教育出版社 2006 年版）

《儿童文学名著导读》

王泉根　主编

本书是教育部全国高等教育自学考试指定教材，同时也是一部系统介绍中外儿童文学名著的理论读物。全书分为六编：第一编儿童文学概论，分为五节探讨儿童文学与儿童读物、儿童文学的三个层次、儿童文学创作的四种视角、儿童文学的四大母题、儿童文学的文体分类；第二编至第六编，按文体分编为童话、寓言，少年儿童小说，儿童诗、儿歌，儿童科学文艺，儿童散文、儿童戏剧，每种文体均有1～3万字的较为深入透辟的文体概述，以利于自学者和读者把握该文体的艺术特征与美学个性。全书对入选的每一篇作品均写有导读性文字。本书按教材规定，附有全国高等教育自学考试指导委员会制订的《儿童文学名著导读自学考试大纲》。全书由北京师范大学中文系儿童文学专业教师与博士生、硕士生选编、撰著，因而从一个方面体现了北京师范大学儿童文学学科的最新研究成果与理论思维。

（东北师范大学出版社2002年版）

《经典伴读》

韦　苇　著

本书是韦苇推介的儿童文学作品集。韦苇在序中说“供孩子阅读的文学读物，要值得他们从8岁读到80岁，各年龄段里在其中读出的东西可以不一样，但确实要能够让人就津津有味地从小读到老”。韦苇以此标准选择古今中外的优秀儿童文学作品编辑成此书。全书按月份分为12个月，分别收入中外风靡的绘本文本、散文、诗歌、中国古代故事、外国散文等122篇。其中，美国、英国、德国、俄罗斯、日本等外国优秀的儿童故事和绘本文本居多，每篇作品后附“点灯人语”，对入选作品进行了独到的品味和解读。本书对于培养和提高儿童的审美品位和精品阅读具有重要意义和价值。

（湖南少年儿童出版社2006年版）

◆思考题

1. 什么是儿童文学？
2. 如何理解“以善为美”是儿童文学的基本美学特征。
3. 儿童文学有哪三个层次？三个层次各有什么特征？
4. 儿童文学有哪两大门类？
5. 如何理解儿童文学4种叙事视角？
6. 如何理解儿童文学的艺术母题？
7. 儿童文学有哪些主要文体？

第二章　儿童文学的教学与应用

儿童文学既是一门基础性学科，也是一门应用性极强的学科。它在家庭教育、语文教育、儿童影视、电子游戏、儿童心理辅导、儿童性格养成等方面都有广泛的用途。本章主要从家庭教育、小学语文教育、学校课外活动三方面来谈推广与应用儿童文学的方法。

第一节　儿童文学与家庭教育

儿童文学是孩子最早接触的文学形式，家庭是儿童特别是幼儿的主要活动场所。所以，为儿童选择良好的读物，培养他们的阅读兴趣，并通过阅读培养他们的品德、性格，是父母责无旁贷的事。在整个儿童时期，特别是学龄前时期，儿童文学在家庭教育中扮演着重要角色。

一、*亲子共读的重要性*

家庭是儿童生活的基础，儿童教育的成功与否，取决于父母和幼儿在家中有没有建立起良好的亲子关系。儿童在家中和父母相处融洽，长大后才会有良好的人际关系。

亲子之间的感情交流有对话、日常关心等多种方式，但亲子共读是其中最重要的方式之一。亲子共读即是父母或长辈陪着孩子一起读书，这种阅读方式在发展儿童语言、培养孩子的阅读兴趣、舒缓儿童心理压力等方面有重要作用。

儿童文学对发展儿童的语言影响深远。婴儿在 1 岁至 1 岁半左右，开始发出“爸”“妈”等简单单字，逐步到使用双字词语，大约在 4 岁至 6 岁左右，语言表达已不成问题，一般幼儿的词汇多达 1700 个以上。在小学阶段，儿童的语言能力持续发展，但差距拉大。研究表明，在幼儿园和小学一年级口头表达能力较强的孩子，在小学六年级时读写能力也比较突出。而儿童文学作品不仅提供很好的语言范例，还可以激发听说读写活动或根据故事进行的戏剧扮演活动。儿童文学因为其提供了丰富的语言环境、丰富的词汇和表达方式，能让儿童的语言发展更快。例如，图画书《月下看猫头鹰》(Owl Moon)，全书充满了修饰丰富的句子，作品将树木、狗、影子都拟人化，雪中的足印“跟随我们”，树木像巨人的雕像“直立着”，一只农庄的狗“回应”火车的汽笛声，然后第二只狗“加入”火车与狗一起“唱歌”；而作品中随处可见的比喻，更提供了生动的比较，如，火车的汽笛，“就像一首哀伤的歌”，猫头鹰移动着，“就像影子般，悄无声息”，大地“有如梦境一般安静”，月亮把他的脸变成“银色的面具”。在这些语句中，有些词汇对儿童来说可能是不理解的，但在亲子阅读时，一方面儿童可以借助图画来帮助理解，另一方面父母还可以适当解释。

阅读能力是学习能力的核心，儿童阅读能力需要成人的帮助，父母往往是帮助孩子阅读的第一位“老师”。亲子共读也是培养孩子阅读兴趣的重要方法。阅读能力往往会影响孩子的自我价值观，有相关研究表明：(1)当幼儿自认为阅读能力差时，他们可能就不再努力或是痛恨阅读，觉得阅读是无聊的事；(2)若是幼儿认为他们是差劲的读者时，他们可能真的会变成差劲的读者；(3)正向的自我概念让幼儿有更佳的阅读能力，反之，负向的自我概念导致幼儿的阅读能力更差。亲子共读中，儿童由于由父母的陪伴和鼓励，容易让幼儿肯定自己的阅读能力，从而逐步发展成优秀的阅读者。

在现代社会，儿童在生活中会经历许多不同的压力，这些压力来自于很多方面，例如，对自我认同的困难，对学校环境的不适应，对世界阴暗面的不理解，这就需要缓解儿童心理压力。治疗儿童心理问题的方式有很多，如谈话、游戏、美术、音乐、戏剧，在所有这些艺术治疗中，图书治疗是比较有效且比较经济的一种，所以图书治疗在国外也被运用于临床之中。故事能让儿童能够应付恐惧和忧虑，更大的好处是，讲故事的人与儿童之间有一个良性互动的交往过程，通过声音和肢体语言，讲故事的人能传达爱与关心。心理学家 Charlotte S. Huck 与 Doris Young Kuhnru 将图书治疗的过程划分为三个阶段：(1)认同，读者把自己与书中人物联想在一起；(2)情绪宣泄，当读者与书中人物在一个类似的问题上产生认同时，他们可以在某种程度上释放压力；(3)领悟，通过观察和理解故事中人物如何处理一种情绪，读者可以学习解决自身实际问题的方法。在儿童文学中，有很多的优秀童书（特别是图画书）就是针对儿童的各种心理问题，提出心理冲突的解决方法。例如，当孩子为友谊问题而苦恼时，可以给他讲《我有友情要出租》（方素珍/文，郝洛文/图），通过大猩猩寻找友情的过程来暗示孩子应该如何去获得友谊；许多幼儿害怕第一次上学、上街或是搬到新的环境，日本图画书《第一次上街买东西》（筒井赖子/文，林明子/图）就是描述一个小女孩第一次上街买东西的情景，每一位读者都能真切感受到书中主人翁的情绪，并学习到第一次上街买东西的经验；儿童几乎都曾为自己不小心吞下西瓜子而害怕，这时如果给孩子读一本《子儿，吐吐》（李瑾伦/文图），告诉他们一只小猪也曾经为吞下瓜子而恐惧，但这个恐惧随后又转变为期待、自我安慰等一连串心理反应，当然最后不忘告诉孩子正确的知识：木瓜子是随大便冲走了；当幼儿喜欢发脾气时，可以给他们讲《菲菲生气了》（莫莉·卞/文图），通过一个小女孩由生气到消气的全过程，帮助孩子模仿着控制情绪。

亲子共读不仅运用于学龄前，在孩子上学阶段也可以一起阅读。但那时候主要是由父母和孩子一起讨论，而不是像学龄前由父母念给孩子听了。

二、优秀儿童文学作品的选择

市场上的儿童文学作品出版很多，要为孩子选择符合需要的书籍，并非易事。优秀的作品不仅能够吸引孩子的注意力，还能帮助孩子发展各种能力；而劣质的作品则非但无益，反而有损孩子的阅读兴趣和阅读能力。研究者卡尔松（Carlson. R. K.）提出：使用劣等书低估了儿童的能力，特别是对学习缓慢者和阅读能力较弱者伤害更大。这些书思想简单，文笔平庸、粗劣，易养成年轻读者的惰性。

对于一般的父母而言，在购买儿童书时往往只凭经验，没有选择优秀儿童文学作品的标准，因此常常有一些购买的误区，喜欢购买以下书籍：一是单纯训练智力的书。这类书往往打着“智力开发”的招牌，实际上是一道道的“题目”；二是电脑喷涂上色的书。这类书往往色彩艳丽，似乎很招孩子喜欢。但是，俗艳图画后丧失的是手绘作品的优雅色彩和细腻线条，它是以损伤孩子的审美能力为代价的；三是识字卡片。通过识字卡片认识的字大多是无意义的，没有在一个具体语境中掌握的字无助于阅读；四是字数很多的“实惠”的书。实际上，越是年幼的孩子，越要借助图画来理解，抽去了图画的书也就抽去了孩子的阅读之桥。

要选择优秀的图书，家长一方面要关注图书出版的信息，多听听专家的意见，另一方面还要通过阅读建立起自己的判断标准。

选择图书时，大致有这样几个大原则需要把握。第一，图画与文字要能互相融合，题材要引起儿童的阅读兴趣；第二，要能启发孩子的想象力和创造力；第三，书中的文字要有文学性，图画则要有艺术性；第四，书的装订要牢固耐翻，印刷精美，字体大小要适合不同年龄儿童的视觉感受；

第五，考虑孩子的年龄差异和性别差异，孩子年龄越大越应该尊重孩子自己的选择。

除了这些大原则外，还可以列出五项更具体的条件，作为选择优秀童书的参考：

第一，游戏性丰富的图书。儿童天生就好动、好奇，图书的创作要能满足孩子们这种游戏的心理，所以一本图书如果能运用不同的技巧，设计出立体或其他特殊的效果，一定能引起孩子的兴趣，并进而喜欢。例如，艾瑞克·卡尔的《好饿的毛毛虫》，书中就用剪贴和挖大小洞洞来表示毛毛虫吃了各式各样的水果和食物，呈现出独特而有趣的效果来。还有一些异形书，兼有玩具和图书的功能，常常利用翻盖、触摸实物来养成孩子与书的印象。一些文字作品，则主要创造出游戏化的情节，让孩子在阅读时得到乐趣。

第二，幻想性丰富的图书。在儿童的生活中，幻想和现实有时没有明确的分界线。有不少好的图画书，在创作时就巧妙地融合了幻想。例如，成田雅子的《神气的蓝色水桶》写是小朋友萨娜在雨后的公园里发现一只水桶，她跳进去洗澡。一会儿，她的动物朋友们纷纷过来一起洗，这时水桶逐渐变大，还钻出来几条鲸鱼和朋友们一起玩。这种情景在现实生活中是不大可能的，但通过图画书的阅读，小读者们好像跟着书中的角色在大海中冒险，也享受了一次幻想的乐趣。儿童文学中的童话，具有很强的幻想性，也适合孩子阅读。

第三，艺术性丰富的图书。图画书具有丰富的美术特色，能提升儿童的艺术鉴赏力。所以，美术性是选择图画书的重要考虑因素。家长给孩子选择图画书时，比较局限在写实上，觉得画得越像越好。其实，画得再像也比不上实际拍摄的照片，图画还应该着重于艺术感受。例如，日本画家宫西达也的图画书，具有野兽派风格，夸张、变形都很大，但孩子们却非常喜欢。

第四，故事性丰富的图书。取材于世界不同地区的民间故事或神话，是创作图画书的好点子。因为故事本来已经具有很丰富的文学价值，若能配上优美的插图，一定能吸引孩子融入趣味无穷的故事中。例如，根据格林童话《小红帽》、《拇指姑娘》、《白雪公主》等改编的图画书，虽然市场上不少，但孩子喜欢的是文字上口、图画充满趣味的作品。

第五，科学性丰富的图书。好的科普类图书，要能引起孩子对自然的好奇心和探索精神。通过细腻、真实的科学性插画，能让儿童们对奥妙的科学世界有充分的了解与认识。

当然，对于孩子所读的书，孩子是最终的评论者，不同孩子的阅读兴趣也各不相同。父母在选择图书时，要尽量尊重孩子的想法。

三、亲子阅读的方法

亲子阅读在实际操作中，并不只限于和孩子一起看书，还有一些方法和技巧。大致有以下几种：朗读、讲故事、戏剧化表演。

（一）朗读

这是在家庭中应用最广泛的一种阅读方法。对儿童而言，听别人朗读故事是一件轻松的事。儿童在“听赏”的过程中，能自然地掌握语言。孩子听的故事越多，他的生活经验和知识领域也随之扩大。美国阅读专家吉姆·崔利斯曾在《朗读手册》一书指出，视线跟随朗读者不断翻动书页的儿童，能在词汇的声音和纸上的字词之间建立起一种自然的联系。这种学习因为不是强加给儿童的，所以更为有效，对孩子学习语言也是一个愉快的体验。朗读要流畅、自然、吸引人，还需要考虑下面原则：

(1) 选择自己最喜欢的书。朗读者首先要自己被这本书吸引，有较强的阅读感受，才可能在朗读时有感染力，并将这本书的动人之处传递给儿童。

(2) 朗读故事前，先预读几遍。预读故事有助于了解故事内容，确定故事线索，掌握故事节奏。因此，朗读前先预读几遍，以免朗读时因为不熟悉故事内容而时断时续。

(3) 揣摩朗读技巧。朗读技巧是为了更好地呈现故事，把儿童带到身临其境的故事氛围中。朗读技巧包括朗读时的轻重缓急、脸部表情、声音语调、肢体动作等。

(4) 呈现插图以辅助阅读。如果朗读的是图画书，可以把书面向孩子，或者把孩子抱在怀中，这样才能让孩子一边听朗读，一边观察画面。

(5) 观察孩子的反应。朗读时要观察孩子听这个故事时的反应，如果孩子的专注度不够，表明他可能对故事不感兴趣，或者有听不懂的地方，这时，父母应略作停顿，通过提问或其他方式来探询孩子的需求。

朗读中各个环节的提示可以参照下面的表格：

表 2-1

朗读过程	提　示
朗读前	※ 呈现书的封面并探讨封面插图，鼓励孩子将故事内容与自己的生活经验做联结。 ※ 鼓励孩子预测书的内容。 ※ 与孩子讨论该书的作者或插画家。 ※ 向孩子介绍主角、情境或主题。
朗读中	※ 鼓励孩子在说故事中积极反映并评论。 ※ 故事表达及内容详细度配合孩子理解能力的需要。 ※ 在适当之处，请孩子预测即将发生的事。 ※ 偶尔问问题以了解孩子对故事的理解及诠释。 ※ 当孩子一脸茫然时，改变方式重述故事。
朗读后	※ 回顾故事内容（角色、情节、情境、问题、解决方法等）。 ※ 鼓励孩子表达自己对故事的感受和想法。 ※ 协助孩子将主角所发生的事件与其自己的生活经验做联结。 ※ 配合故事内容，设计延伸活动。

(二) 讲故事

讲故事是一项古老的活动。在文字没有发明之前，讲故事一直是人类传递文化的方式之一。孩子在年幼时，通常也会让父母讲故事，所以练习讲故事也是沟通亲子感情的重要方式。具体而言，讲故事至少有以下好处：第一，在轻松的氛围下享受听故事的乐趣；第二，培养注意力及语言运用能力；第三，培养对故事、阅读的爱好；第四，拓展生活见闻，培养思考能力。

由于讲故事没有书在手中作为提示，因此难度比朗读更大，准备工作也更多。在讲故事时，需要注意以下几点：

(1) 安排一个适合听故事的场地。说故事的场地应选择让孩子都可以看到或听到的地方。温馨的场地会让孩子听故事是一种享受。家中的沙发、躺椅、床上等都是讲故事的地方。

(2) 设计简单而特殊的开场。故事一开场，营造氛围很重要。可以用一些小技巧来烘托讲故事的氛围。例如，穿一件和故事有关的衣服，在角落放置有关故事的图片，变个小魔术。开场不宜太长，否则喧宾夺主，分散孩子听故事的注意力。

(3) 和孩子保持眼光的接触并留意反应。讲故事时，应与孩子保持眼光的接触，这样才能从孩子的反应中来了解他们的感受。例如，从他们的表情中，觉得故事是否有趣，说故事的速度是否合适。

(4) 设计简单的活动让孩子参与。在讲故事时，简单的活动能增加互动性。例如，讲《迟到大王》时，可以让孩子一起念出主角“约翰派克罗门麦肯席”的名字；在讲《祖母的妙法》时，请孩子帮助主角念出克服焦虑的咒语：“卡啦卡啦，我胆子大，我是高大力，我谁都不怕!”

(5) 引发孩子的思考和讨论。在听故事的过程中，孩子也在进行思考，偶尔心有所动，便会提出疑问或发表感想。父母要认真对待孩子的问题，对有的答不上来的问题不要敷衍，可以查找资料后再告知。在故事讲到一个段落或讲完后，也可以问孩子一些问题。

(6) 不要死记故事内容。说故事不等于背故事，死记故事往往会破坏故事的氛围。在讲之前，需要分析故事情节，了解冲突和高潮，揣摩角色并变换不同的语气来表现。

讲故事前，要根据孩子的兴趣和个人讲述的特点来选择合适的故事。故事不一定都来自书本，个人的成长经历，各地的民间传说、奇风异俗，都是故事的重要来源，父母可以在生活中多留心，慢慢建立自己的故事库。

(三) 戏剧化表演

每一个孩子都喜欢看舞台上表演的戏剧。在家庭中，把一个故事改编成适合全家人一起来表演的戏剧，可以通过肢体动作加深孩子对故事的理解，还能融洽家庭氛围。当孩子扮演各种角色时，他很容易全身心地投入到角色中，同时体会到各种人物的性格特点和命运。

戏剧化表演首先要选择一个好的作品。幽默故事和动作性强的故事都适合改编成戏剧。如，《小熊可可》是关于一只熊寻找朋友的故事。这个故事中的角色是可以扩展的，因为背景发生在一家百货公司。故事的结局很精彩，可以说是一出很好的戏剧。在现代儿童文学中，也有很多可以选择的故事。许多作品都满足戏剧表演的必要条件：适当数量的人物、简单的情节、数量不多的道具。例如，《另一只老鼠要喂》可以改编成一个角色数量可以随意调整的戏剧。故事中繁忙的老鼠父母努力地哺育儿女的情景，能激发绝大多数儿童的对父母的爱心。

选好作品后，还要根据需要编写对话，对话要符合人物的身份和性格特点，而且要口语化。选择或制作适当服装可以给孩子一种庄重的感觉，但不一定都要买专门的戏服。父母要善于寻找“替代品”，如，一顶带护耳的帽子、手指连在一起的手套和一条绳子，就可以扮成一只猫，一件白袍配上贴着圆形锡箔盘的头带，就可以当成大夫。戏剧表演的舞台布置应该简单，可以画在一张大纸上，并做上标记当作背景。小的背景设施可以透过纸板和画来制作，可以单独立着，也可以靠在椅子或墙上。其他的道具也尽可能要少，可以用玩具来代替，如电话和汽车。

戏剧化表演还可以用木偶、手指偶来进行。这些道具可以购买，也可以自己做。

由于亲子共读主要是在学龄前孩子中进行，所以上述亲子共读的方法也适合于幼儿园的课程。

第二节　儿童文学与小学语文教育

儿童文学是文学大系统中的分支，小学语文教学是教育大系统中的分支，两者似乎分属不同的学科。但是，两者却又有着密切联系，因为他们有相同的服务对象（学生和儿童），相似的功能（语言学习和人文教育）。

一、*儿童文学与语文课程资源开发*

儿童文学是语文教育的重要课程资源。这一点，在民国时期的小学语文教材中就得到了充分体现，“儿童文学化”一度成为小学国语教材的主流。1932 年民国教育部颁布的《小学国语课程标准》在“目标”第三点即提出“欣赏相当的儿童文学，以扩充想象，启发思想，涵养感情，并增长阅读儿童文学的兴趣”。身兼语文教育家和儿童文学家的叶圣陶，在 1932 年编写《开明小学国语课本》时，创作了大量的儿童文学，他曾说：“小学生既是儿童，他们的语文课本必是儿童文学，才能引起他们的兴趣，使他们乐于阅读，从而发展他们多方面的智慧。当时我编写这一部国语课本，就是这样做的。”①

在进入新世纪的语文课程改革中，儿童文学在小学语文教育中也占有比较高的位置。例如，《全日制义务教育语文课程标准（实验稿）》对各学段阅读都提出了具体建议。第一学段（1～2 年级），学生的阅读文类被明确定为“阅读浅近的童话、寓言、故事”“诵读儿歌、童谣和浅近的古诗”，这意味着儿童文学至少在小学低年段已成为学生阅读的主要内容。在“关于课外读物的建议”部分，也有多项涉及儿童文学作品。根据课程标准编制的实验教材，儿童文学作品成为低年级课文的主体。仅以人民教育出版

① 叶圣陶：《我和儿童文学》，见叶圣陶等著《我和儿童文学》，1 页，上海：少年儿童出版社，1980 年。

社出版的低年级课标实验教材为例，课文为儿童文学作品的，一年级上册有 15 篇，占全部课文的 75%；一年级下册有 25 篇，占全部课文的 73%；二年级上册有 20 篇，占全部课文的 58%；二年级下册有 17 篇，占全部课文的 53%。

除了教材中的儿童文学作品外，还有很多优秀儿童文学没能进入到教材中，但他们同样值得学生阅读，例如图画书、儿童诗、少年小说。不过，许多教师不知道推荐哪些优秀的儿童文学作品让学生阅读，或者推荐成人文学的经典名著让学生阅读，这些都可能挫伤学生的阅读兴趣。在儿童文学中，也有很多经典作品，它们是经过时间与小读者双重筛选的结果，例如 2006 年湖北少年儿童出版社出版的《百年百部中国儿童文学经典书系》（参见本书附录），又如《我和小姐姐克拉拉》、《亲爱的汉修先生》、《夏洛的网》、《小王子》，儿童文学的经典作品绝不只有《安徒生童话》和《格林童话》。除了儿童文学课文，一些经典的儿童文学作品也可以运用到教学中，近年来在国内日益兴起的“班级读书会”就是很好的方式。它通过选书—阅读—讨论—拓展活动等环节，拓展学生的阅读视野，激发学生持续的阅读兴趣。

儿童文学之所以成为小学语文教育中重要的课程资源，在于儿童文学本身有以下特点：

第一，儿童文学是儿童本位的文学。儿童文学是充分考虑到儿童的理解能力和审美需要而创作的文学。儿童文学界越来越认识到，儿童文学应该是以儿童为本位的文学，这个本位既包括生活本位，还包括心理本位和精神本位。儿童不是“缩小的成人”或“不完全的小人”（周作人语），而是独特文化的拥有者，独立精神的存在者。因此，优秀的儿童文学作家都意识到，为儿童写作并不是把成人的思想、信条强加给儿童，作品的内容和结构都应该符合并激发儿童的兴趣。创作儿童文学作品时，要尽可能贴近儿童的生活和心理，反映儿童的现实世界和想象世界，表达儿童的情感和愿望。儿童本位的立场使作为基础学科的小学语文，在与儿童文学之间，有着各个层面的共同性。例如，香港朗文版小学语文教材，在前言中阐述道，小学语文“应以学生为本位，根据儿童的心理发展，包括认知发展及情意发展的特点而设计”，“教学情境配合儿童理解及接受，有助于培育儿童发展多元智能”。从上述表述中我们可以发现，在儿童文学和小学语文之间，存在目标、原则、理念、方法的全面契合。

第二，儿童文学是关于语言的艺术。文学本质上是关于语言的艺术，儿童文学也不例外。在文学中，语言是第一要素，它和各种事实、生活现象一起，构成文学的材料。文学中鲜活的人物形象、生动的故事情节、深刻的思想情感、艺术风格和个性，都要通过语言呈现和表达。儿童文学，因为以儿童为主要读者对象，对语言有着更高的要求。俄罗斯著名作家列夫·托尔斯泰晚年专门为乡村儿童写作，这位语言大师吃惊地发现，他花在语言上的功夫惊人的多。为了让故事字字句句都做到“精彩、简洁、淳朴，最主要的是明确”，他转而向民间文学学习语言，努力让自己的故事语言“明确、清晰、美丽和温和”。儿童文学的语言必须把简明、规范和鲜明、生动结合起来，同时还要符合儿童的审美趣味，这样才能吸引儿童，让他们感悟到语言的艺术魅力。从世界范围看，各个国家的儿童文学作品，都显示了本民族母语特有的个性，具有较高的艺术品质，成为儿童学习语言最理想的范本。小学语文教学是母语教学，它的主要目的是发展学生的语言（口头和书面）。针对汉语言文字的特点，即使在小学阶段，语文的学习也应该注重语感和语言整体把握能力的培养。为了实现这一目标，学生需要接触大量的语言材料，通过具体的语言学习活动，掌握运用本民族语言的能力。儿童文学作品较之一般的语言材料，更形象、更生动，从而更能够激发学生学习语言的热情和主动性。大量的调查证实，小学阶段语文素养较高的学生，都有阅读儿童文学的经验。要将小学语文建设成开放而有活力的课程，全面提高小学生的语文素养，应该重视开发和利用儿童文学资源，以促使课程目标的实现。

第三，儿童文学是传递人类价值的文学。各国的儿童文学当然也具有意识形态性，但同时也反映一些共同的国际主题，如亲近自然、保护环境、热爱和平、国际理解、种族平等，儿童文学比其他种类的文学更适宜表现、也更能表现这些主题。法国史学家波尔保罗·亚哲尔曾说，儿童们“不仅读着安徒生的童话来享乐，而且也从中领悟了做人的应该具备的条件以及应该完尽的责任”①。希腊儿童文学作家洛蒂·皮特罗维茨在 IBBY（国际儿童读物联盟）世界大会发言中也强调，儿童文学是一座桥梁，是沟通儿童与现实、儿童与历史、儿童与未来、儿童与成年人、儿童与儿童之间的精神桥梁，在这个“桥梁”的概念中，包括了理解、抚慰、拯救、引导等不同的功能。在社会道德价值上，儿童文学中传达的也多是人类共通的基本美德，如诚信、勇敢、合作、宽容等。日本社会活动家池田大作说，童话往往成为构建人性基础的重要方式，“如果幼年时期受过同一童话的熏陶，

---

① 保罗·亚哲尔：《书·成人·儿童》，191 页，傅林统译，台湾：富春文化事业股份有限公司，1998 年。

那么，在人格最根本的基础部分，仍保持着共同的成分”①。语文课程标准中提出语文课程是工具性与人文性的统一，儿童文学在人文性上有着不可取代的作用，它陶冶性情、增进美感，对儿童情感、态度、价值观产生潜移默化的影响。

二、*教师指导儿童文学阅读的几个环节*

课外阅读总是遵循着一定的循环历程，其中的每一个环节都导致了另一个结果，这一过程并不是一个直线关系，而是一个周而复始的循环过程。英国儿童阅读专家艾登·钱伯斯（Aidan Chambers）曾以这样一个阅读循环示意图来表示②：

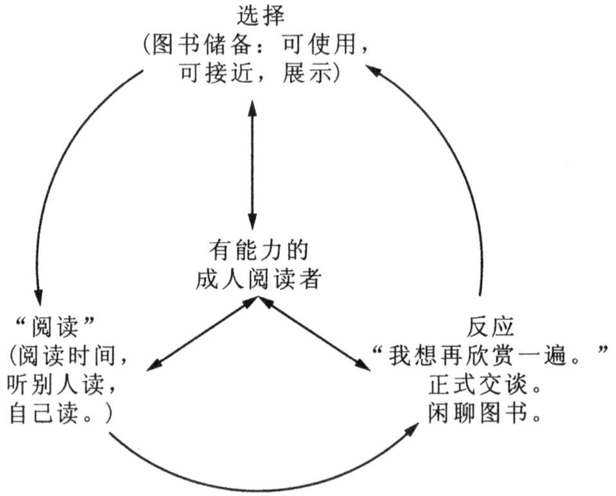

从上图可以看出，在整个循环过程中，有协助能力的成人（老师、家长、图书管理员等）居于中间地位（并非中心），他起着提供、激励、示范和反馈的作用：他提供图书和时间让孩子们阅读，并尽力创造一个吸引人的阅读环境；他可以激励孩子，让他们愿意去阅读，并从中获得阅读的乐趣；他可以为孩子们示范念读故事和评论书本，让孩子们掌握阅读的技巧；他还可以在阅读群体中，反馈和分享大家的阅读心得。值得注意的是，在课外阅读中，孩子仍然居于中心地位，在选书、阅读和回应的循环过程中，

① 池田大作、狄尔鲍拉夫对话录：《走向 21 世纪的人与哲学——寻求新的人性》，280 页，北京：北京大学出版社，1992 年。

② 艾登·钱伯斯（Aidan Chambers）：《打造儿童阅读环境》，许慧贞译，16 页，台湾：天卫文化图书有限公司，2001 年。

成人（本文主要指教师）应该充分尊重孩子的意见。下面将从选书、阅读和反馈三个环节来讨论在阅读循环圈中教师应起的作用。

（一）选书

我国儿童文学界一般把广义的儿童文学按年龄分为幼年文学、童年文学和少年文学三个层次，小学阶段以阅读童年文学为主。但应该注意的是，三个层次的划分并非铁板一块，它们的边缘是模糊的。例如，在小学低段，图画书仍可以作为学生阅读的主体；小学中高段，阅读能力高的学生也可以阅读一些经典的长篇作品。然而，我国每年的儿童读物出版数量庞大，如何从中选择优秀的儿童读物，是教师首先应该考虑的。

1. 教师的儿童文学观

在国内儿童文学界，儿童文学观也经历了一个从“教育儿童的文学”到多元价值功能观的转变，如儿童文学作家刘厚明曾提出儿童文学“导思、染情、益智、添趣”的多元功能论。教师在选择课外读物时，应该从培植儿童的阅读兴趣入手，摒弃教育意味过重、艺术水准一般的作品。

什么样的儿童文学作品才算是优秀的儿童文学作品呢？法国著名文学史家保罗·亚哲尔把适合儿童阅读的好书的标准定为以下几类：①

> 忠实于艺术的书。就是诉之于“直观”，而得以培养儿童观察力的书。使孩子们读了，也会觉得它具有质朴之美的书。
>
> 可以解放儿童的心，是他们喜悦的书。这种书可以保护儿童，守住想象世界的幸福，避开现实法则的束缚。
>
> 能把人类高贵的感情吹进儿童心灵的书，使儿童尊重一切生命——包括动物的生命、植物的生命、森罗万象的生命。
>
> 承认游戏是重要的，不可或缺的活动的书。知性和理性的锻炼，并不是可以立即产生利益的，也不是能在实际生活中发生作用的。好的书应该不以立即的效果为目的，而且决不可把它当做目的。
>
> 启发儿童知识的书，帮助孩子认识人性——人类心情的书。它们能促进孩子们旺盛的成长力，使他们的精神圆熟，绽开睿智的花朵。
>
> 含有高尚道德的书。这种道德是永远不变的真理，能让人类

---

① 保罗·亚哲尔（Raul Hazard）：《书·成人·儿童》，89～90页，傅林统译，台湾：富春文化事业股份有限公司，1998年。

的心灵活泼起来、激奋起来，愿奔向真理的道德。

当然，这几类书并没有囊括所有优秀的儿童文学作品，但它给我们的启发是：教师的审美判断能力是选择优秀儿童文学作品的关键。教师要提高自己的儿童文学的鉴赏水平，就应该更多地阅读儿童文学的经典作品，在丰富的感性经验上提升理性的判断能力。

2. 抛弃自己的阅读成见

教师在个人的阅读习惯中，会有自己的阅读偏好，也会因为认识误区产生一些偏见。例如，认为卡通书对孩子是有害的；小学生还不能读长篇小说；只有经典作品对孩子才是有益的。在现代社会中，教师应该以宽容而开放的心态来看待孩子的实际阅读状况，例如，许多卡通书都是有益有趣的，只有有色情、暴力的卡通书（色情和暴力并非卡通所独具）对孩子才是有害的。1990 年、1991 年来自 32 个国家 20 多万名儿童参加国际教育成果评估协会（IEA，the International Association for the Evaluation Achievement）的考试，结果芬兰儿童的阅读分数最高，而芬兰儿童最普遍的消遣书刊是什么呢？59％的芬兰儿童几乎每天都看一本漫画书。① 这说明我们在选书时不能犯“因噎废食”的错误。教师还应该避免以自己的阅读偏好来影响学生，除为了开展讨论活动外，最好不要指定学生阅读某一本书。课外读物和教材不一致的地方是，教材突出的是规范性和典范性的话，课外读物应该突出丰富性和多样性。在培养阅读兴趣的小学阶段，选择课外阅读作品时理应把趣味性放在首位。

选书的前提是要求有较大的选择面。这要求教师平时要留意儿童读物的出版资讯。关注媒体上推荐的图书但又不为媒体所左右，关注获奖的儿童图书但又要考虑专家眼光和孩子兴趣之间的距离。在班级为学生选书时，要充分尊重学生的意见，国外的通行做法是由教师、家长和孩子共同组成选书委员会，大家一起来商定课外阅读的书目，这也是培养孩子参与意识和民主意识的有效途径。

（二）阅读

教师的主要作用是鼓励学生阅读并做好阅读记录，为学生念读故事并适当安排与阅读有关的活动。

① 吉姆·崔利斯（Jim Trelease）：《朗读手册——大声为孩子读书吧》，149～150 页，台湾：天卫文化图书有限公司，2002 年。

1．阅读时间

阅读是需要时间的，课外阅读的主要时间主要是在课余，但把所有任务都放到课外去并不合适，因为孩子在课外的阅读时间通常是无法保证的（课外阅读并非单指课余阅读，还有课本外阅读的含义）。在语文课时日益减少的情况下，如何还能抽出时间来指导学生的课外阅读？这就需要教师进一步转变教学观念，认识到课文只是体现阅读理念的一部分，更多的阅读实践应该放到课外。在美国有的中小学校里，一直推行着持续默读的阅读教学方式，其目的是激发学生自行阅读的动机，培养终身阅读的习惯。其大致的做法是：每天抽取十到十五分钟的时间，在教室内由学生自行挑选想看的书籍、杂志或报纸阅读，老师不提问、不要求写读书报告，也不做任何分数记录。其教学效果很显著。

2．阅读记录

阅读记录是为了让学生的课外阅读更有计划地进行，同时记录整理阅读之后的心得及想法。老师也可以通过阅读记录了解学生的阅读状况，适时给予合理的阅读建议，更可以通过阅读记录的撰写，训练孩子的写作能力。学生一开始进行课外阅读时，老师就应该鼓励他们做好阅读记录，养成习惯。但是，老师不要以作业的形式布置学生必须撰写，避免破坏孩子的阅读兴趣。而且，这个阅读记录也不同于单调的“读后感”，针对不同的年级老师可以有不同的要求。例如，对低段的学生，可以只单纯地填写（或由大人协助填写）图书的有关信息（书名、作者名、出版社等），再加上“很好看”、“很有趣”、“一般”等简单评价就可以了。随着年级增加，可以适当增加一些记录的内容，如内容提要、感受体会等。老师要把握的是，既不能让阅读记录成为学生的负担，又不能让学生觉得是无关紧要的琐事。

3．念读作品

为学生念读故事，是帮助他们成为一位真正读者的必经历程。一般老师会认为，只有年幼的孩子才需要成人为他们念读故事。事实上，从学习阅读到建立阅读习惯的过程，需要一个相当长期的过程，在不同的年级都有给学生念读故事的必要，只不过是阅读材料有深有浅。学生学习阅读的过程，是跟着懂阅读的成人一点一滴学习模仿来的。在这个过程中，老师能做的和一般教学中所用的技巧差别不大。美国教育心理学家杰洛姆·布鲁纳（Jerome Bruner）将这一观念阐述如下：[①]

---

① Jerome Bruner. *Actual Minds*，*Possible Worlds*，Harvard University Press，1986。

> 一开始，老师得先捉住孩子们的注意力，再慢慢地，用比较戏剧化的方式，来呈现这整个作品。在这一方面，老师拥有着独特的洞察能力，他能够清楚地掌握孩子们对故事长短、难易的理解能力，用孩子们能够接受的方式，在孩子还没有能力完全自我阅读之前，协助孩子们了解故事的每一个环节。老师的这一份工作，正是利用了所谓“最近发展区”（ZPD，the zone of proximal development ）中，这个存在于孩子在理解掌握一项学习之前，已经自我建立了一个概略认知的领域，来引导孩子学习。也就是说，老师为孩子们做了一件他们不会做的事；另一方面，也可以说他正引导着孩子，一起做一件如果没有他，孩子就无法自行完成的事情。在这整个过程中，孩子们就慢慢地从一开始完全不会，到接手整个故事的念读的工作，老师也可以高高兴兴将这一项工作慢慢移转给孩子们。

念读作品同样有一个选择作品的问题，要求老师选择音节和谐、篇幅适中的作品，有的稍长的作品可以选择最有趣的部分章节朗读，能激发孩子们自己往下阅读的意愿就可以了。

4. *活动安排*

课外阅读配合一些活动，其主要目的是增强孩子持续的阅读兴趣。课堂阅读教学的一些手段，如朗读、课本剧表演、画画、唱歌、制作手工书，同样可以用于课外阅读教学活动中，但不宜太多，也不能占用太多教学时间。另外，课外阅读的活动安排还可以有自己的一些特点：例如，它的活动氛围应该比课堂教学更轻松活泼一些，它的活动方式可以更灵活一些，如作家见面会、评选“课外阅读小博士”、“读书心得发表会”、围绕课外阅读进行知识问答等。总之，这样的活动要重质不重量，老师要在调动学生的参与意愿上下工夫。

（三）回应

语文课程标准提到，“阅读教学是学生、教师、文本之间对话的过程”。这一观点来自于接受美学，即认为读者阅读的过程不是被动地反映，简单地接受的过程，而是一种能动地参与，积极地创造的过程。小学生同样能调动自己的阅读经验，回应所阅读的文本。回应文本的方式可以是自己记下阅读感受，也可以是参加讨论。对小学生而言，后一种方式是老师激发学生持续的阅读积极性，掌握学生阅读情况的常用手段。讨论还可以通过让孩子在表达过程中，分享阅读心得，归纳与整理自己的阅读心得，并倾听他人的观点，培养多元思考的能力。

老师可以采用“班级读书会”的方式，让孩子们在课外读完同一本书（当然这本书应该是精心挑选的）后，用课内的时间来组织讨论。老师是讨论的组织者与引导者，他并非是要以自己的看法来替代学生的见解，或者最后归纳出一个“定论”，而是提供一个尽情发挥的空间，让学生成为讨论的主角。

在讨论前，老师应该做好充分的准备。老师应该事先掌握阅读的材料，并拟订大概的讨论方向。如，文学作品大致可以从作品内容、精彩赏析、厘清疑惑、延伸思考等方面来设定问题。老师还可以收集作者的相关资料，在讨论中适当穿插逸闻趣事，增加讨论的趣味。

在讨论中，老师重在营造自由轻松的讨论氛围，让学生们乐于表达；控制讨论的局面，如讨论中是否有人进行人身攻击？是否有人垄断发言权而有的人却一言不发？是否有人窃窃私语？老师要善于“察言观色”，即时发现学生的反应，善意地提醒学生而不是斥责；对于讨论中可能出现的一些情况，如冷场、离题、起哄等，老师事先应该有充分的估量，并有应对的措施。

三、*提升语文教师的儿童文学素养*

语文教师的教育对象是儿童；语文教材也是面向儿童编写的，具有儿童特点；语文老师思考的问题，实际上也是很多儿童文学作家思考的问题。因此，语文教师要实现专业成长，儿童文学是必备的素养。可是，由于我国师范院校在课程设置方面对儿童文学不是十分重视，使得教师的儿童文学素养明显不足。

儿童文学对小学语文教育的意义，不只是因为它是重要的课程资源，还在于儿童文学的理念能给语文教育提供强大的思想资源。

现代意义上的儿童文学是现代社会的产物，在西方有三百多年的历史，在中国也只有不到一百年的历史。综观中外的儿童文学史，都有一个由“教育论”到“童心论”的转变过程，即儿童文学由早期的道德训诫工具逐步转向后期的尊重儿童的独特文化。儿童文学理念的转向对小学语文教学至少有如下启示：

第一，语文教育中要理解儿童，尊重儿童。学生都是儿童，他们是有着独特的思维方式、价值观和情感体验方式的群体。历史上存在着压抑儿童天性、束缚儿童成长的教训主义的儿童文学，但是无疑都遭到了儿童的摈弃。优秀的儿童文学作家总能从容地把握儿童独特的精神世界，在作品中充分展现。例如林格伦的《长袜子皮皮》和《小飞人卡尔松》，在出版之初曾在瑞典教育界引起一片哗然，认为这是作家在“教唆”儿童干坏事。但是，这两部作品由于展现了儿童“狂野的想象力”，因而受到儿童热烈的喜爱。儿童文学作家的儿童观经历了“被‘遮蔽’的儿童——被‘发现’的儿童——被‘尊重’的儿童”这样几个阶段，语文教师也可以从这样的变化中重新考虑自己的学生观，调整自己的教学策略。例如，在阅读教学中要尊重学生对课文的独特感受和理解，在习作教学中要鼓励学生表达出对事物的真实感受和不同见解。

第二，语文教育中要重视人文精神培养。儿童文学对儿童精神世界的影响是深广而久远的，能给孩子打下“精神的底子”。但是，我们也必须清楚，发挥儿童文学的人文功能，不能靠道德教化和思想提纯，因为儿童文学是富于感性化表现的文学，它与儿童感性化的心理特点是相适应的。要发挥儿童文学的人文性功能，还须通过审美的途径来达成，因此，面对儿童文学类型的课文，老师要帮助学生“打开”心灵，在感受和感悟中丰富情感，奠定人性的基础。

第三，语文教育中要充分考虑儿童的接受能力。儿童文学历史中有这样一种有趣现象：有些并非专门为儿童写的作品却深受儿童喜爱，如《西游记》、《格列佛游记》、《汤姆·索亚历险记》；大量专门为儿童写的冠以“儿童文学”之名的作品却无法进入儿童的阅读视野。这一事实可以反观出，儿童有他自己的阅读兴奋点和审美标准。当然，语文教学不可能也不应该完全顺应学生的阅读要求，但给予充分的尊重还是必要的。例如，有的教师在课文教学时，喜欢努力挖掘课文的思想内涵、努力补充帮助理解课文的知识材料。这既违背了语文教育的特点，也违背了儿童阅读的特点。

从上述启示中可以看到，教师要提高儿童文学素养，不要只是补充阅读材料，还要善于从儿童文学中获得教学思想的启迪。从这个意义上讲，教师的儿童文学素养主要包括以下几个方面：①

（一）对儿童文学的基本情感和态度

儿童文学是人类给予儿童的文学，蕴涵着人类对儿童最深厚的情感、期望和祝愿；儿童文学同时又是人类给予自己的文学，表达着人类对自身童年永远的留念、怀想和想象，寄托着人类对理想社会和人性的深刻思考、对人类精神家园的深切渴望。儿童文学，从内容到形式，从情感到语言，呈现着其他文学所不具有的“和谐、明确、温和、美丽”的品质，焕发着

① 陈晖：《通向儿童文学之路》，154～155页，北京：新世纪出版社，2005年。

源自纯洁童心与纯粹人性的理想光辉。对儿童文学投入更多的热情，和儿童一起体验来自儿童文学的欢乐和感动，教师不仅会拥有一条与学生沟通的最直接的心灵路径，还会收获一份抚慰自己精神世界的温暖和幸福。

儿童文学以陪伴、守护、丰富儿童心灵为指归，教师则是健全人格重要的塑造者和建设者，终日以儿童为伴、以教育儿童为天职的教师，相比起从事其他职业的成年人，具有对儿童文学更天然、更真切的理解和感悟。当教师对儿童文学投以基本的关注，便能在自己的工作与儿童文学之间建立起直接的、多维多向的联系。

（二）对儿童文学的全面认识和理解

儿童文学是独立的文学门类，有自成体系的文学理论和审美标准。教师需要参加儿童文学相关的课程培训或通过自学提高儿童文学的理论素养，建立与先进的儿童观、教育观相联系的新的儿童文学观，对儿童文学有全面系统的认识和理解。教师特别需要认识和了解儿童文学的基本体裁及其艺术特征，将对这些特征的理解运用于儿童文学作品的教学中，丰富教学的内容和形式，形成文学教学的特色，提升教学的质量和品质，并在儿童的阅读活动中充分利用和发挥这些体裁所具有的功能和作用。

（三）丰富的阅读儿童文学的经验

教师需要积累可以和学生分享儿童文学的丰富阅读经验和阅读资源。教师应根据儿童文学史和现状研究的指导，广泛阅读各个时期本土和域外作家的儿童文学经典作品，随时留意权威机构与媒体对当下儿童文学热点图书的介绍和指引，经常走访专门的儿童图书馆和儿童书店。在可能的条件下，教师还应关注与儿童文学有关的文学批评，在面对学生不同的阅读反应时能够有基本公正的判断、态度和倾向性，并尽可能地充实个人的儿童文学资料库。教师由此可以实现对儿童文学思想艺术的深切理解和生动表达，感染和影响学生的文学阅读。

（四）组织学生开展阅读活动的能力和技巧

教师需要通过学习和实践锻炼提高自己组织儿童开展阅读活动的能力和技巧，包括能够推荐读物，具体指导阅读；能够帮助学生建立图书馆阅读的条件和机制，制定和推行学生文学阅读计划；利用社会的各种图书机构、设施和图书资源；与社区、家庭形成互动，协调推动儿童的阅读活动。

教师儿童文学修养的建设和丰富是一个长期的过程，需要教师付出劳动、时间和精力，更需要教师情感和心灵的投入。事实上，教师的儿童文学修养的建立构筑在更高的思想基础上，那就是教师对儿童高尚、真挚、热切的爱，那就是教师对儿童教育的理想、信念、专业精神和责任感。

教师要提高儿童文学素养，要以多读经典作品为主，并在此基础上提高自己的鉴赏能力。同时要根据自己的教学工作来进行阅读和教学，多思考如何进行教学设计，把作品阅读落实到课堂中。

第三节　儿童文学与校园文化

一、*儿童文学在小学校园文化中的作用*

校园文化，是以学生为主体，以课外活动为主要内容，以校园为主要空间，以校园精神为主要特征的一种群体文化，是学校内部形成的特定的文化环境及精神氛围。校园文化作为一种特殊的教育力量，对提高学生的素质和能力、对学生的健康成长有着巨大的影响。校园文化产生的这种影响是对学生“润物细无声”的渗透，使学生在校园内无论何时何处都能受到一种浓郁的文化熏陶，在潜移默化之中受到情感的熏陶和思想的启迪。校园文化是课堂教育教学的补充，有着课堂教育不可替代的作用。学生正确的人生观、价值观的树立，健康审美趣味的提升，个人品性的培养无不受到校园文化的熏陶和影响。开展丰富多彩的小学校园文化活动对学生拓宽知识、发展智力、培养个性、陶冶情操、构建人格、发展能力、提高素质等具有积极意义。

而对学生进行素质教育，提升其文化素养，陶冶其道德情操，提高其各种能力，丰富其精神生活，都离不开儿童文学资源。陪伴和促进儿童精神成长的儿童文学在校园文化建设中能够发挥积极的作用。北京师范大学王泉根教授曾说：“一个人的素质高低恰恰是体现在人文素质上，而人文素质体现在他的文学修养上。文学素养可以说是涵盖了一个人的各方面的素养与修养，正是一个人的综合素质的最终体现。而一个人的文学修养，又正是其童年时代从儿童文学的接受、理解开始的。”① 儿童文学是专门为儿童量身打造的儿童本位的文学。它贴近儿童的生活和心理，反映儿童的现实世界和想象世界，表达儿童的情感和愿望，具有儿童乐于体验能够接受的审美情趣，对儿童有着天然的吸引力和亲和力。校园文化的审美、教育、认知、娱乐等多种功能几乎儿童文学都具备。儿童文学和儿童教育之间存在着天然的联系。儿童文学不仅可以使儿童从阅读中获得极大的乐趣，而

① 王泉根：《儿童文学教研滞后》，载《中国教育报·文化周刊版》，2002年1月29日。

且它对儿童的情感、态度、价值观能够产生潜移默化的影响。可以说，儿童文学在儿童的品德教育、情操陶冶、美感培养、语言能力、创新能力提升等方面有着特别的优势，是儿童素质教育的绝好材料。早在20世纪20年代初，严既澄在《儿童文学在儿童教育上之价值》一文中就指出："人生在小学的时期内，他的内部生命，对于现世，都没有什么重要的要求，只有儿童的文学，是这时期内最不可缺的精神上的食料。因此，我以为真正的儿童教育，应当首先着重这儿童文学。"① 显然，这是从儿童教育的角度认识到了儿童文学的价值。儿童文学是伴随儿童生命成长的，小学教育的多种活动无不渗透着儿童文学因素。在当前基础教育课程改革背景下，在提倡素质教育的今天，儿童文学在小学的教育教学活动中正在发挥着越来越重要的作用。儿童文学作品不仅普遍地进入小学语文教材，成为小学语文教育的重要课程资源，在课堂教学中扮演着极其重要的角色，而且儿童文学在小学校园文化中具有重要的作用。小学阶段的校园文化建设，以儿童文学的形式去渗透，去呈现，是非常符合小学生的心理特征的。可以说，儿童文学与小学校园文化在最充分发展儿童的个性、才智和身心能力，全面提高小学生素质，促进学生健康成长这一终极目的上有一致之处。因而儿童文学是小学校园文化的重要资源。

学校、班级、少先队开展形式多样的校园文化活动，对小学生进行德育教育，培养他们的人文素质是主要目的。人文素养包括人文能力和人文精神。人文能力除了运用语言、文字的能力外，还有人际交往能力和形象思维能力等，既有文学的，还有艺术的能力。人文精神，包括有爱国主义、集体主义、乐观主义、关怀友爱、诚信、责任感、勤劳的精神等。这些都可以借助寓言、童话、儿童诗歌、儿童剧、儿童小说等儿童文学来进行。儿童文学是真的文学，是善的文学，是美的文学，是爱的文学，具有鲜明的思想性。尽管教育功能并不是儿童文学的本质，但是不可否认儿童文学潜在的教育价值。优秀的儿童文学作品让人铭刻终生，会影响少年儿童的精神塑造和审美情趣的提升，甚至影响到一个人的生活态度和发展方向。小学生正处在身心发展阶段，儿童文学能帮助他们认识周围的世界，分辨是非、善恶、真假、美丑，学会善良、关爱、同情、责任、勤劳、勇敢、坚毅、忠诚、奉献、宽容、诚实等美好品质，受到良好的思想道德教育，促进他们身心更健康、更完善地成长。以儿童文学为资源的校园文化活动，能够使原本枯燥乏味的道德说教变成充满诗意的形象感染。学生在阅读、

① 王泉根评选：《中国现代儿童文学文论选》，63页，南宁：广西人民出版社，1989年。

欣赏、创作儿童文学作品的过程中，作品中鲜明的形象、丰富的情感、高雅的意境能够感染学生的情感，净化学生的心灵，陶冶学生的情操，引领学生树立理想和信念。这样的校园文化活动通过学生自己的体验、感悟，使道德观念在学生的灵魂深处内化，自觉领悟做人的道理，逐步养成良好的习惯，拥有美好的品质、博大的情怀、独立弘毅的人格，树立远大的理想，形成人生奋斗的目标，收到良好的教育效果。以儿童文学为依托的校园文化，充满着快乐、宽松、和谐，充满着丰厚的人文气息。要建设适宜于儿童的健康、快乐、和谐、书香的小学校园文化，自然离不开儿童文学的有力支撑。

二、儿童文学在小学校园文化活动中的具体呈现

1994 年 8 月《中共中央关于进一步加强和改进学校德育工作的若干意见》中明确提出，要“重视校园文化建设。要大力开展学生喜闻乐见的丰富多彩、积极向上的学术、科技、体育、艺术和娱乐活动”，要“引导校园文化气氛向健康高雅方向发展”。与儿童文学相关的课外阅读、朗诵、讲故事、课本剧表演等就是活跃校园文化、打造健康高雅的校园文化氛围的很好活动。其中，儿童文学阅读是这些校园文化活动的核心。

（一）课外阅读活动

儿童文学是小学生课外阅读的主要内容。读书活动是小学校园文化的基本活动，是素质教育的极好切入点。苏霍姆林斯基曾说：“一所学校可能什么都齐全，但如果没有为了人的全面发展和丰富精神生活而必备的书，或者如果大家不喜爱书籍，对书籍冷淡，那么，就不能称其为学校。一所学校也可能缺少很多东西，可能在许多方面都很简陋贫乏，但只要有书，有能为我们经常敞开世界之窗的书，那么，这就足以称得上是学校了。”① 可见，学校是读书的场所，让孩子们读书是一种最好的教育方式。特别是儿童期的阅读对孩子的生命成长意义重大。高尔基说过：“每一本好书就像阶梯的一小级，每攀登一级，我就愈脱离动物走向人——走到更好的生活的理想，到达对于这种生活的渴望。”但是几本教科书远远不能满足儿童对于阅读的需要，特别是他们对文学阅读的需求，同时也达不到提高他们人文素质的目的。新的《全日制义务教育语文课程标准（实验稿）》对学生课外阅读有着明确的规定：小学阶段课外阅读总量要达到 145 万字，其目的要培养学生“具有独立阅读的能力，注重情感体验，有较丰富的积累，形成

① 赵玮等译：《苏霍姆林斯基选集》，119 页，北京：教育科学出版社，2001 年。

良好的语感。学会运用多种阅读方法。能初步理解、鉴赏文学作品，受到高尚情操和趣味的熏陶，发展个性，丰富自己的精神世界”。可见，文学阅读在小学生课外阅读中的分量极重。因为小学生的发展不仅是知识与技能的掌握与智能的发展，同时也是健全人格与健康情感的发展。而情感与人格的完善离不开人文素养的滋润，离不开符合小学生情感发展需要的优秀文学作品，童年时期的文学阅读对于一个人的完美人格形成起着非常重要的作用。

当然，在小学阶段阅读的文学作品中，不仅仅局限于教师家长所熟知的唐诗宋词、中外成人名著。虽然这些作品无论思想性、艺术性都很高，但是它们描写的内容、表达的情感不一定都符合小学生的接受、理解能力和欣赏趣味。所以，在新课标中明确了孩子喜欢的童话、寓言、故事、儿歌、小说等儿童文学作品作为小学生阅读的主要内容。世界上最美好的想象在儿童文学中，世界上最美好的情感在儿童文学中，更何况儿童文学是快乐的文学，阅读儿童文学，小学生能够在感受美的同时，释放儿童快乐的天性，能够找到无穷的阅读乐趣。对他们来说，由于选择了儿童文学阅读，那么读书不再是一种负担，而是快乐、轻松的享受。因此，贴近儿童的心灵、富有想象力和儿童情趣的儿童文学，它契合了小学生的文学需求，最能被他们认可、接受，是小学阶段儿童阅读的首选。小学生阅读大量优秀的儿童文学作品，会在他们幼小的心灵中产生润物无声、潜移默化的效用。

学校或班级可以借助儿童文学读书活动，为学生的精神成长构建理想的文化氛围，养成学生良好的读书习惯、培养美好的情怀与健康的人格，发展审美和语言能力，提升他们的综合素质，为学生的终身发展积淀深厚的人文素养和文化底蕴。同时，推进校园文化建设的进程，营造有特色的健康、和谐、书香的校园文化。为激发学生的课外阅读儿童文学的兴趣，学校可以组织各种形式的读书活动，通常是举办学校和年级的儿童文学作品的读书节、读书月或组织主题读书活动。这是对日常的读书活动的提升，在校园中掀起阅读的热潮，使整个校园弥散着儿童文学的清香，使同学们共同享受阅读的快乐。学校的图书馆要为学生提供丰富的图书资源，并建立学校阅读网络，为学生提供阅读资源；班内可设立班级图书角，提供儿童文学阅读资源，可以形成班级读书气氛；在校园内可设立“阅读专栏”，介绍儿童文学经典读物和展示学生的优秀读书笔记。在小学生的儿童文学阅读活动中，教师特别是语文教师、班主任、大队辅导员要起到引领阅读的作用，帮助学生解决读什么、怎么读的问题。教师要根据不同年级学生的心理特点、接受能力、审美情趣等，向学生推荐中外优秀的儿童文学作品，包括经典的作品和当下儿童文学的热点图书；也可以根据不同阶段、不同主题的教育需要来推荐作品。此外，教师还要帮助小学生制订读书计划并具体地指导他们的阅读。目前，小学教师的儿童文学素养还比较缺乏，大多数教师对儿童文学阅读推广比较陌生，而且也不具备指导小学生儿童文学阅读的能力。因而必须加强对教师的培训，提升他们的儿童文学修养，这样才能引导学生进入儿童文学多姿多彩的艺术世界，使学生喜爱上文学，养成良好的读书习惯。在读书节中，通过儿童诗歌朗诵会或朗诵比赛、讲故事比赛、儿童戏剧演出、读书经验交流会、读书笔记评比、读书征文比赛、读书之星评选等一系列活动，将全校的儿童文学阅读活动引向高潮，使校园文化活动更加异彩纷呈。配合读书活动，有条件的学校可以邀请一些有影响的儿童文学作家来学校讲座，通过名人效应推动学生阅读的开展。以儿童文学为内容的校园读书活动在国内才刚刚兴起，随着对儿童文学价值认识的深入，儿童文学阅读必成气候，而且，校园文化建设中也将会注入更多的儿童文学因素。

（二）朗诵会或朗诵比赛

儿童文学作品是小学生朗诵的主要材料。朗诵也是很好的校园文化活动，它能培养孩子优美的感情，良好的品质，帮助他们健康成长；同时它又能培养孩子语言表达能力。在朗诵的内容选择方面，除了古今中外脍炙人口的优秀诗篇，儿童文学作品如儿童诗、儿童散文是小学生朗诵的主要材料。儿童诗是适合儿童阅读欣赏的诗歌作品，它反映儿童的生活，表达儿童特有的纯真情感，想象丰富，音韵优美和谐，能够带给儿童有别于成人诗歌的审美享受。儿童散文因健康明朗的感情、无尽的儿童情趣、优美的意境、诗意的语言更受小学生的喜欢。儿童诗歌和散文贴近孩子的心灵世界，音韵流畅，非常适合儿童来朗诵。另外，小学生还可以朗诵他们自己创作的童诗。朗诵活动经常以朗诵会或朗诵比赛的形式作为读书系列活动中的组成部分，或者用于学校、少先队的各种主题教育活动，如爱国主义、集体主义、尊师教育等，发挥其思想教育作用。另外，朗诵常以单个节目在节日文艺演出、班队会中发挥作用，是一种最常见的极具感染力的文艺活动和有效的教育形式。听小学生以稚嫩的童声朗诵着纯美的诗文，让人觉得那是天籁之音。儿童诗文朗诵活动让浓浓的诗香在小学校园中飘荡，让孩子的生活更多一些诗情画意，并使他们在美的熏陶中提高文学素养、健全人格。

（三）童谣创编、吟唱

童谣，即儿歌，是孩子最早接触又最喜欢的儿童文学样式之一，具有简短浅显、童趣盎然、幽默风趣、简洁明快、朗朗上口、易记易唱的特点。它不仅带给孩子欢愉，还帮助孩子塑造健康的人格。但是，在小学校园里却常流传着一些对学生身心健康不利的“灰色”童谣。这些“灰色”童谣内容消极，格调低下，会在不知不觉中污浊着儿童纯真的心灵，不利于他们人生观、价值观的形成。导致“灰色”童谣流行的一个重要原因就是缺乏健康的适合小学生传唱的儿歌。因此，抵制“灰色”童谣的很好方法就是创编、吟诵内容健康、儿童乐于传唱的童谣，以此来占领学校的文化阵地，引导校园文化向积极健康的方向发展。在校园中，每个小学生都是健康、快乐童谣的创编、传唱者。学校可以向小学生推广新童谣，也可以指导学生创作童谣。学生自己创作的童谣很贴近实际生活，充满童真，朗朗上口。这样的活动对于活跃校园文化，提高学生的表达能力都起了很大的作用。因为健康童谣对儿童思想品德的形成、美好情感的培养和行为习惯的养成具有潜移默化的作用。现在，许多学校把编创、传唱童谣和品德教育相融合。通过在校园中开展童谣编创和表演吟唱等比赛活动，让学生们在欢快的活动中培养良好的道德情操，用健康向上的校园文化滋养孩子美好的心灵。

（四）讲故事活动

儿童文学是讲故事的绝好素材。讲故事是深受小学生欢迎的一项校园文化活动。它既有利于学生的思想品德教育，又可以丰富学生的校园生活，还有利于培养学生的口头表达、写作能力和创造能力。故事的素材其中一部分是儿童文学中的童话、寓言、儿童故事等。童话充满丰富多彩而又神奇的想象和美好的情感，是最受小学生青睐的儿童文学体裁；寓言既富有想象力又充满睿智与幽默，也是小学生喜爱的文学样式；儿童故事是供儿童读或听的儿童文学体裁，在儿童文学中占有重要的位置，比较适合讲述。校园活动中所讲的儿童故事包括适合于儿童阅读、聆听的民间故事；根据成人文学名著或儿童小说改编的适合儿童阅读欣赏的故事；儿童生活故事；适合儿童的历史故事等。儿童故事情节生动有趣，对儿童有强烈的吸引力；又因其有较强的思想性，能给儿童无穷的教益，所以在儿童教育上具有极高的价值。讲故事不是简单的故事情节复述，而是对所阅读的儿童文学作品的再创作，如故事情境的渲染、细节的补充、表情动作的设计等，这种活动对全面发展学生素质大有好处。讲故事不仅可作为小学生课间娱乐、沟通的一种方式，更可以配合儿童文学阅读系列活动和德育教育的需要，在学校、班级有目的、有计划地举办故事会或讲故事比赛。以儿童文学为素材的讲故事活动，在调动学生课外阅读的积极性、陶冶情操、培养能力、活跃校园文化等方面发挥着不可低估的作用。

（五）课本剧等校园戏剧演出

儿童爱幻想、爱模仿、爱表演，这是儿童的天性。因此，校园戏剧表演是小学生所热衷的校园文化活动，其中，课本剧编演开展得最为广泛。课本剧是活跃于校园里的一种新的戏剧样式。课本剧在校园文化活动中，既可为语文教学服务，让学生对课文中的文学作品有更形象、直观的认识，同时又可活跃校园的文化生活，增强学生感受美、鉴别美、创造美的能力，培养学生的创新与合作精神，陶冶学生的道德情操，提高学生的语言能力。中国儿童艺术剧院导演容晓蜜认为："儿童剧包括儿童教育，是一种'种子文化'，它们像种子一样种在孩子们的心里，将来会生根发芽。课本剧可以培养孩子们了解戏剧、热爱戏剧，是戏剧和孩子们最初交流的一个媒介。在孩子们的参与下，普及了戏剧知识，补充了孩子们的课堂教育。"① 当然，课本剧不仅仅限制在语文课本，物理、化学、生物、地理都可以有课本剧，但是最多的课本剧还是对语文课本的改编。绝大部分小学语文课文属于儿童文学作品，其中的童话、寓言、小说、故事、儿童叙事诗等故事性较强的课文都是改编课本剧的资源，由这些作品改编的课本剧属于符合小学生接受能力和欣赏趣味、主题积极健康的儿童戏剧，自然深受小学生的喜爱。除了课本剧，还要鼓励学生把课外阅读的儿童文学作品编成小话剧、音乐童话剧等形式表演，这样不仅加深了对原作的理解感受，而且培养了学生对戏剧的兴趣。在校园文化建设中，课本剧和学生根据课外阅读创作的儿童剧的表演既可以作为读书系列活动中的一项重要活动，在学校或班级组织专场的演出；也可以在少先队和班级的教育活动中加以利用，成为主题班队会中的一种教育形式。少年儿童的身心特点决定了运用直观形象、生动活泼的儿童戏剧开展活动是班队工作的重要方法和内容，这样的形式使思想道德教育更加贴近儿童。在校园戏剧表演和欣赏中，孩子们不仅充分领悟了原作深刻的思想内涵，感受了舞台艺术的魅力，丰富了生活，而且陶冶了情操，净化了心灵，有利于促进他们的全面发展、健康成长。如在感恩为主题的班队会中，学生们把任溶溶的儿童诗《爸爸的老师》改编成课本剧演出，借此表达孩子们对培育他们的小学教师的感谢与尊敬，思想教育融入了自由、轻松、愉快的表演中，起到了很好的教育效果。现在，课本剧已走出课堂，融进了学生的课余生活，使校园文化更加绚烂多彩。

---

① 杨光：《课本剧：超出课本的教育》，载《光明日报》，2005 年 6 月 1 日。

（六）文学社团活动

文学社是小学校园中受学生欢迎的社团组织，是学生们在文学园地休憩、赏析的一片乐园，文学社是校园文化中一道亮丽的风景线。它往往荟萃校园一批思维敏捷、文笔较好的学生，为有文学特长或爱好文学的学生提供了一个放飞心灵、交流思想、施展才华、切磋促进的良好平台。文学社的活动能够丰富学生的课余文化生活，陶冶道德情操，培养文学情趣，增强创造能力，提高写作水平，提升文学素养。

文学社目的在于提高成员的写作能力，培养文学新人。而写作能力的提高，不仅需要生活的源泉活水，还需要大量的阅读积累。苏轼主张："博观而约取，厚积而薄发。"阅读是写作的基础。因此，必须重视学生的文学阅读。优秀的儿童文学作品——童话、寓言、儿童诗、儿童故事、儿童小说等，适合儿童的阅读兴趣和阅读能力，最贴近他们的生活，富有童情童趣，语言浅近优美生动，最适合文学社孩子们阅读。与阅读中外成人名著相比，在儿童文学的天地里，孩子们会得到更多的写作灵感和素材。因而，组织学生开展儿童文学名作阅读欣赏是小学文学社的重要活动。另外，小学生的文学创作是从模仿开始的，因此，文学社可以组织成员模仿所阅读的儿童文学作品进行写作，开展诗歌、童话、寓言、小说、剧本方面的创作活动。文学社的孩子们不仅在自己的社刊上发表习作，而且国内一些校园文学刊物更是他们实现文学梦想的舞台。少年作家可能就从这些孩子中孕育、诞生。文学社经常组织的读书交流会、讲故事、朗诵、征文及演讲比赛等活动，在小学校园中产生了很大影响，不仅推动了课外文学阅读的开展，提高了学生的文学欣赏和写作水平，而且活跃了校园文化生活。

小学生是天真烂漫、自由快乐的，适合他们成长的校园文化既要健康高雅，又要充满童趣与快乐。因此，儿童本位的儿童文学在小学校园文化建设中能够发挥重要的作用。在实践中，我们应该不断挖掘儿童文学资源来开展校园文化活动，让儿童文学滋养儿童，让儿童文学陶冶儿童，让儿童文化发展儿童。

◆思考题

1. 选择一本图画书，试着用亲子阅读的三种方式进行阅读活动，再说一说它们之间有什么不同。

2. 选取一部儿童文学作品，设计成教学方案。

3. 结合实际谈一谈，教师在提高儿童文学素养方面有哪些具体的方法。

4. 谈谈儿童文学在小学校园文化建设中的作用。

第三章 儿童文学的韵文体

中国是诗的王国，几千年的文明留存下了丰富而优美的诗作，从《诗经》到《乐府》，直至代表中国诗歌高峰的“唐诗”和“宋词”。诗言志，诗咏怀，诗人常常以诗歌的形式来抒怀写意。许多诗歌，尽管穿越了数千年的历史，依然感人肺腑，发人深省。诗歌对人类精神生活的意义，早在几千年前孔子就做了回答：“小子何莫学夫诗？可以观，可以群，可以怨。迩之事父，远之事君，多识于鸟兽草木之名。”儿童文学的韵文体包括儿歌和少年儿童诗。儿歌短小，易诵易记，很早就被用来对孩子进行启蒙、教育，当然也用来愉悦儿童。很多儿歌具有游戏特征，成为儿童日常的游戏之歌，不仅丰富了儿童的生活，而且锻炼了儿童的语言能力和对音乐的灵敏度。

儿歌又分传统儿歌与现代儿歌（即创作儿歌）。少年儿童诗歌包括幼儿诗、儿童诗和少年诗。

第一节 儿 歌

一、*儿歌的发展历程*

儿歌是适合幼儿口头吟唱、欣赏的简短诗歌。它以简洁优美的韵语写成，既具有儿童的特点，又具有民歌的风格，生动活泼，朗朗上口。儿歌的主要对象是婴、幼儿及低年级小学生。

在我国古代，儿歌也叫童谣。童谣是指民间儿童念唱的歌谣。文献记载童谣还有种种别的称谓，如“童子歌”、“孺子歌”、“婴儿歌”、“童儿歌”、“儿童谣”、“小儿谣”、“小儿语”等等。儿歌一词是在“五四”新文化运动兴起后产生的。

我国儿歌历史十分悠久，可以追溯到两千多年前。在我国第一部历史散文著作汇编《国语》的《郑语》里记载了这样一首童谣：“檿弧箕箙，实亡周国。”有论者认为这是我国有记载的最早的童谣，距今已有2700余年的历史。

儿歌是民间歌谣中的一部分。古人这样解释歌谣："歌"是有曲谱、有歌词的歌曲，"谣"是不用乐器伴奏、甚至没有固定曲调、唱法自由的"徒歌"。童谣就是长期流传在儿童中的一种以韵语创作、没有音乐相伴的口头短歌。

古代是以阴阳五行说来解释童谣的，认为童谣是一种预言，是上天对下界吉凶祸福的预告。传说是上天命令"荧惑星"（火星）降临人世，化作红衣小儿，"造作谣言"，教给孩子们念唱，"谓之童谣"，"小则写一人之吉凶，大则系国家的兴败"。长期以来，童谣是被一些人作为政治斗争的工具利用的，是反映当时政治变动的"时政歌"。秦末农民起义时，就有"阿房，阿房，亡始皇"的童谣流传；明末李自成的起义，有"金江山，银江山，闯王来了不纳捐"的童谣。

这样的童谣是如何产生的呢？现代著名学者钱谷融认为："（童谣）与一般儿歌不同，它有很大的社会性、现实性。它大抵是针对当时社会上的某一件事或某一种现象而作的，往往非常鲜明地表现了人民对现实的态度，表明了他们对这一件事或这一种现象的是非爱憎之感。它的作者，当然不会是孩子，而倒是大人。"确实，这些"时政歌"大多是各个时代所产生的表达人民政治态度和呼声的短歌，最初常常借儿童之口来传唱，这是人民同统治阶级斗争的一种手段。

这样的"时政歌"与以儿童为本位富有儿童情趣的民间儿歌是不同的。中国古书上所记载的童谣，得以流传下来的多是这一类谶语，即预言。而真正反映儿童生活，富有童心童趣的儿歌却很少流传下来。直到明代，突破了阴阳五行说，我国的儿歌观念才出现了很大的变化，搜集研究也进入了一个新的阶段。文学家杨慎否定了传统的"荧惑星说"，指出童谣是"出自胸臆，不由人教"的。他所编的《古今歌谣》中就收入了不少单纯活泼、自然纯真、能表现儿童生活和情感的儿歌。如"阴凉阴凉过河去，日头日头过山来"就是冬天儿童晒太阳取暖时唱的。"雨地雨地，城隍土地。雨若下来，谢了土地"则是小儿求雨时唱的。甚至还有孩子们游戏时唱的游戏歌："脚驴斑斑，脚蹶南山。南山北斗，养活家狗。家狗磨面，三十弓箭。上马琵琶，下马琵琶。驴蹄马蹄，缩了一只。"

杨慎之后，学者吕坤对童谣的特质作了更进一步的揭示："儿之有知而能言也，皆有歌谣以遂许其乐。"这是文学上第一次把童谣与儿童生活、情感需要联系起来。1593 年，吕坤编辑的《演小儿语》是我国最早的一部儿歌专集。此书根据他采自河南、河北、山西、陕西等地童谣改编而成，收儿歌46首。吕坤的父亲吕得胜编过《小儿语》、《女小儿语》，但这两本都还不是真正的儿歌。吕得胜在《小儿语序》中写道："余不愧浅末，乃以立身要务，谐以音声。如其鄙俚，使童子乐闻而易晓焉，名曰'小儿语'。是欢呼戏笑之间，莫非理义身心之学。一儿习之，可为诸儿流布；童时习之，可为终身体认，庶几有小补云。"由此可见他们已认识到儿歌的教育意义。

到了清代，郑旭旦等更肯定了儿歌的价值，称儿歌是"天地之妙文"，犹如自然界发出的音响——"天籁"。在提倡儿童教育等近代思潮的影响下，更多的人从事儿歌的搜集整理，先后编出了《天籁集》（郑旭旦编，收浙江儿歌46首）、《广天籁集》（悟痴生编，收浙江儿歌23首）、《北京儿歌》（两种，一是民间无名氏抄本，一是意大利人韦大利编，收北京地区儿歌170首）等。到1900年，还有一本美国人何德兰编的《孺子歌图》（收儿歌140首）在纽约印行。1906年，伍兆鳌用歌谣体创作的（也有几首是改编的）儿歌集《下里歌谣》（共81首）刊行于世。从《下里歌谣》的序中，可以看出当时人们对儿歌的特殊作用已有更清晰的认识："幼稚之年，未识道理，强而聒之，非所乐闻，惟俚俗之歌，入耳而不烦，上口而不逆，嬉戏之余，使其侣相唱相和，以能诵为高，强记为乐。及其长也，示之以义之所存，涣然冰释，怡然理顺……"

但真正从儿童文学意义上去看待儿歌、解释儿歌，是在20世纪初叶。1918年到1925年，文化界曾掀起一个歌谣学运动。1918年，在北京大学校长蔡元培和学者沈尹默、刘半农等人倡导下建立了歌谣研究会，成立了歌谣征集处，创办了《歌谣》周刊，对发表的歌谣冠以"儿歌"之名，从此，"儿歌"一词广泛使用并沿用至今。

在第一次、第二次国内革命战争时期，在抗日战争、解放战争时期，儿歌都发挥过它重要的教育和战斗作用。

新中国成立以后，儿歌的搜集整理受到了更大的重视，先后出了许多集子，创作儿歌也有了新的发展。这时期，许多热心儿歌创作的作家，为繁荣新儿歌创作作出了重要贡献，如刘御、刘饶民、圣野、鲁兵、张继楼、金波、张秋生、于之、聪聪等，都写出了许多受孩子欢迎的儿歌。

但在"文化大革命"期间，儿歌的发展严重受挫，成了概念化、口号式的空洞说教。直到新时期，儿歌才获得了新的发展，出现了许多优秀的儿歌及儿歌集，如：《儿歌》、《儿歌三百首》、《365夜儿歌》、《中国传统儿歌选》、《中国新童谣选》等等。

二、民间儿歌与创作儿歌

从儿歌的发展史我们了解到，最早的儿歌流传在民间，到了现代才出现诗人、作家专门为儿童写作的创作儿歌。创作儿歌的出现，并不影响富有生趣、广受儿童喜爱的民间儿歌在民间的生存。民间儿歌和创作儿歌有什么区别呢？两相比较，我们可以发现二者不同的一些特点。

(一) 民间儿歌

民间儿歌并不是指与政治紧密联系的“时政歌”，而是指颇有趣味、适合儿童口头传唱的儿歌。民间儿歌具有如下特点。

1. 民间儿歌的主体接受对象当然是儿童，但也有的不一定是专为儿童，这就形成儿歌内容的多样性、无定向性

民间儿歌的诞生，大抵是出于两种情况：一是儿童自己在游戏时随口吟唱；二是成人为了哄孩子，或劳作后缓解疲劳，聊以娱乐，或心中有所感而发，遂以成歌。所以，民间儿歌在内容上有多种多样：

(1) 表现儿童游戏（儿童的游戏歌）。比如下面这首四川儿歌《抽中指》：

抽中指，
抽得着？
抽着了，
剥豆角。
豌豆角，
胡豆角，
随你抽来随你剥，
一剥剥个光壳壳。

这是两个或两个以上的孩子做抽中指游戏时唱的儿歌。抽中指是一种动作比较小的游戏。玩时，一个孩子先将一只手的手指撮拢，用另一只手攥住，露出指尖，让别的孩子从指尖辨认中指。在辨认过程中唱这首游戏歌。可以齐唱，也可以一人一句对唱。辨认的时间以唱完这支歌为限，在限定的时间内把认准的指尖捏住，唱到最后一句时，对方把攥紧的手松开。“剥豆角”是一个比喻，被攥紧的手指露出的五个指尖，很像豆角壳包着的五颗豆，最后壳壳剥开，豆粒迸出。以这种儿歌配唱，自然更增加游戏的趣味。

再如这首《捉小鸡》：

咯，咯！哪里去？
上山去。

上山做什么？
砍竹子。
砍竹子来做什么？
编鸡笼。
编鸡笼来做什么？
养小鸡。
养小鸡来做什么？
下蛋吃。
给不给我吃？
你给我挑三挑水，
我就给你吃。

（问者做跳水动作，反复三次后，接着唱——）

鸡蛋呢？
猫吃了。
猫呢？
钻洞了。
洞呢？
草塞了。
草呢？
牛吃了。
牛呢？
上山了。
山呢？
水冲垮了。
水呢？
浇菜子了。
菜子呢？
打油了。
油呢？
点灯了。
灯呢？
风吹熄了。
风呢？
上天了。
啊……

“老鹰捉小鸡”大概是全国各地的孩子都会玩的一种传统游戏：一个孩子当老鹰，一个孩子做老母鸡，其他孩子都是小鸡。小鸡们在老母鸡身后牵着衣服排成纵队，老鹰要捉小鸡，老母鸡便张开翅膀（两臂）拦挡，小鸡们则在老母鸡身后东躲西闪。老鹰必须捉排在最末的一个，但如果掉了队，老鹰便可以任意捉拿。被老鹰捉住的就得站在一旁，直到捉剩一二人为止。孩子们边玩边唱，其乐无穷。

（2）表现民间生活。需要说明的是，表现民间生活是民间儿歌的一个重要内容，这里举例探讨，只是为了说明民间儿歌内容的多样性、无定向性，这和下面从语言、风格和内容上综合来谈民间儿歌对民间生活的表现是不同的。民间生活丰富多彩，生活类儿歌还可细分为以下几类：日常生活、节俗生活、劳动生活等。

表现日常生活的如这首《小狗叫，谁来到》：

小狗叫，
谁来到？
开门看，
是姥姥。
姥姥笑，
把茶倒。
茶冷，
买饼；
饼香，
买糖；
糖甜，
买面；
买了面来擀面汤，
姥姥一顿吃个光。

这首民间儿歌，运用连锁调的手法，表现了对姥姥的热情接待。从倒茶开始，买饼、买糖、买面，最后“姥姥一顿吃个光”。具有浓郁的生活气息。

再如这首《引针针》：

扁豆花，
红根根，
我给姥娘引针针。
引半天，
引不上，
姥娘打我两拄杖。
跑到南园哭一场，
回来还是亲姥娘。

这首民间儿歌以“扁豆花，红根根”起兴，通过帮姥姥引针线做活的日常生活细节，表现外孙和姥姥的亲昵关系。

表现劳动生活的如这首江西儿歌《月光走》：

月光走，
我也走，
我跟月光提花篓，
一提提到园门口。
摘把苋菜摘把葱，
摘些茄子满篓红，
摘把韭菜塞篓角，
摘个葫芦毛茸茸。

这首儿歌描写在月夜里以月当灯，提篓到菜园子里摘菜的情景。表现了月光下劳动的惬意和摘菜的喜悦，是一首田园劳动的抒情曲。语言流畅，韵脚和谐，适合孩子在月光下游戏吟唱。

再看下面这首描写一家人在春天下地播种的河南儿歌《我们是家好人家》：

公鸡叫，
翅膀扎，
公公犁地婆婆耙，
女婿后边把种下，
小媳妇后边砸坷垃。
过路人，
别笑话，
我们是家好人家。

表现节俗生活的如这首四川儿歌《五月初五过端午》：

五月初五过端阳，
龙船下河喜洋洋，
吃粽子，
滚白糖。
两斤肉，
办桌席。
儿舅母，
坐上席，
碗碗都有肉片片，
肉片和着黄瓜皮。

农历五月初五是传统的端午节，又叫端五节或端阳节。“端五”就是五月的第一个“五日”。“端阳”是古人取其阳始盛之意。这天都要吃粽子，相传这是为纪念伟大的爱国诗人屈原而形成的一个民俗，据说这天屈原投入汨罗江，楚国人因屈原投江，非常悲哀，就用竹筒装米，投至江里，喂水里的蛟龙，以防它伤害屈原的遗体，这就是过端阳吃粽子的由来。端午节南方都要举行龙舟大赛，非常热闹。古人云“端阳竞渡，吊屈原之溺水”。这首民歌表现了过端阳节的喜庆气氛，下龙舟、吃粽子、办酒席，请亲人坐上席，欢欢乐乐过端阳。

再看这首《八月里供的是兔儿爷》：

紫不紫，大海茄，
八月里供的是兔儿爷。
自来白，自来红，
月光马儿，供当中。
毛豆枝儿，乱哄哄，
鸡冠子花儿，红里个红，
圆月儿的西瓜皮儿青。
月亮爷吃得哈哈笑，
今夜的月光分外明。

这首民间儿歌写的是农历八月十五中秋节给月亮上供的情景。中秋节是庆丰收的节日，到这天，五谷相继成熟，人们为喜庆丰收而过中秋节。这天，秋高气爽，月儿又圆又亮，远离家乡的人儿都要回来团聚，在明月东升时，把西瓜、苹果等象征团圆的圆形水果以及其他一些标志丰收的物品摆在桌上，放在院子中央供月，又叫圆月。这是一种民俗活动。这首儿歌写得很详细，读了让人感到真实、亲切。

再看这首写过年的儿歌《大年初一扭一扭》：

老太太，你别馋，
过了腊八就是年。
腊八儿粥，喝几天，
哩哩啦啦二十三。
二十三，糖瓜儿粘；
二十四，扫房子；
二十五，糊窗户；
二十六，炖炖肉；
二十七，宰公鸡；
二十八，把面儿发；
二十九，蒸馒头；
三十儿晚上熬一宿；
大年初一扭一扭。

这首传统儿歌集中表现整个腊月里各家各户为迎接新年到来，忙着准备年货的喜庆情景。儿歌按时间顺序列出年前的忙碌日程，充分表现了过年的喜庆和丰盛。由于地域不同，这首儿歌的开头结尾也有不同。有的开头说："小孩小孩你别馋，过了腊八就是年"；结尾是"二十九，搬酒篓，三十儿晚上坐一宿，大年初一各家走（拜年）"。

（3）表现时序。这类儿歌借助歌谣的优美韵律，引导幼儿根据时序的变化去认识大自然，了解大自然。

请看下面这首《什么花春天最早开》：

什么花春天最早开？
什么鸟春天最早飞到我家来？
迎春花春天最早开；
小燕子春天飞到我家来。

什么鸟夏天水中住？
什么花夏天开满树？
水翠鸟夏天水中住；
石榴花夏天开满树。

什么花秋天第一香？
什么鸟秋天排成一字长？
桂花秋天第一香；
大雁秋天排成一字长。

什么花冬天满树黄？
什么鸟冬天屋檐底下藏？
梅花冬天满树黄；
麻雀冬天屋檐底下藏。

这是一首帮助孩子们认识一年四季与鸟的歌谣。一年四季每季的花、鸟很多，要选择最能代表每个季节、最有特点的花、鸟，需要下一番工夫。这首民间儿歌体现了劳动人民的集体智慧和经验积累。

再看这首内蒙儿歌《十二月菜》：

一月菠菜刚发青。
二月出土羊角葱。
三月芹菜出了土。
四月韭菜嫩青青。
五月黄瓜大街卖。
六月茄子紫英英。
七月葫芦弯似弓。
八月辣椒满树红。
九月大瓜面又甜。
十月萝卜瓷丁丁。
十一月白菜家家有。
十二月蒜苗水灵灵。

这首儿歌在介绍十二个月的菜名时，简要描写了它们的特征。儿歌用了一些方言口语，淳朴通俗，具有十分浓郁的生活气息。

最后来看一首《田家四季歌》：

春季里，春风吹，
花开草长蝴蝶飞。
麦苗儿秀了，
桑叶儿正肥。

夏季里，农事忙，
采了蚕桑又插秧，
早起勤耕作，
归来带月光。

秋季里，稻上场，
谷像黄金黄，
身上虽辛苦，
心里却安康。

冬季里，雪初晴，
新做棉衣轻又轻，
一年农事了，
保暖笑盈盈。

四季歌在我国十分普及。这首儿歌针对农家人一年四季的农事活动进行描写。以简练的笔墨勾勒了四幅农家四季的田园风景图。其重点在介绍“农事”和表现对种田人辛勤劳动的理解和赞美。儿歌情景交融，在绘出鲜明的农事活动图画的同时，也充分表现了种田人在辛苦的劳动中那种自足的喜悦。

(4) 除以上这些儿歌之外，还有一些寄予了长辈对幼儿的爱护，往往由成人带着幼儿一起吟唱的儿歌，如下面这首：

竹儿爹，
竹儿娘，
一年长成竹儿王。
你也长，
我也长，
我和竹儿长得一样长。

在四川巴渠一些乡下，腊月三十（除夕）的半夜时分，大人带着小孩来到竹林里，摸着粗壮的竹子，唱这首儿歌，祈求孩子长得又高又快。

民间儿歌中更多的是无连贯意思，无主题，只取其趣味性。形式上以连锁调、问答歌、绕口令、颠倒歌等为主体。这在传统儿歌的几种形式中会详细举例说明。

2. 民间儿歌不论在语言、风格还是在内容特色上，都带有浓郁的民间生活气息

摇篮曲就能体现这些：

摇一摇，摇一摇，
摇到狗儿睡觉觉。
摇一摇，睡一觉，
捡柴烧，挑一挑，
卖了买个花帽帽。
摇一摇，睡一觉，
哦喂，哦喂喂，
摇到狗儿睡觉觉。

这首四川巴渠儿歌非常质朴，带着民间风俗的乡村气息，母亲亲昵地把宝宝称作狗儿，摇其入眠。

民间还有很多反映劳动人民真实生活的儿歌，如四川巴渠地区平昌县有一首儿歌：

狗咬哪一个？
狗咬王大哥。
咋不到屋来？
衣裳穿得破。
咋不缝一件？
娃娃老老多。
咋不丢一个？
留在冬天挤热火。

这本是儿童游戏时所唱，儿童边玩边唱，颇为开心，并不知歌中唱出了过去巴渠劳动人民的辛酸：贫苦而多子女，衣破而遭狗咬，真实地反映了一定历史时期巴渠人们的生活窘况。

此外，民间还流传着很多反映富有特色的民风民俗的儿歌，如天旱无雨，大人教儿童唱民谣，祈祷上天看在儿童的面上大发慈悲，降下甘露：

老天爷，
下大雨，
保佑娃娃吃白米。
白米香，
白米甜，
蒸个甜糕好过年。

3. 大胆的谐趣，是民间儿歌在艺术上突出的特点

产生于民众中的儿歌，富有村落山野间特有的野趣。这种原生态的、富有生气的大胆诙谐，几乎可以在每一首民间儿歌中见到。最典型的莫过于颠倒歌，它们荒诞离奇，有强烈的喜剧效果。如下面这首广为流传的《太阳起西往东落》：

太阳起西往东落，
听我唱个颠倒歌。
天上打雷没有响，
地上石头滚上坡，
江里骆驼会下蛋，
山上鲤鱼搭成窝，
腊月苦热直流汗，
六月暴冷打哆嗦，
姐在房中头梳手，
门外口袋把驴驮。

这首儿歌在某些地区（比如北京）流传，后面还有八句：咸鱼下饭淡如水，油煎豆腐骨头多；黄河中心割韭菜，龙门山上捉田螺；捉到田螺比缸大，抱了田螺看外婆；外婆在摇篮里哇哇哭，放下田螺抱外婆。

风趣、诙谐常常与极其夸张的想象联系在一起，使整首儿歌如一出滑稽戏：

烟子烟，
烟上天。
红罗裙，
紫罗边，
大姐采花边。
花边破，
棱角糯。
猪打柴，
狗推磨。
猫猫挑起桥上过。
猪拉柴，
猫儿煮饭笑死我。

（《烟子烟》录自《中国儿歌千首》上海开华书局1931年版）

还有的儿歌借助于夸张的想象，拟人的手法，创造了一个滑稽荒诞的故事。如下面这首《一对蝈蝈吹牛皮》：

闲着没事上家西，
碰见两个蝈蝈吹牛皮。
大蝈蝈说：
“我在南山吃了只鸟。”
二蝈蝈说：
“我在北山吃了只鸡。”
大蝈蝈说：
“我在东山吃了个狗。”

二蝈蝈说：
“我在西山吃了头驴。”
大蝈蝈说：
“我在关外吃了个虎。”
二蝈蝈说：
“我在东海吃了鲸鱼。”
它两个吹得正起劲，
打南来了只大公鸡，
两个一见生了气，
伸伸腿，捋捋须，
一齐奔向公鸡去，
想吃公鸡没吃成，
“得儿”一声喂了鸡。

这首儿歌描写了一对爱吹牛皮的蝈蝈，通过它们自吹自擂神乎其神的夸耀和不自量力的悲惨结局，揭示了做人要有自知之明的道理。

即使是生活很艰苦的时候，劳动者还是没有丢了诙谐，就像浙江的一首儿歌《大雪纷纷下》：

大雪纷纷下，
柴米都涨价，
乌鸦满地飞，
板凳当柴烧，
吓得床儿怕。

（录自《天籁集》〔清〕郑旭旦辑，约成书于康熙初年）

日子难过，劈板凳当柴烧，吓得床儿战战兢兢。从中我们可以看到对当时社会现状的辛辣嘲讽，更可体味到一种压不倒的欢快的生活态度。

（二）创作儿歌

1. 与民间儿歌相比，创作儿歌设定有明确的读者对象——幼儿

在创作时更注意幼儿的心理特点和审美接受能力，更适于幼儿听诵；在内容上也更有的放矢，大多数创作儿歌不仅有连贯的意思，更有明确的寓意。表现幼儿生活、游戏的儿歌与知识性、教育性儿歌是创作儿歌的主体。

创作儿歌的服务对象是幼儿，作家要很细致地观察幼儿的生活，撷取富有表现力的场景，如圣野的这首《扮老公公》：

老公公，
出来了。
白胡子，
白眉毛，
点点头，
弯弯腰，
脚一滑，
摔一跤，

一摸胡子掉下了，
乐得大家哈哈笑。

这首儿歌截取了幼儿游戏的一个真实镜头，活泼风趣。

再如郑春华这首《吹泡泡》：

吹泡泡，
吹泡泡，
泡泡像串紫葡萄。
一颗，两颗，
六颗，七颗，
我的泡泡大又大，
呼噜噜，
满天飘。

“吹泡泡”是孩子常玩的游戏，如果对着太阳吹，经太阳光一反射，成为七彩泡泡，非常好玩，说它“像串紫葡萄”形象而准确。紫色的泡泡，被风一吹，飞开来，飘向天空，非常美丽。儿歌表现了孩子们天真烂漫的愉快生活。

知识性、教育性儿歌在创作儿歌中占了很大比重。而这些儿歌因作家的巧思也一样的活泼风趣。如胡木仁的《弹钢琴》：

黑屋子，
白屋子，
小手儿，
敲敲门。
屋子跑出七兄弟，
1 2 3 4 5 6 7。

把琴键想象成一个个小屋子，娃娃的手指来“敲门”，屋子里跑出了一串小音符！想象奇特，构思新巧，非常有趣。

2. 创作儿歌在思想上更具深度，艺术上也更纯粹。其语言、内涵、表达技巧等各个方面，都比民间儿歌成熟

创作儿歌在思想、艺术上的成熟得益于创作主体的艺术修养与有意为之的反复锤炼。试比较以下两首儿歌，它们在形式上都采用了连锁调。

民间儿歌：

盖！盖！
盖花楼。
花楼低，
碰着鸡。
鸡下蛋，
碰着雁，
雁叼米，
碰着小孩就是你。

创作儿歌：

野牵牛，
爬高楼；
高楼高，
爬树梢；
树梢长，
爬东墙；
东墙滑，
拥篱笆；
篱笆细，
不敢爬；
躺在地上吹喇叭：
嘀哒嘀嘀哒！
嘀哒嘀嘀哒！

（金波《野牵牛》）

《盖花楼》并无连贯的意思，而作家创作的连锁调就不同了。这首《野牵牛》巧妙地把野牵牛花的形象与连锁调的特殊形式结合起来，生动风趣，既介绍了牵牛花攀援的特征，又善意地批评了也许很多孩子都有的“遇到困难就躲开”的弱点。

3. 创作儿歌对民间儿歌的借鉴

通过以上对比，我们可以看到民间儿歌与创作儿歌除了不同之外，还有着千丝万缕的联系。创作儿歌是在民间儿歌的丰厚土壤中成长起来的，它从民间儿歌中汲取了很多营养。

(1) 在美学旨趣上，创作儿歌从民间儿歌中汲取了诙谐、风趣的趣味性。如王清秀的《笑歪嘴的儿歌》，篇篇诙谐，让人解颐。下面是其中一首《小猴子》：

小猴子，
宽脑门儿，
一心想画双眼皮儿。
一道一道又一道儿，
画得满脸是皱纹儿。

但在创作儿歌中，趣的表现形式又稍有不同。除了这种大胆的谐趣之外，更多的是纯真稚拙的童趣。如前面的例子《扮老公公》。再如钟声威的这首《小球迷》：

小豆豆，
小牛牛，
电视机前看足球。
一会拍巴掌，
一会喊加油，
一会哈哈笑，

一会儿又发愁。
突然足球迎面来，
两人跳起去扑球。
球没抓到头碰头，
疼得两个眼泪流。

(2) 在外在形式上，创作儿歌借鉴了民间儿歌的一些传统形式，如连锁调、问答歌等，学习民间儿歌的节奏安排和押韵、转韵的方法。

对传统形式的借鉴，是对民间儿歌借鉴的一个主要方面。我们前面曾举过金波的《野牵牛》，实际上这样的例子很多，如吴珹的《板凳谣》：

板凳板凳歪歪，
上面坐着乖乖；
乖乖出来踢球，
上面坐个小猴；
小猴出来赛跑，
上面坐着熊猫；
熊猫出来拔河，
上面坐着白鹅；
白鹅参加拉拉队，
大家来开运动会。

这首儿歌是在传统儿歌的基础上创作的，押韵、连锁十分自然、协调。

有很多作家借鉴问答歌的形式来创作儿歌，如程宏明的《比尾巴》：

什么尾巴长？
什么尾巴短？
什么尾巴像把伞？
什么尾巴弯？
什么尾巴扁？
什么尾巴最好看？

猴子尾巴长，
兔子尾巴短，
松鼠尾巴像把伞！
公鸡尾巴弯，
鸭子尾巴扁，
孔雀尾巴最好看！

还有的作家学习民间的颠倒歌进行创作，如张继楼的这首《错了歌》：

刚刚六点过，
太阳就落坡。
鸭子跳上架，
猫儿进了窝。
蝙蝠天上飞，
正把蜜蜂捉。
狗儿不怕热，
舌头嘴边托。
飞来萤火虫，
把我手烫破。

蚊子叽叽叫，
直往灯上落。
月圆星星多，
怎能不唱歌。
请你想一想，
唱错没唱错？

在节奏方面，儿童文学诗人金波曾经谈道：“我们不少儿歌在写法上还比较拘谨……一般常见的大多是三三七的句式或是三字句、五字句；押韵也多遵循着‘一韵到底’的模式。其实在节奏和押韵方面，本可以有很大的灵活性。……在这方面，只要细心地研究一下民间传统童谣，你就会发现这些童谣的节奏富于变化而又统一，韵脚也是在变化中又有规律可循。”注重节奏、押韵，可以增强作品听觉上的音乐美，如前面举过的胡木仁的儿歌《弹钢琴》，在节奏和转韵方面就做得不错：节奏感强，篇幅不长但有变化，韵脚转了三次，转得很自然，读起来相当流畅。

(3) 民间儿歌长期以来形成的一些手法，如重叠、反复、起兴、排叙、夸张、对比、拟人、荒诞、问答等等，也是创作儿歌学习借鉴的对象。

三、*儿歌的审美艺术特点*

要了解儿歌的审美特点，我们先来看下面几首传统儿歌：

《星》：

天上星，
亮晶晶，
好像青石板上钉铜钉。

《新年到》：

笑笑笑，
新年到，
锣鼓敲，
放鞭炮，
哥哥喜，
妹妹跳，
爹娘给我压岁钱，
一吊又一吊。

《小老鼠上灯台》：

小老鼠，
上灯台，
偷油吃，
下不来。

吱儿吱儿叫奶奶，
奶奶不肯来，
叽里咕噜滚下来。

仔细品味这些儿歌，我们可以看到儿歌有以下几个明显特点。

（一）天机活泼的稚趣美

没有一种文学体裁，包括幼儿文学的其他文体像儿歌这样生动活泼，稚趣盎然。

清代郑旭旦在他选编的《天籁集》里最早提出儿歌是“天籁”的说法：“天机活泼，时时发现于童谣。”他在第十四首儿歌的按语中，解儿歌之美为：“风行水上，自然成文……真率浑成之至。”幼儿文学作家圣野也赞美儿歌之美“有如风吹竹林，飒飒作响；水过浅滩，潺潺而鸣，听起来真切自然，没有半点斧凿痕迹。‘杨柳青，放风筝；杨柳黄，踢毽忙。’这首古代儿歌，使我们感受到一派清新之气。唱了‘锣鼓响，脚底痒’这样的里巷歌谣之后，真会使我们也产生跃跃欲试的情感，仿佛自己也变成了一个贪玩的小娃娃。”（引自圣野《儿歌，真善美的花朵》）确实，念诵这些活泼明快的儿歌，仿佛看到了童稚时晶莹透亮的童心因欢乐而绽放。

看下面这首儿歌《小黄狗》：

小黄狗，
汪汪叫，
吓了妹妹一大跳，
妹妹转身回头瞧，
原来哥哥学狗叫。

这是一首小哥哥和小妹妹互相玩耍的民间儿歌。小哥哥是个小淘气，他熟知妹妹胆小怕狗的心理，在出外玩时，故意在背后乘小妹妹不备之时，偷学家里的小黄狗叫，来逗吓小妹妹。他一“汪汪叫”，就“吓了妹妹一大跳”。此时，哥哥也一定很得意。“妹妹转身回头瞧”，没有看到小黄狗，却见到做出滑稽鬼脸的小哥哥，她明白了，“原来哥哥学狗叫”。四句儿歌，语言简明，活泼逗趣。

再看重庆作家杜虹的《捉泥鳅》：

捉呀捉，
捉泥鳅，
泥鳅泥鳅滑溜溜。
捉来捉去捉不到，
妈妈来了捉住个小泥猴。

几句话描绘了一个充满活泼、机趣和幽默感的画面，让我们深深感染到童趣美。

再看一首传统儿歌《蝴蝶姑娘嫁丈夫》：

呜嘟嘟，
呜嘟嘟，
蝴蝶姑娘嫁丈夫。
谁奏乐？
知了吹笛蛙打鼓。
谁提灯？
边上萤火虫。
谁搀扶？
找了东庄螳螂姑。
谁来护？
蚂蚁哥哥带队伍。
蜜蜂小姐和她最要好，
嗡嗡嗡。
嗡嗡嗡，
唱着歌儿来伴送。

这是一首带有童话情节的关于昆虫的儿歌，想象奇妙，字里行间充满了童趣。

儿歌就是这样简单，但却极富感染力。儿歌作者用白描的手法，浅显简洁的语言，真切地表现幼儿熟悉的生活，表现幼儿眼中的世界。幼儿的活动与行为，已是天然稚趣，过多的修饰有时反成累赘。所以好的儿歌都简单而有味。

(二) 节奏明朗，富于音乐美

儿歌是一种韵文艺术，音乐性在儿歌中的重要意义绝不亚于语义。心理学家认为，婴幼儿对音乐的敏感几乎是本能的、先天的，和谐的音节、韵律会引起他们的愉悦感，这也是儿歌能带给婴幼儿最初的文学熏陶的原因。

儿歌的音乐性最突出的特点就是明快自然。“儿童歌哭，任天而动，自然和节”(《天籁集评语》)，看似随意然而又符合节律，丝毫不加雕饰。富于节奏感的儿歌，朗读时如珠落玉盘，清亮悦耳。

看下面这首河南传统儿歌《菊花开》：

板凳，
板凳，
歪歪，
菊花，
菊花，
开开！

开几朵？
开三朵。
爹一朵，
娘一朵，
剩下那朵给白鹅。

全歌明白如话，节奏明快，音韵流畅。开头两个六字句，各切为三个整齐的两字音节，押清脆的“ai”韵，然后转为三字句，并随韵接合，换韵，最后是“三三七”句式，形成新的节奏变化。简洁工整，错落有致，音韵铿锵，读起来非常富有音乐感。

再如这首四川儿歌《金银花》：

金银花，
十二朵。
大姨妈，
来接我。
猪打柴，
狗烧火。
猫儿煮饭笑死我。

整首儿歌押 uo 韵，前面六个句子都是三字句，最后一句是七字句，读起来朗朗上口。

（三）儿歌与游戏的互补互融

儿歌最早是从游戏中发展起来的，儿歌与游戏，从诞生的时候起就密不可分。在传统儿歌中，除了那些跳绳歌、踢毽歌、拍手歌等明确意义上的游戏歌外，其他的儿歌也都是具有广义上的游戏性与可操作性。儿歌是最适宜亲子两代嬉戏的文体。请看下面这首儿歌《拉锯》：

拉锯，
送锯；
你来，
我去；
拉一把，
送一把；
娃娃快快长，
长大骑白马。

这首歌可以大人拉着孩子的双手，一拉一送做拉大锯的样子，边做动作边唱。也可以在拉着孩子的小手，教他学迈步时唱，母亲边唱边走，让孩子跟着自己迈步。

这种拉大锯的儿歌在民间广为流传，过去东北、西北、中原一带的民间都有类似的，但是内容与上面的《拉锯》不同。这里举一首产生并流传于抗日战争时期的儿歌《拉大锯》：

拉大锯，扯大锯，
搭戏台，唱大戏，
接姑娘，请女婿，
小外孙，也要去。
坐轿车，骑毛驴，
走一步，拿棍比，
走三步，一二里，
摔了跤，再爬起。
小公鸡，吃碎米，
脖一抬，头一低，
手一扬，脚一踢，
两三步，到河西，
找八路，打游击，
打得鬼子直拉稀。

儿歌游戏除了母与子戏外，还有表现孩子们自己游戏的儿歌。如下面这首江苏儿歌《开城门》：

城门城门几丈高？
三十六丈高。
上的什么锁？
金刚大铁锁。
城门城门开不开？
不开不开！
大刀砍？
也不开！
大斧砍？
也不开！
好，看我一手打得城门开。
哗！开了锁，开了门，
大摇大摆进了城。

唱这首儿歌所玩的游戏是流传很广的一种有趣游戏。玩时，一群孩子手牵手站成一列，由左右两端的两个孩子对唱，最后两句合唱。唱到“进了城”时，由右端的孩子起，一个牵着一个从左端边上两个孩子的手臂下钻过。这样，左端第二个孩子便成了两臂交叉抱于胸前，与大家站成相反方向的“锁”。然后再由两端的孩子从头唱起，唱到最后再钻城门时，要由左侧第二、三两个孩子的手臂下钻过，这样左侧第三个孩子也成了“锁”。当中间的孩子全成了锁，左右两端的孩子便互相将空手握起，高举，让大家从手臂下退出，同时高喊“开锁喽！”于是，所有的孩子都成了两手交叉与左右相握相牵的姿势，形成一个圆圈。这个游戏就算完了。但可以接着玩“锯大缸”，即交叉的两手一拉一推，同时齐唱游戏歌：“锯盆，锯碗儿，锯大缸啊！”

四、儿歌的分类

儿歌分类没有统一标准。有研究者根据吟唱主体的不同将其分为“母歌”和“儿戏”，前者指婴儿还不会说话时，听长者吟唱的摇篮歌；后者指幼儿嬉戏时念唱的歌谣。

从创作者的角度，可分为民间儿歌和创作儿歌。

从形式分，可分为三言、五言、七言和杂言以及流传甚广的传统形式的儿歌，传统形式的儿歌我们将在下一节中讲述。

从主题角度分可分为知识性儿歌、教育性儿歌与游戏性儿歌。下面我们对此加以详细分析。

（一）丰富生动的知识性儿歌

幼儿有旺盛的好奇心与求知欲，儿歌是帮助他们认识自然事物、社会生活中的一些现象的有益渠道之一。在儿歌中，知识性儿歌占有相当大的比重。

这些知识性儿歌大多是咏物的，即抓住事物的突出特征，用最简明形象的语言加以描绘。如喻德荣的这首《小蜘蛛》：

小蜘蛛，
牵银线，
荡来荡去打“秋千”。
忙白天，
忙夜晚，
织出一个大网篮。
网苍蝇，
网飞蛾，
网个蚊子当晚餐。

儿歌抓住蜘蛛织网捕食来展开，把小蜘蛛牵线织网比喻成打“秋千”，形象生动，易为孩子理解，也符合孩子爱玩的心理。蜘蛛不分白天黑夜忙碌着织一张大网，用它来网苍蝇和飞蛾，蜘蛛便以这些昆虫为食，儿歌使孩子们了解了蜘蛛网的用途，也知道了蜘蛛以何为食。从这首儿歌我们可看出知识性儿歌在描绘事物时，最好只抓住一点，不及其余。如果想说得全面，反而会使幼儿不得要领。

再看下面这首王清秀的《认认它是谁》：

羊，羊，小山羊，
年纪不大胡子长。
鹿，鹿，梅花鹿，
头上长着两棵树。
象，象，大白象，
鼻子像个擀面杖。
骆，骆，大骆驼，
脊背弯弯山两座。

一首歌介绍了几种不同的动物，每种动物都抓住其最突出的外部特征，用形象的比喻给幼儿直观的印象。

还有一些咏物儿歌，用了奇妙的想象和拟人、类比手法，更风趣。如林颂英的《石榴》：

石榴婆婆，
宝宝最多，
一个一个，
满屋子坐，
哎哟，哎哟，
挤破小屋。

用拟人化手法将石榴想象为婆婆，石榴籽儿都成了石榴婆婆的宝宝，而且在小屋里挤得哎哟哎哟，真是童趣盎然，令人忍俊不禁。

除了咏物儿歌之外，知识性儿歌还有讲述自然知识的，如节气。请看薛卫民的这首《腊七腊八》：

腊七腊八，
冻掉下巴，
北风长牙，
雪粉像沙。

腊七腊八，
正好玩耍，
溜冰滑雪，
谁肯在家？

玩了一天，
日落回家，
摸摸下巴，
嘻嘻哈哈。

还有讲述科学知识的，如孙幼忱的《鸡蛋运动会》：

鸡蛋来比赛，
看谁转得快——
生鸡蛋，拼命转，
转了几圈倒下来。
熟鸡蛋，用力转，
滴溜溜地转得快。
观众鼓掌又喝彩：
“熟鸡蛋，得金牌。”
生鸡蛋，不服气：
“等我熟了再来赛！”

知识性儿歌还有一类是直接传授简单的数学知识，如寒枫的这首《数一数》：

一条虫，两条虫，
小虫喜欢钻洞洞，

三头猪，四头猪，
肥猪睡觉打呼噜。

五匹马，六匹马，
马儿一跑呱哒哒。

七只鸡，八只鸡，
公鸡打鸣喔喔啼。

九朵花，十朵花，
桃花树下是我家。

知识性儿歌对于开启幼儿的心智，促进幼儿的思维大有裨益。

(二) 寓教于乐的教育性儿歌

对于各方面正在成长，个性、品格等都处于形成期的幼儿，好的教育是必不可少的。而儿歌以其单纯活泼的形式，朗朗上口的音节，令幼儿在游戏中得到善与美的熏陶。寓教于乐，是儿歌教育性的体现方式。在幼儿稍长，能理解歌中的寓意后，儿歌的内容就会对他们产生潜移默化的影响。

如张继楼的这首《共伞》：

风来了，
雨来了，
幼儿园里放学了。
看一看，
谁来了，
妈妈撑着伞来了。
走出门，
回头瞧，
屋檐下站着张小宝。
招招手，
笑一笑，
伞下多了一双脚。
一二一二齐步走，
踏着水花回家了。

这首儿歌让幼儿感受到互助友爱的美好情操。

再看张秋生的这首《啊呜一口就吃掉》：

小老鼠，胖宝宝，
每天都要睡懒觉，
睡懒觉，不肯起，
妈妈给他送蛋糕。
送蛋糕，还撒娇，
爸爸给他挤牙膏。
挤牙膏，刷好牙，
太阳已经老老高。
老老高，上学校，
半路碰上小花猫。
小花猫，真正凶，
老鼠胖得没法跑。
没法跑，吱吱叫，
坐在地上等妈抱。
妈没抱，猫来抱，
啊呜一口就吃掉！

用连锁调的形式写了一个风趣的小故事，寓意不言自明。小老鼠的这些习惯到底好不好，相信小读者听完之后，自己就会得出结论。

从以上例子我们可以看出，儿歌往往是用拟人体形象来风趣委婉地指出幼儿的一些缺点，这样有利于幼儿的接受。如前面举过的金波的《野牵牛》、张继楼的《错了歌》，都是用生动的拟人体形象让幼儿明辨是非。当然也有用幼儿形象直接作好行为的示范，如皮作玖的《小鸟学我操操》：

风吹杨柳飘飘，
小鸟学我操操：
我伸腿，
它踢腿；
我拍手，
它跳跳；
我把腿儿弯弯，
它把尾巴翘翘。
操好了，
再见了，
小鸟“扑哧扑哧”飞走了。

这首儿歌的语言很有特色，多采用易于上口的叠音：“操操”、“飘飘”、“弯弯”、“翘翘”等，贴切自然，想象巧妙，富于情趣。

（三）童趣盎然的游戏性儿歌

这里所说的“游戏”，是美学上的概念，是广义上的游戏，指让幼儿得到如做游戏一般单纯、无目的的快乐享受。游戏性儿歌，也即趣味性儿歌，它有别于幼儿游戏时所唱的游戏儿歌，“游戏性儿歌”包括“游戏儿歌”。

民间儿歌中有大量风趣的游戏性儿歌，而创作儿歌中这类性质的儿歌在新时期得到了长足的发展。

民间儿歌如这首：

蚊子吹箫打锣鼓，
蚱蜢哥哥娶新妇。
纺织娘来吃喜酒，
送来礼物三尺布。

用荒诞的手法写了一场煞有介事的“喜宴”，想象力令人佩服。

再如《猫咪》：

猫咪猫咪，
妈妈叫你扫地。
猫儿矮，
扫帚长，
打翻了簸箕喊爹娘。

猫儿矮，扫帚长，这就难怪弄了个一塌糊涂了。非常风趣。

作家创作的此类儿歌，常常是以童趣为中心，以奇妙的想象和拟人体人物相结合，如蒋应武的《鼠妈妈的摇篮》：

弟弟睡好觉，
鞋子不见了，
去问小猫，
小猫把头摇摇；
去问老猫，
老猫胡子翘翘；
去问老鼠妈妈，
老鼠妈妈说：
“轻些，轻些，
我的宝宝，
都在‘摇篮’里睡觉！”

弟弟的鞋不见了，哪里去了？去问小猫。恐怕也只有幼儿会想到向小动物打听鞋子的去处。哦，问明白了，原来被老鼠妈妈看中，做了宝宝的“摇篮”。这样的富有趣味的想象可谓童趣天然。歌中的描写也很传神，小猫、老猫、老鼠妈妈的表情各不相同，都有自己的特色：像小猫就乖乖地把头摇摇，老猫就老成持重地只把胡子翘翘。

另一类游戏性儿歌是以幼儿生活为素材，作者在生活中捕捉富有情趣的镜头。如赵家瑶的这首《印下一路脚花花》：

学小鸡，
学小鸭，
不穿鞋，
不穿袜，
光着一对小脚丫，
叭哒！
叭哒！
叭哒！
印下一路脚花花！

写出了一个好动好奇的小淘气。

还有用富有情趣的形式表现亲子之间亲情的，如鲁兵的《背小猪》：

背小猪，
背小猪，
我的小猪胖嘟嘟。
谁要买，
快快来。
妈妈说她不要买。
谁要买，
快快来。
外公说他没钱买。
只有外婆眯眯笑：

“人家不买我要买。”
她把小猪抱过来，
拍拍小屁股，
摸摸小脑袋，
她叫小猪好乖乖。

娃娃要玩背小猪，妈妈不要，外公不要，怎么办？“幸好”外婆喜欢小猪，还叫小猪好乖乖。作品在欢乐的游戏氛围中渲染出了一派温馨的亲情。

第二节　传统儿歌的特殊形式

我国儿歌经过几千年的流传，形成了一些特殊形式。这些形式时至今日仍然受到广大儿童的欢迎和喜爱，并常常被作家作为创作时的借鉴。

这些特殊形式主要有：

一、*摇篮歌*

摇篮歌又叫摇篮曲、催眠曲，是哄婴幼儿入睡时所吟唱的儿歌。它是人最早接触的文学艺术样式。

摇篮曲通常表现为母亲对孩子的爱抚、安慰，对孩子前途命运的祝福、希冀，或是表现母亲无处述说的忧思和慨叹。既有民间摇篮曲，也有作家创作的摇篮曲。

有的摇篮曲没有完整或明确的意思，如（四川儿歌）：

啊哦——
啊哦——
乖乖哟——
觉觉喽——
狗不咬哟——
猫不叫哟——
乖乖睡觉喽——

只是柔和的声音连缀起几个词语或短句，可是这浅白的几行文字却渲染出了一个温馨宁静的夜晚慈母抚儿的情景，其中融着母亲的亲昵和爱护。

民间流传的摇篮曲大都比较简单，作家创作的摇篮曲场景描绘往往更细致些。如黄庆云的《摇篮》、陈伯吹的《小宝宝要睡觉》等。再如俄罗斯莱蒙托夫的《摇篮曲》：

睡吧，
我可爱的小宝宝，
睡吧，
睡吧，
月儿静悄悄，
把你摇篮儿照。
我给你讲故事，
我给你唱歌谣。
你闭上小眼快睡觉，
睡吧，
睡吧！

二、数数歌

数数歌把抽象的数字和一些有趣的事物结合起来，以帮助幼儿识数、记数。如下面这首《五指歌》：

一二三四五，
上山打老虎，
老虎没打到，
碰到小松鼠，
松鼠有几个，
让我数一数，
数来又数去，
一二三四五。

这是一首四川儿歌，但因其朗朗上口，亲切自然，流传全国各地，成为流传最广的数数歌之一。大人带着孩子扳着手指数，引出老虎和小松鼠两个情节，反复扳着手指数来数去，不显得枯燥，又能帮助孩子记数。

有的数数歌把数字和知识结合，既教会了孩子数数，又教给了孩子数字以外的其他知识。如这首河北儿歌《十样花》：

说了个一，道了个一，
豆荚开花密又密，
说了个二，道了个二，
韭菜开花一根棍儿。
说了个三，道了个三，
兰草开花在路边。
说了个四，道了个四，
黄瓜开花一身刺。
说了个五，道了个五，
石榴开花红屁股。
说了个六，道了个六，
鸡冠开花像狗肉。
说了个七，道了个七，
金桂开花香扑鼻。
说了个八，道了个八，
牵牛开花像喇叭。
说了个九，道了个九，
凤仙开花摘在手。
说了个十，道了个十，
高粱开花直又直。

这首儿歌在教孩子数十个数的同时，又教孩子学了各种植物的知识。

还有一类数数歌，不仅能帮助幼儿识别简单的数和数序，还训练他们初步的运算能力。如下面这首四川儿歌《数蛤蟆》：

一个蛤蟆一张嘴，
两只眼睛四条腿，
扑通一声跳下水。
两个蛤蟆两张嘴，
四只眼睛八条腿，
扑通扑通跳下水。

以一只蛤蟆的嘴、眼、腿的数作为计算基础，再唱两只蛤蟆、三只蛤蟆多少张嘴，多少只眼，多少条腿，巧妙地开始了计数运算训练。并以跳下水的“扑通”声的不同数目使蛤蟆的不同数目形象化。游戏中，蛤蟆的数量可不断增多，要求儿童边唱边算。

再如魏玉珍的这首《想一想》：

一只小鸟当空飞，
两只小鸟后边追，
三只小鸟喳喳叫，
四只小鸟紧跟随，
小朋友，快想想，
一共几只鸟儿飞？

三、*游戏歌*

游戏歌是儿童游戏时所唱的歌谣。游戏是儿童的天性，特别是幼年时代的孩子，游戏更是其主导活动。儿童的很多游戏是伴着歌谣的念唱进行的。歌谣可以增添游戏的愉快气氛，协调游戏的进行，更有很多游戏是离了歌谣无法进行的。

如在明人杨慎所编的《古今风谣》里，记录了文字所见最早的游戏歌《脚驴斑斑》：

脚驴斑斑，
脚躐南山，
南山北斗，
养活家狗，
家狗磨面，
三十弓箭，
上马琵琶，
下马琵琶，
驴蹄马蹄，
缩了一只。

唱这首歌时，孩子们坐成一排，把两脚伸出，由另外一个孩子来唱歌点脚。每唱一个字点一只脚，唱到“缩”时点到哪知脚，哪知脚便缩回，然后从头唱起，继续边唱边点。两脚都缩回的便站起来，以最后站起的那个为输，可罚他唱歌、讲故事等。

有一首流传很广的四川儿歌《脚脚板板》与此类似：

脚脚板板，
脚踏南山
南山草坡，
牛羊好多，
牛蹄羊蹄，
一路脚迹，
大脚小脚，
一伸一缩。

再如小孩玩骑竹马游戏时，会边走边唱：

骑竹马，
上学堂，
摇竹扇，
扇风凉，
先生莫要嫌我小，
我的肚里有文章。

简单单纯的游戏，却令儿童感到无穷的乐趣。

再如这首跳绳时所唱的《跳绳歌》：

花儿红，
鸟儿叫，
柳树底下把绳跳，
单脚跳，
双脚跳，
脚步越跳越灵巧。
你也跳，
我也跳。
一个挨着一个跳，
挺起胸，
向前瞧，
脚儿轻轻别摔跤。

四、连锁调

连锁调也叫连珠体，它采用顶真的手法来结构儿歌，即将上一句末尾的字、词或短句，做下一句的开头，或前后随韵粘合，从而环环相扣，连续下去。

传统的连锁调一般没有完整的意思，但句式简短，节奏韵律感很强，由上句引出下句，颇风趣，易记易唱。如清代郑旭旦《天籁集》所辑的绍兴儿歌：

一颗星，挂油瓶；
油瓶漏，炒黑豆；
黑豆香，卖生姜；
生姜辣，造宝塔；
宝塔尖，戳破天；
天哎天，地哎地；
三拜城隍老土地，
土地公公不吃草，
两个鸭子囫囵吞。

在传统儿歌中，有一种与问答调结合在一起的连锁调。这种连锁调的连锁形式有了些变化，不用顶真和随韵粘合来环环相锁，而是以问答的手段形成连锁，即：在开头两句随便描述一个生活场景之后，再从第二句的后面几个字（不一定是最后一个字）中提出一个单音词，前面加上“什么”，从而构成一个疑问短句，如“什么塔”、“什么红”之类，接着便以两三个字的短句来回答，如“玲珑塔”、“花儿红”等等。然后，又用这答句的头一个字（可以谐音）再加上“什么”构成又一个疑问句，如“什么玲（铃）”、“什么花”，如此连续不断地问下去，答下去，也就形成了一种连锁。如下面这首广西儿歌《萤火虫》：

萤火虫，你过来，
你去哪里吃饭来？
什么饭？红米饭。
什么红？猪肝红。
什么猪？母猪。
什么母？亲家母。
什么亲？乡亲。
什么乡？酒肉香。
什么酒？米酒。
什么米？黄小米。
什么黄？蛋黄。
什么蛋？扯蛋。
什么扯？葫芦葫芦扯。

五、问答歌

问答歌又叫问答调、对歌、盘歌。它以设问作答的形式来结构儿歌。

有问有答是问答歌的基本特征。问答歌常常是一组问答来表现一组互相关联的事物的特征，它们或属于同类，或者有相似的特征，或者有相类似的表现，引导儿童在比较中观察事物，从而培养他们观察和分辨事物的能力。

问答歌采用一问一答或连问再连答的形式进行。如下面这首广西儿歌《谁会飞》：

谁会飞？
鸟会飞。
鸟儿怎样飞？
扑扑翅膀去又回。
谁会游？
鱼会游。
鱼儿怎样游？
摇摇尾巴调调头。
谁会跑？
马会跑。
马儿怎么跑？
四脚离地身不摇。
谁会爬？
虫会爬。
虫儿怎么爬？
许多脚儿慢慢爬。

再看一首连问连答的。江苏儿歌《什么虫儿空中飞》：

什么虫儿空中飞？
什么虫儿树上叫？
什么虫儿路边爬？
什么虫儿草里跳？
蜻蜓空中飞，
知了树上叫，
蚂蚁路边爬，
蚱蜢草里跳。

问答歌有时和数数歌结合，形成一种对数谣。如下面这首吉林儿歌《十数对花谣》：

我说一，谁对一，
什么开花在水里？
你说一，我对一，
菱角开花在水里。
我说二，谁对二，
什么开花把道沿？
你说二，我对二，
马兰开花把道沿！
我说三，你对三，
什么开花叶尖尖？
你说三，我对三，
韭菜开花叶尖尖！
……

问答歌有时还和连锁调结合，采用顶真续麻的手法，从每一句答话中不断提出新的问题，可以一直问下去。虽然没有完整的意思，但形式活泼，句式简单，在对答游戏中，可以不断续编，对培养儿童的语言、思维能力和创造力都很有好处。如四川地区流行的一首儿歌《不晓得》：

你姓啥？我姓唐。
啥子糖？芝麻糖。
啥子芝？桂枝。
啥子桂？肉桂。
啥子肉？豆腐肉。
啥子豆？莱豌豆。
啥子莱？大头莱。
啥子大？天大。
啥子天？火烧天。
啥子火？钢炭火。
啥子缸？盐缸。
啥子盐？锅巴盐。
啥子锅？铁锅。
啥子铁？不晓得。

问答歌往往带有一种“猜谜”的魅力。因为先问后答，中间有一个过程，而儿童往往急于知道答案，作品便对他们产生了强烈的吸引力。问答歌是一种培养儿童思维能力、探索精神的好形式。

六、绕口令

绕口令又叫拗口令、急口令。其特点是把许多近似的双声、叠韵词组织在一起，或把发音相同或相近的词语集合在一起组成有趣的韵语。绕口令结构巧妙，短小活泼，听来幽默风趣。这类儿歌容易读错，而诵读时又要求口齿清楚、快速流畅，准确无误，所以它是训练孩子们语言和思维能力的极好的工具。

绕口令主要不是表达某种思想感情，甚至没有完整内容，只以其语言的特殊使人获得愉悦，或以其特殊的语音结构帮助人们训练口齿、辨声正音的歌谣。如下面这首影响非常广泛的《挂铜铃》：

东洞庭，西洞庭，
洞庭山上一条藤，
藤条头上挂铜铃。
风吹藤动铜铃动，
风定藤停铜铃停。

这首儿歌只勾画了一个画面，不表现什么意思。当儿童急速地朗读时，感到特别“拗口”，尤其是那些“藤”、“铃”、“动”、“静”等音很容易混淆，便感到有趣、爱读。这些绕口令，无形中起到了帮助孩子们发音和矫正口音的作用。

再看这首《酒换油》：

一葫芦酒，九两六，
一葫芦油，六两九。

六两九的油，
要换九两六的酒，
九两六的酒，
不换六两九的油。

这首绕口令“酒”、“油”、“九”、“六”同韵，酒是九两六，油是六两九，以油换酒，“六两九”和“九两六”又夹杂其中，增加了诵读的难度。这是一首纯为练习发音的绕口令。

七、颠倒歌

颠倒歌指故意将事物之间的正常关系和各自的特征加以颠倒而成的儿歌。这类儿歌由于其违反常理，乍看起来，十分荒唐，所以又叫古怪歌、滑稽歌，四川人又叫它“扯谎歌”。

颠倒歌以大胆的想象、夸张，有意颠倒或混淆自然现象以及社会生活中各种事物、景象的正常关系、正常秩序，使人产生一种荒诞、古怪的感觉。颠倒歌既可以培养儿童的识别能力，又能锻炼他们从反面来联系和思考问题的能力。

如下面这首四川儿歌《听我唱个扯谎歌》：

太阳落土又落坡，
听我唱个扯谎歌。
两个和尚来打架，
头发扯成乱鸡窝；
乌龟团鱼天上跑，
鸡蛋打烂石碓窝；
鲤鱼来衔草，
牛儿来霸窝；
生了三十六个阳雀蛋，
出了七十二个鬼冬哥。
说白就说白，
说起了不得，
牯牛生了崽，
三天就犁得。
灯草做纤索，
一天拉到黑。
扁担打狗虱，
一打两半截。
剪刀杀跳蚤，
流了八担血。
鸡笼关蚊虫，
气都出不得。

这首歌以大胆的想象，描述了许多事实上不可能发生、不可能存在的事情。和尚是不留头发的，偏偏说他“头发扯成乱鸡窝”；乌龟、团鱼是地上爬、水里游的，偏说它在天上跑；鸡蛋是一打就破的，偏说用它能打烂石碓窝。下面四句具有连续性，构成了一个十分荒诞的小情节：鲤鱼衔草做窝，被牛霸占，牛儿霸窝是为了生蛋，生了三十六个阳雀蛋，却孵出了七十二只猫头鹰。一层比一层荒诞。儿歌的后半部分变为整齐的五字句，节奏更为紧凑，突出了“谎话连篇”的味道。以同样的手法，两句一层写了五种违背情理的现象。

又如下面这首苏南童谣《月亮白光光》：

月亮白光光，
贼来偷酱缸，
聋子听见忙起来，
哑巴高声喊出房；
跛脚追上去，
瘸手也来帮，
一把抓住贼头发，
看看还是一个小和尚。

幽默诙谐，让人忍俊不禁。

八、*谜语歌*

谜语歌一般由谜面（喻体）和谜底（本体）组成。谜底就是所猜测的对象；谜面则是启示猜测者的话语，往往运用比喻、拟人、描述等方法去暗示本体的特征。用儿歌形式表述谜面的谜语即是谜语歌。

谜语歌和问答调有明显不同。虽然有的问答调从内容上看也像猜谜，但是提问都比较简单、直接，而且在问答调里有问必有答，而在谜语歌里只提出问题，并不作出回答。

谜语歌有物谜，即谜底是具体事物的谜语。它符合幼儿具象思维的特点，所以数量最多。物谜的谜底可以是动物、植物，也可以是日常用品、人体器官等。

如下面这首：

上边毛，下边毛，
当中夹个小葡萄。
猜不着，对我瞧。
（谜底：眼睛）

再如谜底是物品的：

圆肚肚，紧绷绷，
肚子里面空又空；
不敲它，不吭声，
敲它就喊痛痛痛。
（谜底：鼓）

也有描写事物的，如：

像糖味不甜，
像盐味不咸，
放到田头边，
禾苗笑弯腰。
（谜底：化肥）

也有描述自然现象的：

初一一根线，
初二看得见，
初三初四像娥眉，
十五十六圆又圆。
（谜底：月亮）

给幼儿看的谜语歌，要求浅显生动。

九、字头歌

字头歌每句末尾的字词完全相同，是一种特殊的“一韵到底”。末尾的字词往往是“子”、“头”、“儿”等，以它们作为韵脚，一韵到底，具有很强的韵律感。如在民间广为流传的《小小子儿》：

小小子儿，
坐门墩儿，
哭哭啼啼要媳妇儿，
要媳妇儿干嘛？
点灯说话儿，
吹灯做伴儿，
到明儿早晨，
梳小辫儿。

字头歌一般都有一个比较完整的情节，比较多的作品都能表现一个有教育意义的主题。如下面这首程逸汝的《砍蚊子》：

树下铺张大席子，
狗熊睡上一阵子，
飞来一只大蚊子，
吓得狗熊缩脖子。
狗熊气得拿斧子，
用足力气砍蚊子，
砍出一身汗珠子，
还没砍着大蚊子。
狗熊不肯动脑子，
急急忙忙卷席子，
卷起席子当帐子。

这是一个具有象征意义的滑稽故事，笨狗熊用斧子去砍咬自己的蚊子，结果白费了力气。小朋友从狗熊的失败中也很容易明白做什么事都应根据实际情况，采用恰当的方法、适当的工具，否则就会劳而无功。

再如下面这首刘上丽的《小豆子》：

小豆子搬来小凳子，
帮着奶奶剥豆子，
豆子里钻出小虫子，
吓得呜呜哭鼻子。

奶奶说：
“好孩子不怕小虫子，
哭鼻子不是好孩子。”
小豆子擦擦泪珠子，
拿小凳子压死小虫子，
奶奶夸小豆子是好孩子，
小豆子又帮奶奶剥豆子。

这首儿歌写了一个生动有趣的生活场景。小豆子帮奶奶剥豆子，结果被一条小虫子给吓哭了，在奶奶的教导下，勇敢地消灭了小虫子。这首字头歌，节奏感强，富有情趣，以小孩生活中的故事来教育孩子从小要锻炼勇敢、坚强的性格，易于被孩子接受。

第三节　少年儿童诗歌

少年儿童诗歌是诗歌苑囿里的一株奇葩，在探讨少年儿童诗歌时，本节先谈谈诗歌的一般艺术要素。在各种文学样式中，诗歌出现最早。它起源于原始时代人们的集体劳动。从表现形式来看，早期诗歌与音乐、舞蹈等密不可分。《吕氏春秋·古乐篇》中有这样的记载：“昔葛天氏之乐，三人操牛尾，投足以歌八阙。”这里所描述的场面，就是诗歌、音乐、舞蹈三者结合的综合表演。在汉代人写的《毛诗序》中，对诗、乐、舞的关系作了进一步的论述：“诗者，志之所之也，在心为志，发言为诗。情动于中而形于言，言之不尽故嗟叹之，嗟叹之不足故永歌之，永歌之不足，不知手之舞之，足之蹈之也。”可见，诗、乐、舞都出自人们在生活中所激起的感情活动，原是三位一体，发展到后来，诗歌才成为一种独立的文学样式。

一、*诗歌的特点及分类*

诗歌与其他文学体裁相比，具有以下一些基本特点：

其一是抒情性。我国古代有“诗言志”、“诗缘情”之说。唐代诗人白居易曾把诗的特征概括为八个字：“诗者：根情，苗言，华声，实义。”

(《与元九书》)所谓“根情”即以感情作为根本出发点和立足点。当代诗人艾青也认为:“对生活所引起的丰富的、强烈的感情是写诗的第一个条件,缺少了它,便不能开始写诗,即使写出来了,也不能动人。”(《诗论》)创作实践表明,感情是诗的直接表现对象,也是诗的内在生命。而感情和思想是密不可分的,所谓“在心为志,发言为诗”,就说明诗是用来“言志”的。“志”指的是诗人的精神境界、理想情操,是感情和思想的结合。

其二是音乐性。《诗经》、乐府诗和历代词曲都曾经配乐歌唱。诗歌在后来的发展中,虽然与音乐逐渐分离,但仍保留了音乐的某些特质,形成诗歌自身的特点,最突出的就是鲜明的节奏和铿锵的音调。

节奏是诗歌音乐性的主要因素。诗的节奏,是指由于语音排列次序不同而形成的有规律的抑扬顿挫。中国古体诗的节奏主要在于顿(即诗句中按照音律单位划分出的大体均匀的段落)的安排。一般说来,四言诗是每句一顿,每顿两个字,五言诗每句三顿,每顿两个字或一个字;七言诗则每句四顿,每顿两个字或一个字。这样读起来,便觉节奏明快,跌宕有致,其中顿的字数的划分,固然与字义有关,但更重要的还是为了音调的和谐。近体诗(格律诗)以及词曲的节奏要求更为严格,除了顿和字数的限制以外,还有合乎一定平仄格律,即按每个字的音调的高低升降,分成平声字和仄声字,在诗句中按一定格式交替使用,并和顿的安排恰好结合。这种平仄的要求不仅加强了诗句内部的抑扬和声调的交换,而且加强了诗句间的对照,从而增强作品的旋律感,使全诗产生更悦耳的音乐效果。

诗歌音乐性的另一个表现是押韵。押韵即在诗句的末尾使用韵母相同的字,所以又称韵脚。诗歌一般都是押韵的。中国的古体诗大多是除第一句外单句决不押韵,双句押韵,但也有每句押韵或押韵无定则的。

近体诗的押韵规定较严,除第一句外单句决不押韵,双句必须押韵。现代诗歌包括自由诗在内一般也注意押韵,但押韵的方式比较自由,有的句句押韵,有的双句押韵,有的没有定则。有的则采用外国诗歌的“商籁体”(即十四行诗)的押韵方式。押韵对于诗歌创作具有重要意义,它可以使得诗句更加悠扬动听,前后呼应,形成一个完美的整体,增强诗的节奏和旋律。

其三是语言的高度凝练和形象性。诗歌要求更集中、更概括地反映生活,并有一定的节奏、音调和格律的限制,因而不容许冗长的叙述和空洞的说教,所以诗歌的语言要比一般口语和散文语言更凝练、更含蓄。中国古代诗歌讲究炼字,有著名的“推敲”的典故。

诗歌在长期的历史发展过程中,形成了许多种类。从形式上分,有格律诗、自由体诗、散文诗、民歌等。从内容上分，主要有抒情诗和叙事诗。

抒情诗是诗歌的典型形式。诗歌的特点，特别是它的抒情性和音乐性，在抒情诗中得到充分的体现。抒情诗以抒发诗人在现实生活中被激发起来的感情为主，一般没有完整的故事情节和丰满的人物形象，也很少正面展开人物之间尖锐的矛盾和冲突；诗人的着眼点并不在于客观地描述生活场景和人物故事，而在于通过某种事件或景物表现自己的主观感受，或直抒胸臆，或触景生情，或借古咏怀，或托物言志。抒情诗是一种最个性化的艺术，诗人往往就是抒情的主人公。

叙事诗是叙事与抒情的结合。作为诗歌的一种形式，它具有诗歌的一切特征，同时又有叙事的成分，并往往以叙事写人构成作品的主要内容。与抒情不同，它有着较为完整的故事和鲜明的人物形象以及对社会生活和历史事件所作的客观描述。在叙事诗中，诗人一般不是直接抒发自己的感情，而是把自己的思想感情融化在他所描述的形象和故事中。在这一点上，它跟小说比较接近。但它不仅始终具有诗的形式和有节奏、有韵律的诗的语言，而且始终贯注着诗的激情，又与小说不同。同时，由于叙事写人并非诗歌的特点和专长，所以叙事诗在写作中，一般总是选择比较单纯的故事或事件，人物不多，情节简括，层次分明，因而语言也远较小说凝练概括。

二、*少年儿童诗歌及其分类*

少年儿童诗歌是现代新诗的一个重要组成部分，具有诗的特质，具有诗的共性，它是专属于儿童的一种文学品种，由于其接受对象的特殊性，少年儿童诗歌有自己的特点。它区别于古典儿童诗歌与儿歌，也不同于现代儿歌与童话。它主要是现代诗人与作家为教化儿童，启发儿童的想象，培养他们的情操而有意识有针对性地创作出来的诗歌。成人作者或者是站在儿童的立场，作儿童的代言人，协助儿童发泄心中的情绪，达到身心的平衡；或者是将个体的人生体验、审美积淀透过简短的文字，传递给少儿读者，让儿童从中吸取其精华、智慧，健康顺利地成长。少年儿童诗歌的作者除了成人外，还有儿童。儿童写诗纯粹是抒写个人的心声和个人的思想、人生体验。少年儿童诗歌和成人诗一样，具有兴观群怨的功能，潜移默化，陶冶性情，使儿童无论在读或者写上，都可以获得心灵的成长。

古典儿童诗歌并不是诗人有意识地为儿童创作的。古代中国的启蒙教材虽然接受对象是儿童，但却并不从儿童立场出发，其内容往往以宣传儒家伦理道德为主。《三字经》在宋朝以后成为一本家喻户晓的启蒙读本，其重要的一个内容就是宣传儒家的伦理道德。《千家诗》也是站在成人的角度来选编的，许多诗都不贴近儿童心理。在我国古代，真正适合儿童诵读的诗歌不多。但在一些文人的诗词里，也有一些适合儿童理解、背诵的诗作，如李白的《静夜思》、孟浩然的《春晓》、白居易的《草》、李白的《悯农》、杜牧的《清明》等，这些诗语言浅显，意境恬淡，也富有音乐美、图画美，所以很受儿童的欢迎。

我国古代也有儿童自己写的诗，这些诗被称为“神童诗”，如唐代诗人骆宾王七岁时写的《咏鹅》：“鹅鹅鹅，曲项向天歌，白毛浮绿水，红掌拨清波。”唐代李泌年不满七岁时写的《咏方圆动静》，也很出色。明朝洪武年间大才子解缙五六岁时，有一天，他的族祖逗他玩，问他：“你这小孩喜欢什么?”他不假思索，便咏了四首绝句作了回答，这四首绝句中的首句为“小儿何所爱？爱者芝兰室。更欲附飞龙，上天看红日。”其意为“你若问我喜欢啥？我喜欢芝兰室飘香。更愿意架着神龙飞，飞上蓝天看太阳。”此诗说明了小诗人的想象力非常丰富，而且也表明小诗人从小志存高远。

到晚清时，有意识地为儿童写诗的诗人已经出现，如黄遵宪就写了《幼稚园上学歌》，教育上幼儿园的小孩子。

现代意义上的儿童诗的产生，得力于五四新文化运动。随着白话文自由诗的诞生，语言浅白、韵律自由的儿童诗（包括幼儿诗）也随之蓬勃兴起。叶圣陶、郑振铎、汪静之等著名作家、诗人都曾为儿童写诗。如叶圣陶 1922 年创作的《蝴蝶歌》：

飞飞飞，
飞到花园里，
这里的景致真美丽：
有红花铺的床，
供我们睡眠。
有绿草织的毯，
供我们游戏。
飞呀！飞呀！
飞得低，飞得低，
我们飞做一团，
不要分离。
你看花儿在笑我们了，
笑得脸儿更红了。
哈哈哈，
他呀你呀和我们一起飞。

这首诗讲究押韵，讲究形象化，讲究儿童情趣，是现代儿童诗的经典之作。

少年儿童诗歌的分类相对于成人诗的分类要复杂一些。成人诗一般分为叙事诗、抒情诗和朗诵诗，散文诗也可作为一个独特的类别出现。少年儿童诗歌的分类，各家说法都不尽相同，可按作者、体裁、内容、功用等多方面来分类。本书对少年儿童诗歌的分类主要是根据接受对象的特征来划分的。少年儿童诗歌的接受对象是儿童，根据接受对象的年龄和心理特征，少年儿童诗歌又细分为幼儿诗、儿童诗和少年诗。

幼儿诗指3岁至六七岁的幼儿为主体接受对象，适合于幼儿听赏吟诵的自由体短诗。由于受众识字量的限制和对语言理解能力的限制，所以幼儿诗尽量用口语，且注意将口语和音乐美结合起来。著名儿童文学诗人金波曾说过："幼儿诗歌是一种听觉艺术，它虽然也和其他文字作品一样印在纸面上，但这些书的服务对象常常并非'读者'而是'听众'，他们对于声音不但敏感，而且要求悦耳，这就是诗的音乐性。"他还说，创作幼儿诗时，"作者要努力提炼儿童的口语"。口语人诗对幼儿诗歌来说极为重要，它不但可以在语言上深浅适度，而且可以使小听众立刻感受到诗的音乐性。生僻的用词、拗口的语言会切断幼儿在听觉上的"声音之流"，阻塞幼儿思维的连贯性。如刘饶民的《摇篮》就是一首口语化与音乐美有机结合的适合幼儿诵听的好诗：

天蓝蓝，
海蓝蓝，
小小船儿当摇篮。

海是家，
浪做伴儿，
白帆带我到处玩儿。

这首诗一韵到底，语音流畅，而且没有一个生僻字。诗人只用了六个句子就描绘出了海天一色、广阔无边的风景画，也写出了渔家孩子爱海的情怀和敢于一个人去闯海闯世界的志向。

儿童诗是指契合六七岁至十一二岁的儿童的心理特征，适合这一阶段儿童阅读、吟诵，为他们所理解和喜爱的诗歌。这个年龄段的孩子对语言具有一定的理解能力，审美能力也在逐步提高，因此，儿童诗无论在内容还是形式上都比幼儿诗更为丰富和多样。校园生活、家庭生活、社会生活、人物、动植物、自然景观、时令节气等成了儿童诗的表现题材。通过这些诗来抒发儿童的感情，陶冶性情，与儿童达到趣味上的共鸣，给儿童带来纯美的享受，传播知识，增加儿童的生活积淀。其中表现校园生活的又占了很大的分量，多姿多彩的学校生活带给儿童无穷的乐趣，也带给儿童很多烦恼，也让他们学会了很多东西。请看下面这首台湾诗人陈义男的《两种心情》：

同学罚站时，
我和其他同学好奇地去围观，
我一言，他一语，
比手画脚地对着他们嘲笑一番。

我被罚站了，
望着一堆堆涌来的人潮，
头越垂越低，
真希望挖个地洞躲进去。

这首诗在内容上分为两段，第一段写同学罚站，第二段写自己罚站，两种不同的心情都是孩子的真实体验，两相对比，使儿童读者换位思考：今天我嘲笑别人，明天别人也会嘲笑我。我应该有体谅之心，同学被罚了，心里本来就很难受了，我不该再增加他的难受。这样的诗有助于美化孩子的心灵。

请再看安徽诗人李秀英的《小猫写信》：

小猫咪咪来写信，
不会写字画爱心。
一颗心：你好吗？
两颗心：我想你！
三颗心儿画一起，
邀请朋友来游戏！

写好信，正高兴，
哟，差点忘了签大名。
捋捋胡子眨眨眼——
啪！
踩上一个大脚印！

少年诗是指契合 11 岁至 18 岁的少年的心理特征，适合这一阶段少年阅读、吟诵，为他们所理解、欣赏的诗歌。这一阶段的孩子正处于半幼稚、半成熟的时期，情绪不太稳定，对世界、对人生、对社会开始有自己的思考。少年诗在内容上倾向于少年情怀的抒写，如成长的渴望与烦忧，学业上的快乐与苦恼，理想与现实的冲突，少男少女之间的精神吸引，对未来的憧憬等等。少年诗要疏导少年的情绪，把对人生社会的看法和正面精神价值巧妙地哲理化，融入诗歌，提升少年的心灵，增强少年的审美，给少年带来美和理性的愉悦。

少年诗主要表现少男少女的现实生活世界与心灵世界，以诗艺的方式参与少年精神生命的健康成长，同时升华他们的诗歌鉴赏与认同的雅兴。爱诗懂诗从诗的艺术中吮取精神素养，这对于少男少女的“精神成长”具有特殊的价值意义。因而少年诗的创作总是大幅度地直接切入少年生存现状与精神领域，切入他们的校园生活、情感地带，并以朋友与代言人的身份，用诗的语言倾诉出少年内心的憧憬、忧伤、追求与渴望，展现出一幅幅少男少女的花季画面，揭示出他们内心微妙、幽深而又多姿多彩的情愫。

如重庆诗人钟代华的《迎面而来》：

很多日子
我们都迎面而来
相遇在上学放学的校门外
相遇在操场在走廊
相遇在心已决堤的短短课间

不自然地微笑
自然而然地点头
眼神的光芒若隐若现
陌生的薄雾渐渐散开
轻浅的冰雪悄悄融化
脚底生风的清脆
难道是昙花的鲜艳
偶尔相碰的一瞬
能否回味出
那异样的青涩酸甜

嫩绿的心事纷纷绽开

迎面的过程
恰如朵朵清波
或如飘来飘去的云彩
一道行走的风景
一阵鸣奏的琴弦

迎面的时刻
距离近得不再此岸彼岸
也许有许多可能
也许就那么无缘
要么登上各自的舞台
要么走向各自的港湾
但愿开始了
能有个期待中的结局
并演绎出校园里的精彩无限

迎面而来　擦肩而去
我们已相约一次少年的春天

这首诗以男生女生间的“迎面而来，擦肩而去”为切入点，细致入微地刻画了少年学生“欲说还休”的精神吸引与微妙的情愫，诗的语言含蓄、深沉，诗的意象灵动、鲜活，流动着花季岁月活跃的生命潜质与飞动向上的审美愉悦。全诗风格温婉细腻，写出了花香季节的少年情怀，舒缓中有丁香般的轻愁，那懵懂的心对未来充满了想象。花季就应该有花的绽放，只有青春，才读得出那种芳香。这样的诗少年读者读了很容易引起共鸣，并舒解自己的心绪，促成健康成长。

三、*少年儿童诗歌的艺术特质*

少年儿童诗歌是儿童专有的，它必须适合少年儿童的心理、生理特征，必须适合少年儿童的审美经验和阅读兴趣，这样才能被少年喜爱和接受。所以，少年儿童诗歌讲求美感，讲求意境，讲求修辞炼句，讲求感情真挚。它除了具有诗歌的一般特征外，还有自己的独特艺术个性。

（一）浅语之美

浅语指的是文字，浅语之美指的是诗的艺术美质，深刻的内涵通过浅显的话语来表达、传递。透过比喻、象征、拟人、联想、想象等修辞手法，使描写对象清楚地呈现，让儿童能品出其中的韵味，激发儿童心中的感受，产生共鸣，这样才能使儿童有阅读的兴趣。如圣野的这首诗歌《欢迎小雨点》：

来一点
不要太少

来一点
不要太多

来一点
小蘑菇撑着小伞等

来一点
荷叶钻出水面来等

小水塘笑了
一点一个笑涡

小野菊笑了
一点敬一个礼

全诗文字浅显，描写的对象都是儿童所熟悉的，作者运用拟人手法，使小蘑菇、荷叶、小水塘、小野菊都成了活泼的拟人形象。撑伞、钻出水面和点头敬礼等动作都是孩子日常生活中常见的，自己也经常有过的，这样整首诗就容易被儿童理解。同时，撑着小伞等的小蘑菇、钻出水面的荷叶、笑出了酒窝的小水塘和笑弯了腰的小野菊，它们本身各自就是一幅生机盎然的图画，组合在一起，又共同构建了一个其乐融融的童话世界，整首诗的意境美也呼之欲出。

再看徐鲁的这首《一颗蓝豌豆》：

一颗蓝豌豆
在冬天的豆荚里
做了个长长的梦
梦见了
小河边的巨大的风车
在草地上撒欢的牛犊
和一群在村外
放风筝的小学生……

这首诗的语言也明白晓畅，熟悉的对象有趣的生活，儿童很快就被吸引。整首诗给了儿童想象的空间：风车、牛犊、风筝。每一个都是快乐的生活场景，嬉闹的自由世界，儿童很容易就沉浸于想象，天马行空任我驰骋。这首诗情节、形象和抒情融为一体，构筑了一个艺术美的世界。

（二）意象之美

意象一词是中国古代文论中的一个重要概念。意是内在的抽象的心意，象是外在的具体的物象；意源于内心并借助于象来表达，象其实是意的寄托物。作者对外界的事物心有所感，便将之寄托给具体的物象，使之融入作者自己的某种感情色彩，营造出一个特定的艺术天地。要把心中之意准确而生动地传递给小读者，就必须要让他们能在诗中具体地看见你的心中之物、心中之情、心中之景。因此写诗时，要善于运用寓情于景、以景托情、情景交融的艺术处理技巧，把意念变为意象，把意象变为意境，让儿童能完全理解。为了使意象鲜明，作者需精心设计，让抽象变成具体，让无象变成有象。请看王宜振的这首《红草莓的夏天》：

红草莓的夏天很美很诱人
红草莓的夏天是一页镶着红星星的绿色翡翠
翡翠亮了星星亮了逗乐孩子的小酒窝逗馋孩子的小嘴唇
孩子们变成一群小燕子一群花蝴蝶一片玫瑰云
飘呀飘呀飘过小清河飘进灌木丛

男孩子女孩子的小脚印星星点点布满山野
他们像快乐的小鹿跳来跳去嬉戏追逐
甜甜的笑声被夏风酿成芳香的蓝色酒
把一个红草莓的夏天灌醉了醉得可爱醉得迷人
那些绿的、红的、紫的小星星呢
它们亮烁烁地眨着色彩缤纷的小眼睛
女孩子摘一颗红草莓目光在白手绢上晃来晃去
她想把它镶上白手绢镶一颗小星镶一朵红色的童话
男孩子采一把大口吞着嚼着任果汁把嘴唇涂亮涂红
也涂红了长长的呼哨悠悠的山风林鸟唧唧喳喳的对话
小篮子采满了小布兜装满了小脸儿笑成一朵花
金小蜂白粉蝶追逐着他们的花裙子和海魂衫
追逐着他们飘香的谣曲飘香的脚印

夕阳熟了软软的像六月甜甜的杏子
炊烟香了淡淡的像小村银色的旗帜

站在村口的妈妈揣着担心揣着等待亮着呼唤
焦急地望着弯弯的小路望着起伏的山峦
孩子的谣曲脆脆地响了一路播着欢乐
妈妈的眼神烁烁地亮了燃起一挂喜悦
孩子笑了妈妈笑了红草莓的夏天笑了
山风静了树林静了醉迷迷的小村静了
只有夜风不安地流荡着骚动着
翻开了
一页又一页甜甜香香的叶子

草莓红透了，孩子的生活更多姿多彩了，为了表现孩子的欢乐，作者选取了多个意象，组成了繁复的意象结构，再与具有浓郁乡村特色的清新的画面结合，构成了一个洋溢着醉人芳香的色彩缤纷的世界。以小燕子、花蝴蝶、玫瑰云、小鹿来写孩子在山野间的活泼，他们跃动的喜悦。以镶着红星星的绿色翡翠，甜甜香香的叶子，来写草莓熟透的夏天的美丽与芬芳，而孩子的笑声则被酿成了芳香的蓝色酒。红色、绿色、玫瑰色、紫色、蓝色、金黄色、白色等多种颜色使整首诗始终保持着温暖的感情基调。这些有颜色有味道的意象如经线纬线共同织成了可爱迷人，美丽诱人的孩子们的红草莓的夏天。

意象的选择要能唤起儿童的经验，必须从生活中取材，以明白晓畅的文字勾勒出具体可感的意象，呈现给儿童，让儿童从文字中能见其人，睹其物，临其境，这样才能吸引儿童，激发儿童的想象。

（三）具象之美

具象在这里是指把抽象的事物、概念具体化，以具体的可感可见的物象来解说自己想要说明的抽象的对象，让少年读者易于理解。这和前面所讲的把心中之意通过意象来表达是不同的。心中之意也是抽象的，但它主要是一种情感；具象在这里是名词用作动词，具体化的对象是抽象的事物、概念，而不是情感。请看下面这首台湾诗人赵天仪的《风》：

纸屑在天上飘，
风走过去了，
树叶在枝上摇，
风也走过去了。

我不知道，
风是怎么走过去的。
当我看到尘土飞扬的时候，
我知道风又在走动了。

风是抽象的，没有谁看见过，要让孩子们认识风，对风有一个具体可感的印象，就要把这个抽象的风变为可见的实体。作者用飘飞的纸屑、摇摆的树枝、飞扬的尘土来告诉大家风来了，风走过去了。“飘飞”、“摇摆”和“飞扬”这三个动词是非常关键的，它们让我们看到了风。一个看不见的抽象的自然现象通过纸屑、树叶和尘土的活动告诉大家风来了，风在走动了。具象化的过程是一个认知的过程，我们应该选用儿童熟悉能让儿童理解的具体事物来说明抽象的事物和概念。

再如下面这首台湾诗人张金美的《梦》：

梦像一条小鱼
在水里游来游去
想捉他
他已经跑了
梦像一滴雨
从天上下来
想去捧他
他已经着陆了
梦像一阵风
从远方吹过来
想去捉他
他已经离开了

梦是来无影去无踪的，看不见，摸不到，但一旦作者用比喻的手法借助具体的事物将之生动传神地呈现出来，梦就变得看得见了。水中的游鱼，天上的雨滴，都是可见的，但你还来不及捉住他们，他们就已消失了踪影，这就好像梦，在你想抓住他时，他已化作云烟飞走了。通过这样的比喻，就让儿童对梦有了一个认识：梦是易逝的，他跑得很快，快得你来不及抓住他。

（四）图画之美

由于儿童的独特心理特征和审美趣味，少年儿童诗歌与以成人为读者对象的诗歌相比，更加强调形象层面，往往有比较直观的图画和形象，画面感很强，一首诗就是一幅美丽的图画。叙事诗可能是一幅一幅的画组成，抒情诗在情绪自我飞扬的时候，也会绘出一幅流光溢彩的画。如陶行知的这首状物小诗《红叶》：

飞，飞，飞，
满天的飞。
哪儿来的这些蝴蝶？
原来是红叶。

这首诗就非常具有画面感，红叶满天飞舞，轻扬于空中，如同彩蝶上下翻飞。把飘飞的红叶比喻成翩翩起舞的蝴蝶，让孩子感受到一个缤纷美丽的世界。

再看金波的这首《春的消息》：

风，摇绿了树的枝条，
水，漂白了鸭的羽毛，
盼望了整整一个冬天，
你看，春天已经来到！

让我们换上春装，
像小鸟换上新的羽毛，
飞过树林，飞上山冈，
到处有春天的欢笑。

看到第一只蝴蝶飞，
牵引着我的双脚，
我高兴地捕捉它，
又爱怜地把它放掉。

看到第一朵雏菊开放，
我会禁不住欣喜地雀跃，
小花朵，你还认得我吗？
你看我又长高了多少！

来到去年叶落的枝头，
等待它吐出新的绿苞；
再去唤醒沉睡的溪流，
听它唱歌，和它一起奔跑。

走累了，我躺在田野上，
头顶有明丽的太阳照耀。
是谁搔痒了我的面颊？
啊，身边又钻出嫩绿的小草……

这首诗一节就是一幅美丽的图画，第一节春江水暖，第二节飞奔寻春，第三节蝶舞翩翩，第四节雏菊绽放，第五节等待发芽，第六节相拥小草。诗歌以长短不一的诗行，自然的语气，和谐的节奏，拟人的手法，描绘了一幅幅荡人心魄令人雀跃的春的图画。

(五）情趣之美

少年儿童诗歌要愉悦儿童就要讲究情趣，就要有幽默、谐趣等元素。趣味盎然的诗会让儿童感染开朗、活泼和快乐，吸引儿童欣赏。有的少儿诗把游戏性与趣味性结合起来，用于表现儿童特有的天真无邪率真活泼的天性。如台湾诗人林焕彰的《拖地板》：

帮妈妈洗地板，
是我们最高兴的时候：
姐姐洒水，
我在洒过水的地板上玩儿，
像在沙滩上走过来走过去，
留下很多脚印，
像留下很多鱼。
然后，我很起劲地拖地板；
从头而尾，像捕鱼一样，
一网打尽。

这首诗就写得幽默风趣，游戏性很强，或者说就是在写儿童的游戏。儿童把洒过水的地板想象成沙滩，自己就在上面玩儿，留下了一串串脚印，后来这些脚印变成了鱼儿，就以拖把为网来捕这些鱼。打鱼是室外作业，水上活动，惊险有趣，而拖地板是室内作业，相对而言枯燥乏味。可是儿童丰富活泼的童心，却把拖地板比喻为打鱼，这就使平常单调的劳动变得如游戏般热闹有趣了。儿童读者看了这首诗相信都会有亲自试一试的想法，说不定从此爱上了拖地板，帮助妈妈干活了。这样，诗教的功能也就达到了。

四、少年儿童诗歌的特殊形式

少年儿童诗歌的特殊形式主要是从内容和形式的特点来划分的，一般说来，可分为朗诵诗、散文诗、童话诗、讽喻诗等几种类型。

（一）朗诵诗

朗诵诗是供少年儿童朗诵的诗歌。它与一般儿童诗歌的不同之处在于，它句调铿锵，节奏明快，朗朗上口。朗诵诗常常将长短句进行错综交织排列，因此适于宣泄起伏变化的感情，很适合校园的舞台、节日庆典、集会、电台和电视台的表演。儿童朗诵诗可以说是一种与舞台、音乐结合紧密的诗体，它可抒情，可叙事，大多以慷慨激昂、积极向上的抒情为基调，因此具有鼓动性和震撼力。我国当代诗人中有不少诗人写过少年儿童朗诵诗，北京的尹世霖就是一心一意写校园朗诵诗的诗人，他的节日朗诵诗、夏令营朗诵诗颇受少儿读者的欢迎。田地、金波、高洪波、张继楼、蒲华清、李少白、王宜振等的朗诵诗也是很有艺术成就的。试看金波的幼儿朗诵诗《如果我是一片雪花》——

如果我是一片雪花，
你猜，我会飘落到
什么地方去呢？

我不愿飘到小河里，
变成一滴水，
和小鱼小虾游戏。

我不愿飘到广场上，
堆个胖雪人，
望着你笑眯眯。

我愿飘落在妈妈的脸上，
亲亲地，亲亲地，
然后就快乐地融化。

这首诗以拟人手法，将“我”想象成一片雪花，亲亲妈妈，亲亲最爱的人。诗的意境柔美，语调舒缓，如果配上音乐加以朗诵，相信一定会打动无数人的心灵。我们再来看另一种风格的朗诵诗——张继楼的《我是顶天立地的人》：

彩虹是我裤腰带
月亮是我小圆镜
拉来乌云当被盖
大雨是我汗淋淋
闪电是我赶羊鞭
太阳是我打铁墩
拿起闷雷打一锤
溅得满天是星星
高山是我小板凳
大海是我洗脚盆
伸进海里洗洗脚
搅得四海浪滚滚
要是你问我是谁
顶天立地一个人

这首朗诵诗句式整齐，对称押韵，气势宏大，比喻生动，表现了一种顶天立地舍我其谁的豪迈气概，很适合在校园文化活动的广场朗诵。

再请看下面这首纪宇的朗诵诗《妈妈，我对你说……》：

浪花，哪一朵，
能忘记大河；
雨滴，哪一颗，
能忘记白云？
妈妈，你听我说：
是你给我生命，
教我认识生活；
是你领我走路，
教我学会思索。

你是辽阔大地，
我是一株稼禾；
你是无际天空，
我是小星一颗，
你是浩荡大海，
我是一道浪波。
我是属于你的，
有了你，
才能前进和开拓。

流水，哪一条，
能如你壮阔；
高山，哪一座，
能如你巍峨？
妈妈，我对你说：
我是一粒沙石，
愿把道路铺设；
我是一只春鸟，
要将理想讴歌。

我有一对翅膀，
一翼是知识，
一翼是体魄；
我有两只眼睛，

既颂真善美，
也斥假恶丑。
我有一颗心啊，
永远属于你，
永远属于祖国……

这首诗抒发了对祖国母亲的热爱，感情真挚热烈，刚柔相济，极富感染力，很适合朗诵。

(二) 散文诗

散文诗是介于诗歌和散文之间的诗歌体裁的特殊形式，是用散文形式写的抒情诗。它结合了散文和诗的美质。它比一般的抒情诗自由灵活，在语言形式上，分段不分行，不要求有严格的韵律；同时它又比一般的散文注重节奏。优秀的散文诗注意营造优美的意境。比如郭风的《叶笛》：

啊，故乡的叶笛。

那只是两片绿叶，把它放在嘴唇上，于是像我们的祖先一样。

吹出了对于乡土的深沉的眷念，吹出了对于故乡景色的激越的赞美，

吹出了对于生活的爱，吹出自由的歌，劳动的歌，火焰似的燃烧着青春的歌……

像民歌那样朴素。

像抒情诗那么单纯。

比酒还强烈。

啊，故乡的叶笛。

那只是两片绿叶，把它放在嘴唇上，于是从肺腑里，从心的深处，吹出了劳动的胜利的激情，吹出了万人的喜悦和对于太阳的赞歌。

吹出了对于人民的礼赞，吹出光明的歌，幸福的歌，太阳似的升在空中的旗帜的歌！

那笛声里，有故乡绿色平原上青草的香味，有四月的龙眼花的香味。

有太阳的光明。

读这首散文诗，宛然可觉耳边回荡着叶笛的旋律，而听觉所感受到的眼睛又能看到：有太阳的光明；鼻子也可以嗅到：有青草的香味，龙眼花的香味。听觉视觉嗅觉打通，让人从各方面来感受叶笛的魅力。郭风曾说，他要“把自由体诗、散文诗和童话糅在一起，为孩子们写点新东西”（郭风：《我与儿童文学》）。《叶笛》就是把这三者有机结合的一个典范。自由

体诗的无拘无束，散文诗的灵动飘逸，童话的七色幻想共同营就了《叶笛》的艺术魅力。读这首散文诗，就像在欣赏一幅美丽的山水画，又像在听一首优美的歌，也像在童话的世界里飞翔。

（三）童话诗

童话诗是童话与诗歌形式的结合，它以诗的形式，表现富有大胆幻想和夸张的童话故事。童话诗属于叙事诗的一类，它有完整的童话故事情节，其中的人物多是拟人化的动物形象。丰富的想象和充满趣味的描述，可以带给儿童一个超现实的想象空间。俄罗斯诗人普希金的《渔夫和金鱼的故事》、马尔夏克的《笨耗子的故事》等，都是世界童话诗经典之作。中国诗人阮章竞的长篇童话诗《金色的海螺》、熊塞声的《马莲花》、鲁兵的低幼童话诗《小猪奴尼》、《雪狮子》、《虎娃》等也取得了很高的艺术成就。下面我们来看普希金的《渔夫和金鱼的故事》的选段：

从前有一个老头儿和他的老太婆，
住在蔚蓝的大海边；
他们同住在一所破旧的小泥棚里，
整整地过了三十又三年。
老头儿每天出去撒网打鱼，
老太婆就在家里纺纱结线。
有一次老头儿向大海撒下网，
拖上来的是一网泥沙。
他再撒了一次网，
拖上来的是一网海草。
他又撒下第三次网，
这次网到了一条鱼，
不是条平常的鱼，是条金鱼。
金鱼苦苦地哀求！
她用人的声音讲着话：
“老爹爹，把我放回大海吧！
我要给你贵重的报酬：
为了赎回我自己，你要什么都可以。”
老头儿大吃一惊，心里还有些害怕：
他打鱼打了三十又三年，
从没有听说鱼会说话。
他放了那条鱼，
还对她讲了几句亲切的话：
“上帝保佑你，金鱼！
我不要你的报酬；
到蔚蓝的大海里去吧，
在那儿自由自在地漫游。”

老头儿回到老太婆那儿去，
向她讲起这件天大的怪事情：
“我今天捉到一条鱼，
这条金鱼，不是平常的鱼；
这条鱼讲着我们的话，
请求我把她放回蔚蓝的大海，
她要拿贵重的代价来赎回她的身子：
为了赎回她自己，我要什么都可以。
我不敢要她的报酬，
就这样把她放回蔚蓝的大海。”
老太婆指着老头儿就骂：
“你这个蠢货，你这个傻瓜！
不敢拿这条鱼的报酬！
就是向她要一只木盆也好，

我们那只已经破得不成话。”
于是老头儿就走向蔚蓝的大海，
看见大海在轻微地起着波浪。
他就开始叫唤金鱼，
金鱼向他游过来，问道：
“你要什么呀，老爹爹？”
老头儿向她行了个礼，回答道：
“鱼娘娘，你做做好事吧！
我的老太婆把我大骂，
不让我这个老头儿安静；
她想要一只新木盆，
我们那只已经破得不成话。”
金鱼回答道：
“用不着悲伤，去吧，上帝保佑你，
你们马上就会有只新木盆。”

……

过了一周又一周，
老太婆的脾气发得更厉害。
她派了朝臣去找她的丈夫。
他们找到老头儿，带到她的面前来。
老太婆对老头儿说：
“滚回去，向金鱼行个礼，
我不高兴再做自由自在的女皇，
我要做海上的女霸王，
这样我可以生活在大海洋上，
让金鱼来侍奉我，
叫她来供我使唤。”

老头儿不敢违抗，
也不敢说什么话来阻挡。
于是他就走向蔚蓝的大海，
看见海面上起了黑色的大风浪：
激怒的波涛翻动起来，
在奔腾，在狂吼。
他开始叫唤金鱼，
金鱼向他游过来，问道：
“你要什么呀，老爹爹？”
老头儿向她行了个礼，回答道：
“鱼娘娘，你做做好事吧！
我怎样才能对付那个该死的婆娘。
她已经不高兴再做女皇，
她要做海上的女霸王；
这样她可以生活在大海洋上，
你亲自去侍奉她，
还供她到处使唤。”
金鱼什么话都没有说，
只用尾巴在水里一划，
就游进了深深的大海。
老头儿长久地站在海边等候回音，
没有等到，就走回到老太婆那儿去。
一看：前面仍旧是那所小泥棚，
他的老太婆正坐在门槛上，
摆在她面前的，还是那只破木盆。

这首诗总共有12节，这里选的是前面三节和最后两节。这是一首风趣而又具有讽刺意味的童话诗。以简单的故事情节，阐述了丰富而深刻的内涵，语言优美，情味十足。这个幻想故事塑造了一个贪婪自私、无情无义的老太婆。那个贪心的老太婆，从得到“一只新木盆”、“一座有敞亮的阁楼的木房子”直到“高楼大厦”、“皇家的宫殿”仍不满足，她“不高兴做自由自在的女皇”，而“要做海上的女霸王”。就这样，她最终得到了她应该得到的：“摆在她面前的，还是那只破木盆。”反复手法的运用是童话的一个突出的艺术特点，老太婆不断要东西就是一种反复，这种反复使主题逐渐鲜明突出，孩子也容易记忆故事的内容。

《金色的海螺》是著名诗人阮章竞 1955 年创作的长篇童话诗，作品取材于我国古老的民间童话“田螺姑娘”，全诗保持了民间文学质朴、清新的叙事风格，诗的句式大致整齐，诗人的叙述回环铺陈，特别是少年三次打捞起海螺，海神娘娘给予少年三次考验的三段式结构，渲染了气氛，增强了故事的悬念与激情，并具有浓郁的抒情色彩。《金色的海螺》成功地塑造了善良、勤劳、意志坚强的打鱼少年形象，为长篇童话诗创作积累了不少艺术经验。试看诗作最后部分善良的打鱼少年得到幸福的结局：

海神娘娘赠给少年一颗明珠，
还带给海螺一顶美丽的珠冠。
叫少年合上双眼，
叫清风送回海岸。

少年随风飘飘荡荡，
风平才敢睁开眼望：
自己甜甜地睡在木床上，
海螺微笑地躺在花床上。

海螺跟从前仍是一模一样，
美丽的头上戴着美丽的珠冠，
少年看见自己的手心，
一颗明珠在闪闪发光。

蓝蓝的大海水，
蓝蓝的水上天。
素馨花似的浪沫，
永远不停地涌在海边。

一年这样过去了，
少年成了两个孩子的父亲；
三年过去了，
海螺成了四个孩子的母亲。

邻家婆婆教我唱这首儿歌，
我一字没掉唱过几百回。
到底以后他们有多少个孩子，
唉！就这最后一句没有学会。

（四）讽喻诗

讽喻诗是针对儿童生活中的不良现象或不良习惯，以夸张讽刺的手法写成的幽默诙谐的诗。它能使小读者于微笑中受到启发，引发警觉。讽刺是一种艺术，掌握运用得好，能收到极好的效果。讽喻诗的作用常常是其他文学样式所不及的，作者善意的讽刺更能引起有同类毛病孩子的注意，使他们自觉克服缺点。请看下面这首鲁兵的《下巴上的洞洞》：

从前，
有个奇怪的娃娃，
娃娃
有个奇怪的下巴，
下巴
有个奇怪的洞洞，
洞洞，
谁知道它有多大。
瞧他
一边饭往嘴里划，
一边
饭从那洞洞往下撒。

如果
饭桌是土地，
而且
饭粒会发芽，
那么
一天三餐饭，
他呀，
餐餐种庄稼。
可惜
啥也没有种出来，
只是
粮食白白被糟蹋。

你们
听了这笑话，
都要
摸一摸下巴。
要是
也有个洞洞，
那就赶快塞住它。

吃饭习惯不好，容易把饭吃掉身上、地上是很多小朋友都会犯的“毛病”，家长可能说了好多次都没有什么作用。作者没有直接批评，而是从漏饭粒种粮食说起，讲了一个很有趣的笑话，很幽默地道出了主题：要珍惜粮食。有这种小毛病的小朋友读了这首诗后，相信都会下意识地摸一摸自己的下巴，看是否有个“洞洞”，吃饭时就会很注意了。

讽喻诗针对少年儿童的缺点、错误和某些不良习惯，以讽刺的笔调写出，使小读者在笑声中产生思索，获得启迪。这种诗能收到比一般少年儿童诗歌更好的艺术效果。

第四节　少年儿童诗歌的鉴赏

儿童诗明朗、欢快、优美，它受到不同年龄段孩子的喜爱，也是儿童最早接触的儿童文学品种之一。从婴幼儿时期聆听、唱读儿歌开始，孩子就与儿童诗歌结下了不解之缘。依据儿童诗歌的美学特征，结合语文教学实践，儿童诗歌的鉴赏可以从如下几个方面切入：

一、朗读时的音乐感与图像性

儿童诗因鲜明的节奏与音韵而适于集体/个体吟唱、朗读。尤其是儿歌，句式短小，节奏明快，游戏性和口语化的字句朗朗上口，易懂易记，非常适于幼儿听读吟唱。

譬如，郭明志的《数数歌》：

"1"像铅笔细长条，
"2"像鸭子水上漂，
"3"像耳朵听声音，
"4"像小旗随风飘，
"5"像秤钩来卖菜，
"6"像豆芽咧嘴笑，
"7"像镰刀割青草，
"8"像麻花拧一遭，
"9"像勺子能吃饭，
"0"像鸡蛋做蛋糕。

诗人用生活中的物品进行比喻，富有具象性和亲切感。孩子在吟唱这首儿歌时，可以尝试在纸上画出每个数字对应的形象，与此同时，教师也可以展示此儿歌的FLASH动画，激发学生的学习热情和参与性。

除了"画"诗，即用笔画出诗中的情境外，还可以鼓励学生说"画"，即描述诗中的情境。譬如，高凯的《村小：识字课》：

蛋　蛋　鸡蛋的蛋
调皮蛋的蛋
乖蛋蛋的蛋
红脸蛋的蛋
马铁蛋的蛋

花　花　花骨朵的花
桃花的花
杏花的花
花蝴蝶的花
花衫衫的花
王梅花的花
曹爱花的花

黑　黑　黑白的黑
黑板的黑
黑毛笔的黑
黑手手的黑
黑窑洞的黑
黑眼睛的黑

外　外　外面的外
窗外的外
山外的外
外国的外
外　外——外就是那个外
谁还在门外喊报到的外

飞　飞　飞上天的飞
飞机的飞

宇宙飞船的飞　　　　笨鸟先飞的飞
想飞的飞　　　　飞呀飞的飞
抬翅膀飞的飞

诗人以巧妙的联想与想象，富有音乐感的诗句描绘出如下的图景：窑洞里，一位风趣灵活的老师、一群朴实活泼的学生、一堂生动有趣的识字课。欣赏这首诗歌时，首先要激发学生声情并茂地朗读，然后想象并描述这堂识字课发生的地点、时间、人物和情景等。学生在读到“蛋　蛋　鸡蛋的蛋”、“花　花　花骨朵的花”、“黑　黑　黑白的黑”、“外　外　外面的外”、“ 外　外——外就是那个外”、“飞　飞　飞上天的飞”的语句时，还应把握语音语调的起伏，读出诗歌的情感与意蕴。

在儿童诗歌的教学中，比较常用的方法是使用音像资料，配乐朗诵或示范朗读，这种方法是必要且可行的。但是，不能因此忽略教师在诗歌教学中的重要性，教师的朗读除了示范性还能更好地促进与学生的分享阅读、共同参与。

二、*鉴赏时的链接与拓展*

在诗歌的欣赏与教学中，除了介绍诗人的生平创作、写作背景外，还要适时适当地引导学生展开联想，将中外同题诗歌、同一作家的不同诗作等进行链接。这样，学生既能开阔视野，又可以加深对诗歌的理解和体会。

譬如，刘饶民《海水》是这样写的：

海水海水我问你：
你为什么这么蓝？
海水笑着来回答：
我的怀里抱着天。

海水海水我问你：
你为什么这么咸？
海水笑着来回答：
因为渔人流了汗。

这首诗歌采用一问一答的形式，句尾押韵、句式重复、朗朗上口。在机智幽默中蕴涵哲理，具有较强的画面感。

在阅读欣赏时，可以采用前文所述的方法，指导学生分角色朗读，其间穿插聆听欣赏；也可以从亲近大海、想象大海导入，请学生描述他们曾经看过的海，想象中的海；鼓励学生画一画大海，写一写大海，将诗画结合起来；引导学生分析这首诗的语言、音韵、想象等艺术特色；讲解这首诗的情感与意义：大海的胸怀，傍海为生的渔民以及相互映照的生命等等。

另外，教师还可以启发或提供同作者或同主题的儿童诗歌阅读链接。譬如，欣赏刘饶民《大海》这首儿童诗的同时，可以推介他的另一首诗歌《月亮》：

天上月亮圆又圆，
照在海里像玉盘。
一群鱼儿游过来，
玉盆碎成两三片。
鱼儿吓得快逃开，
一直逃到岩石边。
回过头来看一看，
月亮还是圆又圆。

诗人以拟人化的手法，将鱼儿看见水中月的惊愕、害怕与好奇表现得风趣传神。

与大海相关的儿童诗，再看郑春华的《小桶变船》：

我用小桶舀海水
往沙滩上倒
大海涌上来说
给你舀
给你舀
忽然大海趁我不注意
"哗"地一声
抢走了我的小桶
把它变成自己的玩具——一只
小船儿
在海上漂呀漂

在这首诗中，"我"与大海好像一对怄气的朋友，其孩子般的神态、动作、表情在诗人的笔下栩栩如生。与刘饶民《大海》的深沉厚重情感不同，《小桶变船》以轻快活泼的语言表现了孩子的童心童趣。

三、鉴赏与创作的互动

在鼓励孩子读诗、吟唱、"画"诗的同时，还可以鼓励他们尝试自己写诗。以下便是成都高新实验小学学生自己创作的诗歌，也是与海相关的题材。先看李纪龙的《大海醒了》：

月亮落下去了
太阳升起来了
阳光下
大海睡醒了
她推着浪娃娃
追着鱼宝宝
那飞来飞去的海鸟
是她美丽的风景

再看刘玲莉的《我想去海底》：

我想去海底看一看
到鱼儿身边做客
扯着海带游玩
我想去海底看一看
海参是怎么爬的
海星在干啥
我想去海底看一看
贝壳里的珍珠怎么样了
乌贼们有没有枪

简洁明快的诗句显示出孩子独特的视角与想象，“推着浪娃娃/追着鱼宝宝”，温馨的场景里不乏孩子的嬉戏；“扯着海带游玩”、“乌贼们有没有枪”充分展现了孩子的童心童趣。

孩子不仅可以从儿童诗中获得情感的共鸣、心灵的慰藉，还可以接受语言美、音乐美和图画美交融互渗的熏陶。成长中的儿童有着天马行空的想象、敏锐的语言感受和不断丰富的情感，鼓励他们读诗的同时自己也动手写诗，既可以形成二者之间的有益互动，也可以激发他们多方面的潜力。

本章链接　中外儿童诗歌名家名著推介

《英美著名儿童诗一百首》

屠　岸　编译

屠岸（1923～　），当代著名诗人，早年就读于上海交通大学，曾任人民文学出版社总编辑。著作有《萱荫阁诗抄》、《屠岸十四行诗》等。长期从事文学翻译和研究。译著有《惠特曼诗集》、《鼓声》、《莎士比亚十四行诗集》，与人合译斯蒂文森《一个孩子的诗园》等。

《英美著名儿童诗一百首》选编了从16世纪到现代英美地区的一百首脍炙人口的儿童诗名篇，并按主题分为七大部分：天真的歌唱；自然的颂赞；心灵的交流；呼吸・生命；家庭・社会・祖国・世界；鼓励・告诫・题赠・铭言；幻想・童话。这些诗歌又可大致分为两类，一类是“写给儿童的”：如米尔恩的《皮毛熊》、《秋千歌》；斯蒂文森的《该睡的时候溜了》、《我的影子》；里亚的“胡诌歌”：《猫头鹰和小猫咪》、《乱糟糟的小人儿》等。这类作品或细腻地把握了儿童情趣，稚拙可爱；或贴近儿童“荒诞”的思维特质，令人捧腹。另一类诗是“以儿童为题材的”。如表现儿童生活命运的，有华兹华斯《我们是七个》，叶芝《给一个迎风起舞的孩子》，布莱克的《扫烟囱的小孩》；也有对儿童有特殊吸引力的动植物诗，如坎贝尔的《鹦鹉》，兰姆的《小孩和蛇》，梅尔的《种子》等，还有罗赛蒂《小妖精集市》，布朗宁的《哈默林的花衣吹笛人》等为代表的童话诗。这些诗歌显示了英美儿童诗色彩斑斓、丰富广阔的取材魅力以及海纳百川般极具包容力的创作品格。

《英美著名儿童诗一百首》以“经典”为准则，荟萃了在成人文坛享有盛誉的莎士比亚、叶芝、惠特曼等世界级大师的儿童诗，还有斯蒂文森、米尔恩、里亚等儿童文学经典作家家喻户晓的儿童诗，实现了成人与儿童在诗歌艺术中的异趣沟通，不同年龄层次的儿童都可以在这个诗集中找到自己喜爱的诗篇。此外，编者采用英汉对照的方式，显示了英语原作的原汁原味，是英美儿童诗重要的原始文本资料，具有重要的艺术参考和研究价值。

（中国对外翻译出版公司 1994 年版）

《当代儿童少年朗诵诗》

尹世霖主编

尹世霖（1938～　），儿童文学诗人，1961 年毕业于首都师范大学，长期在北京的中学任教。曾选编过十余种诗集，主编有儿童小说“蓝宝石丛书”、儿童朗诵诗“黄鹂丛书”等。

《当代儿童少年朗诵诗》按接受对象的不同分为低幼卷、儿童卷、少年卷三种。该丛书以强调诗歌的文学性与强调诗歌的朗诵性为特色，收入柯岩、鲁兵、于之、樊发家、金波、高洪波、蒲华清、张秋生等数十位新老诗人的儿童诗作品。诗的形式多样，风格各异。如低幼卷就有数数歌、幼儿抒情诗、幼儿叙事诗等多种诗歌艺术形式。

《当代儿童少年朗诵诗》不仅以文学的审美对不同年龄段的少年儿童进行诗教熏陶，而且注重幼儿诗的“歌性”，突出“朗诵”的特质。这正是对中国千余年“诗教”传统的回归。本丛书所选诗歌时间跨度大、诗人众多，且不拘泥于对单个诗人创作全貌的展现，而是将视野铺开，着眼于整个儿童诗创作与接受的大背景。《当代儿童少年朗诵诗》从不同角度、不同题材、不同形式选取适合儿童朗诵的优秀诗作，是众多儿童诗人以“合力”展示的当代中国少年儿童朗诵诗歌的全貌。

（晨光出版社 1999 年版）

《春雨的悄悄话》

樊发稼

樊发稼（1937～　），上海市崇明县人，中国社会科学院文学研究所研究员，著名儿童文学作家、评论家。1957 年毕业于上海外国语学院，1955 年开始发表文学作品，有《儿童文学的春天》等 10 多本评论集，《春雨的悄悄话》等 40 多本作品集。其作品曾经荣获多种奖项。

《春雨的悄悄话》是百年百部中国儿童文学经典书系中樊发稼的原创儿童诗集，分四辑：第一辑，小娃娃的歌；第二辑，春雨的悄悄话；第三辑，大自然抒情诗；第四辑，风丝雨片。后附作家相册、手迹、主要著作目录、获奖记录及两篇关于樊发稼儿童诗的评论文章。

樊发稼是儿童文学界著述颇丰的诗人。他生于明媚秀丽的江南，幼时流连于乡野村间，对大自然充满了天然的依恋和赞颂。因此，自然万物是樊发稼幼儿诗的重要主题。他写四季变幻：《春妈妈》、《夏伯伯》、《秋姑姑》、《冬爷爷》；写花虫鸟兽：《吊钟花》、《纺织娘》、《鱼儿》、《小燕子》等；写自然现象：《风》、《小雪花》、《虹》等。但凡自然界所有，诗中都倾力表现。这些诗多从儿童的感观出发，语气中充满了小娃娃的好奇、天真和特有的想象。樊发稼说："我写儿童诗，想努力把思想性、趣味性和知识性熔于一炉。"这一艺术追求在他的幼儿诗中最有表现。如《家》："蓝色的大海，/是珊瑚的家；/黑色的云朵，/是大雨的家。/深深的地下，/是石油的家；/密密的森林，/是蘑菇的家"。诗句整齐而富有变化、朗朗上口、节奏明快，可谓寓教于乐的上品。除了幼儿诗，樊发稼还创作了大量适合少年朗诵的诗篇。一类是哲理丰厚的微型诗，多收在第四辑。如"假如没有雨的支撑，/雷只是一句响亮的空话"。以冰心"繁星体"的形式，凝聚了诗人深刻的个人生活体验和人生思考，以一针见血的犀利和理性的箴言直击人心。另一类是诗味浓郁的抒情诗。如《忏悔》、《旧书》、《一只受伤的鸟儿》等，这些诗并不严格以"儿童为本位"，但仍以饱满真挚的感情、委婉曲回的意蕴得到了青少年的青睐。

樊发稼长期献身儿童文学，针对不同年龄阶段的儿童，创作了风格各异的诗篇。他的幼儿诗意象单纯可人、风格清丽、充满童趣；少年诗则或以思辨或以韵味见长，富有真挚感人的情怀和浪漫主义神韵。《春雨的悄悄话》荟萃了这些经典名篇，从整体上反映了樊发稼儿童诗创作的艺术成就。

（湖北少年儿童出版社 2006 年版）

《帽子的秘密》

柯　岩

柯岩（1929～　），原名冯恺，广东南海人，当代著名诗人、作家。1949 年开始专业创作，出版著作 50 余部。《"小兵"的故事》、《童画诗情集》、《月亮会不会搞错》等曾获多种奖项。多种作品被译为英、法、德、日、西班牙、俄罗斯、朝鲜等文字。

《帽子的秘密》是百年百部中国儿童文学经典书系中柯岩的原创儿童诗集，共分四辑。第一辑，"记得当时年纪小"，主要收入了柯岩为幼儿和小学生创作的诗歌，如《"小兵"的故事》、《帽子的秘密》、《看球记》、《"小迷糊"阿姨》等。艺术上倾向以情节表达儿童情趣。诗人善于抓住儿童生活中有趣的细节，在冲突和动作中刻画富有个性的儿童形象。第二辑，"多么快乐的游戏"，主要是以儿童游戏为表现题材的诗歌，如《我的小竹竿》、《坐火车》等。小竹竿可以"我当车夫它当鞭"，"叫它当马就当马"，还可以"我当解放军它当枪"（《我的小竹竿》）。在儿童"可以从一切变出一切"的想象中传达出儿童世界所特有情趣、声音和色彩。此外，在《小熊拔牙》、《照镜子》等诗中，采取"儿童诗剧"的形式，将知识与趣味水乳交融，以游戏的方式用以儿童在幼儿园朗诵和表演，是颇具建设性的艺术探索。第三辑，"队鼓咚咚，行进中的朗诵"，主要有《我对雷锋叔叔说》、《风筝，呵，我的风筝》等。注重抒情意味以契合少年的审美需求。诗歌感情基调明朗，充满昂扬向上的时代精神。第四辑，"在诗和画中慢慢长大"，收入题画诗《春天的消息》、《焰火》、《月亮会不会搞错》等。这些诗大多是为9岁小画家卜镝的画而写，在这本集子里，画与诗一齐被展现出来。柯岩说“题画诗不是画的说明”，的确，这些题画诗有脱离画面而独立存在的艺术价值。画成为诗情生发的灵感和触媒，显示了柯岩对中国传统“诗画交融”艺术境界的继承和发展。此外，在这四辑之后附有作家相册、手迹、获奖纪录等史料及不同时期对柯岩儿童诗研究的三篇重要评论。

柯岩是位成就卓著的儿童诗人。她的儿童诗契合儿童心理，生活气息浓厚而又格调清新，饶富儿童情趣。《帽子的秘密》荟萃了柯岩从50年代创作以来的儿童诗经典名篇，展示了柯岩在“儿童叙事诗”、“游戏诗”、“儿童诗剧”、“题画诗”等多种诗歌形式上的艺术探索。

（湖北少年儿童出版社2006年版）

《我喜欢你，狐狸》

高洪波

高洪波（1951～　），生于内蒙古开鲁县。当代诗人、散文家、儿童文学作家，中国作家协会副主席、书记处书记，中国作协儿童文学委员会主任。创作生涯始于1970年，出版有《鹅鹅鹅》等18部儿童诗集，作品曾多次获奖。

《我喜欢你，狐狸》是百年百部中国儿童文学经典书系中高洪波的原创儿童诗集，共分五辑。对当代儿童生活的诗性关注，使高洪波的儿童诗富有现代探索的特色。首先，题材开阔。高洪波的早期儿童诗多以动物为题材，表现出伊索式的哲理探索和寓言色彩：如《大象法官》、《吃石头的鳄鱼》、《森林小路》等，恪守传统的规范，重视情节、结构整饬、合辙押韵。然而高洪波很快剥离了传统模式，更广泛地深入到儿童世界。《蝈蝈》、《种眼泪的孩子》、《袋鼠》等反映了独生子女的喜怒哀乐；《热》、《冷》等执着于孩子的感受。更可贵的是，高洪波对儿童视角的恪守不仅仅局限于儿童关注儿童本身，还注重于儿童眼中的社会，创作了《弄蛇的女孩》、《卖刀的哑巴》、《我患了感冒》等以儿童视角展示人间百态的诗篇。这种切入现实的魄力使高洪波的儿童诗显示了某种深刻和严峻。其次，高洪波的儿童诗进行了多角度探索。以动物为题材的诗中，高洪波的另一条思路是对传统童话意象的重新审视。如《我喜欢你，狐狸》颠覆了童话中风靡的狐狸的反面角色，而称赞小狐狸“聪明有心计”“从乌鸦嘴里骗肉吃，多么可爱的主意!”“不管大人怎么说，/我，喜欢你。”在这些宣言的背后，是一个“叛逆”地发出自己声音的孩子，彰显了当代儿童大胆而开放地追求聪明才智的个性形象。这种反向思维的角度在《爷爷丢了》、《电梯和楼梯》等现实题材中也有体现。此外，高洪波还注重对儿童的心灵关怀，《轻重梦境曲》是对中学生心态的素描；《庄严的谎言》中那个谎称游过北京的孩子“在这假想的旅游中，/找到了心灵的平衡”。作者以开放的现代性眼光理解和正视儿童心理压力的宣泄和释放。

高洪波是当代儿童诗坛富有特色的诗人。《我喜欢你，狐狸》荟萃了高洪波不同时期的经典名作，呈现出高洪波儿童诗的现代色彩和多角度探索精神。

（湖北少年儿童出版社2006年版）

《给巨人的书》

任溶溶

任溶溶（1923～　），当代著名儿童文学诗人、翻译家。本名任以奇，广东鹤山人，1923年生于上海，1945年毕业于上海大夏大学中国文学系。担任过少年儿童出版社编辑部副主任和上海译文出版社副总编辑。曾长期从事语文工作，1945年发表第一篇儿童文学译作，此后半个多世纪翻译了大量外国儿童文学作品，并创作了童话《没头脑和不高兴》，儿童诗《爸爸的老师》，《一个可大可小的人》等。获得过第二次全国少年儿童文艺创作评奖一等奖等多种奖项。

《给巨人的书》里收录了任溶溶的儿童诗的代表作。他的儿童诗幽默、自然、淳厚。诗人善于从日常生活中捕捉那些“巧妙的”、闪光的东西，在此基础上提炼诗意。他的与众不同的诗题首先吸引着孩子的注意，比如《我爸爸是上帝》、《大人有时候也很狡猾》等，再以情节的恰当撷取和组合、口语化的文字风格将内容完美呈现，收尾处往往迸发出一丝哲理的火花。一方面充分彰显了孩子的天性与心理特点，使孩子的阅读之旅轻松、有趣；另一方面他把容易陷入枯燥说教的道德、交往等问题，实行了“硬题材软处理”，在欢笑中引发出孩子们的蓬勃思考。如《这真是我们的福气》里写道“中国的，外国的，传统的，新潮的/凡是我能碰到的/只要好吃，好听，好看，好玩/我一概/都喜欢！”即体现出对多元文化的开放性态度。又如《什么叫做幸福》说“现在我牙疼吗？不疼/我的脚好走吗？好走/我会读书吗？会读/我这就是十分幸福/那么，吃吧/玩吧/读书吧/工作吧/别把幸福错过啦！”浅近的语言书写着并不浅近的道理。

正是通过诗篇中生动的故事、有趣的情节、流畅的叙述，诗人使自己的作品在孩子们中间产生了积极的影响，促使他们奋发向上，健康成长。

（湖北少年儿童出版社2006年版）

《推开窗子看见你》

金　波

金波（1935～　），当代诗人、儿童文学作家。首都师范大学音乐系教授。1935年生于北京。大学时代开始文学创作。出版过诗集《绿色的太阳》、《我的雪人》、《在我和你之间》、《林中月夜》、《带雨的花》、《我们去看海——金波儿童十四行诗集》等；童话集《小树叶童话》、《金海螺小屋》、《影子人》、《白城堡》、《追踪小绿人》、《乌丢丢的奇遇》等多部；散文集《等你敲门》、《感谢往事》、《心往哪里飞》、《寻找幸运花瓣》等；评论集《幼儿的启蒙文学》、《能歌善舞的文字》等。曾获国家图书奖、“五个一工程”一本好书奖等多种奖项。1992年获国际安徒生奖提名。

《推开窗子看见你》一书收录金波从1955年直到2004年的诗歌代表作，并有各个时间段的标注，可以看出随着时代推移诗人创作风格上的一些变化。作品的题材内容涉及方方面面，有相当一部分是由人与自然的和谐，延伸、扩展为人与人之间的和谐，着力表现了母子、兄妹、师生、同伴之间相互关心、体贴、帮助、信任的关系。“爱”和“美”的主题意蕴贯穿创作始终。如《饮一杯月光》里“每个人的杯子里/都斟满了月光/我请爸爸、妈妈/干下这杯月光酒/脸上永远有微笑/发光的心也会闪耀”，情景交融，令人遐思。

金波的诗大多为抒情诗，字里行间渗透浓郁的抒情味道。诗人以孩子的心灵去感应与思考，真挚地表现出孩子亲近大自然、热爱生命的美好情愫。蓝天、白云、阳光、繁星、月光、大海、绿叶、蝴蝶等是他诗里常出现的意象。诗人善于借景寓情，创造出优美的意境。如《听海》、《又见榴花似火》、《风从我指间?》等，优美之外，更有哲思呈现。诗人的诗艺探索和创造还表现为将十四行形式运用于儿童诗的抒写中，在其间构建儿童所特有的精神疆域。诗人尤擅锤炼语言，用词简洁，节奏明快，富于音韵美感。他的不少短诗、歌词谱曲后在少年儿童中广为流传。

（湖北少年儿童出版社 2006 年版）

《妹妹的红舞鞋》

林焕彰

林焕彰（1939～　），台湾诗人、儿童文学作家。1939 年生，台湾宜兰人。从 1960 年开始写作、画画。70 年代起参与推广儿童文学工作，创办《布谷鸟儿童诗学季刊》、《儿童文学家》等杂志，发起成立中国海峡两岸儿童文学研究会、大陆儿童文学研究会、世界华文儿童文学资料馆等。出版著作近 60 种，部分作品被译成近 10 种外文，被选入 60 多种选集及两岸三地、新加坡等地的中、小学语文课本中。已出版《林焕彰短诗选》、《林焕彰诗选》、《孤独的时刻》、《叽叽喳喳的早晨》及《林焕彰儿童诗选》等。

收录在《妹妹的红舞鞋》一书中的儿童诗作曾多次获得洪建全儿童文学创作奖、中山文艺奖、中华儿童丛书金书奖等奖项。林焕彰在谈到写作儿童诗的缘起时说：“为儿童写诗，我觉得很愉快，是自动自发的，我以为这是爱心的表现。”从孩子的感受出发，以爱心入诗，在他自然的写作生态中因此具有与童真童趣最真挚的贴近与融洽。比如《鸟儿最先知道》里写“阳光跳到树上/每一片叶子都叮当响着”，对大自然色彩、声响、动感的活泼感知正是孩子生命力的独特呈现。诗人也许选材平凡，但他善于通过丰富的想象和巧妙的构思，使平淡变得富于情趣。比如《秋日午后》中，燕子来回穿梭的寻常景象却引发了“我”的游子心情：“在我的故乡，秋日午后的微雨中/织出一匹宁静/我独自站在月台上/背对着家的方向，游子的心情/是燕子们这个下午/辛勤工作的成果。”诗人的语言干净、清透。在语句的来回吟咏之间，具有一种音律美感。如《我们很傻》里重复写道“那年，我们很傻”、“祖母很寂寞，我们很好玩”、“我们不懂，不懂光阴是什么”，淡淡的文字，勾勒出淡淡的忧伤。

总之，诗人以他独具特质的创作实践着他的期许：“用最好的语言，最愉快的心境，最纯真的意念，最丰富的情感，最灵活的想象，最新的思维……来为他们写诗”。

（湖北少年儿童出版社 2006 年版）

《欢迎小雨点》

圣 野

圣野（1922～ ），当代儿童文学诗人。原名周大鹿，现名周大康。生于浙江东阳。文学创作始于高中时代。1945年10月，考入浙江大学师范学院英语系。1955年出版了儿童诗集《欢迎小雨点》，获浙江省军区业余文艺创作一等奖。1957年7月，从部队转业到少年儿童出版社，长期主编《小朋友》。业余时间一直坚持儿童诗创作，共出版有《春娃娃》、《雷公公和啄木鸟》、《圣野诗选》等60多种诗文集。其中《春娃娃》、《诗的散步》、《挤挤城和宽宽街》等作品多次在全国各种儿童文学评奖中获奖，《凌凌的故事》以5种译文在海外发行。

《欢迎小雨点》收录了诗人在各大儿童文学杂志和报刊上发表过的诗作，时间跨度从1948年到2006年，能够比较完整地反映出诗人的创作发展轨迹。半个世纪以来，诗人将丰富的行踪阅历融入作品，表达着诗人对生活浓烈的耽爱以及由此而萌生的鲜丽的传递方式。诗人能够在看似平庸的题材上，以清淡的语言、丰富的暗示充溢着微妙的情思。他在雨后的花朵上，看到了“闪着泪光的微笑”，他从月夜的萤火虫那里，找到了“诗的绿色的光亮”。看到湖心波光潋滟，他想到的是“让会心的微笑/请湖水给我/一圈一圈荡开去”。在诗人恬静而敏感的心境中，充满了诗的梦想。

在诗人专为儿童创作的诗歌里，同样闪烁着思索的光芒。如《盲女・阳光》中写道：“一个快乐的盲女/坐在院子里晒太阳/盲女说，我看不见阳光/但是我感觉到了/它给我的温暖。”奇妙的隽语自自然然地说出来，令人不禁要好好想想弦外之音。

（湖北少年儿童出版社2006年版）

《传统童谣与新童谣》（幼儿版及小学版）

童谣在我国有悠久的传统，它是群众的创造，质朴天然，不假雕饰。在一代代人的口耳相传中，童谣成为孩子们最初的文学熏陶和快乐体验。

由金波选编的《传统童谣》，收录了许多民间的流传童谣作品。有些是俏皮的揶揄，有些是切合实用。它们的口耳相传，使孩子们同声相应，同气相求，亲密了童年的情谊。这些童谣深深地植根于生活的土壤之中，和儿童的实际生活最为贴切，在表现儿童情趣上，尤为突出。在表现手法上，拟人、夸张、起兴、问答、排叙、比喻、重叠复沓，不一而足；结构布局灵活多变，并能将知识寓于趣味之中。正是这些优异品质，使传统童谣成为创作新童谣的重要借鉴。

《新童谣》里收入的是从应征的上万份稿件里优选出来的佳作。这些作品情感真挚、情绪健康、欢快明朗、韵律节奏感强。其中有的稚趣天真，有的幽默诙谐，有的质朴自然，还有的利用传统童谣的形式，歌唱今天的生活，不仅题材丰富，表现手法上也灵活多样。根据孩子的接受特点，分为了幼儿版和小学版。这里有孩子独特的视角，有孩子熟悉和喜爱的形象，有孩子成长的脚步，有孩子的心声。

（北京少年儿童出版社2004年版）

◆思考题

1. 民间儿歌有什么特点？
2. 儿歌的审美特点有哪些？
3. 传统儿歌有哪几种特殊形式？
4. 少年儿童诗歌的艺术特质表现在哪些方面？
5. 少年儿童诗歌的特殊形式有哪些？
6. 鉴赏儿童诗歌可从哪些方面切入？

第四章　儿童文学的幻想体

在儿童文学各类文体中，童话、寓言和幻想文学的幻想特征尤为显著，本书将其归为一章专门论述。

童话是以幻想为核心，以拟人、夸张、变形等为主要艺术表现手段，满足于表现人类普遍愿望的适合儿童欣赏和接受的文学样式。作为早期人类社会的文化产物，神话传说为早期童话提供了产生的土壤，民间故事则为童话提供了发展流传的方式。而且因为儿童思维与原始思维的同构对应，童话中也常常会表现出“泛灵论”“人造论”和“任意结合”的逻辑思维方式。童话的本质特征是幻想，比如人物夸张变形、情节荒诞、环境虚拟等等。此外童话又蕴含了较多的隐喻特征和游戏色彩，语言上也有自己的叙事特色。正因为独特的逻辑思维方式和美学特征，所以童话对于儿童的健康成长具有不可替代的重要意义，比如促进儿童的人格发展、培养想象力、加强审美体验等。中西童话经历了从民间童话到文学童话的发展历程之后，逐渐成熟，成为儿童文学的重要文体。尤其受到西方“幻想文学”的影响，当代童话在叙事技巧、结构方式、幻想特色等诸多方面都表现出新的美学特征。

寓言是一种寄托着教训和哲理的简短故事，往往通过一个生动有趣的故事来阐发人生哲理，寄托道德训诫，寓意明确，结构简单，语言精练。寓言和童话都受到神话传说和民间故事的直接影响，二者在幻想特征、主要角色形象等方面有诸多相似之处，但寓言比较注重寓意的表现，故事只为其服务，而童话则主要在于用生动的情节和多样的叙事手段来讲述较为复杂的故事。

幻想文学是中国儿童文学界近 20 年来新兴的文类，产生了不少经典之作，对于儿童文学经典作品类别的划分也出现了一些新的观点，比如某些属于传统意义上的童话或小说作品其实更具有幻想文学的美学特点。于是幻想文学与童话、小说等文类之间的界限往往难以决然区分。同时对于中西幻想文学的研究来说，很多主题仍处于探索和发展之中，尚无明确定论，因此本文主要在于介绍幻想文学的经典作品和最新研究成果，为儿童文学幻想体的研究提供新的视野。

第一节　童话（上）

一、“童话”一词的来源及其定义

（一）“童话”一词的来源

“童话”一词源于何时何地，历来有两种观点：一种观点认为是舶来品，从日本语中借用。最早持这一观点的是周作人，他于1922年1月与赵景深通信讨论童话时认为：“童话这个名称，据我知道，是从日本来的。中国唐朝的《诺皋记》里虽然记录着很好的童话，却没有什么特别的名称。18世纪中日本小说家山东京传在《骨董集》里才用这两个字，曲亭马琴在《燕山杂志》及《玄同放言》中又发表许多童话的考证，于是这名称可说已完全确定了。”另一种观点①认为“童话”属本土产生，后来才传到日本。此种观点的代表人物有洪汛涛。他在《童话学（讲稿）》中认为：“我们至今未能找到那本《骨董集》。但有的文字中说，《骨董集》问世于1814年，但其中并无‘童话’此词，而只是‘昔话’。‘昔话’指从前的故事，不能说是‘童话’”，“有的文章中说，《燕山杂志》问世于1810年，其中也没有‘童话’此词，而只有‘童话语’”。他认为“日本的‘童话’这个名称，有由中国传过去的可能性”②，理由是：中国文学的文体分为韵文体和散文体，而中国自古有“童谣”，也可能有“童话”；中国古小说称“评话”、“话本”，而童话即儿童之评话、话本，而且古“童话”沿用了宋元评话的写法。③

两种观点一直争论不下，朱自强对其来源作了系统考证与梳理后认为：日本自1810年起开始使用“童话”一词。明治三十年是日本儿童研究的兴盛时期，大量儿童心理学家、儿童教育学家对“童话”一词的使用，更重要的是对“童话”的研究，显然大大提高此词在日语社会的知名度。日本进入明治四十年，“童话”一词即开始频繁出现在出版物，“在中国，‘童话’一词的出现是结结实实地与儿童文学的出现连在了一起”，“中国儿童文学在发蒙期从日语拿来‘童话’这一语汇，并非偶然、孤立的现象。多

---

① 王泉根评选：《中国现代儿童文论选》，227页，南宁：广西人民出版社，1989年。

② 洪汛涛：《童话学（讲稿）》，6页，合肥：安徽少儿出版社，1986年。

③ 洪汛涛：《童话艺术之思考》，转引自汤锐：《现代童话美学》，5页，西安：未来出版社，2001年。

数史料证明，‘童话’一词伴随着一种新的儿童文学观念于‘五四’前后从日本传入中国。”在中国，“童话”的产生以1909年孙毓修编译、商务印书馆出版的《童话》丛书为标志，这也是首次在中国出版物上使用“童话”一词。

（二）童话的定义

童话作为一种历史悠久的儿童文学文体，如何界定其内涵成了首要问题。我国在20世纪初叶的“童话”概念常与“儿童文学”、“民间文学”相混淆，神话、传说、寓言、历史故事、人物传记等都被包括在“童话”一类。甚至“童话”一词就等同于“儿童文学”的概念。因此我国古代虽无“童话”的名称，但成文的童话故事却可以追溯到很久以前，如晋宋时代的《搜神后记》中有《白衣素女》、唐代《酉阳杂俎·支诺集》中有《吴洞》（即《叶限》）等，甚至很多口头流传的民间故事，都已有许多现代童话的因素。自“五四”开始出现真正文人创作的童话始，“童话”才越来越清晰地成为儿童文学文体之一，而与民间故事等其他文学类型及文体分开，并拥有自己的特定内涵。

“五四”期间，周作人借助西方人类学理论，撰写了《童话研究》、《童话略论》、《古童话释义》等文，深入探讨了童话，20世纪20年代周作人与赵景深二人探讨童话定义时指出：童话不是“神怪小说”，不是“儿童小说”，“总的说来，童话这件东西，既不太与现实相近，又不太与神秘相触，他实在是一种快乐儿童的人生叙述，含有神秘而不恐怖的分子的文学”①这是我国儿童文学理论探讨者早期对“童话”的理解。

新时期以来，《辞海》的“童话”词条写道：“童话，儿童文学的一种。通过丰富的想象、幻想和夸张来塑造艺术形象，反映生活，增进儿童思想性格的成长。一般故事神奇曲折，内容和表现形式浅显生动，对自然物的描写常用拟人化手法，能适应儿童的接受能力。”②《辞海》的定义很显然在本质上还被“童话从属于教育”这一传统观念所束缚。儿童文学理论家洪汛涛在《童话学》中提出：“童话——一种以幻想、夸张、拟人为表现特征的儿童文学样式。”③ 韦苇在《外国童话史》中定义为：“为儿童读者而采记、复述、加工、再创作和创作的荒诞性与真实性有机结合、协调统一的

---

① 王泉根评选：《中国现代儿童文论选》，227页，南宁：广西人民出版社，1989年。

② 《辞海》，上海：上海辞书出版社，5071页，1999年。

③ 洪汛涛：《童话学（讲稿）》，13～16页，合肥：安徽少儿出版社，1986年。

奇妙故事，是最容易具有历史和人类的共同性的文学样式之一。”① 王泉根在《儿童文学与中小学语文教学》中认为：“童话是一种非写实的以幻想精神作为主要审美手段用来表达和满足人类愿望的文学作品。”② 这些界定开始更深入地探讨童话概念的内涵。

综合中西儿童文学理论界的研究，本书认为：童话是以幻想为核心，以拟人、夸张、变形等为主要艺术表现手段，满足于表现人类普遍愿望的适合儿童欣赏和接受的叙事文学样式。

二、童话与神话传说、民间故事的关系

童话是一种源远流长的文学样式，早在“成文”之前就已存在于人们的口头创作之中。有学者认为：“童话是与人说话的本能相应的，人从能言语的时候起就有了童话，也就是说，在文字产生之前，童话就有了。”③因此，作为早期人类社会的文化产物，童话与神话传说、民间故事有着千丝万缕的联系。

（一）神话传说、民间故事对童话的影响

早期童话来源于神话传说。神话是关于“神”的故事，是早期人类的原始思维对社会、自然的幻想性解释，是人类在不发达的社会阶段的历史产物。当原始人类由于生产力低下还无法解释给自己带来巨大危害、神秘莫测的自然现象的时候，他们就幻想在这强大的自然力背后，有一个能掌握和驱使自然的人，那就是神。人们凭借幻想去描述神的行为和生活，就产生了神话。随着社会发展，神话的表现内容不断扩大，发展到对宇宙的起源、生命的产生及各种社会现象的解释与说明。比如希腊神话中，地母盖娅生天父乌拉诺斯，普罗米修斯用黄土造成了血肉之躯，智慧女神雅典娜给人以灵魂等；我国神话“盘古开天辟地”、“女娲抟黄土造人”等都是典型的例子。神话张扬着人类童年时期的原始生灵和自然天性。

传说由神话演变而来，是与一定的人物、历史事实、社会风俗有关联的进行过夸张、变形和想象的故事，如《大禹治水》、《神医华佗》等。在讲述神的故事时，人们逐渐发现了自己，萌发了要描述自己的生活、表现自己的意志的愿望，同时又希望自己也能像神一样具有无所不能的力量去实现自己的意愿。这在现实生活中是无法实现的，于是人们就幻想在另一

① 韦苇：《外国童话史》，3 页，南京：江苏少儿出版社，1991 年。

② 王泉根等：《儿童文学与中小学语文教学》，7 页，广州：广东教育出版社，2006 年。

③ （日）卢谷重常：《世界童话研究》，3 页，黄源译，上海：华通书局，1930 年。

个世界里去实现这一切，以此来排遣自己的渴望。由幻想造成的这种变异故事就是童话。后来，随着社会的发展，童话慢慢地演变成一种曲折地反映现实生活、寄托美好理想的方式。童话最初几乎是与神话传说同体共生的，原始童话即是对神话传说进一步文学化的转述和传播，它直接从神话传说中获得营养，所表现出来的超现实、极度夸张变形等叙述方式都可以从神话传说中找到影子。

民间故事同样产生于精神文化不发达的时代，大多是人们对现实中无法实现的愿望的一种理想性期待和主观性解释，如《牛郎织女》、《孟姜女》等。民间故事具有天真纯朴的风格，与自然结合密切，保持着一种童真和天性美。民间故事实际上也大多取材于神话传说，但它独特的简洁风趣、清新活泼、一波三折却又大团圆结局的审美方式改造了复杂的神话传说，并通过口耳承传的方式直接衍生出更易于向儿童讲述的民间童话。

神话传说为早期童话提供了产生的土壤，民间故事则为童话提供了发展流传的方式，童话直到现在依然保持了民间故事的特色。它们都较少受到理性文明的侵扰和压抑，更多保持着一种自然本性和随意性，一切尽可能按感性想象的结果发展。

因此，在内容上，早期童话多取材于神话传说和民间故事，近现代童话即是从收集、改编民间故事开始逐步走向文人独立创作的童话发展之路。在西方如著名的贝洛童话、格林童话、豪夫童话等；在中国如保存在志怪小说中的幻想故事等，都以记录民间故事为主。在民间童话的题材启发下，文人开始自觉创作，逐渐形成今天蔚为大观的文学童话。但其长期缓慢形成的原型故事仍残存并影响了今天的童话。

在风格和表现手法上，神话传说中奇异诡怪、气势如虹的幻想世界、极度夸张拟人的叙述特色奠定了童话的基本审美风格，无论民间童话还是文人创作童话都会遵循这一规律，如阿里巴巴的奇怪魔语“芝麻开门”、《渔夫和金鱼的故事》中神奇的金鱼、《爱丽斯漫游奇境记》中爱丽斯的变大变小，是无限的想象力赋予了童话魅力。而民间故事纯朴温婉的风格进一步为童话注入了清新的活力，它的集体创作性质和小群体口述特色增加了故事语言的亲切性。

受神话传说和民间故事的影响，童话创作在角色的选择上可以不受约束，神妖仙魔、英雄奇才、动植物乃至世界上存在或不存在的物体都可以进入童话世界；时空的安排上可以虚拟模糊；表现手法上常用这样的开头：“从前”、“很久很久以前”、“在一个不知名的地方”、“在一个地图上找不到的地方”；语言上轻松活泼、风趣幽默。

由此可见，神话传说、民间故事对童话的形成及风格都产生了深刻影响，儿童的纯真天性一直在这些流传的故事，甚至作家创作的童话中复活着。

（二）童话与神话传说、民间故事的区别

神话传说、民间故事虽极大地影响了童话内容及叙事风格，但它们毕竟不能归于童话一类，甚至民间童话与今天现代童话的定义也是有区别的。早在20世纪初，周作人就从理论的高度剖析了童话与神话的区别。郑振铎更是极力反对将二者混为一谈："神话、传说、神仙故事等等，并不是为儿童而写的，他们是人类的童年时代的产物。固然人类的'童年时代'和今日的儿童，其间智慧和情绪有几分相同处，却也并不能把野蛮时代的'成人'得出产物，全都搬给了近代的儿童去读。"①

总的说来，二者有以下几方面区别：

1. 创作主体不同

神话传说、民间故事产生于纸质媒体出现以前的人类历史早期，只能以口述形态存在，因而其内容、情感等常因讲述者的兴趣习惯以及记忆的准确程度随意修改。今天听到或看到的传说故事，已是经过无数人变形而来，它们体现了集体情感、集体认定的表现形式。因而神话传说、民间故事具有集体性、变异性的特征。而童话由文人独立创作，虽然贝洛的《鹅妈妈故事集》中的童话都来自传说故事，格林童话和豪夫童话也大多源于或移植于民间童话，安徒生早期的《打火匣》、《小克劳斯和大克劳斯》也取材于民间童话，但出现在作品中的童话故事都经过了作家的整理、改编，其内容风格与原始民间故事相比都有所改变，突出了作家个人的情感倾向和价值取向。从安徒生开始的童话创作更是呈现出不同作家的个性风貌。因而童话具有作家文学的独创性、个体性特征。

2. 内容上的差异

神话传说、民间故事虽为童话提供了可借用的题材，但并非所有故事都可成为童话的内容。在从传说故事进入到童话这一文体时，需要进行"现代转化"，使之符合的现代性和儿童文学的可读性。比如格林童话中的《亨舍尔和格莱特》（原名为《小哥哥和小妹妹》），原故事的结尾是父母将兄妹二人遗弃在森林，后来孩子们带着宝石回家，父亲变得富裕起来。几经修改后，到最后的版本中结尾已变为，父亲遗弃了孩子，内心没有一天安心，坏心的母亲也由生母变为继母。于是生身父母与孩子的冲突演变为

① 王泉根评选：《中国现代儿童文论选》，130页，南宁：广西人民出版社，1989年。

较为温和的矛盾；《白雪公主》中原本是母亲嫉妒亲生女儿的美丽而欲加杀害，到出版时也改为女儿出生后，亲生母亲去世，继母出现才引出后来的故事。赤裸裸的杀戮、遗弃和毫无人性都是童话难以接受的，因而童话对民间故事进行了风格、叙事方式乃至主题的重大改变。

3. 接受对象不同

童话与传说故事之所以在内容上有所改变，就在于二者的接受对象有差异，后者的读者对象多为成人，并不是专为儿童创作的作品，而前者却是为儿童创作的故事。读者对象的确定直接决定了题材、风格的特色。比如内容上关于生命的意义、死亡、残忍的凶杀等主题都可出现在神话传说故事中，对一些因果报应、宿命论等内容，成人读者都可以用自己的判断力来进行扬弃。这些传统故事不仅为成人读者提供了精神上的愉悦，而且为他们研究社会发展历史提供了间接的史料。但童话不同，读者对象的心理特点、认知结构和审美情趣都要求创作者必须持谨慎的态度。

4. 创作性质不同

在本质上，接受对象的差异决定了神话传说和民间故事并不具有儿童性，它们没有自觉的儿童意识，因此即使神话传说有神奇的夸张、幻想，民间故事有曲折的故事情节，从而吸引了许多儿童读者，也为童话提供了营养，但还只是故事中具有的儿童文学因素，并不是儿童性的内容。而童话则是作家创作中拥有自觉的儿童意识的产物，带有强烈的儿童性，创作的故事、叙事风格都是专为儿童读者设计产生。

三、*童话中的原始思维*

早期对童话的界定之所以易与神话、民间故事等相混淆，在于它们都与原始思维有着密不可分的联系。原始思维是人类初级阶段的思维方式，“他们正是用艺术的方式而不是用科学的方式来认识和把握世界的。这就是说，原始思维中蕴涵着丰富的艺术内质。这些艺术内质为艺术思维的形成提供了可能性。”①他们的形象直观性造成对事物认识的局部、片面和感性化，没有推理和分析的能力，没有概括抽象的能力，但他们却能整体直观地、具体形象地认识世界、表达世界。法国社会学家列维·布留尔认为：“原始思维专注于神秘力量的作用和表现，完全不顾逻辑及其基本定律——矛盾律的要求。原始思维不寻求矛盾，但也不回避矛盾。它看不出把两个客观上不同类的事物等同起来、把部分与整体等同起来，有什么荒谬之处；

① 黄云生：《人之初文学解析》，186页，上海：少年儿童出版社，1997年。

如果用神学的语言来表示，它可以毫不为难地容许一个客体的许多存在；它不考虑经验的证据；它直观新事物和现象之间的神秘的互渗，并受着互渗的指导。”①

这些不正是儿童思维也具有的特点？儿童心理学研究表明，儿童思维与原始思维很多都是同构对应的，皮亚杰谓之为“自我中心的思维”，即缺乏自我意识与对象意识，不能区分主体与客体，把主观情感与客观认识融合为一，主观的东西客观化、客观世界人格化。

“自我中心思维”在童话中的主要表现形式为：②

（一）“泛灵论”

这种观点将世界万事万物皆看作有生命、有感觉、有意识的东西。这在原始人那里演化为图腾崇拜、神话和巫术，是对喜怒无常的自然现象的非理性解释，以求心理上的慰藉；在儿童那里，则同样将现实与理想、物理世界与心理世界混为一谈，将情感与意识赋予整个世界。“泛灵论是童话、神话具有永久魅力的哲学依据”，揭示了童话逻辑形成的深层原因。泛灵论使童话中出现的人和形象都可以以活泼泼的生命形式存在，一草一木、一花一石、山神树怪、月亮繁星，都不再遵循现实逻辑。童话中的幻想、拟人无不根源于此。

（二）“人造论”

儿童意识与原始人意识都从自我出发来观察事物，一切都以自我为中心来安排，这种法则使他们的自由意志和愿望在心理上达到平衡和满足。如超人的呼风唤雨、精卫填海、女娲补天；而儿童游戏中的指挥一切、创造一切、神奇宝物的神秘变幻，都无一例外地出现在童话中。童话如同游戏，故事发展没有难题，因为一切都为他们而准备，想象能达到的地方就是合逻辑的地方，好比德国童话《敏豪生奇游记》中的敏豪生骑着半匹马打仗、用猪油穿着线当子弹打野鸭、坐在子弹上飞行等等，在儿童的脑海里，又有什么做不到的呢？

（三）任意结合的逻辑

“自我中心思维”使儿童始终从自己的角度来判断世界，同时皮亚杰的实验研究表明，处于前运算阶段（2 岁至 8 岁）至具体运算阶段（8 岁至 12 岁）的儿童，他们的注意、感知和记忆能力都在随意阶段，而且逻辑思维

① （法）列维・布留尔：《原始思维》，71 页，北京：商务印书馆，1987 年。

② 王泉根：《现代中国儿童文学主潮》，510～525 页，重庆：重庆出版社，2000 年。

上是“前因后果性的”①，无法真实反映事物间的因果关系，没有偶然，只有必然，而且原因与结果的联系是普遍的。因此儿童有自己的因果逻辑，那就是将他们想象的有可能并不相关的东西进行任意组合。花为什么开，风吹的；鸟为什么叫，是在学唱歌……在他们眼里，埃及的狮身人面像、中国鸟爪蛇身的龙都没什么奇怪，因为长鱼尾的美人鱼、长眼睛的树以及长胡子的太阳在童话中比比皆是。英国小说家金斯莱的《水孩子》中有一个现实中可能存在的扫烟囱的苦孩子汤姆，被仙人救出而变成水孩子，成为水陆两栖的小孩。可见童话中人和动物并无两样，都能生活在任意的地方。科罗迪的《木偶奇遇记》中的皮诺曹更是由木偶小孩变为驴子，最后又变为真正的小孩。荒诞却又真实，这些逻辑方式具体在童话中便成为幻想、假定、虽假犹真的曲折故事。

原始思维作为人类社会意识、思维模式的古老源头，为现代艺术提供了一种思维的基础，而儿童思维与原始思维的同构对应又极大地影响了儿童文学，尤其是童话的创作，形成独特的童话逻辑。

四、童话的美学特征及意义

（一）童话的美学特征

童话作为叙事文学的一种，而且与小说同根同源——都起源于神话传说，因此童话与小说有很多相似性，如追求故事的曲折、叙事方式的多样化、注重人物个性的塑造等等，但童话更有自己的审美个性使其能长久以来独具艺术魅力。

1. 幻想——童话的本质特征

得益于神话传说的精髓，童话用现实中不存在的假想形象、虚构的人物生存环境、假想的动人情节共同构成一幅幅奇异却又令人快乐的图画。在那个世界里，有长生不老或死而复生的人、有永远长不大的小孩、有各种神秘的宝物、所有的动物会哭会笑会说话……奇妙的逻辑构造了令人眼花缭乱的开心场面。这就是童话。幻想成为童话的核心，小说以写实为指导，童话以幻想为主体和准则，于是童话与小说一脉相承而又分道扬镳，成为有别于成人文学的最具儿童文学特色的一种文体。

童话的幻想体现在人物、情节、环境等几方面：

（1）人物形象的夸张变形

---

① （瑞士）皮亚杰，B英海尔德：《儿童心理学》，83页，吴福元译，北京：商务印书馆，1980年。

童话中的“人物形象”是广义的概念，除了人类，日月星辰、虫鱼鸟兽、木石山川，甚至某一观念、概念，还有虚构的宝物，现实世界存在或不存在的一切，都可以进入童话成为主要角色。但无论这些形象是否为人类，他们的生活也都是以人类为参照物加以人格化而具有人的社会性格，比如会说话会思考、有心理活动等，“虽假犹真”，这是童话逻辑的重要体现。

童话形象还可分为以下几类：

① 常人体形象。这类形象以常人、普通人面貌出现于童话中作为主角，他们虽然表面看是凡人，但其性格行为是极度夸张，是现实中不可能有的。夸张是塑造常人形象的最重要的方法，不仅对他们的一句话、一个动作、一个眼神，而是对整个故事，人物的经历、命运等的整体性夸张，这样才使常人体童话充满幻想色彩。如《皇帝的新装》中的皇帝、大臣及骗子们的可笑言行，让一件根本不存在的新衣揭示出皇帝等人的虚伪和愚蠢；《豌豆上的公主》中虽然是外表狼狈的小女孩，但却被她所睡的床上压在二十床垫子和二十床鸭绒被下面的一颗豌豆硌得皮肤发青，这一夸张的行为终于证实她才是真正的公主。还有张天翼的《不动脑筋的故事》中的赵大化，不爱动脑筋到了极端，不记得年龄，不记得当天该干的事，甚至连自家的门和亲妹妹也不认识了。这些人物真实却又夸张，既感到熟悉，实际又生活在幻想中，通过他们夸张的经历寄寓了深刻的寓意。

② 拟人体形象。这类形象是将动植物、无生命物体甚至是自然社会中的某些现象作童话主角，赋予它们人的情感、思维方式、行为语言等，加以人格化。虽然是非人类形象，却是人类生活的代表和小小缩影。这类形象是童话中最古老常见的艺术形象。

拟人形象是原始思维与儿童思维中“泛灵论”的产物，是以自我思维为中心、主客不分、物我不分，以人及物的移情联想而产生的，因此从古至今都大量存在于神话传说及童话中，拟人是这类形象的主要表现方式。如《丑小鸭》中的“丑小鸭”犹如作家安徒生自己的化身，经历频繁的挫折后终于变成白天鹅，它的外形虽然与鸡鸭相似，但它的经历，遭受的侮辱、排挤已是人类社会生活现象的影射。还有，叶圣陶童话中的“稻草人”，实际上是当时既同情民众疾苦而又对社会现实无能为力的知识分子的象征。

早期童话中的拟人形象仍然很注重物性的真实，对其作拟人表现的目的也是为比喻、象征人类社会。但现代以来，这类童话的拟人化越来越明显，形象的物性特征仅仅只是作为最基本的区别于其他形象的表征而存在，而更多地与人类行为方式接近，使读者感到更加亲切。如美国作家鲍姆的奥茨国系列中的《绿野仙踪》，里面有一只胆小的狮子，没有脑子的稻草人，没有心的铁皮人。狮子空有森林之王的外形，却因胆子太小其吼叫声根本吓不倒别的动物，为此特别自卑；稻草人虽然身体里填充的是稻草，却能行动自如（当然由于身体轻，被别人一摔便会飞老远），而且特别想得到像人一样的聪明大脑。它比叶圣陶笔下的稻草人更接近人的特征。还如美国作家格雷厄姆的《杨柳风》，讲述河鼠、鼹鼠、獾和癞蛤蟆的故事，河鼠的家是河边一个宽敞温暖的洞，它经常穿着睡衣，躺在它的摇椅上，并且有丰富的晚餐。出门带着鼹鼠去野游，却划着船（而不是游泳），还带着盛满食物的篮子，生活快乐逍遥极了。这些令人捧腹的故事关注的不再是怎样才能让童话中的动物形象不丧失物性的真实，而更着重它们的个性刻画，更接近孩子头脑中的想象（孩子们总是把别的生命形式想象成跟自己一样）。事实上随着对童话的真实性的理解的深入，符合童话逻辑的“个性真实”现已逐渐挣脱以往过于注重“物性真实”的束缚，因而使拟人体童话的幻想性、拟人性更浓。

③超人体形象。这类形象往往拥有神秘的法术或超人的能力，变幻莫测，创造奇迹，能做到常人无法做到的事，尤其令儿童读者向往。超人形象直接起源于神话传说，是人类面对自身无法战胜的困难或神秘的无法解释的自然现象而幻想出来的形象，以平衡心中的畏惧与期待心理。而儿童在面对纷繁复杂的世界时同样有一种无所适从的感觉，童话中的超人形象恰好满足他们希望能把握现实的心理。

早期超人体形象多为魔法宝物、神仙精灵之类，随着科技的发展，“超人”观点也发生变化，对未知事物的畏惧心理在消失，代之以紧密联系现代高科技的积极幻想心理，如外星人、科学博士形象的出现。综合起来，超人体形象主要有三类：

一是常人形象拥有超人力量。如《彼得·潘》中的彼得是一个小男孩，但会飞；《长袜子皮皮》中的女孩皮皮穿着怪异，但力大无比；《屋顶上的小飞人》中的卡尔松也会飞，但与彼得不同的是他背上有一个螺旋桨，这也是根据飞机这一物象而想象到的最真实自然的形象。再比如郑渊洁笔下的皮皮鲁虽是一个再平常不过的调皮男孩，但偶尔一次逃学在家乱拨电话，居然发现一个号码能打到人们的内心，听到他们真实的心理活动，也算拥有了一点别人不具有的小法力。真正有魔法的是J·K·罗琳笔下的哈里·波特，一个古老的魔法故事被移植到现代，有魔法的男孩生活的环境也有电子游戏、广告等现代社会的物象符号，甚至主人公的魔法扫帚也被打上广告商标的印记“光轮 2000”，还会升级换代。

二是非人类形象拥有超人力量。如早期童话中的仙女、小精灵、巫师等。普希金《渔夫和金鱼的故事》中的有魔力的金鱼，能满足人类的种种奢望；安徒生《海的女儿》中的长着人身鱼尾的小美人鱼，拥有 300 年寿命等等。现代童话中的“超人”形象更贴近人的时代生活，并且利用高科技赋予他们魔力，这在科幻童话、侦破类童话中出现较多。如冰波的长篇科幻童话《狼蝙蝠》，塑造了古生物复活的狼蝙蝠。还有武玉桂的《外星人收破烂儿》中外星人蓝胡子老爷爷坐着宇宙飞船来地球收“废品”，专收地球上没人要的东西，有小朋友身上被蚊子叮的几个包，一个小女孩的结巴等。这些形象极具现代意识。

三是宝物形象。这类形象具有平常物品的外形，却有神奇魔力，是人类思想情感和技能的神化形式。宝物形象不仅有魔法，而且是独立存在的个体，有思想，有性格，能说话。比如张天翼童话《宝葫芦的秘密》中会与主人公王葆对话的宝葫芦，王葆想要什么，它就能变出什么。宝物形象在早期童话中多为仙人手中的魔棒、魔鞋、飞毯等物，如《打火匣》中的打火匣，《七色花》中的七色花。现代童话中多为神奇的电脑、智能机器人、外星物体或高科技带来的神奇之物。如似田的《洛魔岛上的谋杀案》中，医学家培斯博士的新式护身武器——遥感震脑器和能诱发人体再生能力的食品再生饼，能使被砍的头颅再生，从而使罪犯暴露身份。

（2）情节的荒诞

在童话创作中，幻想不仅是手段，更是目的，因此童话的幻想不是局部的一人一物，而是整体的，形成一个自足的奇幻世界。这导致了整个故事情节必然是荒诞的、幻想的。

荒诞，指的是美学意义上的“荒诞性”，包括幻想、奇异、怪诞、难以置信等多种含义。这种荒诞是立足于本质，符合童话逻辑真实性的幻想产物，因而在情节设置上是真与幻、虚与实相结合，透过表面，体现本质的合情合理。

情节的荒诞表现在以下几方面：

①故事内容的离奇与夸张。陈旧的故事永远不会给人新奇感，《敏豪生奇游记》便以荒诞大胆夸张的故事而闻名世界。比如可以骑着炮弹前进后退，用猪油当子弹，打得一串野鸭子，骑着半匹马打仗等等。《爱丽丝漫游奇境记》则以梦幻的方式讲述小女孩爱丽丝的一系列历险，使情节扑朔迷离，变化莫测。新奇的故事内容是情节荒诞的首要前提。

②情节发展中“虚幻的真实性”。荒诞往往寓含着作者对生活的真实感

受，是表达对现实的认识的最好方式。优秀的荒诞故事不仅要有原创性，而且要有真实性。这种真实性是指符合童话逻辑的真实，超越现实，在一个自足的结构中推动情节的发展，形成一个幻想的真实空间。它包括具象的真实和抽象的真实。具象的真实指大多数童话所设定一些具体虚无的地点、人物，甚至时间，情节在这些具象构成的空间中更容易自由展开。童话是作者提供给读者的一种游戏方式，而幻想空间正是他们进行游戏、释放心理能量的理想场所。因此，这些具象是符合儿童审美心理的真实性的。具象构造的是情节中真实的“物质基础”和“人”的存在，而抽象、理性认识的真实传达同样使情节具有发展的意义。英国作家金斯莱的《水孩子》中男孩汤姆被仙女变为4英寸长的水孩子，从此生活在温暖幸福的水下世界，成为一个热爱真理、心地善良的大人。情节在幻想的空间中发展，对美好理想的温馨表达是情节发展中的点睛之笔，从而使荒诞变得有意义。北董的《撕了身份证的狼先生》中从美洲来的狼先生最开始撕了不光彩的狼身份证，彻底整容，成了大嘴岔小伙子，并学习手艺博得人们一致赞扬，但狼心难改，心灵没有整容，面貌再怎样掩饰也还是会露馅，之后发生的一系列滑稽可笑的事情就是证明。再比如任大霖的《河马先生的熟食店》，河马先生的熟食店开张使妈妈们从家务劳动中走出来去管教孩子，于是小动物们被迫做更多的作业。为了对抗，小河马文化熟食店开张了，各科作业都可以在那里买到。绝妙的影射，既荒诞又真实，具有深刻的现实意义。

(3) 环境的虚拟

环境是童话形象及情节发展的空间载体，既然另两个因素具有夸张和荒诞性，那么在童话中环境也必然是虚拟的，比如《彼得·潘》中的永无岛，是彼得和孩子们的快乐之源，那个岛上有可以从树洞中爬下的“地下的家”，有惊险的海盗之战，有人鱼的礁湖……在那里会发生种种荒诞的故事。还比如《绿野仙踪》里的奥茨国，《大林和小林》中的光怪陆离的“唧唧王国”等。除了童话形象生存的小环境是虚拟的外，他们生活的大环境也是虚拟甚至淡化模糊的，如时代，社会背景等，无需作交代，或者在“很久很久以前”，或者“有一天”。成人文学中常见的大环境成为可有可无的符号，童话形象和读者都不会关注。

2. 童话的隐喻和游戏精神

隐喻从本质上来说是“联想式”的，它以实实在在的主体和它的比喻式的代用词之间发现的相似性为基础。皮亚杰认为，儿童的象征性游戏明显是一种隐喻，他们自言自语，“甚至能完成作为一个成年人的内部语言的功能”。它解决了实际中“情感上的冲突，也可帮助对未满足的要求得到补偿，角色的颠倒例如服从与权威的颠倒和自我的解放与扩张等等”①，可见儿童的语言思维很多时候带有隐喻性，只是隐喻的表达常常是无意识的，而且隐喻的内容对成人来说较为简单。尤其儿童的游戏是儿童心理和思维的最好表达，因为“社会适应的主要工具是语言，它不是由儿童所创造，而是通过现成的、强制的和集体的形式传递给他，但是这些形式不适合表达儿童的需要和儿童自己的生活经验。因此，儿童需要一种自我表达的工具……这就是作为象征性游戏的象征体系”。② 于是儿童游戏与隐喻紧密联系起来。

童话实质上是一种纸质媒体的游戏方式，与儿童生活中的象征性游戏有本质的相同之处，完全是通过想象在纸上完成。因此童话本身既是一种隐喻，又是一种游戏精神的体现。

（1）隐喻

童话在整体结构上构成隐喻，文本的深意隐藏在各种意象、情节组成的幻想空间后面。但由于童话的作者为成人，他的创作是理性的自觉的，因而文本隐喻是比儿童游戏更深层有意识的内心表达。童话的隐喻分为两个方面：

①对儿童审美心理的隐喻，即对儿童思维的模拟表达。这种隐喻与儿童游戏的隐喻相似。童话作者作为儿童纸上游戏的组织者和代言人，必须吸取现实儿童的稚气、荒唐和大胆，模拟从他们的角度对世界的隐喻，比如对快乐的追求、对复杂的成人世界的向往与反叛、对无法把握的现实的想象性驾驭等等，这在童话中作为浅层隐喻随处可见。如瑞典作家拉格洛芙让一个名叫尼尔斯·豪尔耶松的小男孩骑在鹅背上飞行 8 个月，与动物成为好朋友，并经历了奇异的冒险（《尼尔斯骑鹅旅行记》）；美国作家怀特《夏洛的网》中女孩芬能听懂动物们的谈话，她知道发生在小猪威伯身上的所有的事，而小猪威伯与蜘蛛夏洛、老鼠谈波顿的生活世界与她们孩子的心灵世界如此相似，以至备感亲切。爱丽丝碰到神奇的药水，一种能变大，一种能缩小（《爱丽丝漫游奇境》），格列佛在大人国和小人国的不同境遇，能克服身体高矮的限制（《格列佛游记》）等等，正是儿童心理在游戏中常表现出来的隐喻现象。还有玛丽·波平斯阿姨使孩子们生活在梦幻一般的世界，每天有无穷的快乐（《玛丽·波平斯阿姨》）；小飞人卡尔松的恶作剧

① （瑞士）皮亚杰，B英海尔德：《儿童心理学》，46～47 页，吴福元译，北京：商务印书馆，1980 年。

② 同上。

让小家伙快乐得不愿上学（《屋顶上的小飞人》）。可见快乐玩耍是儿童最渴望的行为，这就是儿童游戏世界的隐喻；与动物的交好、与世界之间最直接的心灵对话、无拘无束地操纵这个大人的世界、拥有神秘的魔力无所不能等等，模拟儿童游戏，展示其中的隐喻特质是童话具有魅力的前提和基础。

②成人理性的隐喻。成人作者及其创作目的都显示出，童话并非儿童生活游戏的翻版，它有自己的特殊功能，除了带给儿童游戏快乐以外，还有意识地帮助儿童成长以完成社会化的转变，提升审美水平与认识社会的能力。但这种隐喻必须与儿童游戏相融合，在潜移默化中不露痕迹地完成，否则只能成为功利的教育工具。古往今来的优秀童话都是两种隐喻有机结合的典范。如《木偶奇遇记》中皮诺曹在由调皮、爱说谎话的孩子转变为真正的小男孩的过程中，是通过一连串奇遇来逐步显现的。“说谎鼻子就会长长”成为一种隐喻，包含着成人对儿童的最基本的道德劝诫。《彼得·潘》中彼得这样描述小仙人：“你瞧，温迪，第一个婴孩第一次笑出声的时候，那一声笑就裂成了一千块，这些笑到处蹦来蹦去，仙人们就是那么来的”，“孩子们现在懂得太多了，他们很快就不信仙人了，每次有一个孩子说‘我不信仙人’，就有一个仙人在什么地方落下来死掉了”。这里的仙人又是一种隐喻，即代表快活的、天真的、“没心没肺”的童心，仙人的死掉便代表现代孩子受社会影响越来越多，童心日益复杂，不禁让成人深感忧虑。还有意大利罗大里《洋葱头历险记》对成人社会现实的隐喻，中国张之路《非法智慧》中所体现的当代校园童话和科幻童话对高科技社会冲击儿童世界的隐喻。这些，也都是在与儿童生活及心理世界极为接近的游戏故事中体现的。

（2）游戏精神

童话既然是一种纸上的游戏，必然体现出对自由自在、无拘无束的游戏精神的追求，对儿童本性“力”的张扬，他们海阔天空的幻想，对野性和狂放行为的向往崇拜，游戏中嬉闹、发泄的快乐都是童话中表现的内容。游戏精神在热闹派童话中表现得最为大胆充分，特别是当代童话已抛弃以往历史的重负，越来越关注儿童内在心理世界的需求和当代儿童的现实生活，因而张扬儿童的个性、满足儿童的自然天性成为童话的首要审美功能。我国新时期热闹派童话所塑造的一系列形象，已完全不同于传统观念下循规蹈矩、柔顺听话而没有个性的儿童形象，代之以有强烈的天性、调皮、本性发挥得痛快淋漓的新型儿童，还给他们一个真正自己的、与成人不同的游戏世界。而西方则是以林格伦为代表，表现出对传统压抑儿童天性的教育制度的质疑和反叛。

这一系列变化均来源于对游戏精神的深刻理解与回归，甚至包括对“好孩子”形象的重新思考。比如从皮诺曹、王葆到彼得·潘、小飞人卡尔松；从好孩子是听父母的话、爱读书爱上学、不偷懒、能管住自己的好奇心的不调皮的孩子，到不愿长大不愿上学、爱恶作剧的孩子也不一定是坏孩子，成人作家观念的改变解除了儿童心灵上的太多禁锢，这才导致游戏精神的彻底发挥，而童话也才能更显现并实现它的美育功能。

3. 童话语言的幽默本质与模糊特征

若从文本语言考察童话，它的幽默以及语言的模糊性是直接和童话的幻想、隐喻特征相关的。

(1) 幽默

幽默是人类对娱乐游戏的生命需求，具有相当的审美内涵。幽默对于童话比成人文学更加不可缺少。美国心理学家乔洛姆·辛格等认为：“幽默作为人类一种特殊的认识活动，其萌芽自婴儿出生第二年起开始具备，从幼年起通过游戏培养婴儿的幽默感，对其日后的创造力的发展具有不可忽视的作用。”① 儿童心理学的研究表明，儿童语言行为的幽默感与成人有很大不同，他们言语真诚、稚朴、情绪外露、思维简单，常是弱逻辑思维的自发表现，并不会拐弯抹角，有意地创造幽默。因此幽默的语言是每一个具有游戏精神的作者创作童话时的重要手段。这个通过叙事话语展示的游戏必须是简单、直接、新奇、多情绪化的，不必经过艰深的理解和逻辑推理的幽默表达。比如达尔的《女巫》中，“我”姥姥是个玩世、爱开玩笑的老太太，她对“我”讲述女巫害死儿童的事时，两人的对话是这样的：

> “你想吸一口我的雪茄吗?”
> “我只有七岁，姥姥。”
> “我不管几岁，”她说，“抽雪茄不会得感冒。”
> “第五个怎么样了，姥姥?”
> “第五个，”她像嚼好吃的笋那样嚼着雪茄头……

在给“我”洗完澡后，两人又有一段对话：

> “女巫为什么要有那么大的鼻孔呢?”我问道。

① 转引自张锦江：《儿童文学论评》，13 页，天津：新蕾出版社，1987 年。

“为了嗅臭气呀，”我姥姥说，“真实的女巫有最厉害的嗅觉能力。”

“她嗅不出我来，”我说，“我刚刚洗了澡。”

“噢，她能把你嗅出来，越干净女巫嗅起来气味越大。”……她说，“主要点在这里，如果你一星期不洗澡，皮肤上全是脏，臭气波显然就不那么强烈了。”

里面的姥姥——一个成人代表，却信口调侃，百无禁忌，使童话充满了幽默。这种创作上的无拘无束正是游戏精神导致幽默的体现。

(2) 模糊性语言

传统童话和现当代童话都喜欢采用一种“模糊”的开头方式，“从前……”、“有一天……”、“很久很久以前……”，即使不选用这样的语调，其他语词在功能上也如出一辙。这种“模糊”主要表现在对时间、地点、年龄、数字等的描述上，如贝洛童话《穿靴子的猫》的开头：

从前有个磨粉匠，死后把家产留给了他的三个儿子。但他的全部家当，只是一个磨、一头驴和一只猫。

罗大里的《不肯长大的小泰莱莎》的开头：

泰莱莎……和爸爸、妈妈、奶奶住在山上的一个乡村里，日子过得非常快活。一天，爆发战争，小泰莱莎的父亲被抽去当了兵，结果从那以后，再也没有回来过。

法香的《格丽赛达的开头》：

格丽赛达·克尔芙跟曾祖母在一起，住在胡同里的最后一间茅屋里，她十岁，曾祖母一百一十岁。……虽然曾祖母一百开外了，可是她和格丽赛达竟像同龄人一样。

这些语言虚拟幻化了时间、地点，没有人知道“那一天”的日期、具体情况，乡村，茅屋的具体位置，这使许多语句成为叙事学上所说的“不可信叙述”。比如磨粉匠的全部家当只有三样，格丽赛达和一百一十岁的曾祖母竟像“同龄人”一样。这种叙述方式直接造成语言的心理距离，而且也正是形成童话幻想空间的必要的语言选择方式。模糊叙述使童话独立于现实生活，成为完完全全的纸上游戏，幻想在这个语言空间中发挥自如，丢弃不必要的现实概念，而沉浸在想象的游戏故事中，进入儿童由他自己的兴趣和能力形成的内部虚幻世界。

（二）童话的意义

童话是最受儿童喜欢的文学体裁之一。很多成人即使在成年甚至年老以后，仍然在内心深处记得儿童时代自己所喜欢的童话，仍然能够很真切地体会到当初阅读童话时那种美妙的心理体验。童话对于儿童的健康成长来说具有不可替代的重要意义。具体表现在如下几个方面：

1. 促进儿童的心理和人格发展

精神分析学派的创始人弗洛伊德非常强调婴幼儿期的经历和体验对人格形成和发展的重要作用。① 尤其是童年时代的欲望满足和挫折与人格的形成和发展有着极其密切的关系。童年期的发展决定了人的性格和行为特点，这种巨大影响将会在青春期和成人后的生活中体现出来。所以童年经历是人格形成的关键。

儿童无论在身体上还是心理上都处于启蒙阶段，对外部世界有着严重的依赖。一方面，他们有着丰富的需求，包括各种物质需求以及爱、友谊等高层次心理需求，但另一方面，仅仅依靠自身的力量，他们还不能有效地满足这些需求，而必须依靠成年人的帮助。由此带来的焦虑、矛盾，甚至恐惧，是可想而知的。更重要的是，这些深层次的情感往往停留在无意识的层面，是很难表达和意识到的。即使有些情感儿童可以意识到，但受语言能力的限制，也很难有效地与成人进行沟通，不能很好地舒缓压力和释放紧张。

儿童心理学家贝克尔海姆专门分析了童话对于儿童心理发展的重要意义。在贝克尔海姆看来，童话就是儿童的梦，其作用是帮助儿童在想象中减轻困扰他们的无意识压力。② 英国学者和作家托尔金也认为，真正的童话故事应该具备四个要素：幻想、恢复、逃避、慰藉。③ 童话在本质上是一种幻想，是非现实的，是一个充满梦幻的仙境，是一个儿童的“理想国”。它为儿童提供了幻想的材料，同时以简单的语言，以生动独特的人物形象和

---

① （奥）弗洛依德：《精神分析引论》，27～35页，北京：商务印书馆，1988年。

② 转引自舒伟等：《精神分析学视野中的童话文学》，载《燕山大学学报》，2001（1）。

③ 转引自舒伟：《爱的礼物——论童话的母题及其功能》，载《燕山大学学报》，2006（1）。

动物形象，以儿童习惯的思维，让他们能够轻松地理解和接受这种幻想。尽管是幻想，但儿童在阅读过程中的心理体验却是真实的。儿童非常投入地去阅读童话，常常把自己当作故事中的一员，有着极高程度的心理和情感参与，会为故事中的情节紧张得屏住呼吸，也会幸福愉快地开怀大笑。儿童并没有刻意去区分童话中的幻想世界和现实世界，世界对他们来说是亦真亦幻的。正是这种亦真亦幻，正是这种想象的、非现实的惊险、刺激、痛苦、担忧、友谊、爱、快乐、幸福，成为儿童心理发展中最不可或缺的内容，形成了与儿童心理无意识的良好对话，从而帮助儿童理解内心的矛盾和困惑，帮助他们把内心深处的各种压力和紧张释放出来，帮助他们定义和理解社会现实，舒缓儿童的心理焦虑。同时，童话的结局一般都是圆满的。这种圆满的结局对儿童起到了心理慰藉作用。正如托尔金特别强调的，所有完整的童话故事都必须有幸福的结局，这是童话最重要的功能。

2. 培养儿童的想象能力

想象是一种非常重要的能力，是人类创造力的来源。现代社会中的很多科技，最初都来源于人类在原始阶段的梦想。儿童心理学家朱智贤指出，“幻想是创造想象的一种特殊形式，是一种与生活愿望相结合并指向未来的想象。很多创造性的活动常常是从幻想开始的”①。幻想是儿童的天赋和本能，也是儿童最宝贵的能力。他们是天才的幻想家。只是这种天赋在社会化的过程中，很容易被成人当作幼稚的、荒谬的、不合理的东西加以指责，从而遭到成人的压抑。

童话故事的本质特征在于幻想，甚至可以说，童话集中了人类最神奇、最美好、最大胆的幻想，从一个侧面很好地展现了人类的想象能力。不同于常人的想象力是对儿童文学作家的基本要求，没有出色的想象力，童话作家根本无法进行好的创作。《爱丽丝漫游奇境记》中神秘的兔子洞、《哈里·波特》里魔法学校中的种种魔法等，无不反映了作家超乎常人的想象能力。在某种程度上说，优秀的童话是人类想象力和创造力的体现。

尽管从总体上看，儿童具有天才般的幻想能力，但每个儿童的想象能力却是有差异的。通过阅读优秀的童话，儿童会体验到很多自身想象不到的奇妙惊险的世界。这种超乎寻常的想象，为儿童打开了一个新的窗口，一个全新的世界，扩展了儿童的想象空间和想象主题，也激发了儿童的想象能力。在儿童的无意识与童话故事文本的交流和碰撞中，儿童的思维会受到潜移默化的影响，其想象能力会在无形中得到提高。

① 朱智贤：《儿童心理学》，38页，北京：人民教育出版社，2003年。

3. 加强儿童的审美体验，丰富儿童的生活

优秀的童话无论从哪方面看都是美的。语言虽然简单平实，但极其优美。童话对作家的语言要求甚至超过成人作品，因为儿童这个特殊的读者，要求作者必须用简单的语言去生动地叙事。这样的语言营造了一个优美的意境，如梦如诗。童话涉及的常常是人类重要而美好的主题，人性、爱、恨、生命、价值等。童话中塑造的种种美好的人物形象，是经久不衰的。白雪公主、海的女儿、爱丽丝等童话形象已经远远超出了儿童的范畴，成为整个人类世界共同拥有的珍贵的文化符号。

优秀的童话是人类智慧的结晶，会在无形中滋润儿童的心灵，培养儿童的审美情趣，让儿童在愉快的阅读中潜移默化地感受到生活的真善美。没有童话的生活，对于儿童来说将是灰色的、单调的和无趣的。有些教育工作者和家长特别强调童话的教育功能，总希望儿童通过阅读童话，学到更多的知识，明白更深刻的道理，并试图引导孩子从充满情趣的童话故事中发掘、提炼和升华出更丰富的内涵，但往往适得其反。这种对教育功能的过度强化，反而成为儿童的一种负担，容易引起儿童心理上的反感，降低儿童的阅读兴趣，从而变成一种机械的、功利主义的教条。其实童话最重要的意义之一在于审美，其他的很多教育价值是附着其上的，不是刻意追求而是在潜移默化中得到的。让儿童从童话中感受到美，感受到阅读的快乐，感受到生活的快乐，这本身就是儿童文学最重要的目的。

第二节　童话（下）

一、*中西方童话发展史*

中西方童话的发展都经历了由从神话传说、民间故事脱胎出民间童话，到文人收集改编民间童话，再到文人独立创作童话的过程，也即由民间童话到文学童话的逐渐演变。

民间童话是民众在长期的历史过程中与自然界斗争、对自身社会的不断认识、对人与人之间各种关系的认识的经验的累积。人们试图把自己的经验、历史、社会科学知识、宗教信仰、生活习惯、教育观念等等通过吸引人的幻想故事情节、人物、主题来传授给下一代。所以，民间童话主要注重的是其文化的意义，而并非其艺术意义，具有类型化的特征。但民间童话的故事内容和叙述方式曾经是文学童话模仿的范式，而且民间童话中

体现出来的积极的浪漫主义与现实主义相结合的精神实质也对文学童话的创作起着重要的影响作用。

（一）西方童话发展史

童话的源头来自神话传说和民间故事，早期童话借口耳承传的方式流行在人类活动的地方。经搜集整理而成的世界上最早的民间童话集为印度的《五卷书》，较早的还有作家整理或改编的民间故事作品，如法国《列那狐的故事》、阿拉伯民族的《一千零一夜》以及阿拉伯的穆格发根据《五卷书》译书而写的《卡里莱和笛木乃》。穆格发是世界上最早宣称童话是专为儿童写作的作家。17 世纪产生了较为进步的儿童观，法国作家夏尔·贝洛（1628～1703）从欧洲的传说故事中取材，写成《小红帽》、《睡美人》、《灰姑娘》等 8 篇童话，另外加上 3 篇童话诗，结集为《鹅妈妈的故事》，成为世界儿童文学创作的先行者。虽然 8 篇童话均来自民间故事，而且创作的目的也并非专为儿童，但那优美、流畅的文笔，朴素的想象力大大满足了当时儿童的情趣。18 世纪至 19 世纪，德国格林兄弟搜集民间故事并出版了至今仍被视为童话史上经典之作的《儿童和家庭故事集》，同时德国还出现源于民间的文学童话“豪夫童话”，受到广泛欢迎，影响深远。

1835 年，世界童话大师安徒生（1805～1875）发表《讲给孩子们听的故事》第一集，标志着近代儿童文学的诞生，并开创了文人独立创作童话的新时代。虽然安徒生早期童话如《打火匣》等也取材于民间童话，但他吸取民间童话精髓，很快走上了独立创作的道路，稍后的《丑小鸭》、《小意达的花儿》、《海的女儿》等不仅体现了作家的情感倾向，而且形成了自己独特的风格，为文学童话的形成和发展奠定了基础。此后，英国金斯莱的《水孩子》与卡洛尔的《爱丽丝漫游奇境记》确立了童话在儿童文学中的牢固地位。

继安徒生之后，童话先后在英国、德国、法国、意大利等欧美国家逐渐兴盛起来。18 世纪和 19 世纪流传至今的经典作品按国别来看分别有：英国斯威夫特《格列佛游记》、查理·金斯莱《水孩子》、卡洛尔《爱丽丝漫游奇境记》、《爱丽丝镜中奇遇记》、史蒂文森《金银岛》、王尔德《快乐王子》等；美国伯内特《秘密花园》、鲍姆《绿野仙踪》、韦伯斯特《长腿叔叔》等；德国拉斯伯·比尔格《吹牛男爵历险记》、威廉·豪夫《童话》等；意大利科罗迪《木偶奇遇记》等等。

童话进入 20 世纪，随着新的儿童观的成熟稳定以及对儿童认识的深入，其发展更为繁荣，文本叙事技巧也更为先进。两次世界大战的爆发使成人文学显出不安与绝望的气氛，儿童的文学作家正好在童话中找到逃避战乱现实的避难所，童话在世界各国都兴盛发达起来，这些故事具有如此巨大的魅力，以至成人也争相阅读。二战结束后，各国童话发展都出现了惊人的繁盛趋势，充满奇思幻想和审美力量的优秀作品源源不断。如英国巴里的《彼得·潘》、凯内斯·格莱亨的《杨柳风》、米尔恩《小熊温尼·菩》、毕翠克丝·波特《彼得兔的故事及其他》、内比斯特《五个孩子和一个怪物》、埃莉诺·法吉恩《马丁·皮皮在苹果园》、克里弗·刘易斯《狮子、女巫和衣橱》、琼·艾肯《雨滴项链》、帕米拉·特拉维斯《玛丽·波平斯阿姨》系列、J·K·罗琳《哈利·波特》等；美国的赫·罗菲丁格《德里特尔先生》、E·B·怀特《小老鼠斯图亚特》、《夏洛的网》、《吹小号的天鹅》、狄扬《一只兔子般纯洁的猫》、《校舍上的车轮》、《小吉姆河大卷心菜》、乔治·塞尔登《蟋蟀奇遇记》等；法国圣埃克旭佩里的《小王子》等；德国普雷斯勒《大盗贼》、米切尔·恩德《毛毛》、《永远讲不完的故事》、本杰斯的《蜜蜂玛亚历险记》等；意大利姜尼·罗大里《假话王国历险记》、《洋葱头历险记》等；日本安房直子《风的旱冰鞋》、松谷美代子《两个意达》、古田足日《鼹鼠原野的小伙伴》等；瑞典拉格洛孚的《尼尔斯骑鹅旅行记》、林格伦的《小飞人卡尔松》、《长袜子皮皮》、《淘气包埃米尔》、贡内尔·林德《请到我的烟囱街来》等；保加利亚埃林·比林《扬·比比扬历险记》等；加拿大露西·蒙格玛丽《红头发安妮》等等。

（二）中国童话发展史

在中国，童话的发展同样走了一条从口头叙说到文人叙述的道路，但由于受中国传统文化与文学观念的影响，中国童话的发展呈现出更明显的阶段性。

1. 民间童话阶段

流传于民间口头的童话，大都散失，只有部分作品以各种形式散见于各种古籍杂著中，如《精卫填海》、《夸父追日》等，更多的古代民间童话保存在志怪小说中，有《玄中记》（晋·郭璞）、《搜神记》（晋·干宝）、《搜神后记》（晋·陶潜）、《述异记》（南朝·祖冲之）、《酉阳杂俎》（唐·段成式）等，其中保存的一些经久不衰的名篇有《李寄斩蛇》、《眉间尺》、《白水素女》、《叶限》等。志怪小说从魏晋南北朝到明清，小说艺术日臻成熟，此时蒲松龄的《聊斋志异》中的童话不再是简单地对民间奇闻异事的记录，而有一定的文人创作成分了。此外唐代和宋、元、明、清历代的传奇、话本中都保存了一些具有童话性质的作品，如唐代的《柳毅传》、《南柯太守传》，明代《中山狼传》、清代《虎媪传》等，还有《西游记》、《封神演义》等长篇小说也部分具有童话特色。这些文献中记载的作品具备了幻想故事的基本特征，但毕竟不是专为儿童创作，语言表达和叙事风格上也没有自觉的儿童意识，因此并不能算作严格意义上的童话。

2. 文人自觉的改编改译阶段

五四以前，中国终于出现专为儿童阅读的童话书，即1909年孙毓修所编的《童话》丛书。同时随着西方儿童观和儿童文学作品的涌入，出现了翻译外国童话作品的热潮，如林纾译《海外轩渠录》（即《格列佛游记》）、《鲁滨孙漂流记》，梁启超译《十五小豪杰》，包天笑改译《馨儿就学记》（即《爱的教育》），孙毓修编译的《无猫国》、《大拇指》等，还出现了凡尔纳热。但由于此时的进步儿童观还未在中国正式确立，大量作家对西方童话作品直译少，而改编多，在原有故事基础上不免会加上传统道德教训，而且语言仍用文言，任意增删，失去了西方童话本有的活泼风格，成人意志与价值观渗透过多。这种状况至五四以后才得以改观。五四时期倡导“儿童本位”的儿童观，对童话的翻译也不再是为了“载道”，而是为了儿童审美，愉悦。很多译者又对原来的作品进行了重译，如周作人将刘半农译的《洋迷小影》（安徒生著）重译为《皇帝的新衣》，夏丏尊将包天笑译的《馨儿就学记》重译为《爱的教育》等。另外，本着“儿童本位”的观点，西方更多的不带道德教训的“无意思”童话也被直译进来，如《爱丽丝漫游奇境记》、《鹅妈妈的故事》、《木偶奇遇记》等，从此白话文代替文言文，满足了儿童的语言能力和心理需求，简洁平易又活泼清新。

在向外“拿来”的同时，五四时期也很注重对民间童话的整理改写，如刘大白编有《故事的坛子》，吕伯攸编有《中国童话》4册，谷万川编有《大黑狼的故事》，唐幼峰编有《熊家婆》，还有黎锦晖根据民间流传的“十兄弟型”童话编有《十姐妹》、《十兄弟》、《十家村》等。本土童话也呈现一片繁荣景色。

3. 文人创作早期阶段

五四时期，受安徒生童话等西方童话的影响，一些新文学的先驱者在从事成人文学创作的同时，开始创作童话，最突出的有叶圣陶与茅盾。1917年至1920年，茅盾为《童话》丛刊编写童话27篇，其中有《书呆子》、《一段麻》、《寻快乐》、《风雪云》、《学由瓜得》五篇属独立创作，作品反映儿童生活及儿童眼中的世界，人物形象也以儿童为主，这五篇童话反映了文人创作童话萌芽阶段的特点，虽极力亲近儿童世界，但童话创作经验不足，文体意识不甚清晰，还处于尝试阶段。

叶圣陶是现代童话创作的泰斗，他本着为人生而艺术的文学主张，开创了童话创作的现实主义道路，1921年11月至1922年前期，叶圣陶创作的童话还偏重“牧歌式的弹唱”，着重歌唱真善美，如《小白船》、《傻子》、《芳儿的梦》等，之后便迅速转向现实主义创作，体现出中国社会自身的本土特点和民族特色，写人生、写现实，如《稻草人》、《大喉咙》、《瞎子和聋子》、《克宜的经历》等。1923年出版的童话集《稻草人》和1931年的童话集《古代英雄的石像》成为中国现代童话创作的精品。

20世纪30年代继续沿着叶圣陶开创的现实主义道路走下去的童话作家是张天翼。他用另一种夸张幽默的方式讽刺揭露现实黑暗，如《大林和小林》、《秃秃大王》、《金鸭帝国》三部长篇童话，给中国现代长篇童话创作从内容到艺术形式方面开创了一个奇异的新境界。同时30年代在整个文学形式的影响下，童话与时事政治结合更加紧密，如郭沫若的《一只手》，巴金的短篇童话集《长生塔》等。此外，三四十年代童话创作与整个战争需要相配合，还出现陈伯吹、贺宜、金近等童话作家，他们的童话如《红鬼脸壳》（金近）、《甲虫的下场》（陈伯吹）等都充分体现了战斗风格，透露出作家的忧国忧民之心。

从文人开始独立创作童话至40年代，中国现代童话创作逐渐找到一条适合自己的路，内容题材拓展开来，叙事技巧也日益成熟，对当代童话产生了极大影响。

4. 童话创作成熟阶段

1949年以后，童话创作在50年代曾出现短暂的兴盛局面。主要有葛翠琳在民间故事基础上创作的《野葡萄》、洪汛涛的《神笔马良》等；注重童话幻想及游戏精神的张天翼的《宝葫芦的秘密》，严文井的《小溪流的歌》、《“下次开船”港》，陈伯吹的《一只想飞的猫》，金近《小鲤鱼跳龙门》、《狐狸打猎人的故事》，任溶溶《一个天才的杂技演员》、《没头脑和不高兴》，孙幼军的《小布头奇遇记》等等。

20世纪进入八九十年代，中国童话走向多方探索、多元共生的繁荣、发展时期，这一态势在新世纪有新的进展。孙幼军的《小狗的小房子》、《怪老头儿》、《唏哩呼噜历险记》，金波的《乌丢丢奇遇》、《追踪小绿人》，葛翠琳的《会唱歌的画像》，张秋生的《小巴掌童话》等，体现了老一代作家不倦的艺术追求与倡导正面精神价值的社会责任意识。80年代涌现的一批年轻童话作家，高扬艺术创新的审美旗帜，冲决公式化、概念化、工具论羁绊，使中国童话创作上了一个新台阶。这批作家已成为新时期童话创作的中坚力量，在少年儿童中产生了广泛影响。其中的代表人物与作品有：北京张之路的校园科幻童话《霹雳贝贝》、《我和我的影子》，郑渊洁的热闹型童话系列《皮皮鲁和鲁西西》、《十二生肖》，上海周锐极具哲理、幽默意味的童话《哼哈二将》、《扣子老三》，浙江冰波的诗意型童话与动物童话《秋千，秋千》、《狼蝙蝠》、《阿笨猫全传》，广东班马的绿色环保长篇童话《绿人》，湖南汤素兰的长篇童话《小朵朵和半个巫婆》、《笨狼的故事》等。这一时期的重要童话作家还有：宗璞、吴梦起、刘兴诗、李少白、诸志祥、常瑞、郑允钦、饶远、戎林、彭懿、葛冰、白冰、杨红樱、保冬妮、明照、庄大伟、谢华、北董、黄一辉、夏辇生、武玉桂、戴臻、周基亭、车培晶等。从 20 世纪 90 年代后期至新世纪，一批更年轻的童话作家脱颖而出，他们的创作与网络文学联姻，更加贴近当下少年儿童的阅读接受心理，给中国童话带来了新的气息，也使当代童话创作朝着更为多元的道路发展。他们是杨鹏、王一梅、薛涛、李志伟、肖定丽、李丽萍、陆弘、吕丽娜、熊磊、王蔚、李晋西等。

二、*童话现代审美形态的转变*

童话走向文人创作阶段后，主题、内容、叙事技巧上都发生极大变化，至当代越来越呈现出多样化的局面和一些新的特征。尤其受到西方“幻想文学”的影响，当代童话在叙事技巧、结构方式、幻想特色等诸多方面都与“幻想文学”有接近、融合之势，成为童话发展的新趋势。

（一）主题的变化

早期童话由于取材神话故事或民间童话，作家创作也以改编传统童话为主，因此人物一般难以脱离鬼、神、巫师、神仙等，主题或因果报应类，或贫民智斗财主类，或贫民与公主结合类，民间童话类型化痕迹十分突出。如安徒生的《小克劳斯与大克劳斯》属“两兄弟型”，《拇指姑娘》属于“大拇指型”等，西方童话更多的是王子公主类，中国童话则是人鬼神仙类。

从民间童话中吸取精髓后，童话创作迅速脱离民间童话对想象力的束缚而转向现实，从现实中发掘创作源泉，这导致童话主题上走出虚拟，开始关注人性、关注人的世界、关注社会生活，如安徒生的《海的女儿》，从一个非人类的美人鱼向往人类生活的凄美故事中挖掘人物形象的善良与真诚以及对美、理想的终极追求；《丑小鸭》更是隐含自我奋斗的艰辛历程；《卖火柴的小女孩》已开始关注现实生活中下层劳动人民的生活。王尔德的《快乐王子》将虚拟的幻想世界（快乐王子和小燕子的对话、行动）与现实结合，既有对美好心灵的歌颂，也有对人性弱点的鞭挞和什么是快乐的哲理性思考。

中国童话在主题上似乎更快地转向关注现实的社会与人的世界，如叶圣陶的《稻草人》，描写破产农民的悲惨遭遇以及知识分子的悲愤心理；

《火车头的经历》反映了爱国学生的示威请愿运动；张天翼的《大林和小林》揭示出劳资矛盾。但20世纪20年代至70年代，童话由于承载了太多成人世界的现实主题，而走向沦为政治、教育工具而不堪重负的极端。主题上刚摆脱传统童话类型的束缚，又走向新的主题单一化和类型化的道路。

主题多样化的时代出现在20世纪下半期，文学观念发展，审美性与人性更为突出，使得童话主题由反映广泛的成人世界的现实生活转向更多关注并贴近当代少年儿童。反映他们的情感、愿望。童话与生活贴得更近了。作家让幻想世界的人物完全生活在现实社会中，或直接让生活中的孩子到童话世界中去漫游、冒险。如瑞典女作家林格伦的《小飞人三部曲》和《长袜子皮皮三部曲》，将童话形象"小飞人卡尔松"、"长袜子皮皮"带到生活中的孩子们中间，他们大胆调皮的个性以及高超的本领让孩子们着迷；英国作家詹姆斯·巴里的《彼得·潘》中彼得是一个不愿长大的会飞的孩子，带领现实中的孩子飞向"永无岛"，去追求他们心中的快乐，成为每个孩子心中的宠儿；美国作家怀特的《夏洛的网》和《小老鼠斯图亚特》，创造了性格鲜明的蜘蛛夏洛、小猪威伯、老鼠谈波顿和斯图亚特，述说对友谊、亲情的牺牲和眷念；英国作家J·K·罗琳的《哈里·波特》里的魔法学校发生的事与现实的学校并无二样，那个会魔法的小男孩哈里·波特也是逃离现实不幸而向往神奇世界的代表。

关注当代儿童，即是关注他们的校园生活、友谊情感、内心需求、与成人社会的关系以及他们的社会生活，这些都成为当代童话的重要主题而进入创作，尤其是当今学校教育制度与儿童内心游戏精神的张扬之间的矛盾，成为众多童话刻画的主要内容。比如《彼得·潘》，极为渲染的是孩子的快乐需求和游戏冲动，他们不愿长大又不得不长大，于是到永无岛快乐玩耍的经历成了美好的回忆，每个爱孩子的父母都会讲给自己的孩子听，在那里不必上学，不用学规矩，还不时碰上冒险的事。在《小飞人卡尔松》和《长袜子皮皮》中更是对比出学校多么无趣，只有与卡尔松或皮皮在一起才能最自由地挥洒自己的本性，最大地把握住快乐。还有英国作家特拉弗斯的《玛丽·波平斯阿姨》系列中，那神奇的玛丽阿姨虽然是家庭教师兼保姆，可以说代表着冷面的教育制度，但她的神秘和变幻出的无穷无尽的神奇东西却又释放出儿童心中的游戏冲动，比如往天上贴星星、沿着楼梯扶手向上滑、随风飘来又飘去，其中不乏对教育制度给孩子束缚的讥讽。

中国当代童话在20世纪50年代一段时期也十分贴近少年儿童的生活，如张天翼的《宝葫芦的秘密》，批评某些孩子心中隐藏的懒惰，只想依靠外来帮助的心理；严文井的《"下次开船"港》，针对某些孩子做事总会推到

“下次”、“下次”的心理，创造出一个永远都是“下次”才开船的港口，这些童话从不同角度反映了新时代儿童生活。80 年代以后，创作得到更多的自由，并对童话的本质与美学特征有了更多认识，主题已更加深入少年儿童的内心生活，张扬他们的游戏精神，出现一批校园童话、男孩女孩童话等，如郑渊洁的皮皮鲁和鲁西西系列，描绘了男孩皮皮鲁和女孩鲁西西的校园以及家庭生活，还有他们的大胆调皮个性带来的神奇经历；周锐的《勇敢理发店》中居然以剃光男孩、女孩头上的头发为勇敢的标志；还有彭懿的《女孩城来了大盗贼》、汤素兰的《小朵朵和半个巫婆》等。

（二）艺术类型的多样化

主题的深化带来了童话艺术类型的多样化，凡是儿童乐于接受的叙述方式及其他文体特点，都可以借来丰富童话的表现形式。按叙述的艺术特点来分，曾出现过以下几类童话：

1. *热闹派童话*

热闹派一词的来源，出于任溶溶的《外国童话漫谈》，他在阐述外国童话作家各种风格的前提下，把童话分为两大派，其一名曰热闹派。[①] 其特点是想象丰富，使用极度夸张、变形、象征等艺术手法制造闹剧效果，“追求一种洋溢着流动美的运动感，快节奏、大幅度地转换场景”[②]，用漫画似的幽默使读者获得快感，以丰富奇妙的想象力来让“种种天马行空的无羁行动和人物组合，作种种玩忽实现的时、空安排”[③]，释放儿童心中的游戏冲动。这类童话看似热闹荒诞，却蕴含着对社会和人生的认识，而且故事性强，注重人物形象的刻画。

追溯热闹派童话的历史，西方可推自卡洛尔的《爱丽丝漫游奇境记》和《爱丽丝镜中游记》。童话虚构了一个奇妙的幻想世界：神秘的兔子洞，使人变大变小的药水，在自己眼泪湖中游泳，还有荒唐的法庭审判。在这荒诞的童话故事中，作者借用孩子的眼光揭露了当时社会的种种丑恶现象：古板陈腐的学校教育制度，统治者的以权谋私，都被寓于幽默夸张的场景中，既幻想又与现实紧密联系。卡洛尔探索的这条热闹派道路已与安徒生时代的童话有很大不同，幻想的成分更加浓重，而又带有许多象征意味。卡洛尔之后便是意大利科罗迪的《木偶奇遇记》，塑造了一个具有现实生活中顽皮儿童特点的木偶形象匹诺曹，他每说一句谎话鼻子就长一截，贪玩

---

① 刘崇善：《热闹派童话及其他》，载《儿童文学选刊》，1986（6）。

② 彭懿：《火山爆发之后的思索》，载《儿童文学选刊》，1986 年（5）。

③ 班马：《童话潮一瞥》，载《儿童文学选刊》，1986（5）。

逃学却长出了驴耳朵被送进马戏团，直到他终于认识了自己的缺点并改好了，才变成一个真正的男孩子。其实《木偶奇遇记》的教育意义是相当强的，但天才的科罗迪却构造了一个神奇荒诞的童话世界，避免了干巴巴的道德说教。英国作家詹姆斯·巴里的《彼得·潘》，塑造了一个会飞的小人，永远不会长大，带领着一代又一代孩子逃离现实的管教飞向永无岛，尽情地在岛上经历各种冒险奇遇。读着童话，读者却分明感到自己也处于一片吵吵闹闹的开心场景之中，沉浸于快乐的、天真的童年情趣。在当代西方，瑞典的林格伦和意大利的姜尼·罗大里继续并发展了热闹派童话风格。林格伦善于描写调皮孩子的离奇生活经历，她的《长袜子皮皮》中女孩皮皮力大无比，每天的任务即是到处玩耍；《小飞人卡尔松》中卡尔松住在屋顶，会飞，而且玩的方法千奇百怪，常常恶作剧。而罗大里善于将眼光扩展到社会生活，以揭示社会本相，如《洋葱头历险记》、《假话王国历险记》中的人物形象都带着社会各阶层人物的烙印。此外美国鲍姆的《奥茨国的故事》系列，苏联尼·诺索夫的“小无知”童话系列都凭大胆的夸张幻想赢得了广泛的读者。近几年英国J·K·罗琳的《哈里·波特》继续沿着热闹派道路将传统魔法故事与现代结合，创造出更加热闹的童话世界。

中国的热闹派童话起步稍晚，而且深受西方影响。20世纪30年代张天翼的童话似乎是无意识采用了热闹派童话的风格，故事幽默风趣，夸张离奇，将真的世界与幻想的世界自然融合在一起，大胆的幻想，绝妙的讽刺，成了张天翼抨击社会的有力武器。他的《大林和小林》、《秃秃大王》等童话可谓中国热闹派童话的开创之作。进入80年代，以郑渊洁为代表的童话作家则有意识地采用了这一风格，郑渊洁创造了一系列栩栩如生的童话形象：皮皮鲁、鲁西西、舒克、贝塔，以及稍后的“十二生肖系列”，他们既生活在现实世界，又自如地进入童话世界。90年代郑渊洁在《童话大王》专刊发表情节更加夸张荒诞的长篇童话《生化保姆》、《病菌集中营》等，与当代社会面临的种种问题紧密联系，更加满足当代儿童的情感心理需要。与郑渊洁童话同时期的彭懿童话可谓狂放不羁，同时又具有强烈的时代意识，如《四十大盗新传》、《女孩子城来了大盗贼》、《男孩子城来了小矮人》、《追回青春的列车》等都带有浓郁的社会生活气息，荒诞而又现代。此外还有周锐《勇敢理发店》的荒唐的理发店、《阿嗡大夫》中阿嗡大夫给每个人的肚皮上安上活塞，人一生气只要拔去塞子便会消气和解；北董《青蛙爬进了教室》、葛冰《大脸猫·小糊涂神》等等，都充满了幽默趣味。

热闹派童话是童话中的重要一类，它的重故事、重幻想的风格，集中代表了童话的特色，这也是这一风格一直以来都被延续并产生大量童话精品的原因。

2. 抒情型童话

这类童话重意境和情绪、情感的表现，语音优美，并借用了散文、诗歌的表现手法，使整个童话似真似幻，优美而又寓意深刻。这类风格在安徒生那里开始有所体现。如《海的女儿》中令人神往的海底世界，美人鱼对人类生活如诗般的幻想与渴望，无不强烈地感染着儿童的心灵。18 世纪流传有长篇童话叙述诗《列那孤的故事》，后来又有普希金的《渔夫和金鱼的故事》，直接将故事用诗歌的抒情形式表现。还有唯美主义作家王尔德的《快乐王子》，苏联作家卡达耶夫的《七色花》，抒情性都很强。中国作家叶圣陶的早期童话《小白船》、《芳儿的梦》、《燕子》等都带有牧歌式的抒情意味。当代童话艺术形式更加丰富多彩，散文和诗歌对想象与美的更高艺术追求大大启发了童话创作，使作品更加淡化故事情节而拥有更为开阔的意境，郭风的《花的沐浴》、《红菰的旅行》等作品描写大自然生机勃勃的景象，使诗的意象美与童话的幻想达到完美结合。如白冰的《梦的雕塑》，冰波的《小青虫的梦》、《秋千，秋千》，田犁的《夜里，花的队伍开走了》，汤素兰的《梦》等作品。《梦的雕塑》以诗化的语言，描写一个病中男孩在梦境里与美丽的小天鹅的心灵对话，体现出一种纯真而崇高的情感。《梦》以优美的叙事风格取胜，其中的城市、街灯、梦等意象极其生动。再如张秋生的“小巴掌童话”，其实是借用散文短小活泼、优美抒情的特点来写童话，表达现实感悟又意味深长。

3. 哲理童话和科学童话

哲理童话类似于寓言，但比寓言更注重故事情节和人物形象的刻画，在故事中寓含哲理，启迪智慧。科学童话又称为知识童话，是用童话的写作手法向儿童读者传授科学知识，注重文学性和科学性。如孙幼忱的《“小伞兵”和“小刺猬”》，将蒲公英和苍耳的孩子形容成小伞兵和小刺猬，用童话的夸张和拟人手法表述它们的生长过程，极有童趣。叶永烈的《圆圆和方方》虚构了圆圆的象棋子和方方的军棋子及其他们的同伴——同样是圆圆的和方方的东西之间的故事，在生动曲折的情节中告知读者，世界上不同形状的物体之间的协作配合。还有高士其的《菌儿自传》、郑文光的《鲨鱼侦察兵》等科学童话，都富有儿童情趣。

4. 新型童话

20 世纪八九十年代以来，中国童话出现一些在形式、结构、语言等方面不同于传统童话的新型童话，如张秋生的“小巴掌”童话：《一串快乐的音符》、《河马先生的结束语》等，以短小精悍的形式和优美的韵味体现出自己的艺术个性。庄大伟的“双面体童话”将古今两面的故事同时展现在读者面前，时空自由交错，奇特而深邃。还有夏辇生的魔方体童话，让读者直接进入故事，参与选择故事的发展和结局，如《蓝色钟声的诱惑》、《紧急追踪》等，充分体现出童话的游戏特色。

此外，童话按叙事的内容来分，又可分为校园生活类，如皮皮鲁、鲁西西系列，《哈里·波特》等；动物类，如美国怀特的《夏洛的网》，美国乔治·塞尔登的《蟋蟀在时报广场》、英国格雷厄姆的《柳林风》等；科幻类，如李志伟的《克隆风暴》，冰波的《狼蝙蝠》、班马的《绿人》等；侦破类，如似田的《洛魔岛上的谋杀案》、彭懿的《爸爸的秘密摄像机》等；武侠类，如周锐的《赤脚门下》，吴梦起的《蛐蛐儿斗公鸡》等。很多种类也是随童话的发展逐渐兴起的。

（三）叙事结构及叙事技巧的多样化

童话在叙事技巧上的新发展与“幻想文学”在诸多方面十分接近，产生很多交叉融合的特色。

1. 文体界限的模糊造成叙事方式的变化

首先是童话的故事变长，情节更加曲折，出现了长篇的小说型童话。这是童话走向现实，越来越多地吸取小说创作技巧而形成的。如科罗迪的《木偶奇遇记》、金斯莱的《水孩子》、卡洛尔的《爱丽丝漫游奇境记》、巴里的《彼得·潘 》、张天翼的《大林和小林》、《秃秃大王》等。当代又出现系列童话，如林格伦的《长袜子皮皮》系列，《小飞人卡尔松》系列，J·K·罗琳的《哈里·波特》系列。郑渊洁在《童话大王》上连载的《病菌集中营》、《生化保姆》等，更以小说式的宏大篇幅，反映现代人复杂多变的精神面貌。这些童话貌似小说，但却比小说更灵活，因为童话能如天马行空般自由舒展幻想，既细致地刻画人物，又使情节荒诞夸张。它们有小说的外部形态，本质上却是幻想的，如郑渊洁的《病菌集中营》，讲述一个反腐败的故事，而且人物几乎全是成年人，仅有的一个孩子——潘警官的儿子，也不是故事的主角，但作者将一个来自袁世凯身上的病菌袁猎猎作为主人公，让它无所不能，无所不在，与那些腐败官员作对，惩治贪官保护忠良。故事是那样让人感到真实，但它又是幻想出来的，因为它的主人公——袁猎猎是现实中绝对不可能存在的虚构产物。

其次是童话与其他文体，如诗歌、散文的结合，产生了具有浓郁抒情性的散文式童话、诗歌式童话，丰富了童话的艺术性，使童话的幻想境界更加出神入化。

2. 叙事结构的虚实结合

儿童文学理论家周晓波将叙事结构的虚实结合称为幻想与现实的双线结构。周晓波指出，传统童话结构方式一般以“单线结构”为主，即以幻想来组织材料，隐讳地折射现实。如安徒生的《海的女儿》、《丑小鸭》，罗大里的《洋葱头历险记》、《假话王国历险记》等，均是述说幻想世界的人物经历。但随着童话艺术的发展，现实生活更多地融入童话，于是走向小说式的多线索、多层次的结构方式。这在安徒生的后期童话，如《卖火柴的小女孩》已有所体现。小女孩的悲惨经历是现实的，但她的每一次期望都是幻想的世界。这是双线结构的最早表现形态。周晓波将双线结构分为四种表现形态：其一是两线平行，现实和幻想各自都有一个独立的世界，但两者关系密切。如美国怀特的《夏洛的网》，开始是以小女孩芬为主观察，属现实世界，进而转入蜘蛛夏洛和小猪威伯的虚构世界，但两条线索又互不可分，加深了现实的寓意。其二是“两线糅合”，幻想式的人物生活在现实社会中，如林格伦的《小飞人三部曲》，让小飞人卡尔松与小家伙—— 一个现实中的孩子生活在一起，发生许多故事。其三是两线交叉，以现实中的人物为主，现实生活和童话意境交替出现。如苏联卡达耶夫的《七色花》，小姑娘珍妮得到美丽的“七色光”，每念几句魔语，就会带到幻想世界。其四是幻想作主线，现实作虚线，起引导、穿插的作用。如英国米尔恩的《小熊温尼·菩》，小孩罗宾与小熊温尼·菩既是现实中的玩具和人，又是童话故事中的主角①。

3. 叙事技巧的多样化

童话作为叙事文学，相当多地吸收了成人小说的创作技巧，尤其是当代童话，既注重对童话审美本质的把握，又在叙事技巧上多样化，形成鲜明的创作风格。如陌生化效果的运用，陌生化是与个性化相联系的，这包括童话表象的陌生化和叙事风格的陌生化。如果说19世纪的美人鱼、爱丽丝、匹诺曹等形象还介于类型化与个性化之间的话，20世纪的蜘蛛夏洛已是善良和高尚品格的代表，玛丽·波平斯阿姨严肃中又深刻理解孩子的天性，再不是以往古板又面目可憎的家庭教师形象。个性、物性与人性的巧妙结合使童话形象成了让人惊喜的熟悉的陌生人。在叙事风格上，班马童话对儿童原始思维的把握和游戏的张扬，周锐童话的幽默与哲思，冰波童话的典雅与优美，都体现出不同以往的大胆的作家创作个性与童话个性的完美结合。在中国80年代中后期，还出现一批探索型童话，力求以陌生化

① 周晓波：《当代儿童文学面面观》，129～142页，长沙：湖南少儿出版社，1999年。

的叙事形态，表现现代情绪、情感，更多地采用成人文学中诗化的、跳跃的蒙太奇手法体现作家对人生的思考，如宗璞的《紫薇童子》、冰波的《如血的红斑》、金逸铭的《长河一少年》等，给人耳目一新的感觉。

第三节　寓　言

一、*寓言的概念*

寓言，其字面意思就是“寓意于言”。“寓言”一词在我国最早见之于《庄子》。《庄子·天下篇》写有：“以天下为沉沦，不可与庄语，以卮言为曼衍，以重言为真，以寓言为广。”《庄子·寓言篇》写道：“寓言十九，藉外论之。”《释文》中解释：“寓，寄也。以人不信己，故托之他人，十言而九信。”庄子的意思是：作者直接发表见解，不如假托一个人物来说更有说服力，也就是要“藉外论之”。这一概念在当时不是指一种特定的文体，而是指借他人所说的话。庄子认为寓言的特点是假借另外的事物以说明道理，寓言说理的成功率非常大。但庄子没有强调寓言的故事性，因此古人对寓言概念的理解是非常宽泛的。在中国文学史上，“寓言”一词并未成为此种文体的共同名称，而是出现一些其他称谓，诸如“储说”、“偶言”、“譬喻”、“传”、“说”等。

直到1902年，林纾与严璩合译出版了新版《伊索寓言》(Aesop's Fables)，从中可以看出，学术界是把中国的寓言和欧洲的“fable”当作同一种文体。中国人用“寓言”一词来称呼欧洲的fable型寓言。“fable”，原指虚构的故事或描绘性的陈述，其现代意义是指一种以散文体或诗体写成的简短的故事，用以表达某种教训。之后，1917年，茅盾对先秦两汉诸子著作中的寓言进行整理出版了《中国寓言（初编)》。至此，中国学术界对寓言文体的称谓取得了统一，人们开始把具有寓言特征的文体统一定名为“寓言”。当然，中西方寓言在题材的选取、寓言形象的设置以及结构形式等方面会存在一些差异，但是对于寓言的本质的认识是一致的，寓言中所传达的经验教训和生活哲理也是人类共通的。本书认为，寓言是一种寄托着教训和哲理的简短故事。

二、*寓言的特征*

寓言是文学领域里一种比较特殊的文学样式，它通过一个生动有趣的故事来阐发人生哲理，寄托道德训诫。“它不同于一般的故事，而是作者另有寄托的故事。寓言有两大要素，一是故事性，二是寄托性。这两大要素形成了寓言的双重结构，其表层结构是一个故事，我们称之为‘寓体’，其深层结构是作者所寄托的一种思想观念，我们称之为‘寓意’。由这两部分组成的作品，便是一则寓言。”① 所以，故事（寓体）和寓意是构成寓言的两个基本要素。寓体是寓言故事的实体，寓意是寓体隐含的意旨，即寓意蕴含的真理性判断。

17 世纪法国的寓言诗人拉封丹在为自己的《寓言诗》作序时说：“一个寓言可以分为身体和灵魂两部分。所述的故事好比是身体，所给予人们的教训好比是灵魂。”拉封丹认为寓言必须有故事有教训。

严文井对寓言也作过形象的比喻：“寓言是一个魔袋，袋子很小，却能从里面取出很多东西来，甚至能取出比袋子大得多的东西。寓言是一个怪物，当它朝你走过来的时候，分明是一个故事，生动活泼，而当它转身要走开的时候，却突然变成了一个哲理，严肃认真。”② 这些阐释极其形象地说明了寓言的基本特性：寓言往往虚构一个浅显的以人或动物为主角的故事，传递较为深刻的人生道理，对人们有劝诫或讽谕的作用。寓言将生活的经验、道德、伦理的教训熔铸在妙趣横生的故事之中，让二者水乳交融地结合在一起。优秀的寓言是故事性与教训性的完美结合。具体地说，寓言的特征包括以下几个方面：

（一）明确的寓意

德国寓言作家莱辛在《汉堡剧评》中说：“要是我们把一句普遍的道德格言引回到一件特殊的事件中，用这个事件写一个故事，在这个故事里大家可以形象地认识出这个普遍的道德格言，那么，这个虚构的故事便是一则寓言。”在莱辛对寓言的解释中明确指出了形象地阐明道理是寓言创作的目的。寓意是寓言的灵魂，故事是寓言的血肉，故事是为表现寓意服务的，寓言的教训或哲理渗透在故事中。叙述故事不是寓言的目的，通过故事来阐发人生哲理、寄托道德训诫才是其根本目的。如《揠苗助长》是在告诉人们做违反客观事物发展规律的事，只能得到失败的结局；伊索寓言中的《行人和熊》的故事是要说明患难见知己的道理；严文井的《会摇尾巴的狼》要告诫人们不要被坏人的花言巧语所蒙骗，坏人无论怎样狡猾虚伪，终究会暴露出他们凶恶的本性；金江的《小夜莺学唱歌》目的是讽刺那些

---

① 陈蒲清：《中国古代寓言的范畴、起源、分期新探》，载《求索》，1994（4）。

② 严文井：《严文井童话寓言》，359 页，北京：人民文学出版社，1982 年。

喜欢用虚伪漂亮的言词来掩饰过错的人。寓言的训诫性、讽喻性是非常突出的，阅读这些寓言故事，读者会很明确地领悟到作者要表现的道理。

寓言的寓意根据内容可以分成两种类型：

1. 经验教训型

总结人类在社会生产、生活中积累的许多宝贵的经验教训是寓言的一个重要内容。经验教训型寓言主要涉及工作和学习的经验教训，如《揠苗助长》、《亡羊补牢》、《蚂蚁和蝉》(《伊索寓言》) 等；为人处世、交友等方面的经验教训，如《伊索寓言》中的《蚂蚁和鸽子》告诉人们应当以恩报恩，《野山羊和牧人》以及上面提到的《行人和熊》等说明的是交友之道。这些寓言的寓意来源于生活中的经验，体现了作者对生活的思考和认识，而且寓言常常表现出对事物本质和规律性的认识，蕴含着深邃的生活哲理，闪烁着人类理性智慧的光辉。寓言通过浅显、形象的故事，把这些深奥、抽象的哲理阐释出来，从而使人们掌握这些规律。如《守株待兔》就是通过宋人愚蠢可笑的行为，揭示了偶然性与必然性之间的辩证关系这样一个深刻哲理；古印度佛经寓言《盲人摸象》表达了全面与片面之间相互关系的哲理思想。

2. 讽刺型

包括揭露和抨击统治阶级的强权、残酷、腐朽的统治和不合理的社会现象，如伊索寓言中的《狼和小羊》、莱辛的《水蛇》、克雷洛夫的《诸农夫和大河》等；嘲笑人们的某些愚蠢行为和批判思想性格中的弱点、缺陷，如《掩耳盗铃》、《愚人食盐》中的主人公可谓愚蠢至极，伊索寓言中的《狼和狮子》、《狐狸和葡萄》、《撒谎的牧人》、《乌龟和兔子》对人性中贪婪、虚伪、撒谎、骄傲等缺点进行了嘲讽。任何一则优秀的寓言，无论寓意表达现实人生的哪个方面的内容，都因其深刻地昭示了永恒的真理而熠熠生辉。

寓言的寓意是明确清晰的。寓意有时在寓言中直接表达出来，往往在开篇或结尾时直接点明寓意。《伊索寓言》中的作品大多是在叙述了一个小故事之后直接道出教训的话语。如《北风和太阳》结尾直接点明："这故事是说，说服往往比压服更有效。"而像克雷洛夫的《天鹅、梭子鱼和虾》是在开篇就把寓意点明："合伙的人不齐心，事业就要搞糟；虽然自始至终担心着急，还是一点儿进展也没有。"更多的寓言不直接点明寓意，寓意隐含于故事中，让读者自己从中去领会，如《画蛇添足》对自作聪明、弄巧成拙的人的嘲讽没有直接点出，读者从这个有趣的故事中可以明确地认识到作品的寓意。

需要指出的是，由于寓言故事在某些方面或某种程度上反映了人类的思维积淀，具有可以开掘的较大的深度和广度，从而它所传达出来的寓意有时超越了作者的创作意图，寓意灵活、丰富，不同时代的读者对故事可能会有不同的理解。真正生命力长久的寓言，往往具有表层寓意、中层寓意和深层寓意多个层次，能让读者透过表层寓意去领悟作品的中层寓意和深层寓意。所谓“表层寓意”指寓言的故事本身，是触发作者创作某篇寓言的契机，是作者寄托寓意的载体，读者要通过这个媒介来理解寓意。“中层寓意”是表层寓意的概括升华，反映了某一历史时期特有的社会精神现象，具有历史认识价值。“深层寓意”是跨越时代的普遍的永恒的真理，是整个民族乃至整个人类共有的理性思维积淀，它需要读者的开掘。正是有了这深刻的人生精义和哲理的存在，寓言才可以经受时间的考验和地域的限制而具有永恒的生命力。如《南辕北辙》这则寓言，有多层寓意：劝阻魏王进攻赵国都城邯郸是浅层寓意。联系战国时期的历史特点，这则寓言不仅反映了当时以德服人和以力服人的两种不同的政治主张，也间接反映了当时外交上“合纵”与“连横”针锋相对的激烈斗争。这是中层寓意。这则寓言，还反映了目的、方向和条件之间的辩证关系：方向是至关重要的，没有正确的方向，条件越优越，主观努力越大，距离目的只会越远。这是深层寓意。

另外，有些寓言可以从不同角度分析出不同的寓意，如《守株待兔》有四个方面的寓意：一是复古守旧则一无所得，二是只凭经验而不知变通则一事无成，三是不想努力而心存侥幸则常常失败，四是不能把偶然性当成必然性。《惊弓之鸟》，从鸟的角度分析，说明心有余悸会导致不应有的失败；从射手的角度分析，说明通过细心观察，反复实践，掌握事物规律，便可胸有成竹，事半功倍。《狐假虎威》从狐的角度看是讽刺倚仗别人的权势作威作福的人，从虎的角度看是讽刺昏庸、轻信、被小人利用而不能觉悟的当权者。可见，优秀的寓言内涵深刻、丰富，给读者以无尽的思考空间。

（二）比喻的手法

寓言是比喻的艺术，是借助设譬立喻的艺术手法来表达寓意的。黑格尔在《美学》一书中把寓言归为“比喻的艺术形式，自觉的象征”。但寓言的比喻和修辞上的比喻不同。修辞的比喻是一个句子，而寓言的比喻特点不是就某一句子而言，也不只限于一个形象，而是覆盖整篇作品。修辞上的比喻没有故事情节，而寓言有人物、情节，它是把整个寓言的故事作为一个比喻来影射、暗指，从而突显寓意。修辞上的比喻其本体、喻体都有具体实体，而寓言的本体是故事，喻体是一个教训或哲理。没有故事情节的比喻不能成为寓言，因而任何寓言都离不开故事。如果只有寓意而没有故事，寓意便无所依托，那将只是一句干巴巴的训词，而不是一则寓言了。故事性是寓言的基本要素之一，它是把寓言和格言、警句、谚语以及比喻、双关等修辞方法等相区别的重要特征。没有故事情节的寓言是不存在的，独白式小寓言也是有故事的，只是故事情节隐含在独白之中而已。如金江写的一则独白式小寓言：

狼闯进羊群说："我是为谋求友谊而来的。"

这则寓言虽然只有一句话，但从这句话里读者不难想见一个故事。一只站在羊群中准备把羊一只只吃掉的狼，却是满脸堆笑，对羊说它是为谋求友谊而来的，故事的结局自然也不言自明。狼想用谎言来掩盖自己贪婪、凶残的真面目，虚伪奸诈的嘴脸一目了然。这一句独白，在读者的头脑中形成的是一个有头有尾的故事，人物形象也栩栩如生。可见，作者是寓故事于独白之中。因此任何寓言都是有故事的，作者通过具体的故事来以此喻彼、借古讽今、以物喻人，以小喻大，借此阐明某种教训或事理，使深奥抽象的道理从一个个具体浅显的故事中体现出来。如《农夫和蛇》是通过农夫出于怜悯把一条冻僵了的蛇放进怀里却被救活的蛇咬死的故事，来比喻对恶人即使仁至义尽而他们的本性也不会改变的道理。克雷洛夫的《天鹅、梭子鱼和虾》是通过天鹅、梭子鱼和虾这三种动物在拉车时由于用力方向不同而无法拖动车子的故事，来表明合伙的人不齐心就会把事业搞糟的道理。《狐假虎威》就是借狐狸依仗老虎的威慑力吓走百兽的故事，来比喻那些凭借他人势力而招摇撞骗、作威作福的人。

寓言的比喻特点是通过拟人、夸张、象征等多种艺术手法表现的，主要有两种方式：

其一，采用拟人手法，以动物、植物、无生物等为主人公，与现实拉开一定的距离，其目的是影射现实生活中的人和事。这样可以使读者更容易从情节中超脱出来，联想到更多的生活实际，开掘出其蕴含的寓意。

其二，采用夸张手法，以历史人物或虚拟人物（包括作者自己杜撰的以及借用神话传说、民间故事、文艺作品中的人物）为主人公，这样的比喻很容易在现实的人与事上找到直接的对应性。

无论采用哪种形式，我们会注意到比喻的故事是极度虚构的，而且有些是近乎荒诞的。它往往远离现实，让读者一看就知道是作者杜撰的。故事中的主人公，大多是子虚乌有的人物，或者是拟人化了的动植物、无生物以及抽象的思想观念等，他（它）们进行着的出人意料的活动，构成了一个个离奇的、荒唐的情节。如伊索寓言中的《乌龟与兔子》，乌龟竟与动作神速的兔子赛跑，而且居然获胜，情节不可谓不荒诞。又如《北风和太阳》，北风和太阳比一比，看谁能脱下走路人的衣服。北风越是刮得猛，走路人越是将衣服裹得紧；太阳不断散发自己的热力，走路人终将自己的衣服脱得一件不剩。主人公太阳是自然物，北风是自然现象，本都是没有生命，它们在现实生活中不可能争辩、较量。当然，也有很多寓言是写日常生活故事，原本很平常的故事，如《揠苗助长》是写农民种庄稼。然而这些似乎很平常的事，写到寓言中却让人感到人物的想法、言行有悖常理。担心禾苗不生长竟然拔高禾苗，这样的事现实生活中难以找到的。又如《愚公移山》，愚公凭个人之力居然想把两座大山搬走，又竟然如愿。寓言的故事仅仅是为表达寓意而存在的，有时甚至不在乎故事本身的合理性。例如克雷洛夫的《天鹅、梭子鱼和虾》中天鹅、梭子鱼和虾都到大路上去拉车了，而读者不会追究鱼和虾在陆地上是否能活，但是他们从这故事中悟出了“做事要齐心”的道理。

寓言的故事虽然看似荒诞，但也有其荒诞的逻辑，那就是寓言的故事和寓意之间的内在联系，比喻抓住了两者的必然联系，巧妙地通过故事来传达哲理。如《揠苗助长》人物行为滑稽可笑，但是符合人们主观急躁、急于求成的性格特征，只不过作者运用了极度夸张的手法，将事物的特征和本质放大而已。作者是用宋人比喻主观急躁的人。《天鹅、梭子鱼和虾》中天鹅、梭子鱼和虾的行为，符合人们在合伙做一件事时努力方向不同的情况，比喻很明确，因此读者也就不计较是否违背梭子鱼和虾的自然习性了。

寓言是用虚构的具体故事、形象来借此喻彼阐明教训的。寓言形象也常常有着鲜明的特点，即类型性。例如，在动物形象为主的《伊索寓言》中，狐狸一般是狡猾成性，狼凶狠蛮横，狮子不可一世，羊柔弱善良，兔子胆小怕事等，这些特性被广泛运用，用来讽喻人类的行为。在人物形象为主的我国古代寓言中，宋人、郑人多为被嘲讽的愚人。而且，有些人物寓言直接用愚人、聪明人、富人、穷人等泛指的称谓。形象的类型性更加强和扩大了寓言的概括性和普遍适应性，也更能清晰地传达出寓言的寓意。当然，寓言形象虽然具有类型性，但也不是一成不变的。有时，同一种动物可能被作者赋予了不同的性格特点。如狐狸在寓言中大多以狡猾的面貌出现，而伊索寓言《狐狸和豹》中的狐狸却是心灵美好。因而在理解寓言时，要结合具体作品分析，同时把整个故事作为一个比喻来认识寓言的寓意。

（三）结构简单、语言精练

莱辛强调：“寓言故事应该简单一些；它应该是扼要的，只要能满足清晰这一要求就行了。”① 寓言是叙事文学中最简短的一种。篇幅短小、情节简单是寓言在形式上的一个显著特征。作者通常从生活中或自然中截取一个最富代表性的片断加以概括、提炼，把深刻的道理浓缩在一个短小的故事里，有的只是三言两语就把要阐明的道理或讽刺对象的本质揭示出来，寓言可谓惜墨如金。如《伊索寓言》中的作品都很简短，一般长则一二百字，短则几十个字。而其中被誉为世界寓言佳品的《母狮与狐狸》更是短小精悍：

> 狐狸讥笑母狮每胎只生一子。母狮回答说：“然而是狮子！”
> 这故事是说：美好的东西在质不在量。

这则寓言故事部分由两句话 22 个字构成，却精练地阐明了事物的价值应以质而不是量来衡量这样一个深刻的哲理。寓言的故事是为阐明寓意服务的，故事要紧紧围绕着寓意进行，故事单一，结构紧凑。往往只选取一个生活小片段、小场面或一小段对话，故事情节不展开，不生枝蔓，不对故事前因后果作详细描述，不设置悬念，也并不注重对细节的描写，叙述、议论都很简练。对人物形象只抓住其性格特征中的最本质的一点进行粗线条的勾勒，不去细致地刻画人物形象。如《狐狸和葡萄》，故事发生在什么时间地点没有介绍，故事只有狐狸一个人物，这只狐狸长得什么样也没说，狐狸如何摘葡萄也没有描写，摘不到葡萄什么表情也没提。故事的叙述非常简明、概括，没有过多的细节描写，但是一个为自己的无能而寻找借口的活脱脱的狐狸形象跃然眼前，寓意表现得非常鲜明突出。寓言的简短使读者尽快集中精力去思考隐匿于故事中的道理。可见，寓言以最短小的篇幅来传达最深切的教训、最精练的人间真理，体现出极强的艺术概括力。随着寓言创作的发展，许多作家力求增强寓言的故事性和趣味性，特别是当寓言进入到儿童文学领域，为了符合儿童的阅读需求，寓言更讲求人物形象和故事的生动有趣，但是作品中仍然保持了寓言短小精悍的特点。例如，鲁芝的《狐狸和狐狸》写黑狐狸和灰狐狸是最要好的朋友，简直好得一会儿也离不开。但为了偷鸡，彼此都是坏心思。这则寓言较详细地描写

① 转引自顾建华：《寓言：哲理的诗篇》，19 页，北京：北京大学出版社，1994 年。

了两只狐狸的甜言蜜语和心理活动，使得故事很有趣，两只狐狸的形象栩栩如生，读者一看便知这则寓言要表达的道理：坏人终究是坏人，它们永远也不能同甘共苦，而只能勾心斗角，最后必然同归于尽，谁也不会有好下场。从全文来说，作为寓言故事结构紧凑、语言简练的特点依然很明显。

寓言高度的艺术概括力也体现在简洁凝练的语言中。寓言的语言简洁而犀利、辛辣而明快，能够把睿智而深邃的思想表达出来，能够做到说明道理或讽刺对象都一针见血，击中要害，充满人生智慧。简洁而富表现力的语言使寓言如同诗歌一样耐人百般回味。俄国文学评论家别林斯基就曾形象地将寓言称为“理智的诗”。这说明寓言一方面必须是哲理的，一方面又必须是诗。优秀的寓言作品不仅蕴含着深邃的哲理，而且富有诗意。寓言的语言虽然不像诗歌那样跳动着激情，但同样精粹、隽永，余味无穷。如严文井的《浓烟和烟囱》把日常生活中两个常见的形象浓烟和烟囱作了拟人化的对比，刻画了浓烟狂妄自负和烟囱沉稳厚重的性格，批判了自我欣赏、不断膨胀和扩散的、终于自我消灭了的浓烟形象，褒赏了沉默矗立、目标坚定的烟囱。其中在对浓烟那洋洋自得、在空中摇摇摆摆升腾而最终“色彩却越变越淡，声音也越来越微弱”形象的嘲讽耐人寻味，整则寓言仿佛一首绝妙的讽刺诗。由此看出，凝炼精辟的语言使得寓言如同诗歌一样诗意蕴藉，回味无穷。有些独白式寓言更显示了寓言语言的高度艺术概括力。如当代作家孙建江的《雨雨寓言集》中的作品：

日光灯：有了我，太阳的存在是多余的。

根雕：不管怎么说，美在于自然。

这些寓言都只有一句自白，简短而耐人咀嚼，充分显示出寓言是一种智慧的语言艺术。

三、*寓言的发展历史*

寓言是世界上最古老的文学体裁之一，寓言的产生有着悠久的历史。追溯寓言的源头，我们可以发现，同童话一样，寓言也起源于民间口头文学，受到神话传说的直接影响。神话是在人们幻想中经过不自觉的艺术方式加工过的自然和社会形态，其思维方式是原始的。人们在漫长的生产生活实践中逐渐觉悟到了神话的矛盾和荒谬之处，于是，哲人们逐步寻求对世界的理性解释。人们由原始的神话思维方式迈向理性思维时，寓言起了桥梁作用。早期寓言的寓体往往是一个带有“万物有灵”色彩的生物故事，而本体却是人们对世界的理性思考的产物。寓言的产生标示着人类理性思维的逐渐觉醒，人们开始有意识地运用联想和想象去表现从生活中感悟出的哲理。寓言这种寄托着教训和哲理的文学样式伴随着人类思维迈向成熟的进程而逐渐完备起来。

世界寓言主要有三大发源地：古希腊、古印度和中国。

（一）古希腊寓言

古希腊寓言是西方寓言的源头。《伊索寓言》被誉为西方寓言的始祖，它是由后人搜集整理的民间流传的古希腊寓言的汇编，归于公元前6世纪伊索名下。《伊索寓言》的内容涉及了社会、人生、道德、伦理等各个方面，反映出许多事物的规律，体现着古希腊人民的聪明智慧，是世界民间文学的精华。它以动物作为寓言形象，运用民间文学的拟人、夸张、对比等表现手法，形成了短小精悍、故事生动、语言朴素、幽默睿智的一篇篇寓言珍品。它的出现，奠定了寓言作为一种文学体裁的基石。伊索寓言对后世的寓言发展产生了巨大的影响，不仅在法国的拉封丹、德国的莱辛、俄国的克雷洛夫等西方寓言大师的创作中可以看到伊索寓言的影子，而且伊索寓言对东方寓言的创作也产生极大的影响。《伊索寓言》中的精彩故事在全世界可谓家喻户晓，许多国家的小学教科书中都选入了伊索寓言，如我国小学语文课本中的《狼和小羊》、《狐狸和葡萄》、《乌龟和兔子》、《农夫和蛇》等。

古希腊寓言之后，西方寓言发展史上产生了几位重要作家：

1. 达·芬奇（1452～1519）

达·芬奇不仅是一位大画家、科学家，也是位出色的寓言作家。他的寓言散存于他的笔记手稿中，直到20世纪60年代才由意大利出版家布鲁诺·纳尔迪尼整理、翻译，出版了《达·芬奇寓言集》和《幻想动物》两本书，包括110则寓言。达·芬奇寓言思想内容丰富，侧重于对理想追求和人生见解的表达，如《石头和道路》、《老鹰的遗嘱》、《金翅雀》等。达·芬奇寓言富有自己的特色，他的作品中有数十则以植物为主体形象的寓言，这对于一直以动物为主的欧洲寓言是一大艺术贡献。而且，达·芬奇寓言的表现形式也不同于以伊索寓言为代表的欧洲寓言，在寓言中没有直接点明寓意的教训话语。达·芬奇的思想深刻、文笔优美、风格独特的寓言作品，在欧洲乃至世界寓言文学中占有光辉的一席。

2. 拉封丹（1621～1695）

17世纪法国寓言大师拉封丹于1668年至1694年分12卷出版了《寓言诗》，共244首。拉封丹的寓言诗虽然大多取材伊索寓言、古罗马和古印度

《五卷书》，但拉封丹对古代题材是创造性地利用和发挥，而不是简单的复述，洋溢着鲜明的时代气息，充分反映了当时法国社会现实。拉封丹充分调动了古典主义创作思想和写作技巧，还善于采用民间语言，创作出内容丰富、讽刺尖锐、刻画传神、生动活泼的寓言诗。拉封丹将寓言诗化，他的寓言诗优美流畅，具有极高的艺术感染力，在寓言发展史上具有划时代的意义。

3. *莱辛*（1729～1781）

18世纪德国著名的剧作家、诗人、文艺理论家莱辛，也是一位寓言大师。他早年曾写过诗体寓言15篇，后来改写散文体寓言。1759年出版了他创作的散文体寓言90篇。他非常推崇《伊索寓言》，极力主张寓言应该明确、简练、平实。他的寓言故事简洁明快、短小精悍、寓意深刻，而且对寓言的表现形式进行了新的探索，故事和教训话语的配置更加灵活多样。另外，莱辛还在寓言理论上作出了杰出贡献。他写了5篇关于寓言的论文，包括《论寓言的本质》、《论寓言中采用动物》、《论寓言的分类》、《论寓言的写作》、《论寓言在学校中的特殊功用》，这些论文系统而深入地阐述了他的寓言理论。

4. *克雷洛夫*（1769～1844）

克雷洛夫是19世纪俄国卓越的寓言大师。别林斯基说："克雷洛夫把我们的寓言提升到极度的完美。"① 他与伊索、拉封丹齐名，是世界三大寓言作家之一。他用诗体写作寓言，一生共创作寓言203首。克雷洛夫是俄国现实主义文学的创始人之一，他的寓言不局限于道德训诫，而是反映现实社会生活，给寓言注入了民主主义、爱国主义和人道主义精神，战斗性极强。克雷洛夫的现实主义精神使得寓言这种古老的文学形式大放异彩。他的寓言还处处体现出俄罗斯人民的智慧、幽默，充盈着典型的俄罗斯民族精神。克雷洛夫发挥了自己戏剧家和诗人的才能，在寓言中设置出戏剧性的情节、精彩对白，使寓言成为一个隽永的讽刺小戏，耐人寻味。

（二）古印度寓言

古印度寓言是世界上最古老的寓言之一，对于世界寓言的发展起到了重要影响。古印度寓言主要收集或改编在《五卷书》和一些佛经中。

1. *《五卷书》*

《五卷书》是一部流传最广、影响最大的童话寓言故事集，是古印度寓言的主要组成部分，成书大约公元前1世纪或2世纪。《五卷书》共包括48

① 转引自顾建华：《寓言：哲理的诗篇》，157页，北京：北京大学出版社，1994年。

个寓言故事。《五卷书》里的故事充满了各种生活经验、教训和对人情世态的讽喻，是古印度人民智慧的结晶。

《五卷书》中动物故事和人物故事都比较多，动物故事占2/3。既不同于希腊寓言以动物故事为主，也不同于中国古代寓言以人物故事为主。全书有一个主干故事，首尾呼应；每卷又各有一个主干故事，插入、串联许多小故事，是“枝蔓式”的结构形式。《五卷书》对世界文学的影响是巨大的，世界上许多国家的童话寓言故事似乎都能在《五卷书》中找到原型。

2.《佛本生故事》

《佛本生故事》(《佛本生经》)是一部古印度具有广泛影响的佛经寓言。成书公元前3世纪前后。《佛本生故事》中大多数都是寓言故事，也有童话、笑话、奇闻轶事等。《佛本生故事》也是韵散夹杂的体式，动物故事有1/4，人物故事占四分之三。《佛本生故事》中的寓言寓意深刻、生动有趣。

3.《百喻经》

印度佛经中的《百喻经》是天竺僧人伽斯那所撰，我国在魏晋南北朝时期有了汉译本。《百喻经》每则格式都是先讲故事，后讲佛学义理，其中蕴含着深刻的哲理。书中约收100个寓言故事，基本上以人物形象为寓言主人公，其中更以愚人形象为主，形成了《百喻经》独具的特色。

《佛本生故事》、《百喻经》等古印度佛经寓言是随着佛教传入中国及东南亚各国以至欧洲，并对世界寓言的发展产生了巨大的影响。

(三) 中国古代寓言

中国古代寓言源远流长，其发展先后经历了先秦的说理寓言、两汉的劝诫寓言、魏晋南北朝的嘲讽寓言、唐宋的讽刺寓言和明清的诙谐寓言等五个阶段。

1. 先秦寓言

我国的寓言就文字记录而言，大约产生于先秦时期。春秋战国时代，诸子百家纷起著书立说，为了阐述各自的政治主张，他们在言谈论辩中大量引用神话传说、民间故事和历史典故，引譬设喻，以使听者喜闻乐道、心悦诚服。先秦时期是中国寓言发展史上的第一个高潮。先秦寓言是为不同学派的哲理和政治主张服务的说理寓言。但从文体角度看，寓言在当时还属于散文的附庸，并未取得独立地位。

先秦诸子散文和历史散文中的寓言大概有500多则：《墨子》中的《楚王好细腰》、《击邻家之子》、《多言何益》等；《孟子》中的《五十步笑百步》、《揠苗助长》、《攘鸡》、《齐人有一妻一妾》、《学弈》、《冯妇》等；《庄子》中可以看作寓言文学的有200多则，如《庖丁解牛》、《丑妇效颦》、《坎井之蛙》、《触蛮之争》、《不龟手之药》、《望洋兴叹》、《鲁侯养鸟》等；《韩非子》中的《三人言市有虎》、《买椟还珠》、《自相矛盾》、《守株待兔》等；《列子》中的《朝三暮四》、《纪昌学射》、《齐人攫金》等；《吕氏春秋》中的《刻舟求剑》、《一鸣惊人》等；《战国策》中的《画蛇添足》、《狐假虎威》、《鹬蚌相争》等。

这些先秦寓言绚丽多彩，是中国寓言史中最辉煌的篇章，对中国古代寓言的发展产生了深远而巨大的影响。

2. 两汉寓言

在汉王朝统一天下的历史背景下，两汉寓言主要假借历史故事来总结经验教训，在政治上、生活上给人们一些劝喻和借鉴，劝诫人们遵从封建伦理规范和政治规范，因而多是重在劝诫的修养寓言。由于"罢黜百家，独尊儒术"的思想统治，两汉寓言的创作也受到一定限制，总体水平不及先秦寓言。能够代表两汉寓言成就的当首推刘向（前 77 年～前 5 年）编辑的两本故事集《说苑》、《新序》中的寓言。在这些寓言中，有不少的佳品，如《反裘负当》、《叶公好龙》、《晏于逐高缭》、《螳螂捕蝉》等。另外，在《新语》、《新书》、《淮南子》等两汉理论著作中也有一些精彩的寓言，如《指鹿为马》、《一岁之麦》、《塞翁失马》、《螳臂挡车》等。

3. 魏晋南北朝寓言

魏晋南北朝时期是一个动荡不宁的时代，也是一个思想比较活跃的时代。这个时期印度的佛教寓言于此时传入中国，为中国寓言提供了内容和形式多方面的借鉴。魏晋南北朝出现了大量的诙谐讽刺的傻瓜寓言，寓言故事的主人公大多是愚昧可笑的愚者形象。邯郸淳的《笑林》是我国的第一部笑话专集，开创了后世笑话体寓言的先河，《截竿入城》、《踏床啮鼻》等都是其中的佳作。

魏晋南北朝时期总的寓言数量不是很大，在其他的理论著作和笔记小说像《苻子》、《刘子》、《金楼子》、《世说新语》、《搜神记》等中也有一些寓言。

4. 唐宋寓言

唐宋时期在各种文学样式普遍繁荣的文化背景下，寓言也取得巨大成就。最具历史意义的是寓言逐渐摆脱以往包含于哲学、史学著作中的附庸地位，在这一时期获得了独立的文体地位。

韩愈、柳宗元、苏轼是唐宋寓言创作的代表作家。韩愈（768～824）的寓言《老不中书》即《毛颖传》最为著名。这则寓言用拟人手法，通过毛笔的一生，寓意了人生沧桑的悲凉和哀伤，讽刺了统治者冷酷无情。

柳宗元（773～819）是唐代成就最大的寓言作家，他的寓言作品数量不很多，但他继承了先秦寓言植根于现实的优秀传统，借鉴佛经寓言的讽刺手法，寓言形象典型鲜明，讽刺性强，具有强烈的艺术魅力。他最著名的寓言要数《三戒》（《临江之麋》、《黔之驴》、《永某氏之鼠》）和《蝜蝂传》。

苏轼（1037～1101）是一位承前启后的寓言大家，他的创作既承袭了先秦寓言特别是庄子寓言的传统，又吸收了佛经寓言、柳宗元寓言的营养，并融会贯通，使自己的寓言创作具有集大成的性质。苏轼创作的寓言有100多则，《日喻》、《桃符与人》、《别石塔》、《百钱独载》、《虾三德》、《公孙辩屈》等都是苏轼寓言的代表作品。

5. 元明清寓言

从元代到清代中叶历经三个朝代，近600年。此时已是封建社会的晚期，封建经济的高度发展，曾几度出现社会的繁荣景象，但这一时期的封建专制统治黑暗，言论极不自由。这一时期的寓言创作，由于社会背景和人们精神状态等原因，比唐宋寓言有了一定的变化。这一时期寓言创作的成绩不十分显著，但其中也出现了两个高潮：一是元明之际，以刘基（刘伯温）、宋濂的寓言为代表；二是明朝中叶至清初，以刘元卿、江盈科等人的寓言为代表。

刘基（1311～1375）的寓言作品主要集中在寓言专集《郁离子》中，有近200个寓言故事，如《千里马》、《狙公之死》等，此外还有散文体《卖柑者言》、诗体《二鬼》等。宋濂（1310～1381）的寓言作品主要见于《龙门子凝道记》和《燕书》中，共有寓言100多则。《具区白雁》、《乌鸦同啄》、《矢人自得》、《剜股藏珠》、《束氏猫性》等均是故事性强、形象生动、寓意深刻的佳作，对后代都有一定的影响。

到了明代中国寓言又进入一个黄金时代。不仅寓言数量增加，而且寓言与笑话融合，形成了幽默调侃的诙谐寓言。在冯梦龙的《笑府》、《广笑府》，浮白斋主人的《雅谑》等书中都有大量寓言故事。而明代的寓言要以刘元卿寓言和江盈科寓言为代表。刘元卿（1544～1609）寓言主要在《应谐录》中的《贤奕编》中。寓言以《争雁》、《猫号》等最为人称道。江盈科（1555～1605）的《雪涛小说》是一部寓言笑话集，其中的《任事》十分诙谐有趣。

明代的诙谐寓言对清代产生很大的影响。石成金的《笑得好》和吴研人的《俏皮话》是清代很受欢迎的两本诙谐寓言集。此外，蒲松龄的《聊斋志异》中也有一些写得很成功的寓言作品，如《螳螂捕蛇》、《骂鸭》、

《藏虱》、《狼》、《禽侠》等。

（四）中国现当代寓言的发展

中国现代寓言是广泛吸收我国古代传统寓言和欧洲寓言等外国寓言的营养而形成的一种新的寓言。在思想内容上有着和古代寓言截然不同的时代精神，在艺术表现上受到欧洲寓言的影响而也有了新的特征。如受欧洲寓言影响，中国现代寓言广泛使用拟人化的手法，以拟人化的动物、植物、无生物作为寓言主角，改变了中国古代寓言多以人物为主角的状况。此外，我国现代寓言，大多数是儿童寓言，而且从“五四”时期，寓言就成为儿童文学的一种文体。对此陈伯吹作了精辟的阐述：“它的所以被列入儿童文学的领域中去，就是因为它的简单的朴实无华的语言文字，适当的篇幅，诡奇的鸟言兽语，滑稽的禽兽行为，幽默的讽刺情调，都能够吻合儿童对于文学上所企求的新奇、幽默、活泼等等的阅读趣味的缘故。即使其中深藏着的寓意，多数未能让一般小读者心领神会，除了那些表面的肤浅的形象以外，暂时还得不到其中实质性的东西，直到他们成熟年龄到来的时候，然而这是无碍于儿童的文艺欣赏的。”① 寓言这种文学形式以生动有趣的故事深受儿童的欢迎和喜爱，再加上精炼、智慧的语言和鲜明的道德训诫意味，寓言成为了儿童教育的良好教材，也是儿童文学中不可或缺的重要体裁。

在中国现代寓言产生过程中，茅盾、郑振铎、鲁迅等人都作出了重要贡献。1917 年茅盾编选了中国第一部古代寓言选集《中国寓言初编》，并于 1918 年开始创作寓言，共 13 则，包括《狮骡访猪》、《学由瓜得》、《平和会议》、《金盏花与松树》、《以镜为鉴》、《狐兔八井》等。茅盾的创作确立了寓言作为现代文学诸样式中一种独立的文学样式的存在价值，他对中国现代寓言文学的发展具有开创性的功绩。鲁迅在 1914 年曾捐资刊刻了佛经寓言《百喻经》，发表了《螃蟹》、《古城》、《狗的驳诘》、《聪明人和傻子和奴才》、《过客》等寓言。郑振铎 20 年代翻译介绍许多外国寓言并进行了寓言理论的开创性研究，还创作了一些富于儿童文学特色的寓言，如《熊和鹿》、《象和猴子》、《小鱼》、《狐与狼》、《兔子的故事》等，它们的出现直接影响了 20 世纪的中国寓言文学的儿童化特征。

到了 20 世纪 30 年代，寓言创作表现出为儿童教育服务的倾向，一些儿童文学作家热心于寓言的创作，如陈伯吹的《小朋友寓言》、贺宜的《随便你先生》等。40 年代，中国寓言文学走向了第一个高潮，出现了一批真正

① 陈伯吹：《寓言和寓言大师伊索》，载《儿童文学研究》，第二十一辑，1987 年。

意义上的寓言作家，以冯雪峰、张天翼、仇重、贺宜、何公超等人的作品最多也最有影响。其中冯雪峰1947年出版了寓言集《今寓言》之后，又连续出版了数本寓言集。1980年出版的《雪峰寓言》收入了他写作的近200则寓言，其中绝大多数是1949年以前所作。冯雪峰以他多产优质的创作使中国现代寓言走向成熟。

1949年后，中国的寓言文学的发展迈上了一个新台阶。除了冯雪峰、严文井，在五六十年代涌现出一批专门从事寓言创作的作家，如吕德华、林植峰、金江、湛卢、仇春霖、鲁芝、韶华、申均之、刘征、余毅忠等，而且在1955年到1964年这10年间，出版了20多部寓言集。比如金江从1954年开始发表寓言，共出版了10多种寓言集，如《乌鸦兄弟》、《好好先生》、《小鹰试飞》、《知道了》、《狐狸和螃蟹》、《老驴推磨》、《鳄鱼的眼泪》等，共创作了大概1 000则寓言。金江寓言基本上是为儿童写的，以拟人寓言为主，作品形象生动，富有儿童韵味。湛卢在1956年出版了寓言集《猴子磨刀》，是当时最具盛名的寓言之一。他的寓言主要供儿童阅读，多为动物寓言。作品构思巧妙，语言凝炼，善于表现深邃的哲理。仇春霖从50年代开始寓言的创作，出版了寓言集《无花果》、《猴子刺虎》、《帆与舵》等。他寓言的最突出特点是把科学知识的普及和寓言故事相结合，而且善于抓住动物的某一特点来构思生动的故事。申均之50年代开始寓言创作，出版了寓言集《高山和洼地》、《西郭先生》。他的作品数量不多，只几十则，但作品寓意深刻，具有很强的现实性。

1978年后，社会开放，文学创作百花齐放，寓言也出现了前所未有的繁荣局面，中国寓言文学拥有了宏大的作家群，比较有代表性的寓言作家有黄瑞云、凝溪、黄永玉、樊发稼、吴广孝、许润泉、凡夫（段明贵）、陈乃祥、海代泉、盖壤、曲一日、罗丹、薛贤荣、雨雨（孙建江）、卢培英等。黄瑞云从1959年开始寓言创作，《黄瑞云寓言》中收入400多篇寓言。他是一位有强烈的社会责任感和历史使命感的寓言作家，关注时代热点问题，作品大多都有深厚的社会生活背景，强烈地表现了作家力图用寓言来剖析和把握生活的意识。寓言风格凝重沉郁，其中《陶罐和铁罐》入选了小学语文教材。凝溪是我国当代创作寓言数量最多的作家。从1979年开始创作寓言。他发表的作品有2 000多则，先后出版了《猴子的舞蹈》、《猫头鹰的学问》、《狐狸的生日》、《无药的药方》、《狮子与哈哈镜》等10多部寓言集。作品题材广泛新颖，艺术形式灵活多变。他的寓言形式一般故事单纯，短小精悍，常常只有一二百字，但也有规模宏大的系列寓言。凡夫创作寓言600多则，已出版《凡夫当代寓言》、《一百个动物寓言故事》、《狐狸的神药》、《黄鼠狼的名声》、《摘掉金箍的孙悟空》等寓言集。他的寓言积极干预社会生活，批评社会不良现象，风格犀利而不尖刻。薛贤荣从1989年起出版了《小猴躲雨》、《否否先生》、《国王与海盗》、《四季寓言》、《老鼠和神灯》等寓言集。他的寓言是从生活中汲取灵感和题材，立意新颖，构思奇巧，不落俗套。薛贤荣在寓言理论上也有研究，出版了《寓言学概论》。

四、寓言与童话的关系

寓言和童话都起源于民间，最初都是口头文学，都受到神话、传说的直接影响，这使寓言与童话从内容到形式都有着许多相似之处，比如都具有较强的幻想虚构性；都有一定的故事情节；都可以采用各种动植物和非生物来充当故事的主要形象；都比较广泛地采用拟人、夸张、象征等艺术表现手法；都蕴含着一定的人生哲理，具有象征意义等等。这使得寓言和童话很难被截然地划分清楚，有些讽喻性童话就更难与寓言区分开来，而一些篇幅稍长、情节完整、人物性格较为丰满的寓言也可看成是一篇短小的童话，如金近的《小猫钓鱼》、彭文席的《小马过河》、严文井的《浮云》、吕德华的《蜘蛛、蚕和桑树》等。然而，仔细比较寓言与童话这两种各自成熟完备的文体，两者的区别也是显而易见的。一般说来，它们有以下几点区别：

第一，从故事表现的重点来比较，寓言重在寓意，着力表现内含的讽喻和教训，寓意是寓言的灵魂，假托的故事一定要围绕寓意展开，有的寓言直截了当地用概括性语言揭示出要表现的寓意，训诫的意味比童话明显；而童话重在故事本身，着力表现生动有趣的故事，教训意味不那么强，教育意义往往寓于整个故事之中，不直接点明。

第二，从情节结构上比较，童话的故事性强，情节曲折有趣。寓言只要求故事说明一个深刻的道理，不要求故事情节曲折完整。寓言的故事比较简单，一般没有完整的故事情节，也不要求塑造性格鲜明的拟人化形象。童话在故事情节的安排和人物形象的塑造上则有较高的要求。此外，寓言不要求塑造性格鲜明的形象，而童话则对此有较高要求，童话重在刻画形象，无论是常人体形象、拟人体形象还是超人体形象都要有鲜明的性格特征。

第三，从幻想的方式上比较，童话和寓言都有幻想的成分。但相对来说，童话更富于奇丽的幻想，这是符合儿童爱幻想心理状态的；而寓言是以阐明教训或哲理为主要目的，因此幻想的程度比较浅。另外，童话的幻想必须以现实生活为基础，与现实的结合也必须和谐、自然，使事物按照自然的规律发展。童话的幻想强调遵循童话的现实逻辑，讲究人性和物性的统一，如小山羊爱吃草，小猫喜欢吃鱼，小兔跳着走路等。而寓言则不那么严格，寓言重视的是对现实的讽喻和影射，因而多着眼于现实事物与虚构事物中找到某点相通之处，并不拘泥于自然逻辑，可以突破“物”性的限制，不注意故事本身的合理性。如狐狸本来是肉食动物，而《狐狸和葡萄》中的狐狸却改变了原有的习性，想吃葡萄。这则寓言借助狐狸的故事，目的是讽刺了生活中那些没有力量，不能做成事情而自欺欺人的人，寓言赋予了狐狸以“人”性，却违犯了狐狸的“物”性，这在传统童话中是不成立的。

第四，从篇幅上比较，寓言情节结构单纯简单，篇幅短小、简练，语言凝炼、机智、幽默，通常只有几十字、几百字。而童话的情节比寓言更曲折丰富，更多变化，更生动有趣，结构也更复杂，篇幅相对较长一些，其中的中长篇童话具有小说的叙事特点，童话的语言活泼生动，有美感。

第五，从读者对象来比较，童话的主要读者对象是儿童，童话是专门为儿童创作的，故事的内容和表现的情感要符合儿童的欣赏水平和接受能力，而且具有较强的娱乐性。寓言因其吻合了儿童追求新奇、幽默活泼等的阅读趣味而被列入到儿童文学的领域内。但寓言的读者对象就不限于儿童，而大多读者是成年人。寓言和童话一样都是虚构的，但寓言更注重的是通过故事告诉世人一些道理，对现实人世有一定的启迪意义。寓言中隐含的寓意面向的读者比童话的读者要大一些。

第四节　幻想文学

幻想文学是儿童文学幻想体中一个独特的文类。“幻想文学”这一名称产生于欧美，创作兴起于18世纪末19世纪初，在欧美以及深受欧美儿童文学传统影响的日本，幻想文学已经作为一种儿童文学体裁固定下来。在中国的儿童文学语境中，幻想文学引入的时间却滞后了很多，在中国，具有自觉意识的幻想文学的兴起是在20世纪80年代至90年代才开始的。而今，幻想文学已经逐渐成为一批中国儿童文学作家的艺术自觉，也得到了儿童文学理论研究者的重视。

由于幻想文学是一个新的文学样式，其研究很多方面仍处于探索中，尚无定论，而且与童话研究之间也存在着交叉性。本节根据目前幻想文学已有的一些研究成果，将其作为一个单独的文类加以引介，因基于不同的语境进行阐述，与童话研究的内容有交叉和重叠在所难免，这是需要说明的。

一、幻想文学的含义

幻想（fantasy）这个词，是从希腊语而来的，依照字面意义，是“使之像眼睛看得见一般”的意思。在《牛津大辞典》里是这样注解的：“将知觉的对象，用心灵理解”，或称“想象力。把没有出现在现实的事情，换成有形物的作用，或是力量，或是结果。”由此可见，“幻想”就是一种独特的想象力，而这种想象力创造出来的是超越人们的五官所能感知到的世界。

幻想的世界虽然光怪陆离、匪夷所思、天马行空，但是幻想绝不是不受控制的无意识流动，不是不可捉摸的潜意识与梦境所为，而是人类的一种有意识的行为，是一种特殊的思维过程，“它不仅修正、弥补着我们的生存，而且在这个过程中，也创造、建构着主体和世界；它不仅赋予了艺术品以审美的纬度，也使人们的日常生活、行为具有审美的意味。”① 可见，幻想是改变现存世界，在人的内心世界中构建一个更完美的内在宇宙的有意识的努力和思维过程。

幻想是一种意念的狂欢，它通过虚构的方式拓展了人类想象世界的空间，并赋予了那些需要展现的东西一种存在的形态。幻想因此成为一种艺术形式。在西方，这种艺术形式也以“Fantasy”命名。Fantasy，通常译作幻想文学或者幻想小说。幻想文学不仅被普通读者所喜爱，也引起了研究者的兴趣。对这种文类的定义已有的研究者也是各有侧重。

加拿大的李丽安·史密斯指出：“所谓 fantasy 是从独特的想象力中生成的，这种想象力就是超越了我们用五官所能了解的外界事物所导引出的概念，形成更为深刻的概念的一种心灵力量。”② 幻想文学将非现实写得如同现实一样，在人们阅读时，需要具备一种“第六感”。

在英美儿童文学研究上深有造诣的日本学者神工辉夫给幻想文学下的笼统的定义是：“包含超自然的要素，以小说的形式展开故事，给读者带来惊异感觉的作品。”③

美国作家罗伯特·内桑这样给幻想文学下的定义：“所谓幻想文学就是

① 转引自朱自强：《中国幻想小说论》，10 页，上海：少年儿童出版社，2006 年。

② 同上书，23 页。

③ 彭懿：《世界幻想儿童文学导读》，13 页，南昌：二十一世纪出版社，1998 年。

将没有发生过的，也不可能发生的事情描写出来，让人觉得这些事情也许真的发生过。”①

从以上关于幻想文学的定义中，可以发现想象力所支撑起来的幻想世界以及小说的形态赋予了这个世界的真实感，这两者构成了幻想文学的核心。幻想文学具有以下三个本质规定性：

（一）幻想文学表现的是超自然的世界，即幻想的世界

“幻想”作为幻想文学的本体以及文本的存在方式，它首先表现为一种可以无限延伸的幻想空间（而在其他诸如童话、诗歌文体中，“幻想”仅仅是一种表现手段和结构方式）。这个空间有它内在的逻辑和法则，有着属于它的时间场（幻想空间中的时间常常是可逆的）和地理坐标。

李利安·史密斯认为，幻想文学所构造的幻想世界是一个独特的世界：“把想象的东西如何用独自的方法表现，或者是说，把他独创的主题，如何融合在戏剧化的事件中，或者是说，作者怎样把真实性和现实性，赋给了幻想的、架空的故事，组成一个特别的幻想世界。”②

幻想文学构筑起了一个幻想的神奇世界，一旦走进这个魔幻神奇的世界，孩子们就会发现已经超越了自己存在的现实而飞翔在一片想象的天空之上。

在这个幻想的世界中，活跃着妖精、魔女、怪物、怪兽、妖怪和幽灵。这些角色并不仅仅是一些被改造的人形，而是会引领我们走进一个十足的惊异的世界，会给人们带来惊异和惊恐。比如E·内斯比特笔下的沙仙、玛丽·诺顿笔下的地板下的小矮人、P·L·特莱弗斯笔下的玛丽·波平斯阿姨、达尔笔下的女巫，还有托尔金笔下的怪兽，等等。这形形色色的魔怪角色，是与人类截然不同的种族，他们有着怪异的举止，行为方式也与人类大相径庭，还拥有种种令人惊奇的魔法。这些精灵并不仅仅是我们这个普通世界的异己之类，他们属于另一个世界，当他们降落在我们身边时，也带来了另一个世界的声音，这个世界就是幻想的世界。

幻想的世界是经由人卓绝的想象力创造出来的一个与现实世界不同的第二世界。这个世界由与现实世界不同的法则构成。例如卡洛尔的“镜中世界”是一个颠倒的世界，彼得·潘生活的“永无乡”是一个能让人永远长不大的世界，刘易斯笔下的纳尼亚王国是一个拥有“纳尼亚时间”的独

① 彭懿：《世界幻想儿童文学导读》，13页，南昌：二十一世纪出版社，1998年。

② （英）李利安·H·史密斯：《欢欣岁月——李利安·H·史密斯的儿童文学观》，350页，傅林统编译，台北：富春文化事业股份有限公司，1999年。

立王国。这些幻想的空间，不仅使作品的人物和情节的表层叙事方式很独特，也承载了人物和情节背后的深层哲理。

（二）幻想文学采用了小说的形态，将幻想描写得如同真的一样

幻想文学表现的是幻想的、超自然的世界，这使得幻想文学与现实主义小说区别开来。现实主义小说，所反映的是人类能感知到的现实世界，而幻想文学表现的幻想世界则超出了人类五官感受到的现实。

但是，幻想文学也不同于纯粹虚构的文学，幻想文学所构造的绝对不是子虚乌有的世界。幻想文学将肉眼看不到的超现实的幻想世界，采用明白晓畅的语言和平实的写实手法，使得幻想世界具有写实的质感。从而，打破人们对于幻想世界怀疑的心态，证实了神秘的超自然现象的存在。

幻想文学作家奉为圭臬的是“不信自发的停止”。这句话被认为是幻想文学的第一法则。在现代社会中，人们的意识主要是科学的、理性的、切合实际的，科学理性的原则构造起一种确定的现实。人类用理性解释一切现象，而神秘和幻想被人们弃置在一边。因此，在人们的意识中，幻想已经与人的意识产生了隔离。但是，来自于人类原始思维中的这种信仰的力量，并没有完全消失，而是沉潜在人类心灵的底层，经常以各种各样的形式表现出来。幻想文学中，幻想的世界与现实世界并存，这正是反映了现代人的意识与幻想之间隔阂的状态。

幻想文学创造了一种现实感。幻想文学通过写实的手法将幻想世界表现得如同真实一样，这样就打破人们对幻想世界的“不信”的心理，将存在的神秘性和不确定性“真实地”表现出来。幻想文学往往采用富于个性的细节描写，以及对场面、情节和人物等各个方面进行写实性表现，从而达到将幻想表现得如同真的发生过一样的艺术效果。

“幻想小说为我们看待事物、理解所见所闻提供了一种新的方式，它使我们暂时沉浸在另一个世界中，并且通过这种沉浸，我们能够发现或者重新审视我们自己的世界。”① 幻想文学赋予我们审视自身种种缺憾的“第三只眼”，使我们时时窥视到现实背后的一种超自然的真实存在，一个为惯常思维所不能理解的“第二世界”，一个具有无限的艺术创造可能性的心象世界。而所有的故事都在这个被架空了的超越一切现实法则和人性羁绊的心灵世界中展开，无比真实、细腻、有条不紊地展开。这样的故事类似于幻觉，但是它却比幻觉更真实可信，就在于它与现实不是一种单纯的交叉关系，而是一种平行，一种相互渗透、相互支撑，乃至相互剥离。这正如沼

① 朱自强：《中国幻想小说论》，13页，上海：少年儿童出版社，2006年。

泽、密林之于妖精的存在，冤屈、仇恨之于幽灵的存在一样。所以说，幻想小说对客观现实而言，显示的不是一种虚构，而是一种真实，一种想象的真实，一种艺术逻辑的真实。这份想象的真实图景在将现实中的孩子带入幻想世界的同时，无疑也将激活他们心灵的创造力，拓展他们心灵的自由空间。这样的拓展和激活对少年儿童的精神成长将是非常有意义的。

（三）幻想文学创造的幻想世界具有二元次性

约翰·洛威·汤森认为幻想文学是现代的形式，是小说时代的产物。[①]显然，这正是幻想文学与童话之间的区别。童话是一元次的，它呈现一个幻想的世界，而幻想文学则是多元次的，它的结构不是一成不变的，人物性格也更加丰满，故事的叙述形态也发生了很大的变化。

关于幻想文学的二元次性，将在以下部分展开论述。

二、幻想文学与童话的区别

童话是儿童文学幻想体的一个重要类别，童话表现的也是超自然的，即幻想世界。那么，童话与幻想文学之间究竟是什么关系？两者究竟有没有界限？如果有，又该如何确定呢？20世纪末，中国儿童文学界围绕着幻想文学是否可以作为与童话相区别的文体成立这一问题曾展开过热烈的争论，有人曾表示过否定的意见。持否定意见的人认为，幻想文学与童话并没有本质的区别，幻想文学只是现代童话发展中的一种新的艺术表现手法，是一种新的书写方式，不能作为一个独立的文类存在。

但是，幻想文学是现代小说时代兴起后，借助于小说的叙事特征表现幻想世界的一种文体，与童话还是有着本质区别的，这种区别主要表现在以下三个方面：

（一）童话和幻想文学在表现形态上的区别

童话，在时间上是不确定的，而且因袭了传统的仙子精灵故事的主题和因素，例如巨人、侏儒、巫婆、会说话的动物和各种异类生物，还有好神仙和坏神仙、王子、可怜的寡妇和最小的儿子。童话是非写实的，在写作模式上具有单纯性和模式化的特征。而且，童话一般篇幅不长。

幻想文学则是因循了小说的写作手法，采用了写实的手法，因此，在写作上更加具有个性、重视细节描写，在场面、情节和人物塑造方面，都会构成一种逼真的临场感。同时，表现的方式更加自由和多样。所以，也

① 约翰·洛威·汤森：《英语儿童文学史纲》，76页，谢瑶玲译，天卫文化图书有限公司，2003年。

有人称幻想文学为幻想小说。幻想文学一般篇幅较长。

（二）童话和幻想文学与幻想之间的关系不同

童话的世界观是一元的，幻想与现实混沌成为一体，这主要是因为原始初民的认识特点是泛灵，他们认为万物皆有灵魂。因此，在童话中对幻想并无惊异之感，会将超自然现象当作现实来接受。而幻想世界的世界观是二元的，幻想与现实之间的界限清晰可辨。因此，对于神秘之境的存在颇有惊异之感。幻想在童话中是自在的存在，是非自觉的，是原始初民原始思维认识中的一种自然存在的现象，而在幻想文学中，幻想是自为的存在，作家自觉地追寻着“幻想”的种种痕迹，构造出一个超自然的神秘之境，并保持着对这个世界的惊异之心。

这种惊异之心是现代人的一种心理状态。在现代社会中，科学技术的伟大成就已经扫除了大部分迷信，也改变了我们看待世界、宇宙和自然的方式，理性的发展，使得人们对神秘的、不确定性的存在产生了心理上的隔阂，而趋向于认可确定性的、现实的存在状态。这样一来，在我们的信仰体系中，理性和科学的强大力量成为理解现实的一种强势力量，而神秘与幻想的领域就被阻断了，成为一个真空地带。尽管在现代社会，我们的意识是科学的、理性的、分析性的、注重实际的，与幻想之间已经产生了裂痕和鸿沟，但是，幻想并没有完全消失，仍然存在着，而且，还时不时地以各种方式表现自己。幻想牵引着我们时常返回自己内心深层，对着那梦幻般宏伟的古堡顶礼膜拜。应该说，幻想文学的出现主要是为了填补人的意识中这种真空地带而出现的，是人性的需求与表现。从这个意义上说，幻想文学之所以要把一个幻想的世界写得如同真实一般，也是人内心深处愿望的一种艺术的表现。

（三）童话是一元性的，而幻想文学是多元次的

童话是一元次的，在童话中，现实世界与发生魔法和不可信之事的世界都被认为处于相同的次元，都处于同一个平台上。而在幻想文学中，幻想的世界与现实世界同时存在于幻想文学中。幻想文学通过构造不同的通道，来接通幻想世界与现实世界的隔阂。这种接通在幻想文学中通常表现为作者为两个世界寻找的通道，如在刘易斯的《纳尼亚王国传奇》中，就设置了多条通道，《狮子、女巫和魔衣橱》中是一座衣橱，《银椅》中是学校的后门，《魔法师的外甥》中是安德鲁舅舅的书房。通过一个神秘的通道，现实世界与幻想世界便可以接通。其实这种接通也是一种隐喻，意味着在现代人的意识中，对确定性的现实与神秘的幻想之间的裂痕和沟堑是需要沟通和对接的。

总之，童话具有普遍和人类情感的共通性，而幻想文学则是更具有个体独特性，是对人性可能性的存在形态的更深入探索。幻想文学构建一个人精神深处的内宇宙，或者说是另一个世界。幻想世界是在日常生活的对面（或者是在日常生活的内部）构筑一个“另外的世界”、“不可思议的世界”，通过描写这个另外的世界，追求人本应有的样子。

当然，幻想文学与童话的区分是相对的，这两者之间很难找到一条清晰的分水岭，其界限也有些含糊不清。但二者的幻想世界给儿童和成人读者都带来了惊异，也带来了不同凡响的精神感悟。

三、*幻想文学的表现方式*

彭懿在《西方现代幻想文学论》一书中将幻想文学的表现形式分为五种，分别是：时间、新神话、魔法、变身、分身。彭懿论述最多的是前两种。

约翰·洛威·汤森将幻想文学分为三种，第一种是神人同形的幻想，其中动物或者非生物都被赋予人的特质；第二种是创出想象的世界或国家的幻想；第三种是发生在我们所知的世界中，但必须扰乱自然界的秩序。

他们虽然对幻想文学的表现方式有着不同的表述和分类方式，但是，结合他们对具体作品的分析，还是可以看出两者在分类上的共同点，比如，彭懿所说的新神话，与汤森的“创出想象的世界或国家的幻想”类型是一致的，彭懿所确定的“时间”、“变身”的类型，很多作品都被汤森归结到第三种幻想文学类型中。

综合以上两种对幻想文学表现形式的分类，本书认为幻想文学表现形式可以分为三种：第一种，创造出想象的世界或者国家的幻想；第二种，处于现实边际的幻想，这一类作品写的超自然现象发生在现实世界中，但是却打破现实的固定秩序和存在法则，表现为打破了习惯性的时间或者空间观念等；第三种，变身与拟人化幻想，这类作品主要是对人的主体存在状态进行思索而展开的幻想。

约翰·洛威·汤森明确表示幻想文学类型的划分并不是绝对的，这些类型之间的界限也不是非常明晰，有的作品往往会横跨在两种类型的界线上。他认为，分类的目的主要是为了便于对作品进行分析和讨论。本书对幻想文学的表现形式进行分类，也是基于同样的考虑。

（一）创造出想象的世界或者国家的幻想

在创造一个想象的国度方面，首推的应该是新神话。所谓新神话，主要是将史诗、家族传奇和神话、传说等古老的文学形式进行重新写作，融入现代的精神内涵的一种幻想文学形式。一般认为幻想文学的先行者是英国作家托尔金，是他第一个走进了残存的神话废墟，并发出了一个伟大的召唤：重写神话。新神话，在托尔金的论述中，也被称作第二世界。托尔金认为："第一世界是神创造的宇宙，即我们日常生活的那个世界。而人不满足第一世界的束缚，他们利用神给予的一种称之为'准创造'的权利，用'幻想'去创造一个想象的世界，这就是所谓的'第二世界'。但是，这一切都是对神创造的第一世界的一种摹写，所以，故事的作者叫做'准创造者'。"①

托尔金最著名的代表作是《魔戒》。这本书一发表，就好评如潮。B·W·奥尔丁斯在《十一年的飨宴——SF，其起源于历史》中把它和戈尔丁的诺贝尔文学奖获奖作品《蝇王》相提并论。《魔戒》是《小矮人霍比特》的续篇。《魔戒》原是为成人所写，而《小矮人霍比特》是托尔金专门为孩子写的，是一本童书。可是，《魔戒》的读者也是非常广泛的，除了成人之外，更多的是青少年儿童。

托尔金首先在《小矮人霍比特》中实践了他的第二世界理论，而在《魔戒》中发挥到了无以复加。他以北欧神话中的"中央之国"为模型，发挥神话的想象力，创造了一个"中间之国"，而小矮人彼尔博一族就世世代代生活在那里。这是一个远离现实尘嚣的世界。中野节子在《第二世界的创造》一文中这样写道：由于《小矮人霍比特》及其续篇《魔戒》的创作，"J·R·R·托尔金运用自己的第二世界理论，构筑了一个'中间之国'的架空世界。他一手创造了一个拥有独自的气候、地理、住民及语言，并且历史可以从悠远的太古一直追溯到现代的壮大而致密的世界，从而诞生了一个真正的幻想文学的世界。它不仅仅是30年代儿童文学停滞期的一大收获，而且已成为20世纪儿童文学中屈指可数的古典。"②

明显地受到托尔金影响的一位作家，是托尔金的朋友与同事——C·S·路易斯，他的纳尼亚书系在1950年时开始发行。纳尼亚书系共有7本，分别是《狮子、女巫和魔衣橱》、《凯斯宾王子》、《黎明踏浪号》、《银椅》、《能言马和男孩》、《魔法师的外甥》、《最后一战》。故事里有四个小孩，彼得、苏珊、爱德蒙和露西，他们穿过他们所住的老教授家的一座衣橱进入了纳尼亚的想象国度，结果卷入了具有深刻寓意的事件中。

C·S·路易斯设置了不只一条通道，让现实中的孩子可以易如反掌地

---

① 彭懿：《西方现代幻想文学论》，328页，上海：少年儿童出版社，1997年。

② 转引自彭懿：《西方现代幻想文学论》，335页，上海：少年儿童出版社，1997年。

从现实世界中进入妖精的世界。在《狮子、女巫与魔衣橱》中是一扇大衣橱的门。一边是战火硝烟的第一次世界大战，一边是白雪皑皑的传说世界，而四个孩子就通过一个衣橱进出两个不同的空间。《银椅》的通路是学校的后门；《魔法师的外甥》通路则变成了安德鲁舅舅的书房，一戴上他的戒指，人立刻就会闪电般消失而跌进纳尼亚国。通过这些通道，使得我们跟随书中的主人公，离开自己的日常生活世界，一步跨入了不可思议的国度。这两个世界的亲近感，促使读者形成了对故事世界的亲近感。正因为它沟通了读者与故事的隔阂，我们就可以从那个虚构的王国的兴衰史中看到现实社会的过去、现在和未来。

相比于宏大叙事的宗教寓言与神话主题的，是小规模的、放大镜下的幻想故事，例如，玛丽·诺顿的（Mary Norton）《小矮人》系列。这些书以完整的连续性及对细节的重视，创造了在我们的世界里的一个微型世界。"小矮人"是居住在房屋不显眼的角落里的小小人，例如在地板下面，或任何可以让他们安全躲藏的地方。故事中的小矮人住在老爷钟下方的地板上，他们安静地生活着，当然也会有一些困难，比如，他们必须翻山越岭爬上餐桌或者厨房的食物架，才能取到食物。当小矮人的家被发现后，主人就将他们驱逐出去。他们逃向原野，又发生了一系列的故事。小矮人的世界是一个微型的人类世界，通过小矮人的种种生活习惯和生活规范，重新审视我们的世界，会发现一些在正常的思维中无法发现的东西。中国作家班马创作的长篇童话《绿人》，也是以微型人物作为叙事主角，创造了一个西南边地的绿林新神话。

美国女作家娥苏拉·勒瑰恩则创造出了神奇的地海国。地海国出现在她的四部曲中：《地海巫师》、《地海古墓》、《地海彼岸》和《地海孤雏》。地海和我们知道的世界差不多，由群岛和非大陆组成。这个世界里有许多工匠、农民和水手，但没有机械。而且，这是个洋溢着魔法的世界：每个村庄都有自己的小法师，可以进行简单的魔法，更厉害、更复杂、更危险的高水准魔法，只有在中心区的一所巫术大学中传授。男孩杰德就被送到这所学校里来。在《地海巫师》中叙述他如何学到更多魔法，而他的傲慢也使得世界遭到一个邪恶的"黑影"笼罩，而他必须加以对抗。在世界即将被毁灭那一幕里，杰德对黑影伸出双手："光明与黑暗交会了，然后融合，成为一体。"这与"以光明与黑暗代表善恶"，并且，光明战胜黑暗的写法要高明得多，也更为复杂，提醒读者面对自己心灵的黑暗面，这也是心理分析学中所探讨的，让人接纳自己心理世界的光明面与阴影。

这些被想象出来的"国家"皆有着自己的规则，是一个与现实并存的独立国度。它或许在遥远的未知的地方，或许就在我们的身边，但究其根本，它其实是深藏在人的内心，作家凭空创造出一个恢宏的或者精致的国度，都是在人的内心深处建造起来的一个世界，它并不在现实中存在，而是深藏于人精神的内宇宙中。

（二）处于现实边际的幻想

这样的故事发生的地点往往是现实的世界，从现实世界进入一个与现实重叠或者并行的幻想世界中，两个世界交叉重叠，相互映照，而且，往往因为幻想世界的存在而扰乱了现实世界正常的存在规则，或者打破时间惯例，或者打破了空间的法则等。以这样的形式实现对现实的颠覆，并与现实隔离开一定的距离，使得人们对现实产生陌生感，从而可以更好地认识现实的不完满，实现对现实的颠覆和深入思考。

在这一类幻想的故事中，现实和幻想的界限非常模糊，常常让人产生怀疑幻境究竟是否真的存在？在克拉夫·金的《垃圾场里的史提格》中，一个叫巴尼的小男孩到他住处附近的一座石灰场底部的垃圾场去探索，竟在那里找到了一个穴居的男孩。这个男孩用垃圾为自己造了一栋房子，由玻璃瓶的窗户和铝罐制造的烟囱，还做出了一个男孩都确信能用垃圾做出的所有的美妙物品。可是，在这个故事中，同样的问题浮现出来：这个穴居男孩究竟是存在，还是只是这个寂寞男孩的幻想。这是个未知的问题，也是无需去回答的问题。

菲莉帕·皮尔斯的《汤姆的午夜花园》，是一部扣人心弦的幻想作品，但又植根于真实的世界中。这个故事写的是汤姆在花园中目睹了海蒂长大的过程，可是，他发现海蒂竟然就是年迈的房东太太。原来，汤姆遇到的只是房东太太过去的岁月，海蒂生活在一个永恒的时间里。这部作品揭示了成长的时间之谜，在人成长的过程中，童年的岁月总要消失。然而，童年的时光定格为一个温馨的花园。菲利帕·柏尔斯为我们砌起了一个温馨的花园，那座花园并不是虚幻的，虽然成长的人们会离开那里，走向凡俗的生活，但是，“那座花园不会消失，花园会永远留在这里，永远不变”。花园已经不仅仅是虚幻的场景了，而是处于真实和幻想的边际。而这个边际恰恰是保留了人进入本性的通道。

时间的交错是幻想文学中的一个重要的表现形态，时间的穿插和交错，打破了现实世界的时间感，往往创造出神奇的故事。在裴妮洛普·法玛的《有时夏绿蒂》中，夏绿蒂到住宿学校的第一夜，便发现她与一个叫克莱尔的女孩处于不同的时代中。原来，克莱尔是在1918年——也就是第一次世界大战的最后一年，就睡在同一张床上，有一阵子她们每天都互换角色；

之后，她们变得好像附着在彼此的角色中。最后，为了安全起见，夏绿蒂回到了现代。然而，终其一生，她永远也不可能完全摆脱克莱尔的身份。这本书中对于身份的想法和感觉，关于真实和幻象，关于时间本身都有一些深入的思考。

在强调现实感的同时，当代的时间幻想小说也开始尝试表现一些更加深刻的主题。比如，日本的松谷美代子所著的《阁楼的秘密》，是一部表现臭名昭著的“731”部队在战争期间所犯下的罪行的长篇幻想小说。作者在这部作品里叙述了一个悲惨的故事：一位拥有很高社会地位的老人，临死前，给孙女绘里子留下了遗言：山上阁楼里藏着秘密。至于那是什么东西，老人没有说清楚。于是绘里子和表姐一起去了花姬山庄，在这里，一个雪地精灵一样的女孩出现在他们生活中。这个女孩带着她们走进了过去那段悲惨的岁月。最后，一切水落石出，原来外公竟然是“731”部队一个杀人不眨眼的刽子手，而那个幽灵女孩就是他们的牺牲品。这是一部主题沉重的、发人深省作品。作者在这本书的后记中写道，她们去哈尔滨郊外的平房采访，一路上暴雨如注，或许，这是战争中死去的冤魂在作祟，给人们以警醒。

德国作家米切尔·恩德的《毛毛》也是一部批判现实的作品。现实社会中效率至上、忽视生活温情的情形化身为灰先生，他们榨取人们的时间，让人疲于奔命地劳作，并毁坏人的良心。作者批判了“时间就是金钱”的观念，提出了时间就是生命。而毛毛就是人类的守护神，她用自己的善良和勇敢挽救了迷失方向的人类，把灿烂的时间之花送到人们的心中。

幻想文学中的荒诞类作品，是以另类的方式实现对现实的颠覆和反叛。这类作品的故事也都是发生在现实的舞台上，通过对正常生活中不可能发生的荒唐无稽的事件的描写，带来一种可笑和游戏的感觉，颠覆现实既定的价值观和秩序，寻求精神上的自由。如日本作家矢玉四郎的“晴天下猪”系列就是一部荒诞作品。故事写的是一个叫则安的小学生，他为了报复妈妈偷看他的日记，就在日记里写上一句怪话：“晴天，有时下猪。”天上竟然真下起猪来！还有，则安和同学一起创作了一个连环画剧，没想到在班上为同学们表演的时候，连环画剧里的魔王跑了出来，把老师、同学、校长和全城的人几乎都变成了猪，就连动物、汽车、飞机和太阳都长着猪的头。元井老师带着则安和其他人勇敢地打败了魔王，全城的人和物才恢复了原样。荒诞的故事是对通常意义上的“成长”故事的叙事结构进行解构，在故事中充满了荒诞无稽的事实，解构了儿童现实生活和成长的诸多意义和特定价值观念，用一种游戏的姿态，打破和颠覆了固有的生活法则，以此对现实进行反思，并高扬起了儿童自身的主体性。

（三）变身与拟人化幻想

随着心理学的发展，人类对主体存在的认识越来越深化，尤其是精神分析学派对潜意识的发现，使人认识到人的主体性包括不同的层次，并非是一个完整的、固定的存在。法国结构注意精神分析学家拉康认为，主体只是一种镜像化存在，是一个经由“他者”来确定的自己。[①] 人的主体存在成了一种更为神秘的存在问题，而变身以及拟人化想象类幻想文学都是对于人类主体的存在问题的探索和更深入的思考。

变身表达了人类对于突破具有局限性的现实、实现多种成长的潜能的一种愿望，同时，也是一种隐喻。其实，儿童的成长本身就是一种变身和分身的过程。

美国作家P·恰利的《流浪的杰妮》是一部以变身为题材的长篇幻想小说。在这个故事中，一个男孩疏忽之间变成了一只猫，并进入了猫的世界。可是，他发现猫的世界也是一个弱肉强食的残酷世界，在一次拼杀中，他差点被一只霸王猫给掐死，幸亏一只叫做杰妮的雌猫救了他。杰妮传授给他一整套猫的技能，从此，两人开始了冒险的生涯。P·恰利并没有构造出一个曲折惊险的故事，而是试图通过一只具有人性的猫或者说是一个涉世不深的孩子的眼睛，折射出一个大都市的冷酷和无情，以及尚未泯灭的爱。显然，猫的视角与人视角是不同的，它更隐蔽，因此也更具有穿透力。

英国作家罗德尔·达尔写变身，用的是民间传说和童话的老一套：魔女的魔法。达尔的《女巫》构造了一个绝妙的故事。一个7岁的孩子，他的爸爸妈妈双双遇难死亡，为了让他忘记悲痛，他的姥姥开始给他讲女巫的故事。二人一起去英国的一个海滨城市度假时，结果这个孩子误入了女巫会场，并被女巫不幸变成了老鼠。在姥姥的帮助下，他设计了一个绝妙的计划，把所有女巫都变成老鼠消灭了。变成老鼠的孩子依然与姥姥一起生活，享受着关爱。故事中有一句话特别让人感动，姥姥问他：“你以后一直做老鼠真不在乎吗?”“我根本不在乎，”他说，“只要有人爱你，就不会在乎你是什么，或者你是什么样子。”达尔不光送给孩子们一个紧张得让人透不过气的故事，还让我们心中弥漫起一种儿时的温情，在字里行间营造出一种极其温馨迷人的家庭与爱的气氛。

将动物或者非生物赋予人的特质的拟人化幻想故事同样是指向于对人

---

① 斯拉热沃·齐泽克：《意识形态的崇高客体》，33页，季广茂译，北京：中央编译出版社，2002年。

性的反思。在拟人化的幻想故事中，根据拟人化的对象，可以分为两个类别，一种是将动物拟人化，一种是将人偶拟人化。

E·B·怀特的《夏洛的网》是动物拟人化的一部作品，也是一部关于现代人的寓言。文中对夏洛的评价："既是忠实的朋友，又是写作好手。"就是关于儿童文学作家的隐喻。

谷仓和农场院子就是另外一个世界，季节的消逝，自然的轮回，都是自然的显现。在这个故事中，谷仓中的动物就像人一样，夏洛对朋友的忠诚，她用自己的智慧拯救了小猪，使它免于被宰杀的命运；可怜的小猪韦伯只知道贪吃贪睡，把自己养得胖胖的，却不知道，这将会导向死亡的命运；还有那些呱呱乱叫的鹅和贪心又自私自利的老鼠汤伯顿。这些动物其实就是人的象征。夏洛因为拯救小猪，耗尽了生命，这是让人伤心的结局，可是，生命透过她的后代而得以延续，这也是生命的自然法则。

E·B·怀特的另一部著作《吹小号的天鹅》，将拟人化的动物与人的相似性更加凸现出来。路易斯是一只生来就哑巴的雄天鹅。为了说出自己的想法，路易斯学会了在石板上写字。可是其他天鹅是不认字的，路易斯还是没办法向它心爱的雌天鹅倾诉衷肠，为了帮助路易斯，天鹅爸爸从乐器店里偷来了小号。路易斯练了一遍又一遍，终于从小号里吹出了心底深处的歌。乐声不仅打动了塞蕾娜，也赢得了人们的尊敬与赞赏。生活的道路，在路易斯眼前，越来越宽广。在这个故事中，有时幻想与真实生活融合在一起。应该说，这是一个有趣而温馨的故事。

动物无疑比人偶更加像我们，因为他们具有生命，而人偶却是死的。但是，人偶却是依照人形构造出来的，与人在外形上更加相像。但是，人偶是不能活动的，被人控制的，这种情形与大人对孩童的控制非常相似，因此，人偶通常代表了那些弱小而又无力的人。

被抛弃的玩具令人产生一种怀旧的情感，在珍·葛登的《穿过娃娃屋之门》里，娃娃屋的居民经历了多年的疏忽和弃置后，才被救到一个新的世界里，书写了渴望的力量，同时，也是对人类愚蠢行为的一种嘲讽。

幻想文学在西方的发展态势蔚为壮观，也涌现出了很多令人叹为观止的经典著作。受其影响，中国不仅大量引入了西方的幻想文学作品，本土的作家也开始了幻想文学的原创探索，并且形成了一股风潮。

四、幻想文学在中国的自觉

在中国幻想文学的崛起之势中，21世纪出版社推出的"大幻想文学"原创丛书是最大和最为核心的推动力量。迄今为止，"大幻想文学"原创丛书已经于1998年和1999年分两辑出版了14位作家的15部作品。它们分别是，第一辑：《废墟居民》（薛涛）、《终不断的琴声》（彭学军）、《妖湖传说》（彭懿）、《小人精丁宝》（秦文君）、《巫师沉船》（班马）、《秘密领地》（张洁）、《幽灵花园》（韦伶）。第二辑：《蝉为谁鸣》（张之路）、《梦幻荒野》（牧铃）、《小尖帽》（戴臻）、《哭泣精灵》（殷健灵）、《秘境》（魏海滨）、《不能飞翔的天空》（左泓）、《神奇邮路》（张品成）、《魔塔》（彭懿）。在这两辑作品中，大多数作家对幻想文学的艺术手法和创作规律有基本的理解和把握，有些作品也颇得幻想文学的精髓。但是，不可否认的是，这些作品也提出了一些供我们思考的问题，比如，幻想文学的故事性问题、语言的写实性问题、二次元的问题、小说方法问题等等。

此外，一些作家也陆续推出了一些幻想文学的作品，如陈丹燕的《我的妈妈是精灵》（春风文艺出版社）、薛涛的《精灵闪现》（春风文艺出版社）与“山海经新传”包括《精卫鸟与女娃》、《盘古与透明女孩》、《夸父与小菊仙》（春风文艺出版社）、彭懿的“妖湖怪谈”系列，包括《湖怪》、《九命灵猫》、《三条魔龙》（少年儿童出版社），常新港的《少年黑卡》、《一只狗和他的城市》。这些作品已经开始尝试和探索不同的幻想叙事方式，如薛涛的“山海经新传”是神话传说模式，常新港的作品采用了变身的形态，陈丹燕的《我的妈妈是精灵》采用了日常生活模式。这些作品表现了中国大陆的作家对于幻想文学这一样式探索的日渐深入，在书写技巧方面日益成熟。

可以说，幻想文学这种文体已经成为一批作家创作的艺术自觉。可以预见，幻想文学将成为今后中国儿童文学最为重要的艺术生长点，同时也将成为儿童文学研究与教学的重要对象。

本章链接　中外儿童文学幻想体名家名著推介

《格林童话全集》

［德国］雅各·格林、威廉·格林

雅各·格林（1785～1863）和威廉·格林（1786～1859），又被称为“格林兄弟”，德国语言学家、民间童话收集大家。出生于德国哈瑙一个多子女的法学家家庭，兄弟两人同在卡塞尔上学，同在马尔堡学习法律，后又同在卡塞尔图书馆工作，1830年同时担任哥廷根大学教授。1840年任柏林科学院院士、柏林大学教授，直至去世。格林兄弟热衷于德国历史、语言学以及民间文学的研究，编汇的《德语语法》和大型《德语词典》，堪称现代日耳曼语言的奠基之作和丰碑。他们怀着把民间富有诗意的口头语言保存下来的愿望，从1806年开始收集整理民间传说、童话，出版了200多篇童话和600多篇德国故事。1812年到1815年，他们搜集整理的《儿童与家庭童话集》（即《格林童话全集》）出版。该书奠定了民间童话中引人入胜的“格林体”叙述方式，对19世纪以来的世界儿童文学产生了深远的影响。

《格林童话全集》共收入200多篇童话，内容十分丰富，取材广泛，因为源于民间童话，所以作品最直接地反映了人民的愿望。很多故事都以士兵、裁缝、渔人、鞋匠、砍柴人、磨房主等为主人公，赞扬小人物的善良、勇敢和正直。在表现形式上保存着生动质朴的民间文学素质，单纯、明晰、稚拙，带有民间文学那种朴素、洗炼、幽默和风趣自然的格调。结构上常用三段式的反复手法。故事开头往往是一个人面临着难题、困境和强烈的不可抑制的欲望等等，诸如必须把美丽的公主送给凶龙做妻子、必须去为重病的国王寻找长命水、被生活所迫要去世界上冒险等。接着便是一而再、再而三的努力奋斗，不畏艰险，不怕挫折，终于获得成功或者胜利。故事多限于情节的叙述，极少人物心理和自然环境的描写，更无时代历史背景的交代。当困难无法克服时，往往出现外来的神奇力量的帮助，诸如善良的小精灵、小动物、仙女和忠心的巨人，当需要抒发感情时，往往插入简单的民歌、儿歌，而且反复使用……这些艺术特点，都来自民间文学口传易记的需要，也适合儿童幼小心灵的接受能力。

《格林童话全集》的诞生不仅促使许多国家也纷纷开始整理本国的民间故事、童话，同时也为世界儿童文学，尤其是文学童话的创作提供了丰富的营养。全集中的许多名篇比如《灰姑娘》、《小红帽》、《大拇指》、《白雪公主》、《狼和七只小山羊》等等，都已成为家喻户晓、妇孺皆知的文学经典，是世界儿童文学的典范之作。《格林童话》的中译本以杨武能的译作为最佳。

（译林出版社2001年版）

《安徒生童话全集》

［丹麦］汉斯·克里斯蒂安·安徒生

汉斯·克里斯蒂安·安徒生（1805～1875），丹麦作家，出生于丹麦中部小城奥登塞一个贫苦鞋匠家庭。受父亲和民间口头文学影响，他自幼酷爱文学，发奋自学，22岁在诗剧《阿尔芙索尔》的剧作中崭露才华，后来又到文法学院和大学读书。安徒生17岁开始发表作品，早期主要撰写诗歌和剧本，曾发表游记和歌舞喜剧，出版诗集和诗剧。1835年出版长篇小说《即兴诗人》，为他赢得国际声誉，是他成人文学的代表作。

“为了争取未来的一代”，1835年安徒生开始给孩子写童话，出版了《讲给孩子们听的故事》。此后数年，每年圣诞节都出版一本这样的童话集。其后又不断发表新作，直到1872年因患癌症才逐渐搁笔。近40年间，共计写了童话168篇。

安徒生的创作可分早、中、晚三个时期。1835年至1845年间的早期童话多充满绮丽的幻想、乐观的精神，体现现实主义和浪漫主义相结合的特点。代表作有《打火匣》、《小意达的花儿》、《拇指姑娘》、《海的女儿》、《野天鹅》、《丑小鸭》等。1845年至1852年间的中期童话幻想成分减弱，现实成分相对增强。在鞭挞丑恶、歌颂善良中，表现了对美好生活的执着追求，也流露了缺乏信心的忧郁情绪。代表作有《卖火柴的小女孩》、《白雪皇后》、《影子》、《一滴水》、《母亲的故事》、《演木偶戏的人》等。1853年至1873年为创作晚期，此时的童话比中期更加面对现实，着力描写底层民众的悲苦命运，揭露社会生活的阴冷、黑暗和人间的不平，作品基调低沉。代表作有《柳树下的梦》、《她是一个废物》、《单身汉的睡帽》、《幸运的贝儿》等。

安徒生童话具有独特的艺术风格：即诗意的美感和喜剧性的幽默。在许多作品中，安徒生都以大胆丰富的想象、绚丽多姿的笔触讴歌人类灵魂的真善美，赞颂人类对美与爱的追求，以深厚的人道主义精神鞭挞现实社会的贫富不均，对贫苦无助的底层人民寄予了深切的同情，使作品充满凄婉忧伤同时又幽默讽刺的情调。尤其是早期童话格调清新优美，极具幻想魅力，也是最适合儿童接受、流传最广的经典作品。

安徒生童话被视为文人自觉创作儿童文学的开端，在世界儿童文学史上具有里程碑的意义。正是他首次将“童话”从幼稚粗糙的民间传说与故事阶段，发展成为优美的、饱含作者内心情感的文学童话，使童话作为一种自觉的个人创作进入文学殿堂，为后世作家的创作留下经典范文。安徒生扩展了童话的表现题材，把大量现实内容引进童话世界，同时融进自己对人生的哲学思考，所以安徒生童话不仅是儿童文学中的经典，也是世界文学宝库中的一块瑰宝。1954年国际儿童读书联盟第三次大会上设立以安徒生的名字命名的世界儿童文学大奖——国际安徒生奖，这个奖项至今仍是儿童文学界最高的荣誉。《安徒生童话》的中译本以叶君健的译作为最佳。

（清华大学出版社1999年版）

《木偶奇遇记》

[意大利] 卡洛·科洛迪

卡洛·科洛迪（1826～1890），原名卡洛·洛伦奇尼，意大利作家，出生于意大利佛罗伦萨一个乡村厨师家庭，“科洛迪”本是他母亲出生和居住的镇的名字。他青年时代曾积极参加争取意大利民主自由的解放运动和民族解放战争，后来从事新闻工作，撰写社会新闻、戏剧评论、小说、随笔等等。科洛迪精通法文，曾翻译过法国贝洛童话。1875年开始创作儿童文学作品，用生动有趣的故事和对话，向小读者介绍各方面科学知识。1880年科洛迪给他在罗马编《儿童日报》的朋友寄去一部手稿，附上一张纸条，上面写道：“这点傻玩艺儿”能用就用，请随便处理。不料手稿连载后竟引起轰动。1833年《木偶奇遇记》出版单行本，作品想象丰富，语言幽默，情节曲折生动，寓教诲于风趣的故事中。《木偶奇遇记》成为意大利有史以来最著名的文学童话之一，100多年来被翻译成200多种文字和方言在世界流传。故事被多次搬上舞台和银幕，受到各国小读者的欢迎。除了《木偶奇遇记》，科洛迪还有以“小手杖”为主人公的系列童话如《小手杖》、《小手杖漫游意大利》、《小手杖地理》、《小手杖文法》以及《小木片》、《眼睛和鼻子》、《快乐的故事》等。

《木偶奇遇记》的主要内容是：木匠樱桃师傅找到一块像个孩子似的既会哭又会笑的木头，他把这块木头送给了朋友杰佩托。杰佩托拿起木头，想把它做成一个神通广大的木偶，会跳舞，会击剑，还会翻跟头。杰佩托回到家里马上动手做木偶，并把取得生命的小木偶当成儿子，起名为匹诺曹。但匹诺曹太顽皮，父亲杰佩托刚把他的手做好，他就扯下父亲的假发套戴在自己头上，脚一做好就蹦到街上乱跑，而且父亲不在家时恶作剧更是接连不断。匹诺曹饿了，找个鸡蛋想做煎蛋吃，然而在最紧要的关头，煎蛋竟从窗口飞走了。他把脚放在火盆上睡着了，第二天早晨醒来两只脚全被烧掉了。杰佩托回到家里，把为自己带回来的早餐给木偶吃，还为匹诺曹重新做了一双脚。老人卖掉自己的上衣，给皮诺曹买识字课本，供他上学。可是匹诺曹一心贪玩，为了看戏不惜卖掉课本。回家路上受狐狸和猫的欺骗，差点儿被它们吊死，幸亏巧遇仙女而得救。后又被愚人国法官投进监狱。出狱后，又被捕兽器夹住，被迫当了看家狗。他后悔极了，心想："如果我像其他好孩子一样喜欢读书、做工，现在我就会和爸爸待在一起过着幸福的生活，就不会在这里给人家当看门狗了。"夜里，他因帮助主人抓住黄鼠狼而重获自由。他一心想成为一个用功读书的好孩子，可是又经不起诱惑。在坏同学的怂恿下逃学到海边看鲨鱼，结果掉到海里，被渔夫捞起来当鱼要炸着吃。获救后，他向仙女起誓要做个好孩子，并真的努力学习，坚持了一年，就在将要从木偶变成真孩子的前夕，却再次经不住诱惑去了"玩具国"，在那里变成一头蠢驴，还是仙女搭救了他。最后，他们父子在鲨鱼腹中意外重逢，并设法逃了出来，在海边住下。从此，小木偶每天去做工，有空还编篮子，晚上读书、写字，终于成为一个诚实、听话，又爱学习，还能帮助父母的好孩子。

《木偶奇遇记》通过皮诺曹种种曲折、离奇的经历，表现小木偶热爱正义、痛恨邪恶、天真纯洁，但又顽皮、任性、自控力差的鲜明性格，是现实儿童性格的逼真反映，自然引起了小读者长久的情感共鸣。童话具有典型的寓教于乐风格，情节惊险生动，想象与夸张出神入化，在极其幽默有趣的故事中渲染人生哲理，达到成长教育的目的。

（人民文学出版社 2002 年版）

《爱丽丝漫游奇境记》

［英国］刘易斯·卡洛尔

刘易斯·卡洛尔（1832～1898），原名查尔斯·勒特威奇·道奇生，英国数学家、逻辑学家、摄影家和作家，长期在享有盛名的牛津大学任基督堂学院数学和逻辑讲师，发表了好几本数学著作。他因有严重的口吃，故不善与人交往，但他兴趣广泛，对小说、诗歌、逻辑都颇有造诣，还是一个优秀的儿童像摄影师。卡洛尔非常喜欢孩子，常常给他们讲各种各样美妙的故事。1862 年 7 月 4 日，他带着朋友利德尔教长的三个女儿出去游玩，他们一行人划着小艇，沿着泰晤士河逆流而上。在整个行程中，卡洛尔给三姐妹讲了一个故事，每天编一段讲一段，旅游结束时，故事正好讲完。爱丽丝是三姐妹中的二妹，卡罗尔最喜爱她，并用这个名字作为故事的主人公。旅游回来后，他把这个口头创作的故事写成了手稿，加上自己的插图赠送给爱丽丝（这个手写本近年在英国影印出版）。这部手稿只有 18000 字，后来在朋友鼓励下，卡罗尔将手稿加以修订、扩充、润色后，于 1865 年正式出版，作为对那次旅游的一个纪念。此后卡洛尔又写了一部姐妹篇，叫《爱丽丝镜中奇遇记》，并与《爱丽丝漫游奇境记》一起风行于世。

故事的主要内容是：一个名叫爱丽丝的女孩和姐姐坐在河边打瞌睡时，突然看见一只穿衣服的白兔跑过去。爱丽丝非常好奇，起身追赶兔子，跟着兔子跌进了一个黑洞，跌了好久才跌到了一堆枯树叶上。她走进一个大厅，四周有许多扇门，大厅中央玻璃桌上放着一串金钥匙。她用其中一把打开了一扇最小的门，里面是一座美丽的花园。可是门太小，爱丽丝钻不进去。桌子上摆了一瓶写着“喝我”的饮料，爱丽丝喝下后立刻变成了一个只有 10 英寸高的小人。桌子下面还有一块糕点，盒子上写着“吃我”，爱丽丝吃下后结果又一下长到 9 英尺，门都进不了了。爱丽丝急得大哭起来，泪水流成了一个湖。白兔跑过来看到高大的爱丽丝，吓得丢下一双手套和一把扇子跑掉了。爱丽丝拿起扇子一扇，又缩成个小人，失足落入自己的泪水池中，好容易才游到岸边。爱丽丝来到白兔家，看见柜子上有饮料，她才喝了半瓶，身体就变大，头顶天花板，胳膊伸出窗外，无法动弹。兔子捡石头砸她，石子落地全变成糕饼。她一吃，马上又缩小了，于是夺门逃跑，逃到林子里，吃了点蘑菇才恢复了原来的形状。爱丽丝走进一个公爵夫人家的花园，在这里她认识了扑克红心国王 K 和皇后 Q。皇后脾气暴躁，动不动就砍掉人家的头。切舍猫惹皇后生气，被判砍头。但猫的身子消失了，刽子手不知怎样去砍没有身子的头。最后皇后又下令砍掉不肯对荒唐事作证的爱丽丝的头，爱丽丝在自卫中惊醒，原来一切都是梦啊！

这部童话以奇幻、无逻辑的想象方式，虚构了一系列奇妙幽默的故事，被认为是 19 世纪英国荒诞文学的一个高峰。其中的幻想世界令人应接不暇，情节跌宕起伏曲折生动，更重要的是完全摆脱了传统文学的想象模式以及教育特色，以大胆、跳跃、看似无意味却又趣味盎然而快乐的方式极大契合了人类思维中的想象情形，更是激发了儿童愉悦的幻想体验，成为儿童和成人共同的喜爱。正因为《爱丽丝漫游奇境》奇幻的想象方式，近几十年来西方文学又将其列为了“幻想文学”的开端，对后世童话以及其他文学类型的创作产生了极大影响。

（少年儿童出版社 1998 年版）

《洋葱头历险记》

[意大利] 姜尼·罗大里

姜尼·罗大里（1920～1980），意大利儿童文学作家，生于意大利诺瓦拉省奥梅尼亚镇的一个面包师家庭，家境贫寒。罗大里毕业于师范学校，教过小学，第二次世界大战期间参加反法西斯斗争，1944 年参加意大利共产党。战后长期担任记者和儿童副刊的编辑，办过儿童杂志。罗大里了解儿童，有丰富的生活经验，40 年代开始写童谣和童话故事，一生为儿童写出大量作品，主要作品有长篇童话《洋葱头历险记》、《假话国历险记》、《天上掉下来的大蛋糕》等，童话集《21 加 1 个童话》、《蓝箭》、《电话里的故事》、《有 3 个结尾的童话》等，儿童小说《3 个小流浪儿》，儿童诗《童谣儿集歌》、《天上和地上的童谣》等。罗大里的作品风趣幽默，想象奇特，充满儿童趣味和游戏性，尤其是《洋葱头历险记》和《假话王国历险记》在世界儿童文学史上占有重要地位。因其对儿童文学的杰出贡献，罗大里于1970年获国际安徒生作家奖。

罗大里把一生都献给了儿童文学的创作，他把孩子们的日常生活写进了小说、童话和诗歌中，简单、幽默、夸张的风格深深感染着小读者们，用快乐的作品鼓励他们热爱生活、热爱人类。罗大里是一个旗帜鲜明的左翼作家，虽然有明确的政治主张，却不是充满偏见和教条的作家，他几乎从来不在作品中进行教训，对孩子们总是充分肯定，而且充满热情的期望。在做小学教师期间，他自认为不是一个好小学教员，却是一个“快活的教师”，“我向小朋友们讲各种滑稽的故事，荒唐的故事，越是荒唐，小朋友们就越是哈哈大笑。”天才的想象力和乐观情绪成就了一位童话大师。

《洋葱头历险记》的主要讲述当时资本主义社会的阶级矛盾，即以洋葱头为代表的劳动人民与以柠檬王和番茄骑士为代表的统治阶级之间的尖锐斗争。洋葱头的爸爸老洋葱因无意中踩了柠檬王一脚被关进监狱，洋葱头探监时，老洋葱告诉他监狱里关的都是正直的人，而强盗、杀人犯却在柠檬王的宫中养着。洋葱头决心救出监狱里的人。但是，正当他准备营救南瓜老大爷和村民时，却被番茄武士投入了黑牢。在田鼠、小樱桃和小草莓的帮助下，洋葱头终于被救出来。后来由于青豆律师的背叛，他又落入番茄武士之手，关进老洋葱所在的监狱里。田鼠把洞打到监狱，救出了他和所有的囚犯，柠檬兵纷纷放下武器，大家共同推翻了柠檬王的统治，获得了自由。童话构思大胆独特，人物形象鲜明，情节曲折有趣，被译成100多种文字出版，是世界公认的经典童话。

这个写于1951年的故事给意大利以及全世界的孩子都带来了欢乐和思考。一般说来，童话故事忌讳政治倾向，但在《洋葱头历险记》以及另一部童话《假话王国历险记》中，罗大里却将鲜明的政治倾向融入快乐幽默的故事中，令人捧腹的情节俯拾皆是。矛盾尖锐、冲突剧烈的社会生活内容，在天才童话家罗大里的笔下，竟酿成了十分醇美醉人的童话烈酒，陶醉了孩子们，丝毫没有令儿童讨厌的宣传说教的意味，因而并没有伤害到这两篇巨著与孩子们的亲和性。罗大里用一个极尽幽默夸张的寓言，告诉孩子们，不要忘记曾经有过战争和强权的荒谬的旧世界。更为重要的是，孩子们是未来的希望，在新世界的建设中，他们不但有权力，而且有能力成为其中的主力军。这是在过去所有童话中，读者都难以见到的东西。

（河北少年儿童出版社2000版）

《查理和巧克力工厂》

［英国］罗尔德·达尔

罗尔德·达尔（1916～1990），英国作家，出生于英国威尔士的克兰达夫镇，父母均为挪威人。达尔的父亲去世后，母亲一直讲挪威语，并坚持为孩子们讲述挪威神话。也许是继承了北欧血统，使得达尔的想象力尤为丰富。达尔做过飞行员，经历过第二次世界大战，有过惊险的空中激战，当过像特务工作一样的“空军大使”，写过拥有无数影迷的007电影剧本《你只能活两次》，自学成为美术收藏家、鉴赏家、古董家具专家、美酒专家及种兰专家，最重要的是他一生从事写作几十年，创作儿童读物18本，每一本都成为儿童文学的经典作品，如《詹姆斯和大仙桃》、《查里和巧克力工厂》、《好心眼的巨人》、《女巫》、《了不起的狐狸爸爸》、《玛蒂尔达》、《世界冠军丹尼》等。其作品中多有恐怖情节和闹剧风味，故事构思奇特、想象新颖、明快多变、富于夸张，从一开始就打破现实与幻想之间的传统规律，给一种或幽默、或机智、或荒诞的美感。他因其作品风格的独树一帜而于1952年和1954年两度获得“爱伦·坡文学奖”，其后又获得英国的“白面包”奖。到目前为止，达尔的作品在世界各地都已售出了上千万册，多部作品被搬上银幕，其中电影《女巫》还于1990年获得奥斯卡多项提名。

《查理和巧克力工厂》讲述的是小男孩查理·巴克特和父母、爷爷奶奶、外公外婆住在一栋摇摇欲坠的小木房里，但相互之间和睦融洽。虽然家境贫困，每个夜晚一家7口吃的晚餐都是卷心菜汤，可是小查理却乐意与自己最心爱的人一起分享。从巴克特一家的窗子望出去，可以看到全世界最大的巧克力工厂——旺卡巧克力工厂。那是座神秘的工厂，大门紧锁，15年来，从来没有看见有工人从大门进去或出来过，可是却能闻到浓郁的巧克力香味。工厂出产的旺卡牌巧克力销往世界各地，深受孩子们的喜爱。有一天，威利·旺卡先生宣布了一个告示，他将向5位幸运的孩子开放充满“奥秘和魔力”巧克力工厂。全世界购买旺卡牌巧克力的孩子都有机会，只要发现藏在包装纸里的金券，谁就是幸运儿。全世界一下子掀起了购买旺卡牌巧克力的热潮，前4位幸运儿一个又一个地出现了，最后，小查理在雪地上发现了钱币，于是他奔向最近的商店迫不及待地买下了旺卡牌的巧克力，他成了最后一位幸运者。参观巧克力工厂的过程是一次奇特的经历。小查理、爷爷和每个参观者都被眼前的景象和扑鼻而来的香味惊叹不已，他们的体验充满了无限的着迷、狂喜、好奇、惊讶和迷惑不解。飞流直下的巧克力瀑布，龙头船航行在棕色巧克力糖浆的河流，郁郁葱葱的口香糖草地，还有满山遍野的牛奶糖。巧克力工厂里的工人全是来自蛮荒丛林、酷爱巧克力的矮人国的小矮人。巨大的“糖衣炮弹”让其他四个孩子都失去了自制，他们有的掉进了巧克力河，有的变成了糖果，有的被送进了废品炉，有的钻进电视变成了信号微粒。对于这一切，小查理不为所动。最不可思议的事发生在了最后：查理得到了旺卡先生的巧克力工厂，拥有了一辈子也吃不完的巧克力。

《查理和巧克力工厂》和达尔的其他作品一样，有着令人惊叹的想象力，幽默夸张，令人捧腹同时也有些吓人，情节紧凑，给人以一种或幽默、或荒诞、或机智的美感。智慧、勇气和诚恳永远是达尔作品宣扬的美德，查理正是因为不贪婪和懂得珍惜爱才获得了意想不到的奖励。达尔在抒发自己对人生的想法时，并不依赖某种理念体系，或者赋予故事某种深层次的寓意，而是将这些价值观融入天才的想象世界中。他似乎有着魔术家的才华，体育健将的充沛精力，还有艺术家的挡不住的灵感，具有让人爱不释手的“魔力”。因为故事的受欢迎程度，《查理和巧克力工厂》曾于1971年和2005年两度拍成电影，成为票房收入极高的大片。

（明天出版社2004年版）

《长袜子皮皮》

［瑞典］阿斯特丽德·林格伦

阿斯特丽德·林格伦（1907～2002），女，瑞典儿童文学作家，出生在瑞典斯莫兰省一个农民家庭。20 年代到斯德哥尔摩求学，毕业后作过一两年秘书工作。她共为孩子们写了 87 部文学作品，其中代表作有《长袜子皮皮》、《小飞人卡尔松》、《米欧，我的米欧》、《狮心兄弟》、《绿林女儿》、《淘气包埃米尔》、《疯丫头玛迪琴》、《大侦探小卡莱》等。林格伦的作品已被翻译成约 80 种语言在全世界广为发行，不少作品还被改编成电影和电视剧。获得过各种荣誉和奖励：1950 年获瑞典图书馆协会颁发的“尼尔斯·毫尔耶松金匾”；1957 年获瑞典“高级文学标准作家”国家奖；1958 年获“安徒生金质奖章”；1970 年获瑞典《快报》“儿童文学和促进文学事业金船奖”；1971 年获瑞典文学院“金质大奖章”；此外，她还获得过 1959 年《纽约先驱论坛报》春季奖和 1957 年德国青年书籍比赛的特别奖。她在 1946 年至 1970 年将近四分之一世纪里担任拉米和合格伦出版公司儿童部主编，对创造这个时期的瑞典儿童文学的黄金时代做出了很大贡献。

林格伦的作品亲切自然、幽默夸张，文字优美活泼，想象力丰富。她笔下的小主人公都有着鲜明的形象，或顽皮，或任性，或懦弱，或勇敢，但都可爱善良，有着未经雕琢的童真和自然纯朴的天性，甚至他们的反叛精神和独立意识连大人都自叹不如。这也许正是这些文学形象经久不衰、深受各国儿童喜爱的原因。

像许多著名的儿童文学作品一样，让林格伦蜚声世界的《长袜子皮皮》写作缘起于给患病的 7 岁女儿卡琳讲故事。这个火红头发、力大无穷、好开玩笑、喜欢冒险的小女孩不仅有穿一只黑袜子、一只棕袜子的奇怪嗜好，而且有一个冗长奇怪的全名：皮皮露达·维多利亚·鲁尔加迪娅·克鲁斯蒙达·埃弗拉伊姆·长袜子。1944 年，林格伦在女儿 10 岁的时候把皮皮的故事写了出来作为赠给她的生日礼物。1945 年林格伦将它稍作修改，参加拉米和舍格伦出版公司举办的儿童书籍比赛，获得一等奖。书一出版就获得巨大成功。关于皮皮的书共有 3 本，多次再版，成为瑞典有史以来儿童书籍中最畅销的作品。目前该书已被译成 30 多种文字，总发行量超过 1 000 万册。

《长袜子皮皮》塑造了一个奇特的女孩皮皮，她头发颜色像胡萝卜，两条梳得硬邦邦的小辫子直挺挺地竖着。她的鼻子长得就像一个小土豆，上边布满了雀斑。鼻子下边长着一张大嘴巴，牙齿整齐洁白。她的连衣裙也相当怪，那是她自己缝的。原来想做成蓝色的，可是蓝布不够，她不得不这儿缝一块红布，那儿缝一块红布。她的又细又长的腿上穿着一双长袜子，一只是棕色的，另一只是黑色的。她穿一双黑色的鞋，正好比她的脚大一倍。她力大超人，可以一口气吹走一艘船，单手举起一匹马，可以教训凶狠的强盗，还可以轻而易举地把鲨鱼抛到远处。皮皮说，自己的妈妈是天使，而爸爸是黑人国王。当然没人相信她的话。她有取之不尽的金币，一只名叫纳尔逊的小猴子，一匹大白马，一棵可以藏身的空心老橡树。她不去上学，在地板上做烤饼，和流浪汉跳逍蒂絮舞到深夜，整天说着流水一样有趣的谎言。她希望自己“永远也不长大”。她既“玩”且“酷”，过着所有的孩子渴望而不可即的生活。这样的童年让人魅惑，让人充满向往之情。

《长袜子皮皮》以非凡的想象力带领儿童挣脱了教育体制的束缚，寻找到充满乐趣的童心世界。皮皮身上浓缩了所有孩子童年的理想：有一个装满金币的大手提包、有黑人国王的爸爸、可以不用上学等等。林格伦在思考理想的童年应该是什么样：自由、狂放、充满奇思异想，还要有爱。童话中林格伦不仅构想童心世界应该拥有的乐趣，而且塑造了理想的成人姿态。比如皮皮的爸爸真的造了一只船来接皮皮了。这个爸爸与众不同，他真如皮皮所愿是一个黑人国王。更重要的是他并不约束自己的孩子，而是给皮皮所有的自主与平等，他们一起打闹比赛，是一个了解皮皮的大朋友大伙伴、一个孩子心中真正的英雄。《长袜子皮皮》用快乐的细节和独特的思考征服了无数儿童和成人，对当代童话创作产生了深远影响。

（中国少年儿童出版社 2006 年版）

《龙子太郎》

[日本] 松谷美代子

松谷美代子（1926～　），女，日本儿童文学作家，生于东京，毕业于东洋高等女子学校，尊坪田让治为师。1947 年，她出版了作品集《变为贝壳的孩子》，1951 年获得了儿童文学新秀奖。1960 年创作的《龙子太郎》获讲谈社儿童文学新人奖、第八届产经儿童出版文化奖及国际安徒生奖优秀奖。其后松谷美代子又接连创作了两部“太郎”故事——《前刘海太郎》和《小不点太郎》，她与丈夫合办的木偶剧团也叫作“太郎座”。后又因描写反对原子战争的童话《两个意达》荣获为国际儿童年而设立的特别安徒生奖。她是日本获儿童文学奖最多的女作家之一，除在国内获奖外，还获过“IBBY”优秀图书奖等。松谷美代子还是民间文学研究者，创作《龙子太郎》之后，她一直致力于日本民间故事的创作、搜集和整理，长期主编《民间文学手册》。这种“与祖先的合作”给她带来无穷的创作源泉，《松谷美代子全集》就长达 15 卷之多。

《龙子太郎》自 1960 年在日本问世以来，一版再版，成为日本儿童文学史上罕有的生命力最长的作品之一，被改编为电影、电视、戏剧，译为英、法、德、俄等多种语言出版，深受读者欢迎。故事主要讲述的是：在险峻而又贫瘠的大山里有一个小小的村庄，住着姥姥和一个叫太郎的男孩。太郎的左腋和右腋下分别长着三个形状奇特的痣。那痣清晰地呈鳞状，于是太郎就被人们叫成了龙子太郎。一天，太郎意外地从姥姥嘴里知道了自己的身世：太郎的妈妈叫阿辰。一天，怀着身孕的妈妈和村里人上山干活去之后，就再也没有回来。那天发生了猛烈的山啸，当姥姥找上山去的时候，阿辰待的地方变成了一个池沼。原来怀孕的阿辰因为吃掉了属于大家的三条岩鱼受到天神的惩罚，变成了龙。在生下龙子太郎后，阿辰便悄然离开了原来的村庄。姥姥告诉太郎，妈妈盼他长大后去找她。数年后，太郎长大成人了。为了寻找化身成龙的妈妈，太郎展开了崎岖的冒险历程。他得到天狗的帮助，变得力大无穷。一路上，太郎打败了横行乡里的黑鬼，救出了村里的少女小爱，惩戒了自私自利的地主阿其婆，把好吃的稻米分给大家，躲过了凶恶的山婆婆和雪女。最后历经千辛万苦，终于见到了妈妈。为了让更多的人有田种，让农民过上好日子，妈妈让太郎骑在自己背上，帮助太郎撞开了大山，让湖水泄了出去，把湖底变成了一片广阔的大地。看着那片土地，龙子太郎搂住龙的脖子哭了，当泪水流进龙的眼睛里的时候，龙的身子变成了一个温柔的女子，瞎了的眼睛也睁开了，龙子太郎的妈妈出现在那里。

这部根据民间故事再创作的作品，以为了万人宁可牺牲自己的勇气为主题，描绘了作为坚强的太郎的形象。它不是单纯的孝子故事，而蕴含着一个民族蓬勃的生命力量，有令人无比感动的勇气与坚韧。童话以变化的情节和明快而又富有节奏的文体，获得了无数读者青睐。

（接力出版社 2004 年版）

《哈利·波特与魔法石》

［英国］J·K·罗琳

J·K·罗琳（1965～　），女，本名乔安妮·凯瑟琳·罗琳，英国儿童文学作家，生于英国的格温特郡。罗琳自小喜欢写作和讲故事，热爱英国文学。24 岁那年，她在前往伦敦的火车旅途中，一个瘦弱、戴着眼镜的黑发小巫师一直在车窗外对着她微笑。7 年后，罗琳把这个名叫哈利·波特的男孩的故事推向了世界，哈利·波特成为风靡全球的童话人物。《哈利·波特和魔法石》一出版便备受瞩目，好评如潮，获得了多个奖项，包括英国国家图书奖儿童小说奖以及斯马蒂图书金奖章奖，而在 2001 年，这部作品又成为英国最畅销的小说，它创下了用 46 种文字在全世界发行 3500 万册的惊人纪录。随后罗琳又分别于 1998 年与 1999 年创作了《哈利·波特与密室》和《哈利·波特与阿兹卡班的囚徒》，进一步轰动世界。2000 年 7 月，第四部《哈利·波特与火焰杯》问世。根据“哈利·波特系列”拍摄的电影自从上映以来，也成为备受瞩目的电影大片。2003 年 6 月，第五部作品《哈利·波特与凤凰社》出版。2005 年 7 月，第六部《哈利·波特与混血王子》出版。迄今，其作品已被译成 60 多种语言，在 200 多个国家和地区累计销售达 2 亿多册。系列故事共有 7 本，已于 2007 年出齐。作者将“麻瓜世界”（即不会魔法的普通人生活的世界）和魔法世界并列，描写主人公哈利·波特在霍格沃茨魔法学校七年的学习生活冒险故事。每一部作品皆从魔法学校开学，哈利从姨妈家去霍格沃茨开始，到学校放假，哈利回到现实世界结束，讲述他在新的学年中的传奇经历。

作为“哈利·波特系列”的第一部，《哈利·波特与魔法石》讲述的是：一岁的哈利·波特失去父母后，神秘地出现在姨父姨妈家的门前。哈利在姨父家饱受欺凌，度过 10 年极其痛苦的日子。姨父和姨妈好似凶神恶煞，混世魔王式的表哥达力——一个肥胖、娇惯、欺负人的大块头，更是经常对哈利拳脚相加。他的“房间”是位于楼梯口的一个又暗又小的碗橱，10 年来，从来没有人为他过过生日。姨妈一家极其害怕有关魔法的一切，但是在他 11 岁生日那天，一切都发生了变化，信使猫头鹰带来了一封神秘的信：邀请哈利到霍格沃茨魔法学校。他最后得到了一张从伦敦国王十字车站 $9\frac{3}{4}$ 站台上车去往霍格沃茨魔法学校的车票。这一学年内，哈利学习了一些魔法知识，学会了打魁地奇，还有了一些奇特的经历。他和另外两个好朋友罗恩、赫敏发现了锁在霍格沃茨一段禁区走廊里的、被巨人海格命名为毛毛的三头犬，并认定毛毛看守的应该是魔法石，而险恶的魔药课教授西弗勒斯·斯内普一直想要为伏地魔偷取魔法石，因为魔法石可以令伏地魔长生不老、获得力量。哈利、罗恩、赫敏觉得斯内普偷取魔法石日子到了，便进入了禁区走廊的陷板门，通过安全保护系统，最后哈利一人走进看护室，却发现真正想要偷取魔法石的是奇洛教授，而不是斯内普。斯内普一直在（或许是不情愿的）保护哈利·波特远离危险。哈利与奇洛教授以及寄生在奇洛教授身体上的伏地魔对抗，最终哈利借助爱的力量取得了胜利，伏地魔的灵魂逃跑了。神秘魔法石被毁掉。学期结束了，哈利回到了姨妈家。

《哈利·波特与魔法石》是一部典型的融合了小说与童话叙事特点的作品，既可看作极具奇幻色彩的幻想小说，又被认为是最富有魔力的系列长篇童话。这种文体的模糊性和叙事结构的复杂性正是当代童话发展的特征之一，从童话心理分析的角度出发，来观察哈利·波特故事的叙事特点，可以看出作品通过描写主人公爱的缺失与回归，以及人格的逐渐完整，表现出作者对儿童内心生活和成长过程的强烈关注。作品用两个世界做对比，极力突出快乐、勇敢、真诚、坚韧等品质。同时，高超的讲故事方式更是作品一举成功的重要砝码。《哈利·波特与魔法石》情节曲折扣人心弦，将读者直接带入到无比紧张惊险的魔法世界。

（人民文学出版社 2000 年版）

《稻草人》

[中国] 叶圣陶

叶圣陶（1894～1988）现代作家、教育家，原名绍钧，字圣陶，主要笔名有叶匋、圣陶、桂山等，江苏苏州人。1911 年从苏州公立第一中学堂毕业后任 10 年小学教师，1921 年参与发起成立文学研究会。20 年代开始陆续出版了《隔膜》、《火灾》、《线下》、《城中》、《未厌集》等短篇小说集，以及长篇小说《倪焕之》。叶圣陶从 1921 年起在上海、杭州、北京等地中学和大学任教。1923 年起从事编辑出版工作，曾任商务印书馆、开明书店编辑，主编过《文学周报》、《小说月报》、《中学生》等多种重要刊物，发现、培养和举荐过巴金、丁玲、戴望舒等作家。他还编辑过几十种中小学语文教科书，中华人民共和国成立后致力于文化教育的领导工作，任人民教育出版社社长、教育部副部长、中央文史馆馆长、全国政协副主席等职。

叶圣陶是中国现代童话创作的拓荒者和重要奠基人。早在 1920 年至 1921 年间，叶圣陶就为少年儿童创作了《儿和影子》、《拜菩萨》、《成功的喜悦》、《小鱼》、《两个孩子》和《损害》等多篇小诗，这些以儿童生活为题材的诗作，充分体现了“五四”以后科学与民主的时代精神。1921 年冬天起，他致力于童话创作。早期童话如《小白船》等，竭力勾画出一个美丽的人生，一个儿童的天真的国土；不久便意识到现实的黑暗不允许一味沉浸在浪漫美丽的幻想中，不如向儿童展现真实的人生。于是后期童话一面无情地讽刺、鞭挞反动腐朽势力，一面热情地歌颂群众斗争和革命力量。1923 年，出版了第一部童话集《稻草人》，这部作品被鲁迅称为“给中国的童话开了一条自己创作的路”。1931 年，又出版《古代英雄的石像》。此后还写了《聪明的野牛》、《鸟言兽语》、《冥世别》等童话，还创作了童话歌剧《蜜蜂》、《风浪》等。

《稻草人》作为同名童话集中最重要的一篇，被认为是中国现代童话现实主义精神的开篇之作。故事主要讲述的是：田地里立着一个稻草人，他从来不偷懒，总是安安静静地站着，随着风轻轻摇晃手里那把破扇子，赶走偷吃稻穗的麻雀。但是一天夜里，稻草人遇到了几件事。稻草人看守的这片稻田的主人是一位不幸的老妇人，丈夫和儿子都已去世，只剩下她孤苦伶仃靠种稻子维持生计。但就在这天夜里，稻草人发现飞来一只蛾子，在稻穗上产下大量的卵。稻草人拼命摇晃扇子，希望引起前来察看稻田的老妇人的注意。但她只看见饱满的稻穗，满心欢喜地回家了。稻草人眼看虫灾来临，不几天蛾卵变成肉虫肆意啃食稻穗，他却无法驱赶，不由得哭了。而在田地前面的河边，一位渔妇疲惫地打鱼，不得不把生病的孩子留在一边。好容易打上来的鲫鱼也在绝望地翻跳，面临死亡的威胁。稻草人眼见这一切痛心不已，恨自己不能帮助这些可怜的生命。河岸一侧又走来一个女人，悲痛凄惨地哭诉着自己的不幸遭遇，便无声无息跳进河里自杀了。稻草人看着这一件又一件悲惨的事情发生，自己却只能直挺挺地立在田地里不能动弹，悲伤绝望地倒下了。

《稻草人》借鉴了英国作家王尔德《快乐王子》的写作方式，竭力突出现实中劳动人民的悲惨生活，用优美而饱含感情的语言抒发着自己对黑暗社会的憎恨、对下层人民的同情。通过一个富有同情心而又无能为力的稻草人的所见所思，真实地描写了 20 年代中国农村风雨飘摇的人间百态。但是他在创作童话方面的语言特色始终是别具一格的。在具有浓厚现实性的故事中，叶圣陶充分显示了自己驾驭语言的娴熟技巧，用词精巧，语言简洁、朴素，用散文来写童话，充满诗意，富有听觉和视觉形象的美。同时在叙事结构上，也同样采用“三段式”的讲述形式，即性质相同的情节重复发生三次，从而强化了故事的主题。

（湖北少年儿童出版社 2006 年版）

《大林和小林》

［中国］张天翼

张天翼（1906～1985），现代作家，原名元定，号一之，另有笔名张无净、铁池翰等，祖籍湖南湘乡，生于江苏南京。1931 年加入中国左翼作家联盟，创作产量日丰，面向现实，内容充实，给文艺界带来一股清新的气息。这时所写短篇小说有《从空虚到充实》、《小彼得》、《蜜蜂》等集子，他的小说以讽刺与幽默擅长。写得最多的是小市民和某些知识分子庸俗可笑的生活，以此揭示现实的虚伪与丑恶，抨击畸形社会的弊病，《包氏父子》即是他的代表作。他写的短篇集《速写三篇》，深刻地暴露了国统区抗日运动的阴暗面，引起文艺界的重视和讨论，产生广泛的社会影响，其中的《华威先生》是他讽刺小说的力作。作品多用嘲讽笔调，文笔活泼新鲜，风格辛辣。张天翼又是儿童文学作家，代表作《大林和小林》、《秃秃大王》、《金鸭帝国》、《大灰狼》等，解放后发表有小说《去看电影》、《罗文应的故事》（1954 年获全国少年儿童文学艺术创作一等奖）、《他们和我们》，童话《不动脑筋的故事》、《宝葫芦的秘密》，剧本《蓉生在家里》、《大灰狼》等，并结集为《给孩子们》出版。作品人物刻画细腻，想象丰富，生动有趣，循循善诱，几十年来深受小读者的喜爱，为发展儿童文学创作作出了重要贡献。张天翼儿童文学作品并不算多，但几乎篇篇成功，尤其是在童话领域。他的童话作品是 20 世纪中国最优秀的民族童话精品，奇思异想的故事，折射出中国人的幽默与中国人的智慧。

《大林和小林》是张天翼最负盛名的作品。故事讲述的是：大林和小林是一对亲兄弟，他们的父母因贫苦而早早死去，两兄弟只好外出谋生。大林被富翁叭哈收养，改名唧唧，天天好吃懒做，养尊处优，在200个仆人伺候下，变得肥胖无比。小林在资本家四四格的工厂里做童工，饱受欺凌和虐待，他和小伙伴们不甘心被四四格变成鸡蛋吃掉的命运，奋起反抗，打死了四四格。小林四处做工，最后当上火车司机。大林与蔷薇公主结婚，坐火车去海滨，与当火车司机的小林相遇。小林他们需要用火车为灾民运送救济物资，举行了罢工，大林叫来怪物推火车，怪物却把火车推到了大海里，大林漂流到了一个遍地是财宝的富翁岛上，饿死了。

这是张天翼发表于1932年的长篇童话，秉承了作者描绘“真的世界”、刻画“真的人”、讲“真的道理”的儿童文学创作观。作品以一对孪生兄弟的不同命运为线索展开故事，通过兄弟俩具有传奇色彩的经历，将上下两层社会的生活和两个阶级的矛盾斗争联系在一起，传达了以儿童的兴趣和理解力为基础的社会批判内容。作品结构宏大，社会生活面广阔，深刻地揭示了那个时代的本质面貌，《大林和小林》典型地反映着中国20世纪30年代文学创作的时代风格，有着鲜明的阶级观念，但天才的张天翼却能在充满政治意味的故事中幻想出幽默的细节，用新奇的想象、极度的夸张、漫画化的讽刺喜剧手法、荒诞不经的情节、层出不穷的闹剧场面以及滑稽和儿童化的语言取代了枯燥的政治说教，令作品具备了独特的艺术表现力和感染力，伴随几代儿童的成长，其魅力经久不衰。

（中国少年儿童出版社2006年版）

《怪老头儿》

[中国] 孙幼军

孙幼军（1933～　）原名孙幼君，黑龙江省哈尔滨市人。1960年毕业于北京大学中文系，现为北京外交学院副教授，中国作家协会儿童文学委员会委员。成名作长篇童话《小布头奇遇记》出版于1961年。主要作品还有长篇童话《没有风的扇子》、《仙篮奇剑记》、《漏勺号漂流记》（与孙迎合著）、《跟怪老头儿漫游奇境》；系列童话集《玩具店的夜》、《亭亭的童话》、《怪老头儿》、《小猪唏哩呼噜》；中篇童话《铁头飞侠传》、《神奇的房子》、《云里国历险》、《影星娃娃》；短篇童话《小贝流浪记》、《小狗的小房子》、《妮妮画猴儿》、《毛毛和大鬼》等。有《孙幼军童话全集》四卷。《小布头奇遇记》获第二届全国少年儿童文艺创作评奖一等奖，《怪老头儿》获中国作协第二届“全国优秀儿童文学奖”、第二届“全国少儿读物评奖”一等奖、“中国国家图书奖提名奖”、“宋庆龄儿童文学奖”首奖四种奖项。作家个人于1990年获国际安徒生奖提名奖，1998年获台湾杨唤儿童文学奖特殊贡献奖。除创作外，还翻译出版了《不不园》、《木马的小白船》等多种外国优秀童话作品。

《怪老头儿》是被评论界称作“孙幼军代表作”的一本系列童话集，包括《怪老头儿》、《我的代表》、《炸糕和滑翔机》、《我最要好的朋友》、《钓鱼奇遇》、《耳朵·鼻子》、《海外异国志》、《门神》、《〈门神〉续编》、《爸爸就是爸爸》、《变耗子始末记》、《神秘的眼睛》等12个相对独立的中、短篇。故事的主人公是小学生“我”和“怪老头儿”，这个老头儿会变各种戏法，多少有些“邪”气。“我”的名字叫“赵新新”，是个比较寂寞的男孩子。在学校，因为喜欢异想天开，常挨老师的批评、同学的嘲笑；在家里，因为不爱妈妈给开的“小灶”和爸爸的粗暴，老是挨打。有一天，赵新新在电车上给一位干瘦、矮小的老人找座位。没想到从此生活变得热闹起来。那老人自称“怪老头儿”，一样喜欢玩儿，一样怕吃药打针。更重要的是，那个小老头儿很有些神通，他把鸟儿放进新新的肚子里“消灭害虫”；他变出个和新新一模一样的人来替新新做功课；他还把新新变成耗子，一起到耗子国里游逛一番。怪老头儿还有许多拿手好戏，比如为防盗，出门儿时把房子叠巴叠巴揣在兜里带着；在水库里钓鱼，居然能钓到活蹦乱跳的海鱼……

这是一部成人视角的儿童作品，既是童话，又像小说，而作品的伦理观却并不那么平白枯燥。老顽童似的“怪老头儿”做事情看问题很不常规，这无论对赵新新还是无数喜爱“怪老头儿”的读者来说，都是一次让心灵畅快淋漓的体验过程。这个系列故事拍成过木偶动画片，很受欢迎。

（春风文艺出版社2002年版）

《伊索寓言》

［古希腊］伊索

伊索（约公元前6世纪），古希腊寓言家。传说他曾是萨摩斯岛的雅德蒙家的奴隶，身体残疾，长相奇丑无比，但智慧、博学，善于讲述寓言故事，因而主人赐给了他自由。后游历希腊各城邦，在撒狄得到吕底亚国王器重，曾协助他处理过一些繁难政务。后奉命去德尔斐，被控亵渎神灵，为当地居民所杀。由于史料记录不详，对伊索的看法也不一致。有人认为伊索是寓言作家；有人认为他只是一个讲述寓言的能手；有人则认为世上本无伊索其人，“伊索”是后人假托的名字。今天流传的《伊索寓言》，其中只有几篇是伊索自己所作或在伊索生活的时代创作，大多是民间流传下来的古希腊寓言的汇编，只不过由后人搜集整理、归于伊索的名下而已。

《伊索寓言》有着非常丰富的思想内容。《伊索寓言》中有一部分是揭露统治阶级的残暴、伪善、贪婪，反映下层人民和奴隶的悲惨处境以及反抗斗争经验。如《狼和羊》揭露用伪装陷害人的恶人；《狼和小羊》说明跟存心作恶的人，无论怎样辩解也是没有用的；《蝉和狐狸》写弱小者从同伴被害的教训中识破了强暴者的伎俩，而免遭陷害；《农夫和蛇》表达了“对恶人即使仁至义尽，他们的本性也是不会改变”的道理。《伊索寓言》中更多的是人们日常社会生活的经验和教训的总结。如《农夫和孩子们》说明“团结就是力量”；《行人和熊》说明“患难见知己的道理”；《两只青蛙》说明“不可轻率从事”；《狐狸和山羊》告诉人们“有头脑的人应当事先看清事情的结果，然后才去做那件事情”；《狐狸和狮子》说“熟识能减少对事物的畏惧”。哲理寓言是《伊索寓言》思想内容的一个方面。如《小偷和公鸡》这则寓言表现了对“好”与“坏”的辩证关系的认识。《狮子和狐狸》这则寓言揭示出“美好的东西在质不在量”的哲理。另外，是对人性弱点、缺陷的揭露和批判，如《狐狸和葡萄》、《狼和狮子》、《老鼠和黄鼠狼》等寓言批判了虚伪、贪婪、虚荣等人性弱点。

《伊索寓言》的艺术特色是故事极为简练，针对一种社会现象或生活现象叙述，情节简单，不牵涉许多细节，具有高度的艺术概括力。寓言绝大多数以动物形象作为寓言中的主人公，还有少数以植物、无生物为主人公的。成功地运用了拟人化手法，赋予寓言形象人的思想性格。而且创造了具有伊索寓言特色的表现形式，即故事之后都有一段教训话语的结构，教训话语用来直接点明寓意，起到画龙点睛的作用。脍炙人口的《伊索寓言》对世界寓言的发展产生了深远而广泛的影响。

（中国致公出版社 2006 年版）

《达·芬奇寓言》

［意大利］达·芬奇

列奥纳多·达·芬奇（1452～1519），意大利画家、数学家、力学家和工程师，被称为文艺复兴时期的巨人，出生于佛罗伦萨和比萨之间的安基亚诺村。14 岁随父亲到佛罗伦萨，跟随画家和雕塑家学习，他的绘画名作《蒙娜丽莎》、《最后的晚餐》、《岩间圣母》等是人类美术史上的经典之作。此外，他还是一位优秀的寓言作家，《达·芬奇寓言》共收入他创作的 80 则精美寓言。

达·芬奇的寓言大都短小精致、构思巧妙、思想深刻。如《刮脸刀》写一把刮脸刀想到外面显示自己，不再受理发师的摆布，结果到了多雨的秋天，它浑身生满铁锈。《蝴蝶和火焰》写蝴蝶想和油灯的火花做游戏，结果跌进灯油里，它埋怨油灯太残酷，油灯却认为它太天真。《桃树》写桃树嫉妒核桃树上满树的核桃，便拼命汲取土壤中的养分，命令树枝多多地开花结果，终于树干不堪重负被压断了。《纸和墨水》写的是白纸抱怨墨水毁坏了自己的清白，墨迹斑斑没人要。但主人却小心翼翼地收藏起那页“被弄脏了的”纸，而扔掉了落满灰尘的白纸。

达·芬奇的寓言还具有不同于古代和中世纪寓言的特点。首先，他的寓言热烈地赞美人，表现人性的美好，充满强烈的人文关怀。如《内心的热情》写年轻的鸵鸟夫妇不会孵蛋，老鸵鸟告诉他们应该用内心的热情来孵蛋。于是，他们满怀爱心地守望着他们的蛋，在精疲力竭之际，小鸵鸟终于破壳而出了。这则寓言强调了父母的爱心对下一代的重要性，表达了对爱的赞美。而《金翅雀》则是写金翅雀发现自己巢中的孩子不见了，后来在农舍屋檐下的鸟笼里终于找到了他们，但她无法救出孩子们。第二天，她飞回到鸟笼旁，把毒草喂进了小鸟们的嘴中。她说：“死掉也比失去自由更好些。”《金翅雀》表现了作为人文主义者达·芬奇对自由、人的尊严的追求。其次，在寓言形象上，大量的植物和无生物成为寓言的主人公，突破了伊索寓言主要以动物为寓言形象的局限，扩大了寓言角色。达·芬奇把拟人化的手法用到桃树、梨树、樱桃树、常春藤、舌头、牙齿、刮脸刀、火石、锅、纸、墨水、水、火焰、道路等植物和无生物身上，使它们成为栩栩如生的寓言形象。另外，达·芬奇寓言把寓言创作和绘画完美地结合起来，语言优美，充满诗情画意，具有独特的艺术魅力。

（浙江少年儿童出版社 2004 年版）

《拉封丹寓言诗》

[法国] 拉封丹

让·德·拉封丹（1621～1695），法国作家，出生于香槟省一个中产阶级家庭。曾经接替父亲做过管理森林水泽的小官。后赴巴黎开始从事创作。著名作品有《寓言诗》12卷，《故事诗》和韵文小说《普叙赫和库比德的爱情》等。拉封丹的创作以寓言诗成就最高。

拉封丹的《寓言诗》出版于1668年至1694年，共12卷，包括244首寓言诗。拉封丹的寓言诗大多取材伊索寓言、罗马寓言以及传入欧洲的古印度寓言《五卷书》，也有不少寓言取材于当时法国社会上发生的事情，但无论取材于古代题材还是现实题材，都反映了法国17世纪的现实生活，揭示了各种社会矛盾，总结了人民的生活经验，涉及哲学、宗教、政治、经济、道德、学术等领域，具有鲜明的时代气息和生活气息。在法国，拉封丹的《寓言诗》被誉为“不同年龄、不同社会地位的人的通用的教科书”。

拉封丹《寓言诗》的思想内容是丰富的。第一，对封建统治阶级的强权、残酷、专横和社会不合理的丑恶现象的揭露和批判，如《狼和小羊》、《得了瘟疫的群兽》、《猎狗和她的伙伴》等批判了统治阶级“强权胜于一切”的强盗式逻辑；《野兔的耳朵》、《鱼和鱼鹰》、《园子的主人和他的爵爷》等表现封建统治阶级的专横压迫；《牡蛎和诉讼者》、《猫、黄鼠狼和兔子》等揭露了外表庄严却营私舞弊、残害百姓的大法官们。第二，广泛地反映了当时的社会现实生活的世俗人生哲理及日常社会经验教训，如《两头骡子》、《庄稼人和他的孩子们》、《马和驴子》等。第三，是对人性弱点、缺陷的嘲讽，如《狐狸和葡萄》、《知了和蚂蚁》等。第四，描写劳动人民的不幸生活和悲惨遭遇，如《死神和樵夫》、《老太婆和两个女仆》等。第五，揭露迷信，张扬科学精神，如《算命的女人》、《月亮里的动物》、《占星家掉在井里》等。第六，用于学术探讨和专门影射当时历史事件，如《英国狐狸》、《变成少女的耗子》、《群鼠的会议》等。在拉封丹晚年还有一些是为王者歌功颂德和为贵族吹捧之作。

在艺术上，拉封丹的《寓言诗》带有明显的古典主义特征，汲取了古代欧洲和古印度寓言的精华，吸收了民间语言的特点，文字优美流畅，故事生动完整，情节跌宕起伏，人物形象刻画细腻传神，性格鲜明。另外，拉封丹用诗体写作寓言，使寓言和诗歌两种体裁的优势都得以充分发挥，以流畅、自然、优美的文笔真正打开了寓言诗化的大门，在世界寓言发展史上具有开拓意义。拉封丹的《寓言诗》以巨大的艺术魅力赢得了众多读者的喜爱，并对后世创作诗体寓言影响巨大。

（译林出版社2004年版）

《莱辛寓言》

[德国] 莱辛

高特荷特·埃夫拉姆·莱辛（1729～1781），德国剧作家、诗人、文艺理论家、寓言大师。出生于德国萨克森州的小城卡门茨一个牧师家庭，少年时即勤奋好学，喜爱文学。1760年从事新闻工作。后在布莱斯劳当普鲁士将军的秘书，并研究古典哲学。著有剧本《萨拉·萨姆逊小姐》、《明那·封·巴尔赫姆》、《爱密丽亚·迦洛蒂》，美学巨著《拉奥孔》、《汉堡剧评》及不少寓言。

《莱辛寓言》共105则，包括早年写的15则诗体寓言和1759年出版的散文体寓言3卷90则。莱辛非常推崇《伊索寓言》，视其为寓言创作的典范。他的很多作品取材于古希腊的伊索、罗马的菲得路等人的作品，但是他的创作把旧题材赋予了新意，与当时德国社会中的政治斗争、思想斗争、文艺斗争等息息相关，因而有着强烈的现实感。

《莱辛寓言》在思想内容上主要有以下几个方面：第一，揭露批判了德国封建专制统治的残忍、伪善和昏聩，表现了莱辛作为启蒙主义者的斗争精神。如取材于《伊索寓言》的《水蛇》，改变了原来的寓意，表现了对欺压百姓的强权者的贪婪、蛮横、强暴的批判。《狼和小羊》这篇寓言，莱辛笔下的小羊不再是《伊索寓言》中任人宰割的弱者形象，而是敢于嘲笑强敌的勇士，表现了觉醒了的人民对封建势力的勇敢挑战。第二，《鹅》、《驴》、《宙斯和绵羊》、《幼鹿和老鹿》、《驴和狼》等对于德国市侩阶层的狂妄、愚昧、驯顺和苟且，进行了辛辣的讽刺。如《驴和狼》，揭露德国小市民面对强权不敢反抗、只会哀求的奴才劣根性。第三，对当时社会现实生活中和文艺界的一些丑恶现象的嘲笑和批判，如《黄蜂》讽刺了以为自己的民族有着辉煌的历史而为之自吹自擂的丑恶心态。《猴子和狐狸》写猴子夸耀自己能模仿任何一个动物，狐狸说没有哪个动物下贱得想去模仿猴子，这是对盲目模仿法国文学而缺乏自己独创性的作家的尖锐讽刺。

《莱辛寓言》具有深刻的社会内容、政治意义和强烈的时代感。托马斯·曼评价莱辛："他锥刺愚蠢、仇视欺诈、鞭挞奴性和精神上的懒惰，并极其敬重地维护了思想上的自由。"莱辛恢复和发展了《伊索寓言》的叙事传统，主张寓言要准确而简练地表达一种道德教训，反对拉封丹过于雕琢的诗体寓言，极力主张寓言应该简练、平实、朴素，因此莱辛的寓言简洁、纯朴、犀利、深刻、明快，战斗性和现实性极强，充分体现了寓言的威力。

（浙江少年儿童出版社2004年版）

《克雷洛夫寓言》

［俄国］克雷洛夫

伊凡·安得烈耶维奇·克雷洛夫（1769～1844），俄罗斯寓言作家和剧作家，出身于下级军官家庭，只受过很少的正规教育。曾做过小公务员、新闻工作者，办过杂志。著有《疯狂的家庭》、《爱恶作剧的人们》等。他1805年开始发表《橡树与芦苇》、《姑娘挑郎》等寓言诗，开始了寓言创作生涯，1809年出版了第一部寓言诗集。一生共创作诗体寓言200多首。他的作品被译成60多种文字在各国流传，受到世界人民的喜爱。

《克雷洛夫寓言》包括克雷洛夫从1809年至1843年创作的203篇寓言。克雷洛夫的寓言题材广泛，寓意深刻，托物言事，借古讽今，充满现实主义精神，具有极强的战斗力。他对俄国农奴制度、沙皇统治下的黑暗社会现实和丑恶现象进行了无情的鞭挞。如《鳊鱼》、《杂色羊》是对沙皇统治集团赖以生存的野蛮的农奴制度的有力抨击；《狼和小羊》、《野兽的瘟疫》揭露封建地主阶级对劳动人民压迫；《诸农夫与大河》揭露了沙皇政府官官相护、互相包庇的丑恶现象；《狼和羊》揭露法律面前不平等的现象。克雷洛夫的寓言在揭露讽刺统治阶级的同时，又表达了对祖国的热爱和关注，讴歌了爱国主义精神。如《蜜蜂和苍蝇》通过苍蝇和蜜蜂的对比，抨击了为非作歹、崇拜异国生活的贵族公子，歌颂了勤恳劳作、热爱祖国的劳动人民的崇高思想；《狼落狗舍》突出地表现了反对拿破仑侵略的卫国战争的正义性和必胜信念；《乌鸦与母鸡》批判了在国家危亡时企图与侵略者同流合污的叛徒。用寓言反映爱国主义的重大题材，扩大了寓言的阵地，是克雷洛夫对寓言创作的一大贡献。克雷洛夫寓言中有很多对劳动人民勤劳、无私、勇敢、智慧等优秀品质的歌颂。如《农夫和马》、《农夫和蛇》、《农夫与狐狸》等。还有一些寓言是对人性弱点和不合理现象的讽刺，如《乌鸦和狐狸》讽刺阿谀奉承；《贪心的人和母鸡》讽刺贪得无厌；《狗的友谊》讽刺人性的虚伪；另外，也有对生活哲理的认识的寓言，如《天鹅、梭子鱼与虾子》说明只有齐心协力才能把事情做好的道理；《蜻蜓和蚂蚁》揭示了人无远虑、必有近忧的道理。

克雷洛夫的寓言立足于现实主义基础，运用人民的语言和民间谚语，通过各种表现形式，揭示出含蓄丰富的生活真实，反映了俄罗斯民族的精神与智慧。别林斯基说："克雷洛夫创造了俄罗斯寓言。"克雷洛夫的寓言诗充满了俄罗斯民族气息，故事、人物、环境，甚至一些细节，都洋溢着典型的俄罗斯精神。克雷洛夫的寓言是世界寓言的珍品，短小、生动、形象、睿智，读来耐人寻味。

（译林出版社 2000 年版）

《乌鸦兄弟》

［中国］金　江

金江（1923～　），原名金振汉，浙江温州人，寓言作家，儿童文学作家，中国寓言文学研究会名誉会长。曾经担任过中小学教师。他从 1954 年开始发表寓言，共出版了 10 多种寓言集，如《乌鸦兄弟》、《好好先生》、《小鹰试飞》、《知道了》、《狐狸和螃蟹》、《老驴推磨》、《鳄鱼的眼泪》等，共创作了大概 1 000 则寓言。他的寓言作品曾多次获奖，有的还被选入中小学语文教材。严文井高度评价金江寓言："寓天下之大奇，言平凡之微妙。"

《乌鸦兄弟》是一部金江寓言选集，共精选了金江自 50 年代至今创作的寓言 200 多篇。金江的早期寓言多是写给孩子的，对儿童进行道德教育，以总结生活中的经验教训为主，适合儿童的理解接受。如《乌鸦兄弟》告诉小读者要热爱劳动，不要有自私和依赖别人的思想；《船夫和他的儿子》告诫小读者不要犯主观主义的毛病；《呆人补被》讽刺一些没有全局观念的人。而"文革"后，他的寓言多转向对社会及人们之间不合理现象进行讽刺和揭露，具有鲜明的时代感。如《兔子的花园》批判了社会上不正常的参观取经风；《鸭子开会》讽刺社会上一种拖沓的会风；《猴子总管》讽刺了一些自以为是而又碌碌无为的小人。

《乌鸦兄弟》有着鲜明的艺术特色。首先，金江善于从日常生活小事、生活现象中生发出深刻的道理，适合儿童阅读。如《乌鸦兄弟》这则寓言就是作者看到邻居家的两个男孩儿，双职工的父母让他们每天中午自己做饭，可是他们互相推诿谁也不做饭，经常饿肚子。作者摄取这个素材创作了《乌鸦兄弟》。皮球因破了一个洞而打不上气是普普通通的生活现象，由此创作的寓言《皮球》却显示出人间至理，告诫读者想解决问题先要找到原因。其次，具有浓郁的儿童情趣。他的作品基本上是为儿童写的，因而以拟人寓言为主，多选取孩子熟悉的生活和事物，常以小猫、乌鸦、小兔、鸭子、蜗牛、小猴子、狐狸、树木、花草、小溪、砖瓦、皮球、哈哈镜等为主人公。内容浅近、故事性强、形象生动、富有儿童情趣的金江寓言，让孩子很自然地从寓言中汲取教益。再次，语言清新、活泼、精炼、优美。如《从岩缝里长出来的小草》这篇寓言语言优美且充满诗意。另外，寓言形式多种多样，以散文体寓言为主，也包括寓言剧、独白式小寓言等。如《黎明之前》是一出寓言剧，《天地万象》是 48 则独白式的小寓言。

（湖北少年儿童出版社 2006 年版）

《魔　戒》

[英]J. R. R. 托尔金

J. R. R. 托尔金（1892～1973），学者型的英国作家，出生于南非，长期担任英国牛津大学教授。代表作是《小矮人霍比特》与幻想小说三部曲《魔戒》。《魔戒》三部曲分别是《魔戒再现》、《双塔奇兵》、《王者无敌》。整部书一共出现了 600 多个人物，正文 1300 多页，是幻想文学的经典之作。

《魔戒》是《小矮人霍比特》的续集。在《小矮人霍比特人》中，作者留下了一个伏笔：恶龙被黑箭射中。彼尔博带着一枚可以隐身的戒指返回了日思夜想的故乡。这枚戒指庇护着他避开了一系列厄运，从而使他从恶龙手中夺回了宝藏。在《魔戒》中作者书写了一场围绕着这枚魔法戒指的争夺战。彼尔博的养子佛罗多在不知情的情况下继承了一枚戒指，却发现这枚戒指是阻碍魔王统治世界的关键。于是，他陷入了善恶双方争夺的处境中。几经波折他才得知，必须携带魔戒深入魔王的领土，将魔戒扔进末日火山，才能摧毁这一切邪恶的根源。于是，在巫师甘道夫的主要领导下，由精灵、矮人、人类等组成了魔戒的远征队，试图护卫佛罗多前往魔王的老巢。但魔王索伦派出黑骑士四处搜捕，并且决定发动大军入侵，决定不惜一切代价找到这枚魔法戒指。在佛罗多护卫魔法戒指的途中，也不断面临着魔戒带来的种种危险，因为，魔戒能够腐蚀人心，诱惑人。正当邪恶的力量四处蠢动之际，善良的力量也因魔戒而陷入分崩离析的困境。就这样，佛罗多一行人在毫无希望的情况下，踏上了漫长的旅途。书中的魔戒是一种不死的存在，围绕着这枚戒指而展开的是一个反复出现的渴望与堕落的主题。

《魔戒》被人们称之为本世纪成就最高的幻想文学杰作，它最大的特点在于其幻想叙事的结构方面。它的恢宏、磅礴，它的波澜壮阔，它的气吞山河都是令人叹为观止的。它是一部神话式的英雄叙事诗，它的舞台定位于神话和传说的世界，托尔金走进了神话废墟，大声疾呼要恢复神话。因此，《魔戒》也被称之为新神话。在作品中，托尔金构造了一个与现实世界完全隔绝的世界，一个拥有独自的内宇宙的封闭世界。托尔金称之为“第二世界”，他在《魔戒》中虚构了一个叫做“中州”的架空的世界，这个世界是一个拥有独自的气候、地理、居民及语言的世界，并且历史可以从现代一直追溯到遥远的远古时代。这为幻想文学创造了一种崭新的书写模式。在这一点上，也有人批判托尔金的作品是逃避现实，但是，托尔金理直气壮地回应道：“现实是这样的丑陋，从那里逃避就是一种勇气。”的确，《魔戒》中以弱抗恶的奋斗精神和霍比特人田园牧歌式的生活方式，无疑起到了一种净化人心的作用。

（译林出版社 2001 年版）

《纳尼亚王国传奇》

[英] C. S. 刘易斯

C. S. 刘易斯（1898～1963），生于北爱尔兰首府贝尔法斯特的一个清教徒家庭，是文学学者。一生著述甚丰，在学术研究方面最重要的著作有《爱的寓言：中世纪传统的研究》、《个人的异端》，在宗教方面的著作有《痛苦问题》、《纯粹基督教信仰》等，在文学著述方面有科幻小说“空间三部曲”和《纳尼亚王国传奇》。

在纳尼亚传奇中，C. S. 刘易斯虚构了一部神话，叙述了一个叫纳尼亚的国家从诞生到毁灭的历史。《纳尼亚王国传奇》共有七部，分别是《魔法师的外甥》、《狮子、女巫与魔衣橱》、《凯斯宾王子》、《黎明踏浪号》、《银椅》、《能言马和男孩》、《最后一战》。在这里不一一赘述每部作品，只是概述《狮子、女巫与魔衣橱》的故事：二战期间，四个兄弟姐妹彼得、苏珊、爱德蒙和露茜在一位老教授家避难，无意中发现在衣橱后面隐藏着一个神奇的魔法王国。这里的居民有羊怪、海狸、矮人、树精……但是，在其首领阿斯兰离开纳尼亚期间，这个国家被一个邪恶的白女巫统治着。她将整个国家笼罩在隆冬的皑皑白雪中。羊怪曾冒着生命危险拯救过露茜，海狸一家也帮助他们兄妹逃脱了白女巫的追杀。爱德蒙曾受白女巫的诱惑，一度背叛过自己的兄弟。后来，阿斯兰返回纳尼亚，带领大家战胜了白女巫。四个孩子成为纳尼亚的国王和女王。多年后，他们在打猎时无意中穿过大衣橱，又重新回到了自己的世界。

C. S. 刘易斯没有把《纳尼亚传奇》写成一个封闭的体系，它是开放的，而且不止有一条通道，在《狮子、女巫与魔衣橱》中，大衣橱就是这两个世界之间的通道，通过这条通道，将我们这个现实世界的孩子送到那个妖精遍布的世界，这样，也就使得我们跟随书中的主人公，离开自己的日常生活世界，一步跨入了不可思议的国度。这两个世界的亲近感，促使读者形成了对故事世界的亲近感。

纳尼亚系列故事中还有一个特色在于它字里行间所渗透出来的基督教的虔诚。路易斯深知中世纪的宗教寓言、北欧神话和古典的传说。他也将基督教的寓言精神渗透在了故事中。纳尼亚的君主是狮子阿斯兰，阿斯兰为了救那个背叛自己的孩子而牺牲了生命。他死了，但是，又复活了。阿斯兰在这部作品中被当作是基督的化身。在最后一部《最后一战》中的结尾，刘易斯将故事定格在一种凄惨的氛围中：几个孩子在一起鸟瞰着连绵起伏的纳尼亚时，他们竟然看到了自己的父母。露西对狮神阿斯兰说，我们担心你要把我们送走，你好几次都把我们送回到了我们自己的世界。阿斯兰低声说：发生了一次火车事故，你们的父母及你们都死了，到影子之国去了。《最后一战》是纳尼亚系列中最具启示意义的一部，刘易斯最终还是把纳尼亚说成了一个魂的世界，一个永远的安息地。

（译林出版社 2001 年版）

《汤姆的午夜花园》

［英］菲莉帕·皮尔斯

菲莉帕·皮尔斯（1920～2006），女，生于英国。她最有名的作品是《汤姆的午夜花园》，这部奇特时空的温馨之作，启发了后来很多的奇幻之作。

汤姆去造访智障的艾伦叔叔和渴望有一个小孩的葛文婶婶。他们住在由独栋房子改成的公寓里，房东太太老巴索罗妙太太，像蜘蛛一样住在楼上。一天晚上，当老爷钟敲了 13 下时，汤姆进入了属于这间房屋的美丽的大花园，但它属于过去。他和一个维多利亚时期的小女孩玩耍，这个叫海蒂的小女孩是当时在老屋里的一家人中唯一可以看到汤姆的人。汤姆每天夜里都造访他的花园和海蒂，但是在过去的世界里，时间流逝得比现在快得多。在那个世界里，他每次造访都隔了很长一段时间。所以，海蒂就在他的注视下成长，最后，他意识到她已经长成了一位少女。在汤姆住在婶婶家的最后一夜，汤姆见到了住在楼上的巴索洛妙太太，发现她就是海蒂，夜复一夜她都梦见她进入了过去的生活。这本书有种深奥又神秘的时间感，它有一种形象的美感，又不是抽象，无论在感官上还是在精神上都令人满足。

这部作品初版于 1958 年，当年即获得卡内基儿童文学奖，1960 年国际青少年委员会评奖团又授予这部作品以荣誉奖。这是一部时间幻想小说，故事的一切都是围绕着时间展开的。书中出现了两种时间：即过去和现在，过去的时间属于海蒂，现在的时间属于汤姆，作者对于时间的独特处理表现在汤姆的时间与海蒂所属的时间并不是同步的，两者交叉错位。这让汤姆产生了困惑，于是开始了一场对于时间的探索。他先是发现海蒂的时间在现实中根本不存在：因为大钟竟然敲出了 13 点，而在现实中，12 点过后就是 1 点！故事进行到大半，汤姆已经明白了海蒂的时间不仅是一个过去的时间，而且是一个永恒的时间。这种永恒的时间带给了汤姆极大的困惑，日常生活中有限的“时间”与花园里“永恒的时间”哪个更为真实？能和别人共享一个时间吗？能留在“永恒的时间里”而不返回吗？作者所提到的这个永恒的时间，其实指的是每个人失去的时间，它是快乐的。可是，人却不能驾驭永恒的时间，汤姆也不能让海蒂永远在花园里快乐地生活下去。应该说，作者在这部作品中留给了我们一个时间之谜。

成长也是一种时间，作者在这部作品中想要告诉我们的就是这样一种时间。她在后来追述这部小说的执笔意图的时候写道：“有想象力也好，有理性也好，最令人难以置信的就是‘时间’给人带来了变化了。儿童们一听说他们终将长成大人、大人过去也曾经是孩子，他们就会朗声大笑。我们在汤姆与海蒂的故事里就是试图要探索和解决这个难以理解的问题。”这为我们今天理解她这部作品提供了一把钥匙。

（人民文学出版社 2005 年版）

《毛　毛》

[德] 米切尔·恩德

米切尔·恩德（1929～　），德国幻想文学作家，出生于德国巴伐利亚。代表性作品有《小图丁杰姆和司机鲁卡斯》、《毛毛》、《讲不完的故事》。《讲不完的故事》曾被定为少年一代的必读书。

《毛毛》讲述的是在圆形剧场的废墟边上，有一个叫毛毛的女孩。她最大的特点就是善于倾听，只要看着她那双乌黑的眼睛，再笨拙的人也会茅塞顿开。她在倾听中与人们共享了很多快乐的时光。可是，好景不长，城里来了一群灰先生。这些灰先生无孔不入，他们四处去劝说人们节约时间，抓紧时间工作，并将工作之余的时间存入他们的时间储蓄银行。这样一来，整个城市失去了往日的宁静和欢乐，人们只顾着机械的工作，简直成了冷冰冰的机器人。其实，这正是灰先生策划的一场很大的阴谋。灰先生需要靠人类的时间存活，所以，他们才要拼命地让人们储蓄时间来供养他们。毛毛知道了这个秘密后，就来到了时间的发源地，见到了时间的操纵者霍拉和钟表。在这里，毛毛看到了时间之花。而灰先生不再满足于一分一秒地收集时间，他们要挟霍拉，让他交出所有的时间。灰先生们将掠夺来的时间冷冻起来，藏在地下，他们将时间之花摘下来，让其干枯，然后把它们制成雪茄，时间在他们抽烟的过程中会迅速死亡，还会污染大气。这样，霍拉放出去的时间就会中毒。在这样危急的时刻，霍拉让时间停止了一个小时，毛毛则拿着一朵时间之花，在这一个小时中释放了被灰先生抢走的所有的时间。时间被释放了，灰先生都因为没有了时间而上了西天，被释放的时间重新变成了时间之花，降落到了人们的心里。于是，毛毛也重新回到了自己的朋友中间。

几乎所有的评论家都把《毛毛》当作一部批判现实的作品。它鞭挞现实，犀利的矛头直指现代社会的弊病。字里行间，现代人的物欲、冷酷以及人性的泯灭被刻画地入木三分。这部作品就是针对在物欲横流的世界中，人们一味追求效率，丧失了最纯最美的人性的现实。这部作品绝不仅仅是一部儿童文学作品，它还令我们每一个人对我们的生活方式进行反思。

同时这也是一部时间幻想小说。对于普通的人来说：时间就是金钱；而对于毛毛来说：时间就是生命。米切尔·恩德将时间形象地比喻为昂扬着生命力的时间之花，时间之花的盛开也就意味着生命的美好。可是，现代社会的人们对于这一点却一无所知，他们丧失了对于生命的美好感受，却用金钱和利益来填补生命的空虚，灰先生如同一个大毒瘤侵入了城市生活之中。而毛毛则是人类的一位守护天使，她为了拯救人类而与灰先生进行了殊死的搏斗，并最终将生命之花送回了人类的心灵中。可是，这一切又能持续多久呢？这依然是个令人忧虑的问题。

（二十一世纪出版社 2007 年版）

《女　巫》

[英] 罗德尔·达尔

罗德尔·达尔（1916～1990），英国作家，代表作品包括：《查理与巧克力工厂》、《玛蒂尔达》、《詹姆斯与大桃仙》、《查理和大玻璃升降机》、《小乔治的神奇魔药》、《女巫》、《了不起的狐狸爸爸》，都是家喻户晓的畅销书。

故事讲的是“我”——是一个7岁的英国小男孩，父母双亡后和挪威的姥姥一起生活。姥姥是“我”唯一的亲人。从姥姥那里，“我”知道了许多关于女巫的种种事情，比如如何辨认女巫，女巫如何杀害孩子等等。如何识别她们呢？故事就从这里开始。在海边度假时，“我”误闯入女巫开会的会场，得悉她们想要把全世界的孩子都变成老鼠的阴谋。被女巫大王发觉抓住后，“我”也变成了老鼠。之后，“我”和姥姥一起，开始了与女巫们的战斗。“我”成功偷取了全球女巫“联络图”，还把女巫们制造出来的“86号配方慢性变鼠药”让女巫们自己喝下去，让她们也变成老鼠。遗憾的是，“我”已不可能再变成人了。最后，变成老鼠的“我”和姥姥有了新的生活目标，那就是一起周游世界，按女巫的“联络图”去消灭那些继续为非作歹的女巫。

《女巫》写于1983年。达尔晚年写成的这部童话是达尔艺术巅峰的经典之作。1983年获纽约杰出图书奖、英国儿童图书奖（白面包奖）以及世界幻想文学大会终生成就奖，1986年获西澳大利亚奖。1983年被授予英国白面包奖时，评奖委员会这样称赞它道：“谐谑，机智，既趣味十足又使人震惊不已，是一部地道意义上的儿童文学杰作。整部书从头至尾都让我们觉得，它流泻自一位幻想文学的巨臂笔下。”

达尔对女巫世界的丰富想象和被施了魔法的老鼠男孩的惊险命运，以及男孩与姥姥之间的脉脉温情，打动了无数读者。整个故事的主体部分只讲述了几个小时里发生的事情，所以情节非常紧凑，节奏非常快，而且时常会冒出令人意想不到的精彩细节，读起来非常过瘾。你只要拿起这本书，非一口气读完不可。他的故事悬宕、紧张、神奇和诡异，故事里有真正的智慧和勇气，还有让你捧腹大笑的幽默和温情。它通篇弥漫着一种让人潸然泪下的亲情与爱。孩子和姥姥温馨的对话，能让你忍不住要流下泪来。

达尔一生都在追求故事情节的新异感。他曾说过“故事应该是引人入胜的，激动人心的，有趣、通畅和优美的。只要孩子一读到它，就爱不释手。”“构思一个色彩鲜明、十分奇丽而又十分新鲜的情节，是一件苦差事。我可能不得不花费许多时间，甚至一年才想出一个情节。我绕着房子、花园、村子和村里的街道遛哒，一次又一次地寻觅那鲜明、奇特的新构想。”达尔的这种文学追求也体现在《女巫》中。

（明天出版社2004年版）

《魔　塔》

[中国] 彭　懿

彭懿（1958～　）生于沈阳。1989年，彭懿留学日本，他在东京学艺大学学习、研究“西方现代幻想文学”。1994年，获得教育硕士的彭懿回国后，连续出版了两部长篇幻想小说《与幽灵擦肩而过》和《半夜别开窗》。用彭懿的话说，他从此一下子掉入了一个“在现实与虚构交叉的那片奇异的真空地带。”从此以后，他的创作一发不可收，先后创作了《妖孽》、《妖湖传说》、《魔塔》、《怪物也疯狂》、《九命灵猫》等幻想小说。

《魔塔》写的是一个叫吴所谓的10岁男孩在废旧水塔的铁门上写下了一句话：“我登上了水塔——吴所谓”。这句话却成了封住魔法世界和现实世界之间通道的封印，破坏了黑暗之神想要吞噬人类的计划，愤怒的黑暗之神把他的家人变成了怪物。为了到魔塔去取能救亲人的“还形液”，吴所谓开始了魔法世界的历险旅程。他必须经过魔幻森林、沼泽地、战胜守卫魔塔的火龙才能进入魔塔。吴所谓明明一点魔法都不会，可是，他却一次次地出乎意料地获胜了。他的获胜不是因为魔法，而是因为他用了现实中行之有效的办法，比如用眼药膏给树精治眼病从而通过了无人能通过的魔幻森林，用一面小镜子晃了镇塔火龙的眼而顺利进入魔塔，最后，用那块他在水塔门上写字的橄榄石（这块石头被火龙称为“光明之石”）打死了黑暗之神。在面对他觉得无法对付的魔法世界的时候，克服困难的最好办法就是让魔法世界失灵，而失灵的唯一办法就是运用现实的力量。

《魔塔》最大的特点在于幻想的叙事方式，在这部作品中，幻想与现实交错重叠出现，并且相互影响。体现在具体的写作方式中，则表现为一种讲述的狂欢，在这部作品中，作者将讲述者的视角与主人公的视角区分开来，并造成了主人公视角是对作者视角的解构。黑暗之神与吴所谓之间的善恶对立与吴所谓构想魔法世界的机制是何其相似啊。吴所谓的魔法世界历险的真实性其实从一开始就被解构了。吴所谓的虚构遭到了嘲笑，而作者却耍起了同样的虚构的把戏。作者在讲述一个故事，而在讲述之前，他首先告诉读者，此类的讲述只是虚构的。正是讲述的虚构性为他随心所欲地编造故事情节做了铺垫。

故事的写作非常随意，幻想世界的通常逻辑不断地被插进来的讲述打断，神兽的早恋，不断地被提到的教导主任，吴所谓与“沙葱花”的“爱情”，等等。而且一旦魔法世界的故事讲述不下去的时候，也就是说想象力枯竭的时候，作者就拿现实的生活细节来填充，这样，既遮盖了想象力的捉襟见肘，也使得讲述变得非常有意思。讲述者就像一个聒噪又爱自我表现的孩子，他不能忍受只作故事的旁观者，他时时要跳进他构建的故事中大讲特讲，而且经常忘记了故事情节的推进。

（二十一世纪出版社 1999 年版）

《山海经新传说 ABC》

［中国］薛　涛

薛涛（1971～　），生于辽宁，著有长篇幻想小说《精灵闪现》、《鸟孩子》、《泡泡儿去旅行》、《丛林里的围墙》、《在魔镇度假》等。

“山海经新传说 ABC”《精卫鸟与女孩》、《盘古与透明女孩》、《夸父与小菊仙》三部作品。《精卫鸟与女娃》讲的是小当和小瓦想改变平静的生活，一个坝和一条闪光的湖同把他们带入很久以前的海边，重复三次亲历了海水吞没两个女孩的情景，被海浪吞没的女孩中的一个叫女娃。小瓦通过一根风筝线，跟踪女娃来到海边，发现了叫“烟鬼”的漩涡，女娃在忙着填平烟鬼的大嘴。小当和小瓦也加入了填海运动，可是烟鬼却通过矮墙进入了城市的下水道……《盘古与透明女孩》讲的是小当的同桌小顽经常讲他表哥班上的女生在一家游乐园里消失不见了。一天，他们进了那个游乐园，两个人都发生了奇怪的变化：小当老是自言自语，小顽的意识则被老蜘蛛控制。不见踪影女孩苹果告诉小当一个秘密：盘古一直躲在蛋壳里工作，她说再有五天，天地分开的一刻，就是她和不蛮骑上木马复活的时候。可是老蜘蛛有了一个阴险的打算……《夸父与小菊仙》讲的是小瓦在花园认识了一个叫小菊的女孩。花园里的时光飞速逝去，小菊正为爷爷的快速衰老而无奈。夸父一路飞奔，让花园里的时空倒流了，小菊却不见了。小瓦吹响了埙，小菊在蓝菊丛中重现，原来她是蓝菊仙。人群破坏了花园的宁静，爷爷变成了一株蓝菊，小菊不得不离开了，只留下小瓦惆怅地坐在花园里，等待小菊的来信。

在生命的世界中呼唤平等，对生命尊严的礼赞与歌颂，正是薛涛这套系列幻想小说的主题。在《精卫鸟与女娃》中，女娃背石填海，是为了战胜隐藏在礁石下的凶残贪婪，滥施暴力的“烟鬼”，生命的意义和尊严在女娃的奋争中表现得淋漓尽致。《盘古与透明女孩》是三部作品中，写得最为凝重的一部。废弃的游乐场，处处可见现代工业文明对人与自然和谐关系破坏的痕迹。统治着这个游乐场的是邪恶的黑蜘蛛，它可以把人的精神夺走，使之成为自己的傀儡。当年开天辟地、力大无比的英雄盘古，也无力拯救这个颠倒的世界，只能躲在小小的蛋壳里。这幅悲凉的图景，不由得使人与问题多多的当今社会产生自然的联想。

薛涛的“山海经新传说 ABC”挖掘了古老的神话，可以说是中国幻想小说吸收神话传说作为故事的一种尝试。作者吸收了《山海经》中的精卫填海、盘古开天、夸父逐日的内容，并加入了更为神奇的幻想，使得这些作品把诗意的情调、梦想、现实、善与恶的较量结合到一起。远古的那些人物、那些场景、那些事件穿过层层的时间幕布与现代人、现实的场景和现实的事件相遇，彼此在不同的时空中经历着一种完全不同的命运。作者在这个系列的作品中探索了一种“神话传说”的模式，神话中的人物形象、环境氛围、事件全部参与到了小说的叙事进程中，他们全都活跃了起来，以时空交织的方式打通了现实和神话的境界，在新的时空中，神话中的人物的身份并不改变，但是这些神话人物的时空却是定格的，要么时间是静止的，要么空间是静止的。整个故事的结构基本是“实——幻——实”，也就是说现实中的人物进入幻境与神奇的人物相遇，再返回现实中。这个故事对于日常生活的繁琐和冗长的状态进行了批判，“神话”的生活则是对现实生活的超越，是一种更完美的状态。

（春风文艺出版社 2004 年版）

◆思考题

1. 什么是童话？
2. 试述童话与神话传说、民间故事有怎样的关系？
3. 什么是童话逻辑？

4. 试述童话的审美特征有哪些？
5. 试述中西童话发展的历史分别是怎样的？
6. 试论现代童话发生了哪些审美形态的转变？
7. 什么是寓言？
8. 世界寓言有哪几大发源地？
9. 试述寓言有哪些艺术特征？
10. 试述童话和寓言有何异同？

第五章　儿童文学的叙事体

小说是一种以刻画人物形象、叙述故事情节、展现社会生活环境为主的文学样式。它所具有的基本特征是：深入、细致地刻画人物形象；讲述完整、复杂的故事情节；进行具体、充分的环境描写；反映社会人生和探究人性的深度、厚度。按篇幅长短，小说可分为短篇小说、中篇小说和长篇小说；按语体方式，小说可分为文言小说和白话小说。小说的艺术表现手法多种多样，包括“写实”、“魔幻”、“意识流”、“哲理化”等。

儿童文学中的“小说”，统称为“儿童小说”。它除了具备小说的基本特征外，还具有“儿童文学”独特的审美价值。按照读者年龄差异的接受特征，儿童小说可分为“儿童故事”、“童年小说”和“少年小说”。其中，儿童故事属小说的雏形，多用拟人体，描写一人一事，简单、明了，读者对象为学龄前的孩子；童年小说多描写现实生活，包括家庭生活、学校生活和社会生活，注重故事性，以幽默、风趣见长，读者对象主要是小学生。少年小说多表现处于青春期的少男、少女生理/心理的旺盛成长，尤其注重描写他们个性、人格成长的心路历程。少年小说作为书写“成长”主题之一种的小说样式，亦属“成长小说”范畴。儿童小说按篇幅长短，可分为长篇小说、中篇小说和短篇小说。按照内容差异，亦可分为校园小说、历史小说、历险小说和动物小说等。由于“动物小说”在儿童文学中的特殊地位，本书将其列为单节予以详细论述。此外，“童话小说”和“幻想小说”属于具有小说特点的“童话”、“幻想”文学，本书将它们分别放在“童话”和“科幻”等章节中专门论述。

第一节　儿童故事

儿童故事是适于低幼儿童聆听、阅读的叙事性文学样式，是儿童较早接触的儿童文学品种，是一种灵活、开放、包容的体裁样式。儿童故事具有口头性、生动性和完整性的特征。儿童故事的三大种类是生活故事、历史故事和民间故事。儿童故事的讲述方法和艺术表现手法非常重要，与此同时，也应该鼓励儿童自己编写故事，增进他们的观察力和想象力，提高他们的叙述能力和表述能力。

一、故事与儿童故事

故事是一种具有悠久历史的叙事性文学体裁。“讲故事”的传统由来已久，早在2500年前的战国时期，中国人就有“街谈巷议”、“道听途说”的论述，可借以追溯故事的起源之一；而长期居住在热带沙漠的阿拉伯人，喜欢在夜晚以聚会的形式讲述自己白天的各种经历；居住在冬季寒冷、黑夜漫长的北欧人，则喜欢围坐在一起，以“炉边夜话”的形式朗读或讲故事。曹文轩在《小说门》中说，“创作故事是一种先天性的欲望，而听故事也是一种先天性的欲望——一种强烈的欲望”。我们常常会听到这样的故事开头，“从前”、“在很久很久以前……”，儿童在听故事的过程中喜欢发问：“后来，后来怎么样了?”故事侧重于讲述引人入胜的事件发展过程，既可以由说故事人讲述，也可以由读者自己阅读，比较适合口耳相传。

儿童故事是适于低幼儿童聆听、阅读的叙事性文学样式，是儿童较早接触的儿童文学品种。儿童故事一般篇幅短小，内容单纯，情节循序发展，生动有趣，首尾呼应。作为灵活、开放、包容的体裁样式，儿童故事的素材可以取之于儿童的家庭生活、学校生活、社会生活，也可以取之于自然世界、历史事件等，故事内容古往今来、包罗万象，用以满足儿童求新、好奇、探险的心理需求。

二、儿童故事的艺术特征

（一）口头性

较之其他儿童文学体裁，儿童故事最突出的特征就是适于讲和听。儿童故事的语言通常浅白晓畅、通俗易懂。口头性既不同于书面的文学语言，又要适应儿童的语言能力；既要考虑到儿童的心理特点和理解能力，又要对叙述语言进行艺术化的提炼与表现。以望安的儿童故事《三个小朋友》为例，叙述语言口语化、童语化，同时也经过了独具匠心的修辞化：

> 嘭嘭嘭！嘭嘭嘭！三楼洋洋在拍球，吵得楼下受不了。楼下咪咪上去提意见：“洋洋，请你轻一点！”洋洋噘起嘴，“嗵”地关上门。嗒嗒嗒！嗒嗒嗒！二楼咪咪在跳绳，吵得楼下受不了。楼下晓晓上去提意见：“咪咪，请你轻一点！”咪咪噘起嘴，“嗵”地关上门。

丁零零！丁零零！一楼晓晓在骑车，三个轮儿飞飞转，骑到东，“喵呜！”压着花猫小脚丫；骑到西，“哎哟！”撞翻椅子砸痛姥姥的腰。姥姥提意见：“楼下空地多宽敞，那里才好玩！”

幼童正处于语言学习阶段，对声音往往比较敏感。作者在叙述中使用了大量的象声词，诸如拍球时的“嘭嘭嘭”声，跳绳时的“嗒嗒嗒”声，骑车时的“丁零零”声，生气时“嗵”的关门声以及小猫“喵呜”的惊叫和姥姥“哎哟”的呻吟，形象生动地展现了人物各自的动作表情。同时，孩子在听读故事的过程中，也较容易识别和记忆这些各具特点的声音。作者还运用了重复、排比、对称的手法。诸如，“晓晓骑车，骑到东，压着花猫小脚丫；骑到西，撞翻椅子砸痛姥姥的腰”，故事读起来朗朗上口，富有节奏感。既可以加深读者对所叙故事的印象，又在层层递进中推动着故事的发展。

晓晓到楼前骑车玩，咪咪看见了，拿着绳儿下来跳；洋洋看见了，拿着球儿下来拍。

球儿滚到老远去，滚过咪咪和晓晓，两人连忙帮着去捡球。晓晓骑着小三轮，丁零零，丁零零，捡起球儿传给跑来的咪咪，咪咪传给跑来的洋洋。

不一会儿，姥姥来到门口：“咦？”洋洋在骑晓晓的车，咪咪在拍洋洋的球，晓晓呢？

正摇着咪咪的绳儿蹦蹦跳。看见大家都快乐，姥姥也笑了。

作者对故事的编织可谓独具匠心，三个小朋友分别住在一二三层楼，楼上楼下的空间关系，与他们拍球、跳绳、骑车的活动之间发生了某种冲突。三段式的故事情节既表现了事情的前因后果，又加深了小读者对事情的认知。作者接下来并没有板着脸说教，而是将这三个小朋友“带”到了楼下的空地，通过对他们的活动进行排列组合，使之变得和谐愉悦。作者的叙述语言中不仅使用了儿化韵“绳儿”、“球儿”，还动用了语气词“咦”、“呢”，拉近了叙述者和听者的心理距离，也使儿童感到亲切温暖。

（二）生动性

儿童故事的核心内容是生动有趣的情节。通过起伏跌宕的情节设置，吸引儿童进入故事营造的情境中，变被动的聆听到主动的参与。一般来说，儿童的注意力时间较短，讲述的故事如果平淡冗长，会使儿童感到索然无味。巧妙地设置情节转折和悬念，则能够激发儿童的好奇心和阅读兴趣，引领他们在故事的行进中体验、追问并思索。

列夫·托尔斯泰的《鲨鱼》讲述了两个男孩在海里游泳遭遇鲨鱼的惊险故事。炮手喊叫“有鲨鱼”，但是畅游的孩子们没有听见。炮手的脸吓得煞白，水手们急忙放下小船拼命追赶孩子，但是孩子们已经游得太远，鲨鱼离他们只有20步之遥。故事中的人物都吓得屏住呼吸，听读故事的儿童也被这紧张的场景深深吸引。突然一个孩子回头发现了鲨鱼，他大声尖叫的声音好像惊醒了炮手。炮手奔到大炮前把炮筒转过来，瞄准鲨鱼。瞬间的静寂。轰隆一声后，炮手倒在大炮旁边，两只手捂着脸。硝烟遮住了大家的视线。故事发展到了高潮，也是最扣人心弦的地方。儿童急于想知道，那两个孩子怎么样了？鲨鱼呢，鲨鱼被杀死了吗？悬念激发起了儿童迫切想知道故事结局的心理。

待到硝烟散去，从四面八方响起人声，“最初低沉，接着逐渐高起来，最后变成一片欢呼。”炮手睁开眼站了起来，死鲨鱼在水上摇晃，孩子们得救了。故事开头风平浪静，紧接着出现危机，然后是悬念，最后是圆满的结局。跌宕起伏的故事好看好听，吸引儿童的注意力，使他们有兴趣读下去、听下去。有时，还会产生身临其境之感，与故事中的人物产生共鸣。但是，对于低龄的孩子来说，阅读的紧张感要适度，既要考虑到他们的听读快感，也要考虑到他们的心理承受能力。儿童故事的结局一般都是较为圆满的，譬如真、善、美战胜假、恶、丑，历经磨难最终成功、逃脱险情毫发未损等，故事的基调明朗向上、温馨有趣。

（三）完整性

完整性是儿童故事整体结构的一个特征。儿童故事一般篇幅短小，首尾完整。人物、情节不芜杂，故事线索单纯贯通，适合儿童的思维方式和接受能力。小说则不同，可以有多条线索、明暗交叉，也可以是开放式的结构，片断的描写、运用意识流等，不一定有完整的故事结局。儿童故事则往往按照故事的前因后果以顺叙的方式，一层一层地展开故事情节，形成故事的开端、发展、高潮和结局。儿童喜欢听读有头有尾的完整故事，希望知道故事的前因后果，也总是追问“后来呢，后来怎么样了？”

早上，小尤拉醒了。他看看窗外，太阳照耀着，天气很好。于是，小尤拉想：我今天一定要做点什么好事情才行。对，假使我妹妹掉进水里，我就奋不顾身地去救她……

“哥哥，今天天气真好，你陪我去玩好吗？”妹妹恰好走来了。

"去去！走开！别扰乱我想事情！"

妹妹受了委屈，抹着眼泪走开了。

尤拉又想：假使狼来抓奶奶，我就用猎枪打它！

奶奶恰好在叫他："小尤拉乖乖，帮我把碗碟收拾一下。"

"你自己收吧，我在想好事情，没有工夫！"

奶奶摇摇头，进厨房去了。

尤拉接着往下想：假使哈巴狗掉进井里，我就冒着危险把它捞上来。

哈巴狗恰好来了，它摇摇尾巴："请给我点水喝吧，尤拉！"

"滚开！别打搅我想好事情。"

哈巴狗讨了个没趣，夹着尾巴跑开了。

尤拉想了一阵，便来到妈妈身旁："妈妈，我想做点好事情，可做什么好呢？"

妈妈抚摸着尤拉的头说："跟妹妹去玩，帮奶奶把碗碟收拾好或者给哈巴狗喝些水。"

奥谢叶娃的这篇儿童故事《好事情》，在简短的篇幅里叙述了一个完整生动的故事。小男孩尤拉想做一件好事情，但是在他的想象中，这件事情应该是轰轰烈烈的"大事情"。通过故事的展开，显露出孩子的童真童趣。狼来抓奶奶的假想或许与儿童听读《小红帽》之类的童话有关，而救人、抓坏蛋的想象彰显出儿童渴望证明自己的心理。随着故事的层层铺垫、层层推进，结尾处小尤拉和妈妈的对话可谓点睛之笔："好事情"就在日常生活的点点滴滴当中。作者将道理融入故事的叙述，在故事的行进中让儿童体悟，并在故事的结尾处予以适时适当的点拨。

三、*儿童故事的种类*

从创作者角度看，儿童故事可分为民间故事、改编故事和创作故事；从表现形式着眼，可分为文字故事和图画故事；从内容上区分，可分为生活故事、历史故事、人物故事、动植物故事、科学故事、寓言故事等。

以下主要介绍儿童故事最常见也是孩子们最欢迎的三种故事类型：

（一）生活故事

在儿童故事中，生活故事所占的比重较大，也最贴近儿童的生活情趣。生活故事是以写实的手法，表现儿童的日常生活，包括家庭生活、幼儿园生活、小学校生活、社会生活等。家庭生活除了表现孩子和父母这个核心家庭外，也会表现孩子和爷爷、奶奶、舅舅、舅母、姑姑、叔叔、表兄弟姐妹等家族亲戚的生活层面。诸如，郑春华不仅写作了“大头儿子和小头爸爸”，还创作了“大头儿子和围裙妈妈”、“大头儿子和胖胖的外婆”等系列儿童故事。郑春华笔下的《紫罗兰幼儿园》、《一年级的马鸣加》则主要讲述了主人公的幼儿园生活、学校生活故事，展示了家庭关系之外的同伴关系和师生关系。

儿童生活故事往往通过对人物表情、语言、动作、心理的刻画，从细节处展现儿童的生命情态和心灵世界，诸如列夫·托尔斯泰的《李子核》、奥谢叶娃的《平常的老太太》等，主人公的形象随着故事的展开跃然于纸上，栩栩如生。有时，人物形象以人物特征命名，譬如大头儿子、卷毛头，充满趣味性、游戏性，好玩又好记。“大头儿子和胖胖的外婆”系列故事中的《空屋子》片断，通过人物之间的对话，表现出大头儿子的天真童趣，笔调轻松、幽默又温馨。

> 胖外婆很胖很胖，肚子圆滚滚的。这天，大头儿子指着胖外婆的肚子说：“外婆大概要生小弟弟喽！”
>
> 胖外婆听了咯咯直笑，她摸摸自己的肚子说：“小弟弟早就生过了，这是小弟弟留下的空屋子。”
>
> 吃晚饭的时候，大头儿子尽往胖外婆碗里夹鱼夹虾，说：“外婆快把空屋子装装满，要是又有小弟弟了，他就不会饿了。”

郑春华的“卷毛头”故事之《咯噔咯噔舅舅》中这样写道：舅舅因为断了一条腿只能扶拐杖走路，“卷毛头”希望舅舅能长出一条新腿，于是往那断了半截的腿上浇水，后来又找了一块鸡骨头种在树下，希望能帮舅舅种出一条腿骨来。小女孩卷毛头的爱心、童心跃然于纸上。在这个系列生活故事中，富有想象力和行动力的小女孩卷毛头喜欢抱布娃娃，向往新娘子的美丽婚纱，还自己动手剪窗纱做婚纱；她可以把阳台上的大浴盆当作海，把纽扣撒在浴盆里做贝壳，黄豆倒在浴盆外变做沙滩，扯动的卷筒纸当作海鸥；荡秋千时总是荡得很高很高，好像飞上天一样，小朋友躲得远远的，只有她自己一点也不害怕；她单脚跳台阶，上上下下连着三个回合的能力让男孩羡慕不已……但是有一天，路过的三个男生嘲笑“饺子”、“背带裤”竟然和卷毛头一起玩。在他们的认知里，男孩子是不屑于或不应该和娇气的小女孩为伍的，因为男孩比女孩优秀强大。但是，当他们为了取树上的飞机而苦恼，最后不得不去搬梯子，卷毛头不动声色地三下两下爬上了树，这一勇敢利落的举动令他们刮目相看。原本骄傲的男孩不知不觉地也被收归到了卷毛头的麾下，和她一起快乐地做起了游戏。郑春华在儿童故事的写作中表现出对性别社会化的思考，以及对女孩成长的扶助。

我们再来看捷克作家艾·彼齐什卡的儿童故事《六个娃娃七个坑》：

> 一个大热天，七个小男孩由符兰齐克领头，来到河边。他们在沙滩上修道、筑碉堡。
>
> 玩厌了，就扑通扑通往河里一跳。
>
> 他们在河里游呀，叫呀，白花花的水沫溅成一片。符兰齐克看了看伙伴，一个个点起数来："一、二、三……"
>
> 他点了几遍，都只数出六个来。他着慌地叫开了："喂！有谁淹进水里了？我们来的时候有七个，可现在只有六个了！"
>
> 孩子们慌起来，也都点开了数儿。"六个！只有六个！"他们一个跟着一个叫起来。
>
> 他们有的用树枝在河里捞；有的扎猛子到河里去摸，大叫大嚷，乱作一团。符兰齐克在水里摸到个东西，就哇哇叫开了："在这儿呐！我抓住他啦！""抓牢他，别松手！"大伙儿拼命叫着，向符兰齐克游去。这时符兰齐克从水里拖出一只破皮靴。
>
> "唉，这可怎么办呢？"孩子们急得呜哇呜哇哭起来。
>
> 河边有个打鱼的老伯，他看见了孩子们的慌乱，听见了孩子们的惊叫，就对他们说："你们快上岸来。每个人在沙滩上坐个坑，再点个数儿。"
>
> 孩子们听了打鱼老伯的话，都到沙滩上坐了个坑。符兰齐克点了点坑："七个！不多不少，七个。"这时孩子们都乐了，欢喜得又蹦又跳。就这样，六个孩子一屁股坐出了七个坑。

这篇短小的故事，以富有动作感、画面感的文字形象地表现了孩子的童心童趣。数人数时忘记数自己，这是孩子难免会遇到的趣事。作家以富有喜剧性的温馨叙事，讲述了幼儿日常的生活故事。孩子在阅读这篇故事时，能够在其中发现自己的影子，加深对自我及周围世界的认知。故事中展现的孩子玩耍及数数的场景，充满了游戏性。游戏是儿童生活中最重要的部分，他们在游戏中认知世界，获得愉悦。同样，这篇富有悬念、情趣盎然的故事也适于孩子们在听读后分角色表演。

(二) 历史故事

历史故事包括历史事件故事和历史人物故事。历史事件故事，是在一定的史料基础上，通过讲述历史事件的起因、经过和结果，满足儿童的好奇心、求知欲，帮助儿童增加历史知识，理解分析历史现象，如《中国通史故事》(中国少年儿童出版社)、《趣味中国历史故事》(浙江少年儿童出版社)等。历史人物故事，是以历史上的真实人物为主体，以历史人物的活动为主要线索，通过对该历史人物在一定时期内的思想、言行及历史功过的描绘和评价，帮助儿童了解、体会历史人物的精神风貌、意志品质和才干智慧，如《大地的儿子——周恩来的故事》(中国少年儿童出版社)等。

文史学家林汉达编写的《中国历史故事集》包括《春秋故事》、《战国故事》、《西汉故事》、《东汉故事》、《三国故事》等，这些故事史实准确，叙述生动、文字口语化。其中很多都是脍炙人口、家喻户晓的故事，诸如"千金一笑"、"一鼓作气"、"老马识途"、"唇亡齿寒"、"卧薪尝胆"、"商鞅变法"等。这些故事以某个历史时期为主线，大故事套小故事，有详有略、接转自如、妙趣横生、引人入胜，十分适合儿童听赏。诸如"李广射虎"一篇这样写道：

> 李广做了右北平太守，匈奴害怕李广，逃到别的地方去了。右北平一带没有匈奴了，可是时常有老虎出来伤害人。李广就经常出去打虎，老虎碰见他，没有不给他射死的。有一天，李广回来晚了，天色半明半暗，正是老虎出来的时候。他和随从的人都很小心，恐怕山腰里突然跳出一只老虎来，一面走着，一面提防着，李广忽然看见山脚下草蓬里蹲着一只斑斓猛虎，拱着脊梁正准备扑过来。他赶忙拿起弓箭来，使劲地射了出去。凭他百发百中的箭法，当然射中了。手下的人见他射中了老虎，拿着刀跑过去逮。他们走近一瞧，全愣了。原来中箭的不是老虎，是一块大石头！箭进去很深，拔也拔不出来。大伙儿奇怪得了不得。
>
> 李广过去一看，也有点纳闷儿。石头怎么射得进去呐？他自己也不相信有这么大的力气。他回到原来的地方，摆好马步，拿起弓箭来，对准那块大石头使劲地又射了一箭。那支箭碰到石头，迸出了火星儿，掉到旁边。他还不相信，连着又射了两箭，箭头都折了，可都没能射到石头里去。
>
> 可是就这么一箭就已经够了。人们都说飞将军李广的箭能射穿石头。这个消息传了开去，匈奴更害怕李广，不敢来侵犯右北平了。

在一定史料的基础上，编写者运用想象、情感、修辞等文学元素，使故事的讲述有张有弛，情节起伏变化，人物鲜活生动。

（三）民间故事

不同民族、地区的人们在生存环境、自然地理、历史文化、风俗习惯以及审美方式、心理积淀等方面存在诸多不同，民间故事在一定程度上保存并传承了各民族优秀、多样的文化。诸如，蒙古族民间故事常常与草原、牧马相关，傣族的民间故事常常有孔雀、湖泊等。民间故事既包括写实性较强的生活故事，也包括幻想性较强的传奇故事等。广义的民间故事包括《鲁班的故事》、《阿凡提的故事》、《张果老为什么要倒骑毛驴》等人物故事；“盘古开天”、“女娲造人”、“后羿射日”、“嫦娥奔月”、“精卫填海”等神话故事；《守株待兔》、《掩耳盗铃》等寓言故事；节日、地方风物故事以及笑话故事等。狭义的民间故事则主要指现实性较强的生活故事。

民间故事的艺术特征：一是模糊的时间和地点，譬如“古时候”、“从前”、“大山脚下”、“一座古老的城堡里”；二是类型化的人物，常以人物的身份指称人物，诸如巴依老爷、长发妹、三兄弟、巧媳妇；三是基本的情节模式和三段式的结构，重复中有变化，故事性突出，结局往往是勤劳善良之人得福，懒惰贪婪之人倒霉等。在很多民族、地区的民间故事中还有机智人物故事，诸如维吾尔族民间文学中的阿凡提、蒙古族民间文学中的巴拉根仓、流传湖南一带的巧姑，在他们的身上充满了民间智慧与幽默。譬如，《巧媳妇》中，张古老的三个儿媳妇为寻找红心萝卜、纸包火和没有脚的团鱼这三样东西苦恼，聪慧的巧姑帮她们找来了鸡蛋、灯笼、豆腐；对于张古老买肉的要求：皮贴皮、皮打皮、精肉没有骨头、肥肉没有皮，巧姑则拿来猪耳朵、猪尾巴、猪肝、猪肚子一一满足。总体来说，民间故事是一种口耳相传的文学样式，经过无数人的传讲，故事会发生或多或少的变异。譬如，一个故事常常有多个版本，而它们的基本情节、人物形象大同小异。我国民间故事非常丰富，《彩绘本中国民间故事》（浙江少年儿童出版社）共收集了56个民族最具代表性的民间故事，构成了一套集民族文化、本土艺术大成的原创绘本。其中包括汉族民间故事《梁山伯与祝英台》、藏族民间故事《泽玛姬》、蒙古族民间故事《猎人传》等，呈现出民间故事的瑰丽色彩。

四、儿童故事的讲述

儿童故事在满足儿童的精神、心理、情感需求以及对他们进行文学启蒙等方面都有着重要的作用。中外很多作家都表述过，幼年听故事曾经给予他们心灵的慰藉和文学启蒙。在家庭教育或学校教育中，儿童故事“讲”和“听”的环节是必不可少的，可以形成成人→儿童、儿童→儿童、儿童→成人立体多层次的故事讲述。为了更好地发挥儿童故事的效用，成人讲述故事的方法和艺术就显得尤为重要。

（一）开场与氛围

故事的开场要抓住孩子的心，引起他们听讲的兴趣，吸引他们的注意力，这样才能更好地引领他们进入故事。与此同时，还需要调用各种手段，营造听讲故事的现场氛围，譬如，讲述《鲨鱼》时，可以先给孩子展示一些有关鲨鱼、大海的图片，播放一段表现汹涌海涛的音响等。另外，为了更好地进行互动，讲述人与听众的距离不宜过远，教室环境也可以根据故事的内容进行相应的设置。

（二）语气与表情

讲述故事不仅需要生动有趣的语言、起伏变化的语气，还需要神态表情的辅助，让儿童在故事听讲的过程中感受快乐、生气、兴奋、悲伤等不同的情感与情绪。譬如，在讲述《三个小朋友》的过程中，通过语气、表情充分展示人物的性格特点和故事情节的发展变化。

（三）动作与游戏

讲述人不仅要有生动的语气、表情，有时还需要肢体语言和动作表演；也可以让孩子在听讲的过程中或听讲后，扮演故事中的人物形象，演绎故事情节、感受人物心理、体验游戏的快乐，《六个娃娃七个坑》就比较适合老师和孩子们共同排演。

（四）等待与插问

讲述故事的过程中，遇到悬念或特别的地方，讲述人可以有意识地放慢语速、停顿，调动儿童的好奇心，激发他们追问，鼓励他们提问；讲述人也可以适时地插问，形成讲述人与儿童的互动。

（五）复述与回味

好听的故事总是百听不厌，尤其对于低龄儿童，可以适当地给他们重复讲述故事的情节、故事中的形象，让他们再度体验并回味故事的内容；同时，也可以让孩子复述故事，训练他们的记忆能力，提高他们的组织能力和表达能力。

五、儿童故事的编写

儿童故事的编写者不只是成人作者，还可以鼓励儿童自己编写故事。在现实生活中，我们常常发现儿童有编故事、讲故事的欲望与兴趣，而那些故事有些是他们听来的、读过的，有些是他们在已有故事的基础上改编的，有些则完全是他们自己编的。讲故事不仅可以锻炼儿童的语言表达能力、发展他们的想象能力和组织能力，儿童还可以通过讲故事表达他们的内心世界，甚至是他们的内在冲突与焦虑。自20世纪初起，就有国外学者将儿童故事与儿童心理治疗联系在一起，“说故事”成为打开潜意识的一扇窗口。

鼓励并引导儿童编写故事，可以尝试以下几种方法：

（一）续写已读已听过的故事

可以鼓励儿童用笔写下来，或者口头讲述出来。譬如，为列夫·托尔斯泰的《李子核》续写故事，那颗被万尼亚吐到窗外的李子核，后来怎样了？通过续写故事，鼓励儿童大胆想象并展开思考。

（二）填充故事中的空白

将故事的部分情节或结尾隐去，在一个特定又开放的框架内，鼓励儿童自己填充细节、补充情节。

（三）根据图画讲述故事

鼓励儿童根据一幅或几幅图画，观察、想象并讲述故事内容，也可以鼓励他们通过绘画的形式表现故事内容。

（四）仿写其他儿童故事

鼓励儿童根据已读已听故事，练习仿写。譬如，根据“大头儿子”的故事，讲述自己的生活趣事。

（五）自己创作儿童故事

鼓励儿童根据已有的生活经验、阅读经验，调动他们的想象，天马行空地讲述自己的儿童故事。

对于低龄的儿童来说，编写故事可以更多采取他们“讲”、大人“听”，或者二者互动的形式。这也应和了儿童故事的基本品性。

第二节　童年小说

“儿童”是一个广义的概念，通常说来，人们习惯按照年龄差异把“儿童时期”分为三个阶段，即幼年时期（0～6岁）、童年时期（7～12岁）和少年时期（13～18岁）。因此，为处于不同年龄阶段的孩子创作的儿童文学作品可相对应地分为“幼年文学”、“童年文学”和“少年文学”①。不言而喻，“童年小说”属于“童年文学”范畴。

一、*什么是童年小说*

所谓“童年小说”，是一种为7岁至12岁的孩子服务的小说样式。它具有两方面的含义：其一，以7岁至12岁的孩子为主人公，讲述他们在家庭和学校里发生的故事。这是“童年小说”的主体部分，指称着狭义的“童年小说”；其二，是适合于7岁至12岁的孩子阅读的所有小说文本，属于广义的“童年小说”范畴。本书采用狭义的“童年小说”概念。由于处于童年时期的儿童对世界充满了幻想和好奇，求知和探索欲望旺盛，“学习”各种知识和生活技能是他们的主要存在方式。因此，童年小说“应注重想象与认知，顺应满足儿童发展想象的能力，开阔认识世界的视野，应强调正面教育。创作方法以浪漫主义和现实主义互补为特色。人物形象既有类型，也有性格丰满的典型”。②

二、*童年小说的艺术特征*

童年小说除具有“小说”的基本特征外，还具备以下几方面独特的艺术特色：

其一，主人公多为7岁至12岁的男孩和女孩，大致有四类主人公形象，即“好孩子型”、“顽童型”、“问题孩子型”和“平常型”。好孩子型主人公形象是指学习好、思想好和品德好的“三好学生”。他们听话、懂事，有“小大人”模样，不用家长、老师操心就能茁壮成长。这类主人公形象是中国“童年小说”写作的主旋律，代表人物有黄蓓佳的长篇小说《我要做好孩子》中的金玲等；顽童型主人公形象大多属于不守规矩的孩子，但不是品行被污染的“坏孩子”。他们往往聪慧过人，富于奇思妙想，具有非凡的创造力。这类作品多以孩子为本位，把握住了孩子童年时期顽皮、淘气、活泼、好动的天性，呵护他们的率直、纯真，展现他们快乐的童年生活。比如，瑞典作家林格伦的长篇儿童小说《淘气包埃米尔》中的调皮、捣蛋的主人公埃米尔。杨红樱的《淘气包马小跳》中的马小跳——“要是举行淘气比赛，马小跳得不到第一肯定能得第二”（杨红樱语）；问题孩子型主人公形象大多是处于弱势地位，或者遭逢了各种磨难而被“异化”的孩子，

① 王泉根：《现代中国儿童文学主潮》，504页，重庆：重庆出版社，2000年。

② 同上。

无忧无虑的童年生活与他们无关。他们或者逆水行舟，自强不息，或者偏离了正常孩子的成长轨迹，沦为生活、社会的弃儿。总之，他们是存在着种种“问题”的孩子，急需扶助。比如，王安忆的短篇小说《谁是未来的中队长》中的张莎莎等；平常型主人公形象大多是学习等各方面非常普通的孩子，属于“童年小说”中新型的主人公形象，是对传统的“好孩子”形象的一种反动或补充。毕竟，品学兼优的好孩子是少数，不带有普遍性。在现实生活中大多数孩子并无过人之处，因此，平常型主人公形象具有普遍意义。

其二，从题材上看，多讲述发生在学校和家庭中的诸多生动、曲折、妙趣横生的故事。此时期的儿童大多已进入小学，校园、家庭是他们主要的生活场所。除了玩耍外，他们的主要任务是学习。由于已掌握了一些文化知识，在学习中体验到了生活的丰富多彩、五花八门，他们的求知欲和想象力空前旺盛、活跃。因为他们天性好玩，喜欢娱乐和游戏，童年小说应重在描写发生在他们身边的好玩、有趣的故事，以提高他们的阅读兴趣。比如，林格伦的《淘气包埃米尔》讲述了一系列有关男孩埃米尔的令人捧腹的故事：把妹妹当作旗帜升到高高的旗杆上，用老鼠夹夹老鼠却把爸爸的腿夹住了；喝汤时太贪婪，不小心把脑袋伸进汤罐里拔不出来，等等。

其三，多表现“爱”、“美”和“快乐”等主题，展现童年时代的灿烂阳光，以“寓教于乐”的方式彰显真、善、美，以小说的诗性品格潜移默化地陶冶孩子的情操。尽管童年时期的孩子在一定程度上开始感受到了现实生活的丰富、驳杂，但他们的生活底色依然是阳光、明亮和温暖的。他们必然会遭遇到诸如忧伤等阴翳，但他们的忧伤大多简单、透明，转瞬即逝。无忧无虑、朝气蓬勃和乐观向上，是他们主要的性格特征。童年小说并非完全隔离生活的阴暗面，但它所描写的“灰色的”人物和事件一定不会是“灾难性”的，一定不会让孩子们阅读后产生颓废、绝望的情绪。因为此时期的孩子心智还不成熟，抗击打的能力还比较弱。如果童年小说过多渲染抑郁、忧伤和痛苦，势必会给他们造成心灵创伤。因此，童年小说描写生活的阴暗面一定要把握好分寸，适当地向他们敞开光怪陆离的生活，并委婉地让他们认识到生活是一面多棱镜，快乐和忧伤都是生活的重要组成部分。比如，班马的《六年级大逃亡》，表现了因学习成绩不好、自尊又自卑、痛恨学校而逃学漂流在外的小学生李小乔孤独、寂寞、痛苦的精神世界，探究了导致其心灵创伤的原因。

其四，语言简约、明朗，笔调幽默、风趣。“童年小说”适宜运用明白晓畅、生动活泼的叙述性语言，展现童年的生活和心理状态，充分体现童年的乐趣。试读林格伦的《疯丫头马迪根》中的这段文字：

> 丽莎贝特走回自己的床。马迪根小心地摸了摸自己的鼻子，现在感觉好多了，鼻子也不错。
>
> “实际上今天很开心，”马迪根说，“细想的话，还应该感谢那粒豌豆。”
>
> “我把它塞进鼻子还不错，”丽莎贝特说，“如果仔细想一想的话。”
>
> “对，”马迪根说，“你应该在另一个鼻孔里也塞进一粒，那样的话，我们会双倍开心，哈哈！”
>
> 不过这时候丽莎贝特已经困了，她不再想什么开心的事。
>
> “马迪根，你知道吗，”她迷迷糊糊地说，“在我们学校，那里的孩子都只有一个鼻孔！”
>
> 随后丽莎贝特和马迪根都睡着了。

语言浅易、诙谐、滑稽，既贴近儿童口语，又富含童真、童趣，读来令人忍俊不禁。

三、中国童年小说概略

中国的童年小说历经了漫长的演进历程。古代文学中尽管没有专门为孩子创作的小说，但有关“童年”的人物形象却不鲜见。不少经典名著中有一些童年影像，比如，明嘉靖王寅闽刻《日记故事》中的《与客戏笑》一篇，通过一个9岁的孩子与客人的妙趣横生的对话，展现了孩子的聪颖。其中，较为生动、丰满的童年形象出现在《聊斋志异》的《贾儿》一篇中，刻画了一个商人的10岁的儿子的聪颖、机智和勇敢。但是，这些零散的童年形象往往承载着教化色彩，童真和童趣易被遮蔽。

“五四”时期，随着儿童文学的发现，涌现出了一大批书写童年生活的作品。其中，代表性的作品有《故乡》、《社戏》（鲁迅）、《阿菊》、《一课》、《小蚬的回家》、《小铜匠》（叶圣陶）、《寂寞》、《离家的一年》、《最后的安息》和《三儿》（冰心）、《雪后》、《春雨之后》、《湖畔儿语》（王统照）、《小铃儿》（老舍）、《两个小学生》（庐隐）、《学校生活记》（陈伯吹）、《认清我们的敌人》（徐玉诺）、《红肿的手》（赵景深）、《小哥儿俩》（凌叔华）、《灯》（王鲁彦）等。这些作品开始以儿童为本位，提倡“为儿童而文学”，注重儿童性、文学性和教育性的有机结合。

30 年代，儿童文学蓬勃发展。描写童年的小说有了新的进展，具有代表性的作品有《黑骨头》（胡也频）、《小阿强》（冯铿）、《女孩》（洪灵菲）、《奇遇》、《奇怪的地方》（张天翼）、《一桶水》、《儿童节》（叶圣陶）、《大鼻子的故事》、《儿子开会去了》（茅盾）、《分》、《冬儿姑娘》（冰心）、《画家的儿子》、《火线上的孩子》（陈伯吹）、《小小的心》（王鲁彦）、《雪人》（苏苏）、《新爱弥耳》（老舍）、《没有祖国的孩子》（舒群）等。这些作品直面现实人生，注重刻画少年儿童的生存现状以及求生存、求进取的精神面貌，但一些作品存在着概念大于形象的政治倾向。

抗日战争和解放战争时期，儿童文学在艰难困苦中顽强生长。在国统区，描写童年生活的小说主要有《野小鬼》（贺宜）、《小瘌痢》（苏苏）、《一个女孩的忏悔》（叔夜）、《盛四儿》（安娥）、《区长的儿子》（丰村）、《黑女儿和她的牛》（欧阳山）、《黑衣人》（陈伯吹）等。在解放区，主要作品有《侯疙瘩和他的少先队》（胡海）、《栓柱》（胡朋）、《一只胳膊的孩子》（柯蓝）、《村童》（董均伦）、《太行山孩子们的故事》（刘克）、《小胖子》（韩作黎）、《袁小鬼》（曹汗）、《小路子》（萧平）、《小侦察员》（峻青）、《晋察冀童话》（周而复）、《鸡毛信》（华山）、《雨来没有死》（管桦）、《一颗未出膛的子弹》（丁玲）、《把秧歌扭到上海去》（苏苏）、《英雄小好汉》、《海外一课》（范政）等。这些作品大多关注重大题材，或揭示社会的阴暗面，或书写儿童在战争中的身影，塑造了一批经典的童年人物形象，比如《鸡毛信》中的海娃和《雨来没有死》中的雨来等。但是，“政治至上”的创作理念一定程度上削弱了作品的艺术感染力。此外，在战火中成长的儿童，他们的童年被抑制、遮蔽，他们的行为和思想皆浸染了浓重的成人气息。

1949 年至 1966 年的“十七年”时期，中国儿童文学迎来了新中国第一个繁荣期。因为儿童被看做民族的未来，是社会主义事业的接班人，出现了不少经典的“少先队”形象与“红色儿童”形象。比如张天翼的《罗文应的故事》中的罗文应，徐光耀的《小兵张嘎》中的张嘎和杲向真的《小胖和小松》中的小胖和小松等。冰心的短篇小说《回国以前》、陈伯吹《小珍看蛟去》、贺宜的《森林里》、何公超的《波浪里的孩子》、马烽的《韩梅梅》、秦牧的《回国》、叶君健的《小仆人》等，韩作黎的中篇小说《二千里行军》、袁静的《红色少年夺粮记》、《白虎队里的小英雄》、宋汛的《永路和他的小叫驴》、刘真的《好大娘》、《我和小荣》、《长长的流水》、冰心《陶奇的暑期日记》、金近的《山村里的新事情》、胡奇的《五彩路》、《绿色的远方》、任大星的《吕小钢和他的妹妹》、《双筒猎枪》、任大霖的《蟋蟀及其他》等，皆受到了儿童读者的喜爱。某些作品有公式化、概念化的倾向，艺术上也比较粗疏。

“文革”十年，儿童文学遭受重创，仅有的童年小说有李心田的《闪闪的红星》、管桦的《上学》、杨啸的《红雨》、崔坪的《湖边小暗哨》等。

新时期以来，童年小说作为一个文学概念正式出现，涌现出了不少以“童年”为本位的作品。比如，刘健屏的《今年你七岁》、秦文君的《天棠街3号》和《小香咕和她的表姐表妹》、祁智的《芝麻开门》、黄蓓佳的《今天我是升旗手》。尤其是进入21世纪以来，杨红樱的《淘气包马小跳系列》的出现，推动了相对沉寂的童年小说创作。这些作品注重儿童本位，关注儿童的当下生活，具有当下感。作品把握住了童年时期无忧无虑的性情，多以幽默、轻松的笔调展现童年岁月的快乐故事。但也有一些作品为刻意调侃、搞笑，降低了文学品位。

总的说来，中国的儿童小说长期以来存在着“两头大，中间小”的现象，即童年故事、少年小说创作颇丰，而童年小说作品相对薄弱。究其原因，幼儿故事乃“反难度”写作，即为便于幼儿接受，作品尽可能浅显易懂，削平难度和深度。相对说来，童年小说的写作难度大于少年小说写作。因为童年生活距离大多数成人作家的当下生活较远，且童年体验与成年体验具有本质的不同。即使作家竭力贴近当下孩子们的生活，“童年—成年”间的距离感仍难消除，一不小心作品中就会出现“娃娃腔”或“成人腔”。此外，读者群相对狭窄，主要是小学3至6年级的学生，出版、发表不易（大多数儿童文学期刊的读者定位为小学高年级学生和中学生）。值得欣慰的是，近年来涌现出了以杨红樱的“马小跳系列”为代表的深受孩子们欢迎的作品，童年小说创作薄弱的局面正在得到改善。

四、国外童年小说概略

在欧洲，出现最早的以“童年岁月”为书写重心的童年小说是1553年西班牙出版的《小癞子》（佚名著）。作品讲述了一个四处流浪的弃儿的故事。17世纪末，被誉为“第一个为儿童写作的法国作家”弗朗索瓦·费讷隆出版了专为其学生所写的《忒勒马科斯历险记》。18世纪中叶，法国的勒普兰斯·德·博蒙夫人创办了《儿童杂志》。1762年，卢梭的《爱弥儿》问世，这是一部描写儿童生活的传记体教育小说，在儿童教育和儿童文学领域产生了重要的影响。在这部作品的影响下，此时期英国的托马斯·戴出版了以两个6岁男孩为主角的三卷本小说《桑德福和默顿》。与此同时，被誉为“法国儿童文学的真正开拓者”的阿尔诺·伯尔坎于1777年发表了再现童年生活的《儿童读物或小故事选》。总的说来，在19世纪之前，欧洲儿童文学中的儿童小说处于萌发阶段，专门为儿童写作的作品不多，不少有影响的童年人物形象点缀在成人小说中。一些备受儿童喜爱的小说，并不是专门为儿童创作的。比如《唐·吉诃德》、《格列佛游记》等。

儿童小说的崛起是19世纪儿童文学的重要特征之一，不少著名作家的经典作品的问世，是儿童小说确立在儿童文学中的地位的重要表征。比如，法国作家埃克洛·马洛于1887年出版的描写苦难童年生活的《无家》和出版于1893年的《在家里》；法国作家阿尔封斯·都德的《最后一课》；瑞士女作家约翰娜·施比里的《海蒂》，包括《海蒂的学习和漫游时期》(1880)和《海蒂可以学以致用》(1881)；英国作家狄更斯的《雾都孤儿》和《大卫·科波菲尔》；屠格涅夫的《猎人笔记》中的《白净草原》和《歌唱家》等片段；契诃夫的《万卡》、《渴睡》等；科罗连科的中篇小说《地窖里的孩子们》；波兰作家显克微支的《音乐迷扬科》；美国斯托夫人的《汤姆叔叔的小屋》等。

20世纪，世界各国童年小说名著层出不穷。其中，包括英国作家哈拉特的《羊毛包》、塞拉利尔的《银剑》，前南斯拉夫女作家布尔丽奇—马佐兰尼奇的中篇小说《拉比奇出走记》、武雅契奇的《小马戏团演员》等，美国犹太作家肖洛姆·阿莱汉姆的中篇小说《莫吐儿》、斯坦培克的短篇小说集《小红马》、女作家罗莎·易伦卡·槐尔德的《大草原上的小屋》、犹太作家辛格的《山羊兹拉特》、狄扬的《校舍上的车轮》、奥台尔的《蓝色的海豚岛》、《黑珍珠》等。阿根廷"儿童文学之父"荣凯的短篇小说集《纸船》和《另一些纸船》等。前苏联阿·托尔斯泰的《尼基塔的童年》，班苔莱耶夫的《表》，施瓦尔茨的中篇小说《一年级小学生》和卡达耶夫的中篇小说《雾海孤帆》、《团的儿子》等。日本古田足日的《一年级的大个子和二年级的小个子》、黑柳彻子的《窗边的小豆豆》。印度阿南德的中篇小说《七岁》和《黎明风光》等。菲律宾卡鲁浓冈的自传性长篇小说《像个真正的男子汉》，土耳其阿里的《小哈桑》等。

第三节　少年小说

在西方文学中，"少年小说"(Teenage Novels 或 Young adult fiction)是除"成长小说"外书写"成长"主题的重要文学样式。一般认为，这一文学概念起源于20世纪30年代的美国，罗丝·威尔·德雷恩的《让风暴怒吼吧》是标志性作品。在此之前尽管已出现以少年为主人公专为少年人写作的小说文本，却未形成少年小说这一概念。专为少年人创作的小说大量出现在19世纪，具有代表性的作品有斯蒂文森的探险小说《宝岛》、《绑架》和《黑箭》，马克·吐温的《汤姆·索亚历险记》和《哈克贝历·费恩历险记》以及托马斯·哈格斯的《汤姆·布朗的学校生活》等。

一、*什么是少年小说*

少年小说属于少年文学范畴，少年小说是一种以少年读者为主体接受对象，以表现少年的现实生活世界和精神社会成长为主体审美内容的特殊小说。

少年小说中的少年主人公大多进入了生理学意义上的“青春期”（Adolescence），是儿童向成人的过渡阶段，被称为人生里程的十字路口。其突出的特点是生理、心理迅猛发展，尤其是“性”发育（包括性生理和性心理）的突飞猛进，又称为“性成熟期”。性意识的萌动、发展是少年人告别童稚岁月，跨入成人门槛的重要表征，亦是童年和少年的本质区别。由于处于青春期的儿童的情绪不稳定，亦称为“危险期”。因此，少年小说应“特别重视美育与引导，帮助少男少女健全地走向青年，走向成熟……强调正面教育的同时，应注重全景式的生活描写，引导少年正确把握和评价社会人生的各个方面”①。由于少年人的感知和认知能力较童年时期有了质的飞跃，阅读能力大大增强，“少年小说”除主要运用现实主义创作手法外，还应适当尝试运用意识流、象征、哲理化等多种现代派创作技法，以增加作品的深度、厚度，既满足少年人旺盛的求知欲，又能提高他们对文学作品的理解力和感受力。

本章序言中提及，通常的小说需具备人物、情节和环境三要素。现实主义小说多注重细腻、逼真的情节（细节）描写，以再现典型环境中的典型人物。也就是说，人物、情节和环境三位一体，共同营造出恢弘的文本时空，既映照丰富、驳杂的社会人生，又洞察人情的冷暖炎凉和人性的崇高与卑俗。然而，现代派小说却一反现实主义小说传统，刻意颠覆了对典型人物的塑造、典型事件的铺陈和典型环境的渲染，甚至提倡所谓的“三无”小说。比如，自20世纪20年代起，意识流技巧在小说领域取得了引人注目的成就。意识流小说家主张客观、自发地再现人物主观感受到的“真实”，拒绝像传统小说中全知全能的叙述者那样直白地介绍人物身世、外界

① 王泉根：《现代中国儿童文学主潮》，504～505页，重庆：重庆出版社，2000年。

环境，甚至挺身而出评头论足，要求作者“退出小说”。1987 年，中国“新写实小说”兴盛。方方和池莉的中篇小说《风景》、《烦恼人生》等成为这一文学流派的代表作品之一。新写实小说以“写实”为主，但强调还原现实生活，注重描写琐碎的生活及灰色的小人物的生存状态；力避现实主义文学所要求的意识指向，尽量隐藏情感，即“零度写作”。20 世纪 80 年代中后期，中国文坛出现了一种借鉴、模仿西方现代主义的“先锋派文学”思潮，以小说创作为主。“先锋小说”反叛文学传统，意在探索叙事革命、语言实验和生存的多种可能性。尤以“形式”探索为主，强调小说的文体自觉，重虚构性和叙述方法本身的意义和变化。这些现代派小说观念和创作手法，在一些“少年小说”作品亦被运用，比如班马的《鱼幻》等。尽管少年小说的主要阅读者少男少女的阅读能力有了大幅度提高，但他们大多还无法准确把握现代派小说的深意。如果少年小说作者肆意“借鉴”，甚至“图解”现代派技法，势必会为少年读者设置难以逾越的阅读障碍。因此，少年小说必须坚守个性，以“少男少女”为本位。

二、少年小说的艺术特征

作为以处于“青春期”的少年人为描写主角的少年小说，除具有“小说”的基本特征外，还具备以下几方面独特的艺术特征：

其一，主人公多为 13 岁至 18 岁的少男或少女，大致有四类主人公形象，即“优秀型”、“叛逆型”、“问题少年型”和“平常型”。优秀型少年大多是童年小说中长大了的“好孩子”，他们具有好孩子特有的诸多优秀品质，有了相对明确的人生奋斗目标。比如，铁凝的短篇小说《哦，香雪》中的香雪，她生活在一个名叫台儿沟的荒僻村庄里，那儿的人们历来吃过晚饭就钻被窝。自从火车开进来后，便搅乱了台儿沟以往的宁静。火车仅在这儿停留一分钟，香雪和村里那群小姑娘们便围着火车做一分钟生意，用鸡蛋等土产品换取她们心仪的城市人所用的日常生活用品。小说通过着重描写香雪用一篮子鸡蛋，换取了火车上的一位城市女学生的铅笔盒的经历，从而展现了一群农村少女对现代文明的向往和追求以及她们纯朴、善良和美好的人性；叛逆型少年是少年小说中最为常见的形象。青春期是生理、心理急剧发展、变化的时期，也是人的一生中最为躁动不安的敏感时期。少年人大多已具有强烈的自我意识，形成了基本的人生观和世界观，希望按照自己的方式生活。然而，成人世界的诸多规约，往往让他们处处碰壁。因此，对成人世界的憧憬和反叛构成了他们的矛盾和痛苦，“叛逆”即成为青少年亚文化的重要表征。少年小说中的少男少女大多具有不愿与成人“同流合污”的挑战精神，标榜“好孩子没故事”，他们的言行往往“离经叛道”。但是，他们大多不会因此把自己弄得满身伤痕，所谓的“残酷的青春”在少年小说中鲜见。他们大多在反叛中感悟了生活的真相和人生的真谛，并在一定程度上保持个性的同时，学会了适应社会规约，甚至是与社会规约妥协。比如，铁凝的短篇小说《没有纽扣的红衬衫》中的安然，她聪明，善于思考，有正义感，但在爸爸妈妈和老师眼中，她是一个不折不扣的“刺儿头”：她敢于在课堂上指出老师的错误，敢于批判妈妈身上的世俗气息等；问题型少年与童年小说中的“问题孩子”有许多相似之出，即他们处于弱势地位，因遭逢生活的非难而过早失去了儿童的天真。他们或者“艰难困苦，玉汝于成”，抑或在“残酷的青春”中延缓了成长。“性殇”，往往是他们难以正常成长的标志性事件。比如，刘心武的《班主任》中的谢惠敏，她看上去是一个品行不错的好学生，但她的心灵却遭受了极“左”思潮的侵蚀而扭曲；平常型少年在学习、品行和智力等方面没有过人之处。这是少年小说中新兴的一类主人公形象，是对传统品学兼优的少年形象的一种反动或补充。毕竟，品学兼优的少年是少数，大多数少年普普通通。比如，张之路的中篇小说《少年刘大公的烦恼》中的刘大公，他相貌平平，成绩平平，但心地善良，乐于助人。

总之，和童年小说中单一、单纯、明净、阳光的主人公形象相比，少年小说中的主人公更为复杂、深刻，他们的快乐中夹杂着忧伤，他们青春飞扬的脸上间或掠过阴翳。

其二，从题材内容上看，多讲述少男少女丰富、驳杂的“成长”故事，尤重复杂、微妙、细腻的心理活动的深度书写，包括对朦胧、青涩的“初恋”情绪的叙写。此时期，大多数成长事件仍旧发生在学校和家庭中。由于他们日渐长大，开始小心翼翼接触社会，他们或多或少或深或浅会感受到社会生活的复杂。因此，他们的世界不再是自足、封闭的，外延相对扩大。比如，张之路的长篇小说《第三军团》，讲述了几个疾恶如仇的高中生以“第三军团”的名义，惩治流氓、不法商贩等的故事。作品既展现了朝气蓬勃的校园生活，又折射出了社会生活的光怪陆离。

其三，多以“成长的烦恼”为主题，展现成长的快乐和忧伤，以小说的诗性品格潜移默化地引导成长者战胜挫折，长大成人。少年人在此时期所面临的烦恼和挫折可粗略归纳如下：(1) 对“自我”的认同与受挫；(2) 对“他者”(成人世界)的渴望与畏缩；(3) 自我的奔放与外在的制约；(4) 性张力的压迫与宣泄。在这些“问题”中，“性”无疑是最敏感最微妙最深邃最驳杂最棘手的问题。比如，曹文轩的《根鸟》，叙说了一个关于

“寻找”的故事，隐喻着凯鲁亚克式的“在路上”的哲学意蕴，是一部影射了性之成长的长篇少年小说。如同弗洛伊德所云，力比多冲动是人的创造性之原动力。情欲萌动的少年根鸟，身体里生长着的旺盛的性张力，迫使他义无反顾地踏上了漫漫寻找之旅——寻找一个时常出现在他春梦中的美丽女孩。少女思春，/少男燃情，无疑是青春期的一种普遍征候。根鸟对梦中女孩的追寻，与经典意义的少女找寻春闺梦中的白马王子这一意象异曲同工。少年根鸟恍惚、迷离、清醒、执著、痛苦、欢乐的找寻历程，亦再现了其性成长的真实图景。当根鸟的梦中开始出现女孩的身影时，他在现实生活中便表现出了对自己身体的“耻感”，不愿意让别人看见自己身体的隐秘，包括与他相依为命的父亲。当那个依稀出现在梦中的女孩的形象不断出现，且越来越清晰，他不敢和她的眼睛对视，虽然渴望和她长久地近距离“接触”。而且，她总是在他害怕她突然消失的时候消失。作者刻意营造出少年根鸟情欲萌动的诗意、浪漫意境，细致捕捉心灵的颤音，穷尽了少年潜隐情欲的圣洁、优雅、高贵。曹文轩对“成长之性”的诗意化和纯美化书写，在一定程度上使得少年小说书写“成长之性”具有合法性和有效性，的确是一种突破和超越。

此外，由于少年人阅读、欣赏能力的提高，少年小说较之于童年小说表现手法更丰富，即在采取传统现实主义和浪漫主义手法的基础上，还可以适当运用意识流等现代派技法。因此，少年小说的文本内涵往往比童年小说更丰富，结构线索更复杂，主题意蕴更深厚。比如，班马的短篇小说《鱼幻》等。

三、*国外少年小说概略*

19 世纪末 20 世纪初，随着“青春期”这一概念被广为接受，在西方文学中为少年人写作的小说形成了一定的规模和程式。比如，故事内容多为历险、初恋、亲情和友情等；人物脸谱化，主人公成长的结局多为接受了传统的价值观念，不太注重呈现他们性格的变化轨迹。冲破这一僵化的创作模式的少年小说作品是诞生于 20 世纪的《蝇王》（［英］威廉·杰拉尔德·戈尔丁）和《麦田里的守望者》（［美］J. D. 塞林格），前者颠覆了“少年如同蒸馏水一样纯净”的审美想象，后者则真实地再现了少年人常见的病症——青春期综合征。二战之后，经历过战争洗礼的少年人更为独立、自我，少年小说急剧转型，具有浪漫主义色彩的事件差不多都从少年小说中消隐，取而代之的是满目疮痍的现实，诸如战争的恐怖阴云、暴力和凶杀事件、父母离异和性殇等“狰狞”的事件，无一例外皆呈现在文本中。

尤其是性殇，成为写作的核心。许多作品中的主人公过早品尝了禁果，并遭受了严重的伤害。比如《红色转变》（［英］阿兰·卡洛)、《课间休息》（［英］亚当·查伯斯)、《黑暗中的游戏》（［美］罗伯特·科米尔）等。这些作品大多较为完整地展现了少年成长的心路历程，着重描述他们个性和人格的成长，属于经典的“成长小说”文本，比如《蝇王》和《麦田里的守望者》。

四、中国少年小说概略

中国的少年小说历经了漫长的演进之旅。古代文学中尽管没有专门为少年创作的小说，但少年形象却不鲜见。比如，《世说新语》中“斩蛇除蛟”的少年周处，《搜神记·李寄斩蛇》中的李寄等。而古典名著《三国志》、《水浒传》和《镜花缘》中也有不少描写少年人物的篇章。“五四”时期，随着儿童文学的发现，涌现出了一大批描摹少年生活的作品，其中具有代表性的作品有鲁迅的《故乡》和蒋光慈的《疯儿》，分别塑造了少年闰土和中学生方达等人物形象。20 世纪 30 年代，描写少年的小说有了新的进展，代表性作品有茅盾的《少年印刷工》等。抗日战争和解放战争时期，儿童文学在艰难困苦中顽强生长。其中，骆宾基的《少年》是具有代表性的作品。

中国的少年小说概念大致出现在新时期以后，由王泉根在《论少年儿童的年龄特征的差异性与多层次的儿童文学分类》① 一文中提出。80 年代以降，是中国少年小说的繁荣期，题材、风格等皆呈现出空前的盛况。比如，刘心武的《班主任》和罗辰生的《白脖儿》等，以少年视角揭示了生活的阴暗面；曹文轩的《古堡》、刘健屏的《我要我的雕刻刀》等塑造了“少年硬汉”形象；丁阿虎的《今夜月儿明》、肖复兴的《早恋》等描写了少男少女的初恋情绪。90 年代以来，长篇少年小说数量惊人，其中包括明天出版社出版的“金犀牛”、“猎豹”少年小说丛书，湖南少年儿童出版社出版的“红辣椒长篇儿童小说创作丛书”，湖北少年儿童出版社出版的“鸽子树少儿长篇小说丛书”，河北少年儿童出版社出版的“金太阳”少年小说丛书，甘肃少年儿童出版社出版的“少年绝境自救故事丛书”，北京少年儿童出版社出版的“自画青春”丛书等。

总的说来，中国的少年小说主要存在以下一些问题：

第一，大多数作品仅仅在成长的“外部空间”用力，对成长者内心的

① 见《浙江师范大学学报》1986 年儿童文学研究专辑。

挣扎以及诸多人生问题的迷惑、追问等关注的力度不够。在大多数作品中，成长者的惶惑仍旧是惶惑。无须赘述，少年小说具有区别于成人小说的独特功效——运用艺术的力量启迪他们混沌的心智，导引他们找准人生方向，而不能像成人小说那样更多地强化娱乐、消遣功能。一个处于“成长”之中的少年小说文本，显然不是一个完整的“成长小说”范本。难怪许多论者认为，中国至今没有出现真正意义上的“成长小说”，这不能不说是中国儿童小说的顽症。

第二，“无性成长”生态仍没有得到综合治理。性的成长，显然是所有成长问题中最核心、最棘手的问题。然而，大多数少年小说作家笔下的少年皆处于“无性成长”状态，即或关注他们的“性”，也被善意而愚昧地遮蔽、过滤掉了。文本中偶然呈现的“性”，亦作了变形处理。随着网络等传媒手段的介入，今天的孩子面临的成长环境已大异于前。他们所能获取的“性信息”渠道四通八达。而成人们试图制造出“无性”假相，显然是一种自欺。性的成长不可、不该规避，对于少年小说作家来说，如何在作品中传达出“性”的诗意成长，显然是亟待突破的瓶颈。

第三，缺乏苦难意识，作品甜腻、柔媚过剩，严重缺“钙”。在物质条件相对富足的当下，绝大多数成年人的头脑里盘旋着一种错误观念：现在的孩子生活在蜜罐里，他们与苦难绝缘。殊不知，这是对苦难的狭隘理解。事实上，人的存在本身就具有悲剧性，人生就是一个充满苦难的过程。物质上的苦难不过是苦难的表象，而精神的苦难才是苦难的本质。对于任何一个成长者来说，都会遭遇成长的困惑，心灵的挣扎。这是成长的永恒主题。然而，基于褊狭的“苦难观”，大多数儿童文学作家忽视了苦难的存在，或者说对“苦难”做了冷处理。片面强调儿童文学是快乐的文学，刻意制造出虚假、虚浮、浅显的快乐文字以取悦读者。作品中漂浮着甜腻的气息，柔媚无力，精神上严重缺“钙”。不管是男孩还是女孩，一律一口的“娃娃腔”或“娘娘腔”，要么刻意标新立异，要么莫名其妙玩世不恭。

第四节　成长小说

与“爱”、“死亡”等主题一样，“成长”是文学书写的常见主题之一。成长小说是以“成长”为书写主题的主要文学载体，它是儿童文学和当代文学共同关注的话题。在儿童文学中，成长小说与少年小说有着深厚的姻亲关系。大体说来，少年小说属于成长小说范畴。

一、什么是成长小说

广义的成长小说，是指一切以“成长”为书写主题的小说样式，包括少年小说。按照这样的定义，几乎所有的小说样式大体都可归类为成长小说，只要其表现了主人公的成长过程。显然，这是对成长小说的庸俗化理解，是一个伪概念。而狭义的成长小说，是一种展现未成年人在成长过程中，历经各种挫折、磨难，或迷茫依旧，或若有所悟，或得以顿悟的心路历程的一种文学样式。此即通常所指称的具有经典艺术特征的成长小说。

成长主人公在个人和社会的矛盾冲突中成长。这种矛盾冲突多数情况下未表征为势不两立，大多数成长主人公逐渐完成社会化而成为社会的合作者。他们在一定程度上与社会妥协，但并未完全丧失自我选择。被社会规约完全同化，并不意味着成长主人公的主体的生成，只有适应合理的社会规约而不放弃对不合理的社会规约的清醒认识和反抗意识者，并付诸行动，才算是真正的主体的生成。

二、成长小说的艺术特征

成长小说的艺术特征大致可概略如下：

其一，主人公多为未成年人，即通常是13岁至18岁的未成年人，个别主人公在这个年龄阈限之外；

其二，多展现成长主人公的心灵史，大都具有亲历性，带有自传色彩；

其三，大致遵循“天真—受挫—迷惘—顿悟—长大成人”的叙述模式，具有一定的程式化倾向；

第四，叙事目的主要在于引导青少年克服“同一性危机”，即成长者确认了自我，找到了自己在社会中的位置，最终长大成人，“主体”生成。

美国小说家马克·吐温的《哈克贝历·费恩历险记》，就是一部具有经典美学特征的成长小说。小说的主人公哈克年龄约十三四岁，他的父亲和道格拉斯寡妇认为他是“迷途的羔羊”，千方百计修正他。为了摆脱这种不自由，他离家出走。经过三次死亡，三次再生，从而顿悟。尤其是通过与黑人吉姆的交往，哈克摈弃了心中残留的对黑人的种族歧视，是其顿悟、长大成人的显著标志。而王刚的长篇小说《英格力士》，是一部典型的中国式的成长小说。作品主要讲述了少年刘爱在13岁至17岁之间成长的心路历程。刘爱成长于20世纪六七十年代的中国，遭遇了一系列成长的困惑和迷茫。他得以顿悟的显著标志是，认为他的英语老师的作风没有问题。他的英语老师曾因为喜欢给漂亮的女学生补课而遭到误解，甚至锒铛入狱。

三、成长小说的种类

成长主题、少年小说与成长小说三者之间是什么关系?“成长”是少年小说和成长小说书写的共同主题，但二者有何区别异同?成长应是完整、完美的，既包括生理、心理的成长，又包括个性、人格的形成。但是，中国的大多数少年小说只关注“成长”的某一个片段，缺乏对成长的完整性描述，许多处于成长之中的主人公并没有长大成人。因此，这样的成长主题书写是不完整和不完美的。从对成长主题书写的深度来看，国内的少年小说文本大体可分为两大类：

其一，描写完整、完美的成长状态。比如，曹文轩的长篇小说《青铜葵花》。小说讲述了一个令人倍感温暖的纯美故事：在“文革”那个非常年月里，与母亲阴阳两隔的城市小女孩葵花，跟随被下放到农村的画家爸爸，像浮萍一样漂流到大麦地村。不久，爸爸溺水而亡，葵花成了孤女。不幸中的万幸，哑巴男孩青铜一家收留了她。他们待葵花如同家人，这不是亲人胜似亲人的关爱和呵护，让葵花很快忘记了丧失双亲的伤痛，重新找回了童年的无忧无虑。几年后，城里来人接葵花回城，葵花悲悲戚戚不忍离去。她走后，青铜终日坐在高高的大草垛上盼她归来。日复一日，奇迹终于发生了：青铜似乎看见了葵花归来的身影，极度的兴奋让他奋力大声呼喊她的名字。这个哑巴少年居然又能够开口说话了。小说着力展现了苦难岁月里苦难生存境遇和人生际遇中的“纯美”，包括苦难本身之美，即苦难是必然的、永恒的，面对苦难时我们需要保持一种处变不惊的优雅风度；苦难之中漫溢着的善良、正直的人性之美，即平凡、朴实的青铜一家，给予了葵花真切的体恤和爱护。这份爱超越了血缘界线，因为无私、高贵而纯美；苦难之中少年相依相守的纯情之美，哑巴少年给予了伶仃孤女葵花无言的手足之爱，葵花和他心有灵犀，他们一起走过的稚纯岁月里，留下了一串串温暖的脚印。这纯美的真情真爱，驱散了苦难的阴翳，驱散了多舛命运的梦魇，甚至驱散了病魔的阴魂，从而照亮了成长的天空，被命运欺愚的成长得以“完整”、“完美”。

其二，作品描写成长的某一个片段。在文本结束时，成长者的个性、人格仍处于成长之中。比如，秦文君的《花彩少女的事儿》等。林晓梅等尽管逐渐褪去了童年时期的稚嫩，但她们无论在生理上还是在心理、个性等方面，皆未能完成“化蛹为蝶”的质变。这样的作品可看作成长小说的一种未完成状态，本书将其命名为“成长主题小说”。成长小说是成长主题书写的最高形态，是成长书写的最有效的文学样式。考虑到成长书写的复杂性和中国成长小说书写的具体情况，避免概念上的混淆和纠缠不清，本书把成长小说分成两大部类：其一，未完成的成长——描写成长片段的少年小说，或称成长主题小说；其二，成长完成——成长小说。

按照作者、读者的差异，成长小说大体可分为三类：

其一，由成年人写给未成年人阅读，旨在导引成长。比如，陈丹燕的《上锁的抽屉》、秦文君的《女生贾梅》等。

其二，由成年人所写，但阅读对象并非未成年人。即成年人对成长记忆的回顾，凭吊已逝的青春岁月，展现一段或悲怆或激越的成长故事。比如，虹影的《饥饿的女儿》等。

其三，处于成长之中的"未成年人"所写的正在发生的成长故事，阅读对象多为未成年人，可看作是成长者的顾影自怜，20 世纪 90 年代中后期以来兴盛于中国文坛的"青春小说"即是。比如，春树的《北京娃娃》、蒋方舟的《正在发育》等。

以文本中成长主人公的"主体人格"是否生成为参照，成长小说可分为以下三类：

其一，成长完成，主体人格形成。即成长主人公按照成长小说经典模式，在经历了挫折之后，实现顿悟，长大成人。比如，王刚的《英格力士》等。

其二，拒绝成长，主体人格未能形成。即成长主人公不能承受成长之"重"，对成长采取消极对抗态度，成长夭折。比如，苏童的短篇小说《刺青时代》。作品中的成长主人公不良少年"小拐"嗜好拉帮结伙打架斗殴，在一次打斗中失势，被人在额头上刺上了"孬种"字样。从此，他羞于出门，长发遮颜，成为一个终日躲避在斗室中的病态的幽居者。

其三，成长主人公未能实现顿悟，主体人格仍处于形成之中，但已具备顿悟潜力。比如，陈染的中篇小说《与往事干杯》。少女肖濛历经"恐父——恋父"的成长之殇，隐约产生了对"男性中心话语"的反叛意识。

四、成长小说源起

德语 Bildungsroman，通常被视作成长小说这一文学样式的源头。roman 乃长篇小说之意；bild 是名词，原初意义为"榜样"、"造型"等意，bilden 是其动词形式，乃"塑造"之意。ausbilden 意即"与上帝同形"；eibilden 意为"塑造于灵魂之中"。Bildung 既是中世纪神学"人神同形"这一概念的关键词（意为"按上帝的形象塑造"），又具有"教育"、"修养"和"发展"等意，强调对人的德行和理性的塑造。因此，Bildungsroman 通常被视作成长小说（或“成长发展小说”）的发轫。我国最初将其译作教育小说。事实上，它的重心不在于学校、家庭教育，重在青少年在社会生活中经历磨难的成长过程。一个国家的成长小说是否发达，往往与其对青少年的教育关注的程度休戚相关。作为词语，成长小说源自德语，意为“塑造”、“修养”、“发展”和“成长”之意。普遍认为，作为文学概念的成长小说源自18世纪末19世纪初的德国。当时，国家、主体的意义对德国而言是陌生、外来的，德国要构建现代民族国家，必须创造或成长出这样的意义，成长小说无意中成为承担这一使命的象征物象，即象征民族国家的成长。莫里茨的《安东·赖绥》和歌德的《威廉·迈斯特的漫游时代》为其源头。

此外，成长小说是现代文明社会中的一种变异的“成人式”。简单说来，成长小说与原始部落中所盛行的成人式有诸多相似之处。在原始部落中，当孩子们到了一定的年龄，就会被部落长老带到隐秘的地方，接受一系列生存考验，甚至遭受鞭打。仪式完成，便意味着受礼者长大成人。这实际上就是一个由懵懂无知，到历经磨难，至长大成人的过程。成长小说的叙事逻辑，正好与之吻合，可看作是现代文明社会中一种成人式的代替品。比如，马克·吐温的《哈克贝利·费恩历险记》即为一部经典的具有成人式象征符号体系的成长小说。马克·吐温通过哈克这个未成年人的流浪经历，象征性地展示了一个现代社会中的成人仪式，从而探讨解决未成年人的社会化问题的途径。马克·吐温为他笔下的主人公安排了三次象征性的死亡和再生“仪式”——哈克为摆脱恶魔般的父亲而精心安排了自己被强盗谋杀的场面；流浪途中，哈克乘坐的木筏被轮船撞沉，哈克沉没到河底，再浮上水面；哈克进入菲力普庄园寻找被公爵和皇帝卖掉的黑人吉姆，而庄园的主人正好是哈克的朋友汤姆·索耶的姨娘，但后者误把他当作多年未见面的汤姆·索耶。每一次仪式都使哈克进入生命的一种新状态，获得有关人生必需的知识、道德原则和价值观念，直至整个成人仪式完成。

五、国外成长小说概略

在西方文学中，对“成长”的深度书写有较为深厚的传统。在成长小说作为文学概念诞生之前，教育小说是书写成长的主要载体。德国、英国和美国文学中的成长书写最具代表性。

17世纪德国作家闵里美豪森的《痴儿流浪记》，通常被认为是关注人的成长的开端。而到了19世纪，以歌德的《威廉·迈斯特》、《少年维特之烦恼》以及瑞士作家高特弗利特·凯勒的《绿衣亨利》等为代表的教育小说，因为首次书写了成长主人公的性格由幼稚走向成熟而通常被视作成长小说的发轫之作。从19世纪至当代，成长小说“构成了200年来德语文学的精华”①

德国成长小说具有以下特点：大多注重青少年的人格成长和道德塑造。启蒙运动之前的作品侧重成长者的“内在塑造”，即通过主观思辨获得心灵的净化、道德提升。因此，不太注重小说完整的故事情节的描写，对人物心理律动的客观描写比较粗疏。比如，《痴儿历险记》主要表现基督教教义对人的内在塑造。启蒙运动后，注重展现成长者的社会化历程。比如，歌德的《少年维特的烦恼》和《威廉·迈斯特的学习时代》。成长不仅仅是个人事件，它甚至是民族、国家的公共事件。成长者完成成长的前提条件是走向社会；成长主人公几乎是清一色的男性，主体人格的生成是一个渐进过程，不强调顿悟等。

在英国文学中，有许多涉及成长主题的小说。丹尼尔·笛福被文学史家称为英国小说的开山鼻祖，他问世于1719年的《鲁滨孙漂流记》尽管是一部有关航海的传奇的荒岛文学，但书写了一个叛逆的青年（不听父亲忠告）离家之后的成长历险。鲁滨孙的成长之旅与美国第一批拓荒者大致相似，因此，它被当作是“所有美国人的原型”②。此前，班扬的宗教文学作品《天路历程》已涉及劳动等成长主题。笛福之后，诞生了一系列有关成长的经典作品。其中，菲尔丁的长篇小说《汤姆·琼斯》（1794）细致描绘18世纪英国城乡生活，关注普通人的成长境遇。简·奥斯丁是英国文学史上第一位以女性视角关注女性成长的作家，她的长篇小说《傲慢与偏见》（1813）、《爱玛》（1815），夏绿蒂·勃朗特的《简·爱》（1847）和艾米莉·勃朗特的《呼啸山庄》（1847）等，描写了19世纪初成长于乡村中产阶级家庭中的淑女的婚恋故事，展现女性独立人格的成长。狄更斯的三部经典成长小说《雾都孤儿》（1838）、《大卫·科波菲尔》（1850）和《远大前程》（1860），关怀孤儿、苦儿的成长，表现他们面对困境，自强不息，苦尽甘来。20世纪以来，随着乔伊斯的长篇小说《一位青年艺术家的肖像》（1916）的问世，明确提出了“顿悟说”，关注成长者的内心独白。两次世界大战后，关注战争中的成长是成长小说的新趋势，代表作有戈尔丁的长篇小说《蝇王》（1954）等。

英国成长小说兴盛的原因在于：作为老牌资本主义国家，英国经济的

① 谷裕：《试论诺瓦利斯小说的宗教特征》，载《外国文学评论》，2001（2）。

② 卢瑟·利德基主编：《美国特性探索》，168页，北京：中国社会科学出版社，1991年。

发达客观上促进了文化的繁荣；随着儿童观的进步，对成长问题的关注力度加大。其中，1693 年英国著名启蒙运动哲学家约翰·洛克发表《关于儿童教育的若干想法》，批判清教徒对儿童身心的摧残，强调儿童本位，是标志性事件。此外，工业文明催生了诸多儿童问题，诸如工业社会要求人具有更强的技能和心理承受能力，“人”的成长过程被拉长。尤其是对于青少年来说，他们的社会化进程较之于农业社会更为艰难。因此，成长小说无疑承担了督导他们成长的重要载体。

英国成长小说的特点如下：惯于把成长者置于特殊的成长语境，有无巧不成书的意味，企图通过成长的独特性去探寻普遍意义。因此，不少作品中的成长者是孤儿；具有浓郁的苦难意识，多书写成长的受难；成长本位意识的淡漠，不少作品（比如《蝇王》等）本意不在成长，而在于反映成长语境。成长语境应成为成长者的陪衬，而不应成为主角；对成长者的界定较为宽泛，年龄意识淡薄。对青春期的把握力度不够，尤其是对青春期的生理、心理问题关注较粗疏；对成长者所面临的问题的关注力度不够，解决问题的意识和能力不足。许多作品中的成长者，在文本结束时往往困惑、迷惘如昔。

19 世纪中叶，美国文学开始关注成长问题。代表作品有霍桑的《红字》（1850）、麦尔维尔的《白鲸》（1851）、女作家易萨·梅·奥尔科特的《小妇人》和《小男人》（1871）、女作家朱厄特的《乡村医生》（1884）、马克·吐温的《汤姆·索耶历险记》（1876）和《哈克贝利·费恩历险记》（1884）等。19 世纪的美国经济迅速发展，民族身份确立，为成长小说的兴盛提供了丰富的素材。到了 20 世纪，由于两次世界大战等的影响以及一系列政治、社会变革所带来的巨大冲击，美国成长小说呈现出多元格局，空前繁盛。德莱赛的《珍妮姑娘》（1911）讲述了一个贫穷的城市姑娘的成长的心路历程：克服世俗偏见，坚守理想、信念和纯洁，并获得了幸福。一战后，美国成长小说的主题是表现“迷惘一代”的成长之惑，代表作品有被誉为“爵士时代的歌手”的菲茨杰拉德的《人间天堂》（1920）和《了不起的盖茨比》（1925），法雷尔的《斯塔兹·朗尼根》（1932～1935）三部曲（关注恶劣的成长环境给青少年成长造成的创伤），海明威（硬汉性格的塑造者）的《杀人者》（1927）等。二战后，美国的成长小说多表现“垮掉派”的成长，即冷战和麦卡锡主义破坏人与人之间的和谐关系，孤独和恐惧成为一种时代病。代表作品有塞林格的《麦田里的守望者》（1951）和凯鲁亚克的《在路上》（1948）。20 世纪 80 年代以来，美国的成长小说多表现成长主人公的反文化倾向。他们没有理想，没有生活目标，甚至没有是非观念，如同行尸走肉。代表作有杰·麦子卡艾那尼的《明亮的灯，大都市》(1984)、布里特·伊斯顿·艾里斯的《不足为零》(1985)、尼尔森的《女孩》(1994) 等。此外，美国移民文学中还有一部分展现移民特殊成长经历的成长小说，比如弗兰克·迈考特《安琦拉的灰烬》(1996) 和卡勒德·胡塞尼《追风筝的人》(2003) 等。

总之，欧美文学重视个体意识，文学对个体成长的书写比较深入。成长小说是一个重要的文学品类，形成了完整、系统的美学规范，产生了一系列经典的文本。

六、中国成长小说概略

成长小说对于中国文学来说是舶来品，大概在20世纪90年代开始被中国文学接受。此前，它一直被教育小说所取代。在漫长的中国文学史上，成长主题书写基本上处于不自觉状态。不少社会学家认为，汉民族文化具有早熟性。因为较早形成了以儒家、道家思想为根本的伦理体系，汉民族便疏离了人类童年时代的诸多本性。“大一统”的思维模式，压抑个性彰显共性的社会价值观与集体意识，失落了几多自由和率真。尤其是游戏精神的低迷，使得汉民族不可避免地呈现出“少年老成”之态，“血性”、“激情”。“君臣父子”、“三纲五常”等伦理体系，是不得不“洞明”、“练达”的沉重文章和礼数。孩子甫一懂事，成人们便会迫不及待地教导他们修习各种成人的规矩、礼数，桎梏了多少孩子原本无忧无虑的童年。“成长”这一具有文化隐喻性的主题不过是一个抽象代码，或者说是一种摈弃了私人生活的共同的文化想象。

由此，中国文学在较长的一段时期内疏离了成长主题。尤其是对于中国古代的孩子们来说，生活在农耕文化氛围中的他们所面临的成长生态，无疑是上述情状的真实写照。缺失“童年”经验的成人们，自然不会想到把“童年”归还给自己的孩子，不可能把自己的孩子当“孩子”看，仍旧同祖辈父辈一样把孩子当作“缩小的成人”(鲁迅语)。不管是在体力还是心智能力方面，皆要求他们一步跨入成人之门，或一夜之间就长大成人。13岁，便是他们成年的界标。苛责他们想成人之所想，像成人一样说话做事，甚至承担“齐家治国”的重大使命。因此，他们的“成长”被缩略，被放逐。从《诗经》起，中国文学作品中就存在着为数不少的经典少年形象，但这些少年形象大多不过是成人的翻版。不管是生存智慧还是卓著武功，皆与成人难分伯仲。比如，《世说新语》中“除蛟杀虎”的少年周处，王维诗作《少年行》中的那位“虏骑千重只似无”的少年将军等。可见，本体意义的“成长”仍游离于成长主题之外。不过，这种尴尬情状在《红楼梦》问世之后得到了一定程度的改观。从某种意义上说，《红楼梦》是一部典型的具有“成长小说”范型的成长小说。小说为一群生活在中国古代贵族家族的青少年男女谱写了一曲曲成长的青春挽歌，所谓“千红一窟(哭)”、“万艳同杯（悲)”，乃中国小说关怀“成长主题”的先驱。遗憾的是，随后的中国小说家并没有承接曹雪芹的圭臬。

直到近现代，在启蒙思潮的涤荡之下，中国人的“成长意识”渐渐觉醒。梁启超那篇文采斐然、激情勃勃的《少年中国说》显然具有划时代深意，高举起了一个民族倡扬“成长”的旗帜。但是，回归童年，还成长以本来面目，这一重大历史使命则是由五四新文化运动的先驱们完成的。中国知识界发现了“人”，进而发现了成人之外的人——儿童、少年和一部分青年（统称为“未成年人”)。作为生命个体的成长，重新在中国文学中活现。不过，刚刚被命名的“成长”，因如火如荼、救亡图存的民族革命战争以及数次国内革命战争而再度悬搁。为了国家、民族的命运，孩子们同成年人一样肩负历史重责，以羸弱之躯为保卫国家、献祭了童话般曼妙的童年。

即或到了当代中国，在20世纪50年代到70年代特定的历史文化语境中——“保卫红色政权”、“做社会主义事业的接班人”、到随之而来的史无前例的“文化大革命”浩劫，皆以“摈弃私人事件”而“一心为公”为主旨，从而创生了恢弘的公共文化想象空间——为新中国当家做主，为解放全世界所有受苦受难者而奋斗，为共产主义的美好明天而献祭青春和热血，童年和成长仍旧与孩子们离散。尽管此一时期诞生了《青春之歌》这样的经典性的成长小说，但总体说来，“成长”已不再是成长者的“私人事件”。与年轻的共和国一同“成长”，才是成长者成长的使命。

新时期以降，随着中国社会变革的日新月异，价值观由一元趋向多元，“童年”和“成长”亦行进在回家的路上。当年那一代代被忽视被损害的成长者们已为人夫（妻）人父（母），或者已错过了成长的鼎盛时段。成长之于他们来说既是一种未能治愈的沉疴，又是一个崭新而棘手的难题。没有成长的成长岁月，自然未能积淀下成长经验，却又不得不面对子一代的成长。值得庆幸的是，1976年之后的新时代，为他们营造了关注成长的和谐氛围，他们得以倾诉远去的成长岁月中被压抑的成长欲望，得以袒露曾经秘不示人的成长之痛之苦之惑，得以反思时代文化与一代人之成长的姻亲关系，从而以开放的心态面对当下的成长。因此，新时期以来的一些小说对成长主题的开掘，显然是一场与成长的深度对话。加入此种对话场景的主角无疑是“右派作家群”（代表作有张弦的《被爱情遗忘的角落》和张贤亮的《青春期》等）和“知青作家群”（代表作有梁晓声的《一个红卫兵的自白》、老鬼的《血色黄昏》和王小波的《黄金时代》等），前者的成长岁月已远逝，而后者的成长岁月刚刚擦肩而过。但是，他们都曾有过或深或浅或长或短的成长之殇。

此外，还有“60年代作家群”和“儿童文学作家”，也从不同的角度书写成长。出生于中国1960年代的作家们尽管也曾遭遇“红色时代”的狂飙，他们的成长记忆却与“右派作家群”和“知青作家群”大相径庭。其原因在于“60年代作家”大多处于红色时代的风暴边缘，他们中的一部分人顶多作为“红小兵”而懵懂地追随红色时代“闹革命”。由于年幼，他们的“小闯将”言行、他们身心所遭受的扭曲程度相对来说也就轻了许多。所谓的“革命”在他们眼中，不过比“过家家”之类的童年游戏高级一些罢了。而革命的“庄重性”和“崇高感”，差不多被他们“儿戏”掉了。而且，他们大多没有经历过“上山下乡”之类的切肤之痛，时代记忆不但未能烙印于心灵之壁，却支离破碎地散落在渐行渐远的岁月里。当他们迎来了生命中的成长高峰时段（即“青春期”），同时也迎来了一个崭新的新时代（即新时期）。新的时代沐浴了拨乱反正的春风迅速恢复了常态，善良、正直、美好等被扭曲的人性正在回归，所有违背人之常情的“禁忌”皆得以解放。如此欣欣向荣的新时代开始正视成长主人公们的“个性”，把属于“个人性”的成长归还给了成长者。因此，他们的成长记忆不再苍白，不再被时代记忆所遮蔽。当他们拿起笔书写刚刚擦身而过的“青春期”，自然不愿过多提及那个抽象、空洞且游离于个人记忆之外的时代。尽管他们的成长无一例外都遭逢了各种各样的成长创痛，但他们似乎宁愿把这一切看做是长大成人必然会经受的考验，而不愿归于一个子虚乌有的时代（所谓“自我之外无历史”，“历史就是个人的成长记忆”），甚至没有丝毫控诉欲求。文本书写的所有欲望不过是对记忆的拾掇，对不再的青春时光的缅怀以及对曾经的生命体验的一种“知其不可为而为之”的追寻。他们对人生苦短与岁月难再的悲剧性宿命的伤怀，显然取代了个人言说历史的宏大野心。如同每个人的生活都是一口深井，每一个成长主人公的成长因而异彩纷呈。成长的复杂性、艰难性和个体差异性，成为他们笔下的成长小说着力表述的目标。代表作品有余华的《在细雨中呼喊》、苏童的《刺青时代》、陈染的《与往事干杯》和林白的《一个人的战争》等。

“儿童文学作家”对成长的书写，主要体现在“少年小说”文本中。以秦文君（《男生贾里》）、陈丹燕（《上锁的抽屉》）和丁阿虎（《今夜月儿明》）等为代表的一批作家，大多书写当代中学生的成长故事，展现新时代中学生成长的风采，呵护他们成长的欢笑和泪水。当下，以曹文轩（《红瓦》）、常新港（《女生苏丹》）、饶雪漫（《QQ兄妹》）等为代表的一批以“成长”为书写主题的“少年小说”作家的作品，备受广大青少年喜爱。这些作品在一定程度上担当了他们“成长”的精神导师。

20世纪90年代以来，在计划经济向市场经济转型、物欲凌驾于精神之上、集体性被肢解为个人性、大我被小我所取代、由利他向利己转向的历史文化语境中，出生于20世纪70年代的中国人迎来了他们成长的鼎盛时段。此时，文学由权力话语的宠儿沦为弃儿，自然就丧失了“宏大叙事”的激情。新时代日新月异的芜杂景观，让大多数作为成长者的70年代生人无力把握属于时代/个人的共性，所谓“不是我不明白，这世界变化太快”。新时代似乎是不可言说的，尽管他们言说的冲动和想象漫漶无边。相反，言说个人，彰显个体面对时代的生命姿态，对他们来说既是一种无奈又是一种别无选择的选择。通常说来写作就是回忆，是对已逝人生经历的追忆和想象。对于大多数出生于70年代的作家来说，过去的相对深刻的人生记忆大多只能是成长，或者说是正在发生的青春期故事。因此，成长成为了他们不约而同的写作起点，所谓“成长之外无故事”。“如果我有一种激情，那么，这就是想告诉你，我所有青春年少时的梦魇。”（卫慧语）“好孩子没故事”，生于70年代的作家的成长主题小说中的主人公，几乎为清一色的“问题男孩”或“问题女孩”。代表作有卫慧的《上海宝贝》和棉棉的《糖》等。对性成长残酷真相的原生态展示，是他们流行的写作策略。换句话说，除了性，他们似乎没什么可写，写作的冲动和激情亦不复存在。造成此种唯“性”不写情状的原因，可大致归纳如下：

他们没有经受过时代的创伤，没有见识过动乱、饥馑等“大场面”，基本上过着衣食无忧的生活。这样的成长经历自然是苍白的。而且，他们浅薄的人生阅历使得他们无力把握一个正在剧烈变化的时代，无力反思所存身的文化语境。当然，时代似乎暂时还不需要他们反思什么，时代的汹涌浪潮正裹胁着他们向前（钱）看、奔小康、跨世纪……还有什么值得书写？那就写写自己吧。写什么？经受了商品大潮的洗礼，他们深得自我包装、作秀之道，彻知唯一可以拿得出手的便是成长之中的“性殇”。于是，他们写性——让父一辈匪夷所思的性。毋庸置疑，与任何一个时代的成长者相比，70年代生人享受了前所未有的性的开放。他们中相当一部分人的“性”经历，是父一代中大多数人所无法想象的。70年代的作家所书写的“成长小说”，大多不过是寄居于文学华鳖之下的一种槲寄生！不过，冯唐（代表作《万物生长》、《18岁给我一个姑娘》)、雷立刚(代表作《爱情和一些“妖精”》)等的作品,因对成长的深度挖掘和对“性的成长”的严肃书写,而具有鹤立鸡群之质。

进入21世纪,“青春文学”是中国成长小说文本的主体,其阅读人气不断攀升。青春文学是近年来被媒体爆炒的一个概念,用以概括出生于20世纪80年代的少年作家的作品(亦称“80后”),代表作品有《三重门》(韩寒)、《红×》(李傻傻)、《樱桃之远》(张悦然)等。但作为文学术语,它所具有的美学特征未能达成共识。仍可大致归纳为:以处于青春期的青少年为主角,展现他们丰富、驳杂的成长故事的小说文本。仍属成长小说范畴。当然,大多数青春文学文本,对成长的理性认知的贫血,削弱了作品的深度和力度。其表述的成长故事多了些“欲赋新词强说愁”的况味,少了些沉潜;多了些孤芳自赏,少了些与社会生活情境和谐共生的气度;多了些刻意离经叛道式(所谓“另类”)的“作秀”,少了些内省。这种只有此岸而不见彼岸的成长,便成为了成长者主体生成的困厄。“成长者”(写作者和他笔下的主人公)仍旧处于成长的未完成状态。不过,其中一些作品不乏才气和灵气,其当下感、现场感、亲历性非一般成人作家可以抵达。写作技法的时尚、写作语言的鲜活与张力、写作激情的饱满与张扬,的确给文学注入了新鲜血液。

作为舶来品的成长小说,经过改造进入中国,加上中西文化语境难以缝合的差异性,中国的“成长小说”在内质上已发生了很大的变异。主要表现如下:

其一,缺乏顿悟与主体生成。欧美的成长小说经典在叙说成长主人公历经磨难,尤其是在遭逢了标志性事件(比如“死亡”、“再生”等)之后,实现了顿悟,从而长大成人,主体性得以生成。在成长主人公的成长之旅中,尽管时常会出现导师的身影,但导师们并非充当成长主人公的救世主,并不承担为迷茫的成长主人公指引成长方向的角色,顶多成为他们成长的见证人。也就是说,成长不过是成长者自个儿的事,主要需要成长者自己去完成。然而,中国作家笔下的成长主人公在成长之旅中大多离不开精神导师的导引。否则,他们的成长就无法完成。这在一定程度上映衬了写作主体“成长观”的陈旧:以成年人的优越感居高临下地面对未成年人的成长,忽略了成长者成长的自主性和主导性。与其说是成长者在成长,毋宁说成长者不过是充当了成长的傀儡。这样的成长者,其主体性显然难以生成。

其二,缺少长大成人的结局。如同童话故事中的“程式化”结尾,所有经历了磨难的美丽的公主，最终都能和英俊的王子过上幸福的生活。欧美成长小说中的成长主人公最终都能长大成人，完成成长。而中国作家笔下的成长主人公们的成长，一般有三种结果：完成成长，长大成人；仍旧处于成长之中；成长夭折。前面述及，成长小说与其他文学样式的重要区别在于，它无法回避教育功能，必须实现文学性和教育性的互动。若成长主人公未能实现顿悟，长大成人，主体生成，也就无从实现启迪读者的教育功效。

其三，忽视对非常或反常的“成长之性”的关注。欧美的成长小说书写不设防，尤其是对“成长之性”的书写没有禁区。常态下的“成长之性”自然成为成长书写的永恒主题，亦不忽略诸如同性恋、性心理畸形等非常态或反常态的“成长之性”的书写。而中国作家在书写常态下的“成长之性”时“犹抱琵琶半遮面”(70后、80后作家例外)，不敢轻易进行反常或异常的“成长之性”叙说。此种情状对于写作题材的丰富性以及表现成长的全面性、完整性来说是一种缺憾。

进入21世纪以来，中国的文化语境呈现出了新的特质，而“成长之性”亦呈现出新质新貌。随着互联网的日新月异，网络已成为人们的日常生活之一种。当下成长者的成长无疑烙印了深深的E时代特色，他们的“成长之性”必然注入了新的内容：因为物质生活的富足，他们生理的成长提前，性的发育与成熟前所未有地迅猛，但性生理与性心理的发育明显不成比例；“早恋”不再是新鲜话题，而“网恋”亦不再是时尚，大有取代传统恋爱方式之势；同居已被大众默认；“一夜情”仍旧在潜滋暗长，等等。因此，中国作家对“成长”的书写，必然应做出新的调整，以增强文本的当下感，从而实现对督导当下的成长者的书写旨意。

第五节　动物小说

人由动物进化而来的历史先在地决定了人类与动物的天然联系和对动物的必然关注。早在二三万年前动物作为艺术形象就已进入人类的创造视野。原始人遗留下来的史前岩画与所崇拜的图腾绝大多数为动物，就已经有力地说明了动物与人不可分离的关系。人类在从动物群落中分化出来以后，更是无时无刻不在密切关注着动物。在文学创作中，动物作为艺术创造对象，走过了渔猎时代的动物神话，农业时代的动物寓言、童话和传说，直至现代的动物小说。

由于儿童的精神生命对动物具有天然的亲和力，因而动物形象就很自然地成为儿童文学重点表现的艺术形象传统。中国儿童文学对动物形象的塑造开始较早，但直到20世纪80年代动物小说创作奇迹般地崛起于儿童文学之林后，动物形象才在儿童小说中放射出动人光芒，涌现出沈石溪、金曾豪、方敏、蔺瑾、刘先平、李子玉、梁泊、沈虎根、李传锋、黑鹤等大批卓有成就的动物小说作家。

一、*什么是动物小说*

动物小说是以动物为主角，通过一定的故事情节和环境描写来塑造形象、传递思想的叙事性文学作品。动物小说严格遵循动物的生态习性、行为准则，把动物看成是有感情有思想的生命个体。在这样的创作原则下，描写动物的生活，动物的世界，动物的命运，并由此反映丰富深刻的丛林法则。作品的思想内涵艺术地折射人类生活，引发读者对人生、生命、社会，进而对宇宙的思考。动物小说主要采用第二、第三人称的手法，至今在中国的动物小说界还无第一人称的写法。动物能否开口说话，已成为理论界和创作界关注的重点。有人担心，动物开口说话，动物小说就成了童话。其实，动物小说中的动物开口说话和童话中的动物开口说话是截然不同的。童话中的动物不是独立的生命个体，是拟人体形象，具有隐喻功能，其言说也就先在地具有象征的意义。动物小说中的动物不是拟人体，它是独立的，动物之间的对话属于独立的生命个体之间的交流。有一类动物形象，确实具有象征意义，但它的象征也是通过描写动物的生活、动物的性格来传达的。而童话中的动物形象，则没有自己作为动物的生活和性格，这两者是截然不同的。英国作家 Richard Adams（理查德·亚当斯）的名作 Watership Down（中译为《飞向月亮的兔子》人民文学出版社 2006 年，也有译作《沃特希普荒原》）就是运用第一人称手法创作的。

二、*动物小说的审美特征*

（一）生态学意义

生态学意义是指动物小说在宣扬环境保护，倡导维持地球生态圈平衡，在未来一代身上从小培植生命伦理观念，亲近大自然等方面起着重要的作用。从生物学的角度讲，人是自然界的产物，是生物进化的结果，动物是人类的起点。从这个意义而言，人与动物应和谐相处。但是，人类为了满足自己的贪欲，对资源进行掠夺性开发。对森林、草场、湖泊等的过度开垦，使得动物的生存环境急剧恶化，种类和数量锐减，不少动物已经绝迹，地球失去了物种的多样性和丰富性。人类也面临严峻的生存危机。人与自然万物如何相处被提上了日程，世界各国各界人士分别以自己的方式表达对家园的关爱。各类环保运动纷纷开展，各种官方、民间环保组织纷纷成立，有关环保的著作不断问世。美国海洋学家雷切尔·卡逊的《寂静的春天》拉开了生态学时代的序幕。德国埃里希·索伊尔曼的《帕帕朗基》被誉为“环保者的绿色圣经”。

文学以唤醒人类觉醒的姿态加入到环保的行列。动物小说以文学的形式形象地展示生态失衡和环境污染所给人类带来的巨大灾难，以唤起人们自审意识、忧患意识与生态意识的觉醒，从人类中心的价值观转向地球生态中心的价值观，追求人与自然的和谐发展。动物小说关注动物关注自然界，使其天然地带有了生态学意义。有一类动物小说，把动物和人放在自在自然或人化自然与自在自然交接的环境里，或以个体或以群体的形式，表面反映人与某个物种的冲突，实则在深层次上表现人类与自然的矛盾和对峙，从而探求人与自然的和解，以期达到“天人合一”的理想境界。这类作品呼吁平等对待种际关系，从维持生态圈平衡的角度保护动物，尊重动物。

（二）生命学意义

动物小说的生命学意义是指动物小说对生命本身的讴歌和赞美，对生命意义的探究和挖掘，对独立自由生命的向往和追求。动物小说是关于生命的小说。动物小说作为一种艺术创造往往要显现出热爱生命、赞美生命的特征，并且要努力表现生命的“各适其天，各全其性”的自然形态。“要张扬个性、张扬本愿，让生命个体不顾尘世间偏见俗识，透射出一种生命力量似兰孤高，似竹贞节，似高山绝壁般屹然耸立，令人高山仰止而可企不可及！”①

加拿大著名博物学家、作家西顿在其《我所知道的动物故事》里说，野生动物的一生总以悲剧告终。而更富有诗人情调的加拿大作家罗伯茨则说在野生动物中间，死亡总是追随着欢乐。虽然每个个体的生命都是“向死而生”，但求生厌死是动物的本能，死亡仅仅是自然淘汰的结果，主体只欲求生，从而为生存而斗争，这就是“物竞”；自然主死，进行自然选择和自然淘汰，这是“天择”。双方对立才成为“适者生存”、“强者生存”的基本保证。为了抗衡“天择”，个体生命不断地顽强发挥自己的竞争力，在丛林世界上演了一出出“适者生存”、“强者生存”的悲壮而又浓烈的生死

① 宋耀良：《艺术家生命向力》，38页，上海：上海社会科学院出版社出版，1988年。

之战。

生与死是文学创作的永恒主题。动物作为地球居民的一员，在其内部社会里面临着人在人的社会里同样面临的问题：悲欢离合，爱恨情仇，生存的压力，生命的精彩，疾病的痛苦，死亡的威胁等等。野生动物生存的艰辛，追求的幻灭，个体的毁灭，使其一生充满了浓郁的悲剧色彩。很多优秀的动物形象因其悲剧色彩而定格在人的记忆里。动物小说中的悲剧精神、悲剧意识，并非悲哀、绝望、惨痛的同义语。“它是人类或某个物种面对茫茫宇宙，面对无限的物质世界所进行的虽注定不可能成功却无比英勇的抗争。这是有限对无限、短暂对永恒、个体对自我和世界的力图超越的挣扎。这是不能以成败论英雄的，关键是看有没有决绝的、韧性的、九死其犹未悔的精神。”① 很多优秀的动物形象身上都闪烁着决绝的、韧性的、虽九死其犹未悔的精神。这些动物往往都是“天赋不凡的个体”。这种不凡的天赋注定了它们不凡的一生。它们在选择要走的生命道路时是没有任何犹豫，或者说其生命道路也是无所谓选择的，他们自始至终就完全是他们所愿望和要实现的那种人物。沈石溪笔下的紫岚、白莎、茜露儿等都是这样的人物。

紫岚（沈石溪《狼王梦》）一生最大的理想就是培养狼王。无论从哪个角度看，紫岚都是狼中精英，她具备一匹优秀母狼的一切优点，同时又具备其他母狼甚至很多大公狼都不曾有的狼王野心。是一只狼就要争做狼王，但她是一只母狼不能成为狼王，所以她寄望于自己的狼崽，努力向他们灌输“王侯将相宁有种乎”“彼可取而代之”的思想。紫岚有恒心有毅力，绝不向命运低头，一个狼儿死了，又转而培养下一个，对梦想的执着让她把满腔悲愤化为更顽强地向命运挑战。就是这样一只胸怀大志，胆识超群，韬光养晦，运筹帷幄，有着忠贞高傲心灵的狼中精英最后竟也壮志未酬，令人感慨万千。紫岚这个悲剧“人物”给人最大的震撼和惊羡就在于她在灾难中对理想的执著。紫岚倾其一生所培养的三个狼王候选人全都一个个“未至”道亡。其凄怆而孤独的狼嚎传达出某种心灵上或精神上的事物化为乌有时的悲愤，但同时也让人感受到昂然反抗灾难，宁愿在灾难中毁灭也不愿平淡无奇过一生的力量和胆魄。紫岚生命的结束更让人感到她作为不凡个体的贵重性。这种贵重性是和个体生命价值紧密相连的。因为动物小说是“人间的延伸”，所以悲剧动物形象能在人身上引发“同感”。紫岚生

① 雷达：《在方敏“生命系列”小说座谈会上的发言》，见［大拼搏·附录］，135页，天津：新蕾出版社，1998年。

命的贵重性因其所经历的悲剧性灾难而更加凸显，而读者也在对紫岚的生命观照中见出了“人”的贵重性。席勒认为“悲剧的目的是激起同情的激情。”① 这种同情是悲剧情感，是一种“尊重的感情”② 还内蕴了一种“在我身上被灾难所唤醒或增强的价值感”③“每一种同情本身都有价值感，而最高的价值感正是对人的价值感。即使是对动物的同情，也是以我们在动物身上发现或相信发现的人的特征为基础的。其中也存在着客观化的自我价值感。”④ 我们在紫岚的理想失败生命毁灭的悲剧一生中感受到了“人”的自我价值，人为了实现自我价值应该怎样奋斗；感受到了夸父式的“未至，道渴而死”的深深遗憾和心有不甘。

类似于紫岚的动物形象还有很多，如血顶儿（沈石溪《疯羊血顶儿》）、白眉儿（沈石溪《混血豺王》）、狮王（朱新望《狮王退位以后》）、独狼（金曾豪《独狼》）等等。

方敏的“三大”系列：《大拼搏》、《大迁徙》、《大毁灭》则通过对慷慨的死亡之宴的描写来诠释生命的意义。生命是一个谜，一个物种为何以这样或那样的方式存在、死亡、繁衍？动物为何要对死亡慷慨赴约？动物小说力图解剖这些生命之谜来揭示生命的意义。

三、*动物形象塑造的几种类型*

（一）反映人和动物关系的动物形象

反映人和动物关系的作品在动物小说中分量颇重，这类作品“或写动物对主人的忠贞，或写主人对所豢养的动物的误解与委屈，或写人类与动物相互依存相互利用，或写人性战胜兽性，或写兽性泯灭人性。”⑤

在人和动物的关系中，动物对人的感恩是最常见、最基本也是最重要的。“动物报恩”是传统动物文学的常见母题，属于“动物与人”的恩怨模式。这种感恩大都通过忠贞、信义、舍生等形式表现出来，它反映了在古朴的自然生态环境中人与动物互相依存、和谐共处的亲密关系。在当代动物小说中，这一母题得到了充分的演绎。往往通过与人关系密切的驯化动物如狗、马、骆驼、牛等形象，尤其是借助于对狗的塑造，表现现代人的自我意识，象征人的性格、命运和丰富的人性等精神内涵。

---

① 马奇主编：西方美学史资料选编（下卷）167 页，上海：上海人民出版社，1987 年。
② 同上书，807 页。
③ 同上书，801 页。
④ 马奇主编：西方美学史资料选编（下卷），811 页，上海：上海人民出版社，1987 年。
⑤ 沈石溪：《漫议动物小说》，见《云南文学研究》53～55 页，昆明：晨光出版社，1996 年。

黑豹（李传锋《退役军犬》）的故事发生在“文革”，它历尽千辛万苦冒着生命危险寻找被关进“学习班”的主人，只因为主人对自己有救命之恩。黑豹的这种忠诚、信义、不忘恩德的品行，令人感动不已。“狗通人性”，作者将黑豹人格化，并通过对它的复杂心理的描写，从一个侧面真实地映照出十年动乱中坏人当道、好人遭罪的颠倒世道和纷乱繁杂、鸡犬不宁的现实生活。借助动物写人，能给人提供一种别样的视角思考人生，思考人类社会。

这类象征美善人性的肯定性动物形象，在新时期小说中不断涌现，而且往往是作为人情淡薄和人性扭曲的社会现象的反衬。十年动乱中人性的沉沦及其种种后遗症，刺激着人们对人性的反思和呼唤。“人不如动物”常被用来凸现对人性和社会阴暗面的批判意识和忧患意识。很多动物小说都以动物的人性化、理想化返照社会背离人性的现象，如沈虎根的《黑黑的始末》、《白白的经历》。这一类借由动物的美好情怀来批判人的伪善、不义、残忍、卑劣、缺乏人性的作品还有宗璞的《鲁鲁》等。

另外还有一类同样反映人和动物恩怨关系的动物形象，它们对人的感恩则是通过对自身生命价值的证明来实现的。这一类动物或遭误解深受委屈，或肩负重任而最终不辱使命。

赤利（沈石溪《第七条猎狗》）是一条优秀的猎狗，作为一条猎狗，勇敢打猎是其生命价值所在，同时，保护主人的生命也是其责任和义务。赤利刚好处于这个选择的尴尬境地：要迎战野猪就无法为救主人而与毒蛇搏斗，要与毒蛇搏斗就无法迎战野猪。赤利为救主人而成了主人眼里忘恩负义、贪生怕死的不齿之徒。蒙冤受屈的赤利无法为自己辩解，只好远走山野，最终以与豺狗同归于尽的方式维护了作为猎狗的尊严。赤利的形象，在忠诚于主人的外衣下深蕴的是作者对作为猎狗而存在的生命价值的确证，象征着人对自身的一种道德化理想。在两难的境况下有勇气承受压力，趋利避害做出正确的选择。与赤利类似的还有贝蒂（王凤麟《野狼出没的山谷》）等。

“感恩型”动物形象基本上是在人化自然的环境里表现作者对“人性本善”的诉求，这类形象不表达由动物激发的道德力量，而是把人导向由动物激发的人类对自我的认识。借助于这些动物形象呼唤善良、正义、忠贞、公正、责任、理解、宽容、尊重、信任，彼此关爱，同舟共济等人类社会十分珍贵的品格和高尚情感，进行道德、人性的探索，把人引向自我更新。同时在人们特别是在孩子们身上，长期培植对动物世界友好亲善的感情。

(二) 反映人与自然关系的动物形象

另有一些动物形象则不再缠绕于动物和人之间剪不断理还乱的感情纠葛，而是转向在自在自然的环境里，或人化自然与自在自然交接的环境里，或以个体或以群体的形式，表面反映人与某个物种的冲突，实则在深层次上表现人类与自然的对峙。这些物种往往以撼人心魄的力量迫使人反省自己的占有欲、征服欲。

1. 表现人与自然的对峙

这类作品主要描写人类对动物的毫无节制的猎杀，从而表现人类对自然生态圈肆无忌惮的破坏。

在沈石溪的《斑羚飞渡》中，一群斑羚被逼到伤心崖上，进退两难。往后退，是追捕的猎人；往前走，是几十丈深的绝壁，与对面山峰最窄处也相距 6 米。而最健壮的公斑羚最多也只能跳 5 米。这群斑羚似乎走上绝路了，可是镰刀头羊却想出了老幼两代空中对接，飞越天堑的奇招。所有的老羚羊都做了空中"桥墩"而坠入深渊，但它们的牺牲却换来了年青一代的安然飞渡。在带着猎狗端着猎枪的人面前，斑羚是无助的弱者，被宰割的对象。在无力抗争的情况下，斑羚所表现的智慧以及从容赴死的态度是对人类的极大蔑视与谴责。强者生，弱者死，并非丛林的唯一法则，智者存才是最高境界。人与斑羚的对峙表现了人与自然的对峙，人对斑羚之战的失败反映了人想征服自然的失败。

2. 表现人对自然的干预

各个物种生存于世都有自己的生存之道，人有时自作聪明地滥用同情，干涉物种间的关系，由此破坏了物种间的和谐共存，影响了种际间的关系，从而影响了人与自然的关系。

一群红崖羊（沈石溪的《打开豹笼》）在一对雪豹的长期"据有"下，半个多世纪以来，数目没有增长，但在"我"将这两只雪豹关进笼子后，半年就增长了 40 多头。问题也接踵而来，头羊的权威迅速下降，红崖羊性格越来越粗暴。由于数量增多，冬天羊群面临饥饿的威胁，春天又展开了殊死的格斗。"我"打开豹笼，红崖羊的生活又回到了原点。"我"因为不了解红崖羊和雪豹之间这种奇特的共生关系，急于想替弱者除险，却差点毁了整个羊群。阿拉斯加曾发生过保鹿灭狼，后来又再度请狼回去的事件，也是因为对自然横加干涉，破坏了生态平衡。不了解自然界的生存法则，最终的受害者是人类自己。尊重自然，尊重各种自然现象，我们才能与自然同享平和。

人对动物滥用同情破坏了动物生活的和谐，而人为了自己的利益改变动物的生存环境则更是给动物带来了生存的危机，种族的灾难。金曾豪的《苍狼》描写一个摄制组为了拍片把一个狼的家庭送上一个小小的荒岛。荒岛太小，家养的兔子太容易捕捉，丧失了血腥厮杀的快感，狼的野性不能得到满足，它们为此而烦躁不安，决心冒死渡过海峡回到它们真正的家园。于是浪涛中出现了一条鲜红的生命之链顽强地朝群狼向往的山林延伸……这群永远不屈服于人类的强迫迁徙而毅然寻求自己生存家园的苍狼，以血染的生命之链控诉了人类的肆无忌惮、为所欲为。苍狼的命运向人类揭示了一个真理：动物一定要活在自己的世界，人类必须让动物活在一个属于动物的世界。① “动物都是有情有欲的生灵，只不过同我们在程度上有所差异而已，因此，他们理所当然地应有他们的权利。”② 人类没有权利把自己的意志强加给其他生物。

3. 表现人与自然的和解

这类动物小说描写人猎捕动物，与动物发生激烈冲突，最后人理解了动物，矛盾得到化解，人与自然走向了和解。《在捕象的陷阱里》（沈石溪著）就是这类作品的代表。

老猎人（即作品中的“我”）追杀母鹿，不小心和母鹿一起掉进了捕象的陷阱里，里面还有一只饥饿的云豹。云豹首攻母鹿，母鹿跪在“我”的面前，眼泪汪汪请求“我”的庇护，但“我”也是母鹿的死敌啊！“我”震惊于母鹿的举措，油然而生对弱小动物的保护之情。最后，人鹿合力杀死了云豹。母鹿临死托孤，用生命之力助“我”逃出了陷阱。在母鹿眼里，人和云豹同为自己的敌人，但人毕竟不同于云豹，人还有善良的本性，所以在面对云豹的攻击时会向人求救，这与其说是对人的幻想，不如说是对“人性本善”的信赖。母鹿的信任以及舍命相救最终净化了人的心灵，而老猎人对母鹿遗孤的抚养则完成了对自己的救赎，人和自然由冲突走向了和谐。

像这样表现人与动物的和解，从而反映人与自然的和解的小说还有沈石溪的《猎狐》、《老象恩仇记》、《再被狐狸骗一次》，饶远的《鸟仙子的绿岛》、《蓝天小卫士》，李传锋的《红豺》等。而刘先平的“大自然探险长篇系列”在表现人与动物的和谐相处、人对动物的关爱上显得更为集中和深刻。“既呼唤着人心向动物世界的开放与对话，着力在孩子的幼小心田播撒爱的种子，又在回归大自然中构建出人与动物友善和睦，携手共建地球家

---

① 谢清风：《还给动物一个世界》，载《儿童文学研究》，1998（2）。

② （加拿大）西顿：《西顿野生动物故事集》，3页，上海：译林出版社，2001年。

园的绿色憧憬。”① 一支来到深山老林的野生动物科学考察队，在两个孩子的帮助下，终于完成了对猿猴世界的探险考察（《云海探奇》）；自然保护小组的同学在老师和老猎人的带领下，终于从打猎队的枪口下救出了濒临灭绝的皖南梅花鹿（《呦呦鹿鸣》）；一群中学生与护林员一起，追踪相思鸟，历尽艰险（《千鸟谷追踪》）；兄妹俩在雪山冰川中救助正在逃荒并被偷猎者和豹子追杀的大熊猫母子（《大熊猫传奇》）；另外，《山野寻趣》一书辑录了刘先平多年来探险生活的种种奇闻奇遇，让我们听到了人与自然的对话。整个系列凸现的是人类在对自身与自然之间共生共灭关系的成熟思考中怀着乡愁的冲动寻找精神家园和现实家园。

（三）丛林世界中的动物形象

作为象征体而出现的动物形象不具备本体价值，更多地承载了人的伦理道德诉求。人介入自然把动物作为狩猎对象，或干涉物种间关系的这类动物形象也不具备本体价值，不能称之为丛林世界中独特的“这一个”。塑造动物形象的小说向前发展，出现了不少血肉丰满，棱角分明的独特的“这一个”动物。这类作品描写的是一个动物世界，没有人的介入，类似于人类社会的生活百态，有着种种机遇，动物也在自己的丛林社会里为着实现理想、价值，奋力拼搏，虽九死其犹未悔。

沈石溪在这类动物形象的塑造上成绩最大。《牝狼》的主人公母狼白莎为了在西双版纳这块从来没有狼的土地上抚育出真正的狼种，苦心孤诣，“情愿忍受任何痛苦和牺牲”。但狼力不能回天，有着狗的血统的后代无论如何也成不了真正的狼。为了种族的纯粹，白莎咬死了最后一只狼种，而自己也魂归日曲卡山麓。作为一个生命个体，白莎具有一匹狼所拥有的全部优秀品质，喜欢在与猎物的搏杀中体现自己的价值，在与环境的抗争中磨砺自己的意志。它有明确的生存目标，努力追求生存的意义。它活得很坚韧，为信念而活；死得很悲壮，为信念而死。它活出了狼的全部生命意义。搏杀过，怜悯过，果断过，彷徨过。有成功，有失败。品尝了悲欢离合，啜饮了爱恨情仇。最后，殉道而亡。

像如此轰轰烈烈地活一生的强者形象还有很多，如《残狼灰满》（沈石溪著）中的灰满，《混血豺王》（沈石溪著）里的白眉儿，《狼王梦》（沈石溪著）里的紫岚等等。它们活在自己的世界里，这是一个丛林社会。它们要处理纷繁复杂的狼际关系，还要应对危险丛生的兽际关系。按照兽的原则，它们在丛林中建立了兽的社会，兽的秩序。确立了等级关系、血缘关

① 王泉根：《现代儿童文学主潮》，353 页，重庆：重庆出版社，2000 年。

系、亲属关系。兽间的亲情、友情和爱情在鲜血、饥饿与寒冷的历久磨炼中凝结成各个族群的特有风貌，冷酷与温情并存，牺牲与责任同在。个体的生命质量，乃至种群的生命质量被放到了最高的位置。这类动物形象，性格鲜明丰满，具有撼人的个性力量。

另一类动物形象与前一类不同之处，在于这类形象是基于对动物的野外科学考察而塑造，极力展现个体在野生环境中的生活图景。作者如实地描写客观自然环境及在此环境下动物的自在生活，而不是完全借助于想象创造出一个丛林世界。换句话说，它与原始森林或半原始森林是零距离，这类小说展现的是个体的真实个性及其生活图景。这类动物小说已成为当今动物小说发展的新方向。这类形象，沈石溪的《鸟奴》很有代表性。动物行为学家“我”与藏族向导强巴在野外科学考察时，意外地发现一对蛇雕与一对鹩哥把自己的窝筑在同一棵大青树上。在大自然的食物链上，二者是猎手和猎物的关系，怎么可能共栖共存呢？“我”决心揭开这个谜。经过半年的观察研究，“我”排除了它们之间传统的“共生共栖”、“单惠共栖”和“假性共栖”这几种大自然中常见的供求关系，而是属于非常罕见的主子与奴才的共栖关系。鹩哥迫于生存的压力卖身给蛇雕为奴，以帮助清扫巢穴照顾幼雕换来保护。但委曲求全并没有获得生命的保障，所有幼鸟全部丧生，自己还遭到驱逐。但鹩哥的奴性并没有因这悲惨的遭遇而消失或减弱，反而一如既往，失去了旧主子，再给自己找个新主子。这种生就的奴性是与环境妥协的结果，是种族生存的智慧，是个体生存的经验总结，是无可指责的。唯有活着，才有希望，保障了生存才能谋求发展。

四、动物小说的创作视角

视角是指观察故事的角度。“视角”需要解决“谁看”的问题：“谁在看”，“谁在被看”，“谁没在看”。对这几个问题的回答反映出动物小说对动物形象的不同塑造角度。“视角”通常与“感知”紧密相连，“感知”往往能体现出特定的情感、立场和认知程度。① 在这里，“看”等同于“感知”。人们写东西一般都是从人的角度去看，即使是以动物为主角的作品，也有很多是从人的角度理解动物。“人看动物”的视角是塑造动物形象时最常见的视角。随着创作经验的丰富，“动物看人”的视角也被广泛运用。此外，还有“动物间互看”的视角。这个视角包含两个方面：丛林世界中的动物间的互看；人还原为动物，作为自然物种之一来观察认识其他的物种。

① 申丹：《视角》，载《外国文学》，2004（3）。

（一）人看动物的视角

动物小说中“人看动物”的视角集中体现的是人作为万物之灵长对其他生命形式的一种俯视的姿态、优越的心理。人立于“看”的位置，动物是“被看”，这种“看”是“由上而下的看，在视觉话语中，通常是一种主人式的、殖民者式的注视”。① 在这样的视角下，动物的个体性格被简单化了，只集中看到了动物的某个特性，而且这个特性在很大程度上是由动物与人的亲善与否来决定的。人看动物的视角基本上忽视了动物的独立性，视动物的个性、类属性不见，将其作为某种道德符号加以塑造。这样的视角产生了这样的思维：动物是为人而活在这个世界上的，其活着的全部意义就是为了人类。专写动物与人的感情和关系的作品大凡采用这种视角。

狗的形象在动物小说中出现很多，李传锋《退役军犬》里的黑豹，沈石溪《第七条猎狗》里的赤利、《退役军犬黄狐》里的黄狐、《灾之犬》中的花鹰，王凤麟《野狼出没的山谷》里的贝蒂，宗璞《鲁鲁》中的鲁鲁，沈虎根《黑黑的始末》里的黑黑等等，这些狗的形象，或为军犬或为猎狗，或者就是一般的家庭里的狗，不论其个体的差异性有多大，在作家的笔下着力刻画的就是它们的忠义。人以自己的价值判断遮蔽了狗的其他特征。这一类的狗属于正面形象。还有一类狗是以负面形象出现的，之所以成为负面形象，也是以忠义这面镜子来映照的。比如沈虎根的《黄黄的一生》里的黄黄，这只原本善良正派的狗，在狐狸和狼的诱惑下成了忘恩负义、恩将仇报的刽子手。由于狗太贴近人的生活了，人习惯了以狗的主人自居，所要求于狗的便是正直和善良，诚实和忠贞，符合这种道德判断标准的便成了被歌颂的对象，反之就是被批判的对象。

在人眼的注视下，赤利（沈石溪《第七条猎狗》）、贝蒂（王凤麟《野狼出没的山谷》）、保姆蟒（沈石溪《保姆蟒》）等等都失去了独立的价值，它们的生命从一开始就不属于自己。人的主人心态、征服的欲望借助于这些失去了自由的生命而得到满足。人对动物的一厢情愿的价值判断在某种程度上折射出人内心深处的孤独困惑和焦虑。人是群居的动物，人与人之间的交往、交流和沟通是人类的基本需求。但在工业化时代，人脱离了自然，同时也和同伴疏离了。人在人造的世界里找不到意义，由此带来了普遍的烦躁、失望甚至绝望。异常孤独的现代人把目光投向了动物。当人感动于动物的忠诚、友善并得到心灵安慰时，他找到了在人类社会所没有找到的东西，完成了替代性的满足，暂时排遣了孤独感和无助感。现代人越

---

① （荷）米克·巴尔：《叙述学》，16 页，谭君强译，北京：中国社会科学出版社，2003 年。

来越热衷于饲养宠物，很大程度上就是因为“宠物使得饲主的人格更加完整，使他无法在别处获得肯定的某些性格面可以发挥出来。”① 同时，宠物成了人的精神寄托，带给人心灵安慰。在人的注视下，动物都是“单面”的，要么就是好，要么就是坏，性格扁平，缺乏个性。这种浓郁的主观色彩源于人要借这样的视角塑造某个能抒发自己情怀、寄托自己愿望、表现自己追求的形象。在现实生活中、在人际交往中变味了的失去了的、再也找不回来的某些美好的情感，希图在动物身上找到。

对于野生动物，人同样也是带着强烈的情感倾向。狼是狗的远祖，在“人看动物”的视角下，狼给人的总体印象是凶残、狡猾。很多与狼有关的成语俗语如狼子野心、披着羊皮的狼、狼吞虎咽、狼狈为奸等都表明人类对狼总体上是不喜欢的。单纯从动物学的角度来看，狼会忘却父母之恩，不顾手足之情，甚至同类相食，这种本性就没法让人对狼产生好感。自古以来，人对野生动物的态度就是蛮横不讲理的，只许人类血腥猎杀，不许动物丝毫反抗，如果动物胆敢还人以颜色，便是大逆不道，冠之以食人兽的恶名，围剿诛杀，毫不留情。

由于人在动物身上打上了太多的感情烙印，所以，“人看动物”的视角遮蔽了动物之为动物的本质特性，影响了人全面看待动物，人对动物的认识只是贴上情感标签而已。

（二）动物看人的视角

“动物看人”的视角是用动物的眼睛去观察，用动物的心灵去感受，用动物的思维去思考。动物处于“看”的位置，获得了“看”的权利。在动物的眼里，人也是动物，人的言行举止是用动物社会的法则来衡量的。以动物来担当叙述的小说大都采用这个视角。

英国作家安娜·塞维尔的《黑美人》讲述了一匹马的历险、失望和欢乐的故事。全书由这匹叫黑美人的马来担当叙述。人类的善良、丑恶、卑下、崇高、生之艰难与死之痛苦，都由马来进行道德评价和价值衡量。上至王公贵族下至贩夫走卒全都在马的冷峻而深情的注视下呈现出自己的人生百态。“动物看人”的视角渗入了动物的道德法则与价值判断，以动物的标准来衡量人的言行，人也成了动物怜悯和批判的对象。沈石溪的《一只猎雕的遭遇》里，猎雕巴萨查评判了自己所跟的三个主人：达鲁鲁、马拐子、程姐。养雕专业户程姐是个好人，在它逃往自由之路上没有杀它。马拐子是个贪婪、卑鄙、变态的小人。巴萨查对达鲁鲁感情最深，因而对他

① （英）约翰·伯格：《看》，13页，刘惠媛译，桂林：广西师范大学出版社，2005年。

也看得最真。达鲁鲁有智有谋，品行也好，但也免不了见财起意，要偷别人陷阱里的香獐。在巴萨查拒不执行其“偷窃”的命令后，对它进行了一系列变态的忠诚考验把它一卖了事。而此前，达鲁鲁曾发誓要为巴萨查养老送终的。达鲁鲁终归只是个食人间烟火的凡夫俗子。动物视野里的人相对来说是比较全面的。它们认为人“不愧是天地间所有生灵的精英，是世界的主宰，是弱肉强食的丛林法则进化出来的杰作”①，但同时又有着不可克服的贪欲。由这贪欲便引出了卑下、出尔反尔、变态的征服欲和占有欲等等丑和恶的东西。这些特征集中体现在人的身上，人也就被剥去了神圣的光环，阴影与灿烂的阳光同在。动物看人的视角客观全面，既看到了人的伟大，万物之灵长，也看到了人性的弱点。所以动物对人就不是只有敬畏，还有鄙视、不屑一顾。

野生动物对人的态度与家养动物对人的态度是截然不同的，前者是生死搏杀的丛林之战，后者是依附于人的情感之战。但两者都不同程度地揭示了人性的缺陷和弱点，人性中丑和恶的一面。豺看人就像人看魔鬼一样。在豺的眼里，人这个东西，比森林里任何动物都更贪婪更凶残更狡诈更不好对付。的确，世界上所有的食肉兽都要用暴力剥夺其他动物的生命，但它们捕捉的多是老、弱、病、残，对草食动物或低一级的肉食动物本身起着强壮种群的作用，而且更起着维护草原和森林生态平衡的作用。而人对动物却是毫无节制地滥杀。法国生命伦理学者施韦泽认为：“敬畏生命的人，只是出于不可避免的必然性才伤害和毁灭生命，但从来不会由于疏忽而伤害和毁灭生命。”② 这样看来，很多食肉动物表现出对生命的敬畏，而很多人却不敬畏生命。

“动物看人”的视角赋予动物说话的权利，使其能有机会对主宰万物的人类进行道德评价。动物看人类，人类被看，人类在被动物估量评价中认识自己。

（三）动物间互看的视角

“动物间互看”的视角包含三个方面的内容：一是野生动物间的互看；二是野生动物与家养动物间的互看；三是人还原为动物作为动物的一个种类，以动物的眼光来看其他的动物。在动物间互看的视角下，每一个物种都获得了平等的话语权，不仅平等，而且还有跳出种群狭隘视野的客观而全面的评判。

---

① 沈石溪：《一只猎雕的遭遇》，49～50页，南京：江苏少儿出版社，1997年。

② （法）阿尔贝特·施韦泽：《敬畏生命》，134页，陈泽环译，上海：上海社会科学学院出版社，2003年。

首先来看野生动物间的互看。在弱肉强食的野生世界里，每一种动物都受丛林法则的制约，要想在这个优胜劣汰的世界里求得生存求得发展，物种内部，物种与物种之间必然会展开你死我活的较量和厮杀。所以，丛林世界总体给人的感觉就是弥漫着腥风血雨，猎者与被猎者总是处于剑拔弩张的对抗中。除了这种对抗外，还有没有别的情感联系呢？《红奶羊》（沈石溪）就给我们揭示了食物链上的居上者与居下者之间的脉脉温情以及居下者对居上者优秀品质的认同和欣赏。红奶羊茜露儿被黑狼抓来做了小狼崽黑球的奶妈，为了救茜露儿，小黑球勇斗雪豹。长大后又在一次捕猎中放了茜露儿一条生路。狼是羊的天敌，羊天然地对狼充满了仇恨、憎恶，但同时，茜露儿又非常钦佩狼的勇敢、富于牺牲精神、有责任心。传统的关于羊和狼的道德天平，价值天平，在茜露儿这里失衡了。茜露儿的特殊经历使它同时属于两种不同的“文化”：“羊文化”和“狼文化”，这使它对羊和狼的差异性，对“狼”这个“他物种”的感受更加深刻。它认识到传统的关于羊和狼甚至推而广之到食物链上的其他生物的观点实际上充满了物种偏见和认识盲点。跳不出种群的物种局限就很难对自己的种群有一个全面的认识，也很难对另外的种群有新的认识。

其次是野生动物与家养动物的互看。这个互看为我们认识野生动物和家养动物提供了另一个视角。狼是丛林世界里最崇尚自由，最喜欢奔跑，最无拘无束的动物了。据说狗是从狼驯化而来的，狼对于自己族谱上的远亲又是怎样看待的呢?《伊索寓言》中《狼与家狗》讲一只狼老了，很难捕到食物，就想到人类居住的地方看能否找点吃的，结果遇上了一只狗。狗告诉它自己过得很舒适，衣食无忧，劝狼别那么奔波了，像自己一样留在人的身边。狼想起自己奋力拼杀奔波劳碌一生，晚景却如此凄凉，真的动心了。但突然间它看到了狗脖子处的毛被磨损得厉害，就问狗是怎么回事。“哦，没什么的，被项圈拴的。”狗若无其事地摇摇头。狼这才注意到狗被一条长长的铁链系着，大吃一惊，急忙后退。“原来你的舒适是用自由换来的?!”狼不屑一顾了，掉头跑去。也许这只奔跑的狼在不断地想：不自由，毋宁死！而狗呢？也许在为这只狼感到惋惜：衰老如此，朝不保夕，却还在奢谈什么自由？

动物看动物的视角让我们对动物有了更全面的认识，而不是凭一己之好恶作单方面的评价。

最后是人还原为动物，把自己作为动物世界的一员，去感受动物认识动物。人是从动物进化而来的，我们和动物同属一个家族，人类所具有的东西动物不会一点也没有。作为创作主体的人，一旦把自己和动物等量齐观，以“动物”的身份、心态来观照动物，就能如实地反映准确地把握动物的喜怒哀乐爱恨情仇。豺在人类的字典里被喻为恶的化身，但在真正的豺的世界里，还没有恩将仇报这句成语。豺虽然总体上恨人恨入骨髓，但据文献记载，豺是所有大中型食肉兽中对人类最敬畏的一种动物，从不主动攻击人类。迄今为止，在全世界范围内还找不到一个证据确凿的实例来证明豺杀害或吃掉过人，豺攻击人类的概率比家犬伤害主人的概率还要低。

在沈石溪的《刀疤豺母》里，动物行为学家“我”以“动物”的观念来看待万物，从一般人所谓的豺的狡猾里，“我”更多地看到豺的智慧。设置得巧妙的陷阱，伪装得毫无破绽的捕兽夹，掩藏得毫无踪迹的猎网，这些都会被豺一一识破。人们就认为这是因为豺太狡猾，但是豺并不是为被人类捕杀而来到这个世界的，世世代代与人打交道使豺积累了经验，懂得如何保护自己，让自己在充满凶险的环境中活下去，这只能说明豺是一种具有较高智慧的动物，但人却只凭自己的好恶冠之以狡诈的恶名，这未免太霸道太荒谬了。

人类社会经常讲“将心比心”，如果我们也能将之用于动物世界，那么这个丛林舞台带给我们的就不再是单一的厌恶、恐惧，充满了死亡的气息。而是生机盎然，有摩擦有和解，有竞争有互助，有生存的艰难，更有渴望生存的信念与执着生存的魄力，这才是一个完整的全面的动物世界。

只有以“动物之眼”来观察审视其他动物，我们才能理解动物的优胜劣汰所蕴含的生存智慧；才能理解动物的家庭伦理；才能理解为什么动物会咬死被捉的幼崽。动物的生死观、价值观远比我们所想的要丰富得多。

无论是“人看动物”还是“动物看人”、“动物间的互看”，说到底都是人在“看”，只是在不同的提法下，动物在某种程度上获得了话语权，人类也借此对自身进行观照，通过对动物的认识，人不断扩展和加深对自身的认识。当我们以自知之心回望动物时，就会发现动物和我们一样渴求幸福，承受痛苦，畏惧死亡。在地球家园里，人类只是一根与其他生物共振的弦。

五、中外重要动物小说作家作品概观

中国儿童文学对动物形象的塑造兴盛于 20 世纪八九十年代，纵观八九十年代以来动物小说的发展，大致可将其分为以下三个阶段：

第一阶段，动物主要是披着动物外衣的人，作品所确立的是动物形象的象征本体，承载的是现实人世与文明秩序的道德训诫。这类作品在 80 年代占了绝对优势，如宗璞的《鲁鲁》，李传锋的《退役军犬》，朱奎的《丹顶鹤》，沈石溪的《第七条猎狗》等。

第二阶段，动物形象取得了“主体”地位，动物的爱恨情仇错综复杂的“兽际”关系成为描写的重点。如沈石溪的《狼王梦》、《母狼》、《残狼灰满》等以及方敏的“生命状态系列”等。

第三阶段，动物仍是描写的主体，但作家开始将重点转向对动物的“科学考察”，叙事通过一个观察者的视角来展现，观察者会“渗入”动物本身内部的纠葛。如沈石溪的《鸟奴》等，这类作品还在探索中。

这三个阶段，作品均有其典型的动物形象，如：鲁鲁、巴萨查、白莎、紫岚、灰满、白眉儿等。这些动物形象丰富了儿童文学的形象画廊。除了动物小说之外，刘先平的大自然探险小说如《云海探奇》、《呦呦鹿鸣》、《千鸟谷追踪》、《大熊猫传奇》等，用文学和科学这两面镜子反映出来的动物形象也丰富了儿童小说中的动物形象。格日勒其木格·黑鹤是新崛起的动物小说作家，其主要作品《老班兄弟》（台湾）、《黑焰》（接力出版社2006年）等。他的作品让人感到：就在人类的身边，有很多并行的生灵，所有的生命都在共同分享这个世界。黑鹤每年至少有一至两个月在北方广袤的森林和草地中独自游历。对野生动物的实地观察和亲历见闻，使他创作出的“动物王国”呈现出独有的魅力。

国外的动物小说最早产生于19世纪，涌现了大批动物小说作家，如加拿大的西顿，美国的杰克·伦敦，日本的椋鸠十，前苏联的特罗耶波利斯基，英国的吉卜林，美国的埃里克·奈特等。西顿、杰克·伦敦、椋鸠十本章将在阅读链接介绍，下面简单介绍其他几位作家。

加·特罗耶波利斯基，前苏联作家，1905年生于沃罗涅日州的一个神甫家庭。他当过乡村教师，对捕鱼和狩猎有极大兴趣。他于1938年开始发表作品，《白比姆黑耳朵》是其动物小说的代表作。作者用充满深情的、散文般的语言，为我们讲述了一个感人的故事。比姆有着纯种赛特猎狗的体态，毛色却已经无法辨认——身体还是白的，只剩下红黄斑点。他只有一只耳朵和一条腿是黑的（这正是“白比姆黑耳朵”这一名字的由来），但这并不妨碍比姆成为一条聪明、机灵的狗。他甚至能理解主人的痛苦与悲伤，并为他们分忧解愁。它的主人伊万·伊万内奇是位孤独的退休老人，比姆是老人忠实的朋友。后来，主人病痛发作，不得已只好将比姆托付给邻居，自己到莫斯科住院治疗。为了寻找主人，比姆开始了艰难的旅程。其间，他受过善良人的同情和抚爱，也经历过遭毒打、被拐卖等种种不幸，历尽千辛万苦，多次死里逃生。然而，就在主人得知其下落，急忙赶去营救时，比姆却怀着对主人的深深思念，撞死在了检疫站的囚车里。伊万·伊万内奇满怀悲痛地把它埋葬在他们常去打猎的森林里，鸣枪四声，寄托对忠实的朋友——比姆的深深悼念……

吉卜林（1865～1936），作家和诗人，英国短篇小说大师。1865年生于印度孟买。吉卜林一生出版过8部诗集，4部长篇小说，21部短篇小说和故事集。此外还有大量的散文、杂感、随笔、游记、回忆录等等。他的儿童作品一直受到人们的欢迎。1907年，他因“观察的能力、新颖的想象、雄浑的思想和杰出的叙事才能”荣获诺贝尔文学奖。《丛林故事》讲述了一个个关于狼孩莫格里及其他动物的有趣故事。莫格里还是个婴儿时落入狼穴，被母狼收养，成为狼群中的一员。他有很多朋友：忠诚的狼兄弟，憨厚的老熊巴卢，足智多谋的黑豹巴希拉……它们教给他丛林动物必须遵守的“丛林法律”。该书故事精彩，尤其是那些独特的异国丛林风景颇有吸引力。

埃里克·奈特（1897～1943）生于英格兰，少年时代移居美国，婚后定居在宾夕法尼亚的农场上，二战期间在美国服役阵亡。他的作品很少，但仅此部《灵犬莱西》就足以让他在动物小说领域有一席之地。《灵犬莱西》是关于狗的全球性经典小说之一，问世60多年来打动了无数读者的心。牧羊犬莱西像时钟一样，总会准时到学校去等小主人。主人失业后，把它卖给公爵。它三次逃回，三次被旧主人送走。最后，公爵带它到千里之外的苏格兰，莱西禁不住对原主的思念，终于逃脱了，并展开一段漫长而危险的回家之旅。这本书里忠实地呈现了牧羊犬的特性，也表达出多样的人性。作者在描述书中人物时，不论是老实沉默的狗主人山姆·格罗夫，或表面唠叨实际却心软的格罗夫太太，或他们初懂世事的孩子乔，莱西在旅途上所遇到的残暴的捕狗人、好心的女孩、善良的老夫妇等，都十分写实，就像是生活中随时可能出现的人一样。无论是善良的或是脆弱的人性，读来令人有深刻的感受。

本章链接 中外儿童小说名家名著推介

《列夫托尔斯泰故事集·李子核》

［俄］列夫·托尔斯泰

列夫·托尔斯泰（1828～1910），出生于俄国图拉省克拉皮文县的亚斯纳亚·波利亚纳（今属图拉省晓金区）。他是俄国最负盛名的文学家、思想家和教育家，也是世界文化史上的巨人。19世纪50年代，他在《现代人》杂志上陆续发表《童年》、《少年》等作品开始成名，后来陆续创作了《战争与和平》、《安娜·卡列尼娜》、《复活》等世界名著。作为文学巨匠，他曾在家乡雅斯纳亚投身教育事业，创办了20多年学校并完成了《启蒙读本》的编写工作。他非常重视为幼儿编写故事，甚至认为它们的地位是高于其他一切他所写的东西的。在他看来，能够写短小精悍、质朴无华的作品是艺术技巧达到炉火纯青的表征和实证。因此，后世也有了“大手笔为小孩子写大作品”的佳话。列夫·托尔斯泰一生为孩子写了600多篇包括儿童故事、寓言、神话、自然科学等在内的作品。其中，《李子核》是他创作的儿童故事的代表作之一：

> 母亲买了一些李子回来，打算吃过午饭后分给孩子们吃，这些李子就放在盘子里。万尼亚从没吃过李子，他闻了闻，心里非常喜欢这些李子，很想尝尝李子的滋味。他在李子跟前走来走去。当屋里没有人的时候，他忍不住拿了一个李子吃了。午饭前母亲数了数李子，发现少了一个。她就告诉了父亲。
>
> 吃午饭的时候，父亲说：“怎么啦，孩子们，谁吃了一个李子呀?”大家都说：“没有。”
>
> 万尼亚的脸涨得像海虾那样红，可他也说：“没有，我没吃。”
>
> 父亲说：“你们无论哪一个吃了，都是不好的；但是最糟糕的还不是这一点，最糟糕的是李子里边有核呀。谁要是不会吃李子，把核也咽下去，那么过了一天，他就会死的。我担心的是这个。”
>
> 万尼亚脸色发白，说道：“我没有把核咽下去，我把它扔到窗子外面去了。”
>
> 于是大家都笑了起来，万尼亚却哭了起来。

作者在富有喜剧性的生活片断中，通过小小的悬念和波折展现孩子的心理性格。其中，万尼亚想吃李子又不敢吃，最后终于忍不住吃的场景，对孩子来说都有似曾相识的感觉。正如包蕾笔下那个贪吃馋嘴的猪八戒，活脱脱就是一个不乏缺点又很可爱的儿童形象。对儿童与儿童文学非常热爱的周作人先生曾说，“艺术里未尝不可寓意，不过须得如做果汁冰酪一样，要把果子味混透在酪里，决不可只把一块果子皮放在上面就算了事”。儿童文学作家们正是通过幽默诙谐的叙事，激发孩子的阅读兴趣和情感共鸣，让孩子在笑声中获得启发，接受心灵的滋养。

（少年儿童出版社 1986 年版）

《蓝色的树叶》

［苏联］瓦连京娜·亚历山德罗夫娜·奥谢耶娃

瓦连京娜·亚历山德罗夫娜·奥谢耶娃（1902～1969），女，曾多年从事教育活动，1937年开始发表作品。她为低幼儿童写了许多诗歌、童话、儿童故事等。20世纪50年代，少年儿童出版社曾出版她的作品集《三只喜鹊》、《父亲的短外套》、《蓝色的树叶》等。奥谢耶娃的三部曲长篇小说《瓦肖克和他的同学们》则受到少年儿童读者的欢迎，她还写作了富有自传色彩的小说《金卡》和《金卡告别童年》。

儿童故事《蓝色的树叶》讲述了发生在两个小女孩之间的故事。莲娜要画树叶，却没有绿色的铅笔。于是，她向有两只绿色铅笔的卡佳借用。第一天，卡佳说要回去问问妈妈；第二天，卡佳说要回去问问哥哥；第三天，她说妈妈和哥哥虽然已经允许，但她自己又担心莲娜把铅笔弄坏。卡佳一再地叮嘱莲娜："小心些，不要削，不要太用劲使，不要放到嘴里去，不要用得太多啊！"莲娜说她只要把图画纸上的树叶画出绿色的就够了，卡佳听了以后，说："这可多啦！"紧紧地皱着眉头，脸上显出不乐意的样子。莲娜看了看卡佳，一声不响地走开了。上图画课时，老师问莲娜：为什么画蓝色的树叶？并追问莲娜怎么不向有绿色铅笔的同学借用一下。卡佳听了老师的话，赶忙说："我借给她啦，可是她没拿去。"老师看了看她俩说："要好好地给，别人才肯接受呢。"

《蓝色的树叶》是奥谢叶娃的代表作之一，被国内多种教材修改后选用。这篇故事选取的是儿童的日常生活片断，富有新意而不落俗套。首先，故事的标题就很吸引读者，讲述者也可以从此切入，充分调动标题隐含的悬念，激发听众的经验和想象：树叶通常都有什么颜色的？见过蓝色的树叶吗？然后，一步步引导听众进入故事的场景，体会故事角色的心理活动和她们的性格特点，思考老师最后那句话的意味。少年儿童出版社出版的《蓝色的树叶》同名书中还包括《儿子们》等生活故事，总体来说，奥谢耶娃在含蓄温婉的叙述中常常包含一定的劝喻性。

（少年儿童出版社 1954 年版）

《大头儿子和小头爸爸》

［中国］郑春华

郑春华（1959～　），女，回族，浙江淳安人。曾当过保育员，1980 年开始儿童文学创作，后调入出版社任编辑。主要作品有：幼儿故事《紫罗兰幼儿园》、《贝加的樱桃班》、《卷毛头的故事》，小学生生活故事《一年级的马鸣加》、《小女生毛毛虫》，儿童诗集《甜甜的托儿所》、《小豆芽芽》、《圆圆和圈圈》等。儿童故事系列"大头儿子和小头爸爸"起笔于 1990 年，从期刊连载到发行单行本、改编成动画片，大头儿子成为了家喻户晓的人物形象。另外，郑春华还创作了《大头儿子和围裙妈妈》、《大头儿子和胖胖的外婆》、《大头儿子和隔壁大大叔》系列儿童生活故事。

下面来看一段大头儿子和小头爸爸的故事《两座小房子》：

> 小头爸爸找来一把大剪刀，咔嚓……就给两只纸板箱各开了一扇门、一扇窗。大头儿子高兴地拿来红笔，在装冰箱的"大房子"上写：101；在装洗衣机的"小房子"上写：102。
>
> 小头爸爸钻进了"101"，大头儿子钻进了"102"。他们把门关上，再从窗户里伸出脑袋，你看看我，我看看你，然后顶一下头……
>
> ……

作者塑造了一个和孩子一起钻纸箱，把纸箱当作"家"，搬到户外过夜的父亲。在这里，小头爸爸一改过去高高在上的权威家长形象，他陪伴儿子玩耍、游戏，让孩子充分感受到了家、亲情、温暖和童年的快乐。在现实生活中，父母有时为孩子创造了良好的物质条件，但陪伴孩子的时间越来越少。在郑春华的故事讲述中，父母充分参与到了孩子的成长过程中。

应该说，作者较好地把握了幼儿的语言和心理，显示出敏锐的观察力和叙事能力。她将日常生活片断，珍珠串贝似的织成了妙趣横生的故事。有时，不乏夸张和荒诞，但渗透其中的想象力和儿童情趣让人印象深刻。

（湖北少年儿童出版社2006 年版）

《社　戏》

鲁　迅

鲁迅（1881～1936），原名周树人。浙江绍兴人。1898 年就读于南京水师学堂。1899 年进入江南矿务铁路学堂。1902 年留学日本，先学医，后弃医从文。1918 年发表了第一篇短篇小说《狂人日记》。著有小说集《呐喊》、《彷徨》、《故事新编》等，散文集《朝花夕拾》以及《且介亭杂文》等。

短篇小说《社戏》选自小说集《呐喊》，是鲁迅的代表作之一，写于 1922 年。

夏天到了，十一二岁的迅哥随母亲离开鲁镇去平桥村外祖母家消夏。平桥村是一个僻静的小镇，临河，距离海滨不远。在这里，迅哥结识了一群小伙伴，过得惬意、自在。一天，紧邻平桥村的赵庄演社戏。迅哥很想去看，但苦于叫不到船。在双喜的提议下，十多个孩子决定晚上自己驾船去看戏。于是，他们顺利到达了赵庄，挤在船头看了社戏。回家的路上，船行得很慢，大家都饿了。桂生建议大家偷一点罗汉豆煮了吃。阿发上岸下田摸了摸，说自己家的罗汉豆最大，让大家去摘。于是，这个夜晚孩子们看了最好的社戏，吃了最好吃的罗汉豆。

鲁迅少年时曾在乡下生活过，尤其是在乡下看过的社戏令他久久难忘。及至成年，他在北京看京戏，感觉索然无味。于是，写下了这篇回忆儿时在故乡看社戏的小说。小说中的乡村是孩子们的乐园，孩子们不必读枯燥的古书，他们钓鱼、放牛、看社戏，无忧无虑地生活着。小说寥寥几笔，便勾画出了一群农村孩子各自的性格特征，塑造了一批质朴、温厚的农村孩子形象。比如，双喜的热情、机灵、直率，桂生的狡黠，阿发的憨厚、能干和无私等。小说中的心理描写细腻、传神，比如，描摹了孩子们雇不到船看社戏时的焦急，想办法找到了船时的愉悦，两种心情的对比，镂刻出孩子们活泼的天性。小说以抒情的笔调描写了乡村恬淡、幽雅、古朴的风景，诸如豆麦和水草的清香，朦胧的月色，婉转、悠扬的笛声等，营造出了一种如诗如画的意境。此外，小说还展现了醇厚的民俗风情，具有浓郁的乡土气息。

（人民文学出版社 2003 年版）

《罗文应的故事》

张天翼

张天翼（1906～1985），原名元定，号一之。祖籍湖南湘乡，生于南京。1924 年考入上海美术专科学校。1926年考入北京大学预科。1927年退学回杭州。此后若干年，他奔波于沪、宁一带，经常处于失业状态。做过家庭教师、职员、报刊编辑、记者，广泛接触了中流社会和下层市民。1942年秋天张天翼染肺病，先后在成都、上海、香港和澳门等地养病。1950年由澳门返回北京。先后就职于中央文学研究所、《人民文学》杂志社等。1922年开始写滑稽、侦探小说，发表了处女作短篇小说《新诗》。1926年首次用笔名"张天翼"在北京《晨报副刊》发表了散文《黑的颤动》。1931年，张天翼发表了短篇小说《二十一个》，随后加入"左联"。20世纪30年代是张天翼创作的黄金时期，创作出了以《包氏父子》、《华威先生》为代表的世情小说精品，及以《大林和小林》、《秃秃大王》和《金鸭帝国》为代表的童话经典。这些作品是其对中国文学的卓越贡献。

短篇小说《罗文应的故事》发表于1952年。

聪明、可爱的小学生罗文应是一个顽皮的男孩，常常因为贪玩而迟到、忘记做功课，甚至不参加学习小组的活动。因此，他一直未能加入中国少先队。但是，他是一个自尊心特别强的孩子，他渴望能成为一名少先队员。后来，班上的同学们开展与志愿军叔叔通信的活动，罗文应从中受到了教育，下定决心改掉贪玩的缺点。于是，在同学们的帮助下，加上自己不懈的努力，他最终抵制住了玩耍的诱惑，提高了成绩，成为了一名少先队员。

这篇小说塑造了罗文应这个成长于新中国的典型的儿童形象。罗文应一方面具有天真、活泼、贪玩等儿童本性，另一方面又具有时代的特质，即努力成为社会主义事业的接班人。小说采取书信体的形式展开叙事，新颖、别致，且较好地把握住了儿童的心性，通过各种丰富的细节展现人物细腻的心理活动。此外，小说的儿童语言运用恰到好处，富有浓郁的生活气息。不过，小说把"贪玩"作为儿童需要改正的"缺点"，值得商榷。

（《百年中国儿童精品文丛·小说卷》，新世纪出版社，2001年版）

《独　船》

常新港

常新港（1957～　），天津新港人。现就职于黑龙江省作家协会。出版有长篇小说《青春的荒草地》、《青春的激情》、《夏天的受难》、《少年黑卡》、《一只狗和他的城市》、《空气是免费的》、《天王猫》、《陈土的六根头发》、《矮子独行》、《毛玻璃城》、《土鸡的冒险》、《一只叫玉米黄的老鼠》、《树叶上的兄弟》（兄篇、弟篇）、《女生苏丹》和《猪，你快乐》等。中短篇小说集《蓝雪黑鸟》等。

短篇小说《独船》发表于1984年，是常新港的成名作。小说讲述了一个令人深思的悲情故事：北方农民张木头的妻子不慎落水，因路人见死不救而溺亡。张木头的心中因此埋下了仇恨的种子，他憎恨所有的人，不再与任何人交往。理所当然，他不允许乡亲使用他家所拥有的唯一的船只。他的独生儿子张石牙因此备受小伙伴的冷漠和欺凫，郁郁寡欢。性格倔强的张石牙一次次试图通过自己的行动来赢得小伙伴们的信任，却遭到冷酷的父亲的责骂。一天，小伙伴王猛不慎被河水卷走，石牙驾着小船在急流中奋力营救。王猛获救了，而石牙却被无情的洪水夺走了生命。人们被石牙的义举深深打动，石牙的父亲也被儿子的壮举震撼，滚滚热泪融化了他心头的坚冰。

探测人性的温度厚度，挖掘人情的冷暖炎凉，拷问是非的曲直圆方，是这篇小说着力挖掘的主题。小说通过张石牙的悲情故事，塑造了张石牙这一性格倔强、心地善良的小小男子汉形象。他的良知、道义和血性，促成了他拯救他人性命的壮举。他的爱心唤醒了所有人沉睡的温情和关爱，包括他那早已将世界抛弃的沉郁、孤愤的父亲。儿童小说揭示此类深沉的“主题”，实乃鲜见。小说还以简约的笔墨，勾勒出具有鲜明的北方地域特色的风物，与主人公的心理律动相得益彰。此外，小说语言刚劲、俊朗，一反儿童文学常见的“娃娃腔”，具有直指人心的穿透力。

（湖北少年儿童出版社 2006 年版）

《花彩少女的事儿》

秦文君

秦文君（1954～　），女，祖籍山东蒙阳，生于上海。中学毕业后曾插队黑龙江省大兴安岭。现就职于中国福利出版社。1980 年开始文学创作，代表作有长篇小说《男生贾里新传》、《女生贾梅新传》、《小鬼鲁智胜》、《小丫林晓梅》和《花彩少女的事儿》等，中篇小说《男生贾里》等，短篇小说《四弟的绿庄园》等。

秦文君的小说与孩子们的成长同步，故事曲折，人物鲜活，语言风趣，具有“感动当下”的魅力。

长篇小说《花彩少女的事儿》描写了以林晓梅为主的一群花季少女的校园生活和情感故事。林晓梅和表姐林晓霞、表妹王小明在同一所学校读书。她们时常发生摩擦，又因彼此怜惜而加深了姐妹深情。后来，林晓梅与张飞飞竞选学校文艺部长，林晓梅面临竞选失败的窘境。但她以自己特有的韧性从容应对。

与《小丫林晓梅》中的小学生林晓梅相比，本书中的林晓梅已是一名初三女生，且品学兼优。她和在同一所学校就读的表姐林晓霞、表妹王小明，都有着相同或相似的喜怒哀乐。秦文君以其清丽、温暖的笔墨，叙说了发生在她们身上的那些鲜活的“青春故事”。小说铺叙的是当下中学校园刚刚发生或正在发生的事，再现了当下中学生“原生态”生存状态。“那些事情就像是发生在我们班上”，小读者的阅读体验正好验证了小说所表现出的身临其境感。这自然就消弭了横亘于作者与读者、读者与文本之间的距离。此外，轻松、诙谐的笔调，不落痕迹的诗意铺叙，既保持了秦文君作品一贯的亲和力，也实践了作者所坚守的“儿童文学观”：真正的儿童文学不仅在艺术上炉火纯青，毫不造作，甚至是浪漫的，它的形式相对单纯，没有触目的理念，而它的内涵必须蕴含不朽的道德力量，表达出人类的所有的情感和本质。

（接力出版社 2004 年版）

《青铜葵花》

曹文轩

曹文轩（1954～　），江苏盐城人。现就职于北京大学中文系。主要文学作品集有《忧郁的田园》、《红葫芦》、《蔷薇谷》、《追随永恒》、《三角地》等。长篇小说有《山羊不吃天堂草》、《草房子》、《红瓦》、《细米》、《根鸟》等。主要学术性著作有《中国80年代文学现象研究》、《第二世界——对文学艺术的哲学解释》、《20世纪末中国文学现象研究》、《小说门》等。

曹文轩的小说故事情节跌宕起伏，主人公形象大多具有“唯美”之质，文字洗练、优雅，意境深幽、典雅，富有庄重、诗性之美。

长篇小说《青铜葵花》讲述了一个令人倍感温暖的“纯美”故事：在那个非常年月里，与母亲阴阳两隔的城市小女孩葵花，跟随被下放到农村的画家爸爸，像浮萍一样漂流到大麦地村。不久，爸爸溺水而亡。葵花成了孤女。不幸中的万幸，哑巴男孩青铜一家收留了她。他们待葵花如同家人，这不是亲人胜似亲人的关爱和呵护，让葵花很快忘记了丧失双亲的伤痛，重新找回了童年的无忧无虑。几年后，城里来人接葵花回城，葵花悲悲戚戚不忍离去。她走后，青铜终日坐在高高的大草垛上盼她归来。日复一日，奇迹终于发生了：青铜似乎看见了葵花归来的身影，极度的兴奋让他奋力大声呼喊她的名字。这个哑巴少年居然又能够开口说话了。

小说着力展现了苦难岁月里苦难生存境遇中的“纯美”，包括苦难本身之美，即苦难是必然的、永恒的，面对苦难时我们需要保持一种处变不惊的优雅风度；苦难之中漫溢着的善良、正直的人性之美，即平凡、朴实的青铜一家，给予了葵花真切的体恤和爱护。这份爱超越了血缘界线，因为无私、高贵而纯美；苦难之中少年相依相守的纯情之美，哑巴少年给予了伶仃孤女葵花无言的手足之爱，葵花和他心有灵犀，他们一起走过的稚纯岁月里，留下了一串串温暖的脚印。这纯美的真情真爱，驱散了苦难的阴翳，驱散了多舛命运的梦魇，甚至驱散了病魔的阴魂，从而照亮了彼此快乐的天空。

（江苏少年儿童出版社2005年版）

《淘气包埃米尔》

［瑞典］阿·林格伦

阿·林格伦（1907～2002），女。生于瑞典斯摩兰德省的一个农民之家。20年代到斯德哥尔摩求学，毕业后长期从事儿童书籍出版工作。林格伦一生为孩子们创作了80多部文学作品。主要作品有长篇童年小说《长袜子皮皮》（1945）、《米欧，我的米欧》（1957）和中篇童年小说《淘气包埃米尔》（1963），童话代表作有长篇童话《小飞人卡尔松》（1955）和《绿林女儿》等。

《淘气包埃米尔》描写了一个住在伦纳贝亚名叫埃米尔的小男孩的顽皮、淘气的故事。埃米尔看上去乖巧听话，因为他有圆圆的蓝眼睛，红扑扑的圆脸蛋，卷曲的浅色头发。事实上，他是一个罕见的小淘气包。比如，他把妹妹当作国旗升到旗杆顶上，喝汤时把脑袋伸进罐子里拔不出来，把老鼠夹放到饭桌下夹住了爸爸的脚，把猪血扣在爸爸头上，把青蛙放进送咖啡的篮子里等等。无论他走到哪里，哪里就一定会被他搅得鸡犬不宁。但是，埃米尔的“淘气”理由充足：因为妹妹想看到高处的风景他才把妹妹当作旗帜升到高高的杆顶，为了舔干净最后一点汤他才把脑袋伸进罐子里，他觉得老鼠到饭桌下的可能性比较大才不小心夹住了爸爸的脚等等。当然，他并非只知道淘气，他勇敢善良，富有同情心和正义感，帮助他人不惜牺牲自己。比如，他帮助长胡子的女士抓住了横行乡里的盗贼“麻雀”，为孤寡老人准备了丰盛的晚宴并惩罚了济贫院的女领班，他像母亲一样照顾一只奄奄一息的小猪等等。总之，埃米尔一年到头顽皮、淘气，到处“闯祸”，开开心心。

《淘气包埃米尔》是一本日记体的童年小说。小说中有两个讲故事的人：一个是每天都记录埃米尔的“淘气”的妈妈，另一个是作者。作为淘气包的埃米尔无疑是幸福的，因为他有一严父慈母。在这两种不同类型的爱的滋润之下，埃米尔得以快乐、健康地成长。埃米尔的淘气乃男孩的天性使然，又充分表现了他的聪明和智慧。作品细腻、深切地触摸到了童年无忧无虑的本质，以欣喜、欣赏的目光发现了儿童的活泼、淘气和纯真，并在儿童能够接受的限度内约束他们的“非理性”，而不是一味纵容儿童的莽撞和少不更事。埃米尔是快乐的，阅读过埃米尔的孩子也是快乐的。快乐是滋养他们童年岁月的丰富的精神食粮，也是帮助他们感知世界、茁壮成长的引路人。

（中国少年儿童出版社 2006 年版）

《哈克贝利·费恩历险记》

[美] 马克·吐温

马克·吐温（1835～1910），美国作家，本名塞谬尔·朗赫恩·克莱门斯。出生于密西西比河畔小城汉尼拔的一个贫穷是乡村律师家庭。1865 年因幽默故事《卡拉韦拉斯县驰名的跳蛙》一举成名，成为闻名全美的幽默大师。马克·吐温一生中共创作了 23 部作品，其中长篇小说《汤姆·索亚历险记》和《哈克贝利·费恩历险记》是脍炙人口的不朽名著。

《哈克贝利·费恩历险记》中的主人公哈克贝利·费恩（简称“哈克”），是一个十三四岁的男孩。他的妈妈去世后，他经常遭到酒鬼父亲的打骂。后来，他做了寡妇道格拉斯的养子。道格拉斯一心想把他培养成一个有教养的孩子，他被严加管教，感到极其不自由。一天，失踪一年多的父亲突然出现，强迫哈克乘小船到一个偏远林子的小屋里与他同住。摆脱了循规蹈矩的生活，哈克在林子里生活得自在惬意。可是，父亲逼哈克交出与汤姆平分的那笔钱财，酒醉后又常常打他。哈克乘机逃往杰克逊岛。在岛上，他发现了从华岑小姐家逃出来的黑奴吉姆。尽管哈克知道帮助奴隶逃亡是违法行为，但他还是和吉姆结成了患难之交。他们乘木筏沿密西西比河漂流，希望逃离蓄奴州。几经磨难，他们终于漂到一个大河湾。但是，他们却事与愿违地深入了蓄奴州。一天拂晓，哈克收留了两个自称是“国王”和“公爵”的人。他们招摇撞骗，甚至背着哈克卖掉了吉姆。哈克只好躲开他们，前往费尔普斯农场拯救吉姆。他发现买下吉姆的正是哈克的好朋友汤姆的姨夫，而且这一家人正等待汤姆来作客。费尔普斯太太甚至把哈克误认作汤姆。哈克将错就错，设计救出吉姆。但逃跑未能成功。当哈克看见人们押回吉姆时，才透露了事实真相：根据吉姆原主人华岑小姐的遗嘱，吉姆早已获得自由。费尔普斯太太欲收养哈克，哈克坚决谢绝。他打算流浪到印第安人居住的地方过着自由自在的生活。

《哈克贝利·费恩历险记》具有强大艺术魅力的全书主题——对自由的追求——并非是抽象的，而是充满了时代气息。这种对“自由的追求”，对一种“新的文化”的追求，正是从下层人民出身的哈克朦胧而执着的追求，也是马克·吐温从19世纪美国两股历史大潮——“西进”开发边疆和“南下”废止南部各州黑奴制中，从伐木者、淘金者、水手的生活与憧憬中捕捉住并提炼、熔铸的。文学不同于历史，但马克·吐温正是捕捉住了他所写的那个时代的“美国民族的生活与灵魂”，才使得作品具有如此强大的艺术魅力。此外，小说“追求自由平等”的主题，充分体现在主人公哈克身上，他是一个十三四岁的白人小孩，在他身上有着敢于拓荒，勇敢冒险，追求个性体验的美国精神。这种美国人非常珍惜的个人首创精神，正是代表着美国文明史上新的文化的萌芽。

总之，这部小说在人物的刻画上，尤其在密西西比河这样的典型环境中对典型人物的描写是非常成功和出色的，作者采取孩子的独特视角，再加上高超的写作技巧，使其成为美国文学史上不朽的名著。海明盛赞“一切美国现代文学都来自马克·吐温的一本书，叫做《哈克贝利·费恩历险记》”。英国诗人托马斯·艾略特也称这部小说在英美两国开创了新文风，是“英语的新发现”，并给予哈克贝利·费恩这个形象极高的评价，赞其是永恒的，可以同奥德修斯、浮士德、堂·吉诃德、唐璜和哈姆雷特等相比而毫不逊色。

（人民文学出版社2003年版）

《麦田里的守望者》

[美] J. D. 塞林格

J. D. 塞林格（1919～ ），出生于纽约城一个富裕的犹太商人家庭。15岁时进宾夕法尼亚州一所军事学校住读，1936年毕业。1937年去波兰学做火腿，不久回国继续读书，先后进了3所学院，都未毕业。1942年从军，1946年复员回纽约，专门从事写作。1951年出版长篇小说《麦田里的守望者》，一举成名。此后，他隐居乡间小屋，外筑高墙，离群索居，成为著名的遁世作家。除了《麦田里的守望者》之外，他只有三本薄薄的小书，即短篇小说集《九故事》、中篇小说集《弗兰妮和祖伊》等。

《麦田里的守望者》的主人公霍尔顿是个中学生，出身于富裕的中产阶级家庭。他虽只有16岁，但比常人高出一头，整日穿着风雨衣，戴着鸭舌帽，东游西荡，不愿读书。他对学校里的一切——老师、同学、功课、球赛等等全都腻烦透了，三次被学校开除。学期结束，他又因四门功课不及格被开除。他丝毫不感到难受。在和同学打了一架后，他深夜离开学校，回到纽约，但他不敢贸然回家。他住进了一家小旅馆，无聊之极，便去夜总会厮混。回旅馆，他糊里糊涂叫来了一个妓女。但他面对妓女时很紧张，最后按讲定的价格给了五块钱，把她打发走。第二天是星期天，霍尔顿上街游荡，和女友萨丽去看戏、溜冰。萨丽虚情假意，两人吵架后分手。接着，霍尔顿独自看电影，并到酒吧喝得酩酊大醉。走出酒吧，他决定冒险回家看看他心爱的妹妹菲碧。父母不在家，他叫醒菲碧，向她诉说了自己的苦闷和理想。他说，当一名“麦田里的守望者”是他的梦想。父母回来时，霍尔顿躲进壁橱。然后，他溜出家门，到一个他尊敬的老师家中借宿。半夜，他发现老师可能是个同性恋者。于是，他逃到车站候车室过夜。他不想再回家，也不想再念书了，决定去西部谋生。临走前，他约妹妹见面。妹妹姗姗来迟，拖着一只装满衣服的大箱子，坚持要和他一起去西部。霍尔顿只好放弃西部之行，陪她去动物园、公园玩。然后，他们一起回家。不久，霍尔顿生了一场大病。

二次大战后，美国在社会异化、政治高压和保守文化三股力量的高压下，形成了“沉寂的十年”，而首先起来反抗的是“垮掉的一代”。本书主人公霍尔顿实际上也是个“垮掉分子”，是最早出现的“反英雄”，只是他还没有放纵和混乱到他们那样的程度罢了。《麦田里的守望者》之所以能产生如此重大的影响，主要在于作者创造了一种新颖的艺术风格。全书通过第一人称，以一个青少年的口吻叙述了自己的所思所想、所见所闻和行为举止，也以一个青少年的眼光批判了成人世界的虚伪面目和欺骗行径。作者以细腻深刻的笔法剖析了主人公的复杂心理，不仅抓住了他的理想与现实冲突这一心理加以分析，而且也紧紧抓住了青少年青春期的心理特点来表现主人公的善良、纯真和荒诞、放纵。小说中既用了“生活流”，也用了“意识流”，两者得到了巧妙的结合。在语言的运用上，本书也独创一格。全书用青少年的口吻平铺直叙，不避琐碎，不讳隐私，使用了大量的口语和俚语，生动活泼，平易近人，达到了如闻其声、如见其人的效果，增加了作品的感染力，使读者更能激起共鸣和思索。

总之，《麦田里的守望者》一度被认为是一本坏书，因为主人公读书不用功，还抽烟、酗酒，满口粗活。经过时间的检验，它不愧为美国当代文学中的“现代经典小说”之一。大多数中学和高等学校把它列为必读的课外读物，影响了好几代美国青年。

（译林出版社 1999 年版）

《安琪拉的灰烬》

[美] 弗兰克·迈考特

弗兰克·迈考特（1930～　），生于美国纽约，不久举家移居爱尔兰，在贫民窟长大。19 岁只身返回美国。1996 年出版了自传体长篇小说《安琪拉的灰烬》，该书 1996 年出版，一举获得普利策文学奖、全美书评奖、洛杉矶时报图书奖、美国年度好书奖等。

《安琪拉的灰烬》讲述了一个有关“成长”、“苦难”的故事，故事发生在 20 世纪 30 年代到 40 年代的爱尔兰。在这部“自传体”式的“成长小说”中，作者娓娓叙说了一个名叫弗兰基的男孩（4～19 岁）成长的心路历程。但作品与以往以“苦难”为书写主题的作品的不同之处在于对“苦难”本身所做的“淡处理”，即苦而不怨，难而不馁。抑或有怨有恨，却隐忍不发。作者无意于再现、强调“苦难”的狰狞，而是将其作为生存世界中的一种习见的东西。作者没有浓墨重彩地宣泄苦难，以博取读者的同情，始终以平和的语调叙说那一段已流失的成长岁月。这种对待“苦难”的心境，蕴藉了一种超然、一份达观：生存即折磨，苦难就是确证。我们既然已存身于世，别无选择，只能面带微笑，无怨无恨，默默承受。这不是对苦难的消极逃避，而是超越似乎难以超越的苦难的一种积极的生存策略。

《安琪拉的灰烬》以隐忍的笔墨，再现了一段被湮没的成长往事。浅白的文字里，简单的叙事结构中，隐蓄着恢弘的生存世相。舒缓的叙事语调，显示了一种达观和通脱。不管所有的苦难会不会都有可能成为一笔宝贵的人生财富，但对苦难炫耀般的反复咀嚼显然不是对待苦难的有效方式。而将在苦难之中所凝聚成的人生经验传达给后来者，无疑就是留存给自己和他人的最宝贵的财富！

（南海出版公司 2006 年版）

《追风筝的人》

[美] 卡勒德·胡塞尼

卡勒德·胡塞尼（1965～　），生于阿富汗喀布尔，后随父亲逃亡美国。毕业于加州大学圣地亚哥医学系。长篇小说《追风筝的人》是他的处女作。自 2003 年出版以来，好评如潮，已获多项新人奖。

《追风筝的人》叙说了阿富汗少年阿米尔 12 岁至 38 岁之间所遭逢的成长之“殇”，最终得以长大成人的故事。阿米尔 12 岁那年因背叛了“仆人兼玩伴”哈桑而悔恨、自责成疾。那是一场挥之不去的梦魇，胁迫他度过了没有阳光的少年和青年时期，直至他步入中年。阿米尔童年的创痛和感伤堪比风烛残年，他的成长令人揪心。小说以冷静的笔墨，再现了战争阴影下的阿富汗儿童凄怆的命运——“在阿富汗，热自来水和父亲一样，都是稀缺的东西”。小说还将“风筝”这一具有文化隐喻性的意象贯串文本始终，通过对成长的“背叛”与“救赎”的深度书写，以深挚的悲悯情怀探测了人性的温度与厚度，并以成长主人公成长的“私人事件”激活了“公共事件”。

总之，《追风筝的人》以阿米尔个人的成长经历为主线，一切文化因素、“公共事件”不过是其成长的背景。但是，这些似有若无的“公共事件”却举重若轻、以小见大地影射了与阿米尔成长息息相关的重大的社会历史事件。因此，这部小说超越了成长主人公阿米尔的“私人生活”而具有厚重的文化意蕴。不论是对人性的深度追问，还是对成长的深度书写，本书皆具震撼性。本书获得 2006 年联合国人道主义大奖，名至实归。

（上海译文出版社 2006 年版）

《狼王梦》

沈石溪

沈石溪（1952～　），原名沈一鸣，上海人，1969 年赴云南西双版纳傣族村寨插队落户，1984 年考入解放军艺术学院文学系。曾长期担任解放军成都军区政治部创作员、云南省作家协会副主席。现居上海。80 年代初开始从事儿童文学创作，擅长写动物小说，已出版 500 多万字作品。在大陆出版小说 11 部，在台湾出版小说 7 部。作品主要有

《第七条猎狗》、《狼王梦》、《混血豺王》、《一只猎雕的遭遇》、《红奶羊》、《鸟奴》等。

沈石溪的动物小说精于描写动物之间的情感与生活，丰美厚实。将故事性、趣味性和知识性融为一体，充满哲理内涵，风格独特。在他的笔下展示了纷繁复杂的动物世界，塑造了丰富多彩的动物形象，这些形象具有撼人心魄的力量。沈石溪对动物小说有自己的见解，他认为，严格意义上的动物小说应该具备如下要素：一是严格按照动物特征来规范所描写角色的行为；二是沉入动物角色的内心世界，把握住让读者可信的动物心理特点；三是作品中的动物主角不应当是类型化而应当是个性化的，应着力反映动物主角的性格命运；四是作品思想内涵应是艺术折射而不应当是类比或象征人类社会的某些习俗。他的第二阶段的作品几乎都是写这样的作品。《狼王梦》是这类作品的代表作之一。

《狼王梦》的主人公——美丽的母狼紫岚为了实现丈夫黑桑的遗愿，誓死要将黑桑和自己的后代培养成为新一代狼王。为了实现这个理想，她不惜付出任何代价，承受任何苦难。但在弱肉强食、险恶环绕的丛林社会里，独立支撑抚养孩子何其不易。紫岚的孩子不断遭遇不幸，作为狼王候选人的狼儿一个接一个地死去。但是，这些都无法阻止紫岚实现梦想的决心，狼儿死了，还有狼孙，为了自己的狼孙有朝一日能成为狼王，它心甘情愿与那只夺去了自己大狼儿的金雕同归于尽。

《狼王梦》情节紧凑，环环相扣，读来令人心潮澎湃。最难得的是，作者在情节的处理上严格遵守客观原则，很少让人类的道德和温情混入狼的故事里喧宾夺主，真正做到了他对严格意义上的动物小说的追求。

（湖北少年儿童出版社 2006 年版）

《混血豺王》

沈石溪

《混血豺王》是沈石溪动物小说的力作。这是一部长篇动物小说，讲述了这样一个故事：猎狗洛戛在追猎中和母豺达维娅结合，生下混血豺白眉儿。后来，白眉儿不幸失去双亲，在豺群中过着下等的苦豺生活。豺王夏索尔为铲除异己，借故逼它出走。白眉儿几经磨难，又回到豺群。在豺群中它忍辱负重，在危难中挽救了豺群，从而当上了豺王。但最终，这只有着狗与豺的杂交优势的豺王，却无法在豺群和人类社会立足。在救了整个族群的幼豺后，它被豺群抛弃。因为它有狗的血统，豺群不能容忍；它不能也不愿回到人类社会，因为它有豺的血统，人类不能容忍。最后，它满怀悲愤，怆然死去。

作品以生动的情节、曲折的故事，表现了有着奇异出身的混血豺王白眉儿屈辱、苦难、奋斗的一生。从苦豺到猎狗，从猎狗到豺王，它一生经历了无数次的考验，但它始终没有放弃和退缩。它为种群的发展和恶劣的自然环境斗；为照顾孤老病残和种群的传统观念决裂；为挽救种群不被消灭和围追堵截的猎人浴血奋战。白眉儿是豺，是动物性的豺，然而它又是一只有思想、有灵魂的豺。它的屈辱，它的豁达，它的奋争，它为救旧时的主人，它为豺群的生存所表现的感情波澜，它那大无畏英勇献身的精神，无不震撼着读者的心弦。

（新蕾出版社 1998 年出版）

《苍　狼》

金曾豪

金曾豪（1946～　），江苏常熟人。任职于常熟市文化局。主要文学成就在儿童文学领域，著有300余万字作品，出版专著20多部，并有《金曾豪文集》（4卷本）行世。代表作有《迷人的追捕》、《狼的故事》、《青春口哨》、《苍狼》、《蓝调江南》、《小巷木屐声》等。

金曾豪的动物小说写真实的、自在的动物，不是“这一类”，而是“这一个”。动物有情感，有个性，有“世界”，作者将笔触伸入动物本体，进入到动物的内心，力图表现丰富复杂的动物世界。

《苍狼》这部关于狼的动物小说，艺术构思独特，故事情节新颖，不落俗套。开摩托车的战士小冯（后为摄制组成员）一个偶然的机会与狼对峙，接下来是惊心动魄的人狼大战，结果是抓获了两只狼。一只是年轻的母狼，另一只是老公狼——曾经叱咤风云、威风凛凛的狼王。母狼在笼子里产下了四只小狼，这个完整的狼的家庭被摄制组送上了一个小小的荒岛。它们与被摄制组先后悄悄送上荒岛的兔子、豪猪，岛上原有的蚱蜢、老鼠、泥鳅、螃蟹等，以及突然从天而降的天敌——凶悍的鹰发生了种种戏剧性的纠葛和殊死的搏杀，而这一切都被事先放好的摄影机摄入镜头。但是荒岛太小，家养的兔子太容易捕捉，丧失了血腥厮杀的快感，狼的野性不能得到满足，它们为此而烦躁不安，决心冒死渡过海峡回到它们真正的家园。于是浪涛中出现了一条鲜红的生命之链顽强地朝群狼向往的山林延伸……这是一场狼捍卫狼性尊严、捍卫自由、争夺生存权利的战争。小说的结尾是这样的：

小狼大哥已经死去，可它的嘴巴依旧没有松开！

山林在海的那一边紧张地注视着这条生命之链。

这条生命之链在海面上划出一道鲜红……

这群永远不屈服于人类的强迫迁徙而毅然寻求自己生存家园的苍狼，以血染的生命之链控诉了人类的肆无忌惮，为所欲为。小说淋漓尽致地展现了狼在窘迫的、变异的生存环境中对自身习性、对古老的丛林法则极具悲壮色彩的固守。令读者在略带刺激的审美体验中领略大自然法则的严峻和不可更易性，从而激起对人与动物、人与大自然关系的理性思考。苍狼的命运向人类揭示了一个真理：动物一定要活在自己的世界，人类必须让动物活在一个属于动物的世界。

（湖北少年儿童出版社2006年版）

《狗的天堂》

牧　铃

牧铃（1953～　），原名吴牧铃，湖南平江人。1983年开始文学创作。近年写作以儿童文学为主，陆续发表反映校园生活及科幻、动物、探险等题材的中、短篇小说百余万字。他的代表作有长篇小说《惊涛》、《狗的天堂》、《第四奇迹》、《荒漠孤旅》等；中篇小说集有《男儿十五》、《梦幻牧场》、《当心猛犬》、《绝境》、《磨难》、《第四探险队》等，共计出版小说21部。

《狗的天堂》是一部生动曲折、读来令人惊心动魄的长篇动物小说。作品塑造了一只侠肝义胆、嫉恶如仇的牧犬阿洪。全书分为四部，第一部牧犬阿洪，第二部牧场英雄，第三部宠物明星，第四部绿色的风。

这只牧犬忠于职守，尽心保护牧场牛羊的安全；为救同伴，它和大款豢养的恶犬搏斗；它怀着侠义心肠，从屠夫手中救出小时的“奶母”——一条奶牛；它和猛豹斗，和恶人训练的恶犬周旋……它的大智大勇感动着同伴和牧工。它曾被转卖过、逃走流浪过。它所走过的不平凡的坎坷生活道路，使人振奋，发人深省。

“主人去了，牧犬在动荡中彷徨，命运将怎样光顾，四周一片凄凉，侵害不期而至，凌辱更是家常，忠于主人的生灵啊！寻觅着自己的天堂。”作者以狗寻觅自己的天堂来剖析人性，反观人世，从而促使人去思考自己和动物和整个大自然的关系。

小说文笔洗炼，感情丰沛，心理描写细致入微。对牧羊犬的动物性、生活习性等的把握非常到位，这与作者的牧场生活经历是分不开的。

（新蕾出版社1998年版）

《黑　焰》

格日勒其木格·黑鹤

格日勒其木格·黑鹤（1976～　），蒙古族。作品中出现最多的是草地和动物。作品有长篇小说《黑焰》，中篇小说《饲狼》，作品集《老班兄弟》、《重返草原》等。黑鹤现居黑龙江，拥有两头威斯拉（Vizsla）猎犬。每年至少有一至两个月在北方广袤的森林和草地中独自游历。对野生动物的实地观察和亲历见闻，使他创作出的“动物王国”呈现出非凡的魅力。

《黑焰》讲述的是这样一个故事：母獒在一个雪夜勇斗雪豹后离世，留下幼獒格桑。格桑渐渐成长，努力地成为一头高原牧羊犬，却被酒醉的主人卖掉。在拉萨格桑意外获得自由后，与生俱来的荒野气质和勇悍的扑咬，使它战胜了前来挑衅的所有的流浪狗。也是在这里，它认识了枪的威力和人类的能力。厄运再次开始，老画师的疏忽使格桑再次被禁锢。当它对自由几乎绝望时，一头年老的绝食的铁红色藏獒重新唤起了它对远方草地的向往。转机瞬间而至，一头发狂的牦牛使它摆脱了被囚禁的命运。荒原中格桑遇到韩玛——一个为它锯开脖颈上沉重项圈的人，从此开始了新的生活。在陌生的城市，它成为一头闻名遐迩的超市保安犬，经历了与德国牧羊犬苏苏短暂而热烈的感情，成为盲童记忆里温暖的大狗……最后，它来到魂牵梦萦的北方草地，在那里，能否找回令它迷恋和不舍的高原气息？

黑鹤的文字冷峻有力，叙述不动声色，客观地描述了藏獒视野里的各种生灵、雪域高原的神秘气息和北方草原的辽阔，具有一种强大的震撼力。读者在阅读的过程中，会被那奔流在文字底下的激情拉入到藏獒的世界，与其共同体验跌宕起伏的生命之旅。本书情节跌宕、艺术感染力强，引领读者开启动物的情感之门，去倾听大自然中细小而美妙的声音。

黑鹤认为在创作中完全忠于现实也许毫无新意，但在动物小说的创作中杜撰一定是要以科学依据为基础的。野生动物就是野生动物，拥有与人类世界截然不同的残酷的生存法则，它们永远不会遵从人类的社会形态。《黑焰》正是其上述观点的最好体现。

（接力出版社 2006 年版）

《西顿野生动物故事集》

［加拿大］E. T. 西顿

西顿（1860～1946），出生在英国，6 岁时和家人一起来到加拿大。从小热爱大自然，悉心观察、研究大自然里的飞禽走兽。他是个博物学家、社会活动家和作家。他的《我所知道的野生动物》于 1898 年出版后获得了极大的成功。他天生喜爱动物，年轻时就开始观察、调查野生鸟兽，所以笔下的动物描绘生动，充满生命的尊严。一个多世纪以来，他的作品一直是喜爱野生动物者必读的经典。

《西顿野生动物故事集》的英文原名是 Wild Animals I Have Know，这是西顿最著名的一部短篇动物小说集。篇目包括：洛波，喀伦坡的大王（一般也译为“狼王洛波”）；银斑，一只乌鸦的故事；豁豁耳，一只白尾兔的故事；宾戈，我的爱犬的故事；泉原狐；溜蹄的野马；巫利，一只黄狗的故事；红毛领，顿谷里的一只松鸡的故事。

狼王洛波比其他的狼个头大，智谋多；乌鸦“银斑”是群鸦中最聪明、最强壮、最勇敢的；白尾兔毛丽是一名真正的“母亲英雄”，因为她不惜牺牲自己的生命来拯救自己的儿子；“溜蹄的野马”是一匹完美无瑕的马的形象，是大平原上古往今来最高尚的动物，哪一匹马也没有像他那样强壮而又难以捉摸；松鸡“红毛领”是一窝中最大、最壮、最漂亮的。西顿把他们的行为描写得十分高贵，从而确立他们的悲剧形象。奋不顾身的老狼洛波遭到不可避免的悲剧结局，因为他的伴侣被人杀害时，他不想只身逃往异乡。“银斑”和白尾兔毛丽都毫无保留地把自己的智慧传授给子女。虽然“好爸爸在松鸡世界上难得一见，但‘红毛领’却是一个模范父亲”。“疤脸母狐”设法把自己被人捉获的幼崽毒死，因为她不忍看见他的自由被人剥夺。同样，溜蹄的野马异常珍视自己的自由，一旦被人抓获，就设法跳崖自杀。主人精心喂养的黄狗巫利虽然对人的虔诚“就连世界上最英明伟大的人也想不到”，最终却在咬碎了主人女儿的双手之后，惨死在主人多利的柴钩下。我的爱犬——宾戈机智敏感，是令人钦佩的良种，在被自己设下的捕狼机夹住、差点葬身狼口之时，宾戈勇敢地救了他的命，但宾戈还是死于中毒。

西顿的动物小说是在对动物的科学观察和深刻认识的基础之上写成的。里面的动物是地地道道的动物，不是徒具动物外形的人。他强调刻画动物的仇恨、寂寞、饥饿、痛苦这些最基本的感情，而不是更为复杂的人类的思想情绪。他抓住动物的生存斗争这个关键，来突出动物的个性。他笔下的野生动物差不多都以悲剧告终，这符合动物的生命特性。他在描写动物时努力遵循以下原则：个体的真实个性及其生活图景才是我的主题，而不是漫不经心、充满敌意的人的眼睛所看到的某一类动物的一般情况。《我所知道的野生动物》准确地体现了他的创作观。西顿采用第三人称叙事方法，使读者感到信服。他的文笔简练，语言朴直，无论是传递信息还是构成紧张的戏剧冲突，效果都十分明显。

（译林出版社 2001 年版）

《荒野的呼唤》

［美］杰克·伦敦

杰克·伦敦（1876 ～1916），美国作家。生于旧金山一个破产农民的家庭。因家境贫困，自幼从事体力劳动，当过童工、装卸工和水手等，后又在美国各地流浪。靠劳动所得曾进过加利福尼亚大学学习。在 1897 年加入过阿拉斯加等地淘金者的行列。早年坎坷的生活经历使他体会到下层人民的悲惨处境和人与人之间的激烈竞争，成为他后来从事创作的源泉。发表在波士顿《大西洋月刊》的小说《北方的奥德赛》是杰克·伦敦的成名作。其代表作有《野性的呼唤》、《白牙》、《马丁·伊登》、《热爱生命》等。杰克·伦敦是一位多产作家，一生创作了 19 部中长篇小说，150 多部短篇，3 部戏剧，1 部纪实文学和若干政论。杰克·伦敦以其不朽之作《荒野的呼唤》和《白牙》（又译作《雪虎》）在动物小说领域享有盛名。

《荒野的呼唤》于 1903 年问世，是杰克·伦敦最受欢迎的小说之一。小说讲述了大狗巴克的曲折经历。巴克原来在加利福尼亚的富家大院里过着养尊处优的日子。当淘金潮兴起时，贩卖雪橇狗的行业暗流涌动。巴克被人盗卖到北方，投入蛮荒之地，被迫在弱肉强食的环境中为生存而拼杀，原有的尊严荡然无存，原始的野性慢慢回归。在受尽磨难、奄奄一息的时候，巴克被约翰·桑顿搭救，从此巴克感受到爱的温暖，并知恩图报。但是，在约翰·桑顿遇害后，巴克最终切断了与人类社会的纽带，在荒野的声声呼唤感召下，汇入狼群，重归自然。

《白牙》是《荒野的呼唤》的姊妹篇，也是《荒野的呼唤》的一个倒影，两者的情节正好相反。白牙是一只诞生于荒野之中的带有二分之一狗的血统的狼。在你死我活的环境里长大，白牙早早理解了生活的残酷。主人强迫它斗狗赚钱，人类的虐待使它丧失了最后一丝温情。白牙性格孤僻，心性凶残，对所有人都充满仇视。在一场几乎丧命的搏斗之后，一位新主人把它救出苦海。新主人仁慈的爱最终使白牙从凶残的野兽转化为忠实的宠物。

杰克·伦敦的动物小说从动物的特性着眼结构故事，对动物行为的自然动机观察入微，蕴含深刻哲理，没有将动物人化的痕迹。小说情节跌宕起伏，一些场面惊心动魄，引人入胜。小说内涵丰富，深刻解剖了人性，透出对人的生命本质的思考。两部小说对“我要到哪里去”这个问题有令人深思、耐人寻味的解读。

（人民文学出版社 2004 年版）

《沃特希普荒原》

[英] 理查德·亚当斯

理查德·亚当斯（1920～　），英国小说家和历史学家，一生除了进行学术研究之外，或独立创作，或与他人合作，共完成 19 部儿童文学作品。《沃特希普荒》是其处女作，完成于 1972 年。并一版再版，是一部堪与肯尼斯·格雷厄姆的《杨柳风》和乔治·奥威尔的《动物庄园》相媲美的现代经典作品。此后亚当斯先后创作了《沙迪克》、《瘟狗》、《荡秋千的女孩》、《铁狼和其他故事》、《旅行者》以及《沃特希普荒原》的续篇《来自沃特希普荒原的传说》等作品。

《沃特希普荒原》讲述的是这样一个故事：天赋异禀的小多子预言目前的兔子领地上将有一场来自人类的毁灭性灾难，于是他和一只名为榛子的勇敢机智的兔子前去晋见兔子首领，劝其带领兔群离开领地，但遭到了拒绝。于是在灾难来临之前，小多子和榛子以及其他几只公兔子匆匆离开了领地，踏上了艰辛的冒险之旅。在经历了和人类以及其他天敌几番生死攸关的周旋后，他们来到沃特希普荒原，开始创建新的领地……由于缺少母兔子，兔群依然面临着灭绝的危险。他们只得再度冒险，赶往一座农场劝说笼养兔子加入他们的领地，同时派出外交使团前去一个叫艾弗拉法的领地求婚。但求婚计划失败，与那里专制蛮横的首领进行生死较量，最后艰难却成功地带领大批母兔子回到了沃特希普荒原。然而，一切远远没有结束，一场更加危险的战斗正在等待着他们……

这是一本非常奇妙的书，对兔子的生活习性描写得细致入微。作者在写此书前显然对兔子做过细心的观察和研究，翻阅了不少资料。全书对大自然的描绘很是出色，让人对那广袤的草原和美好的大自然产生无限的向往。荒原中细小的事物都栩栩如生，对植物风景的描述也都很耐人寻味，读了仿佛置身其中。

以榛子为首的兔子们在不断地追求着自由自然的生活，即使是强权和诱惑都不能阻止他们。沃特希普荒原象征了人类真正寻觅的精神家园。在这里，辛勤劳作才有口中之食，和自然和谐相处是生存的前提。

小说最大的成就还在于，它开创了小说中动物开口说话的先河。所有的动物都是独立的生命个体，不再是象征体或隐喻体，它们之间的交流是生命个体的心灵对话。这对我国的动物小说创作是一个很好的借鉴。

（人民文学出版社 2005 年版）

《椋鸠十动物小说全集》

[日本] 椋鸠十

椋鸠十（1905～　），原名久保田彦穗，日本儿童文学家。创作以少年为阅读对象的动物小说为主，先后出版过数十部作品集以及《椋鸠十全集》(26 卷)、《椋鸠十的书》(26 卷)、《椋鸠十动物童话》（10 卷）等。其代表作有《独耳大鹿》、《消失的野犬》、《雁王》和《老鼠岛的故事》等。

椋鸠十的作品取材广泛，构思独特精巧，线条流畅通俗，语言朴实生动，主题鲜明易懂，但又决无说教，成功地塑造了一系列感人肺腑且活泼可爱的动物形象。读椋鸠十的作品，不但能得到许多有关动物的知识，受到良好道德品行的启发和教育，而且从他对人与动物关系的描写中，能使我们从更广泛的角度和深刻的意义上去认识作家，理解他的作品。

这套《椋鸠十动物小说全集》包括《两只大雕》、《天棚里的猫》、《阿尔卑斯的猛犬》、《深谷里的羚羊》、《山大王》、《野性的呼唤》、《野兽岛》、《水獭的海洋》等8部作品。下面选其中四部加以简介。

《两只大雕》是长篇动物小说，讲述两只大雕的成长故事。两只雏雕，过早成为了孤儿，是大自然和本能教会了它们生存。它们孤傲地飞翔，就像一对身怀绝技的少年侠客。它们的成长之路要面对无数的艰难险阻，特别是充满占有欲的人类。整篇故事始终追求的是动物与动物、动物与人类之间可谓无情严苛的牵绊。

《深谷里的羚羊》这本书共有18篇以动物为主体所描写的故事。书中很明显地呈现了椋鸠十的动物文学风格——知性与感性的融合。他对动物生态、习性的观察，是那么准确入微；对动物友情、勇气、智慧，又是咏歌赞美；景物的描写更是那么美，让人浸浴在大自然的氛围，享受亲近动物的乐趣。

《水獭的海洋》讲述的是一个水獭白耳的故事，它屡次被人们抓到，人们抓到它只是为了把它放进动物园里供人观赏，它们是一种濒临灭绝的动物，它们的世界是广阔的空间，白耳为了逃避人类，坚强地与人类做着斗争，最后，它所爱的人死去，但它终于获得了自由。

《山大王》包含了几则中、短篇故事，是椋鸠十的典型作品，健康而感人。主要长篇故事“山大王”写的是主角太郎与小熊黑星之间相处所发生的许多真挚感人的点滴，作者在篇中提示的是人与动物相处，需要人类有诚意去了解动物的天性和善意，彼此才会有真诚的交流。椋鸠十爱动物，以动物文学当上了动物的代言人，我们从他的作品中，深深体味他心灵深处的真诚和高尚的情操。

（二十一世纪出版社2001年版）

◆思考题

1. 结合具体作品，分析儿童故事的“口语化”特征。

2. 结合具体作品，谈谈儿童故事的“生动性”是如何体现的。

3. 从推介篇目中选择一篇儿童故事，谈谈儿童故事的讲述艺术和方法。

4. 什么是“童年小说”？结合具体作品，试析“童年小说”的美学特征。

5. 什么是“少年小说”？结合具体作品，试析“少年小说”的美学特征。

6. 什么是“成长小说”？结合具体作品，试析“成长小说”的美学特征。

7. 试述“少年小说”和“成长小说”之间的关系。
8. 什么是动物小说？动物小说有哪些美学特征？
9. 动物小说有哪几种创作视角？
10. 动物小说有哪几种形象塑造类型？

第六章 儿童文学的散文体

散文是与韵文相对的一种古老文体。按中国古典文论的界定，散文是指除诗、词、曲、赋等韵文之外的一切文学样式。经过漫长的文学史的演进，散文的概念不断发展、变化。当代的散文概念，具有广义和狭义之分。所谓广义散文，是指与小说、诗歌、戏剧等并列的一种文学样式，包括抒情散文、随笔、杂文、报告文学和史传文学等。所谓狭义散文，即抒情散文，或称艺术散文，注重叙事、抒情和议论“三体并包”，是一种长于抒发主体情思的内向性文体，真实、自由是其本质。本书中的“儿童散文”，属狭义散文范畴。而“儿童报告文学”和“儿童史传文学”则属广义散文范畴。

综观世界文学史，“散文”即 Essay，中文名为“随笔”，源自 17 世纪法国作家蒙田和 18 世纪英国作家培根的随笔。时至当下，有关“散文”这一概念的界定仍旧相当宽泛、随意，与中国散文概念中的的广义散文异曲同工。

第一节 儿童散文

何谓“儿童散文”？如前所述，本书中的儿童散文属于狭义散文范畴，除具有狭义散文的审美特征外，它还具有自己的独特的美学风格。因为读者对象主要是儿童和少年，儿童散文所表现的内容多为童年和少年的生活体验。因为儿童文学所特有的写作群体和阅读群体不一致的情状（即主体作者大多是成年人，而主体读者大多是未成年人），加上散文是一种“回忆性”文体，儿童散文则多是成年人对自己儿童、少年时期生活的回顾，适宜于儿童阅读、欣赏的作品。因此，本书将儿童散文定义为：是一种着力观照内心世界、抒发主体情思，融叙事、抒情和议论为一体，以真实、自由为核心，适合儿童、少年阅读和欣赏的一种文学样式。

儿童散文具有以下四方面的美学特征：

其一，真实性。从艺术表现的特质看，在各种文学样式里，散文是最具“个人性”的文体，一切从“自我”出发。从某种意义上说，散文就是作者的“自叙传”和“内心独白”。这就决定了散文的内容，包括人、事、情、景等，具有真实性。真实性在散文中呈现的状态是开放、多元的，它与虚假、虚构相对抗，表征为表象的真实和心理真实。不管是客观、物化的真实，还是主观、抽象的心理真实，只要是因“我”的情感涌动而吟唱出的“心底的歌”，就无碍于散文的“真”。儿童散文的真实，大都体现为客观的真实，即“我”亲历（耳闻目睹），“我”所叙述的“场景”实实在在发生过，经由记忆可以还原，甚至可以找到见证人。事件具有纪实性，与事件相关的人可以与“我”生活中的某人对号入座。这样的散文的逻辑顺序为：“我”看见＋“我”听见＋“我”想到，即“我”所见、所闻和所感，且多采取“叙述＋抒情＋议论”的表现方式。比如，张洁的《拣麦穗》，真实、生动地再现了发生在小女孩（“我”，即大雁）童年时代的一段“拣麦穗”的经历，表现了一种令人倍感温暖的真情。

其二，趣味性。儿童生活色彩斑斓，充满了童真、童趣。因为儿童散文的主要阅读对象是少年儿童，所以不论是写人、记事还是抒情、言志，都应注重生动、活泼、有趣和有意味。与此同时，将生活和人生中的诸多真谛自然而然地沉潜于字里行间，从而使文章具有超越于生活的理趣，既提升了文章的境界，又能陶冶阅读者的性情。比如，台湾儿童散文作家子敏在《霸道的两岁》一文中，以诙谐、幽默的笔触，生动地表现了小女儿的顽劣和稚纯。其中，写“我”下班回家，遭到小女儿的“死缠烂打”一节，尤其令人忍俊不禁，并能体会到“我”的“痛苦”的甜蜜——一种美好的天伦之乐。试读下面这段文字：

> 下班回家，刚进了门，她拍掌两声，像日本料理店的顾客找女侍应生再来一份寿司那样，嘴里喊抱抱，设法先把爸爸捆住。虽然她早就由小爬虫进化到人类，但是她懂得“占领”爸爸的第一步是使他再当“抱孩子的机器”。然后她居高临下，俯瞰两位早来者（她的两位姐姐），流露出一股得意。她搭上这艘“人船”，自任舵手，任意指挥，使爸爸忙个不停。“高高”、“看看”、“洗洗”、“水水”、“饼”、“冰”、“喝”、“拿”，像船长那样不停地发令。没有一种有效的办法可以躲避她的奴役，最后只有装死。但是她对“假死”有很大的反感，并且深懂哭闹是使死人屈服的最有效的方法。失败的死人只好再站起来服役。

其三，美文性。儿童散文用美的文字，再现美的生活，营造美的意境，表现美好的人情、人性和人格，是真正的“美文”。比如，吴然的《走月亮》一文，以优美、诗意的笔墨，勾勒了一幅静谧、典雅的月夜美景：

> 秋天的夜晚，月亮升起来了，从洱海那边升起来了。
>
> 是在洱海里淘洗过吗？月盘是那样明亮，月光是那样柔和。照亮了高高的点苍山，照亮了村头的大青树，也照亮了，照亮了村间的大道和小路……
>
> 这时候，阿妈喜欢牵着我，在洒满月光的小路上走着，走着。呵，我和阿妈走月亮！
>
> 细细的溪水，流着山草和野花的香味，流着月光。灰白色的溪卵石，布满河床。哟，卵石见有多少可爱的小水塘啊，每个小水塘，都抱着一个月亮！

其四，自由性。自由自在是儿童的天性，而无拘无束是散文这一内向性文体的特质。因此，儿童散文尤其注重情感表现的率真、坦荡，充分彰显自由精神。比如，桂文亚的《班长下台》一文，以收放自如的笔墨描摹出少女（“我”）细腻而澄澈的内心律动。“我”即使遭逢了“下台”的尴尬，仍能从容、淡定。不管是轻描淡写地叙说新妈妈的严厉，还是对学校非人性化的“唯分数论”教育政策的“批评”，皆体现出一种率性和耿直。

儿童散文按题材大致可分为以下五种类型：

其一，“实生活”散文。通常所说的“叙事型”和“状物写景型”散文便属此范畴。作为写作主体的“我”，企图再现“我”的童年、少年生活中真实的人、事、物、景等。这是儿童散文的基础层面，是表情达意的铺垫、映衬。若不能做到虚实相结合，难以产生强劲的艺术感染力。大多数实用文、记叙文等属于此类。但个别作品因做到了平实中见精深，从而具有“朴拙”之美。比如，朱自清的《背影》一文，虽叙说了发生在一对平常的父子之间的生活琐事，却彰显了一片深挚的父子之情。

其二，“情感”散文。通常所说的抒情型散文便属此范畴。即由现实生活中真实的人、事、物、景等所引发的喜怒哀乐等具体、真实的情感。以渲染写作者的主体情思为重心，人、事、物、景等是抒发、引爆内心真情实感的导火索。比如，冰心的《谈生命》一文。生命究竟是什么？这是一个人言言殊、莫衷一是的命题。冰心在《谈生命》一文中，通过把生命比作滚滚东流的“一江春水”和一棵茁壮成长的“小树”，以及把个体生命纳入宇宙的大生命视野中考察，既展现了个体生命存在的艰难、卑微、渺小，又激情歌吟其的难能可贵，还警策人们在体验生命的欢乐和痛苦之时应该“感谢生命”，从而给予生命睿智的解读和深情的礼赞。

其三，“性灵”散文。通常所说的“内心独白型”散文便属此范畴。心灵世界辽阔无边，充满了芜杂的景观。事实上，我们往往只能抵达心灵九重天的一角。在心灵的迷宫中，有多少细微、深邃的意识浪花被我们忽略？外部世界再大，总会有边际。而心灵世界之大，却无法准确地找到其疆界，如同深邃莫测的时光隧道。我们从每天早上一睁眼意识开始活动到晚上躺在床上安然入睡，我们是否能够把所有的内心律动细致入微地记录下来？这一定是一种高难度的写作。如果我们要追问个体生命的具体存在状态的话，每一天的意识流动就是我们存在的最好确证。比如，朱自清的《匆匆》一文，抒发了对“时间”的感怀和体验。如同“人从何处来？到何处去？”这种人类所思考未果的永恒主题一样，“生命匆匆，岁月何在”这种对生命/时间的追问也找不到明确的答案。我们必须承认，我们感觉到的时间，仅仅是我们生命长河中的极为微小的一部分。朱自清先生彻悟了“我”与“时间”的这一“部分与整体的关系”，“在逃去如飞的日子里，在千门万户的世界里的我能做些什么呢？只有徘徊罢了，只有匆匆罢了”。正是基于对“有限的个体与无限的时间”的辩证认识，朱自清先生没有一味沉溺在对时间的“不停而无望”的追问，而是转向对自己作为生命个体对时间的把握和占有的关注，“过去的日子如轻烟，被微风吹散了，如薄雾，被初阳蒸融了；我留着什么痕迹呢？”从对时间流逝的空茫的感叹中转向对自我的“存在的意义”的问诘，尽管没有找寻到满意的答案，但这种对“自我”的审视就是意义的所在。

其四，“文化体验”散文。通常所说的哲理型散文便属此范畴。人创造了文化，一生都生活在文化之中。我们在享受文化盛宴的同时，又不断创造着新的文化。有时候文化会成为桎梏，我们被文化传统所裹胁。因此，文化体验是每个人必修的功课。从某种意义上说，文化散文可以测量出文明的厚度，测量出生命存在的姿态。自明代以来的小品文，以及 20 世纪 90 年代兴盛的以余秋雨的《文化苦旅》为代表的文化散文，就是在此层面用力。“文化体验”属于生命体验之一种，“文化”信息如果没有被作者的情感浸润，那样的文化书写无疑是干瘪、苍白的，顶多是一堆了无生气的文化碎片，写作者充其量不过是一个“掉书袋”。比如，李元洛所写的《钗头凤》一文，由陆游的名作《钗头凤》引发了对生命的诸多况味的思考。既叙说了此词写作的背景，又以一个现代人的眼光考量词中讲述的一段刻骨铭心的悲情故事，查古警今，给予了“古人”以真切的体恤，与他们作灵界的沟通。如果他们在天有灵，能够阅读到这温润的文字，一定倍感欣慰。由是，文章既照亮了写作者的生命，又让原作者长存在阅读者心中。

其五，“生命体验”散文。生命是一个过程，每一个人都是匆匆过客。在或长或短的生命历程中，不同的生命个体的感觉和体验各个不同。生命本体是一片玄黑的大陆，需要我们悉心聆听、观看，让其自明。生命体验散文是散文写作的最高境界，能写出此类文章的人，堪比智慧的哲人。比如，史铁生的《我与地坛》，通过叙写“我”与地坛15年如一日的耳鬓厮磨，从而深彻地理解了母爱的伟大，以及残疾和死亡的深意。

上述五类散文经常相互交叉，难分彼此。此种分类标准，仅仅基于作品对某一方面的偏重。

总之，由于儿童散文的主要阅读对象是少年儿童，考虑到他们理解、欣赏文学作品的能力的局限性，儿童散文在创作上应多以客观叙述为主，文风质朴、明朗，语言简约、俊朗。宜于采用直抒胸臆或借景抒情、托物言志等传统散文的艺术表现方式，不宜运用意识流等先锋性表现技巧，以展现平中见奇、见深，以小见大和大巧若拙等艺术魅力。

概览中国散文发展史，古代鲜有专为儿童创作的儿童散文。自五四新文化运动以降，才涌现出了不少真正“以儿童为本位”的儿童散文。20世纪二三十年代，是中国儿童散文发展的第一个高峰。其中，最有代表性的是冰心的儿童散文集《寄小读者》，也是我国第一部儿童散文集。此外，鲁迅的《从百草园到三味书屋》，朱自清的《春》、《荷塘月色》、《背影》，老舍的《养花》、《小麻雀》，刘半农的《雨》，丰子恺的《给我的孩子们》，茅盾的《白杨礼赞》，王统照的《小小的画片》，许地山的《落花生》等，是适宜儿童阅读的散文佳作。

“十七”年时期，以杨朔（《香山红叶》、《荔枝蜜》和《雪浪花》等）、秦牧（《土地》、《社稷坛抒情》等）、刘白羽（《长江三日》、《日出》等）和吴伯箫（《菜园小记》、《记一辆纺车》等）等为代表的散文家，创作了许多脍炙人口的散文，有些作品也适合儿童阅读。此时期以儿童为本位的儿童散文主要有冰心的《小橘灯》、《再寄小读者》，任大霖的《芦鸡》、《天目山下》，郭风的《叶笛集》、《红菰们的旅行》，柯蓝的《少年旅行队》等。新时期以来，以高洪波、吴然、乔传藻、杨羽仪、陈益、吴瑊、徐鲁等为代表的一批儿童文学作家，创作出了一系列以儿童为本位的儿童散文。其中，最具代表性的作品是金波主编的“蓝夜书屋”散文系列。此外，一些“专职”从事儿童散文创作的作家，分别出版了具有相当艺术水准的儿童散文集，它们是吴然的《歌溪》、乔传藻的《星星寨》、谷应的《中国孩子的梦》等。

总的说来，囿于文体特性的原因（儿童更偏爱叙述性文体，儿童散文在儿童文学中处于边缘化地位），中国儿童散文较之于小说、童话的数量相对少得多。许多备受儿童喜爱的散文，大多具有较强的叙事性（即上文所述的“实生活散文”），有“小说化”倾向。

第二节　儿童报告文学

报告文学是现代散文的一个品种，即文艺性的通讯报告，属于文学与新闻的边缘性文体。它以叙事为主，不同于侧重议论的杂文，也有别于侧重抒情的美文。报告文学虽然不排斥艺术虚构，却要求作品中占主体的人和事必须是真实的。

儿童报告文学是报告文学的一个分支，是专门写给儿童的报告文学。因此，它必须符合报告文学的基本特性——文学性与新闻性的有机结合，同时它又必须从其特定的读者对象出发，适合儿童的接受水平和欣赏需求，满足他们对成长的渴望。正是由于读者对象的特殊性，决定了儿童报告文学有其自身的特点。

一、*儿童报告文学的特征*

实效性、丰富性和议论性是报告文学的基本特征。正是这些鲜明的特性，使其从散文中分离出来，并成为一种不可或缺的文学体裁。

（一）实效性

实效性指及时的、广泛的、强烈的社会反响，它是报告文学也是儿童报告文学最基本的属性。而新闻性、真实性和冲击性力度的大小，又决定了报告文学（包括儿童报告文学）实效性的强与弱。

1．新闻性

报告文学的实效性首先来自“报告”的特性，即新闻性。这样的“报告”虽然不能像新闻中的消息和短讯那样，具有发布的当时性，但也必须是非常及时、快捷、灵敏地反映现实生活中的人物和事件，时间感极强。任何报告文学作品都具有鲜明的时代色彩，这是不言而喻的。例如粉碎“四人帮”以后，科学的春天来了，少年儿童中掀起了一股科学热。报告文学敏锐地把握住了少年儿童的愿望和要求，迅速、及时地向小读者报告了科学家为祖国勇攀科学高峰的动人事迹，像介绍陈景润的《数论研究的一项“世界冠军”》，介绍杨乐的《杨乐中学时代的故事》等。20世纪80年代后，我国体育战线取得了十分喜人的成绩，体育健儿们为了祖国的荣誉奋勇拼搏的精神，更是激励了全国人民为现代化而奋斗的斗志。报告文学作家热情地追踪健儿们成长的足迹，并作出及时的“报告”，像黄祖培写著名排球运动员郎平的《高个子姑娘》，傅溪鹏写体操世界冠军马燕红的《冠军的童年》等。90年代后，随着我国独生子女群落的壮大，在少年儿童中产生了新的生存困境和心理期待。报告文学作家敏锐地捕捉到这些信息，深入孩子们的心灵世界，写出了《无语的呻吟——中学生讲述的故事》（江润秋）、《走出孤独》（秦文君）、《当代中学生的渴望》（马寅、靳海川）等。这些作品及时报道了小读者所关心的人和事，满足了小读者的愿望和要求，从而赢得了小读者的信任和喜爱。

时代在日新月异地变化，一代又一代的儿童在迅速成长，还会不断涌现出新的优秀人物和新的问题，需要我们的作家迅速给予反映。正如茅盾在《关于报告文学》一文中所说：“‘报告’是我们这匆忙多变的时代所产生的特殊的文学样式。读者大众急不可耐地要求知道生活在昨天所起的变化，作家迫切地要将社会上最新发生的现象（而这差不多天天有的）解剖给读者大众看，刊物要有敏锐的时代感。这是‘报告’所由产生而且风靡的根由。”

2. 真实性

真实性是报告文学的生命，也是儿童报告文学的生命。真实性要求第一要做到事实准确。事实准确包括人名、地名、时间、事件经过、矛盾斗争、周围环境、历史背景，以至心理活动、细节描写等。第二要在事实准确的基础上，进一步揭示事物的本质。正因为报告文学是现实生活最直接最真实的记载，所以它比其他任何文学体裁都更富有可信性和可感性。例如刘保法的《全都属于优胜者》发表后，主人公“车晓东”的同学都说作品中的人物形象与车晓东本人很像。这说明作者写人物没有走样，作品就获得了小读者的认同。

可见，真实和真诚是最能打动人心的、最具感染力的元素。因此，真实性是报告文学之所以能产生强烈实效性的基础。离开了这个基础，报告文学的大厦是构筑不起来的。

3. 冲击性

报告文学，尤其是优秀的报告文学，包括优秀的儿童报告文学，无不具有巨大的冲击性，或曰震撼力，必然会产生广泛的、持久的社会影响。

这是其强烈的实效性的体现。

追根溯源，在中国严格意义上的报告文学产生于20世纪30年代。当时国内和国际局势都发生着急剧变化，国家和民族的命运处在生死存亡的严重关头，人们对世事的关注比以往任何历史时期都更迫切和强烈。于是，报告文学应运而生了。首先冲击国人视觉和心灵的是夏衍的《包身工》，它以活生生的事实揭露了帝国主义对中国人民，尤其是对少女童工的血腥压榨，令人触目惊心，在当时即产生了深刻影响。这种影响直到今天。

抗战十年，是中国报告文学最振兴最活跃的时期，社会效应也最为突出，被誉为文学的“轻骑兵”，在烽火烟尘中呼啸冲杀，成为民族解放神圣事业的文学记录。这一时期同样也出现了不少精彩的儿童报告文学，如周立波的《小哨兵》、谢冰莹的《汉奸的儿子》。

儿童报告文学的长足发展是在20世纪50年代至60年代，描写对象是儿童中的英雄和模范，例如《英雄少年刘文学》、《草原英雄小姐妹》，在当时产生过热烈反响。80年代以来，报告文学在中国儿童文学园地日益明显地与小说、诗歌、童话、戏剧、影视文学并驾齐驱，获得了独立地位。许多儿童报刊辟出专栏刊载报告文学作品，儿童报告文学影响更加广泛。

当代少年儿童，尤其是少年因其对社会生活的日益关注，越来越表现出对报告文学的兴趣。孙云晓《十六岁的思索》报告文学集出版后，作家收到10 000多封读者来信，其中99%是中学生，就是典型的一例。为什么会产生如此热烈的反响？原因就在于中学生的特殊性。中学生已经步入了人生中最关键的一个时期，也是人生中最脆弱、最孤寂无助的时期。其特点是准备为今后一生奠基立向，而其总体目标是在真正意义上获得人的第二次诞生。换句话说，青春期是一片多风暴地带，是一片充满惊涛骇浪的海洋。在这样一个时期，他们需要慰藉，需要宽容，更需要具有冲击性、震撼力的作品，来消解他们心灵中的饥渴和风暴，报告文学正当此重任。孟晓云的中篇报告文学《多思的年华》，在当时中学生里引起巨大轰动，就说明了这一点。

（二）丰富性

丰富性既是报告文学的特征，也是报告文学的追求，儿童报告文学也不例外。报告文学吸收了新闻和小说、诗歌、戏剧等多门艺术之长，它不仅具有新闻的鲜活，而且饱含艺术的丰富，其丰富性具体体现在文学性、多样性和立体性上。

1. 文学性

报告文学既然是文学体裁中的一种样式，它就必须具有文学性。儿童报告文学具有一般报告文学所共有的文学性的特点。尽管由于“报告”的制约，它不能虚构，但却可以在写真人真事的基础上进行艺术加工，用文学手段来处理新闻题材。其文学性主要表现在以下五个方面。

一是形象性。注重刻画人物形象，把客观事实变成活生生的画面表现出来。如独立意识极强的赵幼新（孙云晓《“邪门大队长”的冤屈》），勇于向命运挑战的柴启青（冉红《弱者唱出了强音》），性格鲜明，栩栩如生，在生动鲜明的形象中蕴涵着生活的本质和真谛。

二是典型性。即注意选择典型的人物和事件来写。儿童报告文学的创作是选择现实生活中具有典型意义的人物和事件写到作品中去，不同于儿童小说的塑造典型。如《“邪门大队长”的冤屈》中的赵幼新，他的强烈的独立意识、自我意识和由此与社会产生的冲突都具有极强的社会普遍性，但赵幼新的所作所为，赵幼新的具体环境遭遇，又是实实在在的“这一个”。

三是注重艺术构思和艺术想象。儿童报告文学的艺术构思，就是通过构思，艺术地再现生活中的真人真事，把生活典型变为艺术典型。进行艺术构思的同时要进行艺术想象，用著名报告文学作家基希的话来说，就是进行“合乎逻辑的想象”，这是在作者掌握了大量事实材料的基础上进行的，并不是无中生有的虚构和捏造。如《永远的女孩》中，对同学的思念、对再回到课堂的渴望的描写，既有她的同学和父母的回忆为证明，也加入了作家对一个正在走向死亡的花季少女的心理的想象，所以表现得如诗如画、感人至深。

四是注重对环境的描写。环境的描写是儿童报告文学展开情节、映衬人物思想性格和表现主题的又一重要手段。如对赵幼新的学校环境、家庭环境的描写，使赵幼新的性格特点表现更鲜明突出，也强化了作品的社会意义。

五是运用文学语言，主要是生动形象和富有感情色彩的语言。文学语言的运用使报告文学同其他的新闻性体裁明显地区分开来，也加强了报告文学的可读性和感染力。

2. 多样性

多样性是儿童报告文学丰富性的具体体现。也是报告文学吸引读者、强化社会效应的原因所在。

其一，题材选择的多样性

仅以 1997 年至 2000 年《儿童文学》上所刊登的报告文学为例，就足以说明这一点。有表现兴趣与功课的冲突、理想与现实的冲突的《“写作狂”悲歌》（江润秋）；有表现教师与学生新型师生关系的《校园档案》（刘孝存)；有表现母女新型关系及女儿对母亲的爱和理解的《宇飞和她的妈妈》(蓝星)、《在妈妈的新婚之夜》(孙云晓)；有表现残疾少年顽强同命运抗争、自强不息的《路》(秦文君)、《小川向大海》(戎林)、《生命的绿色》(庄大伟)；也有表现少男少女的痛苦、困惑及不断求索的《无语的呻吟——中学生讲述的故事》、《走出孤独》；还有揭示校园中不和谐因素的《校园断章》(徐学鹏)。总之，儿童生活的方方面面，无不可以成为报告文学的题材。当代儿童生活的丰富性和矛盾性，为报告文学作家提供了充分的多样性选择的可能。

其二，表现手法的多样性

报告文学属于“开放性”文体，吸收消化的能力特别强，可采纳多种表达手段，构成更大的创造空间。这一特性刚好适合了儿童趋新求异、渴望增强自我表达能力的内在需求。报告文学原本就是文学同新闻结合而产生的健壮的“宁馨儿”，一旦成长，它便显露出博采众长的创造活力。在“真实性”的舞台上，它既可以吸纳诗歌善于抒情的功能，把诗歌的比喻、联想、象征、想象以及节奏、跳跃、韵律等调动起来，融通主观感受，写得情深意浓、感人肺腑，像《永远的女孩》；也可以依事定体，用戏剧的矛盾冲突来结构作品，让作品的悬念紧紧地抓住读者，例如《手执金钥匙的人们——记北京景山学校的几位小学老师》；还可以采用小说精雕细刻人物、描摹内心世界、描写场景和对话的手法，比如《漩涡里的自白》；更可以像散文那样舒展自如，活脱应变，因为报告文学本来就属于广义的散文。博采众长的优势使报告文学呈现出多样性的特点，并创造、形成了自身独特的美学价值。

3. 立体性

立体性既是报告文学丰富性的体现，也是其丰富性构成的基本条件。报告文学不同于一般的文学，就是因为它不仅要求艺术的真实，而且所用的素材本身也必须是真实的，因此写报告文学必须先作采访；又因为报告文学不同于一般的新闻、通讯，所以报告文学作家的采访又必须深入和立体化，不仅对报告的对象要有深入的了解，而且要深入地了解其家庭、学校、周围的人对其产生的影响以及他们的评价，等等。采访的立体性必然促进创作的立体性，所以，我们读到的优秀的儿童报告文学无不具有真实的冲击力和艺术的感染力，如李楚城的《生活的斗士》、孙云晓的《“邪门大队长”的冤屈》。

(三) 议论性

议论性是报告文学的特点之一，也是儿童报告文学的一个特点。儿童报告文学读者群的主体是少年。从童年阶段进入青春期的少年阶段，最重要的心理现象是“自我意识”的强化。“自我意识”的发展标志着他们结束了童年。他们逐步产生了思考问题的浓厚兴趣，热衷于争论和思想交流，甚至在探索真实的人生方面也表现出极其严肃的态度。这一特征体现在对文学作品的需求上，就表现出他们不满足于童年期十分吸引他们的新奇、热闹、有趣和开心。虽然文学作品的这些特点对他们仍有魅力，但他们却更倾心能促使他们思考的、能点燃思想之火的题材，感念那些为他们的思考、争辩提供材料的作者。而报告文学的议论性恰好吻合了少年读者的口味，满足了他们的心理需求。

儿童报告文学时常采用夹叙夹议的表现手法，表现出极强的哲理性、启迪性、引导性。

1. 哲理性

哲理性是儿童报告文学议论性所追求的最高境界，是作品中思想的结晶和闪光，是给人深深思索和久久回味的因子。请看《生命的斗士》末尾就有这样一段富有哲理性的议论：

> 我在想，在世界上有那么一些人，他们活得很好，但他们活着是为了给别人添加痛苦；也有另外一些像马隽这样的人，他们忍受着痛苦活着，而他们生活的目的是为别人活得更美好。

就是这样富有哲理性的议论强化了作品的思想意义。在了解了马隽与皮肤松懈症所作的顽强斗争之后，小读者会被感动，会产生钦佩之情；而在作品中富有哲理的议论的点拨下，少年读者则会进一步得到思想的升华，从而认真思考生命的价值、生活的意义和幸福的真谛。

2. 启迪性

启迪性是报告文学议论性特征中最具普遍意义的因素。儿童包括少年，其生活的面是非常狭窄的，其感知的范围也是有限的，而人的成长又必须是一个不断拓展生活领域、不断提高认识水平的过程。儿童报告文学就正好贴合了小读者成长的需要。作品题材的多样性，给孩子们打开了一扇又一扇窗口，让他们充分感受生活的丰富和多彩；作品中富于启迪性的议论，更可以滋润孩子的心灵。请看黄祖培的《播撒欢乐的人——记侯宝林的童年》中，引述的侯宝林先生的一段议论：“孩子们现在幸福啊！我这一生能有现在这点成就，不是有什么天才，我的成就是让‘穷’、让‘饿’这两只老虎逼出来的。我要奋斗，要活下去，就是这种拼命精神支撑了我。今天的孩子们没有我那时那种生活压力，可决不能没有这种拼命的精神。”语重心长，启迪性强。

3. 引导性

引导性是儿童报告文学议论性特征的具体体现。儿童需要哲理，需要启迪，更需要实实在在的引导。

报告文学具有夹叙夹议的特点，其议论往往具有画龙点睛的效果，不仅能给小读者启迪，而且能引导小读者去进行哲理的思考，如冉红的《弱者唱出了强音》中，就贯串着一系列精彩的议论：

> 知识，把柴青领进了一个五彩缤纷的天地。他如饥似渴地读着小说、散文、诗歌。他那被生理缺陷痛苦紧锁的心扉，让人类智慧的钥匙打开了！
>
> 他那颗曾被失望煎熬得快要干枯的心，得到了知识雨露的滋润，慢慢地绽放出花朵，显得生机勃勃。
>
> 人在与困难的斗争中，最难的莫过于同自身的弱点斗。
>
> 预言成功是轻松的，庆祝成功是欢乐的，但要创造成功却是艰苦的。
>
> 疾病使柴青变得坚韧，逆境使柴青变得善于搏斗。柴青这个残疾人终于变成了生活的强者，给人类留下了宝贵的精神财富。

这样富于引导性的议论，对儿童认识、理解生活以及如何面对生活中的不幸和痛苦，走好人生的路，是有积极意义的。

二、*儿童报告文学的社会功能*

文学源于生活，报告文学更离不开当代生活这块鲜活的土壤，自然要受生活和时代的制约。然而，当其一旦成为独立的作品，就会反过来对社会生活发生影响，报告文学的影响往往更直接，更强烈，这就是它的社会功能，或曰社会作用。儿童报告文学也不例外，它的功能主要体现在四个方面，即认识、教育、审美和保存上。

（一）认识社会，了解人生

儿童年龄小，生活阅历少，对人生的了解更是十分肤浅，而他们又正是处在成长迅速的阶段，极需要加强对社会、人生的认识和了解。儿童报告文学比儿童文学其他任何体裁的作品都更具有认识价值，这是由其自身的特性决定的。儿童报告文学“报告”的总是现实社会儿童生活中发生的比较重大的有普遍意义的事件，比如刘保法的《穷街的孩子》、詹鄞森的《首都小记者闽西行》，告诉在富裕的城市环境中生活的孩子们，不要忘了我国还有广大的农村，那里还有许多孩子生活在贫困线以下，生活的艰难不是城市的孩子所能想象的；即使是在城市，也不都是优越的，还有像“穷街”那样的生存环境和生存状态。这对今天的儿童走出城市，了解国情、民情，了解真实的生活，认识真实的人生，都是十分有益的。

（二）树立楷模，学有榜样

报告文学的报告性，决定了它必须始终扣住时代的脉搏，传递时代的强音。每个时代有每个时代的英雄，榜样的力量是无穷的。儿童有善于模仿的特点，他们的成长更离不开榜样的作用。20 世纪 60 年代初的草原英雄小姐妹龙梅、玉荣，是首先通过报告文学展现给孩子们的，其影响的深刻性和广泛度是任何其他新闻和文学体裁无法企及的。改革开放后，时代吹响了向科学进军的号角，80 年代初就有《杨乐中学时代的故事》和《当他们还是少先队员的时候》两篇报告文学发表，攀登数学高峰的青年数学家杨乐、张广厚的名字深深地嵌入孩子们的心田。紧接着又有《她战胜了“跳水皇后”》，将在第十届世界大学生运动会上夺取跳水冠军的 17 岁的陈肖霞推到了儿童的面前。随着儿童报告文学数量的增加，其主人公已不限在英雄、冠军、名人的小圈子里，而是深入到更广泛的人群中，写出了许多普通孩子的不普通的经历和追求。这尤其能给同龄人以震动、启发和激励，也是最便于他们仿效的楷模。像冉红的《杜曼》、《弱者唱出了强音》即如此。前者写一位叫杜曼的维吾尔族少年在一次因好心而害死了可爱的小兔子的傻事后得到妈妈的指导，在书中找到了科学的答案，引发读书的兴趣。后来在老师的正确引导下，由对自然的好奇到对科学的积极探索，搞出了不少解决生活中实际问题的小发明的事迹；后者写一个患先天成骨不全症的孩子——柴青的故事。他生存的每一天都是同命运的抗争，而他不只活下来了，而且活得很充实，很有价值，他读书、作画，为社会发光。他的坚韧、奋斗和不自弃的精神，令人感奋，催人向上。

（三）丰富审美，陶冶情操

儿童阅读儿童文学作品实际上是一种审美活动，是感受美、欣赏美的心理活动。优秀的儿童报告文学作品不仅能以其“报告”的真实性撞击小读者的心扉，更能因其文学的表达如同春风化雨般滋润小读者的心田，丰富他们审美的体验，陶冶高尚的情操，培养儿童学会鉴别美与丑、真与伪、文明与野蛮、高尚与庸俗，使之形成高尚纯洁的艺术趣味和创造美的欲望及能力，从而激发他们对理想生活的向往与追求。

马克思说过，人按照美的法则去创造。优秀的儿童文学，包括儿童报告文学，就是为儿童提供了一个创造美的形象法则，这样的作品“在心里留下要重复这同样感情的要求——心的渴望。这种感觉是心灵改造的起点……是美的感情进入心灵的引线”（阿·奥斯特洛夫斯基语）。儿童报告文学的魅力来自作家对所“报告”的人物和事件的深刻的理解和艺术的表达，在不违背真实的前提下，运用多种文学手段和文学语言，使作品产生抓人的艺术力量，例如悬念的设置，就能使作品产生引人入胜的艺术效果。以聪聪的《金质奖章是怎么得来的?》为例，作品采用的是倒叙的手法，开篇即把事件的结果展示给读者——14 岁的小姑娘赵爽荣获了“国际少年书信写作比赛”的金质奖章。作品是这样写的：“这个新疆伊犁地区工矿子弟学校的初中生，在今年万国邮政联盟举办的这项比赛中，代表我国 3 亿少年儿童，一举荣获了世界第一枚金质奖章；就是她的作品——《一个邮政职工的一天》，只不过 1 000 字，却在我国首次参加的这项国际比赛中名列前茅，为祖国争了光……”“金质奖章在台上闪着光。它，是怎么得来的呢?赵爽一定是个了不起的天才吧？要不然，会不会是她‘走运气’，碰巧了呢?”作家真是了解小读者的心理，提出的问题正是小读者心里的问号，他们怎么能不追随作家去寻找问号的答案，这就是作品的艺术魅力所在。

谈到儿童报告文学的艺术魅力，当然离不开它的语言，因为文学就是一种语言的艺术，是凭借语言来塑造形象、反映生活、传达思想的。而读者要在作品中得到心灵的浸润和情感的愉悦，首先感受的也是语言。少年期儿童，是一个充满诗意的年龄段；他们喜欢叙事作品中诗意幻化的韵调。思羽的报告文学《泅出海面》，讲的是少年演员刘铁蕾的故事。从小学到中学，频繁的拍摄任务耽误了她的功课，但她不服输，以一股子“铁”劲，在老师、同学和妈妈的鼓励下，经过数次沉浮，终于成功地闯过了两道考试大关。作品以刘铁蕾拼搏过程的心理动荡颠簸作为主旋律，通篇的语言洋溢着浓郁的抒情风格和诗意化的韵调，极富美感。请看：

琴声温柔地响起……

渐渐地，在如歌一般的亲切旋律中，绷得紧紧的神经松弛下来了。她看见一只毛色雪白的小狗奔到她面前，支起后腿，陀螺似的打转；她看见小石榴的脸部特写，清澈纯净的目光，无声地呼唤着人情中的至善至美；她看见童年的廖梦醒懂事地依偎着父亲，穿行在上野烂漫的樱花树下；她看见秦亚梅同小伙伴们目送一个个彩色气球，从狭窄的瓶口飞出；她看见宋美娟扶起被车撞倒的老奶奶，向医院走去……她所有扮演的人物全在这儿，这太好了。她伸出手去，想拥抱他们。

突然，琴声轰响，仿佛海浪汹涌，向她卷来。她被淹没在冰冷的海水中，嘴里尝到了一股苦涩味，身子被什么重物拽着往下沉。她奋力挣扎，拼命地划动四肢，从海浪中钻出来，抬头看见天幕上两颗晶亮的星星……

蕾蕾，你怎么啦，大喊大叫的？

她睁开发粘的眼皮，原来那不是星星，是妈妈的一双眼睛，正惊恐地俯视着她。

这样的描述语言，把声音、画面同人物的情绪流自然地糅合到一起，以节奏明快的语句流畅地表达，使语言富于乐感。而这不正契合了少年那青春萌动、感觉敏锐、充满想象和渴望的生命律动吗？

文学中所描写的一切都是为了创造美的概念和把人们导向美而服务的。车尔尼雪夫斯基在阐述文学在社会的道德发展中的意义时写道："诗人领导人们追求对于生活的崇高理解和崇高的情操。读他们的作品，会使我们习惯于对于一切庸俗丑恶的东西感到厌恶，领会一切好的、美的东西的魅力，爱一切高尚的东西；读他们的作品，会使我们自己变得更好，更善良，更高尚。"儿童报告文学亦如此，它在儿童精神成长的过程中所起的作用是不容忽视的。

（四）新闻作用，文献价值

新闻作用和文献价值也就是报告文学的保存性。新闻作用就是新闻价值。新闻价值，是新闻学的术语，我们讲某件事有新闻价值，一般包含两层意义：一是说这件事重要、新鲜、有影响力，值得报道；二是估计报道以后，能产生所需要的社会效果。报告文学由于可以向读者迅速及时地报告最新事态的发展和典型人物的事迹，因而也具有新闻价值。儿童报告文学向少年儿童报告他们自己生活中的人物和事件，或报告成年人孩提时代的生活，能迅速及时地反映少年儿童的现实生活状况（也包括少年儿童所关心的、感兴趣的成人生活），因而能传递少儿世界的最新信息，起到交流、沟通、促进、提示的作用，这种作用不是别的儿童文学样式所能代替得了的。当对越自卫反击战还在硝烟弥漫的时候，儿童报告文学《二十米血路》就问世了；1991年夏天，日本112名中小学生来中国青岛的小管岛举行探险夏令营，中国有50名学生参加，孙云晓很快就发表了《微笑的挑战者——中日儿童探险夏令营纪实》，后来这个题材的儿童报告文学，孙云晓至少又写过两篇；当社会和人们关注希望工程的时候，我们读到了《中国女教师——李清玲救助失学少年的故事》……迅速、及时、新颖、紧扣时代的脉搏，使这些作品的确有很强的新闻作用。

具有新闻价值，是消息的优点，这优点，被报告文学吸纳了；但消息易过时，这是它的缺点，而报告文学刚好避免了这个缺点。报告文学也抢时间，但是由于它内容厚实，形象生动，因而不是“易碎品”。它除了具有新闻价值外，还有值得永久保存的文献价值。所谓文献价值，指的是真实可靠、详细具体地记录了历史的面貌和足迹，可作为历史资料来看待、来保存。报告文学以文学的笔调把活生生的现实社会里引人注目的人和事逼真地写出来，它所表现的是社会现实中确实存在过的事实，有时代背景，有历史画面，同时，由于使用了各种文学技巧，因而能产生强烈的感染力，长久地留在人们的脑海中。不少新闻报道的内容，由于写成了报告文学，才广为流传，产生了巨大的社会影响，成为宝贵的、极有参考价值的史料。陈景润的事迹就是一例。儿童报告文学也是如此。冰心的《咱们的五个孩子》写的是失去父母后的五个孤儿，得到政府、街坊邻居和老师同学无微不至的关怀，已经成为良好的社会风尚和高尚的社会道德的历史记录。又如关于“天才小发明家”茅嘉凌的报告文学先后出现好几篇，完整详尽地记录了茅嘉凌由受歧视变为受重视，再由一个“小发明家”滑坡到退学继而成了“社痞”的过程，反映了社会教育、家庭教育的一些带有典型性、历史性的问题，其新闻价值和文献价值都是显而易见的。

第三节　儿童传记文学

传记是专门记载人物生平事迹的一种文体。一般来说，传记所记载的是在社会历史中具有一定的积极和进步影响的人物，也有记叙平凡人物或反面人物的传记。

从写作手法上来说，传记分为百科全书式传记和文学传记两种。按篇幅长短分，有大传、小传；按作者分，有自传、他传；按人物类型分，有政治家传记、军事家传记、学人传记、名人传记等；按写作方式分，有回忆录、评传、口述历史等，现在又出现了“画传”形式的传记，即在用文字叙述的同时，加进了大量的照片，使读者能够更直接、更感性地了解传记人物当时的情况和社会、历史背景。

和以完全虚构故事情节为主要特征的小说不同，传记文学是以真实的人物为描述对象的，因此，它更能引起读者阅读的兴趣，读者希望从传记文学中看到在历史上曾经发生过这样那样影响的人物，他们的命运和生活状态，看其和自己所处的时代与环境有什么相同和不同，将自己的生活经验和作品中人物的生活经验进行比较。也由于此，传记文学的精神渗透力与感召力比其他文学样式要来得更直接、更有力、更深远。

人物传记，是介于史学和文学之间的兼容性文体，它既有史学的因素，也有文学的因素。它既是基于历史真实的文学，又是渲染了的历史真实。有的传记，侧重于史学，考证性学术性思辨性较强，作者和读者的关注点都在于历史研究，读者面较窄；有的传记，侧重于文学，是为读者提供的一种休闲性欣赏性了解性猎奇性普及性读物，读者面较宽。当然这种区分有时候并不容易。文学性较强的传记又称为文学传记。

以儿童为描写对象的文学传记称为儿童文学传记。有的成人传记，因其中描写专注儿童和少年时代生活的部分，也可以作为儿童文学传记来阅读。儿童文学传记的基本特征是：

一、真实性

真实是历史的生命，作为以再现人物的生活历史为其使命的儿童文学传记，也必须将真实作为最高标准。追求生活的真实和生命的本真。可以说，传记文学有几分真实就会有几分魅力，丧失了真实性的儿童文学传记是没有价值的，这一点少年儿童读者是很容易分辨出来的。因此，写作儿童传记文学也必须据事直书，做到人真、事真、言真、情真、形象真，以真取信，以真感人，体现在两个方面：

其一，所写的主要人物和事件必须符合历史真实，人名、事件、时间、地点、家庭、社会环境等必须真实。在这一点上，它有别于以虚构为主的小说，不虚构渲染，不隐恶扬善，不拔高溢美，不贬责降低，不能虚构故事、无中生有、随意想象，张冠李戴，不能夸大或缩小历史真实。在局部细节和次要人物上则可以运用想象和夸张做一定的艺术加工，但这种加工必须符合人物性格和生活的特定逻辑。

其二，情感真实。要求作者必须冷静和理智，以对历史、对历史人物负责、对后世负责的态度，真诚坦率，写出人物的真实来，不能因为喜欢某个人物就“虚其美”“隐其恶”，也不能因为厌恶某个人物就对其正面的事实视而不见或加以歪曲。

怎样保证儿童人物传记的真实性呢？一是广泛地搜集资料，反复考证，占有丰富翔实的资料，严格坚持史实的可靠性准确性。尊重历史，尊重事实，司马迁写的《淮阴侯列传》，满怀激情地写出了淮阴侯韩信的军事才能，同时也写了韩信青少年时期的“无行”、“从人寄饮食”“胯下之辱”等事情，使读者觉得这个人物非常真实可信。

二、文学性

文学传记不同于百科全书式的人物传记，鲜明的文学性是它的显著特点。它应该具有较强的可读性和艺术感染力，能够把历史上的真人真事写得活起来，动起来。而不是干巴枯燥的偶像，或只有动作没有思想情感的机器人。这种传记不但具有史料价值，而且具有文学价值，主要表现如下：

其一，人物形象鲜明生动，个性丰富多彩。传记的美丽在于个性，传记的魅力在于丰富，不但要表现人物的外在形象，如性别、身高、肤色、服饰等，而且要表现人物的思想、品质和精神世界，写出人物在面对困难、羞辱、病痛、失恋、得意、尴尬、危险、独处、共处时的所思所想所为，写出他的循规蹈矩、放浪形骸、无可奈何、无所事事、大义凛然、苟且随便、温文尔雅、莽撞、精细、狡黠、木讷等等，就是说要使人物形象丰满、生动起来，写出人物的骨头和血肉。

其二，具有生动的故事情节。忠实于历史真实，是人物生平中发生过的，又能有助于表现其性格特征的故事，故事中要有细节，写出他的哭、笑、扭捏、快速的逃避和笨拙的掩饰等，在真实故事中，通过情节细节写出特定的这一个来。

其三，语言生动优美，富有文采。既要叙述，也要描写，可采取散文、小说的技巧和手法。事实是基础，文采是其服饰。首先是真实，然后才是文采。要力求避免把人物写的平铺直叙，缺乏生气和个性。

其四，不但要叙述事实，而且要阐述事实。儿童文学传记不是琐事的堆砌，隐私秘闻的组合，而是要写出人物故事的精神依据和精神世界来。给读者以回味思考的余地和空间。给人以教育，使人受到启迪或鼓舞。

三、完整性

其一，所写的人物生平经历应具有一定的完整性，这有别于只写人物的一时一事、突出性格某一方面的报告文学、人物特写。有的人物传记，只写某一人物的某一阶段，那么这一阶段也应该是完整的，不能缺了中间几年，让人对这几年不甚了了，不知人物干什么去了。

其二，是既写光辉的一面，也写缺陷的一面。人物都是复杂的，好的文学传记就是要表现出人物的这种丰富或复杂。

其三，是既写大的历史事件，也写生活细节、趣事、逸事。

四、概括性

即使是传记这样的体裁样式也不可能面面俱到，也不可能事事翔实，也没有这个必要。儿童文学传记不是人物生平的流水账或事情罗列。所以就需选取人物一生中最重要的最能够表现其特质的事件进行描写。像《鲁迅自传》仅用千余字就高度浓缩了鲁迅先生近50年的人生，详略得当，其中弃医从文一节就写得比较详细，因为这是先生一生中最重要的转折点，也是给先生以深刻刺激留下深刻印象的事件。

五、儿童性

这主要表现在描写儿童的语言、情感、思维、行动、兴趣等应该具有儿童幼稚、纯真、简单、好奇甚或“可笑”的特点，就是说，儿童文学传记写出的应该是孩子，而不是成人。

本章链接 中外儿童散文名家名著推介

《冰心儿童文学全集·往事》

冰　心

冰心（1900～1999），女，原名谢婉莹，福建长乐人。现当代散文家、诗人、翻译家。著有散文集《寄小读者》、《往事》、《小橘灯》、《樱花赞》、《晚晴集》和《冰心散文全编》等。《笑》、《往事》和《谈生命》是其散文代表作。

歌颂童心、母爱和大自然，是冰心散文创作的三大主题。无论是描写生活的点点滴滴，追忆童年往事，赞美温情母爱，缅怀友人，还是对社会、人生的思索，其创作主旨皆可归结为一个“爱”字。冰心的“爱的哲学”，可诠释为爱母亲、爱孩子和爱大自然，并企图通过人与人之间的“互爱”来解决诸多社会问题，化解各种矛盾。爱，是冰心散文“坚定的信仰和深厚的同情”的内核。她渴求真爱，坚信此生为爱而生。于是，她在生活中寻求、追索爱的踪迹，并将个人之爱扩展、升华到一种新的高度，即扬弃“泛爱”思想，而赋予爱以社会历史内容。她笔下的爱，往往体现为一种至真至善至美的人性、人格。在新文学史上，冰心对爱之母题进行的深入开掘，达到了一种审美的高度。比如，《往事》（一）中的第七节，就是歌吟“母爱”的代表作。她目睹大雨中“大荷叶”对“红莲”的庇护，“心中深深的受了感动”，因而联想到了母爱的博大、无私。她深情地对母亲表白，“母亲呵！你是荷叶，我是红莲。心中的雨点来了，除了你，谁是我在无遮拦天空下的荫蔽?”在《寄小读者》中，她以书信体写了旅行游记。虽是向小读者倾诉心迹，但诉说的中心则是母爱。她在《寄小读者（十）》中写道：“请小朋友们和我同声赞美！只有普天下的母亲的爱，或隐或显，或出或没，不论你用斗量，用尺量，或是用心灵的度量衡来推测；我的母亲对于我，你的母亲对于你，她的和他的母亲对于她和他；她们的爱是一般的长阔高深，分毫都不差减。”

冰心学贯中西，主张“白话文言化、中文西文化”，开创了独特的“冰心体”。所谓“冰心体”，即“以行云流水似的文字，说自己心中要说的话，倾诉自己的真情，满蕴着温柔，微带着忧愁，显示出清丽的风致”。文字的优美，是“冰心体”的标志。这并非追求词藻的华丽，而体现在她能将当时刚刚起步的“白话文”，与“文言文”、“西文”完美地粘和在一起，形成了优雅、简练、清丽的风格。郁达夫曾评价“冰心体”，“文字的典雅，思想的纯洁，在中国算是独一无二的作家了。”她的许多散文，可谓“美文”。她的早期代表作《笑》问世后，著名的白话语法大师黎锦熙为其做了全篇的语法分析。可见，她对“白话文”取代“文言文”做出了巨大的贡献。

冰心散文清新婉丽，温情脉脉，隽永雅致，具有抒情性和哲理性。善于运用“兴”的手法，具有含蓄之美。冰心喜欢做“埋存与发掘”的事，在尘封的“往事”中发掘爱的信息。她沉静地倾听生命的颤音，给予一人一事一草一木以真情、真爱。她的情感流露不是排山倒海式的，而是和风细雨般恬静、细腻，具有内敛、含蓄之美。比如，在《往事》（一）第七篇中，她先对“荷”做了不着声色的铺叙，似乎不过是倾心描写“花花草草”，寄寓文人幽思、闲情。在行文即将结束之时，场景描写陡生波澜，暴雨对红莲的摧残和荷叶对红莲的保护，蓦然揪住了读者的心。作者的主体情思也随之汹涌，其以荷叶对红莲的保护为“兴”，烘托出母亲对孩子的爱。其写作的真实旨意，在文章结尾处才自然流露。掩卷沉思，韵味深长。

（中国少年儿童出版社 2000 年版）

《孙悟空在我们村里》

郭　风

郭风（1919～　），著名散文家、儿童文学作家。原名郭嘉桂，回族。祖籍福建莆田。曾做过小学、中学和大学教师。他把自己毕生的精力献给了散文、散文诗和儿童文学的创作事业，迄今已结集出版作品 50 多部。其中，儿童散文集有《叶笛集》、《黄巷集》、《避雨的豹》和《汗颜斋文札》等。

郭风早期的作品质朴清新、饶有天趣，贮满诗情画意，是风景画家、风俗画家与抒情诗人才能的神奇统一。新时期以来他的作品追求自然本色，具有更广阔的历史感和更深沉的哲理意蕴，体现了大家风范。

《孙悟空在我们村里》是一部童话散文集，收录了 19 篇作品。其中，主要是有关动物的散文。这些作品大多篇幅短小，以叙述为主，多采用白描手法。文字简约、朴拙，有诗的质感。情感单纯、澄澈，有洗尽铅华之神韵。意蕴空灵、深幽，彰显出一种浑然天成之美。尤以题为《洗澡的虎》的系列散文为佳。作者写 5 岁时抓壁虎的快意（《壁虎》），写山蝙蝠的冬眠（《蝙蝠》），写一只被追赶的小刺猬（《刺猬》），写小松鼠的洞穴和寻找食物（《墙洞》、《松鼠》），写“淘气地蹲在公路旁”的灰色的野兔（《汽车和野兔》)，写一只在溪水里洗澡的老虎（《洗澡的虎》)，写勇于和老虎搏斗的水牛（《勇敢的水牛》)，写一只落单的小狐狸（《狸》)，写一只掉进陷阱里的穿山甲（《穿山甲》)，写被猎人追捕的山獐（《獐》）……作者不露声色地给予了这些或弱小或凶猛的动物以人性的温情，蕴藉着一种似有若无的悲悯情怀。比如，在《狸》中，“我”救助一只可怜的小狐狸，用“脱下的外衣，把它从头蒙住，一下子抱回家去”。行文自然、直白、亲切，似情不自禁的独语，又似苦思冥想之后大巧若拙的顿悟。比如，在《避雨的豹》中，写“我”与豹狭路相逢而安然无恙，因为“昨天晚上雨下得真大，这头豹子找到躲雨的地方，咳，我逃跑时，它没来追逐”。

（湖北少年儿童出版社 2006 年版）

《小太阳》

子　敏

子敏（1924～　），台湾著名散文家、儿童文学作家。原名林良（习惯以笔名“子敏”发表散文)。祖籍福建同安。毕业于台湾“国立师范大学”国文系国语科及私立淡江大学英国语文学系，当过小学教师、新闻记者等。林良 50 余年为儿童写作，被孩子们称为“林良爷爷”。著有散文集《小太阳》、《和谐人生》、《月光下织锦》、《丰富人生》、《陌生的引力》、《乡情》等。其中，《小太阳》是其代表作。

子敏的散文多写“家事”，情感真挚、温润，文笔优美、流畅，语言诙谐、幽默，充满了童心、童趣和诗意，风骨似丰子恺散文。

《小太阳》一书共收录了子敏的 44 篇散文。这些文章以记录“我”的家庭琐事为主，讲述了一个平凡家庭的喜怒哀乐，并从柴米油盐、“扶幼将雏”的日常生活中感受到了单纯的欢乐、甜蜜的“痛苦”、幸福的“忧愁”，以及繁琐的“诗意”。比如，尽管“我”的家仅仅是“一间房”的小小蜗居，但“我”却很“满足”，并“尽心尽性”爱它（《一间房的家》)；下班后被“蛮不讲理”的小女儿纠缠，装死都不得脱身。虽然“痛苦不堪”，但苦中有乐（《霸道的两岁》)，等等。尽管这些文章专述“家长里短”，却无甜腻的脂粉气和“小女人”做派。文章带给读者的是一种和睦家庭的宁馨，一份难能可贵的天伦之乐，一种爱家惜家的为人父为人夫的拳拳深情。比如，“几年以后，这种团聚是会拆散的。……‘此情此景’，多么值得珍惜。父母能疼子女的时间是那么短”（《用一棵树过节》）等。作者并不羞于自己作为男人写居家之事，他心目中的“大丈夫”不是“横眉立目、声色俱厉”，而是“彬彬的君子”，应该有“‘温·良·恭俭·让’的美质”。① 他写“家事”是为了让读者受到他的启发、感染，“能深切地体会到自己家庭生活的情趣，真诚地去爱自己的家”。

（湖北少年儿童出版社 2006 年版）

① 参见《大男人写“家”——〈小太阳〉的序》。

《天使的花环》

吴　然

吴然（1945～　），散文家、儿童文学作家。云南宣威人。曾为《春城晚报》编辑。1973年开始发表儿童文学作品。主要从事儿童散文写作。出版有散文、儿童散文集《歌溪》、《小鸟在歌唱》、《凉山的风》、《风雨花集》、《一碗水》、《珍珠雨》、《我的小马》、《天使的花环》、《铁门与锁》、《走月亮》和《火把花》等。其中，《珍珠泉》、《走月亮》和《和花朵说悄悄话》等是其代表作。

吴然的散文朴素、自然、生动，充满童心、童真和童趣，“是写给孩子们看的真正的儿童散文”（郭风语）；善于捕捉自然之美，挖掘童稚之爱；具有浓郁的民族、乡土特色。

散文集《天使的花环》分三辑，总共收录了吴然的78篇。其中，第一辑“会飞的图画”中收录了26篇。第二辑“樱花信”中收录了27篇，第三辑“珍珠泉”中收录了25篇。寻找童年的足迹，回归童年的纯真，是这些散文写作主旨之一种。时间是一维性的，童年亦一去不返。然而，对于吴然来说，被岁月丢失的童年却一点一滴地保存在他的散文中。诸如，“我”和阿妈手牵着手一起走过的那个美丽的月夜（《走月亮》）；“我”曾在溪边打磨过的一块美丽的大理石（《大理石》）；照亮我上学之路的美丽的火把花（《火把花》）；洗涤、滋润过“我”童年时代的清碧溪（《清碧溪》），等等。吴然在拾掇自己的童年记忆时，力求不搀杂长大成人后的思想、情感杂质，力求还原童年的原生态情感。因此，这些作品中流泻出的是一种近乎天然的思想、情感。语词简单，语意明晰，情绪饱满、自然、透明，充满了“童言”的朴拙、无邪之美。

以儿童的眼光观看大自然的优雅、美丽，以儿童的心灵感悟大自然的和谐、宁静，是吴然散文的另一种写作向度。吴然生活在彩云之南，苍山、洱海哺育过他的童年。这片“四季鲜花开不败”的神奇、美丽、丰富的土地，滋养、珍藏了他的审美情趣。他能和花朵说话（《和花朵说悄悄话》），他能听见花朵含笑的鼓励（《含笑的花》），他对太阳怀有一颗虔敬的感恩之心（《太阳鸟》）。此外，《泼水节》、《闹春牛》、《杨梅会》和《苍山情》等篇章，展现了浓郁的西南边地少数民族风情。

（湖北少年儿童出版社2006年版）

《班长下台》

桂文亚

桂文亚（1949～　），女。台湾散文家、儿童文学作家。祖籍安徽池州，生于台北。曾任《联合报》记者、副刊编辑等职。15岁发表处女作。主要从事儿童散文创作。出版的主要作品集有《裁冰集》、《思想猫》、《班长下台》、《美丽眼睛看世界》、《长着翅膀游英国》、《哈玛！哈玛！伊斯坦堡》、《来和小羊羔照个相》等。

桂文亚散文题材多样，笔触或捕捉年幼时的悲欢，或涉猎世界各地的风土人情。多采用儿童视角，抒发美好的情感体验。文字澄澈、清新，幽默、风趣。

散文集《班长下台》收录了桂文亚的76篇散文。第一辑“记得当时年纪小”共28篇。第二辑“思想猫”共20篇。第三辑“你看见，你听见了吗?”共28篇。其中，《班长下台》一文，是桂文亚的散文代表作。文章叙写了“我”上初三时主动辞去“副班长”一职的经历。“我”是一个活泼、可爱的女生，有极佳的人缘，是班长。爱好文学，文科成绩优秀。但理科成绩很糟，竟然有三门主课不及格。这对于一班之长来说，显然是不可思议的事情。面对学校、家庭的压力，“我”在再三掂量了“班长应以身作则”的告诫之后，做出了辞职的决定。尽管是一场“灾难性”的经历，但作者却以诙谐、幽默的笔墨，刻画出了一个情感丰富、内心充满阳光的少女的细致情怀。虽为常见的校园题材，却折射出了“唯分数论”等重大的教育体制问题。尤其是对“下台事件”中“我”所感受到的“苦涩”和“无奈”所做的淡处理，既符合少年人“欢乐和忧伤都很简单”的真实心理情状，又增加了作品的艺术感染力。

（湖北少年儿童出版社2006年版）

《史丰收数字传奇》

雷风行

雷风行（1944～　），福建宁化人，曾从事新闻工作。1982年起相继出版《郭沫若的少年时代》、《名人的第一任老师》、《历代聪慧少年的故事》、《群星从这里升起》等研究青少年成才的著作，其作品十余次获得中国新闻奖等奖项。《史丰收数字传奇》为其最新作品。

史丰收，1956年出生，陕西大荔人。这个出生在农家的孩子，从10岁开始，凭着自己的兴趣和执著，钻研“速算法”。经过多年的努力，成功地颠覆了几千年来四则运算的传统计算方法，创造出在不用计算工具、不列运算程序的情况下，从高位算起、一口报出正确答案的快捷简便计算方法，两个10余位数相乘，仅需三四秒钟，其速度比世界著名速算家荷兰人克莱因快3倍，比电子计算机还快，被誉为“神童”，由家乡走向省城，继而走向北京，走向世界，轰动海内外。1979年他的《快速计算法》一书发行2 000多万册，中央电视台多次播出其速算法电视讲座。1990年国家有关部门对“史丰收速算法”予以正式命名。其速算法现已编入九年制义务教育《现代小学数学》教材和全国中等职业技术学校计算技术教材，其事迹编入小学《语文》、《思想品德》和中学《政治》、《道德修养》等课本。1987年史丰收赴联合国教科文组织大会表演速算法，被该组织誉为“教育科学史上的奇迹，对开发人脑智能具有重要意义，应向全世界推广。”后史丰收受邀前往加拿大、美国、新加坡、马来西亚等国家和台湾、香港地区讲学，引起轰动，人称“史旋风”，后在上述国家和地区分别建立了速算法培训分部。1991年5月，“史丰收速算法国际研究与培训中心”在深圳成立。1994年，全国少工委等组织在亿万少年儿童中启动了“当代智能工程推广与普及史丰收速算法”。2004年12月，联合国教科文组织总干事松浦晃一郎在巴黎会见史丰收，感谢和肯定他“对人类教育事业的积极支持。”

长篇传记文学《史丰收数字传奇》，全面记述了史丰收发明速算法的曲折经历和26年来呕心沥血推广速算法的艰难历程，并首次披露了他成名之后的忧郁和新的人生挑战。本书还记述了史丰收的启蒙老师史旭、校长岳升云等人在发现、引导史丰收走上计算思维创新之路所作出的贡献以及周培源、吴有训、华罗庚、杨振宁、陈省身、闵嗣鹤、赵慈庚、程民德、丁石孙、陈景润等一批科学家、数学家对史丰收的热情帮助，记述了方毅、李铁映、宋健、王光美、杨海波、周南、李沛瑶、李灏等领导同志对史丰收的大力支持。

作为儿童文学传记，《史丰收数字传奇》具有较高的典型意义，对史丰收数字传奇人生的记述，材料翔实，笔触生动，语言朴实，事迹真实，其中有对快速计算法通俗浅白的解释，也有对一个孩子成长的生动描述，如乡间关于史丰收出生的种种传说，小时候的种种荒唐事，他的调皮、执拗、不安分、与众不同和对数字如醉如痴的着迷，以及后来帮生产队算账，给会计训练班表演，速算法气坏计算机的传说，给省委领导、国家体委、北师大数学系、冶金设计院、第七机械工业部、中科院半导体研究所、数学研究所、北京大学等单位的表演，与数学大师、人称铁算盘华罗庚的比赛等，颇具传奇色彩。史丰收发明速算法，恰与“文革”同期，通过对一个孩子在“文革”中研究速算法的种种遭遇的描写，也折射出当时中国社会的风起云涌，颇为引人深思。

（光明出版社 2006 年出版）

《少年巨人》

孙云晓

孙云晓（1955～　），儿童文学作家。山东青岛人。现就职于中国青少年研究中心。主要从事儿童报告文学写作，代表作品有报告文学集《少年巨人》、《16 岁的思索》、《成功者的秘诀》等。

《少年巨人》中有 18 篇文章，写了 18 个孩子。其中，《天趣》及其续篇《童真》中写了被誉为“中国未来的毕加索”的 9 岁小画家王昕海及其他的倔、傻、痴、憨；《初生牛犊》中写了帮助被自己的 5 个儿女遗弃的老奶奶并呼吁社会解决老奶奶养老问题的 5 个少先队员的故事；《穿猎装的小指挥》写了 9 岁的马志刚指挥中国和日本合唱团的故事；《京京是男子汉》中写了虽然只有 10 岁、却在 10 余部电影中担任角色的小影星姬晨牧（小名京京）成长的故事；《沃土》中写了一个多次获全国大奖、并赴日本等国表演的小书法家徐忠厚；《长翅膀的孩子》写了一个红领巾记者、其摄影作品多次获得全国好新闻奖的 14 岁中学生王瑶的故事；《心愿》中写了一个多年帮助照顾一位瞎奶奶、并立志将来要去学医为瞎奶奶治好眼疾最终实现了这一心愿的少先队员的故事；特别是在《“邪门大队长”的冤屈》中，通过一个正直、勇敢、乐于助人、有独立见解却不被老师、同学认可的小学生赵幼新的故事，提出了“好学生的标准到底是什么?”这样一个严肃的教育评价问题。每一篇作品，都向读者展现出一个新的世界。

孙云晓儿童报告文学的可贵之处，在于他并不是在给孩子们提供“榜样”，而是在描摹生活中真实的孩子，他们是千千万万孩子中的这一个或那一个。孩子们看着作品中的人物“眼熟”，看到了和自己同龄的孩子的特殊长处和优点，也看到了他们的短处和弱点，看到了他们的成功，也看到了他们曾经走过的曲折的道路和受到的挫折，甚至看到他们和自己有着一样或相似的淘气、情趣、烦恼、悲哀。也因此，孙云晓和他的报告文学被广大少年儿童引为朋友。

此外，孙云晓儿童报告文学向我们展示了一代新人身上的新观念、新气质和新风貌，写出了他们“不依附、不迷信、不盲从”的自主意识、竞争意识、创新意识和坦诚品格。这是鲁迅先生在写《故乡》“闰土”和“水生”两代人时，对于“水生”的期望。而孙云晓以其特有的理性精神，从各个角度来发现、鼓励、强化和培育这种理想性格，这就是“新国民性格”或曰“新国民精神”，从中我们可以看到民族奋起的希望之光。

（海燕出版社 1986 年出版）

◆思考题

1. 什么是儿童散文？
2. 试述儿童散文的美学特征。
3. 儿童报告文学有哪些独特的美学特征？
4. 儿童报告文学对于儿童的成长具有什么特殊的意义？
5. 为什么说“真实”是传记文学的生命？
6. 什么是传记文学的“文学性”？
7. 试述儿童传记文学的“儿童性”。

第七章　儿童文学的多媒体

多媒体是一个在计算机领域被人们频繁使用的概念，主要指以计算机为中心的文本、图形、动画、静态视频、动态视频及声音等多种媒体的有机组合。此处我们借用多媒体概念，以“儿童文学的多媒体”来描述那些运用丰富的现代媒介手段，并且与儿童成长密切相关的儿童文化艺术样式。相关的儿童文化艺术样式包括：儿童文学与美术联姻产生的图画书与卡通读物，儿童文学与银屏联姻产生的儿童影视，儿童文学与戏剧联姻产生的儿童戏剧，以及儿童文学与网络联姻产生的网络儿童文学等。

在各种儿童文化艺术样式中，我们看到了儿童与媒介之间的密切关系。事实上，任何儿童的成长都离不开媒介，任何一个儿童都是在特定的媒介环境中成长起来的。从这个意义上说，儿童的成长，不仅经历生理童年、心理/精神童年的成长，同时在与各种不同传播媒介（如文学、电视、电影、戏剧、报刊、广播、网络等）的接触中也经历着一个传媒童年的成长。各种传播媒介与儿童的联姻产生了各种儿童传媒。传播媒介对儿童成长的影响主要来自于传播媒介中那些与儿童相关的媒介类型，如儿童文学、儿童电视、儿童电影、儿童戏剧、儿童报刊、儿童广播等，而网络的高度开放性、普及性决定了它对当代儿童产生巨大的影响。教师有必要在了解各种儿童传媒基本特征与发展概貌的基础上，对少年儿童进行相关的鉴赏指导。

第一节　文学与美术：图画书、卡通读物

文学是用语言来创造艺术形象、表情达意，美术是用线条、色彩、构图来塑造艺术形象、表情达意，这两种艺术门类在儿童文学领域的结合，就产生了图画书与卡通两种特殊的样式。儿童在识字不多之时，总是通过图像来了解世界的，因此图画书和卡通对于培养儿童的阅读兴趣、陶冶艺术灵性具有重要作用。

一、图画书

(一) 图画书的概念和种类

图画书是儿童最常阅读的一种图书，在英文中叫“Picture Book”，在日本称为“绘本”，我国一般叫“图画书”，它不同于我们平时所称的“图画读物”“图画故事”“画书”“小人书”。“图画书”的概念是近年来提出的，但已得到广泛的认同和使用。

图画书是以儿童为主要对象的一种特殊的儿童文学样式，是绘画和语言相结合的艺术形式。它的基本特点是以图画为主，文字为辅，文字大都简短、浅近。

图画书在儿童文学中具有重要的地位。它不仅仅是文学，同时也是以图画为主体的读物形式。图画书与带插图的故事书的不同在于，图画书中的图画是主体，具有语言叙述的同样功能，它本身就承担着叙事抒情、表情达意的任务。而一般故事书中的插图只是使故事更形象直观的辅助手段，即便是在有多幅插图的故事书中，如果图画仅是辅助手段而不居主体地位，不具有表情达意的功能，也不能叫做“图画书”。

英国儿童文学研究者利利安·H·史密斯在《儿童文学论》“图画书”一章中，列举了一个例子来解释什么是图画书：

> 一个男孩子和弟弟坐在一起看维廉·尼克松的《聪明的彼尔》。哥哥对弟弟说：“脱米，你不认识字也没有关系，只要挨页儿翻，看画就能明白故事。”

这个例子很好地说明了图画书的性质，即：用绘画来讲述故事。只要“挨页儿翻”，故事情节便随图画自然展开。日本图画书研究者松居直也常用下列公式来说明图画书与有插图的书的差别：

文＋画＝带插图的书

文×画＝图画书

这说明在图画书中，图和文的关系，是互相融汇，互相协调，图文共创一个世界，单纯地把文字和图画配在一起是不能叫图画书的。

图画书突破了传统意义上儿童文学的含义，它变单纯用文字表现故事内容为用图画故事为主表现故事内容，变儿童用耳朵听故事为用眼睛看故事，可以说是一种适合儿童直接阅读的“视觉化的儿童文学”。那么，在这类以图为主甚至没有文字的图书中，为什么仍然把图画书作为儿童文学的一部分呢？因为，图画实际上也是一种特殊的“语言”，它也向小读者传达了很多信息。儿童阅读图画，是通过这种特殊的绘画语言，大致把握故事情节，了解人物言行。如果一边阅读一边听成人讲述，儿童就会把看到的无声语言和听到的有声语言联系在一起，使一幅幅静止的图画活动起来，在头脑里变成连贯完整、有声有色的故事。所以，虽然儿童图画书的外部形态是图画，但它的基础仍然是文学。

儿童图画书由于以图画为主，有时很难与儿童图画读物区别开。因此，最初的儿童图画书概念既包括文学性的图画读物，又包括非文学性的知识性图画读物（如儿童识物画书、百科知识画册、玩具书、概念书、游戏书等）。不过，近年来儿童图画书的概念逐步缩小为专指故事性图画书，即包含情节、主题、角色、环境等文学要素的图画书。儿童图画书大致可以分为以下两类：

1. 无文图画故事

无文图画故事是完全用画面表现内容的形式，又称无字书。在这里，文字全部隐去，作为语言艺术的文字内容彻底转化为图画的表达。对于这种艺术形式，需要有高超的画面语言传达技巧，能让儿童在翻阅中理解故事的内容。因此，无文图画故事，一般情节单纯，篇幅短小。如《兔子搬家》，它由四幅画组成，内容是：小兔子家的房子坏了，挡不住风雨，只好搬家。它们有的抬桌子，有的搬凳子，走到半路，忽然下起雨来，它们没有雨伞。一只小兔子钻到桌子底下说：“这里淋不到雨，快来躲躲雨吧！”大家躲到桌子底下，都淋不到雨了。但是雨还是下个不停，小兔子想出了好办法。它们把凳子放在桌子上，四只小兔子在桌子下面各抬一条桌子腿，这样，它们既淋不到雨，又能搬家了。再如明天出版社出版的瑞士著名画家莫妮克·弗利克斯的无字图画书，整套书没有一个文字，但是却通过一个小老鼠的故事，教会孩子学会认识颜色、反正、字母、房子、飞机等事物和概念。孩子通过翻看画页，观察画面中小老鼠的神态，自然就能在头脑中形成整个故事。

无文图画故事内容浅显，主题单一，富于儿童情趣，有助于促进儿童智力和语言能力的发展。因为这种图画故事中没有文字说明，儿童为了弄清作品的内容，寻找某些问题的答案，就需要通过观察、分析、比较画中人物的行为、表情，寻找故事发展的线索，从而促进了智力的发展。生动形象的图画能启发儿童联想、想象，儿童把看到的故事用语言表述出来，也能促进儿童口语表达能力的发展。

2. 图文并茂的故事

在这种形式的图画书中，既有图画，又有文字，它们互相配合而又具有一定的独立性。这是图画书中最常见的一种形式。在这里图画和文字各司其职。图画用线条、色块和形状描绘世界，表达情感，往往能显示文字所不易表现的意境、韵味和美感；而文字又用清晰的语意表达，弥补了图画难以直观显现的思想、情感以及时空变化等等，使儿童更好地理解作品的内容。

这类故事包括两种。一种以图为主，另有少量文字，文字带动故事情节的发展，一般都有跳跃性。一种文图并茂，文字比较丰富，是一篇完整的文学作品。

（二）图画书的特征

儿童图画书是儿童文学中的一个特殊品种，它主要是以画面为载体向儿童传达信息，因此，它具有与儿童文学其他载体不同的特征。

1. 形象的直观性

以文字来表达的儿童文学虽然也具有形象性，但儿童图画书更为形象直观。其中画面所展现的人物、动作及环境都是十分具体形象的，或写实，或夸张，都能让儿童感到逼真传神、生动有趣。图画书的图画作为艺术，应该受到高度重视，要有创造性的构思、有趣味的情境、熟练的技法、和谐而完整的版面、美感的造型（形象和色彩）、独特的风格、精巧的印刷配合等创作要素。可见，图画书中的图画决不能因为读者对象是儿童就降低艺术标准，相反，需要更高的创作技巧。因此，儿童图画书要求图画精美，故事表现力强，耐看、耐读，能够吸引人们反复欣赏，并不断提供新鲜感受。

图画书的图画要吸引儿童，就应该具有“新”和“奇”的特点。在适合他们接受的前提下要做到新颖、新奇、有趣。同时，适度的夸张、鲜艳的色彩、富于动感都是增强形象性的手段。例如日本画家宫西达也的图画书《我是霸王龙》，运用的是野兽派画风，显得非常有力度，画家经过强烈的形象夸张和色彩对比，把史前期恐龙的强悍表达出来了。同时画家又在画面背景点缀上星空，让整个画面具有诗意和柔情。

2. 构图的连续性

图画书的图画区别于插图的特征是它的连续性，做到小读者“看画就能明白故事”。但图画书要发挥讲故事的作用，必须注意画与画之间的衔接，使之具有连续性，这种衔接起着推动故事情节的作用。由于故事所表现的时间、空间、人物变化等很大程度上都依赖画面来实现，如果画与画之间跳跃性太大，儿童就很难看下去。

画面的衔接大都靠主人公的动态来表现，如，《小泥狗哈利》中，第一幅是哈利在浴池边叼起刷子，第二幅则转换到叼着刷子的哈利正急速地下楼梯。作者巧妙地把浴池处理成画面的背景，从而增强了画与画之间的连续性。有时，也可以靠“不动”来衔接。最简单的例子是《淘气的小猫》一书，自始至终用代表着地面的一条线接连，在线上有一只小猫和一只乌龟慢慢地移动，以此展开情节。故事在这一条线和小猫、乌龟、小水坑几个有限的物体中展开，读者被稳定地连续地引导，聚精会神地跟着故事走。

3. 画面的趣味性

以儿童为主要读者的图画书，必须具有浓郁的趣味性。这种趣味性，就是儿童情趣视觉化的艺术表现，画面应让儿童感到亲切。例如美国图画书《去问熊先生》，讲的是一个叫达尼的小男孩想送妈妈一件生日礼物，于是去找动物们商量，但动物们的提议都被否决了，因为这些礼物妈妈已经有了。达尼决心去森林中问熊先生。熊先生没有什么东西当礼物，就搂着达尼悄悄教给他一个好办法。听了熊先生的话，达尼高兴地跑回家里，让妈妈猜他要送的礼物是什么。妈妈怎么也猜不出来。于是达尼搂着妈妈的脖子，做了一个“熊式拥抱”，这个“熊式拥抱”就是达尼送给妈妈的礼物。这则故事温馨感人，但又充满着悬念。经典的图画故事很多都具有类似的风格。再如，曾获国际安徒生儿童文学大奖的英国画家安东尼·布朗的《我爸爸》，画家选择了超现实主义的风格，内容主要的形容“我爸爸”是如何如何的厉害，情节则完全是孩子般的想象。比如，说到“我爸爸吃得像马一样多”时，画家把爸爸的头换成了马头，坐的椅子也变成了马腿，但下半身却仍保留人的形状，并穿着爸爸一直穿的睡衣，神态也仍是爸爸的自信表情；说爸爸像鱼一样灵活时，也是采用这样鱼头人身的组接方式，整个画面充满趣味。

图画书的趣味性主要通过画面来表现，色彩、线条、构图的各个环节都应符合儿童的审美需要。这种趣味有时并不需要通过夸张的造型和浓烈的色彩来表现，优秀的图画书有许多都是具有素描写实风格的。常以“甜、俗、浅、陋”来表现图画书内容的作者，实际上并未真正了解儿童的审美能力。

4. 整体的传达性

作为整体的传达性，是指图画书中的图画具有整体感，能够完整地表达故事的内容。它是图画故事最具实质的内在特征。

整体的传达包括文字和画面以及它们之间的关系。图画故事每幅图画的文字尽管可以长短不一，多少不定，或者有跳跃性，但优秀的图画书中的文字都考虑了情节、场景、人物变化，显示出画面之间的流动，给人一种整体感。图画书中的图画虽然由多幅组成，但幅与幅之间也是一脉相承，连续相通的。图画和文字的互相融汇，有机结合，图画书的整体传达性就显露无遗了。

从“书”的角度来说，图画书的整体传达性还包括封面封底以及扉页和装帧。优秀的图画书往往从封面或扉页就开始进入情节，并将封底也利用起来，让儿童回味故事或引发儿童新的想象。例如，安东尼·布朗的《穿过隧道》，内容是小兄妹俩只要碰到一块，就吵个不停，后来经过在隧道中的一番探险后，兄妹俩终于和好了。书的封面画的是妹妹正在穿过隧道的场面，脚边有一本打开的书。到封底则只有一个隧道口，书却合上了，暗示故事已经讲完了。在扉页上，画面是一片花纹和一堵墙，暗示女性和男性，画的下方则放了一本书，暗示妹妹心理的孤单，到故事完后的环扉上，却变成了书和足球放在一起，暗示兄妹俩已经和好。

从图画书的整体传达性考虑，儿童教师在给儿童讲述图画书时，不要遗漏画面，可以让孩子通过封面猜测故事内容，并在最后进行对比，发现有意义的细节。

（三）图画书的作用

儿童图画书是现代印刷技术和现代艺术结合的产物，它特殊的表现形式和接受方式，对初入人世的儿童具有非常重要的意义。

图画书是最早进入儿童世界的儿童文学样式。它通过富有吸引力的画面，给识字不多的儿童直观的体验，把儿童带向广阔的社会生活领域，给儿童以最初的审美教育。所以，儿童图画书在对儿童个性意识的形成方面，图画书有着巨大的作用。美国图书馆学家姆亚（Moore Annie·E）曾说：“儿童从图画和故事中所获得的印象，是永恒不灭的，同时也是非常微妙的。如果要我表示意见，那我就会说：一个人对于艺术的认识、想象力的培养，对异国产生人类的共识、共感等胸怀，都是从阅读图画书萌芽的。……良好的图画故事书，在养成读书的趣味和习惯方面，它的影响力是大得无法估计的。”[①] 可见，图画书不仅能够让儿童获得对“书”的概念的初步感受，而且能够培养儿童的阅读兴趣。在欧美等发达国家，图画书是幼

---

① 傅林统：《儿童文学的思想和技巧》，97页，台湾：台湾富春文化事业股份有限公司，1992年。

儿早期教育的最佳读物，因为它对儿童的思维、语言发展有着非常大的作用。再加上图画书多是手绘图画，细腻的笔触、丰富的色彩，对儿童审美能力的提高都有很大的作用。所以，对儿童教师而言，要认识到图画书的巨大作用，给儿童选择最优秀的图画书，并可进行相关的讨论和游戏活动。例如，日本图画书《小真的长头发》（高楼方子），写的是小真的朋友爱美和小丽都留长头发，只有小真留着短发。当朋友向小真炫耀自己的长头发时，小真也开始向朋友吹嘘说，等以后自己的头发长了以后，会站在桥上，用头发把河里的鱼钓上来；还可以在郊游时，把头发一圈圈绕在身上，比盖棉被还暖和；还可以把头发系在树上，全家人的衣服都挂在上面来晒干。这些情节显然都是小真不服输心理下的幻想，但对孩子想象力的发展很有帮助。教师可以一边翻看图画书给孩子讲，一边让孩子猜测故事的发展，读完故事后还可以和孩子展开讨论，例如，“你认为小真这么说是撒谎吗?”“你还能想象长头发会长到什么程度吗?”还可以通过手工、绘画、游戏等方式来增加孩子的阅读兴趣。再如，台湾作家方素珍的《我有友情要出租》，写的是一只大猩猩觉得很无聊，就在树上贴了一个“我有友情要出租，一小时五块钱”的告示，这时森林里来了小女孩咪咪，咪咪租下了“友情”，大猩猩陪着咪咪玩了很久，后来咪咪一家搬走，大猩猩又在树上贴了一个“我有友情免费出租”的告示。这个故事是告诉小朋友如何交友，画家在书中藏了很多玄机，例如图画中出现了许多动物，有狮子、豹、斑马、长颈鹿、鸵鸟等，表示大猩猩身边就有很多朋友，不一定要出租友情。老师和家长可以通过这本书让孩子学会如何与别人打交道，如何交友。

图画书还是亲子共读的最佳书籍。亲子共读是国际阅读界一直提倡的一种阅读方式，即父母或长辈陪着孩子一起读书。虽然图画书具有直观性，但儿童要准确读出图画所描述内容也不容易。所以，儿童欣赏图画书仍然需要大人的参与和帮助。大人用自己的语言将图画中的含义描述出来，诉诸儿童的听觉。儿童可以一边听大人的讲述，一边看图画书，耳目并用，既听赏了大人的讲述，又在视觉上得到了印证，这对孩子而言是一种独特的体验。亲子共读更重要的是，图画书不仅展示了一个充满童趣的图画世界，而且为亲子之间提供了一个情感交流的乐园，孩子更能感受到来自长辈的爱。可以毫不夸张地说，是图画书架起了一座情感交流的桥梁。图画书“亲子共读”的这一特殊功能，是其他儿童读物无法代替的。

（四）图画书的发展概况

图画书的渊源可以追溯到很久以前，但真正为儿童编绘图画书并出版发行，则是 17 世纪的事。第一本专为儿童编辑的图画书是捷克斯洛伐克教育家夸美纽斯于1658年出版的《世界图绘》。这是一本儿童百科全书，用图画表现有关大自然、人类生活、社会文化等知识，文字依照图画来描写解释，旨在对儿童进行常识教育。

18世纪，在以儿童为主体的新儿童观的影响下，英国伦敦出版商约翰·纽伯瑞创建了世界上最早的儿童图书出版社“圣经与太阳社”，出版了大量插图优美、印刷考究、装帧精致、价格较为低廉的儿童图画书。他第一次把孩子的快乐和图画书联系起来，使长期被贵族子弟垄断的儿童图书普及到民众子女中。

19世纪，英国出现了三位杰出的图画故事作家：瓦尔特·克雷恩（Walter Crane，1845～1915）、兰道夫·凯迪克（Randolph Caldecott）和凯特·格林纳威（Kate Greenaway，1846～1915）。其中兰道夫·凯迪克被后人称为“现代图画书之父”。20世纪初，英国出现了另一位图画书作家比特克斯·波特（Beatrix Potter）。她自学成才，为儿童创作了许多可爱的小动物形象。其中最出名的是1902年出版的《兔子彼得的故事》。这本书原是波特女士为一位生病孩子所写的信，后来波特女士将这些长达8页，绘有小插图的信结集出版。该书文画合一，为图画书的发展树立了一个里程碑，也是世界上最畅销的儿童图书之一。

在两次世界大战期间，许多外国作家和画家流向美国，他们的艺术天才和不同的文化背景使美国图画书得到了长足发展。特别是二战以后，绘画艺术的提高，彩色印刷的普及，使美国图画书创作领先于其他国家。如列奥尼的《小蓝和小黄》，打破了以往追求“形似”的绘画方式，使抽象的绘画方式取得成功。20世纪50年代至60年代，欧美图画书被译介到日本，日本很快形成了图画书热。由于经济复苏，加上近30年的努力，日本在文字、绘画、印刷等方面后来居上，达到世界一流水平。比较有名的图画书有赤羽末吉的《苏赫的白马》、松谷美代子的《龙子太郎》、加古里子的《乌鸦面包店》、中川李枝子的《古利和古拉》、高楼方子的《小真的长头发》、宫西达也的《你看起来好像很好吃》等。

图画书作为一种独立的文学形式，已经在国际上受到越来越多的重视，国际上已经设立了多种图画书的奖项，如英国于1938年设立的凯迪克奖、1955年设立格林威大奖，国际儿童读物联盟（简称IBBY）于1966年设立了国际安徒生奖的图画书奖。

我国在漫长的传统社会里，几乎没有直接给儿童阅读的图画书，只在明朝出版过一本《日记故事》。尽管它比《世界图绘》早一个世纪，但此后几乎没有更多发展。直到20世纪20年代，才出现为数不多的一些图画故事作家和作品。其中，现代儿童文学先驱郑振铎是我国图画书的倡导者和开拓者。他于1922年1月创办了《儿童世界》周刊，陆续发表了《两个小猴子的冒险》、《河马幼稚园》等46篇长短不一的图画故事，在当时产生了一定影响。赵景深继郑振铎之后，在20世纪30年代创作了《哭哭笑笑》、《一粒豌豆》等54种图画故事。此外，还有抗战时期笑苹的《小牛》、林工的《小夏伯阳》等。

1949年以后，我国图画书的出版出现了两次飞跃。一次是20世纪50年代，出版了《小马过河》、《蜗牛看花》等图画故事。一次是20世纪80年代，由于学前教育普遍受到重视，加上欧美、日本等发达国家的影响，我国图画书的质量均有较大提高。在20世纪90年代，中日两国曾经合办了两届"小松树"儿童图画书奖，鼓励国内图画书的创作，得奖作品有《贝加的樱桃班》（郑春华/文、沈苑苑/画），《贝贝流浪记》（孙幼军/文、周翔/画），《小兔小兔当了大侦探》（俞理/文并图）。近年来，由于国际图画书交流活动日益频繁，本土图画书的创作也取得了长足的进步，如北京少年儿童出版社的"冠冠图书"、江苏少年儿童出版社的"我真棒"儿童成长图画书、明天出版社的"小企鹅心灵成长故事"等。

中国台湾地区由于经济发展较早，图画书的发展也比较快。1984年，汉声出版社率先从国外引进了内容精彩的"世界最佳儿童图画书"，形成了一股图画书旋风。国外图画书的引进也带动了本土创作，1991年王家珠的《懒人变猴子》获亚洲插画双年展，陈志贤的《小樟树》入选波隆那国际儿童插画展。此后，又有多位台湾图画书作家获此荣誉。

从整体上看，我国图画书的发展比西方晚100多年，还存在文字作者不稳定、文图创作分离等不足。不过，随着社会对图画书认识的不断深入，国内图画书的创作质量一定会越来越提高。

二、*卡通读物*

(一) 卡通读物的概念

卡通的名称直译于英语中"Cartoon"，原意为"绘画、挂毯、镶嵌工艺等原尺寸的底图，19世纪40年代早期成为独立的滑稽画……用以讽刺时事、民俗、政治或社会潮流"。日本则直接借用了中国的"漫画"一词，将"Cartoon"译为"漫画"，这一译法已在亚洲一些使用汉字的地区和国家普遍使用。但这种"漫画"同我们传统意义上的以讽刺、幽默为主的漫画（如丰子恺漫画、华君武漫画）又有不同，它通常是指有主题和情节，有连续性画面，有对话、旁白及音响符号的故事画。

卡通的篇幅可长可短，风格上不拘一格，因此有人又称之为“连环漫画”、“新型连环漫画”或“卡通漫画”等等。电视中的“动画片”有时也叫“卡通”，但它同本文讨论的卡通读物是两种不同的媒体，前者为光电媒体，后者为纸质媒体。但是，卡通读物同动画片关系密切，在人物形象和表现手法上都有许多相同或相近之处，因此有人又把卡通读物形象地称为“印刷电视”或“纸上电视”。

（二）卡通读物的画面语言

卡通读物通常是用连续的画面来讲述故事。它在画面构成上同图画书有一些区别，形成一些特定的画面语言。这种语言不像文字语言那样由文字符号来表达，也不像动画片那样用快速移动的画面加上声音对话和音响来表达，而是使用相对固定的画面加上文字对话以及象声、象意符号来表达。

1. 分格

作者一般通过画格组成的整体画面来表达故事内容和自己的创作思想、艺术风格。因此，把画面分割成若干个画格——分格，便成了体现作者表述能力和格调的一个重要环节。

图画书一般一页展示一个场景或画面，而卡通读物则通常在一页中分成若干画格，怎样分格由作者确定，但需符合总体上协调美观、有利于充分表现情节的原则。

在分格中，如果是两个人在对话，而为了突出讲话人的正面形象，一般是把两个人分开，各画一格，以便使他们都能面向读者，但有的画家却不把他们分开来画，而是放在同一个画面上，只是在他们中间加上一条小小的空白格。而这些表达方式在图画书中是不常见的。

2. 动感的营造

图画书的故事有时也很强调动感，但大都属于温馨浪漫的风格。卡通故事则更强调动感，如米老鼠和唐老鸭、猫和老鼠，这些主人公似乎处于无休止的追逐打闹之中，它们都是儿童快乐好动的天性的象征。卡通读物动感的营造，除了故事情节需编得紧张生动外，在画面处理上也有一些技巧。

(1) 气流线　气流线也叫速度线、风线。这种方法在早期的漫画中已应用。事实上，这种线是人的眼睛看不到的，只是感觉中的一种气流现象。气流线常见的方式是，在某个动作的后面加上流动的线条，用来显示这一动作的由来和轨迹，犹如武打中的招式、机器人或某种飞行体行进的路线。比如给汽车加上气流线后，就给人一种飞速行驶的感觉；如果去掉气流线，则表示汽车已经停止了。

（2）多重曝光　这是一种来源于照相的手法。照相时，如果被拍照的物体正在移动，移动的部分会在照片上出现模糊，但如果采用多次曝光，模糊就没有了，而出现近似重复的清晰画面。每曝光一次，重复画面就出现一次。卡通读物使用这种手法表现动态也是比较早的。画家有时候把这种手法引申夸大，在画面上出现一些较为复杂的重叠画面，以显示动作的快捷和多变。

（3）瞬间图像　有些快速动作是瞬间即逝的，人的眼睛可以看到它的过程，但很难捕捉它在每一瞬间的准确图像。如运动场上一个足球队员在射门，砰的一脚，球出去了。在没有照相机以前，画家想要把最精彩的射门动作画下来，只能凭印象做速写。自从有了照相机，只要用高速快门就可以清晰地拍摄下来。卡通读物就是运用高速快门拍照的方法把运动中的瞬间图像画下来，这样的图像即便没有气流线等辅助手段，也一眼就能看出是在运动中。有了这种方法，对许多用速写难以捕捉到的图像，如，野兽的追逐，激流中的浪花都可以比较容易地表现出来了。

（4）模糊图像　这是和瞬间图像相反的一种表现方法。它借用照相机快门拍摄的原理，使图像模糊，给人一种快速运动的感觉。一般来说，模糊的程度越大，表明运动的速度就越高。有时候让运动的物体清晰，把背景虚化模糊，也能营造出动感。

3. *感情和心理描写*

图画书中的感情和心理描写在画面中不容易表现，一般使用文字来表述。而卡通书由于旁白很少，作者一般用对面部表情的刻画来表现感情和心理。

由于人的眼睛像一面凸面镜，可以把看到的景象反映在上面。画家正好利用这一特点在眼球上做文章。眼睛的映象可以是当事人实际看到的东西，也可以依据作者的意图映出某种特定的东西。这就是卡通独有的表现手法。

有时也可用一些夸张的手法来表达感情。如，眼泪横飞的大哭，汗水像雨点一样被甩出来，用身体的 180 度大翻转来表示大吃一惊。

卡通还可以用人物身后的背景气氛来表示某些心态。如，用星花四溅来表示大惊或震动、用火焰来表示怒火中烧，用放射的光芒来表示柳暗花明或豁然开朗，用鲜花表示心花怒放，用某种气团表示特殊的心情。至于用问号和惊叹号表示疑问或感叹，则更是常见的。

身后的背景还可以反映较为复杂的心理活动，如，人们的思索、回忆、幻觉、梦境、联想以及某些下意识活动，这时候采用组装、叠印的画面或某种抽象画面来表现。

4. 画面中的文字

图画书中的文字一般都集中固定于画面中的某一位置，是图画的补充。而卡通中的文字是整个画面的一部分，位置也不固定。卡通读物中的文字则至少有以下6种用法：对话、独白、内心独白、旁白、音响和表意字词。

对话和独白是画中人说的话，通常用对话框圈起来，并且甩出一个尖尖的小尾巴对着说话人的嘴，表示话从那个人嘴里说出来的。由于对话框多用气球形的，常被形象地称为“语言气球”。话框的形状和线条的画法还能表达出说话的声调和语气。如，震怒或粗暴的说话用爆炸型的话框或粗犷的线条，害怕或颤抖的声音用抖动的话框或线条，而电话、广播等非直接从人的口中说出来的话用一种特定的话框。话框形状和线条的变化，目的是读者一眼就能意会这些话是什么样的声调和语气，增强逼真感。

内心独白是画中人没有说出来的话，用框框起来，不是表示从什么人的嘴里说出来的，而是标明是从什么人的头脑里显现出来的，常常用类似小气泡的形状和画中人的头脑相衔接。

旁白用于画面以外的解说，类似电影中的字幕或画外音。一般用来说明时间、地点、背景或不适于用画面表示的事物，也用于画外人的讲话。旁白只是卡通画的一种补充，在一般的画面不宜多用。

音响是人或物的某些行为、作用所产生的声音，如，敲门、物体落地、爆炸、惊雷。通常用象声字来表达。画家们有时在美术字上加工，按照模拟声音的含义，把象声字画成某种质感的形状，从而增强了音响的效果。有时候用字符大小的变化表示声音由强到弱。

表意字词也叫象意词，就是把某些既无声又难见形的现象用文字表示出来。比如，一个人走在万籁俱寂的森林中，十分安静，画面上横空出现一个“静”字。一个人的头摇晃着，旁白加上“左顾右盼”字样，作为摇晃的一种注解。

从以上的分析可以看出，卡通书同图画书是有一定区别的。卡通书在图画上大量借鉴了动画片的表现方法，多采用“镜头”达到推、拉、摇、移来布置画面。在内容上，卡通书也受动画片的影响较大，一般情节十分紧凑，人物动作性很强，镜头的转换也很快。在人物形象方面，卡通读物的形象大都具有高科技色彩，富于动感。卡通读物通常会围绕几个核心人物，用多集故事来表现，形成了许多家喻户晓的“卡通明星”。这些区别不意味着卡通读物比图画书更好，这是两种各有特点的艺术种类，自然也各有优势。

（三）卡通读物发展概况

卡通读物的普及与印刷技术的进步是分不开的。尽管讽刺漫画早在17世纪就已出现，但那时的图画印刷需要用铜版雕刻，工艺复杂，大都要靠画家本人动手。后来改用木版刻印，难度减少了一些，但木版精确度较差，容易使原作失真。19世纪末，印刷术经历了一场革命，照相制版和彩色印刷的应用，为卡通读物的印刷开了方便之门。1895年，一个叫《黄孩子》的故事漫画出现在美国《纽约世界报》星期日副刊的笑话版上，连续刊载。这是被认为具有完整形态的世界上第一部卡通读物。故事主人公是个卖报的小孩，年仅六七岁，长着一颗大脑袋，两只煽风耳。20世纪初，欧洲和美国的卡通读物有了很大的发展，一个个卡通“明星”相继问世。1914年，英国《镜报》首次发表《老虎提姆》，持续达20年。1926年，比利时的《丁丁历险记》在报端崭露头角，4年后出版了单行本，畅销不衰。1928年，美国迪斯尼公司推出了“米老鼠”卡通形象，接着，米老鼠的伙伴唐老鸭、古菲狗、小鸭休伊，美国华纳公司的猫和老鼠、兔八哥等形象陆续走红。后来，美国的小狗史努比、加菲猫、兔宝宝等一系列新星相继成为世界各国小朋友的亲密朋友。

第二次世界大战后，日本的卡通图书得到了飞速发展，出现了《新宝岛》、《森林大帝》、《铁臂阿童木》、《机器猫》、《龙猫》等儿童们熟知的作品。

在我国，从20世纪40年代就为人们熟知的张乐平漫画“三毛系列”，曾被几代孩子喜爱。20世纪80年代出现诸志祥的《黑猫警长》，至今仍受到小读者的欢迎。

卡通读物从诞生开始，就把少年儿童作为它的主要读者，并在孩子心目中确立了不可替代的地位。后来，卡通读物的读者群不断扩大，成人卡通读物不断出现，甚至还出现了针对老年读者的“银色漫画”。

第二节 文学与银屏：儿童影视

随着影视的普及，少年儿童接触影视媒介的时间越来越多。影视传媒对少年儿童的影响，不只停留在发展视觉艺术感知能力、丰富业余文化生活的层面，儿童影视还影响少年儿童的知识结构、行为方式、价值观念、人格修养、审美情趣乃至世界观、人生观的形成。

儿童影视在世界范围内受到普遍重视，国际上设有专门的儿童影视组织和研究机构。1955 年，联合国教科文组织下属的国际儿童少年影视交流中心宣布成立。我国于 20 世纪 80 年代，由中国儿童电影制片厂和中央电视台少儿部联合，以“中国儿童少年电影电视中心”的名义，正式加入国际儿童少年影视交流中心，成为其会员国。世界各国通过举办各种类型的儿童影视活动，加强儿童影视创作上的联系。很多国家设有国际儿童电影节，如芝加哥国际儿童电影节、巴黎国际青少年电影节、莫斯科国际儿童青少年电影节、法兰克福国际儿童电影节、威尼斯国际儿童电影节、澳大利亚国际儿童电影节、东京国际儿童电影节中国国际儿童电影节等；国际动画电影节，如洛杉矶国际动画电影节、纽约国际动画电影节、斯图加特动画电影节、多伦多国际动画电影节、澳大利亚国际动画电影节、印度国际儿童电影节、开罗国际儿童电影节等；国际儿童电视节，如斯洛伐克的布拉迪斯拉发国际儿童少年电视节等。

我国也非常重视儿童影视事业的发展。在儿童电影领域，1981 年创建了专业生产儿童电影的中国儿童电影制片厂；1984 年成立了中国儿童少年电影学会；1985 年创办了专业的儿童电影奖项——中国电影童牛奖（2005 年正式并入中国电影华表奖）；2005 年底落成的中国电影博物馆，设有专门的儿童电影展厅。中国国际儿童电影节于 1988 年经国家有关部门批准正式创立，1989 年举办首届以来迄今已经成功举办了八届。中国国际儿童电影节在加强中外儿童电影交流，促进我国儿童电影事业的发展方面起到了重要的作用。在电视媒介方面，自中央电视台于 2003 年 12 月 28 日开播少儿频道以来，目前全国内地有 30 多家电视少儿频道开播；电影频道专门设有“少儿影院”，电视剧频道专门设有“少儿剧场”（后改名为“青春剧苑”），各电视台还设有不少专门的动画节目时间（如少儿频道的“中国动画精品版”等），全国各地还涌现出学生直接参与的校园电视台。我国有不少优秀的儿童影视作品在国内、国际获奖。

常见的儿童影视样式有：儿童电影（儿童故事片）、儿童电视剧、儿童科教片、儿童纪录片、动画电影等。其中儿童电影、动画片及儿童电视剧对儿童的影响较大。

一、*儿童影视分类简述*

（一）儿童电影

1. 儿童电影的概念

儿童电影的概念有广义与狭义之分。广义的儿童电影包括儿童故事片、美术片、儿童纪录片、儿童科教片；狭义的儿童电影主要指儿童故事片，也就是通常所说的儿童片。

我国《电影艺术词典》对儿童片的定义是："为少年儿童拍摄的故事片。即从培育儿童的需要出发，从儿童本身的精神需要出发而拍摄的、适合于他们的欣赏特点和理解能力的影片。这种影片的创作，一般都充分考虑不同年龄儿童的心理和智力特点，从选材、构思到艺术表现的整个过程，都注意作品有益于儿童，容易为他们所理解，并为他们所乐于接受，儿童片的'儿童'，不是指题材范围，而是指服务对象。"① 而随着时代与电影艺术的发展，一些并非专门为少年儿童拍摄的故事片，因其具有鲜明的儿童性，符合儿童的审美和心理需求，也在一个更为宽泛的范围内被纳入到儿童电影的视野之中。

儿童电影与一般电影相比，由于其观众主体是儿童，因此在创作上有着特殊的要求。首先，从创作动机上来说，儿童电影通常具有明确的为少年儿童拍摄的动机，并主要以 3 岁至 15 岁的少年儿童为服务对象；其次，从创作内容和创作方式来说，影片必须充分考虑不同年龄段儿童的心智特点、以适于儿童欣赏和理解的方式加以表现，以满足儿童独特的精神需求。简言之，儿童电影就是指具有适于儿童欣赏的内容并具有能为儿童所接受的形式的故事片。

儿童电影按不同角度大致可分为以下几类：如按少年儿童年龄层次的不同特征，可分为幼年电影、童年电影、少年电影；按题材内容的不同，可分为童话片、农村题材儿童片、战争题材儿童片、传记片等；按表现形式上的特点，可分为喜剧片、武术片、惊险片、体育片、歌舞片、戏曲片等；按销售策略不同，可分为儿童艺术片、儿童商业片等。

2. 中国儿童电影发展概况

中国第一部儿童电影短故事片是 1922 年由但杜宇编导的《顽童》。这是一部无声的黑白短片，表现了一个 6 岁的孩子在花园里玩耍的片段。中国第一部儿童电影长片则是 1923 年由郑正秋编剧、张石川导演的《孤儿救祖记》。

从 1922 年到 1949 年，中国儿童电影处于初创与萌芽时期。期间中国大陆共拍摄了 23 部儿童电影，主要以孤儿、弃儿和流浪儿为题材，代表作有《迷途的羔羊》、《三毛流浪记》等。这些作品与现实生活紧密相连，反映了

---

① 许南明、富澜、崔君衍主编：《电影艺术词典》（修订版），68 页，北京：中国电影出版社，2005 年。

当时儿童在社会中的悲凉处境，具有一定的深度和力度。这些影片以儿童为主角，反映儿童现实生活，但儿童电影“为儿童拍摄”的意识并未形成。

1949年到1965年，中国儿童电影进入自觉发展与初步繁荣时期。“十七年”间，中国大陆共拍摄了39部儿童电影。自1950年拍摄儿童故事片的任务在中央文化部电影局第二届行政扩大会议的会议报告中被首次提出以来，我国儿童片的创作纳入国家政府的关注视野之中。儿童电影逐渐具备了“为儿童而拍摄”、“教育和引导儿童”的功能意义，在银幕上着力推出“小英雄”系列与“好孩子”系列两类儿童电影，产生了《鸡毛信》、《小兵张嘎》、《祖国的花朵》等经典儿童影片。这些影片所塑造的少年儿童形象重在宣扬榜样力量，宣扬榜样儿童勇敢、机智、善良等优良品质。

“文革”时期，中国儿童电影经历了漫长的桎梏期。“文革”前七年，中国大陆没有一部儿童电影问世，直到“文革”后三年才拍摄了14部儿童电影。但这一时期的儿童电影创作受制于特定年代的政治束缚，整体艺术水平不高。《闪闪的红星》在政治的夹缝中问世，虽然未能摆脱“三突出”创作思维的影响，但依然是这一时期中国儿童电影难得的收获。

经过“文革”结束后的复苏与调整，中国儿童电影终于在20世纪80年代迎来了她真正繁荣发展的重要历史阶段。此时的中国儿童电影面临着前所未有的发展机遇，这一期间拍摄的104部儿童电影，无论从题材还是创作手法上，都呈现出丰富多元的发展态势，科幻题材、幼儿题材、青春期题材影片等纷纷出现。这一时期涌现出大量优秀作品，如《苗苗》、《红衣少女》、《泉水叮咚》、《霹雳贝贝》、《豆蔻年华》等。这些作品或生动活泼，或引人深省，或温馨质朴，或青春热情，使儿童电影的风格更加丰富、动人，“为儿童而拍摄”的创作观念也在这一时期得以深化。作品贴近儿童的现实生活，也向儿童的精神世界靠拢，获得了广大小观众的喜爱。

20世纪90年代，中国儿童电影进入了第二个繁荣时期。在这期间，中国大陆共拍摄了儿童电影119部，在这一阶段，儿童电影题材更加广泛，少数民族题材、环保题材、科幻题材等都被进一步开拓出来，表现手法上也更为丰富。这一时期的优秀作品如《我的九月》、《烛光里的微笑》、《天堂回信》、《草房子》等，不仅在主题上不断开拓、深化，在艺术表现水平上也不断提高。从叙事技巧到镜头语言，都更加精雕细琢，使儿童电影的审美化特征更加明显。同时，这一时期的儿童电影，突破了“教育儿童”、“引导儿童”的简单逻辑，将镜头进一步对准儿童的精神世界，挖掘儿童世界的精神之美，对儿童世界的理解更加深入，产生了一系列较有深度的优秀作品，在社会上造成了较大的影响。

进入新世纪以来，中国儿童电影继续保持良好的发展趋势，创作生产、政策制定、理论研究等都受到了广泛而密集的关注，中国儿童电影进入一个相对蓬勃、相对活跃的阶段。代表影片有《无声的河》、《王首先的夏天》、《扬起你的笑脸》、《女生日记》、《危险智能》、《上学路上》、《浅蓝深蓝》等。儿童电影蓬勃发展局面的形成，与进入新世纪以来我国电影良好的整体发展态势为中国儿童电影发展提供良好的发展氛围有关，同时也与国家广电总局通过发布各种政策和措施、提高儿童电影创作生产积极性的努力有关。以 2005 年的儿童电影创作为例。2005 年我国获得立项的儿童电影总数为 45 部，占全年故事影片总立项数的 9.6%；2005 年我国审查通过的故事片总数为 260 部，其中审查通过的儿童故事片为 26 部，占全年总量的 10%。26 部的影片数量创下了我国儿童电影创作的年度历史最高纪录（此前拍摄儿童片数量最多的年份是 1996 年和 2004 年的 16 部），2005 年理所当然地成为中国儿童电影的“数量高峰年”。

3. 外国儿童电影对中国儿童电影的影响

中国儿童电影在自身发展过程中，既保持了自身独特的发展轨迹，同时也受到了国外儿童电影的影响。

相比较而言，中国儿童电影比较注重影片的教育功能，强调通过电影引导、帮助儿童身心健康成长。随着时代的发展，中国儿童电影也开始吸取其他国家同类电影的优点，尤其是对影片趣味性、娱乐性、知识性的重视，从而促进自身艺术创作手法的不断探索与创新。在 1949 年之前，我国的儿童电影尚未达到整体的创作自觉，所受国外儿童电影的影响相对微弱。20 世纪 50 年代，我国儿童电影主要受苏联儿童电影的影响，尤其是其革命英雄主义的创作方法对中国儿童电影乃至中国电影都产生了很大的影响。由于此时中国儿童电影尚处于萌芽的幼年期，因此对于国外电影基本处于模仿和欣赏的阶段。进入政治背景特殊的六七十年代，我国对外国影片基本持拒绝的状态。新时期以来，随着改革开放进程的不断深化，中国的政治文化环境逐步宽松，苏联、德国、日本、捷克斯洛伐克等国儿童影片出现在中国银幕上，中国儿童电影工作者因此对外国儿童电影有了进一步的了解，从而使对外国儿童电影的模仿与复制发展为真正意义上的学习和借鉴。中国儿童电影无论是从影片的思想和艺术上，还是从儿童电影的理论层面，尤其是文学层面的研究和讨论，都获得了许多可以借鉴的经验。自 20 世纪 90 年代以来，随着传媒业与互联网的快速发展和普及，国外儿童电影进入中国的渠道更加丰富。因此，中国儿童电影对国外儿童电影的学习和借鉴成为一种常态。中国儿童电影工作者不断尝试将国外儿童电影中的优秀元素，如趣味性、娱乐性、民主性等添加到中国儿童电影之中，并取得了一定的效果。当然，随着国外大量优秀儿童影片涌入中国市场，中国儿童电影也受到了空前的挑战。

就国家而言，美国与伊朗的儿童电影对中国儿童电影的影响最为深刻与显著。美国儿童电影带来的商业风潮与伊朗儿童电影带来的艺术感染力，形成了对中国儿童电影的两极冲击。美国儿童电影带有明显的商业性和强烈的娱乐性，这一极的影片成本高昂，内容荒诞，充满幻想，技术精湛；伊朗儿童电影则恰好相反，成本低廉，内容写实朴素，以小见大，具有真正的儿童视点。就中国儿童电影而言，一方面很难达到美国电影的商业制作水平，另一方面伊朗电影的美学高度又让中国的儿童电影一时难以企及。在这样的两极冲击面前，中国儿童电影创作者需要有更深的思考以及勇敢的尝试，需要在中国特有的政治文化背景与已有的儿童电影传统中，不断地调整艺术实践的步伐，从而与儿童电影的国际发展潮流更加契合。

（二）动画片

1. 动画片的概念

动画片的概念有广义和狭义之分。广义的动画片在中国习惯称为美术片，是电影的四大片种之一，“它以绘画或其他造型艺术形式作为人物造型的主要表现手段，不追求故事片的逼真性特点，而运用夸张、神似、变形的手法，借助于幻想、想象和象征，反映人们的生活、理想和愿望，是一种高度假定性的电影艺术”①。广义的动画片是卡通片、剪纸片、木偶片、水墨片、折纸片等类影片的总称。

狭义的动画片又称“卡通片”，是动画电影中的一个主要片种。“它以各种绘画形式作为人物造型和环境空间造型的主要表现手段。一般采用单线平涂方法，也有以其他绘画形式绘制的。随着计算机技术的发展，可以用三维动画手段来制作动画片，其原理是相同的”②。

2. 中国动画片发展概况

中国动画片创作始于20世纪20年代初期。万氏兄弟（万籁鸣、万古蟾、万超尘和万涤寰）被称为中国动画电影之父。1926年，万氏兄弟为长城画片公司制作出一部真人与动画合成的黑白默片《大闹画室》。这部片长12分钟的影片的问世宣告了中国动画片的诞生。

20世纪前半期，中国动画片史就约等于万氏兄弟的动画创业史。20世

① 许南明、富澜、崔君衍主编：《电影艺术词典》（修订版），441页，中国电影出版社，2005年。

② 同上。

纪30年代，万氏兄弟用动画片创作参与了抗日救亡运动，并在动画电影表现形式上不断探索，于1935年拍摄了中国第一部有声动画片《骆驼献舞》，1941年完成了中国第一部动画长片《铁扇公主》。由于当时动画片还是一种新的影像形式，其夸张活泼的表现形式完全不同于故事片，所以，在中国动画电影的起步期，万氏兄弟的动画片受到了广泛的欢迎。

1947年到1956年，新中国动画片经历了一个从无到有的重新创业的过程。与万氏兄弟受美国动画片影响不同，新中国草创时期的动画作品带有更多苏联动画风格的痕迹。由于党和政府的重视，在这一时期，新中国动画事业蓬勃发展，很快进入了稳步发展的轨道，出现了更多创新的片种，更多变化的风格，并在探索中国民族风格的道路上取得了可喜的收获。这一时期的代表作有：《皇帝梦》（新中国第一部木偶片）、《瓮中捉鳖》（新中国第一部动画片）、《乌鸦为什么是黑的》（第一部彩色动画片）、《骄傲的将军》、《神笔》等。

1957年到1966年，即上海美术电影制片厂建厂到“文革”之前，是中国动画片的繁荣时期。这一时期的中国动画片产量高，样式丰富，动画艺术特点得到充分发挥，民族风格逐渐成熟，拍出了一批至今依然堪称中国动画电影经典的优秀作品，誉满海内外。题材多样化和新动画形式的层出不穷成为这一时期动画电影的两大特点。剪纸片、木偶片、折纸片都涌现出了优秀的作品，而独具中国特色的水墨动画片也在这个阶段诞生。新中国第一部彩色动画长片《大闹天宫》于1964年完成，成为中国民族风格动画的里程碑，并大大提高了中国动画片在国际上的地位。这一时期的代表作还有：《猪八戒吃西瓜》（第一部中国风格的剪纸片）、《小蝌蚪找妈妈》（第一部水墨动画片）、《孔雀公主》（第一部彩色木偶长片）等。

1966年到1976年，动画片与故事片一样，遭受到了严重的破坏，整个“文革”期间，动画片几乎濒临绝境，同时，十七年来的动画片成就被全盘否定。直到1972年之后，才逐渐恢复了动画片的生产，但产出的也都是打有鲜明阶级烙印的“不像美术片”的动画片。这一时期的代表作有：《放学以后》、《小号手》、《小八路》等。

1977年到1986年，随着政治形势和社会生活的转型与稳定，动画片进入了一个再度繁荣的新时期。上海美术电影厂一枝独秀的局面被各地动画片拍摄基地创作的全面繁荣所代替。动画片产量明显增加，在动画艺术方面也有了长足的进步，在题材内容、艺术形式和制作技巧等方面，都有新的探索，取得了新的成果。这一时期的优秀作品数量很多，主要代表作有：《哪吒闹海》、《天书奇谭》、《阿凡提》系列、《三个和尚》等。

1987 年以来，随着改革开放进程的不断深化，中国动画片与中国电影一起进入了机遇与挑战并存的新发展阶段。外国动画作品被大量引进中国。那些风格、内容迥然不同的异国卡通让中国观众眼界大开的同时，也夺去了中国动画的大半市场。并且随着电视的普及，动画生产重心逐渐转向为电视播出而制作的系列片。这一时期，动画片的表现内容大大拓展，哲理短片独树一帜，影院长片制作增加，系列片产量丰富。同时在国际化方面，也做出了一些可喜的尝试。主要代表作有：《葫芦兄弟》、《宝莲灯》、《邋遢大王奇遇记》等。

中国动画片自诞生以来走过了 80 多年的历史，曾经形成了浓郁的民族特色，在国际上取得了较高的荣誉，被称为“中国学派”。随着国外大量优秀动画作品的涌入，中国动画片也暴露出自己的不足和缺陷，如在材质运用上开掘还不够充分，镜头语言不够丰富、产业化运作不够成熟等，这些都是值得我们在动画艺术道路上继续探索的课题。

（三）儿童电视剧

1. 儿童电视剧的定义

儿童电视剧，是指以儿童的视角和理解方式，用电视手段拍给儿童看、为儿童所喜闻乐见的电视剧。根据儿童年龄阶段的不同，又可以分为低幼电视剧和少年儿童电视剧；按题材不同，则可以分为童话电视剧、伟人传记电视剧、校园生活电视剧等。

2. 中国儿童电视剧发展概况

追溯中国儿童电视剧的历史，从 1960 年中央电视台播出的《刘文学》开始，至今走过了 40 多年的历史。从 1960 年到“文革”之前，共播出儿童电视剧 34 部，但整体上题材范围狭窄，说教味道浓。我国儿童电视剧的创作高峰始于 1978 年，迄今为止拍摄、播出儿童电视剧 500 多部，数量和整体质量已达到了一定的水平。

在现实主义题材中，《好爸爸，坏爸爸》、《我有一片辽阔的蓝天》，《爸爸，我一定要回来》，《棒棒真棒》等是其中的典型力作；在幻想题材中，《小龙人》、《大鸟在中国》、《同是一个太阳》等都受到了儿童的喜爱；在幼儿题材中，根据郑春华小说《紫罗兰幼儿园》改编的《跑跑的天地》等取得了不错的成绩。

从作品的审美特性出发，我国儿童电视剧大体可分为三种类型。第一类从教育入手，强调典型艺术形象对儿童的教育作用，如《我的爸爸、我的妈妈》、《爸爸，我一定要回来》、《心灵的答卷》等；第二类从体察儿童心理的角度出发，强调儿童心理发展的阶段性和审美欣赏的多层次特点，以培养儿童健全人格和群体意识为目的，如《跑跑的天地》、《太阳有七种颜色》等；第三类以儿童的现代意识为观测点，通过作品透视更广泛的社会意识和时代精神，以培养和锻造我们民族未来一代的自主性格和高尚人格，如《名声》等①。

中国儿童电视剧在成长的过程中，也曾遇到各种问题。其中一个突出的问题是，儿童电视剧取材创作的速度赶不上儿童观众欣赏兴趣和风格的多样变化。20 世纪 90 年代，随着传媒业市场化模式的形成，表现低幼儿童的电视剧逐渐地走向边缘，而表现青少年的电视剧成为儿童电视剧的主力军，《第三军团》、《十六岁的花季》等一批作品获得了良好的观众反响。儿童电视剧创作曾因题材与表现手法单一而一度陷入困境，直到近几年才有所改善，出现了像《快乐星球》、《我们都是好朋友》等一批优秀之作。

二、*儿童影视的鉴赏指导*

（一）儿童影视的基本特征

儿童正处于一个心智水平与审美水平的发展期，对儿童开展必要的影视鉴赏指导活动是非常必要的。有效的儿童影视鉴赏指导，需要建立在对儿童影视基本特征的认识上。我们对儿童影视基本特征的认识，可以从两个角度进行：首先是儿童影视与儿童文学相比，具有的媒介特征；另一个角度是儿童影视与成人影视相比，具有的儿童特征。

1．媒介特征

儿童影视最基本的特征，是由媒介属性带来的媒介特征。

综合了文学、戏剧、音乐、绘画、摄影等多种艺术门类的儿童影视，与儿童文学相比，在媒介符号、艺术形态、接受（观赏或阅读）情境的规定性等方面都有着质的不同。虽然两者都属于儿童传播媒介，但作为传统纸质传播媒介的儿童文学与作为现代电子介质传播媒介的儿童影视，在制作方式、传播方式以及接受方式等方面均存在明显差异。对于它们共同的服务对象——儿童而言，儿童文学的阅读与儿童影视的观赏，是两种不同的审美体验过程。文字的阅读首先要求阅读者具备一定识字能力，并且在将文字转化为形象的过程中，读者需要经历一个将文字符号所对应的表象在大脑中进行复杂的联想和想象等思维活动的过程，因此，文字语言更多地依赖于人的想象。而影视是一种刺激视觉和听觉的动态的文化系统，影

① 徐宏：《儿童意识与审美创造》，见《中国儿童电视剧论文集》，84 页，成都：四川少年儿童出版社，1989 年。

像文化独特的具象性与直观性，使人类从文字文化抽象概念的桎梏中解放出来，不仅激活人的感性，并且使视听语言成为普遍易懂的信息交流工具。儿童影视以影像为表征，其影像视听语言直接作用于人的感官，一切依赖于镜头（包括构图、光影、色彩、音响、音乐等）及其镜头之间的关系，由此给观众带来更为直接的视觉冲击、情绪感染与美感效应。与平面的纸质媒体相比，活动影像的特殊魔力可以为受众提供更丰富、更生动的表现手段。儿童影视所表现的画面不仅是真实的而且是运动的，巨大的影像冲击力与直观形象性是平面纸质媒介所不可替代的，它带给儿童独特的审美体验。一部优秀的儿童影视作品，对儿童的成长是有独特价值的。

事实上，电影传播媒介对儿童的影响力早就被人们所意识到。著名科学家爱因斯坦曾经说过："电影作为一种对人类精神幼年时期的教育方法，是无与伦比的。因为电影可以使思想剧情化，这就比用任何其他的方法更容易为儿童所接受和理解。"[①] 我国著名儿童电影导演崔嵬也认为，电影的情绪感染力"对儿童的影响力量远远超过文学作品。因为任何文学上的描述，甚至是最鲜明的、最有表现力的描述，也不能和鲜明的、富于说服力的、清楚明晰的电影形象相比拟。"[②] 可见，儿童影视形象化、视觉化地直接作用于儿童的情感，对儿童的感情倾向和意识行为产生潜移默化的影响。

2. 儿童特征

儿童影视与成人影视相比最大的不同，在于它主要的服务对象和接受对象是儿童。儿童影视受众的专一性，决定了儿童影视的另一基本特征——儿童特征，即儿童本位的基本特征。

儿童影视作为为儿童服务的艺术形式，其审美创造必须以儿童特征（思维特征、儿童心理等）为出发点，同时又必须以是否契合儿童特征作为作品的落脚点。儿童影视的儿童本位特征，表现在作品是否反映了儿童生命世界以及作品是否与儿童独特的审美需求相契合两个方面。一部优秀的儿童影视作品，应该用儿童适合接受的艺术方式反映儿童自身独特的生命世界。

首先，从表现内容来看，儿童电影的题材内容主要指向少年儿童的生活世界及其内在的精神生命世界，指向儿童思维特别青睐的幻想世界。儿童自身正是儿童电影必不可少的描写对象和表现内容，从发生认识论的观点来看，儿童通过认识自身来实现对世界的认识，逐渐领悟人生的价值与

① 转引自雷祯孝：《电影课实验在中国》，25页，北京：高等教育出版社，2003年。

② 黄健中：《崔嵬和他的儿童世界》，载《电影艺术》1980（6）。

生活的意义。一部优秀的儿童电影，应该反映儿童的生存状态、深入儿童的心灵深处，从而揭示儿童精神生命世界的本质。

其次，从表现方式来看，因为儿童片是给儿童看的，因此对儿童生命精神世界的表现必须以一种适合儿童欣赏习惯和理解水平的方式予以呈现。在美学追求上要符合儿童的审美情趣；要塑造个性鲜明的形象；要体现趣味性、注重情节性；作品的格调要积极、明朗、向上，给人以有益的启迪；还要考虑到不同年龄层次少年儿童的欣赏需求；做到知识性、娱乐性、趣味性、教育性相统一。

（二）儿童影视作品的鉴赏指导

我们对任何一部影视作品的观赏体验，往往是通过具体的形式（各种视听元素）、经历具体的内容（作品讲述的故事）、然后感受到其中的内蕴（作品蕴涵的思想精神）。也就是说，一部影视作品实际上在形式、内容、意蕴三个方面对观众发生着艺术影响，我们可以把它概括为视听层面、叙事层面、主题层面。对儿童进行儿童影视作品的鉴赏指导，也可以围绕这三个基本层面展开。

1．视听层面

影视观赏的过程中，首先直接作用于观众视觉和听觉感官的是感性、具体的视听层面。画面与影像必须首先被观众感官感知，才能吸引观众注意，从而进一步激发情感、触发想象、引发思考。视听元素的成功运用能很好地表现内容并传达美感。

儿童对影视作品视听层面的最初感知，往往是直接的、迅速的、感性的，是一种直扑眼帘的瞬间体验。他们首先关注的往往是画面是否优美，色彩是否悦目，音响是否动听。教师在影视作品视听层面的鉴赏指导，可以围绕作品视听元素的运用是否和影片内容、主题相协调，是否很好地体现了编导的意图等方面展开。

首先从视觉角度来看，涉及观众对画面产生怎样的直观感受的问题。画面构图实际上是光、影、明暗度、线条、色彩、摄影方向、摄影角度等在画面结构中的组合关系。以画面色彩为例，色彩作为一种风格化的元素，在作品中能够起到传达情感、营造氛围的作用。《小兵张嘎》作为一部黑白片，带给观众一种来自乡村的真实而质朴的革命历史记忆；《城南旧事》的电影画面蒙上一层淡淡的晨雾般的色调，出色地传达出海外游子怀恋童年故乡的那种“沉沉的相思，淡淡的哀愁”，与整部影片婉丽的抒情风格相协调；《多梦时节》中少女罗菲的五个梦，分别被处理成“绿色的梦”、“蓝色的梦”、“红色的梦”、“烟云飘渺的梦”、“五彩缤纷的梦”这五种不同的色调效果，较好地映照出罗菲不同阶段的内心情绪状态。《普莱维梯彻公司》通过对四个家庭做不同的色彩处理来表现家庭氛围上的差异以及人物心理情绪的变化。乐兵家用清冷的白调子，因为这是一个古板、教条的高级干部家庭；富强家用浓艳的红调子，因为这是个暴发户；钟实家用陈旧的棕色调，因为这是个贫困的普通工人家庭；韩娅莉家用温馨的黄调子，因为这是个外事干部家庭。四个调子就像四个旋律，随着故事情节的演进，色调在变化，人物情绪也在变化。当韩娅莉家出现“私生子风波”后，黄色调偏深，家庭气氛比之前显得沉闷；而乐兵家清冷的白调子，随着乐兵和四眼儿心灵交流的递进而逐渐变得暖意融融，红色调在画面上明显增多。

从听觉角度来感受影视作品，声音元素的成功运用也能使影片带给观众独特的审美体验。除了那些贯穿作品的对白，音乐和音响都是参与作品风格的重要元素。音乐不仅可以渲染气氛或情绪，而且还可以推动故事与情节的发展。《红衣少女》在表现米晓玲与学校和安然告别，期间没有一句对白，音乐在营造情绪氛围方面起到了关键的作用。影片用一组空景全景移动的并列镜头伴随《少年行》的歌声连接起整个告别过程：安然匆匆赶到教室找到米晓玲；米晓玲温情地把邮票给安然；米晓玲擦掉黑板上值日栏里自己的名字。还有实验室、阅览室、化验室、深深的走廊等空镜头，始终伴随着悠远而深沉的歌声，无语的米晓铃和同样无语的安然，在米晓玲即将离开学校这一特定的规定情景中，观众很容易体会到一种依依惜别的深情，一种纯真而崇高的情感力量由此升华出来，这可以说是通过音乐串接营造情绪氛围的一个典型例子。动画片《猫和老鼠》、《米老鼠和唐老鸭》的背景音乐节奏鲜明、轻松活泼，很好地配合了作品幽默滑稽的气氛。

当然，参与儿童影视作品视听层面构造的元素还有很多，如蒙太奇结构、表演、服装、道具、场景等等。蒙太奇在影视艺术中起着组合、剪接声音和画面的作用，作为影视作品的基本结构元素而被普遍运用。蒙太奇的分类很多，如叙事蒙太奇、表现蒙太奇、节奏蒙太奇等。例如，《红衣少女》仅用三个镜头就完成了安然从幼儿到小学生到中学生的成长过程：幼年的安然在跳绳、戴着红领巾的安然在跳绳、少女安然在跳绳；《霹雳贝贝》表现贝贝从婴儿到幼儿的成长也只用了两个镜头：前一个镜头中贝贝还躺在婴儿床上哭闹，后一个镜头中早晨醒来的贝贝已经是学前儿童了。画面通过在同一场景中表现同一人物在不同年龄阶段的同一动作和行为，非常简洁地完成了人物成长的时间跨越。这些镜头本身包含了叙事性内容，以简洁的方式实现了推动剧情的发展，属于叙事蒙太奇。

服装、道具、场景等造型元素的作用，在幻想类影视作品中的作用尤其突出。《哈利·波特》中哈利的服装和象征魔法的扫帚道具、影片营造的神秘而诡异的场景以及各种巫师、鬼怪、精灵的造型，都是吸引观众眼球的重要法宝。

教师应该引导学生留意影视作品中参与艺术造型的各种视听元素，通过对作品视听层面的鉴赏指导，使学生对影视艺术的接受，逐渐从单纯的看故事层面进入到对影视艺术媒介属性的理解与感知层面，从而实现提高学生艺术欣赏能力的目的。

2. 叙事层面

影视作品的叙事层面，是指作品讲述了怎样一个故事，教师应引导学生关注故事情节是怎样开头、演进、结尾的。通过故事与人物所反映的社会生活和艺术家对社会生活的评价与判断，关键在于内容的独特性和创作者对内容表现、描绘的艺术功力。

在叙事分析中，应引导学生一起关注故事结构的各个要素，如背景、结构设置、人物形象的塑造，故事的开端、高潮和结局等，从不同角度切入往往能使学生获得更为丰富的感受。以《我的九月》为例，影片的故事背景里就包含了时代、期限、地点及冲突等多层面信息。故事发生在即将举办亚运会的北京，在一派热闹而充满朝气的背景中，不协调地凸显出安大傻子的自卑与渺小。期限，是指故事在时间中的长度。《我的九月》的故事必定要在亚运会开幕前结束，这一期限限定了主要人物必须在此之前解决自身面临的矛盾，也就给人物带来了更大的压力。只有充分认识到这一点，才能更好地理解人物在这种特殊情况下的行为动机。地点，是指故事在空间中的位置。《我的九月》的故事发生在首都北京，所以安大傻子作为一个小学生，才能具备那么强烈的集体荣誉感，才能克服一个个困难，战胜自己，最终实现参加亚运会开幕的目标。而影片的冲突层面，实际上就是指前面三个维度所带来的故事与背景之间的冲突。当我们最后看见安大傻子那瘦弱的身躯终于在开幕式上出现时，内心不禁涌起一股深切的感动，我们为他克服背景带来的困难后实现顽强的自我超越而感动。

从叙事层面解读儿童电影，教师还可以引导学生尝试分析人物形象的塑造。儿童观众由于思维比较跳跃，所以老师可以有意识地引导学生去寻找人物性格发展的轨迹。如《我和我的同学们》中的布兰，从一个单纯的女孩逐渐成长为一个懂得鼓励自己也鼓励他人的有思想的学生干部，其性格是经历了数次事件而逐渐形成的，教师可以引导学生对那些促成人物性格转变的关键事件进行分析，从而加深对人物和故事的理解。又如伊朗影片《小鞋子》，故事的核心推动力来自于兄妹俩只有一双球鞋穿的困境。这样的困境给小主人公带来了巨大的压力，并最终促使他为了赢得一双新球鞋而参加马拉松比赛。主人公倔强、执着、坚韧的性格，在一次次奔跑中不断冲击着观众的视线，也带给人们深深的感动。

3. 主题层面

影视作品的主题层面，是通过影片内容自然流露出来的思想内涵，往往对儿童与成人都有启迪意义。老师可以引导学生去发现并且讨论这些主题，从而加深对影视作品的理解。

如《红发卡》，让少年儿童认识到培养健康心理和挫折承受能力的重要性，同时也让成人意识到一味地将孩子置于自己的保护下，让孩子一味地享受幸福与快乐，未必是件好事情；《白比姆黑耳朵》通过一只叫比姆的猎狗的坎坷遭际的隐喻，流露出对和谐、自由、理想的社会环境的苛求的深层哲理。《哈利·波特》则表现了善恶斗争模式及英雄成长主题。《大气层消失》以一个动物和人交谈的故事引出了深刻的环保主题：正是由于人类的贪婪和自私，才使大气层即将消失，自然遭到破坏。

在引导学生主题讨论时，老师应该倡导学生们各抒己见，还可以搜集论据、围绕影片主题展开辩论，从而使作品对儿童的人生观、道德观、价值观产生更为持久的影响，也使儿童影视发挥更大的作用。引导学生寻找作品中强化主题的片段，也不失为一种有效的解读作品的方式。如《浅蓝深蓝》强调了“尺有所短，寸有所长”的道理，教师可以引导学生寻找那些说明这一道理的片段，并把它们按照一定的顺序加以整理，形成一条清晰的线索，以加深影片主题在学生心中的印象。当然，有些影片如《哈利·波特》系列的主题是综合性的，歌颂正义、反对邪恶是一个大的母题，而在故事的叙事中又穿插了勇敢、友爱、智慧等各种主题。带领少年儿童从主人公的行为线索中去发掘一个个潜藏的主题，是一个有趣而有益的过程。

第三节　文学与舞台：儿童戏剧

儿童戏剧是戏剧中一个独立的剧种，在我国已有较长的历史。儿童戏剧是儿童文学的一种重要体裁，它采用舞台表演的综合艺术形式为儿童创造了一个需要儿童用心灵和视听去感受的艺术环境，使儿童身临其境，获得独特的艺术享受。在当代，儿童戏剧也被引入学校教育中，成为儿童创造性、自主性学习的一种独特的形式。

一、儿童戏剧的概念

戏剧是一种以演员的表演为中心，综合了文学、舞蹈、音乐、美术、舞台技术等多种艺术手段的综合性舞台艺术。

戏剧文学则是这种综合舞台艺术的“脚本”，是供演员和其他艺术部门再创造的“蓝图”，是戏剧艺术的文学成分。

儿童戏剧是以儿童为对象，适合儿童接受能力和欣赏趣味的戏剧。儿童戏剧文学——剧本，是儿童戏剧的文学因素，也是儿童文学的一种重要体裁样式，它主要为舞台演出提供脚本，同时也供少年儿童阅读。

戏剧是由演员扮演角色的舞台行为来叙述故事的。扑朔迷离、起伏跌宕的情节、惊心动魄、尖锐复杂的矛盾冲突，剧中人物生动形象地当场对观众坦述内心奥秘等戏剧独特的艺术性将产生出小说、散文、诗歌所不具备的感染力和震慑力。观众在与演员的交流中获得心灵感应和审美愉悦。优秀的儿童剧能把真、善、美的种子播撒在儿童的心田，并将伴随小观众一起成长，令他们终生难忘。

二、儿童戏剧的特征

戏剧以幕、场或者情节段的形式将故事完整地呈现出来。具体来说，戏剧的结构要素包括：主题、人物、情节、冲突、语言、舞台景观等。下面就从戏剧的几个结构要素入手对儿童戏剧的特征进行分析。

（一）主题鲜明，题材选择符合儿童的接受能力

儿童戏剧的主题意蕴应该根据儿童的欣赏趣味和心理特征来确定。一般来说，儿童的心理具有好奇心强、求知欲旺盛、兴趣广泛、可塑性强的心理特点，但是，他们往往不能够深入地认识现实，也缺乏是非判断能力，注意力不能持久，精力容易分散。儿童戏剧应该考虑儿童的这些心理特点，选择能够反映儿童现实生活的题材，突出表现儿童成长中的思考与困惑，其主题应该是积极明朗的，以达到引领他们成长、解除他们心中的困惑的目的。

例如，大型音乐剧《月光摇篮曲》以“母爱”为主题。“母爱”是一个非常传统的题材，但是，作者以高山娃寻找母亲为线索，书写了以张小园为代表的一群现代都市少年在成长过程中内心的复杂斗争与矛盾。他们张扬自我、追求个性，他们对未来的设想非常高远，可是，却缺乏对自己的生活现实足够清晰的认识以及对自我命运的把握。母爱，其实是他们躁动的灵魂最终的皈依。寻找母爱，也就是对心灵深处最深沉而无私的人性力

量的寻找，都市少年躁动、不安的心灵在母爱的光辉中都得到了净化和升华。在这部作品中，应该说，寻找母爱，并不是在唱老调，对于迷失的现代少年来说，这是一个新的探索的旅程，也是一场新的发现。这样的作品因贴近儿童的生活而容易被少年儿童接受，而其中蕴含的积极意义也会对他们产生潜移默化的积极影响。

以童话作品改编而成的童话剧，主题思想应该在传统题材的基础上进行创新，使之具有符合现代儿童欣赏的艺术特质，体现出时代的精神。

由中国儿童艺术剧院改编自经典故事的童话剧《灰姑娘》，活泼灵动，轻松幽默，既保留了原著基本的故事情节，又充满了新鲜感与现代内涵。剧中的灰姑娘所展现给孩子们的，不仅是经典故事中所强调的勤劳与善良，还有对身边一切人与事物的珍惜与善待。正是她的珍惜与尊重，才让她在最无助的时候得到了小鸟、南瓜与扫把的帮助，走进了王子的舞会，而王子最终打动她的，同样也是对身边事物的热爱与怜惜。编剧慕星称："这样一种理念的传达，希望能在当今这样一个急功近利、以自我为中心的社会里，让孩子们把目光更多地投向自己的周围，学会关心、学会爱惜，在欢笑里体会，在感动中成长。"

与成人戏剧相比，儿童戏剧在揭示主题时，有其自身的特点，那就是必须将其主题意蕴融入儿童情趣中，通过富有情趣的故事情节间接地揭示出主题。

例如，任德耀的《魔鬼面壳》，具有比较深刻的主题意蕴，该剧勾画出一个封闭的猴类王国中人性的故事，用隐喻的手法表现了在充满了愚昧、自私和野蛮、圆滑、世故的环境中，几乎每一个人都会为自己蒙上假面，来保全自己的丑恶现象。

为了使得这样深刻的主题能够被儿童观众理解和接受，作者将其融入生动有趣的戏剧情节和富有儿童情趣的表现形式中。剧中安排了樱桃节上的狂欢，灰灰误入陷阱被擒，老倭瓜携灰灰耍把戏，灰灰返回猴群后被众伙伴"踢足球"，猴群见到"红毛魔鬼"大惊失色等情节，这些生动有趣、曲折离奇的故事情节能够充分吸引儿童观众的注意力，引起他们的兴趣。在艺术形式上，人物形象（各色猴子）的特殊风貌，一系列突发事件所造成的特定戏剧氛围，以及在演出时所采用的综合艺术形式（如音乐、舞蹈、杂技和魔术），都成功地接通了戏剧与儿童观众审美心理的渠道。将深刻的主题内涵通过深入浅出的形式展现给儿童，使他们能够理解和认同，并引发他们进行更为深入地思考。

（二）剧情合理，戏剧冲突集中可信

从总体上看，儿童戏剧在剧情安排上具有重视情节开端，设计明晰线索，迅速展开冲突的特点。

儿童戏剧的情节结构虽然与小说的情节结构有同样的性质，但是，因为戏剧是在有限的舞台空间上表现广阔的生活内容。同时，从戏剧文学的接受对象来看，由于儿童对事物有意注意的维系时间有限，儿童戏剧必须营造独特的戏剧场景，设计有利于情节展开并能推进剧情发展的人物对话和动作，以使得剧情快速推进、跌宕起伏、高潮迭起，张弛有度。

例如在《木偶奇遇记》中，作者以快节奏、跳跃性的情节安排来刺激小观众，使得他们始终对舞台上发生的一切保持浓厚的兴趣。一开始，盖比都（剧中主人公皮诺曹的父亲）将木头雕刻成一个木头孩子，父子俩嬉笑打闹，令人捧腹。之后，皮诺曹到五光十色的马戏场，对外面的世界充满了好奇心。狐狸、灰猫设下圈套，骗取皮诺曹的钱财，仙女梦中相救，这些情节颇富戏剧性。再后来，皮诺曹向猩猩法官告状，进哈哈国，变驴、卖艺，到最后在鲨鱼肚子里与父亲相遇。纵观全剧，在连续性与跳跃性相结合的剧情中，几乎每一个段落都有新奇的形象和场面出现，而这些形象和场面又洋溢着浓郁的儿童情趣。

戏剧是冲突的艺术，应该说，没有冲突就没有戏剧。戏剧冲突有三种类型：一是人在自己意念间的冲突，如：矛盾或者犹豫的两难抉择；二是人与人之间的冲突，如：两种相对力量的对抗、两个或者两组人的竞争等；三是人与环境之间的冲突，如：社会、命运、超自然的力量对人的影响与冲击等。戏剧冲突在发展的过程中，相对立的力量会有一方较强或强弱互换、转换的情况，直到结束为止。冲突的存在使得戏剧中产生了一定的张力，此张力使得观众在情境中会不断产生“欲知后事如何”的疑问，这就推动着人们更加关注剧情的发展。

在成人戏剧中，可能会构造多线并行的冲突线索，多条线索同时展开，交叉行进，形成一波未平，一波又起的戏剧效果。但是，在儿童戏剧中，常常只是反映一个核心事件，剧情的推进、人物性格的发展和矛盾冲突的展开都是围绕这一核心事件，很少出现复杂的人物关系和错综的情节。儿童戏剧具有快速展开情节，迅速而集中地表现戏剧冲突的特点，这样可以满足小观众的观赏需求。

例如独幕剧《甘罗十二为使臣》在冲突的安排上就体现了儿童戏剧的上述特点。这部儿童剧写的是秦国使臣甘罗奉命到赵国同赵王谈判，甘罗以不同凡响的智慧和勇气，排除了种种置他于死地的阻力，终于使得谈判获得成功。

对于这场智斗，作者安排了三个回合，将斗争一层层地展现出来。冲突首先是围绕着年幼的甘罗能否充当使臣展开。赵王认为秦国派了个12岁的孩子来谈判是莫大的侮辱。他无礼地将甘罗递上来的国书打落在地，而甘罗则大义凛然地以“有志不在年高，无志空长百岁”的格言表明自己的心迹，并以俏皮而犀利的言辞击败了庞暖的挑衅。紧接着，作品又设置了甘罗不愿到赵王面前，反而要让赵王到他面前的事件，当甘罗突然说出“大王，你到我面前来”并对赵王气势汹汹地发问，针锋相对地答道：“读书人尊贵，国王不贵”时，场上的气氛极为紧张，正是在这种十分险恶的情势下，甘罗从容不迫地引经据典，侃侃而谈，充分显示了他学识的渊博，反应的灵活，临危不惧的品格。在最后，赵王要甘罗“下锅”，这是冲突的高潮，在这段交锋中，作者以细腻的笔触在表现甘罗视死如归的英雄气概的同时，让他在关键时刻，将“秦燕联合，夹攻赵国”的必然趋势强调出来，使得情势骤变，戏剧冲突急转直下，甘罗终于以胜利者的姿态接受赵王的拱手谢礼。

作者对戏剧情节的精心提炼，使这场智斗被描写得腾挪跌宕、有声有色。

（三）塑造个性鲜明的舞台人物形象

儿童往往不满足于平淡无奇的生活，而向往惊险奇特、充满探险意味的经历，崇拜有着超凡能力的英雄和富有传奇色彩的人物。因此，儿童戏剧不能塑造简单的类型化人物，而是应该塑造个性鲜明而又新奇的人物形象。儿童戏剧中的人物形象，往往是儿童熟悉的，而又是独特的，常常带有一定的夸张性和独创性。

儿童话剧《闪烁吧，繁星》表现的是发生在儿童身边的普通事。剧中写了几个来自于不同家庭环境、性格各异的孩子在老师和一位儿童文学作家的帮助下的成长故事。这部作品的成功之处在于，剧中的人物形象的个性鲜明，能够打动人。如对于娇生惯养、性格娇憨的女孩胡金花，剧中并不简单地将她刻画成一个爱撒娇、耍脾气的娇小姐，而是着力表现了她的“野性”。另一个人物李大伟性格耿直、心地淳朴，但是他容易冲动，不愿受约束，过分追求独立性。这些人物都具有鲜明的个性，显得非常真实，容易得到小观众的认同。

对人物形象进行夸张变形处理，能够使人物独特的性格特征凸现出来。例如，在童话剧《马兰花》中，作者对大黑猫的处理就充分运用了夸张变形的手法。老猫在序幕中亮相时，是由四个演员扮演组成的，时分时合，扑腾闪展。一方面，四个演员扮演猫，可以突破独人扮演的猫所带来的冷清孤单的局限，与森林众灵、马兰花及人的热闹场面，形成量上的均衡；另一方面，又巧妙地突破了演员的生理限制，突出表现了猫的移动迅速、如闪电如叠影的迅猛敏捷特点；另一方面，四个演员各自发挥表演素养之所长，将老猫无所不能的特点演活了。而且，从戏剧冲突的对立双方来看，这样处理，可以突出老猫高强的本领以及其与森林生灵、与人对抗的邪恶力量的强大。

在儿童戏剧中，人物的行动是表现人物性格的主要手段，因为人物的个性化，在很大程度上取决于人物行动的特殊方式。儿童剧《童心》就具有这个特点。戏剧从当时当地斗争的环境出发塑造了一位具有高贵品格的老教师——童心。作者并没有通过一些惊天动地的业绩去塑造童心这个人物，而只是让他以补课、谈心、看书等行动同“四人帮”展开斗争。然而，正是由于作者从人物的性格出发，比较准确地以一种特殊的斗争形式表现了童心同“四人帮”的斗争，才使得作品具有强烈的真实性和感染力，使童心伟大的人格力量在平凡中见出伟大，感人至深。

（四）富有儿童情趣和动作性的戏剧语言

儿童戏剧的剧情发展大多数是由动作和语言来表现。戏剧的语言有两种，即人物语言和舞台提示语。人物语言有对白、旁白、独白和唱词等。对白是戏剧的主体，它的作用是形成台词、建立情节、传达事实、意念与感情，并显示出人物的性格、戏剧的主旨、节奏与速度。好的对话必须在语态、语调与内容方面，十分切合剧中人的身份、特质与情境。舞台提示语是对舞台场景和戏剧人物动作的一种提示性说明，一般都比较简略。

由于儿童观众的特殊性，儿童戏剧语言应具有浅显易懂、富有儿童情趣和动作性的特点。它没有大段的抒情性或者叙事性的内心独白，也没有大段的纯理性对白，而是浅显活泼、充满儿童情趣，符合儿童的口语表达习惯。

如张天翼的儿童剧《大灰狼》，写狼想吃羊，有这样一段台词：

> 谁都对我不怀好意，连我的肚子也不跟我好了，只要我躺下，我的肚子就“咕咕咕”地叫，把我吵醒，我对它还是挺和气的。我问它：“肚子，肚子，你闹什么？”我肚子说：“哼，还问呢，你不摸摸，看我瘪成什么样儿！我要吃羊，没羊；我要吃牛，没牛。跟你当肚子可真倒了霉，还不如去跟小耗子当肚子哩。”

这段台词将狼的凶狠本性用这样的方式表现出来，非常具有幽默感和儿童情趣。短小简单的句式，口语化的表达，显得非常生活化。

力避大段对白，注意对富有儿童情趣的动作进行提炼，是儿童戏剧语言的重要特点。在《魔鬼面壳》这部戏中，作者对这种技巧的运用极为圆熟。比如第一场，卖樱桃的小姑娘上场，灰灰触景生情，凝视樱桃良久。老倭瓜以为他想吃樱桃，就买了给他。红艳艳的樱桃，激起了他急切的返回家乡的心理。作者在剧本中写道："灰灰把樱桃放在地上，围着樱桃转圈子，一粒也不吃。他爬上高处，远眺群山，又跳下地来，观赏樱桃，如此反复了多次，最后跳了起来拔脚就走。"这里没有一句台词，强烈而有规律的动作，正是人物此时此刻思乡心绪达到高潮的情感活动的外化形式。演出时，灰灰大幅度的舞蹈动作，激起了观众亢奋的情绪，使他们感受到了人物心灵的强烈震颤，同时，也在观赏优美舞蹈动作的同时，得到了艺术的享受。

（五）儿童戏剧舞台艺术的综合性

戏剧本来就是一种综合艺术，它通常综合了文学、音乐、舞蹈绘画、雕塑、建筑等多种艺术成分，儿童戏剧由于观众对象的特殊性，其综合性的艺术特点往往比戏剧的其他样式更为强烈。在通常情况下，儿童剧的音乐和舞蹈的成分比较多，有时还包括杂技、魔术等一般戏剧样式中很少采用的艺术成分。

《马兰花》在1979年的演出中，在保留以前剧情框架的基础上，主要加重了音乐和舞蹈的成分，突出戏剧作为"视听艺术"的特点，增强了场面的表现力和感染力。原来《马兰花》鹿妈妈讲故事的序幕，变成了一个猫爪四布、猫影窜腾的场面，伴以黑猫形象的主体音乐，渲染一种神秘、阴森、恐怖又紧张的气氛。一开始便设置了悬念，攫住了观众的注意力，而且，在整部戏中，几乎很少有角色呆立不动的"对白"，而是边说边演、连唱带跳地推进情节，尽可能将戏剧内容化为生动的艺术形象。在另一场戏中，马郎走遍山堑沟壑，寻找小兰。问月月不语，问水水呜咽。小兰与马郎各自翻卷在不同的漩涡中，咫尺之间却相会受阻。这时，扬波的水，牵缠的树，情布天地，没有一句台词，但那份忧郁、那份焦灼、那份深厚的情感，那种浓郁的童话音乐味，却被富有表现力的形体语言传达了出来。

儿童戏剧不仅采用歌舞形式来增强感染力，还经常吸取其他艺术形式的表现手法，来增强表现力。上海儿童艺术剧院创作和演出的童话剧《大森林里的小故事》，由四个小戏组成，《百灵鸟之歌》、《龟兔赛跑》、《猴子的屁股》、《狐狸吃老牛》。该剧在表现形式上，不仅加重了音乐、舞蹈的成分，也吸取了戏曲、滑稽戏乃至杂技、魔术等表现手法，收到了良好的效果。

例如《狐狸吃老牛》中的狐狸，当他离间两只老牛的诡计得逞，眼看就能饱餐一顿时，有一段精彩的舞蹈。这段舞蹈，借鉴了戏曲中风骚旦的动作程式，恰当地表现了人物的油滑、狡黠和得意忘形，使小观众感受到了人物丑恶的心理活动。

在《龟兔赛跑》中，若按照传统的话剧形式，无法表现，导演借用了戏曲的表现手法，则显得别致、得体。赛跑开始，乌龟同兔子，按照戏曲跑圆场的程式，前者在内圈，后者在外圈，各以不同的形体和情绪舞动着，这就使得有限的舞台空间得到了延伸。在赛跑过程中，另几位演员在一旁以歌舞来衬托比赛气氛，以及显示观看比赛的情绪变化。这就为观众对戏剧场面的想象，提供了条件。

儿童剧是一种舞台艺术，舞台景观是儿童剧的有机组成部分。舞台景观构建起剧中人物存在的环境，所有的一切技术都以剧中人物为主，主要是配合导演与演员的需要，使戏剧表现上有更完美的诠释与搭配。舞台的景观一般都要求自然地融入剧情发展之中，来增强戏剧的感染力，构造起特定的戏剧幻觉。

舞台景观包括的项目很多，如：布景、灯光、道具、剧装、化妆、音乐和舞蹈等。布景主要是显示戏剧故事发生的时代、地点与情景，亦可显示出剧中人物的社会地位、心理倾向等情况。灯光提供必要的照明，创造情境的气氛，增强戏剧的幻觉效果。道具是指演出中所需要的家具、装饰物、用品以及演员手持的各种物品，如枪剑、拐杖、灯笼、雕像等。剧装是演员扮演剧中的角色所穿着的衣装，饰品、鞋帽等物。化妆则是指演员的发型、发饰、脸部、肢体的装扮。音乐与舞蹈则能使演员塑造出更丰富，更生动感人的艺术形象，具有增强戏剧景观的效果，也有助于情景与气氛的营造。

在儿童剧的舞台设计上，需要借鉴和采用雕塑、建筑、剧装设计、化妆造型等多种艺术表现手法，也充分体现出儿童戏剧综合性的艺术特点。由中国儿童艺术剧院张奇虹导演的俄罗斯童话剧《十二个月》，为了突出这部儿童剧神奇、浪漫、绚丽多彩的童话剧色彩，特意采用写意的方式布置舞台。在1980年演出中的舞台设计，正面由六个“人字木”代替大幕，每个“人字木”是一棵松塔；舞台两侧，各有三个三棱柱，三棱柱有金、绿、白三种颜色，分别显示出宫殿、春天和严冬的不同色彩；沿幕用一串串银箔做成的棱代替。演出时，随着“三人木”三棱柱等景物位置的变化，加上灯光的处理，舞台上出现了一系列光怪陆离的画面：时而是银白色的世界，时而是风和日丽、恬静幽雅；时而又天旋地转，时序突变。大自然诱人的魅力，充溢在创作者所渲染出的舞台氛围中。这种神奇的意境，让人陶醉。

儿童剧运用多种艺术表现手法，共同营造出一种非日常化的美的艺术幻境，具有强大的艺术感染力，让小观众如同身临其境，获得美的享受。

（六）演出过程中的观众参与性

观众参与是儿童剧的独特特征。儿童天性喜欢模仿，喜欢体验他人的处境、行为和感受。在儿童剧的演出过程中，儿童会全身心地投入富有情趣的艺术幻境中，对剧中角色的行为和内心活动产生强烈的认同和切身的感受。应该说，在儿童剧演出中，无论是否有现场台上台下的互动，小观众的内心世界的活动都会产生与演员的互动。

在剧场中观众参与一般采用简答的方式进行，亦有请观众到舞台上作简单的表演，以达到口头与肢体表现上的目的。观众参与到剧中的方式一般来说，有以下几种：

角色扮演，在演出告一段落时，由一位观众取代戏剧中的某一角色，作事件或情节的扮演，另一位演员则配合参与者，做即兴表演至某一个段落为止。

角色互换，在角色扮演过后，进行角色互换，再做即兴的扮演，这样，参与者可从不同的角色立场去体验不同的观点与情绪。

替身，从剧中人物的立场或者角色出发，观众假设自己为当事者本人，来替某一角色说出剧情中未说出的话。

询问或回答，由演员向观众发问，或由观众向演员提出问题、征询意见、告知内心地感受或答案、表示立场或态度。

模仿扮演，请观众数人，就剧中某一段落或情况作出即兴模仿扮演，以考验观众的观察、记忆、组织与反应能力。

观众参与在剧场中，尤其是儿童剧场中是非常常见的。布莱恩·威(Brian Way)在儿童青少年剧场的演出中，特别强调观众参与是一种自然现象。他说："我们应该不断地提醒自己，所有的剧场，不论任何年龄层或者任何一种观众，都需要依靠观众的参与。因为从主要的剧场经验中得知，观众皆有不等比例的智能、情绪与精神上的参与感存在于主要的活动之中。尽管观众参与的情况可能与原作者、演员或导演的预期不同，但观众却从心智、情绪或精神上的参与中得到了某种收获。”①

在《木偶奇遇记》的演出过程中，有多处采用了演员同观众直接对话的交流形式，比如第二场，皮诺曹去上学，路过喧嚣的马戏场，他对去上学还是去看戏犹豫不决，便问观众：“你们说，我是去看戏，还是去上学。”又如，第四场，灰猫和狐狸骗皮诺曹“种金币”，可他们又缺乏数字的运算能力，灰猫问观众：“三乘以五等于十八，对不对啊?”对于台上演员的问话，台下的小观众都积极而热烈地回应。

这种问答式的交流形式的重要性在于，缩短了演员与观众的距离，充分调动了儿童观众的主观能动性。在孩子们的回答中，其实也同时渗透着他们对于剧情的领悟，以及自己对剧中人物独特的评判，是带有浓厚的感情色彩的。这就使得小观众能够更深入地卷入戏剧活动中来。

在童话剧《魔山》中，在结局部分，当来自世界各个地方的熊要返回家园时，剧场就是整个地球，各个观众区，就是热带，温带，寒带，大洲，大洋，观众拿拼版拼起自己的区域，动物们就这样找到了自己的故乡，并且走向自己的故乡，走向欢腾的观众席。观众也参与了演出，使得舞台的空间大大地得到了扩展。

三、儿童戏剧的种类

儿童戏剧可以按不同的分类标准进行划分。按照儿童戏剧的艺术形式来分，可以分为话剧、戏曲、歌舞剧、木偶剧、皮影戏、课本剧等；按容量和场次划分，可以分为多幕剧、场景剧和独幕剧三种；按题材划分，可以分为历史剧、现代剧、神话剧、童话剧、民间故事剧等。

下面重点介绍几种常见的儿童戏剧种类，包括儿童话剧、儿童戏曲、儿童歌舞剧、木偶剧。

(1) 儿童话剧。儿童话剧是一种以动作和对话为主要表现手段来呈现主题，塑造人物形象的戏剧形式。如集体创作的《报童》、刘厚明的《小雁齐飞》、任德耀的《宋庆龄和孩子们》等，都是优秀的儿童话剧。

(2) 儿童戏曲。儿童戏曲是运用戏曲的曲调、唱腔，通过剧中人物的道白和歌唱以及富有民族色彩的舞蹈动作来表现故事情节的儿童剧，大多以儿童或动植物为主角。如甬剧《岳云》、闽剧《红色少年》、京剧《赖宁》等。

(3) 儿童歌舞剧。儿童歌舞剧主要以演员的唱词和舞蹈动作、音乐曲

① 张晓华：《教育戏剧理论与发展》，191～192页，台北：心理出版社，2004年。

调的设计来表现剧情、反映生活，因此它必须使歌唱、舞蹈、音乐达到高度的和谐一致，使其具有强烈的诗的感染力。一般来说，儿童歌舞剧要突出音乐性、动作性和统一性，但在具体的剧本中，或以歌唱为主，或歌舞并重，或配以诗歌朗诵和旁白等，表现方式可多种多样。如我国最早的儿童剧作家黎锦辉的《小画家》、乔羽的《果园姐妹》、赖俊熙《春天是谁画的》、20 世纪 70 年代的《草原英雄小姐妹》都是较有影响的作品。

4. 木偶剧。木偶剧是专用木偶来表演故事的一种艺术，这类剧本中，需要对木偶造型、操纵方式、配乐等作专门说明。全剧短而精，人物对白简单明了，线索单纯清晰，剧情紧张明快。演出时，演员在幕后一边操纵木偶，一边说白，并配以音乐。由于木偶形体和操纵技术的不同，因此，就有布袋木偶、提线木偶、杖头木偶等不同的形式。如老舍的《宝船》、王珏的《天鹅湖》等。

四、中国儿童戏剧的现状

（一）历史追溯

中国儿童剧的现代传统始于五四。虽然中国戏曲从元代起便开始兴盛，但专门为儿童创作的儿童剧却是随着五四之后，现代儿童文学的诞生而诞生的。

以艺术发展的程度为依据，可将整个现代儿童戏剧分为萌芽期、发展期和成熟期。粗略地从时间上来划分，则大致分别对应为 20 世纪 20 年代（主要是五四时期）、30 年代（主要是抗战前期）、40 年代（主要是抗战中后期及解放战争时期）。

早期的儿童戏剧大多以童话的内容和歌舞的形式呈现。1919 年 11 月，郭沫若的第一个剧本、儿童独幕歌剧《黎明》拉开了中国现代儿童戏剧的序幕，而 20 年代初黎锦晖的《葡萄仙子》、《月明之夜》等则成为早期儿童剧的代表作品。20 世纪 20 年代的儿童剧内容题材上大多为童话剧，人物多为非人类（拟人化的动植物或仙人），现实人物较少；从艺术形式上看，多为诗歌剧、歌舞剧，且多为独幕剧。受五四的影响，此时期的儿童剧格调轻快，多为喜剧，洋溢着乐观主义精神，且带有浓厚的浪漫主义乃至唯美主义色彩。进入 30 年代，受到抗战时代的影响，儿童剧从活泼的歌舞剧转向凝重的现实剧，写实精神大大加强。当时的一批颇具文名的成人戏剧家加入到儿童剧的创作之中，创作了一批艺术性较强的优秀作品，如于伶的《蹄下》、陈白尘的《两个孩子》、许幸之的《古庙钟声》等，有力地推进了 30 年代儿童戏剧艺术的发展。他们选择的内容题材多为战争中孩子的苦难生活，以高度的现实性来逼真地反映当时儿童的内心世界和生活际遇，塑造了一批栩栩如生的儿童形象。40 年代中，30 年代兴起的儿童剧团继续活跃在城市和乡村的戏剧舞台上，出现了如石凌鹤的《乐园进行曲》、董林肯的《小主人》和《表》、包蕾的《巨人的花园》、张石流的《小小马戏班》等优秀作品。这一时期的儿童剧情节容量扩大，三幕以上的多幕剧逐渐普及，且多为正剧。同时，戏剧性进一步加强，戏剧冲突更加复杂，儿童形象更加立体，呈现出成熟的戏剧形态，达到了 30 年代以来儿童剧现实主义的高峰。在短短的 30 年间，中国儿童剧从无到有，从简单到复杂，完成了儿童剧形态的初步完善。

（二）现状

新中国成立之后，中国儿童剧经历了发展，也面临着困境。市场经济给儿童剧团带来的冲击，儿童剧人才的流失等问题使中国儿童剧一度陷入了窘境。儿童剧创作者一方面要坚持为儿童而作的儿童性，一方面又要面对市场带来的压力，在儿童性上做出让步。在这个艰难的过程中，中国儿童剧工作者努力探索新的解决方法，寻找在儿童和市场之间的平衡点，并最终在 20 世纪 90 年代后取得了新的突破。

20 世纪 90 年代，是我国文化艺术总体架构向着前所未有的多样性、多元化局面发展并日趋繁荣的时代。市场经济的确立，出现了文化消费者分流的现象。比较严肃的传统戏曲、话剧观众日渐减少。于是，改制后的儿童剧则重新引人瞩目，成为能够帮助戏剧解脱困窘、充满希望的一个亮点。少儿文艺和长篇小说、电影一起成为中央重视的“三大件”。美育教育写入了总理的《政府工作报告》；内容积极健康的剧目如能得到教育部门、共青团少先队系统的提倡，可以打通以学校推销戏票的渠道，一出新创作的儿童剧目至少可演百场，以至五百场以上的也并不罕见。中国儿童剧焕发出了新的活力。

专业的儿童剧院（团）一统天下的局面被打破了：更有一批久享盛名的话剧院加盟进来，或演课本剧、或演校园剧等等，其中有的且干脆另挂一个牌子兼为正式的儿童剧团。还有不少戏曲团体也纷纷加入这一行列。从总体来看，在 20 世纪最后 10 年里，儿童剧的演出队伍壮大了，剧种多样化了，剧目更丰富多彩了，演出地点更广阔了，许多孩子是第一次欣赏到真人而不是银幕或屏幕上影像的戏剧艺术，感受到活生生的与演员交流的审美愉悦，更多的少年儿童从儿童剧中受益。中国儿童剧呈现出新的时代特点。

1. 儿童形象的多元发展

随着儿童剧的不断发展，更为新颖、丰富的少年儿童形象出现在了儿童剧的舞台上。

滑稽戏以滑稽取胜。滑稽通常和鞭挞落后、讽刺愚昧系在一起，因此喜剧效果常落在转变或反面人物身上。但儿童剧一反常态，将滑稽的品质用儿童天真活泼的语言和行为表现出来，使之具有轻松、夸张、幽默的特点。如苏州滑稽戏团的《一二三，起步走》中的安小花、辽宁儿童艺术剧院《潇洒女孩》中的迢迢、上海儿童艺术剧院《享受艰难》里的韩慧姑、济南儿童艺术剧院《小宝贝儿》中的丁放等等，闪烁着人格魅力，给小观众以新的启示，也让成年观众担忧焦灼的心情得到缓解和慰藉。

《一二三，起步走》让安小花站在舞台中心，推动戏剧矛盾发展。让她的聪明机智和三个城市孩子对比引发笑场，但也不回避安小花对城市生活的不熟悉、不适应，诸如对 BP 机、咖喱鸡的陌生而引发的有趣细节。运用夸张的喜剧手法刻画她率真爽直、热情助人、有礼貌爱学习的性格，以滑稽标示崇高。《潇洒女孩》以欢送迢迢出国探亲的聚会叙谈四年同窗生涯来刻画主人公。海莉丢表事件显露出迢迢对犯过失同学的关爱，给他一个重塑自己的机会；情书事件则以轻松幽默的细节勾画迢迢对朦胧爱情的好奇与向往。在《小宝贝儿》中，儿童生活里蕴藏丰富的喜剧因素被充分挖掘。孩子们“少年不知愁滋味”的幽默心境，刚刚萌生的自立自强的人格意识，通过他们“可爱的”恶作剧的过错，用一连串看似不经意的情节表现出来，充分表现出孩子们的乐观开心、聪敏自信的主人翁感。

现在的写实儿童戏剧正在走出直接描述学校教育或家庭教育问题的小圈子。不单纯地把孩子置于被转变、被指责、被教育的境地，既反映社会、民族、国家大环境以及成年人对儿童的影响，也描述新一代对长辈的启发和催促。当代少年的生活和思考空间越加开阔，他们也会面临生与死、贫与富、荣与辱等严峻考验。以往被保护，被教导的单一的少年儿童形象由此改变，在这个竞争激烈的时代，孩子们凭借他们的天生乐观，直面着各种挑战，勇敢、坚强、具有责任感和独立能力的少年儿童形象不断出现。与之相对应的，是领袖儿童形象在儿童剧舞台上的适时出现。

中国儿童艺术剧院的《之伢子》，并不平铺直叙少年毛泽东在韶山冲的成长历程，而是匠心独运地从晚年伟人的视角展现戏剧情境。毛泽东晚年和童年自我频频交流呼应，似是以孩提时的所作所想为领袖性格作注释，也像是以伟人的追忆强化之伢子幼稚的向往、追求，包容了极丰富的思想含量。哈尔滨儿童艺术剧院的《少年周恩来》描述主人公大鸾（周恩来总理的乳名）在 8 岁至 14 岁从淮安入私塾，转至奉天模范学堂读书，直到东渡日本之前的一段岁月。全剧以母亲描摹大鸾图营造出恬静的诗境。当恩来出现在游行请愿洪流中时，具有象征意味的一双两米高巨型的皮靴践踏在游行队伍头上，只见闪烁着求索目光的少年恩来，激奋地振臂高呼抗议的口号……导演以大鸾的独舞、群舞作为总体艺术形象，使观众感受着那原本孱弱的羽翼逐渐丰厚强劲的感人过程。上海中国福利会儿童剧院的《少年邓小平的故事》，以平实质朴、清新的风格叙写乡老、母亲、师长对农家少年贤娃的哺育。重在突出他的乡情、亲情、友情，演示平凡的贤娃塑造自我的历程。一支戴红领巾的歌队成为连接世纪两端同龄人的桥梁。这支歌队使观众们在弯弯渠江畔的青翠竹林里走近了伟人童年。领袖童年题材同样属于纪实性戏剧，区别于以往描写小英雄、十佳少年的剧目，新的领袖儿童形象更加生动、真实，将史实与艺术虚构有机地结合了起来。

2. 舞台表现的精品创新

进入 21 世纪之后，随着舞台技术的不断成熟和创作思路的不断开阔，备受儿童喜爱的幻想题材儿童剧获得了更大的发展空间，一些大型的剧目借鉴国外的制作方法，投资增多，制作队伍精良，增强了儿童剧的娱乐性和互动性，添加了各种各样的创新元素，一个个精品化的剧目逐步涌现，儿童剧因此更加获得了市场的认可，并受到儿童观众和成人观众的欢迎。

精品化的儿童剧在传统剧目的基础上增添创新的元素，贴近当下的时尚生活，让儿童观众耳目一新，却又倍感亲切。如《福娃》中，就采用民族、爵士、摇滚等舞蹈形式和音乐风格，把中国孩子口口相传的儿歌用音乐剧的形式表现出来，再配以杂技和戏曲。通过舞台上的这些新东西、新元素，能使小观众接受艺术熏陶，开阔他们的视野，培养他们的艺术素质。在《Hi，可爱》剧中，舞台元素也异常丰富。首先，具备了音乐剧的元素，融会了多种舞蹈样式：现代舞、爵士舞、踢踏舞、芭蕾、街舞、探戈等。其次，三首主题歌风格也各有不同。第一首《可爱之歌》单纯清朗不失活泼，第二首《拍手歌》抒情恬静，颇能打动人心，第三首则是融合了流行音乐元素的 Rap。而精品儿童剧《魔山》导演孟京辉把他的导演思路定位在“宫崎骏＋迪斯尼”，即超现实主题加传统的人文关怀，再融合传统戏剧的一些导演手法，由此产生了人们想象不到的爆炸式的狂欢效应。

同时，儿童剧还大大增多剧目中的互动环节，让儿童观众在观赏戏剧的同时，能够亲身参与到剧情当中，这种直接的方式让他们更多地和角色融为一体，和剧中的人物融为一体，从中体验到生活的乐趣。如大脸猫带歌，小朋友吹泡泡、打癞皮蛇……这些都是《梦想乐园》中的互动环节，其中新鲜的“剧外互动”还让观众有了一个与主持人和那些好看好玩的卡通造型亲密接触的机会。儿童的游戏精神在互动环节中得到了充分的体现，这一类的儿童剧也因此获得了儿童的热烈欢迎。

在儿童剧中，除了精彩剧情和炫目的舞台之外，明星的号召力也不可小视。如卡通情景剧《梦想乐园》中不仅有孙悟空、黑猫警长、鲤鱼泡泡、肥鲶鱼等卡通明星，还有鞠萍、董浩、金龟子、月亮姐姐等孩子们喜欢的主持人。在《Hi，可爱》中，著名音乐人齐秦担纲音乐制作并亲自演唱剧中曲目，歌手叶蓓、北京人艺的岳秀清、冯远征、梁丹妮，影视明星张静初也加盟其中。这些孩子们和家长们眼中的明星都在一定程度上提高了儿童剧的吸引力，使更多的家长乐于领着孩子走进儿童剧场。

3. 题材范围的开拓翻新

随着时代的发展，儿童剧的题材范围不断拓宽，想象力更加丰富，使儿童剧获得了更加充分的表现空间，而一些已有的题材也经过翻新，具有新的生命力。

上海儿童艺术剧院的《白马飞飞》运用浪漫主义幻想描绘反侵略战争，以拟人化的动物象征抗日英雄，创造了极具特色的童话戏剧形象。该剧讲的是抗日战争时一匹战马的经历，以马喻人，以马喻民族魂，匠心独具。剧中展现了白马飞飞与罗成的生死友情，也展现了他与小红马的温馨恋情；既有白马飞飞因辛苦劳役磨脱亮丽的鬃发时的颓丧，也有他口衔破碎战旗唤醒并隐蔽昏死的罗成，而自己奔向早已垂涎于它的敌军司令的勇敢牺牲。白马飞飞以血肉模糊的身躯撞击牢门，他昂着高贵的头绝食九天而亡，这匹聪明、智慧、有灵性的战马，就是千千万万抗日将士和不屈的人民的写照。《白马飞飞》的创作拓宽了童话题材的疆域，为儿童剧提供了新的思路。

“寻母”本来是一个早已有的儿童文学母题，在中国儿童艺术剧院创作的《月光摇篮曲》中，这个陈旧的母题焕发出了新的光彩。作为一部表现儿子寻找母亲的作品，《月光摇篮曲》并没有像以往的剧目那样，将重心放在寻找母亲旅程中的艰辛、困难、抗争上，而是把人物置身于宽阔的空间中，着意表现传统与现代文明的冲突和和解，进而引导观众对历史与现实，野蛮与文明，城市与乡村、美好与丑陋、苛求与宽容等冲突的关注和思考。同时，在这样的传统题材上，该剧用大量新型的舞台表现方式进行重组，也使它具备了与以往同类题材迥异的艺术面貌。

五、创造性戏剧教学

（一）创造性戏剧教学的概念

目前，创造性戏剧（creative drama）是欧、美、澳等西方国家非常重视的一种艺术教育，是由美国的戏剧教育家先锋温妮弗列德·瓦德（Winifred Ward）提出。这种教学方法是以经过设计规划的戏剧程序，由教师在戏剧课或者一般课程中，根据群体的需要、年龄层次、能力与兴趣等因素，以戏剧或者剧场的技巧，建立群体参与的互动关系，引导学生发挥创造力与相互合作的精神，来丰富课程的内容，愉快地参与具体活动的学习过程。

美国儿童戏剧协会为创造性戏剧教学下的定义是：创造性戏剧是一种即兴的、非展示性的，以程序进行为中心的戏剧形式。在其中，参与者在领导者的引导之下，去想象、实践并反映出人们的经验，以人类的激情与能力，表现出其生存世界的概念，以使学生了解世界。创造性戏剧同时需要逻辑的与直觉的思考，个人化的知识，并产生美感上的愉悦。①

创造性戏剧教学的方向在于达到对课程或者主题的认知，促进人格的发展，以及对戏剧与剧场艺术的体验。其主要目的并不是将儿童的演出呈现给观众。创造性戏剧其实是一种有趣而愉悦的学习过程。为了促进儿童愉悦地进行自主性、创造性地学习，教师必须有创意的组织戏剧教学活动，必须先有完整的计划与结构，选择适宜的课程内容，使得创意活动按程序来进行，这样才可以让学习者在创造的经验中获得正确而完整的信念。

（二）创造性戏剧的主要课程项目

创造性戏剧包括基础的和高级的课程项目。肢体动作是基础性的创造性戏剧项目，故事戏剧是高级的创造性戏剧项目。

1. 肢体动作

由于儿童的发展与学习多是透过感觉与动作进行的，许多戏剧专家在带领戏剧活动时，也以此作为儿童进入创造性戏剧的基础课程。肢体动作多半以简短的方式呈现，为促进参与者肢体或声音的感受力及表达而设计。

肢体动作可以包括韵律动作、模仿动作、感官动作等。

韵律动作是指随着特定的韵律而创造的肢体表达动作。它最终目标是透过“音韵”的刺激来引发“肢体创作”与“戏剧想象”，并进而能体验自我身体表达与创造的乐趣。

模仿动作是参与者对于某些特定的人物、动物或静物仔细观察及了解后，运用自己的肢体动作或声音口语把这些人物或动物的形态和特色表达出来的活动。模仿动作的教学内容很广，从人物、动物到静物，甚至可以包括自然界的风雨雷电，江河湖海，能够发挥的空间很大。

感官活动就是通过默剧、游戏及各种戏剧活动来加强参与者五官及情绪知觉的敏锐度，以增强其想象与表现的能力。感官活动可以围绕视觉、

① 张晓华：《创作性戏剧原理与实作》，37页，台北市：成长基金会，1999年。

听觉、触觉、嗅觉、味觉的经验，进行想象性创造和表现，也可以以五官的感觉设计一些游戏，如，让一个儿童选择教室中的某样东西，描述出来，其他儿童猜；或者让儿童把眼睛闭起来，教师作出一些声音，让儿童猜是什么声音。此外，情绪的表现也是感官活动中的重要一项，教师可以设计让一个人做出某种情绪，让另外的人模仿的活动，或者口述一些情况，让儿童做出来，如“假装看一场很好笑的电视节目”、“突然看到一个很丑的巫婆”等。

在基础性的创造性戏剧项目中，还包括声音和口语的练习。这类项目可以帮助孩子们流利地沟通与表达，且帮助其控制自己的声音与语调。这样的活动通常包括声音的模仿、对白模仿和口述哑剧等项目。

声音模仿就是针对特殊的声音或音效做模仿。对白模仿就是针对特定的口语内容或对话作模仿。口述哑剧就是教师用旁白口述的方式把戏剧的情境带出，并引导儿童透过默剧动作来呈现剧情的原貌。对于儿童而言，口述默剧为他们提供了绝好的文学经验。

2. 故事戏剧

故事戏剧乃是创造性戏剧教学的一个主流。其中包括角色扮演、哑剧扮演、即兴表演、故事戏剧等内容，其中又以“故事戏剧”的教学得到广泛地采用。“故事戏剧”源于美国温妮弗列德·瓦德在1974年及1952年出版的儿童戏剧专著——《儿童戏剧创作》及《故事戏剧化》中。由于书中的戏剧活动多来自于故事或诗等儿童文学作品，教案组织也多以故事架构为主，因此称之为“故事戏剧”。自瓦德把“故事戏剧创作”的方法运用于小学课程之后，多年来，经过许多专家学者的开发和应用，这种以儿童文学中的故事为主轴而发展出的戏剧课程，已经成为幼儿园和小学中最主要的戏剧教学法。

创造性戏剧是一种按照程序组织的教学活动。基础性的戏剧项目都非常简短，其程序性的特点并不是十分明显，而在故事戏剧中，则突出地表现出其程序性的特点。下面就以故事戏剧活动的进行程序为代表对创造性戏剧的程序加以介绍。

（三）故事戏剧的活动程序

故事戏剧的活动程序大致包括以下五个阶段：

1. 故事的导入

故事的导入能引起儿童的兴趣，集中注意力和对团体产生感召力。一般的导入活动包括引起动机、热身活动和介绍故事三种。

引起动机，在活动开始时，利用提问、讨论、音乐和一些道具（例如，一张图画，一粒种子）来引入将要进行的戏剧活动的主题。

热身活动，有时领导者以简短的游戏，熟悉的短歌或者带动唱的活动，来集中参与者的注意力，培养团体互动的默契。

介绍故事。除了引起动机和热身活动外，直接介绍故事也是一种方法，教师可以利用讲故事，朗读诗或者儿歌等方式，将主题呈现出来。通常来说，讲出来的故事，比读出来的故事，效果要好得多。

2. 故事的发展

在讲完故事后，接着可引导儿童深入理解故事的情节或者角色的特性，教师可以利用提问的技巧，鼓励儿童说出自己的想法，同时也可以做部分口语或者肢体语言的练习。这是影响整个故事发展的关键阶段。在经过开放性的讨论和练习之后，儿童就能够以自己的方式来表达创作，并且能够较好地配合老师和团体的表演。待真正演出后，他们会比较清楚地知道自己想要扮演哪个部分或者该如何进行。

引发开放性的讨论。可以鼓励参与者从故事的人物、时间、地点、事件等几个方面入手，对故事的主要内容展开开放性的讨论。从而对故事的内容形成自己独立的见解和清晰地认识。

选择组织恰当的活动。教师可以依据故事的题材，考虑使用各种不同形态的戏剧活动。如果故事的动作较多，就用"哑剧活动"，如果对话较多，就用口语活动。通常第一次先以动作练习或简单的口语练习为主，到了第二次戏剧活动，则进入较为深入的讨论，如深入到人物个性或双人对白的部分。

3. 戏剧表演

在教师和儿童对故事的片段内容有了充分的讨论与练习后，就可以准备将完整的故事呈现。计划是呈现戏剧前相当重要的且常常容易被忽略的一个部分。

计划。在正式呈现前，必须先做计划，这是整个故事具体呈现前的讨论部分。计划的内容包括，呈现的"流程"（戏剧如何开始、过程及结束的部分）、"角色分配"（依据剧情与儿童的需要来分配角色）、"位置分配"（各个角色开始的地点、出场和退场的相关位置）等问题进行讨论。此外，人员分组的问题也需要讨论。

呈现。戏剧呈现可以采用不同的方式，比如有单角口述默剧，就是由教师旁白故事，全体学生担任同一种角色，通常单角色的故事可以采用这种方式。双角互动，教师扮演一个角色，学生扮演另一个角色，两者之间互动，或者教师旁白，把学生分成互动的两组，双角色的故事通常适合用此种方法。多角互动，教师扮演其中一个角色与多组学生互动，或者教师旁白，由学生分别扮演不同的角色。通常多角色的故事，可以采用这种方式。

4. 故事的回顾

这项工作在整个戏剧活动的过程中也是很重要的一项。在演出呈现后，孩子们会很想分享他们的经验与心得，而且，教师也可以借此机会协助儿童对自己的行为、创作内容作回顾与反思。

5. 故事的再创造

对于喜欢的事情，孩子们通常喜欢反复做，对于戏剧也不例外。教师可以引导学生重复以上的计划、演出和反思的流程，把重点放在不同的角色或者片断，也可以重复加强第一次演出的部分。只要教师和学生们喜欢，这些过程可以不断地计划与呈现。

虽然戏剧课程不一定非得依照流程顺序来进行，教师的脑子里却必须保有清晰的概念，知道哪些已经做过，哪些必须再讨论，如此，才能够随时回应学生的需要，做弹性的调整或者修改。

循序渐进地将儿童戏剧的活动形式应用于学校教育或者相关工作中，将会更加有利于儿童戏剧的普及和更好地发挥其教育意义。

第四节　文学与网络：网络儿童文学

一、*网络儿童文学的含义及其特点*

1994年国际互联网进入中国大陆，伴随着网络技术的应用，网络文学也开始迅猛发展。儿童文学作为文学的一个重要组成部分，也利用因特网这一媒介，寻求到了新的传播渠道，它包括网络原创儿童文学，即以网络为媒介和载体，首先在网络上发布、存储、传播和阅读的具有网络特质的儿童文学作品，也包括传统纸媒体儿童文学作品的网络化形态。

网络的出现给儿童文学作家带来更新颖的思维和更活跃的平台，同时，网络的“交互式”概念，也给儿童文学带来新型审美空间。也就决定了网络儿童文学具有如下基本特征：

（一）互动性

网络儿童文学的最大特点，是不同于传统纸媒体儿童文学的互动性。在我国的千百万网民中，青少年占了绝大多数，所以相比于成人网络文学，儿童网络文学的读者参与性可以说极高。作品一贴上来，马上就有人跟帖，文章好坏，质量高低，马上就会有评判，互动性既有作者与读者之间的互动，也有人机的互动。人机互动是艺术与科技的融合，而网民之间的互动是真诚的沟通。

儿童文学作家纷纷上网建立自己的个人网站，通过与在线读者直接、即时的交流，再借助网上读者与其生活圈里的人的交往，从而尽可能广泛地缩短与读者的距离。“花衣裳工作室”是中国少儿文学界乃至文学界第一个高度自觉的女作家组合，其成员是坏坏（镇江的饶雪漫）、辫子（上海的郁雨君）和美美（合肥的伍美珍）三位女作者，写作对象为14岁到20岁的青少年，走的是都市、青春、流行的写作路线，借助网络，作家们得以与读者进行最充分的对话、交流，及时把握阅读效应、接受情况及青少年读者的心理特征、情感和审美的需求。“花衣裳”与多家出版社合作，创下了在两三个月内再版的记录，并曾冲上了全国少儿类畅销书排行榜，应该说，能取得这样的成绩，网络功不可没。花衣裳网站中“网友原创”栏目专为青少年读者提供投稿专栏，迄今已有数千读者向网站投稿，数百网友的作品被各种青少年杂志的编辑相中发表，“这里是你的文字天地，快来尽情展示吧，‘小花衣裳’丛书将从这里诞生，投稿注意事项：非专栏作者一般不接受连载投稿；请在硬盘写好文章选定后再用鼠标拖拽至投稿栏内，写到一半的文章编辑一概删除；每篇投稿经过编辑审阅才会发表，否则就是没达到发表要求请继续努力。”一套6本的《小花衣裳丛书》的出版，更是极大地调动了少年读者参与的积极性。

互动性还体现在对作品的不断修改和完善，一个童话、一首小诗，随时都会随着浏览者的评述加以修改、补充，使作品更加优美完善。这些评述意见可以被附加在文本之后，成为超文本的一个链接，也可以由制作者根据浏览者的意见对文本加以修改，使文本以新的面貌出现。

（二）游戏性

带有奇幻色彩的游戏文学近来也开始在网络上兴起，并成为青少年新宠。国内一些出版社已经关注到这类以游戏为原型的原创文学，纷纷出版相关书籍。这类游戏文学起先只是游戏爱好者自发写就的攻略指南，方便新手上路。之后，简单的攻略变成讲究文字的片段，进而，发展成一个完整的原创故事。随着游戏的网络化，这些故事的发表地点，从游戏类杂志，拓展到游戏网站，最后被出版者出版成纸媒体文学。这类游戏文学一般是以游戏规定情景为背景，作者发挥想象力完成的奇幻故事，比如《仙剑奇侠传》、《魔兽》等等。《魔兽·上古之战三部曲》是暴雪公司授权上海文汇出版社出版发行的奇幻文学作品，目的是为打造一个完整的“魔兽”文化链，《魔兽·上古之战三部曲》作为同出自暴雪门下的网络游戏和文学作品，具有高度的一致性和关联性。作品讲的是三位主人公怎样被卷入时间漩涡，又怎样永久性地改变了那场上古战争的结局：龙族魔法师卡萨斯神秘地失去了他的一部分法力和关于那场战争的一些记忆；人族法师罗宁一面经营着自己的小家，一面却又陶醉于自己日益增加的法力之中；而久经历练的兽人老兵布洛克斯希加则只求光荣地战死沙场。这三个原本不可能走到一起的生灵必须让半神半人——塞纳留斯和那些狐疑不定的暗夜精灵相信他们的女王是叛徒，否则燃烧军团通往艾泽拉斯的大门便会重新开启，那么，这场上古战争就很可能一直延续到未来……

因为这些游戏题材的网络小说在出版之前，就在互联网上有着极高的点击率和极旺的人气，所以以纸媒体的形式出版后立即迎合了儿童的阅读需求。对于在多元文化熏陶下长大的这代儿童来说，这个想象力十足的世界感染力极强。

（三）超文本

比起传统纸媒体儿童文学那种单一文本，网络儿童文学通过多媒体技术，把多种艺术形式融合在一起，达到图、文、声、像并茂，使儿童文学作品的保存和传播发生了质的变化。在网络上，儿童诗歌、儿童散文、儿童绘画、动画等可以相互粘贴在一个主页上，是一个“超文本”。对儿童读者来说，更有艺术感染力，更符合他们的审美心理。同时，这个超文本因为具有无限链接的特征，也是一种非线性的、非情节化的、短篇的、高信息含量的文本。

1999 年中国朝花少儿出版社出版的双媒互动小说《你好，花脸道》，作为国内第一部将纸质媒体和电子媒体相结合而出版的青少年图书，率先在文本领域进行了大胆的创新和实验，借助网络技术、多媒体技术，开创了具有多媒体时代的鲜明特征的，体现信息高科技时代多种媒体互动互补的立体化的阅读方式。该书在以传统纸质媒体出现的同时，还在互联网上推出了“花脸道初中部网站”，书中的角色都有相应的卡通形象、个人主页、电子邮件信箱，你可以通过网络和任何一个虚拟的角色交流。此外，读者可以在“故事接龙”中按照自己的意愿删改、续写情节，在“扮演小花脸”游戏中亲身参与故事的发展。本书的网络版，并非像一般的网络化作品那样，只是将纸媒小说全文搬到网络上，而是使纸质媒体和电子媒体达到真正意义上的互补和互动，网页上的内容更多的是对书本内容的补充和对图书的宣传。《花脸道》是网络儿童读物的一次大胆的尝试，它试图在纸媒体与网络媒体之间架起一座桥梁。在打破纸媒体的封闭，使纸媒体呈现超文本状态，树立虚拟偶像的意识方面，这本书无疑是前卫的，创新的，富有意义的。作为一种跨世纪的图书，它是一种探索，一种尝试，不管这种探索与尝试成功多少，其意义是不可否认的。

在现实的阅读效果上网络儿童文学也十分注重网络与文字阅读的互动融合。如在《QQ情缘》中，原生态的网络语言和网络页面，聊天的网络画面和一系列真实的网络操作过程都极大地营造了阅读的现场感，造成了文字和网络的心理互动，构成了有异于传统校园小说的阅读兴奋点。这一点，也体现在这套系列丛书的整体设计中，插图的卡通效应和版面设计的网式感觉以及图书推出后，作为后续推介策划手段的网址公布、征文比赛等等。这些重视读者阅读参与的互动手段一定程度上促进了作品文学价值的现实实现。

二、*网络儿童文学的创作表现*

（一）与网络结合的题材

网络写作是儿童文学界值得关注的写作现象，网络写作带来了儿童文学的网络题材的出现，如上海作家周晴、周桥姐弟俩联袂创作的《爱上QQ》、《QQ宝贝》、《QQ情缘》系列青春网络小说，这个系列始终表现的是网络少年对亲情、友情的珍视和追寻，深受少年读者的青睐。在《QQ情缘》中，几个网络少年的生活和友情呈现出更多的变数。出于友情和思念，借助于QQ，几个少年开始了寻找好友的总动员和一系列的网上侦察、网下跟踪，直至真相大白。

另外，网络题材也很受当下科幻作家们的青睐，科幻作家星河的网络科幻世界就是计算机＋网络＋CH桥＋游戏组成的。在他的典型之作《网络游戏联军》中，刚上初中的男孩威威被医院诊断为脑部癌症，为了能愉快地度过自己最后的时光，威威参加了表哥所在大学举办的“中学生寒假电脑冬令营”。在电脑冬令营和大姐姐的帮助下，威威很快便熟练地掌握电脑的各种操作，并只身闯入了电脑网络中的游戏组织，与“网络游戏联军”战士们一起利用“集合”方式攻关杀敌。但在一次网络游戏中威威却遇到了来自联军内部的“暗害”，为了查清这一事件，威威在网络中独自调查，经历了种种冒险，终于被引向了表哥所在的实验基地。那么“暗害”威威的人究竟是谁？威威在网络中究竟经历了怎样的冒险？所有这一切与表哥所在的实验基地又有什么关系？读者自会从书中找到这些问题的答案。

（二）鲜活的少年网语

由于网络交流所具有的大信息量和快速更新的特点，使网络儿童文学不可避免地具有鲜明的网络语言特征，网络儿童文学的话语形态往往是即兴的、破碎的、跳跃的、无限链接和可以涂改的。

你问什么是 CH? CH 桥这个词出自星河的《网络游戏联军》，就是“Computer&Human”，实现人机对联的装置，简单来说，就是很多很多游戏小说中出现的虚拟头盔。

新词汇不断涌现，网络儿童文学文字版本迅速更新，在快速互动的要求下，用符号代替表情，例如用☺代表微笑，用☹代表沮丧；用缩写代替正常拼音，例如用 MM 代表妹妹，用 GG 代表哥哥；用数字谐音表示意思，用 88 表示拜拜，用 55 表示呜呜地哭。另外，大量新词汇也不断涌现，如青蛙、恐龙、斑竹、当机、东东等。

每一个章节的标题语言也体现着网络的话语形态，如《QQ 宝贝》的内容包括：Q 哥 Q 妹的缘分、青蛙网上会恐龙、知识竞赛谁怕谁、幽幽怨怨谁可诉、冒名 QQ 显真身、三十六计走为上计、如果云知道等。

网络儿童文学中的对话和传统儿童文学在阅读习惯上更有着明显的差异，如《QQ 宝贝》中沙漠之狐和风中玫瑰的对话，就体现着少年网语的即兴、跳跃和无限链接。

> 企鹅才点亮，立刻就听到一阵“嘟嘟嘟嘟”声。
>
> 沙漠之狐：可爱的女孩，你好。
>
> “哇，他居然在，可惜他太老了，你找个差不多年龄的聊吧?”旺孜显然对“沙漠之狐”不太满意。
>
> “无所谓，我反正是练打字，和谁聊都一样。”说不出为什么，刚才在路上的时候，那个“沙漠之狐”就忽然跳入她的脑海里，让她渴望能再与他聊点什么！其实上次总共也没说几句话，萧敏不明白，自己的这种渴望来自何处。
>
> 风中玫瑰：谢谢。你和谁都这么说吗?
>
> 沙漠之狐：不。只是和可爱的女孩。我喜欢粉色的女孩！我很少夸女孩的。
>
> 风中玫瑰：鬼才相信你。
>
> 在打上这行字的时候，萧敏忽然感受到了 QQ 的神奇。
>
> 如果是面对面，自己肯定不会用这种语气的，而现在居然想都不用想，就出来了。

沙漠之狐：7456。

风中玫瑰：什么意思？

沙漠之狐：SORRY，我忘了你才上网，7456 就是气死我了。我知道你的成绩很好，平时不常上网。

风中玫瑰：明白了。你挺准的，还有呢？

沙漠之狐：你以后会经常上网。

风中玫瑰：哈，错了，错大了。我家没电脑，我不能老在别人家上网呀。

（三）对网络文化精神的反思

网络儿童文学对虚拟世界的描写正切合今天的儿童对网络虚拟与真实的思考：网络是虚拟的，人却是真实的，当“人机联网”将真实融进虚幻之中时，便获得了释放于物质形体以外的自由。在网络儿童文学中，网络提供给儿童的是一个全新的充满幻想和机遇的情感交流平台，当现实中的家长、老师还在反复渲染着聊天陷阱、网络误区之可怕的时候，故事中的几个少年借助于网络和 QQ 聊天，体味到的却是无处不在的人间真情。

比如在《QQ 情缘》及其系列里，QQ 已经不仅仅是个简单的聊天工具，而更多的是少男少女们展示智慧、体现个性、消除隔阂、化解误会、追寻梦想、培育友情的交流方式。借助于网络和 QQ 聊天，少男少女们释放了他们的青春能量，也探索出一个在家庭、学校之外的自由空间。在这个空间里，现实中的忧伤演化成了真实的期待，梦想与青春自由放飞。

三、*网络儿童文学鉴赏指导*

（一）童话网站

童话网站是以童话为主题的网站，是网络儿童文学的主体。以收录站长的作品为主，同时也收录其他儿童文学作家的作品，一般都设有论坛，大家可以在那儿展现自己。网站大多还设有网友原创栏目，为广大爱好儿童文学创作的网友提供了一个交流的空间。

部分链接如下：

（1）童话网是童话作家杨楠的主页。2000 年建站至今，网站的访问量高达百万，尤其是其中的“童话讨论”栏目，作为专业的童话及儿童文学论坛，聚集着一批儿童文学界的专家和儿童文学爱好者，如安武林、杨鹏、李志伟、周锐、杨楠、谢鑫等，可谓藏龙卧虎，高手云集，为童话的普及作出巨大的贡献。

(2) 纯真年代“童话网”是以理论和批评为特色,“纯真年代”则以网络童话原创见长。作者大多为年轻人,如阿累、艾斯、苔尔、疾走考拉、艾草、何从、飞马、安心、饭饭等。他们的作品体现出更多自由的想象和未泯的童心,分享的是童话带给他们的快乐和满足。

(3) 怪老头随想录是东北师大附中初二学生红泥妮为童话作家孙幼军建的网站,主要介绍孙幼军其人及其作品,也设有论坛。站长在“关于这个网站”说:怪老头儿是我的好朋友,我为他做这个网站不是想唱什么赞歌讨他喜欢,我知道他不吃这一套。我只是想告诉他:他的善良,他的质朴,他未泯的童心和我对他的敬重都在这一张张的叶子里。

(4) 郑渊洁童话世界是郑渊洁的忠实读者——徐州师范大学的潘亮(可乐无限)为郑渊洁建立的网站。这个网站不仅体现出郑渊洁等童话作家个人在读者心目中的分量,也让我们感受到了童话的永恒魅力。

(二) 幻想网站

幻想网站以科幻作品为主。在众多的科幻网站中,大致可以分为这么几类:

(1) 由科幻作家创办的网站。如吴岩的“幻想的边疆”、杨鹏的“杨鹏幻想网”、星河的“时间足够你爱”、凌晨的“猫的网站”、杨平的“天堂的喷泉”、谢鑫的“谢鑫科幻童话站”、乔通的“乔通幻想帝国”等。

(2) 科幻爱好者自己建立的网站。网络上幻想网的数量超过了其他儿童文学体裁的网站,有科幻爱好者建立的网站,如“科幻网”、“科幻世界”、“科幻基地”、“蓝星科幻网”等等。并且在其他儿童文学网站中也有幻想类的作品,如李志伟的“童话镇”、杨小彤的“太阳鸟儿童文学沙龙”、李化的“李化童话江湖”等。当然,以上幻想网站的作品的阅读对象并不局限于少年儿童。

(三) 青春文学网站

成长文学网站,最典型的要算“花衣裳工作室”。“花衣裳工作室”是在饶雪漫个人主页的基础上创建的,“花衣裳”网站以她们三位的专栏为主,“网友原创”栏目专为青少年读者提供投稿专栏,迄今已有数千读者向网站投稿,数百网友的作品被各种青少年杂志的编辑相中发表。“花衣裳”还为他们编出一套6本的“小花衣裳丛书”出版,极大地调动了少年读者参与的积极性。网站拥有很高的点击率和很旺的人气,自2001年4月成立两年多来,网站的点击率已逾百万。曾创下了在两三个月内再版、三版最多达5版的佳绩,呈现出了蒸蒸日上的态势,并冲上了全国少儿类畅销书排行榜。应该说,能取得这样的成绩,网络功不可没。

（四）儿童文学综合网站

这类网站有：北京师范大学中国儿童文学研究中心网、红泥巴村、儿童乐园、新世纪幼儿网、中国幼教网、中国少年在线等。

此外，还有一些非专门性的儿童文学网站，如网上书库、黄金书屋、新时代书城、书香门第、白鹿书院、坐拥书城、逸海书城等，均有儿童文学部分。从格林、安徒生到林格伦、罗大里、叶圣陶、张天翼、孙幼军、郑渊洁童话等等。这些儿童文学作品一经上网，其艺术功能、社会价值和存在传播、接受、批评方式都发生了重大变化，不可避免地带上了网络化的特征。网络，为传统儿童文学的传播提供了新的、现代的途径，极大地扩展了它们的传播广度和速度，大大拓展了儿童文学受众的数量和年龄层次。

网络平台使儿童读者对儿童文学的参与性空前提高，少儿文学与读者的距离相应拉近，儿童文学的游戏性、娱乐性会随之强化起来，文学价值观的表述也会更接近少年儿童的本体世界。和网络成人文学比，网络儿童文学作品的创作主体还是以专业作家为主流。像中华少年文学网上的青少年作品，从某种程度上来说只能算是习作或练笔，离文学还有距离，这主要受少儿的年龄层次的局限。不过，儿童文学作家可以把这类作品作为了解和把握少儿读者的心理特征、情感和审美的实际需求的一个侧面。实际上，专业作家如果把握好这个满足和引导的尺度，更有助于在作品中实现儿童读者意识、精品意识和经典意识的有机地融合。

当下网络文化的主力军是青少年，网络这一媒介所给予的自由和无限可能的体验，使他们很容易和网络儿童文学产生共鸣，网络儿童文学在未来几年将有更大的辐射力，网络写作和网络儿童文学的表现将会成为更多的儿童文学研究者需要关注的问题。

本章链接　中外科学文艺名家名著推介：

《猜猜我有多爱你》

［英国］山姆·麦克布雷尼/文、安妮塔·婕朗/图

山姆·麦克布雷尼（1945～　），出生于爱尔兰的贝尔法斯特。他在爱尔兰的著名学府都柏林主日学院求学多年，后来成为职业作家。安妮塔·婕朗生于英国朴次茅斯，在曼彻斯特工艺专科学校学习过美术。

《猜猜我有多爱你》是一本经典的图画书。小兔子要睡觉了，他要大兔子好好听他说："猜猜我有多爱你。"他努力张开和高举手臂，抬起双脚顶着树干倒立，甚至用力高

高跳起，都为了要证明自己有多么爱大兔子。但是不管小兔子怎么表现自己的爱，都无法超越大兔子。“没有任何东西会比天空更远了。”小兔子快要睡着时告诉大兔子：“我爱你从这里一直到月亮。”而大兔子则是等到小兔子进入梦境后，才轻声地对他说：“我爱你一直到月亮那里，再从月亮上回到这里来。”

书中的小兔子是幼儿的化身。他们对爱的感受非常深刻，但由于有限的生活经验，对爱的表达只能简单、直接又具体。大兔子和小兔子看似在比谁比较爱谁，却没有高下之分，整个过程反而像一个亲子活动。小兔子一方面期望自己能像大兔子，另一方面又努力以自己的能力和思维突破超越，他们在互相比较中情感不但增温，也渐渐明白“爱”无法衡量比较。

与文字相得益彰的是图画，两只兔子画得很朴素，但兔子有富于动感，展示出温馨感人的色彩。美国的《出版商周刊》推荐说，这是一篇经久不衰的睡前故事。

（少年儿童出版社 2005 年版）

《我爸爸》

［英国］安东尼·布朗

安东尼·布朗（1946～　），出生于英国约克郡。他自幼喜欢美术，童年时期许多时间和父亲一起画画。1976 年，他出版了第一本图画书《穿越魔镜》，1983 年他出版的《大猩猩》后一举成名，获得包括格林纳威奖等多项大奖的肯定，被先后译成 14 种文字出版。2000 年，他获得国际安徒生奖插画奖。

> 我爸爸什么都不怕，
> 连坏蛋大野狼都不怕。
> 他可以从月亮上头跳过去，
> 还会走高空绳索（都不会跌下去）。
> 他敢跟大力士比赛摔跤，
> 在运动会的比赛中，他轻轻松松的跑第一名。
> 我爸爸的本领真的很大！
> ……

这本图画书没有具体的故事情节，整本书都是把爸爸比喻来比喻去，但却非常幽默感人。作者将孩子心目中的真实和夸张的父亲形象，通过童言童语及巧妙的插图安排，使人感受到，这本书里的爸爸，就是我们每个人小时候心目中那个万能的爸爸，他什么都会，而且都很在行！

安东尼·布朗是以超现实主义的插画风格著称于世的。作者在这本书中藏了很多图画的细节，让读者永远有发现宝藏的快乐。例如，爸爸踢足球时，天空中的云也变成了球形，而足球场边的树也都变成了各种不同形状的球形。此外，他更以图像夸张来传达文字中想要表达的信息。例如，当爸爸跑第一名时，空中的云朵变成皇冠的形状，来强调爸爸的厉害，要说爸爸唱歌很好听，插图则会配上三大男高音。所以，在阅读这本书时，除了慢慢咀嚼文字流露出的童心外，还需要细细观察图像所带来的乐趣。

（河北教育出版社 2007 年版）

《花婆婆》

[美国] 芭芭拉·库尼

芭芭拉·库尼（1917～2000），1917 年，库尼和她孪生兄弟生于纽约的布鲁克林，之后她和其他兄弟们，上课期间在长岛，暑假则到缅因州与手足共同编织愉快的童年。库尼就读史密斯学院（Smith College）时，便修遍学校所有的艺术课程，包括景观设计、建筑等，加上母亲的鼓励，她在大学毕业后便立志成为艺术家，并且清楚知道要为儿童书画插画。于是，她又在纽约市的艺术学生联盟修一年，一方面向出版社毛遂自荐自己的作品。

《花婆婆》直译应该是《鲁菲丝小姐》，一个倒叙的故事——

当鲁菲丝小姐成了一位风烛残年的老婆婆时，她告诉年轻的叙述者，许多年以前，当她还是一个名叫艾莉丝的小女孩的时候，她曾经答应过爷爷三件事：第一件是去很远的地方旅行，第二件是住在海边，第三件是做一件让世界变得更美丽的事。前两件事不难，难的是第三件事。直到有一年的春天，她喜出望外地发现山坡上开满了一大片蓝色、紫色和粉红色的鲁冰花时，她知道什么是她要做的第三件事了。

> 整个夏天，她的口袋里都装满了花种子，她把它们撒在了乡间的小路边、教堂后面，撒在了空地和高墙下面。到了第二年的春天，那些种子同时都开花了……

本书以第一人称方式写作，通过一位小女孩说故事的方式，把花婆婆的经历陈述出来，细致的图画更增添了本书的光彩，这些都是可学习、可欣赏的地方。对于未来，孩子多半是以憧憬及许愿的方式勾勒出期望；孩子可以透过书中的文字与淡雅的图画，感受到大自然变化无穷的奥妙与美丽，并进而学习到如何把握时间充实自我，一步步完成自己的梦想。透过书本的描述，自然散发给儿童“为人服务”“生死如一”的观念，这本书不仅提供儿童认识及思索生命，也将儿童对生命存在的价值观做一个更积极的导向。

（河北教育出版社 2007 年版）

《我有友情要出租》

方素珍

方素珍（1957～　），生于中国台湾宜兰县。台湾辅仁大学心理系毕业。曾获台湾洪建全儿童文学奖童诗首奖、国语日报儿童文学牧笛奖童话优等奖。

《我有友情要出租》描写了一只大猩猩出租友情的故事。从前，有一只大猩猩，他常常想："我好寂寞，我都没有朋友。"有一天，大猩猩在大树上贴了一片叶子，上面写着："我有友情要出租，一小时五块钱。"这时候，小女孩咪咪骑着脚踏车来了。咪咪跟随在野外做研究的父母来到森林，她正一个人玩耍呢。看到叶子，咪咪就让大猩猩陪她玩一个小时。第二天，咪咪又带着一块钱来租友情，他们又高高兴兴地玩起来。接下来的日子，咪咪每天都来租友情，他们一起尽情玩耍。有一天，大猩猩到老地方守候，可是左等右等也等不来咪咪。最后载着咪咪的汽车过来了，咪咪说，她要搬家，留下心爱的布娃娃作为告别礼物。大猩猩含着饼干，想念着咪咪，百无聊赖。后来，他又在树上贴了片叶子，上面写着"我有友情免费出租"，可是直到今天，叶子都褪色了，大猩猩还在等待下一个好朋友。

这个故事主要启发孩子了解友情的真谛。画面通过细致的描绘传达了大猩猩和小女孩的感情，更大量运用暖色调让友情加温，构成温馨感人的画面。此外，画家还特意创造小老鼠这个角色，来隐喻故事背后的另一启示：有时朋友就在身边。

此外，图画里还陆续出现许多动物，表示森林里并非没有友伴，他们也渴望交朋友，却羞怯地躲在一边，让猩猩感到孤独。阅读时，让孩子去发现每一页中的不同动物，也是一种乐趣。

（中国和平出版社 2006 年版）

《丁丁历险记》

[比利时] 埃尔热

艾尔热（1907～1986），比利时著名的作家和漫画家。埃尔热在比利时的布鲁塞尔出生。1920 年，年轻的 Georges 在布鲁赛尔的圣邦尼菲斯学校开始学业。1924 年，Georges Remi 开始使用 Herge 这个笔名。他从 1929 年开始进行《丁丁历险记》系列的创作，1930 年，埃尔热创造了 Quick 和 Flupke 两个布鲁塞尔坏蛋。他们在 Le Petit vintieme 上以独立的小故事形式出现。出版丁丁第一集《记者丁丁在苏联》。1976 年，纪录片《丁丁》出现在屏幕上。此片主要围绕丁丁和他的创作者。同年 9 月 29 日，一尊丁丁和白雪的铜像在布鲁塞尔落成。1982 年，为了庆祝埃尔热的 75 岁生日，比利时天文协会将一颗新发现的行星以他的名字命名，埃尔热行星位于火星和木星中间，1983 年 3 月，埃尔热逝世。现在，这部世界著名卡通的 23 卷。他被认为是欧洲卡通的奠基者。《丁丁历险记》已被翻译成 40 多种文字，在世界各国流传。

丁丁是卡通漫画丛书《丁丁历险记》中的主人公。丁丁是一名记者，在漫长艰辛的旅游采访中经历种种奇遇。作为一名记者，丁丁却从不记录人们告诉他的东西，相反，他总是自己去调查。并且不惧怕任何人和任何势力，因此他成为了和平和正义的象征。丁丁从来都是坐不住的，从他每一次的探险中我们可以看出这一点。在非洲，在美洲，在中国，都留下了丁丁的脚印。甚至他成为了在月球上探险的第一人。

《丁丁历险记》首先具有充满动感的情节性。《丁丁历险记》的魅力，首先在于它编制了一个引人入胜的故事。埃尔热说："对于我而言，画连环漫画最主要的是讲述故事。""我的目标是用最简洁的方式讲述故事。""它必须有一个完整的框架。"由此看来，情节的引人、画面的简洁、结构的完整是连环漫画的重要特点。《丁丁历险记》中的每一个故事都由惊险紧张、悬念迭出的情节构成。《奥托卡王的权杖》讲述的是篡权谋反的故事；《神秘的流星》讲述的是科学考察中的斗智斗勇；《七个水晶球》充满了神秘色彩，探险、破案、解谜……在扣人心弦的故事情节中，塑造着鲜明的人物形象。他们鲜明的个性，让观众感到亲近，他们上演的一出出惊险戏剧，带给读者的是精神上的快感。

（中国少年儿童出版社 2001 年版）

《小兵张嘎》

编剧：徐光耀 导演：崔　嵬

崔嵬，原名崔景文（1912～1979），中国话剧、电影演员、导演、剧作家。先后导演《青春之歌》、《天山的红花》等，并主演《红旗谱》。本片讲述了抗日战争时期，冀中白洋淀的小张嘎，亲眼看到奶奶为掩护八路军被日寇杀害，八路军侦察连长钟亮被敌人抓走。他怀着为奶奶报仇和救出老钟叔的愿望，跟着游击队一起生活。为了缴获一支真枪，他把游击队排长罗金保误当做汉奸，闹了个笑话。在一次战斗中，张嘎缴获了敌人的一支真枪，他舍不得上缴，就违反纪律，把枪藏进鸟窝里。攻打敌人岗楼时，他偷偷从养伤地跑回来参战，在进城侦察时被捕，但他在敌人面前坚强不屈，并设法逃出，配合游击队拔掉炮楼，救出老钟叔，替奶奶报了仇。战斗结束后，张嘎把藏在鸟窝里的枪主动拿出来交公。这时，区队长正式宣布接受他为八路军小侦察员，并把这支枪发给他使用。

这是一部很有特色的战争题材儿童片。它通过寓意丰富的细节安排和少年儿童所特有的心理活动的描写，真实自然地塑造了一个性格鲜明的少年英雄形象。主人公一身“嘎气”，倔头犟脑，聪慧勇敢，“嘎”得令人可爱。在革命队伍中，他的思想觉悟不断得到提高，但编导紧紧把握住分寸，不让他超出时代及儿童的特点，使之令人信服。具有含蓄和抒情意味的白洋淀风光，烘托出小主人公成长的环境与氛围。张嘎及片中其他几个纯朴儿童的形象，整整影响了一代小观众。

本片导演手法纯熟，画面流畅而富有韵味，在同类题材电影创作中具有典范意义，曾于 1980 年获得全国第二次（1954～1979）儿童文艺奖故事片一等奖。

（北京电影制片厂 1963 年摄制）

《霹雳贝贝》

编剧：张之路　导演：宋　崇　翁路明

张之路（1945～　），儿童文学作家、儿童电影编剧。作品有电影剧本《霹雳贝贝》、《魔表》、《疯狂的兔子》、《暗号》、《妈妈没有走远》、《危险智能》等。

宋崇（1941～　），曾任中国儿童电影制片厂厂长，导演的儿童片有《闪光的彩球》、《霹雳贝贝》等。

《霹雳贝贝》是中国第一部儿童科幻电影。影片讲述了一个神奇的故事：霹雳贝贝是宇宙人的儿子，降生在地球上一个普通家庭。他出生来就双手带电能发出强大电流，谁也不能碰他。待他长到六岁，需要上学，出现了许多离奇古怪的现象，引起科学家研究所的注意。他们把贝贝关了起来，贝贝的同学又偷偷把他救了出来。小贝贝和同学们登上长城，呼唤宇宙人，要求把他变成一个普通孩子。他们饥寒交迫，在长城上睡着了。贝贝在睡梦中见到了宇宙人，他请求帮他去掉了身上的电。待他一觉醒来，果然如愿。

本片于 1989 年获第 3 届童牛奖优秀故事片奖、儿童评委“小红花奖”优秀故事片奖和北京电视台“七色光杯”少年儿童优秀影片奖。

（中国儿童电影制片厂 1988 年摄制）

《豆蔻年华》

编剧：程　玮　徐　耿　导演：邱中义　徐　耿

徐耿（1955～　），国家一级导演。曾出版长篇小说、电影电视剧本等文学作品百余万字，现为南京电影制片厂导演。徐耿编剧和导演的主要影视作品有电影《豆蔻年华》、《风雨故园》、《魔表》、《青春作证》、《红发卡》、《给太太打工》、《草房子》等，电视剧《秋白之死》、《西楚霸王》、《柳亚子》、《无人电梯》、《嘟嘟的故事》、《警察世家》等。

本片讲述了孤儿姚小禾的故事，姚小禾考取了龙城中学。入学之初小禾因成绩落后于其他同学而伤心。曹咪咪使孤儿小禾感到温暖。咪咪劝解不和的父母但难以弥合他们多年的感情裂痕，她在无望中出走被流氓欺侮，多亏盖平相救被送进医院。但在她最需要温暖之时，小禾却只顾埋头复习迎考。夏老师说出了自己的忧虑，小禾赶到医院向咪咪道歉。在一百周年校庆之日，同学们有幸和物理学家尹琼女士彻夜长谈。她真挚的话语，使同学们陷入对人生价值的思考……

《豆蔻年华》从一个全新的角度切入了 80 年代的高中生活，成功地展现了一群高中女生所承受的来自学习和生活的压力和考验，社会与四周人际关系对她们造成的影响，伴随着对人生最初的思考体验到痛苦的成长蝉蜕，散发着浓郁的青春气息和蓬勃朝气。本片曾获中国电影金鸡奖、中国电影华表奖、中国电影童牛奖荣誉奖和全国少年故事片剧本征文二等奖。

（中国儿童电影制片厂 1989 年摄制）

《我的九月》

编剧：杜小鸥　罗辰生　导演：尹　力

尹力（1957～　），曾在工艺雕刻厂当工人。1978 年，考入北京电影学院美术系，毕业后分配到中国儿童电影制片厂。曾担任过影片《邻居》、《明姑娘》、《清亮的小溪》、《加油，中国队》的美术设计，后执导儿童电视剧《好爸爸、坏爸爸》，一举成名。其他作品还有：电影《张思德》、《云水谣》、《国歌》等。现为中国电影集团公司艺术创作人员中心导演，国家二级导演。

影片匠心独具地围绕亚运会开幕前十天发生在一个参加开幕式表演的小学生身边发生的故事，表现了少年儿童的精神风貌，并通过他们的成长轨迹、反映了民族自强的步伐。第十一届亚运会就要在北京隆重开幕了，参加开幕式大型武术团体操表演的同学们已经辛辛苦苦地训练了一年。安建军，雷振山等因动作不规范被刷了下来，中队干部刘庆来因特殊情况退出。刘庆来出了个鬼点子，训练被搞得一团糟。建军内向不善表达，高老师循循善诱，安建军不再盲目追随刘庆来，每天练功。离开幕式只差两天半了，一位同学的脚突然崴伤不能表演，在老师的鼓励支持下，建军征服了竞争对手获得了参加表演的资格。

影片拍摄手法写实，风格清新。该片获 1991 年第十一届中国电影金鸡奖最佳儿童片奖、广播电影电视部 1989～1990 年优秀影片奖。

（中国儿童电影制片厂 1990 年摄制）

《草房子》

编剧：曹文轩　导演：徐　耿

曹文轩（1954～　），江苏盐城人。1974 年入北京大学中文系读书，后留校任教。现为中国作家协会全国委员，北京大学教授、现当代文学博士生导师。主要文学作品集有《忧郁的田园》、《暮色笼罩下的祠堂》、《红葫芦》、《蔷薇谷》、《少年》、《埋在雪下的小屋》、《追随永恒》、《三角地》等。长篇小说有《山羊不吃天堂草》、《红瓦》等。主要学术性著作有《中国八十年代文学现象研究》、《思维论》、《曹文轩儿童文学论集》等。短篇小说《再见了，我的小星星》和长篇小说《山羊不吃天堂草》分获中国作协第一届、第二届儿童文学奖。

《草房子》根据曹文轩的同名小说改编。一个叫油麻地的乡村小学校给男孩桑桑留下了快乐又难忘的童年记忆：天生秃顶的陆鹤出于对尊严的执着坚守，而演出的令人发笑又令人心酸的悲喜剧；令桑桑内疚不已而实际上注定难成正果的蒋老师与白雀姐短暂的爱情；从精神与物质的顶峰，猝然跌落到最底层的不幸少年杜小康与厄运抗争的艰难历程；当校长的父亲终于流露出来的舐犊之情；初涉人生的桑桑对生与死的最初体验……

《草房子》是儿童电影中的诗电影，整部影片笼罩在唯美而淡然的气氛之中。影片把主人公桑桑童年亲历的几个平常又动人的小故事有机地联系起来，歌颂了至真、至善、至美的人间情感，展示了一幅富有风情的人生图景。本片获得 1999 年第 8 届童牛奖优秀故事片奖，第 19 届中国电影金鸡奖最佳儿童片奖、2000 年意大利第 30 届国际青年电影节大奖“自由飞翔”奖。

（南京电影制片厂 1998 年摄制）

《无声的河》

编剧：宁敬武　导演：宁敬武

宁敬武（1966～　），1996年毕业于北京电影学院导演系，获硕士学位。主要作品有儿童电影《成长》、《鼓手的荣誉》、《无声的河》等。

《无声的河》是一部特殊题材的儿童电影，讲述了一群聋哑中学生和他们老师之间的故事。文治的梦是想当一名歌手，父母认为他条件不好，他报考了师范。毕业前夕他来到聋哑学校实习接触中渐渐了解并爱上了那些纯真可爱的孩子。虽然他们不能听、说，但他们热爱生活，有着丰富的心灵和美好的愿望。有的疾恶如仇，想当警察；有的热爱大自然，想当画家；有的想当模特，有的想当作家。文治不会手语，为给同学们订饭，把“三两”饭的手语比划为“狗屎”，惹得同学们哄堂大笑。课堂上他拿出一个透明的八音盒，让同学们看着八音盒转动，想想音乐的美丽。同学们渐渐喜欢这个新来的老师了，老师鼓励并帮助他们，在孩子们实现美好愿望的同时，他也重新鼓起了生活的勇气。文治走进了同学们的世界，为同学们写了一首歌，这些听不见的人却最懂文治的歌，同学们热情地为文治在长城上举办了演唱会，聋哑学生让文治实现了歌手的梦。

本片获得了2000年度中国电影华表奖优秀影片奖、导演新人奖和第九届中国电影童牛奖最佳影片奖、最佳导演奖等众多奖项。剧中，除了老师由专业演员扮演以外，孩子们都由真的聋哑孩子扮演。

（中国儿童电影制片厂2000年摄制）

《E. T. 外星人》

编剧：［美］梅莉莎　导演：［美］史蒂芬·斯皮尔伯格

史蒂芬·斯皮尔伯格（1946～　），美国电影导演、制片人，以科幻和历险风格电影著称。主要代表作有《大白鲨》（奥斯卡最佳音响、最佳剪辑奖）、《侏罗纪公园》（奥斯卡最佳影片、最佳导演、最佳改编剧本等多项大奖）、《辛德勒的名单》、《失落的世界》、《抢救大兵雷恩》（奥斯卡最佳导演、最佳剪接、最佳摄影等多项大奖）等。

本片讲述了一个被同伴不小心留在地球上的外星人被小男孩艾里奥特发现，他瞒着妈妈偷偷收留下了孤独无助的E. T.。在他们之间，建立起一种奇妙的心灵感应。孤独的E. T. 和孤独的艾里奥特成了最好的朋友，于是他们都不再孤独。直到有一天，E. T.不可避免地被大人们发现了。人们如临大敌，警察、军队、FBI……蜂拥而至，大人们不顾孩子们的苦苦哀求，无情地抓走了E. T.。艾里奥特在哥哥和伙伴们的帮助下终于从研究中心救出了九死一生的E. T.，不料大人们根本没有放过他们，沿路设下重重关卡意图拦截这支“营救小队”，就在大人的眼皮底下，E. T. 展现了它不可思议的神奇力量，带着大家摆脱了“包围圈”。在当初发现E. T. 的树林里，来接E. T. 回去的外星飞船赶来了，一直念念不忘要回家的E. T. 终于要走了，艾里奥特恋恋不舍地和他的外星朋友告别。

本片是一部相当杰出的不仅适合儿童也适合成人的科幻片，它第一次使外星人如此可爱与亲切。影片所传达的温暖、幽默和十足的想象空间，不仅令儿童、同时令成人感动甚至潸然落泪。该片曾获55届奥斯卡音乐、音响、音效、视效四座奖，并蝉联北美票房冠军十余年。

（环球电影公司1982年）

《小鬼当家》

编剧：[美] 约翰·休斯　导演：[美] 克里斯·哥伦布

克里斯·哥伦布（1958～　），导演、制作人，是当代好莱坞电影业的主力导演之一。毕业于知名的纽约大学艺术学院。凭借《小鬼当家》、《小鬼当家2》系列影片声名鹊起，后又担任《哈利·波特与魔法石》及《哈利·波特与密室》的导演，从而奠定了其在好莱坞电影业的重要地位。

影片以轻松幽默的方式讲述了儿童独自在家与匪徒展开搏斗的有趣故事。8岁的凯文一夜之间成为了一家之主，原因是因为举家度圣诞节时匆忙之中将他留在了家中。凯文乐得没有大人干涉，在家中尽情发挥，将家园装饰成为他心目中的个人游乐天地。两个刚刚越狱出来的窃贼乘圣诞无人之际人室盗窃，凯文利用游戏陷阱努力抵挡这两个匪徒，不惜翻天覆地，引发连场刺激惹笑的场面，好好招待了这两位圣诞来客。

《小鬼当家》系列影片以典型的美国式娱乐生活带进了儿童的世界，夸张、热闹的各种机关造型使影片充满了趣味，具有极佳的娱乐效果。成人和儿童都能从影片中获得无穷的乐趣，是美国式儿童电影的典型代表。

（20世纪福克斯电影公司1990年）

《小鞋子》

编剧/导演：[伊朗] 马基德·马基迪

马基德·马基迪（1959～　），生于德黑兰，导演。电影处女作《手足情深》获选1992年戛纳影展导演双周放映。其后的《继父》一片先后获得伊朗影展最佳影片，北美洲圣保罗影展、突尼斯影展等重要奖项。1998年的《小鞋子》成为首次获奥斯卡最佳外语片提名的伊朗影片，扩大了伊朗电影的国际影响力。1999年《天堂的颜色》继续《天堂的孩子》的辉煌，蝉联了蒙特里尔电影节上最佳电影奖，之后又推出了反映难民生活的《巴伦》等。

影片讲述了一个看似简单，却深富哲理的故事。9岁的阿里取回为妹妹莎拉修理的小鞋子。当他去买土豆时，把鞋子放在一旁，被收破烂的当废品拿走了。这是妹妹仅有的一双鞋子。为了免除父母的惩罚，不让没有钱的爸爸为难、生气，阿里央求妹妹同意他的提议：每天妹妹上学时穿他的鞋子，然后放学后再换给他穿着去上学。于是兄妹仅有的这双鞋子每天就在两个人的脚上交换着。莎拉放学后，急急忙忙跑到他们约定的巷子里换鞋子给阿里。阿里穿了鞋子飞跑着去上学。两个小孩因为一双鞋陷入了窘迫的境地，阿里还差点因迟到而被赶出校门。找回小鞋子的愿望一次又一次的破灭。阿里为了得到作为季军奖品的球鞋，参加了学校的长跑比赛。比赛当天，阿里取得了冠军，却失去了季军的奖品。同时，阿里自己的运动鞋也因为这次赛跑被磨烂，不能再穿了。这时，他们的父亲带回了买给哈里和莎拉的新鞋子。

影片风格清新、自然、简约和质朴，在平凡的事件中找寻生命的哲理，通过人物朴素的语言揭示存在的真实，带着人们回到纯真澄净的世界，回归人性之初。这种迥异于西方文化的东方意蕴使《小鞋子》成为世界儿童电影中不可错过的经典之作。

（伊朗 1997 年）

《哈利·波特与魔法石》

编剧：［美］斯蒂文·克劳弗斯　导演：［美］克里斯·哥伦布

本片根据J·K·罗琳的同名小说改编。J·K·罗琳（1965～　），本名乔安妮·凯瑟琳·罗琳，女，生于英国的格温特郡。24 岁那年，罗琳在曼彻斯特前往伦敦的火车旅途中，一个瘦弱、戴着眼镜的黑发小巫师，一直在车窗外对着她微笑。他一下子闯进了她的生命，使她萌生了创作哈利·波特的念头。虽然当时她的手边没有纸和笔，但她开始天马行空地想象，终于把这个哈利·波特的男孩故事推向了世界。于是，哈利·波特诞生了——一个 10 岁小男孩，瘦小的个子，黑色乱蓬蓬的头发，明亮的绿色眼睛，戴着圆形眼镜，前额上有一道细长、闪电状的伤疤……哈利·波特与他的魔法世界顿时风靡全球。

从小寄养在姨丈家里的哈利·波特，饱受姨丈一家人的歧视与欺侮，然而就在 11 岁生日那天，哈利·波特得知了自己的身世，他的生活也随之发生了天翻地覆的改变。原来，哈利的父母是两位善良的巫师，在同坏人的较量中被对方杀害了。为了继承父母的遗志，哈利来到了英国一所专门教授魔法与巫术的霍格华兹寄宿学院。进入霍格华兹学院后，哈利成了格兰芬多一年级新生，与罗恩、赫敏成了形影不离的好朋友。许多成为魔法师的课程正在等着他研习，当然还有让所有巫师疯狂的魁地奇球赛。魔药学的教授斯内普，似乎总是对哈利不怎么友善，除了在课堂上刁难他外，还处处找哈利的麻烦，但是，哈利在一次偶然的机会里，发现斯内普严词威胁着懦弱的奇洛教授，甚至斯内普脚上三头犬的咬痕，更可以证明哈利的推断是正确的：有股邪恶的阴谋在平静的霍格华兹里悄悄地滋长着，斯内普似乎就是这一切的关键人物。于是哈利、罗恩与赫敏这三个好朋友决定一同去探个究竟，阻止邪恶阴谋的发生……

《哈利·波特》系列共有 7 部，分别是《哈利·波特与魔法石》、《哈利·波特与密室》、《哈利·波特与阿兹卡班的囚徒》、《哈利·波特与火焰杯》、《哈利·波特与凤凰社》、《哈利·波特与混血王子》和《哈利·波特与死圣》。目前，前五部都已经改编成电影。

（华纳兄弟公司 2001 年）

《大闹天宫》

改编：李克弱　万籁鸣　导演：万籁鸣

万籁鸣（1900～1997）、万古蟾、万超尘、万涤寰兄弟四人是中国动画片制作的鼻祖。20世纪20年代，美国动画片传入中国，热爱美术的万氏兄弟便以极高的热情和惊人的毅力投入创作，在完全自学手工的条件下完成了中国最早的动画电影《大闹画室》。1941年问世的动画长片《铁扇公主》，将万氏兄弟推向了亚洲动画创作的前所未有的巅峰，他们以超前的技术意识和东方特有的想象力，将这个属于中国的神话以动画的方式搬上银幕，以这样伟大的作品确立了东西方动画电影的明显分野。更为难能可贵的是，万氏兄弟在20年后，完成了更为宏大的作品《大闹天宫》。

本片改编自《西游记》中家喻户晓的孙悟空大闹天宫的故事。猴王孙悟空在花果山水帘洞过着自由自在的生活。因拿了龙王的镇海之宝——金箍棒作为自己的武器，被龙王告上天庭。太白金星献计：将孙悟空骗上天庭。明封为弼马温——一个管理喂养天马的小官，暗中则压制他。孙悟空去到天庭，识破诡计，捣毁了御马监，反出南天门，回到花果山，自封“齐天大圣”。玉帝接受金星献策，假意封孙悟空为齐天大圣，并将蟠桃园交他掌管。

孙悟空听说蟠桃园中的仙桃非常稀罕，而且只许在蟠桃会上享用。孙悟空不服，自个儿挑选个大的仙桃，饱餐了一顿。孙悟空得知王母要设蟠桃宴，请了各路神仙，唯独没他，火冒三丈，先是大闹蟠桃宴，自个儿开怀痛饮，将所有仙酒仙菜席卷一空，装进乾坤袋，将专供玉帝服用的金丹吃了个干净，返回花果山，与众猴孙大开仙酒会。玉帝气得咬牙切齿，立命天兵天将，兴师问罪。一场激战开始了，孙悟空与二郎神斗了几百回合，不分胜负。最后，遭到太上老君的暗算，不幸被擒。玉帝将孙悟空打入太上老君的炼丹炉炼烧。未想孙悟空并未烧死，他跳出丹炉，打上灵霄宝殿。一路上的天兵天将，望风披靡，玉帝狼狈奔逃。猴王胜利了，回到花果山，重树齐天大圣旗幡，与猴孙们过着快乐的生活。

影片中的民族风格和东方幽默将原著追求自由独立的精髓表现得淋漓尽致，也成为影响后世多年的不朽经典。

（上海美术电影制片厂1964年）

《葫芦兄弟》

编剧：姚忠礼　导演：胡进庆　葛桂云　周　克

姚忠礼，动画编剧，代表作品有《葫芦兄弟》、《葫芦小金刚》、《舒克与贝塔》等。《葫芦兄弟》是极具代表性的中国系列动画片，共分为七集。影片以中国的传统文化精神编造了一个新的故事。

故事是从一个传说开始的。传说葫芦山里关着蝎子精和蛇精。一只穿山甲不小心打穿了山洞，两个妖精逃了出来，从此百姓遭难。穿山甲急忙去告诉一个老汉，只有种出七色葫芦，才能消灭这两个妖精。老汉种出了红、橙、黄、绿、青、蓝、紫七个大葫芦，却被妖精从如意镜中窥见。他们摧毁不了这七个葫芦，就把老汉和穿山甲抓去。七个葫芦成熟了，相继落地变成七个男孩，穿着七种颜色的服装。他们为了消灭妖精，救出老汉和穿山甲，一个接一个去与妖精搏斗。红娃是大力士，但有勇无谋，落入蜘蛛网被擒。橙娃是千里眼和顺风耳，却被妖精的六棱镜射瞎了眼睛。黄娃是硬铁头，由于寡不敌众，被妖精用磁石吸住。绿娃有水性，被妖精用罂粟花醉倒。青娃会火功，又被妖镜的寒光变成冰人。蓝娃有隐身术，想去偷妖精的如意宝镜，反被他们吸进石塔。紫娃想把妖精吸进自己的宝葫芦，也被他们活捉。妖精把七兄弟送进炼丹炉，想炼成七心丹。这时，他们联合起来，发挥各人的法术，冲出炼丹炉，终于打败妖精，把他们收进宝葫芦里。

影片中，七个葫芦娃造型独特，个性鲜明，善恶斗争的传统主题被演绎得激烈、生动，主题歌《葫芦娃》在当时广为传唱，成为了影响一代人的动画经典。

（上海美术电影制片厂 1988 年）

《宝莲灯》

编剧：王大为　导演：常光希

《宝莲灯》是上海美术电影制片厂继《大闹天宫》、《哪吒闹海》、《金猴降妖》之后又一部动画长片，全片约 80 分钟。该片由国家一级动画设计师、导演常光希执导，著名电影导演吴贻弓担任本片艺术指导，著名作曲家金复载任音乐总监。

影片情节从中国传统故事“沉香救母”衍生而来。天宫中的三圣母爱上了人间书生刘彦昌。为了爱情，三圣母不顾二郎神的反对，带着宝莲灯私奔下凡与刘彦昌相会。7 年过去了，他们的孩子沉香渐渐长大。有一天，二郎神从宝莲灯的闪光中发现了他们。三圣母在二郎神的威胁下，交出宝莲灯，被压在华山底下。沉香在天宫偶尔从土地神口中得知了自己的身世。在同为人质的部落头人之女嘎妹的帮助下，沉香机智地与护灯秦俑周旋，夺回了母亲的宝莲灯，逃离天宫，踏上了寻母之路。征途中，磨难重重。鬼城、荒漠、怪石诡异多端；雪崩、地裂、沙暴恐怖惊人，这一切都没有磨灭沉香的救母之心。幼年的沉香在经历了种种险遇之后，终于达到了天人合一的境界，成长为一个英勇的少年。孙悟空为沉香的执着所感动。在他的点拨下，沉香带着小猴和白龙马直奔火山，他在嘎妹和部落人民的帮助下，推倒了二郎神的石像，铸成了神斧。沉香举起神斧，与二郎神决一死战。他越战越勇，令二郎神难以招架。激战中，二郎神屡施毒计，欲将沉香置于死地，并抢夺宝莲灯。在这千钧一发之际，宝莲灯突发金光泻进沉香体内，与沉香合而为一，终于把二郎神打败。云开雾散，大地回春，沉香劈开华山，救出母亲。母子终于团聚。

本片在上映时获得了 2 400 万的票房，创造了中国动画影片的票房奇迹。由于这是上海美术电影制片厂在《大闹天宫》、《哪吒闹海》、《金猴降妖》的多年之后推出的新世纪动画长片，因此，在中国动画电影史上具有其特殊的地位。

（上海美术电影制片厂 1999 年）

《狮子王》

编剧：[美] 艾琳·梅奇 乔纳森·罗伯茨 琳达·沃尔夫顿
导演：[美] 罗杰·阿勒斯 罗伯·明科夫

华特迪士尼公司成立于1923年10月16日，由华特·迪士尼及其哥哥罗伊·迪士尼创建，当时叫做迪士尼兄弟工作室，后来更名为华特·迪士尼制作公司，在1986年2月6日，正式更名为现在的华特·迪士尼公司。迪士尼电影公司为世界带来了众多难以忘记的动画形象，包括米老鼠、唐老鸭、白雪公主、美人鱼公主等，成为世界上最知名的动画电影制作公司。

《狮子王》以莎士比亚的经典作品《哈姆雷特》为基础，将王子复仇的故事搬到了丛林之中。当太阳从水平线上升起，夜晚转成白昼，非洲苏醒了，万兽群集，荣耀欢呼，共同庆贺小狮子王辛巴的诞生。时间流逝，辛巴长成了一只趾高气扬的小狮子。木法沙带着他来到荣耀石的顶峰，俯瞰整个荣耀国，这个有一天将由辛巴统治的国度。父亲木法沙告诉辛巴所有生灵都生活在微妙的平衡之中，这就是生命循环。木法沙还警告辛巴不要跨出荣耀国半步，走入邪恶的土狼的领土。然而，辛巴的叔叔刀疤为了获得王位，阴谋杀害了木法沙。小狮子王辛巴为了为父亲报仇，在众多热情忠心的朋友的陪伴下，不但经历了生命中最光荣的时刻，也遭遇了最艰难的挑战，历经生、死、爱、责任等生命中种种的考验，最后终于登上了森林之王的宝座，也在周而复始、生生不息的自然中体验出生命的真义。

本片荣获1995年奥斯卡和金球奖最佳原著音乐和最佳电影歌曲两项大奖，成为迪士尼近年来最成功的动画电影。

（美国迪士尼电影公司1994年）

《千与千寻》

原作/编剧/导演：[日] 宫崎骏

宫崎骏（1941～ ），生于东京。日本动画片导演。1985年，宫崎骏创立了吉卜力工作室，制作了大量优秀的动画作品。他的动画影片多涉及人类与自然的主题，在世界动画影片中独树一帜。其主要代表作品有：《龙猫》、《幽灵公主》、《天空之城》、《千与千寻》、《哈尔的移动城堡》等。

影片讲述了一个神秘而奇妙的故事：小女孩千寻和父母一起在森林里迷了路，走过了一条神秘的隧道之后进入了一小镇。奇怪的是整个镇子一个人也没有。千寻的父母因为偷吃了神的食物被变成了猪。无助的千寻只能逃跑，而此时她的身体正在慢慢消失。幸好途中遇到少年白龙，白龙告诉千寻这里是神灵之镇，只接待各路的妖怪神仙，人类是不能进来的，如果不幸进来的话，唯一能生存的办法就是要在这里工作，并且要得到魔女“汤婆婆”的允许。千寻好不容易才让恐怖的汤婆婆答应给她工作，但是按照惯例被汤婆婆用魔法剥夺了名字，成为小镇里的一员，名为“千”。在千寻工作期间，因为她天真善良的个性而结交了铃、无脸男等朋友，他们都帮助过千寻渡过难关。

一天，千寻撞见一条受了重伤的小白龙，并发现它其实是少年白龙的化身。因为他受汤婆婆的指使，偷了汤婆婆的死对头兼孪生姐姐钱婆婆的宝物而遭钱婆婆追杀。钱婆婆把汤婆婆宠爱的孩子变成了小白鼠。为了救白龙，千寻答应帮汤婆婆救回儿子，并要求汤婆婆把她的父母变回人类。汤婆婆答应后，千寻便拿着白龙偷来的宝物去找钱婆婆，并归还了宝物，白龙也向钱婆婆道了歉。最后，汤婆婆终于放他们父女三人终于离开了小镇。千寻的父母还不知道到底发生了些什么事情，全然忘了小镇的事情，而千寻却还若有所思地回过头去，看看身后，回想着不久前那些惊险离奇的事情……

本片曾获得2002年柏林电影节金熊奖及日本第5届媒体艺术奖卡通电影部门荣誉大奖。

（东宝映画2001年）

《跑跑的天地》

导演：张惠娟　原作：郑春华

张惠娟（1946～　），女，重庆人。主要以编写、执导儿童电视剧著称。主要作品有《天上的歌》、《小佳佳游园》（获第四届全国电视剧“飞天奖”优秀儿童剧奖）、《小佳佳的一天》（获1985年第三届《大众电视》“金鹰奖”优秀儿童剧奖）、《小佳佳的苦恼》（荣获1986年第四届《大众电视》“金鹰奖”优秀儿童剧奖）、《小佳佳和熊猫》（获1987年第五届《大众电视》“金鹰奖”优秀儿童剧奖）、《男子汉虎虎》（获第九届（1988年度）全国电视剧“飞天奖”优秀儿童剧二等奖、第七届大众电视“金鹰奖”优秀儿童剧奖）等。1986年5月，与他人合作创作了八集幼儿电视连续剧《跑跑的天地》。

本片根据郑春华幼儿小说《紫罗兰幼儿园》改编，讲述了4岁的小男孩跑跑的有趣故事。跑跑是家里的小宝贝，全家人都十分宠爱他。当跑跑的白汗衫遮不住他的肚脐眼的时候，妈妈带着跑跑到幼儿园报了名。可是，这个家里的小宝贝到了幼儿园之后，仍然是那么任性、撒娇、跋扈，不懂得与老师和同学们相处，惹出了不少麻烦。本剧讲述了跑跑在幼儿园里和小朋友们之间的有趣故事，最终，跑跑在老师和小朋友的影响下，成为了一个聪明、活泼、可爱的好孩子。

该片是我国第一部幼儿题材的儿童电视剧，曾获得1988年全国第三届“金童奖”二等奖、第八届（1989年度）全国优秀电视剧“飞天奖”优秀儿童电视剧一等奖、第六届大众电视“金鹰奖”。

（四川电视台1988年8集）

《小龙人》

编剧：诸葛怡　导演：寒　山

诸葛怡（1948～　），江苏无锡人。特级教师，中国人民解放军海军海娃娃艺术团编导、北京儿童电视艺术中心主任、中国电视艺术家协会儿童电视艺术理论研究会理事。主要作品有：《太阳有七种颜色》（获第七届“飞天奖”儿童电视连续剧一等奖及

1987 年保加利亚第十五届国际电视联欢节创作奖)、《好爸爸坏爸爸》(获第一届宁庆龄文学奖及第九届“飞天奖”儿童电视连续剧一等奖)、《紫禁城里的大学生》(获第八届“飞天奖”提名奖)、《师魂》(获第九届“飞天奖”电视连续剧一等奖和优秀编剧奖)等。她是我国第一位在一届“飞天奖”中同时获得三个奖项的人。现为中国电视艺术家协会会员。

《小龙人》是一个发生在现实世界里的神话题材故事。这个故事发生在古老的北京一所普普通通的四合院里。这个院里住者 3 个孩子，奇奇尽管只有四岁半，却整天梦想着做妈妈；贝贝爱玩、爱说、爱唱，但最大的爱好是调皮逞强；宝宝已经上学，这天就是为了他的作文三个孩子来到了故宫。在故宫沉睡了几千年的小玉龙被奇奇吵醒，他闪着奇异的光芒变成了头上长者龙角，身后长着尾巴的小龙人。宝宝，贝贝，奇奇从故宫接回了小龙人一起在大杂院的生活。他们一起拯救小白鸽妮妮，看到白鸽妈妈，小龙人想到自己的妈妈。于是，孩子们一起踏上了为小龙人寻找妈妈的旅途。从翠翠婆婆、东海龙王、女娲娘娘到龙女、宝瓶神女，孩子们在途中经历了各种艰难险阻。最后，神女拔下小龙人的犄角，小龙人终于成为真正的人四个小孩来到长城，此时翠翠婆婆，白鸽妈妈，女娲娘娘，龙女，宝瓶神女相继出现，揭开了小龙人妈妈的真相。

本片从 1991 年春到 1992 年夏共拍摄 14 个月，采取了分段拍摄，边拍边编的方式，这在我国的电视剧制作史上也是比较罕见的。在拍摄过程中剧组走访了北京市各大公园、海南天涯海角、东北长白山及怀来、郑州、广州等城市，平均每天拍摄 70～80 个镜头，最多时 100 多个。本片推出后，获得了第十一届中国电视金鹰奖特别奖，也获得了广大儿童观众的一致好评。

(中央电视台影视部、北京儿童电视艺术中心联合摄制 1992 年 52 集)

《十六岁的花季》

编剧/导演：张　弘、富　敏

本剧讲述的是白雪、陈非儿、欧阳严严和韩小乐等几个十六岁的少男少女，在高中校园里的一段生活。

白雪、陈非儿、欧阳严严和韩小乐是高一(三)班的学生。白雪个性率真，是个出色的班干部。期中考试之后，学校张贴了红白两种考试成绩榜，伤害了许多学生的自尊心，家长会即将召开之际，白雪怒撕红白榜，在学校引起了轩然大波。同时，她和欧阳严严的亲密关系，使她带上了“早恋”的帽子。白雪无意间发现了爸爸和同事罗兰阿姨的关系非同寻常，内心十分痛苦的她，下决心要维护自己的家庭。柔弱美貌的“少男杀手”陈非儿无意间结识了帅气又有才华的原野。他们都来自新疆，寄居在亲戚的家中。相同的经历使他们彼此相惜。然而随着他们的不断相处，关于他们交往的流言也在学校里传播开来。如何面对这份情感，非儿也陷入了迷茫。热情而又调皮的韩小乐总是“好心办坏事”，他无意间误闯女浴室，使正在洗澡的非儿受到惊吓，扭伤了脚，而他也将面临学校的严厉处罚。面对同学和家长的误解，韩小乐选择了离开。

“十六岁的秘密涨满沉沉的书包，十六岁的日记写满长长的思考；十六岁的眼睛飘出绿色的旋律，十六岁的心灵透出疑惑和烦恼……”这首电视剧主题歌随着电视剧的热映唱遍了大江南北，对于70年代或者80年代出生的人来说，《十六岁的花季》是真正代表了当时中学校园生活和青春思潮的一部标志性电视剧。同时，也成为了青春题材儿童电视剧的经典之作。

（中央电视台影视部、上海电视台联合摄制1990年12集）

《青　鸟》

［比利时］编剧：莫里斯·梅特林克

莫里斯·梅特林克（1862～1949），比利时著名剧作家。主要剧作有：《普莱雅斯和梅丽桑德》、《阿拉丁和帕洛密德》、《青鸟》等。他的剧作具有丰富的想象和诗意的幻想，有时以童话的形式显示出一种深邃的灵感，以一种神妙的手法打动读者的感情，激发读者的想象。1911年梅特林克获得了诺贝尔文学奖。

《青鸟》讲述了两个孩子为病重的邻家小女孩寻找象征幸福的青鸟的故事。蒂蒂尔和米蒂尔是贫穷的樵夫家的孩子，过圣诞节了，他们的父母却不能送给他们礼物。此时，对面的有钱人家正在举行圣诞晚会。他们非常羡慕那种富有的生活，对自己又穷又小的家非常不满意。正当他们情绪低落的时候，仙女贝丽吕娜装扮成邻家老太太的模样敲开了他们家的门。她说自己的小孙女病了，如果能找到一只青鸟给她，她的病才会痊愈。兄妹决定去寻找青鸟。仙女送给他们一顶绿色的帽子，只要转动帽徽上的钻石就可以看到各种东西的灵魂，还能看到过去和未来。借助钻石的帮助，他们先去“思念之土”看望他们已故的爷爷、奶奶和其他的兄弟姐妹们，在那里他们找到了一只青鸟，可是，当他们拿着青鸟离开时，青鸟却变成了黑的。他们又去“夜之宫”寻找青鸟。夜娘娘让他们看到很多很多可怕的东西，想以此阻止他们的行动，没想到勇敢的蒂蒂尔却毫不惧怕地接受了挑战，终于在打开最后一扇门时，找到了青鸟。可是，青鸟不能见到阳光，一到阳光下，全都死掉了，只有一只飞到了森林里。他们又追逐青鸟到森林里。森林对人类充满了仇恨，便让森林里各种生灵来对付兄妹俩，幸亏他们及时转动钻石，才逃了出去。这时，仙女又告诉他们青鸟在墓地里，兄妹俩人来到墓地，看到夜里的墓地开出了很多美丽的花，可是，他们却没有找到青鸟。后来又得知青鸟在幸福园，他们又赶往幸福园。在幸福园里，蒂蒂尔和米蒂尔被无数的天使包围着，这时，他们才知道，这些天使就是生活在他们家里的“幸福”和“欢乐”天使，只是以前他们从来没有发现罢了。最后，他们经由未来王国，来到了一个沉浸在晨光的小屋前，这就是他们的家，这时他们才发现自己的家那么美丽、温馨，他们推门而入。这时，天亮了。

作为象征主义大师，梅特林克有着自己的理论体系，他认为世界是由外在的现实世界和内在的精神世界组成，两者彼此独立存在。写于1908年的剧作《青鸟》就是体现梅特林克理论体系的代表性作品。

《青鸟》第四幕的《幸福乐园》是全剧最动人的章节，这一章里梅特林克给我们展现了他那种赋予平凡生活场景以无比诗意的卓绝的创作才华。他令人信服的为我们揭示出我们所一贯忽视的日常琐事和庸碌生活里，无不含有深刻而令人惊异的意义。《青鸟》

有意采取了那种将现实与梦境相互交融的戏剧形式，这使得它的象征意味特别突出，使它拥有了一种似真非真梦幻般的诗情和意境。而梅特林克特别强调情感交流的写法又使它具有一种感人肺腑的动人力量。对情感和内心生活的刻画贯穿《青鸟》一剧始终，记忆之乡里的祖父母，森林里的蒂络（狗），幸福乐园里的母爱幸福……蒂蒂尔和米蒂尔寻找青鸟的梦幻之旅，也为我们找回了我们早已失去的对平凡生活的感恩和热爱之情。

1908年，《青鸟》由莫斯科艺术剧院搬上舞台，导演是斯坦尼斯拉夫斯基。以后两年中相继在伦敦和巴黎上演。同时，《青鸟》被译成多国文字，在世界文坛产生了深远影响。

《十二个月》

［前苏联］编剧：萨·马尔夏克

萨·马尔夏克的戏剧活动开始于20世纪20年代初，他创作了《山羊的故事》、《彼得罗什卡》、《怕苦就得不到幸福》等童话剧，《十二个月》是他的代表作。

14岁的小女王，既任性，又喜欢异想天开，她竟然在十二月要雪莲花，而雪莲是在四月开放的。小女王向全国发布旨意，悬赏雪莲花。为了得到小女王丰厚的赏赐，娇宠的二妞让妈妈冒着风雪去寻找雪莲花。恶毒的妈妈（大妞的后母）便让刚刚从风雪中捡柴回来的大妞连夜去寻找雪莲花。大妞哀求无效，便提着篮子去山中寻找雪莲花。在寒冷漆黑的森林中，大妞竟然意外地发现了十二位老人围着火堆在唱歌，她便走上前去。原来，这十二位老人是一年的12个月，在十二个月开始的第一天，他们正围坐在一起欢度节日。大妞向他们求救，十二位老人早就认识大妞，了解她善良的本性以及她被后母虐待的种种情形，于是，他们决定改变正常的时间进程，在隆冬的季节开放出了美丽的雪莲花。他们还送给大妞一个戒指，如果有什么困难，只要念动口诀，就会得到帮助。他们还要求大妞保守秘密。大妞一一答应，提着雪莲花回到了家中。二妞趁大妞睡着的时候，偷走了大妞的金戒指。然后，二妞和母亲拿着雪莲花去小女王那里领赏。小女王正在为没有雪莲花献上而大发脾气，看到了雪莲花，分外高兴。小女王从询问中发现雪莲花并不是二妞采的，而是大妞采的，便招来大妞，要给她各种赏赐。大妞说，她什么都不要，只想要回那枚戒指。小女王满足了她的愿望，并要求她带自己去寻找雪莲花。大妞没有答应她，在戒指的帮助下逃出了王宫。这时候，十二个月颠倒出现，风雪交加，把小女王卷到了野外，狼狈极了。二妞和她的母亲，因为作恶多端，被十二个月变成了两只狗。小女王见状也惊恐万分。这时候，由于自己的任性和异想天开所造成的不良后果令她悔恨交加，她恳求十二个月还是按照本来的顺序出现，春夏秋冬交替出现。而善良的大妞却得到了十二个月送给她的许多礼物，在十二个月的簇拥下，大妞坐上车离开了。

《十二个月》在全世界已经公演了数千场，影响和教育了不知几代人。原来流传的民间童话只不过是个好女儿受后妈虐待的传统故事，表述的是真诚和善良战胜自私和丑恶的主题。经过多少代仁人智者的加工，自然界风云变幻的十二个月变成了孩子们触手可及的亲切的朋友，这就给故事平添了浓郁的诗意，不但能更好的培养少年儿童的想象力和审美品位，还必然会加强他们的认同感和参与感。马尔夏克将之改编成剧本时，从社会意识着眼又加上了小女王这个人物、这条线索，使得矛盾越发复杂，各色人等表演越加充分。《十二个月》最出色之处，就是增加了“小女王”这个艺术形象。苏联文学评论界对这一文学形象也给予了好评。“小女王”聪明活泼，任性调皮，不爱劳动，畏惧学习，看不起周围的人。这个艺术形象具有很强的现实教育意义；小女王宫廷的众多人物，十分有趣，为剧本增加了迷人的童话色彩。而大妞这个自然之女和森林里的花草树木、大小动物都是朋友，感动了深谙民情的十二个月，在他们的帮助下进行着极富艺术空间的是与非、善与恶、美与丑的斗争，于是作品也就加深了内涵，加大了张力，变得益发厚重和意味深长了。《十二个月》既能以高超的艺术技巧同时吸引住孩子和家长，又因其思想深入浅出的表述方式让他们得到各不相同的认识，创造了戏剧作品最难达到的艺术效果。

《马兰花》

编剧：任德耀

任德耀（1918～1998），在儿童剧的编剧、导演、舞台美术、剧院管理、剧目建设、人才培养、戏剧理论研究等方面，都取得了创造性的成就。先后创作的儿童剧有《友情》、《小足球队》、《宋庆龄和孩子们》、《魔鬼面壳》等 23 部，代表作《马兰花》被译成英文、斯瓦西语，先后在苏联、日本、澳大利亚、新加坡、越南等国家多次上演。

《马兰花》是根据中国一个古老的民间故事改编而成的。在美丽的马兰山，生活着 1 500岁的树公公和一群可爱的小动物。他们最喜欢的人是马兰花的花神马郎。那天正好是马兰花开的日子，山下的王老爹来到山上拾柴火时不幸坠下山崖，马郎勇敢地救起了王老爹。王老爹十分感激马郎，希望把自己的女儿嫁给马郎。马郎送给王老爹一朵神奇的马兰花，说，问问您的女儿，谁愿意嫁给我，就把这朵花送给她。贪心的老猫对这朵神奇的马兰花垂涎欲滴，总想将其占为己有。到了家里，王老爹叙述了自己的经历。大兰立即夺过了马兰花，表示愿意嫁给马郎。但是，她又听爹爹说马郎没有房产和财产，靠勤劳过日子，就立刻丢弃了马兰花，小兰拾起了马兰花，愿意与马郎共同生活。在圆月当空的夜晚，马郎迎娶了新娘小兰。从此，小兰与马郎过上了恩爱的甜蜜生活。一年后，小兰带着神奇的马兰花回娘家。贪心的老猫偷偷地跟踪，并利用大兰对小兰的嫉妒，怂恿她从小兰手里抢夺马兰花，凶恶的老猫在抢夺马兰花的过程中，把小兰推进了河里。老猫又教唆大兰冒充小兰上山，以便获得让马兰花变出宝贝的口诀。在山上，马郎几经识辨，终于发现妻子是冒充的。老猫为灭口，又害死了小鸟。小鸟死后变成了一棵苹果树，向前来寻找小兰的马郎无言地述说悲惨的经过。马郎知道了真相，发动大家一起来抓捕凶恶残忍的老猫。老猫呼唤马兰花给它变出金银财宝、大马车。果然，八匹马的大马车出现了，老猫十分得意。殊不知，这是马郎和小动物们变成的。老猫终于受到了正义的惩罚。马郎向马兰花呼唤，使得小兰和小鸟又获得了新的生命，美丽的马兰山又洋溢着幸福的歌声。

《马兰花》是中国儿童艺术剧院的建院剧目，并且在演出的过程中，不断创新，经久不衰。1956 年，中国儿艺首演剧目《马兰花》，只是一出童话剧，是以话剧成分为主的，人物造型、舞台景观，表演都是写实的。1959年演出的《马兰花》，有了新的创意，主要改变了写实的风格，采用“写意”的风格，使得整个剧更富有诗意。1978年第三度上演《马兰花》，由于刚刚“文革”之后，虽然力求突破，但是并未达到预想的境界。1979年《马兰花》第四度公演，已经发展为童话音乐剧，与以往的演出相比，在剧本结构和演出形式上都作了很大的改观，主要表现为两点：一是大量运用形体语汇，用富于韵律的戏剧动作取代直白叙事的戏剧语言，让舞台画面更趋于诗化的童话世界；二是对老猫的形象采用“分解组合”的新颖处理，“一分为四”的老猫分别突出老猫的某一反面性格特征。2003年第五次公演，又融入了现代音乐剧形式，演唱、舞蹈、戏剧三者结合，扩大了演员表演空间。舞美设计以民间风格为主，漫山遍野的马兰花极为突出，山林溪水具有鲜艳的色彩和生动的造型，使气氛十分热烈，更加贴近了今天的孩子们的审美情趣。

◆思考题

1. 选择一本图画书和一本带插图的书作比较，说一说图画书的特征有哪些？

2. 选择一本图画书，讲给幼儿听，注意声音的变化，体会利用翻页停顿启发孩子思考的技巧，并想一想，围绕这本图画书可以设计哪些相关的游戏活动？

3. 卡通和图画书有哪些区别？

4. 简述中国动画片的发展轨迹。

5. 简述外国儿童电影对中国儿童电影的影响。

6. 找一部儿童影视作品，针对特定的儿童观众群体，为其设计一个详细的鉴赏指导方案。

7. 什么是儿童剧？

8. 结合具体作品分析儿童剧的特点。

9. 理解创造性戏剧教学的课程项目和组织程序，并回答如何在教学中加以运用。

10. 网络儿童文学与传统儿童文学文本之间有哪些区别？

11. 网络的出现给传统儿童文学带来怎样的冲击和希望？

12. 网络新媒介给传统儿童文学内容、形式以及创作手法上带来怎样的影响？

第八章　儿童文学的科学体

在儿童文学中，有一类以科学题材为主要内容的作品，这是儿童文学的科学体。科学体的内容比较繁杂，按照传统的分法，应该包括科学小品、科幻小说、科学童话、科学诗、科学寓言、科学散文、科学报告文学和科学相声等。在我国，科学体的存在大约已经有超过百年的历史，而在国外，则更是历史悠久。本章将从理论和创作实践方面提供儿童文学科学体的一些相关阐述。

第一节　科学文艺概述

一、*概论*

（一）定义

科学文艺是运用文学艺术手法反映科学及其相关内容的一类文学作品的通称。这一词汇最初是俄国作家别林斯基提出的。别林斯基认为，科学文艺作品应该是“叙述科学的概念”，同时，“又是大众所感兴趣的东西，并且要求作者多少用文艺形式来表现它们”。“就内容来讲，是科学性的……而从它们的构思和叙述的艺术来看……是十分优美的。”① 苏联著名科学文艺作家伊林在澄清科学文艺概念时提出：“我所说的纯科学文艺体裁，是我设想的一种新的文学门类，它一方面接近于文学，另一方面又接近于科学。由于这种体裁的发展，是最有趣的科学材料引入了文学，使科学易于为人民接受。”② 伊林既是科学文艺的主要倡导者，又是这类作品的主要理论研究者和创作实践者。他还曾提出，科学文艺，作为一种未来的

① 转引自叶永烈：《论科学文艺》，上海：上海科普创作协会和少年报社印，1979 年，内部发行。

② 伊林著：《论儿童科学读物》，余俊雄等译，转引自《伊林及其作品》，北京：人民出版社资料组编，1978 年，内部发行。

文学，将是用科学全副武装起来的文学。[①] 苏联评论家略普诺夫在《伊林评传》中认为，伊林对科学文艺体裁的理论原则是：用引人入胜的形式来向人民介绍现代知识的历史和成就。[②] 综上所述，科学文艺就是运用文学艺术手法反映科学和与科学内容有关的一类作品的通称。

虽然科学文艺这一名词来源于俄国，并且风行于中国，但从理论工作者所提出的科学文艺作家与作品看，这种体裁是世界性的。被列入早期科学文艺实践者的人包括文艺复兴时代伟大的启蒙主义画家兼作家列奥那多·达·芬奇、俄国科学之父罗蒙诺索夫、法国昆虫学家法布尔、英国科学家法拉第等。到后期，人们又将法国的儒勒·凡尔纳、英国的赫伯·乔治·威尔斯、美国的蕾切尔·卡逊等归入科学文艺作家的行列。这样，科学文艺的体裁从最初的散文、杂文化读物，丰富到包括科学幻想小说、科学童话、科学寓言、科学散文、科学随笔、科学诗、科学小品、科学故事、科学家传记、科学报告文学、科学相声等多种形式，形成了一个巨大的门类。

（二）特征

作为一种以科学为主题的文学门类，科学文艺读物区别于其他文学作品的主要特征是它含有科学内容。换言之，如果失去科学作为基础，科学文艺读物将失去其独立存在的可能性。

我们以伊林的科学故事《人怎样变成巨人》为例。这部 3 卷 30 章上百万字的巨著，将我们星球上最伟大的生物所经历的从猿到人、从荒野到城市、从粗俗到文明的历史，用串珠般前后关联的故事衔接起来。整部作品涉及进化理论、文明理论、历史唯物主义和辩证唯物主义理论等多方面的科学内容。

英国作家威尔斯的《时间机器》也是科学文艺读物中重视科学性的典型代表。在全书的开场，作者认真地讲述了当代物理学在时间研究方面的最新思考，正是这些思考暗示了时间旅行技术实现的可能性。

强调科学文艺读物的科学内容，并不等于科学文艺读物必须讲述科学知识、进行科学普及。科学文艺读物中的科学，是一种广义的科学，这种科学包括科学的精神、科学的方法以及通过这些方法所得到的认识世界和

---

① 伊林著：《论科学文艺读物及其性质》，余士雄等译，转引自人民出版社资料组编《伊林及其作品》，1978 年，内部发行。

② 略普洛夫著：《伊林评传》，王汶译，转引自人民出版社资料组编《伊林及其作品》，1978 年，内部发行。

改造自然的重要成果。正因为科学本身内含的广泛性，所以，科学文艺作品的内容也显得异常广泛。有探索科学精神的作品，有研究科学方法的作品，更有呈现五花八门的科学发现和技术成果的作品。

美国康乃尔大学已故教授卡尔·萨根博士撰写的长篇科学杂文《鬼魂出没的世界》可以成为探索科学精神科学文艺作品的典范。这部以科学家特有的幽默感和认知方式撰写的关于伪科学奇谈怪论的杂文集，从当今国际风行的重要伪科学作品中选取素材，讨论了魔鬼三角、UFO、鬼魂、“火星上已经发现了地球人的面孔”等等伪科学新闻及其产生机制，作者不断以“完全信赖”的口吻同意伪科学家们立论的逻辑起点，但在拆解其逻辑推演时，又清晰地指明错误的发生地。在萨根的眼中，几乎所有的伪科学观点都可以在科学精神面前自动地烟消云散，而科学才是照亮我们黑暗世界的永恒烛光。

著名数学家王梓坤教授的科学随笔集《科学发现纵横谈》，可以作为以科学方法为主题的科学文艺作品的典范。这部随笔集针对历史上重大科学发现的产生过程，探索了新科学技术产生的种种方式，给人深刻的启迪。

美国著名科普兼科幻作家阿西莫夫的《阿西莫夫科学导游》，可以作为科学文艺读物中展现科学发现和技术创新成果的作品典型。这部雄心勃勃的“导游”从宇宙、地球、大气讲到元素和基本粒子；从生命的起源谈到人体和思维，全书以轻松愉快的笔调，给现代科学如何全方位地认识世界做了精彩素描。

由于科学探索和技术创新活动还是一种广泛的社会现象，一些科学文艺作品便试图从空间和时间的更大背景上凸现这种社会过程。从空间背景开拓科学文艺领域的实践，主要是将科学置于社会生活的总体网络之中。英国作家C·P·斯诺的小说《新人》是这类作品的主要体现者。故事讲述了第二次世界大战期间，英国科学家为制造原子武器所进行的种种努力。科学、政治、国际关系等多种内容交叉在一起，对科学技术的目的和意义、科学家的社会责任感、科学群体的领导方式等问题进行了异常深入的探索。社会生活的巨大空间背景给作品创造了丰富的内含和阅读快感。从时间上拓展科学文艺的领域，主要指科学文艺能突破现实，从宇宙的长河中灵活定位自己所描述的对象。大家熟知的科学幻想小说，就是在时间的光谱上探索科学技术引起世界变化的一类作品。这类作品中所描述的世界可以上至远古下达未来，但所有这些与我们当代社会所不同的差异景象，都与科技发展所造成的文明改变有着千丝万缕的联系。

二、儿童科学文艺

儿童科学文艺读物是科学文艺读物在年龄尺度上的一段投影。就儿童科学文艺读物而言，除了上面讲到的科学性之外，一些作品还强化了激发儿童科学兴趣、培养儿童科学思维方面的独特作用。我们将这种独特作用称为儿童科学文艺的教育性。由于儿童处于生理和心理的成长时期，科学文艺的教育意义便尤其显著。

我们以李毓佩教授的科学童话《有理数无理数大战》为例。这篇科学童话以不同数类之间进行的“一次交火”，将初等数学领域中比较抽象的无理数概念拟人化地展现。故事的中心焦点是将“凡是有理数，都可以化成两个整数之比；而无理数，无论如何也不能化成两个整数之比”这个数学概念故事化地表达。概念之抽象，就连有经验的数学教师在课堂教学中都感到相当为难。但童话的特殊表现手法和作家的天才融化了题材本身的艰涩。科学文艺的教育意义在这篇作品中得到了突出体现。

青年作家星河创作的短篇儿童科幻小说《冰孩》，也是体现科学文艺作品教育性的重要代表。这部作品讲述一个太空人通过“温度走廊”从遥远太空进入当代地球小学教室，并与小学生们融洽地交流、结成兄弟。虽然小说并不特别寻求在科学上的教育性，但在指导学生如何与差异种族相互交流方面，起到了积极的作用。

当然，并非所有儿童科学文艺作品的教育性都如此明显。一些优秀的科学文艺作品的教育性暗含在作品的深层结构当中。比如，有些科幻小说试图表达科学奇迹所带给人们的喜悦、惊奇、敬畏等审美情感，希望展现科学带给人们的刺激和享受。这种作品从外表看无法找到教育价值，但如果将美感享受促进读者对科学的向往作为一种结果，教育性便从隐含的角度发挥出作用。

由于儿童科学文艺的许多形式已经随着社会发展而逐渐消失，因此，这里就当前仍就发展着的科幻小说、科学童话和科学诗进行详细介绍。

第二节　科学幻想小说

虽然儿童科学文艺品种繁多，但科学幻想小说无论从形式上、从作品结构的复杂程度和手法的多样上、还是从受到读者欢迎的方面看，都占据着中心位置。科学幻想小说是科学文艺中发展最成熟、流派最繁盛的一个品类。为此，将对这一品种做更多导读。

一、概念、特征和文化内涵

（一）概念和特征

在英语文学中，科学幻想小说被称为科学小说（Science Fiction）。这是一种以科技影响人类本性或造成社会变化为主题的文学作品。

按照加拿大著名科幻评论家达科·苏文（1930～　）的观点，疏离与认知的互动，是科幻小说区别于其他文学品类的特色之处，而创新，则是科幻的典型特征。自然地，疏离性、认知性和创新性就成了科幻文学的特征。

这里提到的疏离性，是根据俄国形式主义观点文学导出的一个概念。它常常指科幻文学作品中描述的一切，是与读者的现实经验之间有着巨大反差的。正是这种反差，给人一种超越现实的陌生感，给人以美的享受。在中国，疏离也常常被翻译成陌生化或间离效果。

科幻作家创造作品疏离感的方法很多，让故事发生在未来或远古就是一种办法，时间上的距离造就了文学世界与现实世界的差别。空间差异也会造成陌生感。科幻小说常常描述探险，就是这个原因。除了时间和空间的疏离性，内心世界也常常成为科幻文学创作疏离性的有利地点。由于人类对自我心灵的认识还相当贫乏，了解心灵的内幕常常是我们发现自己其实生存在另一个世界里。有关未来世界的科幻小说我们可以举美国作家乔·哈德曼的作品《永恒的战争》（中文译本为《千年战士》）。这是关于未来世界中如何与外星人进行战争的作品，由于外星人和未来战争都属于现在不存在的事物，这种战争的表述自然就成为作品疏离日常经验的最好典范。关于远古世界的科幻小说可以举美国作家马克·吐温的小说《亚瑟王朝中的康涅迪格美国佬》。作品的主人公进入了古代世界，获得了全新的生活体验。凡尔纳的许多科幻小说都与探险有关。《气球上的五星期》、《地心游记》、《从地球到月球》等都是探险。关于心灵探索的科幻小说也曾经流行一时，郑文光和吴岩的《心灵探险》就属于这一种。

疏离于日常经验之外造成美感，并非科幻文学的独特特征。所有的幻想文学作品、探险作品、甚至侦探作品都或多或少地包含这个特色。作为科幻文学作品，科学性和认知性是第二个重要的条件。这里所谓的认知性，指科幻作品中，科学化的认知在化解疏离性时起着关键的作用。我们以凡尔纳的小说《牛博士》为例。这部作品发生在一个慢速生活的小镇上。所有的人都行动缓慢，个性懒散，他们好像从不为任何事情着急。故事的一开始，人们就被这种肯定在世界上不存在的小镇所迷惑。现实世界的经验在这里好像不灵了。接下来，有一个科学家来到小镇，他能加速人的心理活动。他在小镇的剧场中试验自己的方法，结果，本来需要上演许多小时的戏剧，竟然在几分钟内完成。不但如此，观众还因为过分的情绪激动而大打出手。为了解释这种古怪现象发生的原因，小说使用了认知方式以阐明科学家的工作原理。科学家的做法其实非常简单，由于空气中的一些成分可以加速人的心理活动，因此，在小镇建立一个气体制造工厂就可以达到目的。小说的结尾，气体制造厂发生了意外爆炸，一切重归平静，人们再度回到慢速的世界之中。这部小说中幽默虚幻的小镇上发生的一切，最终都有科学化的认知进行的解释，设想一下如果没有这些认知因素的存在，小说最终只能是一个幻想作品，但认知的存在，给读者最终的满足。

科幻小说所描述的世界与现实世界有着巨大的差别，即便其中的科学内容，也与创作之时的科学水平有所差异。因此，科幻作品常常会越出时代和知识水平的局限，具有创新价值。创新性应该成为科幻文学特征的第三个重要标志。我们以鲍伯·肖的《往昔的光线》为例。该作品构思出一种慢速通透玻璃，光线射到玻璃的一面之后，由于夹杂在玻璃中间的许多卷曲的微细丝管，使光线从另一头透射出时，已经有了巨大的时间延迟。小说中的主人公妻子已经去世多年，但由于玻璃的透光缓慢，所以，他仍然能从家中面对海滩的窗户上看到妻子生前在海滩上嬉水的景象。神奇的发明给主人公带去的除了怀念，还有许多往日的忧伤。

英国作家阿瑟·克拉克的小说《天堂的喷泉》，讲述了一个从定点卫星上悬挂电梯使地球表面上的人能直接上升到太空的故事。小说充满了技术创新所能带来的奇迹。在这类天梯的设计中，如何防止由于重心下移造成的坠毁是个重要的技术问题。但作者考虑出，可以让卫星在向地下放梯的同时，向空中相反方向也伸展一个梯子，这样整个卫星的中心便回到了卫星的中心。技术创新使小说充满了创造力和可能性。

过去许多年，人们常常以科学性、教育性、文学性来判断科幻小说。这是来源于把科幻当成科普作品的做法。现在看来，这种做法不能展示科幻文学的真正特征。我们认为，疏离性、认知性和创新性才是科幻文学的真正特征。

（二）文化内涵

文学是现实的反映。仅仅从科幻的美学特征研究科幻，显然是不够的，应该深入到作品所表达的文化深层。无论从科幻的产生还是变化上看，科幻其实都是伴随着世界逐渐现代化的过程出现的文学。如果把现代化定义为一种现代性在当代文化中逐渐增长的过程，那么科幻无疑就是关于现代性的文学。更具体地说，它展示的是工业革命之后，科学和未来双重入侵现实的严酷状况。这样，科幻就不仅仅是一种想象力的文学，它在一方面反映出科学发展所带来的人类改变，另一方面，则反作用于现实，对现代化过程起到了积极的作用。

1818年，英国著名诗人波西·雪莱的妻子玛丽·雪莱（1797～1851）创作了《弗兰肯斯坦——一个现代普罗米修斯的故事》。多数评论家认为，这是科幻小说的开山之作。《弗兰肯斯坦》的故事是这样的。出身于瑞士名门的主人公维克多·弗兰肯斯坦儿时喜爱魔法，长大后他又爱上了科学。他在赴德国留学期间跟从导师研究化学理论并极想破解生命的奥秘。一天，他从“蛀虫能使死人的神经和大脑出现惊厥的现象”中，发现了起死回生的奥妙。于是，他成功地使用尸体器官拼接成人体并使用电击法使其注入生命的活力。实验是成功的。死人器官拼接起来的怪物睁开双眼，一个新生的生命便开始了走入人类世界。此时此刻，怪物的创造者维克多·弗兰肯斯坦却昏厥过去。他让怪物的外表吓坏了。此后，怪物进入人类社会的努力不断失败，他的古怪长相让他成为过街老鼠人人喊打。为了报复自己的创造者，怪物决定向弗兰肯斯坦复仇。这场复仇使他遇上了连串的灾难。忍无可忍的维克多也不顾一切地向怪物展开了反击行动。

怎样从现代性的角度观察这部作品？学者们提出了许多不同观点。一种看法认为，雪莱夫人的想象，其实恰恰是她对当时科学所带来的变化的敏感观察。在那个时代，电力、医学、生物学等都处于飞跃阶段，于是，敏感的先驱者看到了这种技术发展的不可遏止的前景。另一种观点则更加精细，他们从小说的具体情节中发现，作家的科学观在小说中发生了从前现代到现代的一个转换。早期的弗兰肯斯坦求助于魔法，而后期，则转而依靠电力。从魔法到电力，人类终于摆脱了非科学的状况进入了用科学解决问题的时代。

雪莱夫人之后，科幻逐渐从简单地反映现实转移到同时反作用于现实。因为现代化的发展是一个未完成的事业，因此，科幻提供了大量现代化的蓝图。

法国作家凡尔纳（1828～1905）的科幻作品，就属于兼备反映现实和创造蓝图的双重功能的作品。凡尔纳最有名的科幻小说包括《格兰特船长的儿女》、《海底两万里》、《神秘岛》、《从地球到月球》、《环绕月球》、《地心游记》、《气球上的五星期》、《环游地球80天》、《太阳系历险记》、《流星追逐记》、《机器岛》、《喀尔巴仟山上的古堡》、《牛博士》等。他以对科学技术的乐观主义态度著称。凡尔纳的小说语言成熟，故事具有类型化特征。但是，凡尔纳所提供的气球飞跃非洲、潜水艇海底漫游、炮弹飞跃群星、借助游动天体探索宇宙、在海洋中建立人工岛屿、用先进技术保存声音影像等等，都为人类追求社会现代化提供了动力甚至直接提供了发展方向。

到 20 世纪之后，科幻小说的双重特征变得越来越明显。一方面，科幻感受“未来的震撼”（这是未来学家托夫勒的话），另一方面它又用自己的设计给未来带去可能的震撼。只有在这样的深度上观察科幻，才能认识到科幻文学的核心与本质。

二、简史

（一）西方科幻简史

1. 萌芽和草创时期

在雪莱夫人创建西方科幻之后，凡尔纳为科幻小说提供了大量新鲜血液。凡尔纳的小说具有法国文学中的夸张性。在人物的相互关系上，他喜欢使用三类一组的构造模式，这三类人分别是“主人、儿童和仆从”。所谓“主人”，指的是凡尔纳的小说非常喜欢塑造一类以“叔叔”、“舅舅”、“科学家”或“工程师”命名的人物。这类通常被冠以主人名目的人物，在小说中表现专制。他们的专制性格之形成，主要因为这些人常常具有丰富的科学知识，是一座知识的宝库或“充满知识的火山”。这类主人的塑造使凡尔纳能够顺利地将科学内容引进科幻作品之中。所谓“儿童”，一类年幼无知的孩童形象，这些人被冠以“侄子”、“外甥”、“侦探”等名号，其性格常常处于被统治者地位。这些儿童是知识的“受主”，他们的存在使主人的科学讲演能够顺利完成。由于孩童比较幼稚，个性上不够成熟，常常在紧要关头闹出乱子，这使的小说情节起伏跌宕，更加好看。最后是“仆从”型人物，他指的不是一般的仆从，而是凡尔纳小说中特别塑造出的神秘仆人。神秘仆人在故事的大部分时段里沉默寡言，但当整个故事发展到无法收场时，神秘仆人会自动站出来，宣称他们掌握有超人的权利或秘密信息，并最终使用这种信息和权力破解当前的困境。这些仆从常常使用的语言包括“我是被人派来暗中辅助你的”或“根据我们民族的祖传，这有一条秘密通路可直达外面”等等。

凡尔纳有一种使幻想变得真实可靠、甚至可以直接触摸的本领，他在多数作品中所传达的对科学技术的崇拜、对科学造福人类的信仰，极大程度上将读者的兴趣导向科学，导向科学所能产生的无限美好的前景。这种感受就连罗马教皇都有共鸣。1884 年，罗马天主教皇在接见凡尔纳时曾极大地肯定了凡尔纳作品的纯洁性，表彰了他的小说在道德价值和精神力量方面的独特贡献。

与凡尔纳相反，比他稍稍晚些出现的英国作家赫伯特·乔治·威尔斯(1866～1946)，却对科学技术能否造福人类表现出巨大的怀疑。威尔斯的主要作品包括《时间机器》、《世界之间的战争》（又译《大战火星人》)、《隐身人》、《神食》、《在彗星到来的日子里》、《摩洛博士岛》、《月球上第一批人》等等。威尔斯可以说是科幻小说领域中科学悲观派的主要代表。他的作品几乎每一部都透露出对科技发展的不信任感。《时间机器》的主人公虽然可以进行跨越时代的飞行，但他看到的却是人类理性的消亡；《隐身人》的主人公发明了可以隐身的药物，但却无法逃脱人和人之间的冷漠敌对关系；《世界之间的战争》中人类终于发现了来自外太空的生物，但这些生物带来的不是和平，而是战争。

威尔斯是生物学家，他还精通历史学等社会和人文学科。这使他的作品既有丰富的科学内容又有强烈的人文色彩。他大胆地站在当前科学的最前沿，放眼技术发展的未来，给人类昭示了多个遥远的未来前景。在《时间机器》中，他甚至将人类的视野送入公元80万年以后的世界。在《神食》中，人类能制造出比自己大出百倍的巨人。著名科幻作家阿西莫夫认为，在处理科学方面，威尔斯看起来是步凡尔纳后尘，而事实上两人截然不同。威尔斯比凡尔纳强得多。凡尔纳的科学视野既有限又肤浅。他不断地在岸边徘徊，小心地把大脚趾浸入大海，更谨慎地把科学卷入作品。威尔斯则获得了全部自由，对他来说，作品中容纳的不仅仅是科学进步，而是科学进步带来的后果。

威尔斯的小说虽然对人类的前途忧心忡忡，但其主人公个性中却存在着种种仁慈的气质。正是这种仁慈气质，引发读者的哀婉和同情。威尔斯喜欢使用阶级分析的方法分析社会，这一点在他的许多作品中都有所体现。他还惯用讽刺手法，对社会生活和科技发展之间的不良关系，作出了独特的感悟。然而，尽管威尔斯对世界的发展具有悲观性，但他的作品仍然点缀了不少希望的闪光。威尔斯永远是怀抱着希望在与整个人类争吵，他的正义感、对社会改革的强烈渴求，使他的作品在科幻文学历史上占据了可靠的位置。

2. 黄金时代

科幻小说发展到20世纪30年代，其繁荣逐渐由欧洲转向美国，出现了一个发展的黄金时代。在这一时代，大量优质的科幻期刊培养了大批优质的作家。这些人中最突出的代表者是美国的阿西莫夫、海因莱因和英国的克拉克。英国作家乔治·奥维尔的名字也应当提到。

阿西莫夫（1920～1992）的创作生涯从30年代开始，整整持续了50年。著述400部左右。他的代表作品包括《基地》（系列小说）、《黄昏》、《我，机器人》（系列小说）、《神自己》等，是位异常多产的作家。阿西莫夫最有名的小说可能是银河帝国系列。这部作品受到罗马帝国兴衰历史的启发，使这段历史在未来数万年的跨度上、在亿万颗星球组成的银河帝国同盟中重新展开。这套系列小说开创了科幻全景文学的创作模式。阿西莫夫的机器人系列是另一个独特的系列作品。在这些作品中，作者第一次提出了所有机器人都必须遵守的“机器人三定律”。这三定律是：“第一，机器人不得伤害人，也不得见人受到伤害而袖手旁观”；“第二，机器人应该在不违反第一定律的情况下服从人的命令”；“第三，机器人应该在不违反第一第二定律的情况下保全自己的生存”。三定律为机器人科幻小说创造了一个逻辑推理的起点，使许多有趣的侦探故事得以展开。

阿西莫夫的儿童科幻小说不多，已经翻译成中文的作品包括《他们的乐趣》（又译《他们那时候多快活呀》）和《低能儿收容所》等。《他们的乐趣》是阿西莫夫为一家报纸“急就”的短篇，全文只有不到2 000字，但却在随后的20年里被40次转载。小说写一个没有纸笔和印刷品的未来社会中，名叫玛吉的女孩在自己家中的阁楼上发现了一本称为“书”的东西。他以极大的兴趣阅读这本“书”，发现其中讲到的是他从未听说过的有关“学校”的故事。原来，在那样的时代里，学校早已成为过时的词汇，所有的儿童都在自己的家庭中通过电脑学习。于是，被当代少年儿童所“痛恨”的学校生活，却被未来少年当成极富刺激性的、无限向往的“伟大生活”。《低能儿收容所》也以未来时代为背景，讲述的是一群在心理测验上被认为是低能的小孩，共同住在一个疯人院里。他们虽然享受着全社会的神秘关照，但却对自己的处境不满。但是，随着小说的情节逐渐发展，读者最终会看到，这些低能孩子其实整个世界上智力最为超群的先锋。正因为他们才智超群，所以才大智若愚；也正因为这样，他们才得到了人类的最佳保护，直到地球出现灾难的那一日方能显现英雄本色。

阿西莫夫的小说文字平易，毫无修饰，素以没有文风而著称。而正是这种没有文风，本身就形成了独特的文风。无论是他的科学散文、杂文、小品还是科幻小说，都富含知识并伴随有自己独特的比喻。他的科幻小说比较擅长推理，喜欢给读者设计各种难题。由于阿西莫夫小说中的幻想性永远伴随着科学原理，这使得他的作品常常带有高技术的气息。

第二位黄金时代的伟大作家是罗伯特·海因莱因（1907～1988）。他的主要作品包括6部未来历史系列小说以及《出卖月亮的人》、《入夏之门》、《星船伞兵》、《异乡异客》、《傀儡主人》等。海因莱因在创作未来史系列小说时，曾为未来的数千年历史撰写了一个明晰的发展纲要。在这个纲要中，未来的科技突破和人类生活的重大变化都清晰地找到了时间位置。这套小说原定计划要写作10部以上，但由于种种原因，没能完成。

与阿西莫夫相比，海因莱因更能通过文字将未来世界的种种奇异景象表现得栩栩如生。在短篇小说《他造了一所怪房子》里，作者讲述了一个终日恍惚不定、漫不经心的工程师将大楼造入第四度空间的故事。当人们进入这幢大楼后，发现简单的大楼竟成了通向宇宙的十字交叉口。在这个房间向外看，是纽约世界贸易大厦；从另一个窗口则能看到非洲的沙漠；换个房间，你还能看到火星或者冥王星的景色。海因莱因的科幻小说情节曲折，故事生动。他喜欢快速动作，不喜欢冗长的描写。他信奉“用故事和行动解释一切”。在《傀儡主人》中，海因莱因把一种附着在人体后背的鼻涕虫入侵地球的故事讲述得惊心动魄。在故事的结尾，所有人都必须将自己的上衣脱掉，以通过安全检查方可通行。但人们发现，真正被附着了外星生物的人倒成了检查员！海因莱因创作生涯中，文字变化强烈。一些小说比较传统，里面到处是俚语和民间故事，另一些小说则比较先锋，以嬉皮口吻说话。他喜欢展现传统“美国梦”的实现，也喜欢为先锋者呐喊。在20世纪60年代，他描写外太空的小说《异乡异客》，受到了青年的广泛欢迎，是美国先锋青年的必读作品。当时许多人都可以背诵其中的重要章句。

在儿童科幻方面，海因莱因写过《伽利略号太空船》等系列小说，获得过小读者的广泛欢迎。

与美国科幻作家齐名的英国科幻大师阿瑟·克拉克（1917～　），本人就是一位著名的科学家。他最早提出通过卫星进行全球通讯的设想，在科学界享有崇高的声望。克拉克的科幻文学作品主要包括《童年的终结》、《城市和星星》、《与拉玛相会》、《2001年：太空探险》系列等。

如果说阿西莫夫善于推理、海因莱因善于构造故事，那么克拉克的小说则以寓意深厚、语言刚毅、并带有东方神秘主义色彩著称。他最为辉煌的成就当推1968年创作的电影小说《2001：太空探险》。这是一部史诗性的作品，场面宏大、气势雄浑，展现出人类的过去、现在以及可能的未来。如果说真的存在一种以科学内容为主导地位的“硬科幻”，那么《2001：太空探险》是其代表作一点也不夸张。这部作品分成远古部分、当代部分、未来部分和最终部分。在远古部分中，人类的原始祖先获得了外星球文明的扶助，开始了迈向当代的进化征程。在当代部分，科学家在月球表面发现了外太空生物留下的“瞭望哨”，并启动了这个哨卡。在未来部分，宇宙飞船“发现号”飞往土星的外围，去寻找外太空生物留下的通道。在最终部分，他通过宇宙通道到达了宏观宇宙和个体生命的遥远彼岸，并最终使人类加入到宇宙的同盟。

克拉克的儿童科幻小说包括《海豚岛》、《宇宙岛》等。

英国主流文学作家乔治·奥维尔（1903～1950）也是一个应该提及的科幻文学作家。他创作的科幻小说《1984》是杂糅着自然科学、工程技术、社会政治主题的所谓“软科幻”的典型代表作。《1984》写于1948年，作者设想未来的1984年里，世界上只有3个国家—大东国、大西国和大洋国。三个国家以各自的政治利益设计国际关系，也设计自身管理模式。小说将政治科学、社会科学、心理科学的许多理论融合到作品中。

3. 新浪潮时代

20世纪60年代以后，西方科幻小说开始革新。一些意向性、模糊性、反讽性、语言探索性较强的作品逐渐出现。在这种创新探索中，科幻文学吸纳了主流文学的许多新的模式，使自己的走向迅速向主流文学靠拢。

新浪潮运动的主要领导者是英国作家迈克尔·莫考克（1939～　）。他自己的小说《瞧这个人》就在科幻小说探索引入宗教学方面进行了有益的尝试。故事的主人公乘坐时间机器来到耶稣活动的年代和地点，他发现“神之子”完全没有人们所讲的那么魅力动人，恰恰相反，圣母是个色情狂，耶稣是个傻瓜。由于时间机器的损毁，主人公无法返回现实。他只能在当地寻找发展的机会。他带了一些药物，帮助一些人治疗了不治之症；他还凭借自己的“渊博”科学知识预测到了许多当时人们看来简直无法预测的事件。他的“神迹”逐渐在当地流传开来，最终有一天，他发现他已经不可避免地成为了耶稣本人。等待他的命运于是十分清楚的，他最终将成为牺牲者，将背负十字架，死于烈日和人们的唾弃之下。莫考克的小说无论在构思和语言上，都隐含有一种反讽幽默味道。《空中军阀》也是莫考克的经典之作。小说模仿人猿泰山，将一个孩子放入山野，希望培养成伟大的泰山，但最终把山林搞得鸡犬不宁。

莫考克不但自己创作新形式的作品，他更加努力地开发具有创新性的作家。60年代初期，他主编英国《新世界》杂志时，推出了布里安·奥尔迪斯、J·G·巴拉德等作家。若干年后，英国评论家朱迪斯·玛瑞尔将这些人的作品选编成集，并定名为“新浪潮”作品。新浪潮由此得名。

布里安·奥尔迪斯（1925～　）的小说主要包括《不停留》、《论可能性A》(1958)、《热房间》(1962)、《光年以外的黑暗》(1964)、《睡夜树》(1965)、《解放了弗兰肯斯坦》(1973)等。奥尔迪斯放弃传统的以科学理论作为小说支撑的做法，以丰富的人道主义作为故事的基础，人类的不幸，隔绝、失望，忍耐和友爱成了他作品的中心题材。《不停留》写一艘巨大的"世代飞船"在封闭宇宙中的长距离航行，由于技术的盲目发展，飞船成了桎梏人类生活多样性的象征。人们心理的变化既具有实在性，又具有超实在性，总之，完全失去了目的性。《热房间》(又名《地球的漫长午后》)发生在遥远的未来世界。由于地球变暖和停止自转，改变了生态平衡，奇形怪状的动植物从地面生长，直达月球和各大行星。这时候，人类是地球上的"少数民族"，他们退化后结成部落，勉强维持生计。故事的主人公为了人类的复兴，离开了大家，在一种寄生性智慧生物的帮助下，开垦出大脑中早已封闭的人类历史记忆，重新开始了征服世界的旅程。

奥尔迪斯的小说还在情节和语言方面进行了多种创新。《论可能性A》是一部现代派的反小说，它的人物有三个，分别是S、C和G，每个人都从自己的角度对事件进行描述，小说的形式新颖，探讨了随性的宇宙中的变化。小说没有动作，没有对话，没有典型性格，只有不变性和可能性。《解放了弗兰肯斯坦》(1973)的故事发生在交叉的时空。2020年，美国国务卿约色夫·波德兰在一次空间基地战斗中被掷回1826年，恰巧此时作家玛丽·雪莱正在创作小说弗兰肯斯坦。他于是拜见了雪莱夫妇、诗人拜伦以及弗兰肯斯坦和"怪物"。这部小说用清晰的散文风格将神话、观念、心理、隐喻象征等多种现实结合起来，微妙地提出，人们必须杀死邪恶意识和情感等心理上的怪物，之后真的人性才会以爱的精神重新创造世界。

J·G·巴拉德(1930～)的小说主要包括《69号下水道》(1957)、《时间之声》(1960)、《无处不在的风》和毁灭三部曲。巴拉德的小说继承了英国文学的传统幻想风格，与奥尔迪斯一样，他将眼光从狭小的科学范畴拓展到整个地球和人类生存。他重视人的心理活动，人的行为和责任感，重视心灵的隔离和闭锁，以及这种个性带给个体和社会的影响。《69号下水道》是一篇心理小说，写三个进行"睡眠剥夺实验"的被试怎样患上了紧张症。小说的心理分析细致入微。《时间之声》语言晦涩，但却是巴拉德脱离正统科幻进入新浪潮的最初作品。小说写一个生物学家发现，多次氢弹试验可以改变生物基因，造出具有重金属外壳的动物。这种外壳能阻抗辐射，最终使生物在核战争之后生存下来。在战争生物学取得巨大进展的同时，人类却患上了一种奇怪的嗜睡症。不断加长的睡眠，最终导致了人类死亡。小说的主人公就是这一系列发明的创造者之一，他最终也患上了此种绝症，并开始在地面和水池中盲目地刻画出一些连他自己都不理解的符号。嗜睡症患者越来越多，符号的创作者也越来越多。这些符号是什么？他们是宇宙灭亡的倒计时代码吗？这也许就是在宇宙行将崩溃前夕，人们听到的最后声音？

不重视科学构思，是新浪潮科幻小说的一个极大特色。巴拉德则是这方面的代表者。《无处不在的风》讲述的是一阵慢慢加速的风怎样将文明吹裂。这是他一系列以毁灭为题材的作品的第一部。接下来，是有名的毁灭三部曲。在第一部《沉没的世界》（1962）里，太阳突发磁暴，摧毁了“范艾仑带”，紫外线垂直倾泻，两极冰雪消融，世界各地水位上涨，地球重返诺亚时代。第二部《燃烧的世界》（1964）写海面的“分子膜”限制了水的蒸发，引发全球大旱。第三部《结晶世界》（1966）则写动植物的结晶过程。虽然巴拉德的灾难小说都以自然灾害为引导，但在情节的发展过程中，你会逐渐看到，人类在毁灭中所承担的责任常常比大自然还要巨大。从哲学观点看，巴拉德的作品具有宿命论倾向。在语言风格上则相当清雅别致，具有主流文学大潮的那种不紧不慢的劲头儿。70年代之后，他和奥尔迪斯都进入了英国主流文学领域，并获得了大师级的好评。

4. 当代科幻的发展

进入20世纪80年代，网络技术全面突破，各学科在信息交流加快的现实下再度呈现出异常繁荣的景象。科幻文学感染到科技进步的巨大力量，重新回到描写科学的传统轨道，涌现出一批高科技与网络时代背景下的色彩斑斓的作品。威廉·吉布森的小说《神经浪游者》和尼尔·斯蒂芬森的《雪崩》，是这一时期科幻文学的代表作。两部作品都涉及电脑网络，一部作品对机器进入人类生活表达了无可奈何，而另一部作品则展示了对人类在“后现代状况”下转化为“后人”的种种担心。

在将近两个世纪的科幻小说发展过程中，科幻文学与科学技术之间发展起了复杂的关系，它和主流文学之间的关系也一波三折。研究科幻文学的发展历史，有助于我们更加清晰的掌握这种文学品类的发展规律并预测出它的未来。

5. 西方科幻思想的发展脉络

西方科幻文学最早被认为是一种民主革命时期的朦胧文学。这类文学的目标是思想解放和人的自由。由于那时的科学范畴本身就比较朦胧，还没有清晰的疆界，因此，早期科幻文学其实是处于前现代状况，难免与巫术和剑术、神秘事件或探险作品相互混淆。随着社会的发展和文学的进步，西方科幻逐渐找到了自己的内容与形式，即将展示科学与未来双重入侵现实的种种表现作为自己的独特内容，将化解谜团作为自己的主要形式。随后，科幻小说开始大规模现代化，在反映现实的过程中更多地期望反作用于现实，给现代化过程提供了大量蓝图。有趣的是，早期的科幻文学在形式上表现得相当传统，在西方文学已经进入现代主义形式探索阶段，科幻文学却仍然停留在古典叙事传统上面。直到 20 世纪 60 年代英美科幻新浪潮的出现，科幻文学中的形式探索才丰富起来。在这一时期，科幻作家试图摆脱实证科学的束缚，期望将自己的领地拓展到心理学、历史学、宗教、哲学和政治学领域。进入 80 年代之后，西方科幻文学逐渐与后现代文化相互融合，出现了大量依靠科学变革的作品。在这期间，网络、生物工程、纳米技术等成为了科幻的热宠，人们对科幻的观念，也逐渐多元化起来。

（二）中国科幻简史

1. 发展过程概述

科幻是文学中的幻想传统在新的历史条件下找到的寄存外壳。东西方文学都存在强烈的幻想传统，所以，科幻小说在中国同样可以找到相应的位置。早在遥远的古代，中国文学中强烈的幻想传统就曾经出现过自然探索和对自然的征服、干预或改造。但是，这些幻想作品的出现显然在科学本身的产生之前。

严格意义的科幻文学在中国的出现，可以追溯到清末民初。现在仍然无法断定谁创作了中国第一部科幻小说。可以肯定认证的早期实践者是徐念慈（1874～1908），他的作品《新法螺先生谭》以东海觉我的笔名发表，是一部国外科幻文学的续书，但属于创作作品。在 20 世纪 40 年代，著名教育家顾均正创作了一批具有完整结构、科幻特色充足的作品，这些作品包括《在北极底下》、《性变》、《和平的梦》和《伦敦奇疫》。再次同时，老舍创作了讽刺性科幻小说火星故事《猫城记》。

1949 年新中国建立以后，科幻小说以新的面貌出现。1954 年，郑文光第一次完整地创作了科幻小说《从地球到火星》。在 50 年代到 60 年代，于止（叶至善）、迟书昌、郭以实、王国忠、鲁克、赵世洲、童恩正、刘兴诗等都发表过科幻作品，取得了出色的成就。这一时期，中国的科幻文学作品全部是少儿读物。

文革将所有科学文艺形式一概打入冷宫。1976 年，在停滞了 10 年之后，叶永烈发表了《石油蛋白》。该篇作品成为了整个“文革”期间唯一的科幻小说。粉碎“四人帮”以后，科幻文学以迅猛的方式再度复苏。叶永烈的小说《小灵通漫游未来》赢得了广泛读者。随后，郑文光、童恩正、肖建亨等也开始恢复科幻出版并获得了数项全国奖。在 70 年代至 80 年代，科幻文坛上参与创作的主要作家还包括张之路、王晓达、金涛、王亚法、尤异、迟方、魏雅华、吴岩等。

由于种种原因，科幻在80年代中后期再度停滞，直到90年代才开始恢复。此时，中国作家完成了换代，以星河、杨鹏、韩松、王晋康、何宏伟、柳文扬、潘海天、刘慈欣、苏学军、凌晨、赵海虹等为代表的新一代科幻人逐渐占据了创作的主体。这些新生代作家的多数不为少儿写作，只有杨鹏主攻儿童科幻。张之路则在电影和小说方面尝试两栖创作，展示出科幻全新的魅力，他的《霹雳贝贝》、《非法智慧》等都赢得了读者和观众的喜爱。

2. 中国科幻思想发展的脉络

早在百年之前，中国文化先行者就认为，科幻是一种极其具有价值的文学门类，它对引导中国人思想解放、改造中国人的国民性等都具有重要作用。在这一时期，鲁迅、周建人等都撰文提出过自己的独特观点。20世纪40年代顾均正则认为，科幻文学应该靠近科学，撰写科学原理。进入50年代，受到苏联科幻理论的影响，多数作家认为，科幻应该是一种科普读物，介绍科学知识并引导大众热爱科学。叶永烈还针对这样的观点撰写了《论科学文艺》一书。

上述观点到70年代已经悄悄发生了转移。1979年，童恩正在一篇题为《谈谈我对科学文艺的认识》中指出，科学文艺（主要指科幻小说）其实无法承担普及具体科学知识的任务，它是一种文学，应该担负起文学的功用。如果真是普及，也普及的是科学的人生观。

童恩正的观点引发了大量争论。一些人斥责其为灵魂出窍，另一些人则认为他误入歧途。但他的这个观点却赢得了多数作家和读者的认可。郑文光随后指出，至少科幻文学可以被看做是一种以科学方法创作的文学。

在20世纪80年代后期的很长时间里，中国的科学文艺理论没有大的发展。人们沿着非科普的道路，朝社会化方向进行了许多创作探索。到90年代，由于北京师范大学开设了科幻文学课程，科幻研究逐渐与当代文学批评接轨。2003年，北京师范大学率先在全国高校招收科幻文学专业硕士研究生。由北京师范大学中国儿童文学研究中心提出的科幻文学主要是一种现代性文学的观点，逐渐引起大众的兴趣。目前，国内科幻研究已经分成两个完全不同的方向。在一个方向上，科幻作家和读者们继续在品评作品的基础上分析科幻的性质，而另一个方向则在当代文学批评基本理论的基础上重塑科幻研究的基本范畴。两个方向的发展都值得关注。2004年，北京师范大学中国儿童文学研究中心由吴岩申报的国家社会科学基金项目

《科幻文学理论研究与学科体系建设》获准立项，中心迅即组织了研究班子。2006年起，该项目的研究成果陆续由福建少年儿童出版社、重庆出版社、上海译文出版社和少年儿童出版社出版，包括两套理论丛书和一套国外科幻理论译丛，共15本。这是当代中国科幻想文学研究最重要的学术成果。2006年福建少年儿童出版社率先推出该项目的“科幻新概念理念丛书”，由吴岩主编，共6本，包括《科幻文学入门》、《现代性与中国科幻文学》、《贾宝玉坐潜水艇——中国早期科幻研究精选》、《在“经典”与“人类”旁边——台湾科幻论文精选》、《科幻·后现代·后人类——香港科幻论文精选》和《亲历中国科幻——郑文光评传》。

三、重要的中国儿童科幻作家

如上所述，在中国儿童科幻创作领域中，有如下几个突出的作家必须提及。

首先是郑文光。郑文光（1929～2003）11岁开始文学创作，他的科幻创作从20世纪50年代延续到80年代，是新中国科幻文学最重要的代表者。他的主要科幻作品包括《太阳探险记》、《飞向人马座》、《神翼》、《大洋深处》和《战神的后裔》等。

郑文光的儿童科幻作品语言纯净美丽，具有女性化的纤细感。他善于捕捉青春期少年男女的情感特征，善于表达朦胧的爱意。小说《飞向人马座》是郑文光获得全国儿童文学奖的作品。该小说的主人公是三个中专学生，他们在无意之中进入了一次长达两年、飞往太阳系之外的太空航行。小说以战争为背景，以中国在国际生活中地位的增长为主要线索，将地面与天空、科学与现实、人与人之间的新型关系全面地展现出来。小说主人公奋斗、挫折、成长、爱情等都写得相当纯美，人物也表现出突出的性格。多数作者的小说对象都处于少年末期或青年初期阶段，在这一时期，人们的思想不够稳定，对爱情和事业的追求也刚刚产生。但也恰恰是把握好了这个年龄尺度，使郑文光的小说对少年具有相当大的成长激发作用。

除了描写青年初期的成长之外，郑文光也善于描写少年的成熟成长。在他的小说《海姑娘》、《史前世界》中，主人公要么是迷恋安徒生童话的少女，要么是具有犯罪前科的工读学校学生。但他们同样在作者的笔下呈现出人性的善良和成熟早期的片片闪光。

郑文光还是一个能够将自然界的神秘、科学的力量和人性的勇敢编织起来，从高层次高水平上创建现代神话的作家。在他的小说中，自然界从来是具有凶猛力量、同时又无比美丽的世界。长篇小说《神翼》是他的又一部获奖长篇。该作品是一个围绕飞行翅膀而撰写的系列短篇。小说中，科学技术与人的勇敢结合，导致了他们探索未知的种种行为，而当这些技术与社会道德和良心结合时，作品又展现出了技术干预生活、服务于人类的前景。

郑文光的儿童科幻小说还包括《鲨鱼侦察兵》、《孔雀蓝色的蝴蝶》、《天梯》等。

另一位值得推崇的儿童科幻作家是萧建亨（1931～　），他的创作生涯延续时间与郑文光几乎一样，其主要作品包括《布克的奇遇》、《球赛如期举行》、《铁鼻子的故事》、《万能服务公司的最佳方案》、《梦》等。

作为电子工程师的萧建亨与作为天文学家的郑文光不同，他的作品将所有的科学奇迹都嵌入现实世界之中。读者在每篇作品阅读之初可能发现，小说中的一切都是身边的琐碎事件，毫无惊人之处。但随着故事的发展，悬念一个一个地展开，现实逐渐因科学的参与而疏离。《布克的奇遇》是他早期影响最大的作品。小说讲述了一只马戏团的小狗失而复归后，主人发现它的脖子上的一道疤痕后，开始怀疑曾经被进行了外科手术。果不其然，这只狗其实不是原来的小狗，那只小狗已经在车祸中身亡。现在出现的，是被换头之后的新狗。作者抓住儿童喜爱解谜的心理，用可爱的小狗的死去活来，把器官移植可能的前景淋漓尽致地展现了出来。在另一篇小说《万能服务公司的最佳方案》中，作者将科学推理方式引入科幻创作，以丢失手表和找到手表的过程展示了科学思维的本真面貌。小说《梦》是一部关于记忆的心理学作品。故事以一次百年之后航行的梦幻，给孩子讲述了记忆的种种原理和遗忘发生的条件。读者可以发现，就连心理学这样的软科学在作者的笔下，也展示出惊人的技术含量。

与郑文光一样，萧建亨具有对科学的无限信仰，他的作品常常发出对科学奇迹的种种感叹。上述作品的结尾都相当激动人心，作者面对种种科学奇迹，畅想着这些技术的可能未来，让读者会心地赞叹他们所生活的时代。在《球赛如期举行》这部有关火星蓝藻一夜之间进入地球的小说，一反外星人入侵故事中的残酷与恐怖，把来自火星的客人写得温柔可爱。它们就是一些蓝藻。这些蓝藻根本不会毁灭地球，恰恰相反，还会融化积雪，让校际比赛顺利的进行。小读者在感受大自然的神秘之余，会暗自猜想，如果火星上真有这样的低级生命，那么宇宙中是否还会有更加高等的种族？人类的未来发展之路将会变得怎样的波澜壮阔呢？

在粉碎“四人帮”之后展示出才华的作家中，叶永烈（1940～　）值得特别关注。早在“文革”之前，在大学读书的叶永烈就参与了当时重要的科普读物《十万个为什么》的编写。1962年，他创作了小说《小灵通漫游未来》，故事以一个报社小记者“小灵通”为主人公，将他进入未来世界的游历过程详细地讲述出来。这部小说真正的出版年代是1978年。此时，虽然书中讲述的气垫船、高能洗涤剂都已经成为现实，但小说还是以强烈的未来展示赢得了众多读者。故事中的小灵通、小虎子等人物形象也得到了读者的接受。

事实上，在文学构思和创新方面，《小灵通漫游未来》并不成熟。叶永烈的许多其他科幻读物，比《小灵通漫游未来》更加具有文学价值。小说《世界最高峰上的奇迹》讲述的是中国登山队员如何在珠峰北坡发现了一只包裹着“松香”的恐龙蛋，发现它其实没有石化，完全可以孵化的故事。小说把这一发现和随后的孵化、培养过程撰写得相当精致。故事中的恐龙和一些出场人物，虽然带有当时的时代色彩，但却各个具有特色。小说篇幅不长，但情节曲折，语言凝练，是一部不可多得的优秀科幻文学作品。

叶永烈以少年或儿童为读者的科幻作品还包括《飞向冥王星的人》、《一只奇怪的小蜜蜂》、《海马》和“金明戈亮科学探案系列”等。这些作品语言简洁，推理清晰，充满童趣，是优秀的少儿读物，同时也吸引了大量成年人阅读。许多人至今仍然留存着阅读叶永烈作品的美好记忆。

金涛（1940～　）是叶永烈之后特别值得提到的儿童科幻作家，他曾任《光明日报》记者部主任、科学普及出版社社长兼总编辑。金涛的代表作是中篇小说《月光岛》，该小说讲述的是中国青年科学家如何面对政治压力去探索生活的故事。在金涛的大量作品中，儿童科幻小说具有相当大的比例。他的成功儿童小说是马小哈系列。马小哈是个顽皮的学生，他常常在学校中出洋相。在《魔鞋》中，他获得了一只充气鞋，结果，飞到了电线上去行走。在更多作品中，马小哈的马大哈性格与科学技术的新变化相互交叉，导演了一出出幽默的喜剧。应该说是马小哈系列开创了中国儿童科幻中幽默作品的先锋。

儿童文学与电影文学两栖作家张之路（1945～　）也必须提及。张之路于1976年开始发表文学作品，曾任中国儿童电影制片厂编剧，他是当今活跃在儿童文学文坛上的重要小说和童话作家，同时，也是儿童科幻的探索者。

张之路的科幻电影和小说以童趣和学校生活的浪漫性著称。他的电影和同名小说《霹雳贝贝》讲述了一个出生时遇到飞碟和闪电的孩子。长大之后，这孩子可以在必要时放射出电流。于是，一种超级能力在孩子的身体中逐渐成为了生活的促进或阻碍。就像贾宝玉的那只通灵宝玉一样，随时带电使孩子变得与众不同。他与同学和朋友的交往、与老师的交往等都发生了改变。这部电影是中国科幻影片中展现飞碟场面并成功的第一部作品，因此大受观众欢迎。

张之路的获奖科幻小说《非法智慧》描写的是学生的校园生活。小说仍然秉承了前述作品中注重细节的特征，把学校生活和孩子的成长结合起来。虽然张之路的科幻文学没有郑文光的科幻文学那么浪漫，没有叶永烈的科幻文学那么多科技的展现，但却在挖掘学校学生生活方面进行了颇多尝试并获得了好评。他的熟练叙事风格在儿童科幻作家相当少见。

20 世纪 90 年代之后的新生代作家中，仍然从事儿童科幻写作的主要是杨鹏（1972～　）和星河（1967～　）。两位作者都是北京师范大学科幻文学理论课程的学员，也几乎在同样时间开始文学创作。

杨鹏的作品比较注重吸取童话创作的精髓，并采用后现代拼贴方法将科幻的多种主题与多种故事、手法相互结合。他的经典作品是《北京玩偶》和《校园三剑客》。《北京玩偶》讲述的是古代历史中反复出现的玩偶如何影响到现今生活，而《校园三剑客》则描述掌握了网络技术和激光技术的中学生如何在校园中破解难题，伸张正义。

与杨鹏不同，星河的科幻作品比较注重科学细节和理想主义的张扬。星河的儿童科幻小说包括《决斗在网络》和《雪孩》等。前者是一部关于爱情如何在网络时代进入大学校园的故事。后者则是外星人如何通过温度走廊来到地球并最终在地球孩子的呵护下返回的小说。杨鹏和星河两人当前都处于创作高峰期，每年有多部作品问世。

第三节　科学童话

一、*概念和特征*

（一）概念

关于童话的定义，本书第四章曾作了如下表述：“童话是以幻想为核心，以拟人、夸张、变形等为主要艺术表现手段，满足于表现人类普遍愿望的适合儿童欣赏和接受的叙事文学样式。”童话主要描绘虚拟的事物和境界，出现于其中的“人物”，是并非真有的假想形象，所讲述的故事，也是现实生活中不可能发生的。但是童话中的种种幻想，又都植根于现实，是现实生活的一种折光。童话创作一般运用夸张和拟人化手法，并遵循一定的事理逻辑去开展离奇的情节，造成浓烈的幻想氛围以及超越时空制约，亦虚亦实，似幻犹真的境界。此外，它也常常采用象征手法塑造幻想形象以影射、概括现实中的人事关系。这个定义基本囊括了童话的特点，是比较完整的。

从童话的人物形象表现方法来看，童话大致分为超人体童话、拟人体童话和常人体童话三种。但这三者并非截然分开的，有时互有联系。也就是说，在一篇童话中，可能既有常人体表现方法，也有拟人体表现方法。以此类推，其他也是如此。

从表现题材的科学性与人文性而言，童话可分为科学童话（又称“知识童话”）和文学童话（又称“艺术童话”）。通常我们所说的童话都是狭义的童话，即文学童话。

科学童话又称知识童话、自然童话，是童话（广义的童话）的一个分支，是以童话形式展现科学内涵的儿童文学作品。典型的科学童话具有科学性和儿童性，常常富有儿童思维逻辑允许的幻想。科学童话在科学文艺中是重要的品种，无论在国内还是国外，都产生过重要的作品。

科学童话具备童话的各种特点，与文学童话（狭义的童话）是一对孪生姐妹。但是与一般童话相比，科学童话具有一定的知识性，即它是以科学知识为内容的，所表现的主题也与自然科学有关。科学童话与一般文学童话的区别在于，它把科学内涵和童话构思结合起来，即把科学的理性概念化作为幻想的感性形象，既富于科学的启迪，又具有艺术的美感。科学童话所涉及的知识内容一般较为单纯，它并不负有普及科学的任务，但它能培养读者对自然科学的兴趣，启迪少年儿童的智慧。因此，并不是每一篇以动物、植物、机器等自然界或科学技术中的事物为出场人物的童话，都可以算做是科学童话，科学童话必须是能给儿童一定量的科学知识的儿童文学作品。

科学童话与科幻小说、科幻故事相比，具有相同之处，那就是三者都具有“幻想”。这三类，不管是哪一类作品，倘若缺少“幻想”，这个作品就注定是失败的。但科幻小说、科幻故事的“幻想”主要表现在内容上，而科学童话的“幻想”则表现在形式上。我们可以看到有些常人体科学童话，由于童话特点不足，以致看起来仍像科幻小说或科幻故事。原因是人物和环境太“实”，缺乏一定的“变形”。在拟人体科学童话中，这种困难似乎要少些。因为，在这类作品里，“人物”是动植物或一些无生命的东西，跟科幻小说、科幻故事的区别是一目了然的。此外，科学童话的读者主要是少年儿童，因此，就知识内容来说，科学童话要比科幻小说更加浅显些。

(二) 特征

科学童话作为童话的一种，除了具有童话的一般性特征之外，还具有它自己的特性，那就是具有一定的知识性，既要对科学内容作艺术化的概括，同时又要以艺术方法来认识科学内容，概括来说，科学童话大致具有以下艺术特点：

1. 幻想和想象

科学童话是专为儿童创作的，儿童是具有丰富的幻想力的，对此，鲁迅曾作出过精辟的论述。他在《看图识字》一文中写到："孩子们常常想到星月以上的境界，想到地下面的情形，想到花卉的用处，想到昆虫的言语；他想飞上天空，他想潜入蚁穴。"孩子们的想象力之丰富多彩是成人所不能比的，甚至是为成人所很难理解的，但是我们不能因此而扼杀掉孩子的想象力。正如周作人所说："儿童没有一个不是拜物教的，他相信草木能思想，猫狗能说话，正是当然的事；我们要纠正他，说草木是植物猫狗是动物，不会思想或说话，这事不但没有什么益处，反是有害的，因为这样使他们的生活受了伤……"科学童话的幻想不仅是一种合乎儿童特点的想象，而且更可以激发儿童的想象力，因为儿童的好奇心强，求知欲旺，科学童话通过巧妙的想象作为比喻，将一些复杂的或难以一下子就说清的科学知识或现象原理转化为常见而具体的形象，以便儿童更好的理解，从而满足了其求知欲，并能进一步激发其想象力。

2. 结构和形象

科学童话常常使用一条线索来贯穿全文，结构比较简单，情节比较单纯，然而它所塑造的形象却又是生动具体的。比如《小蝌蚪找妈妈》通过"误会法"，在小蝌蚪一次又一次的认错妈妈的过程中逐步介绍出了青蛙的特点。整个故事始终围绕找妈妈这个中心展开，线索单一，情节单纯。同时却又生动的刻画出了小蝌蚪找妈妈的急切心情。

3. 拟人

拟人化是童话创作传统的艺术手法。所谓拟人化，就是选取典型事物，根据事物的本性与特点，以艺术夸张的手法，通过人物形象将典型事物表现出来。科学童话创作也用拟人化的表现手法。从一定意义上来说，正是这种拟人化手法才得以将严谨的科学和艺术的童话结合起来而造就了科学童话这类文体。在科学童话中，大至宇宙天体，小至细菌病毒，从日月星辰到风霜雨露，从鸟兽虫鱼到花草木石，无论是有生命的还是无生命的，有形的还是无形的，具体的物质还是抽象的概念，都通过拟人化而成为有思想、有语言、有行动、有性格的人物形象，从而生动的将复杂、难理解的科学知识与原理等展示给小读者，让他们在阅读的快感中了解科学，认识社会，感悟人生。当然这种拟人化是建立在正确的科学知识与原理基础上的艺术手法，是建立在不能违背、扭曲事物实质的前提下的。

4. 教育作用

科学童话的最大特点就是具有一定的知识性，与其他儿童文学作品相比，科学童话要具有更大的认知价值。对于儿童而言，教育是其成长中不可缺少的一环。科学童话虽然不承担传播科学知识的重任，但是一些科学知识经过作家精心的艺术构思而成为一种知识性艺术作品后，就更容易吸引孩子，感染孩子，从而激发并培养他们对科学的兴趣，启发他们的思维与智慧，激发他们探索世界、探索自然、探索未来的雄心壮志。对于富有想象力而又充满求知欲的儿童来说，科学童话是一种强有力的教育素材。在儿童自觉、主动地去认识周围的世界时，必须要对其进行必要的指导，培养其对待周围事物的正确态度，提高其认识能力，从而使其逐渐树立正确的世界观、人生观、价值观。实践证明，优秀的科学童话对儿童的智力开发、兴趣生成、思维拓展、创造力启迪等方面具有潜移默化的作用。

5. 儿童特点

科学童话是专门为少年儿童写作的，其主要读者群是少年儿童，因此科学童话最为重要的特点之一就是具有儿童特点。这一特色也是科学童话作家向来所重视的。科学童话的儿童特点，主要体现在生动有趣、富有儿童情趣，符合儿童的思维特点与审美接受机制，具有童话的意境等方面。但是，科学童话的趣味不是强加上去的，而是从科学题材本身挖掘、找寻出有趣味的东西。倘若为了追求趣味性而任意设想故事，就失掉了科学童话的本真。同样的，如果不熟悉儿童生活，不能把握儿童的心理特点，又不懂得怎样去符合儿童的幻想，只是单纯的把科学知识装扮成人物登场，也就不具有童话的意境，失去了趣味性，从而失去了吸引儿童的因子。科学童话是依据少年儿童的现实生活来构思与组织的，而非成人生活的简单化。同时，科学童话中的幻想与想象，也是儿童的幻想与想象；其中所介绍的知识也是儿童在其智力范围内所能够理解并且具有启发意义的。因此，科学童话就会比较切合儿童生活实际，具有浓郁的儿童情趣。

二、*中国科学童话简史*

（一）早期发展

童话创作，在我国有着优良的传统，早在1918年，茅盾便以本名“沈德鸿”编撰了《书呆子》、《寻快乐》等17种童话。此后几年里，叶圣陶先后创作了许多具有中国民族化风格的优秀童话，如《稻草人》、《古代英雄的石像》、《皇帝的新衣》等。而我国的科学童话创作，则是直到20世纪30年代末期才开始出现的，并且创作数量也不是很多，仅有董纯才在1937年写的一篇关于狐狸的生物童话《狐狸夫妇历险记》。郭以实在1941年11月创作了《太阳请假了》（发表于1942年第二期《战士教育》杂志），这是一篇结合当时反法西斯的国际形势而写的科学童话，作品描写当德国法西斯军队进攻莫斯科时，太阳请假了，于是许多物质在绝对零度界限出现了种种变化奇迹。孙铭勋创作的科学童话《自然太太》在《科学儿童》半月刊上发表。此后就很少有人创作科学童话。直到1949年以后，在“繁荣儿童文学创作”和“向科学进军”的号召下，科学童话才得以逐渐发展起来，出现了初步繁荣的局面。

1950年高士其（1905～1988）创作了科学童话诗《我们的土壤妈妈》。作家把诗体这种形式引入到科学童话创作中来，颇为新颖独特，同时运用拟人化手法，形象地描述了关于土壤的种种知识。这首科学童话诗，荣获了1954年“第一次全国少年儿童文艺创作奖”一等奖。

另一篇优秀的科学童话，是由方惠珍和盛璐德共同创作的《小蝌蚪找妈妈》。这篇科学童话不足两千字，但是构思巧妙，极富儿童情趣，作品通过小蝌蚪找妈妈的故事，借助鸭妈妈、大金鱼、大螃蟹、大乌龟之口，描述了青蛙的特征，并说明了小蝌蚪长大后变成青蛙的知识。这篇科学童话得到了广泛的流传，不仅被改写成了科学童话诗，而且由上海美术电影制片厂改编成了水墨动画片，得到了大家的认可。

冯振文的科学童话《非洲魔法师》也深受孩子们的欢迎。作家运用拟人化手法形象逼真地描写了森林中形形色色的动物。作家巧妙地设置了一个动物观看非洲魔术师——避役（俗称“变色龙”）表演的场景，有条不紊的介绍各种动物的特征，甚至采用了动物间互看的视角来描述其最有代表性的一个特征。比如，胡蜂的屁股上，还藏着一根长枪，据他说：“这是防身武器，带上这个，妥当些。”作家把胡蜂的刺比作长枪，恰如其分的把握了胡蜂的生理特点。而对主角避役的描写则更是通过众多观看动物的眼睛来写的，在众多动物的评论猜测中形象地描述出了避役变换颜色、变大变小、闭眼捕蝇的特征，而且揭示了其原因所在。

1956年，四川人民出版社出版了科学童话集《在哪里过冬》。1959年，江苏人民出版社出版了郑延慧的科学童话集《在快活的小溪上》，1960年，该社又出版了郑延慧的科学童话集《弯着腰儿的小苹果树》。1961年，中国少年儿童出版社出版了科学童话集《“小伞兵”和“小刺猬”》，收入了孙幼忱、石焚（即王国忠）、林禽、迟叔昌、杨谋等16人的16篇科学童话。

总体看来，五六十年代的科学童话，内容绝大部分是动物、植物等生物知识，题材范围比较狭窄；在创作方法上多采用“误会法”、“演说法”、“反复法”等公式化创作手法；在功能上也仅仅局限于向儿童传播科学知识，引导儿童认识自然，了解自然。这时期的科学童话都比较浅显，童话味较浓，当然也有一些是化装表演式的，让动物说人话，讲大堆的知识；也不乏有的故事归故事、知识归知识，存在许多“知识硬块”。

（二）繁荣期

“文革”期间，科学童话创作整整断层10年。

1978年全国科学大会召开，迎来了科学的春天，中国科普作家协会创立。科学童话也迎来了春天。到80年代，随着各种少儿报刊的纷纷复刊和创办，科学童话创作出现一派热闹景象。老作家笔耕不辍，新作者大量涌现，数百篇科学童话新作得以发表，不仅题材范围拓宽了，创作风格也呈现出了千姿百态之貌，或用拟人体，或用常人体，或用抒情散文式，或用热闹逗趣式等等，并且也出现了许多中长篇作品。

叶永烈的科学童话作品，最初是以生物题材为主要创作对象的。1962年，叶永烈在《我们爱科学》上发表了科学童话《一根老虎毛》，在《天津日报》上发表了《借尾巴》。两篇都是生物童话。《一根老虎毛》以一只小蚂蚁捡到一根又粗又长，又柔软、又漂亮的毛来展开故事，这是一只有点自以为是、好强不服输的小蚂蚁，一天，它捡到了一根毛，就认为这是一根老虎毛，然后兴冲冲地向它的朋友们（小松鼠、小赤鹿、小野兔和小猴子）炫耀，并且声称它打死了一只老虎，这根毛就是凭证，这时候四个好朋友都争辩说这毛是自己的。这样，作者就把动物春季换毛的生物知识生动地表达出来了。这篇童话不仅塑造了鲜活的形象，介绍了一定的生物知识，而且语言生动活泼，富有儿童气息，深受儿童喜爱。《借尾巴》写的是小兔子为参加百兽大会却嫌自己的尾巴难看而向大黄牛、小猴子、袋鼠、狐狸借尾巴的故事，说明了动物的尾巴形状不同也就各有不同的作用。这篇作品也是广为流传的。

从20世纪70年代中后期开始，叶永烈的科学童话创作范围逐渐扩大工农业生产与科技新发展等方面，创作了大量的非生物科学童话，这些作品先后结集为《烟筒剪辫子》（1975年）《铁马飞奔》（1976年）《找不到的伙伴》（1976年）《水晶宫的秘密》（1978年）《谁的脚印》（1979年）等科学童话集。

其中，《烟筒剪辫子》这篇科学童话关注到了环境污染问题，烟筒这个现代化工厂的“标志”竟是污染，需要“剪”掉。《新孙悟空》一文介绍的是人造卫星的知识。一天孙悟空接到了住在广寒宫的嫦娥姐姐的电话，说是一批新孙悟空在大闹天宫，孙悟空急忙前去调查，经过一番追问，才知道原来它们都是人造卫星，各自担负重要的职责，并非是在天宫里捣乱。《外婆家的新厨房》介绍了关于太阳能利用的有关知识。《电子大算盘》介绍了电子计算机的应用。《水晶宫的秘密》一文，以海底“居民”们见闻的形式来介绍海底钻井船。这些都是取材于科技发展新成果。《圆圆和方方》则以梦的形式生动地介绍了圆和方各自的特点及用处。这篇科学童话的选材突破了生物题材的局限，在创作方法上采用对比法，圆圆和方方互不服气，在梦中，圆的想代替方的，代不了，方的想代替圆的，也代不了。终于认识到他们各有所长，应该相互尊重，最终双方共同合作。据作者称，这篇童话的写作缘自孩子们的一个问题：“为什么象棋的棋子是圆的？陆军棋的棋子是方的？”可见，儿童生活也是科学童话创作的重要源泉。

叶永烈的科学童话写作，为中国科学童话贡献了大量的佳作，不仅丰富了科学童话的题材内容，而且在创作法上也提供了宝贵的经验，比如三段法、对比法、巧合法、误会法等表现手法的灵活应用，为科学童话增添了新的风采。总之，叶永烈是创作科学童话最多的作家之一，在科学童话史上具有重要的地位。

这一时期，还有大量佳作出现。阳光的《小蟹找壳》，通过寄居蟹寻找居住的壳子而分别介绍了蚶子、牡蛎、海兔、虎斑宝贝、鸡心螺、凤螺、寄居蟹的特点。童话采用拟人体，生动地描写了这些海洋生物的特点和生活习性；语言生动、鲜活，充满儿童情趣。类似的科学童话创作，还有朱志尧的《蝴蝶儿学音乐》，作品通过蝴蝶想学音乐而介绍了云雀、青蛙、蝉、蟋蟀等各自发声的特点及原因。

郭以实的科学童话《鸟儿的侦察报告》，则通过报告的形式将环境污染这一当前人类关心的重大课题展现在读者面前。野鸡妈妈孵不出小野鸡，因为吃了喷洒了农药的野草；燕子在哭泣，是它们吃了打过农药的害虫；海鸥因为钻到石油污染了的海水里捕鱼吃而再也飞不起来了；城市上空的鸟儿因为工厂的烟雾而迷失了方向。作品通过反复与强调把环境污染这一问题展现在读者面前，以引起人们的重视。

《鲁莽国王的命令》用辩证的观点讲述微生物对人类的功与过。《最高的奖赏》把抽象的数学知识转化成了具体的形象进入童话世界。《电子表探亲记》将钟表的发展史以童话的形式生动表现出来。《丰丰在明天》展现了现代科学的美好前景。余俊雄的《小多利找妈妈》则将克隆技术引入了童话中，通过误会法将克隆技术、生物遗传知识做了生动的描述。

1981年，科学普及出版社出版了《科学童话选》，汇集了我国30年代以来的科学童话佳作。

到90年代，还出现了一批中篇科学童话，如石永昌的《孙悟空探秘小人国》、《森林草原王国》；宗介华的《马戏团里的不速客》；白忠懋的《寓言马戏团》、《鸽子飞走以后》、《章鱼遇险记》等。

总体看来，这一时期的科学童话，出现了崭新的面貌，主要体现在以下方面：

首先，科学童话的题材范围大大拓宽了。从抽象的数学、物理学到仿生学，从微生物到机器人，从电子技术到科技发展史，从环境保护到生态危机……都进入了童话的世界；到了90年代，随着高新科技突飞猛进的发展，人们的生活发生了翻天覆地的变化，为了书写、记录这种新的生活现实与科技新貌，科学童话作家纷纷将目光投向信息技术、缩微技术、航空航天、生物工程等高新技术，从而彻底突破了五六十年代科学童话多讲述动植物知识的局限。

其次，科学童话的创作方法也有了更多的突破与创新。1980年，中国科普作家协会在松花江畔召开了少儿科普研讨会，提出要解决科学童话创作中的化装表演和知识硬块问题。1982年，科协又在烟台专门召开了关于科学童话创作的研讨会，讨论了科学童话创新问题。此后，科学童话有了许多新的发展，作家开始注意向文学童话汲取营养，不再仅仅关注于构思故事来讲述科学知识，而是开始重视情节的铺垫和多层次的展开，开始注意人物性格的刻画和人物心理的描写，使作品中的形象走向立体化，为文学艺术贡献了新的典型形象。更可贵的是，一些作家突破拟人化的表现手法，开始用常人体创作科学童话。在作家的努力耕耘下，一大批优秀的科学童话作品得以诞生。

第三，这一时期的科学童话呈现出了不同的特色，展现出了属于作家个人的创作风格。或情思含蓄，或热闹逗趣，或轻描淡写，或重彩浓抹，或细腻优雅，或雄浑粗犷，可谓五彩缤纷，斑驳陆离，为文学艺术添上了一道独特的风景线。

第四，科学童话的创作队伍越来越壮大。最初写作科学童话的只是数量有限的一些少儿报刊的编辑，后来创作队伍渐渐扩大，包括教师、科学家、工程师、大学教授等，80年代以来，更多的人加入到了科学童话创作队伍中，尤其是一些文学界、儿童文学界著名作家的加入，给科学童话的写作注入了新鲜的血液。此外，科学童话的发表阵地也越来越多，除少儿报刊外，一些省级文艺刊物和大报等也刊登了科学童话，像《人民日报》、《新观察》等都出现了科学童话。

总之，科学童话的思想内涵越来越丰富，不再局限于介绍科学知识，而更注重塑造生动的形象，创造诗意的境界，在以童话形式展现科学内涵的同时，也反映社会生活面貌。科学童话不仅在启迪少年儿童的思维，培养少年儿童的科学兴趣，引导少年儿童了解自然等方面发挥重要的作用；而且更能进一步引导少年儿童认识科学技术的力量，了解人与自然之间的关系，树立人与自然和谐相处的思想。此外，优秀的科学童话在儿童思想性格成长方面具有潜移默化的作用。

三、*主要题材*

科学童话的题材非常广阔，小到肉眼不能看见的微生物，大到宇宙天体，从鲜活的动植物到抽象的理论概念，从科技新发展到现实的社会生活，可谓包罗万象，无不不纳。从已有的创作来看，主要可分为以下几类：

（一）生物题材

生物题材是科学童话创作中最常见的，其中又以动物、植物为主。从早期的《小蝌蚪找妈妈》到《非洲魔法师》，从《森林之王》到《在快活的小溪上》，无一不是以动物为题材的，一直到80年代、90年代，生物题材也仍然是科学童话作家常常选取的题材。生物题材之所以受到科学童话作家的青睐，是因为动植物本来就受到儿童的喜爱，其外貌特点是儿童所熟悉的，而其中的知识却是儿童所不知道的，因此这类题材容易引起儿童的共鸣。

（二）数学等抽象知识

以数学为代表的抽象科学，是最讲究严肃性与准确性的，似乎很难与活泼、具体的童话故事联系起来，但是科学又是需要幻想的，是优美的，因此数学等科学知识与童话奇妙的结合起来。李毓佩的数学童话《有理数无理数之战》让有理数和无理数展开了一场激烈的战斗，无理数要求摘掉“无理”的帽子，遭到了有理数的坚决反对，无理数向有理数发动进攻，有理数奋力还击。童话从一开始就以激烈的矛盾冲突吸引了小读者。《小数点大闹整数王国》描写了零国王过生日，小数点起来看热闹，零国王不许小数点参加庆典，小数点非要参加不可，引出了矛盾。小数点利用自己的特点，一会儿将小数变成大数，一会儿又将大数变成小数，它还可以把数字变成无限不循环小数，把整数王国折腾的天翻地覆，人仰马翻。最后还是零国王利用零的特性制服了小数点。

（三）环保和生态

环境问题已成为当今社会关注的中心课题，作家责无旁贷的把这一课题引入到了科学童话创作中。张冲的《垃圾斯国王覆灭记》以环境保护知识为题材，叙述了垃圾王国臣民进入“黑洞”，获得再生的故事，情节生动曲折。该作品获江苏省1989年优秀科普作品奖，并被收入《中华儿童文学作品精选——科学文艺卷》中。赵世洲的《黑风暴》也以环境问题为题材，揭示了由于过度开垦土地而引发沙尘暴，人类因此而受到大自然的惩罚，从而教育儿童要保护环境。

（四）新材料和高技术

随着科技的发展与进步，新材料、高科技已成为人们生活中不可缺少的一部分。科学童话及时纳入了这些新题材。耿守忠、杨治梅的《谋杀塑料王》通过金属国王黄金对塑料王千方百计的谋杀迫害而展现了塑料王耐寒、耐热、耐酸碱腐蚀的特性。张冲的《亮亮的“密码”》通过一只萤火虫体内遗传密码的失落和追回，既介绍了新鲜的基因科学知识，又着力塑造了一个天真活泼、粗心大意的萤火虫形象。作品把科学幻想和童话紧密结合起来，该作品曾被收入《中国科学童话选》中。1999年希望出版社出版了一本专门以新能源、新材料为题材的科学童话集《奇妙的“脚步声”》。

四、创作方法

科学童话是为儿童写作的，在写作时要遵循以下创作原则：

（一）要浅显易懂且不失启发性

就其内容来说，科学童话中介绍的知识应该是儿童在其智力范围内所能理解的，并且具有一定的启发性。《小蝌蚪找妈妈》就是一篇优秀的科学童话。它既向儿童描述了青蛙的形态特征，又启发他们去认识蝌蚪与青蛙之间的关系。同时，还通过小蝌蚪找妈妈这个故事情节生动的告诉孩子们：要学会全面地看问题，不能片面的看问题，否则就会闹出笑话。

就其语言来说，科学童话的语言要简洁明了，同时又不失其诗意，值得注意的一点就是句子要简短，尽量避免使用复句，以做到明白而生动。要注重科学性。

（二）要注意科学性

科学童话的最大特点就在于其知识性，因此它所介绍的科学知识必须是正确而又具体的。由于科学童话是通过形象来介绍知识的，因此在描写这些形象时，应该以所要拟人化的对象的特质为根据来塑造形象和主人公。

比如，就生物来说，每一种生物都有它的典型特征，在作为科学童话中的形象和主人公时，它们的行为和表现就要符合这种生物特征。此外，还要注意的是科学童话中的幻想因素的处理，在幻想的同时要做到科学童话中描写的现象和规律一定要准确，要科学。只有这样，科学童话才能真正发挥其教育和培养的作用。

（三）要注意不能脱离生活

所有的文学创作都离不开生活，生活是创作的源泉。童话创作也一样，不管是哪一种形式的童话，也都是离不开生活的。或许有人会说童话的魅力是靠丰富的想象获得的。但是丰富的想象也是植根于生活的，而非信口开河、天马行空。离开了生活，童话就失去了生命，失去了魅力，科学童话创作也是如此。如果不熟悉少年儿童的生活，不了解少年儿童的特点，就很难将科学内容写得生动准确，很难将形象塑造得鲜明具体。因此，要创作科学童话，必须熟悉儿童，了解儿童。不同年龄阶段的儿童有着不同的特点，包括性格、语言、行为、心理等都有年龄特征，了解儿童不仅需要细心的观察，还要与儿童沟通交流，要真正洞悉儿童的愿望、要求、爱好，分析、研究儿童的世界。只有熟悉和懂得儿童，才能创作出优美、优秀的科学童话，才能得到儿童的认可与欢迎。

在诸多科学童话作家的辛勤耕耘下，中国不仅出现了大量的优秀作品，同时也积累了许多宝贵的创作经验。其中一个重要的方面就是多种表现手法的运用。具体说来，科学童话常用的表现手法主要有以下几种：

第一，误会法。所谓“误会法”就是故意混淆真真假假，让故事的展开充满喜剧色彩，显得风趣生动。误会法是文学创作中常用的手法。也是科学童话中常用的写作方法，科学童话《小蝌蚪找妈妈》就是运用“误会法”，通过让小蝌蚪几次找错妈妈而展开故事情节，颇具喜剧色彩。

第二，反复法。反复法（又称三段法），是民间童话和现代童话中常常采用的一个手法。如黄衣青的《小公鸡学吹喇叭》，写一只小公鸡去学吹喇叭，第一次去学不成，第二次去又学不成，第三次学成了。因为，这样反复几次，可以加深儿童的印象。这种反复法，往往是用三次，一件事重复三次，一句话重复三次，所以又叫三段法。叶永烈的科学童话《找不到的伙伴》、《特殊鞋店》等，都采用了“反复法”。

第三，对比法。对比法，也是童话很好的表现手法。作者在塑造童话形象和编织故事时，把真与假，美与丑，善与恶，正义与邪恶，忠厚与狡猾等进行对比，从而使对立面形象突出，同时也能使情节跌宕起伏，有波有澜，耐人寻味。叶永烈的科学童话《圆圆和方方》中，就是运用了“对比法”。

第四，巧合法。俗话说：“无巧不成书。”这话是很有道理的。巧合法，是指在童话情节的发展中，设置一些偶然巧合的东西。当然，这些偶然性的东西，也有其必然因素，不可能是不合情理的胡编滥造。运用这种巧合法，会增加情节的生动性和趣味性。如叶永烈的科学童话《地震之前》，作者是这样展开故事的：“巧真巧！这几天，小花猪的胃口不好，吃不下东西；小山羊也感到不舒服，坐立不安，睡不着觉。”而这时牛大哥、鸭妹妹也生病了。这种巧合的设置也造成了悬念，更增加了童话的趣味。

第五，悬念法。所谓悬念，是指作者在编造童话情节时，自然而然设下许多悬而未决的疑难问题，诱发读者极想知道问题的答案，从而产生较强的艺术魅力。如叶永烈的科学童话《谁的脚印》，文章开头便设下了悬念：花生地丢了花生，这是谁偷的呢？紧接着童话小主人公小狗查看现场，发现一种脚印，后来经过反复专访调查，确定了盗贼是田鼠。又如鲁克的科学童话《一块怪石头》，也运用了悬念法。

第六，自叙法。这也是一种常用的手法。用人物的耳闻目睹、亲身经历来介绍自己或环境。科学童话《小豆瓣旅行记》等就属于这一类手法的。

值得注意的是，并不是一篇童话中只运用一种表现手法，有的科学童话作品常常同时运用多种表现手法。这些表现手法是从大量的童话作品中总结出来的基本规律，是来自于创作实践。这些创作方法，固然值得借鉴，但是作为一种自由的精神创造活动，科学童话的写作更需要作家根据自己的特点与喜好来寻找适合自己的表现手法。

科学童话，作为儿童文学的重要组成部分，其发展与繁荣具有重要的意义。正如陈伯吹所说：“在儿童文学园地里，科学文艺作品——特别是科学童话，无疑是异香扑鼻的一株鲜花。”在科学技术突飞猛进与文学良性发展的时代，科学童话必将会日益走向繁荣。

第四节　科学诗

一、*概念与特征*

自科学诗诞生以来，关于它的定义问题一直争议不断。因为种种原因，历史上还曾产生过不少对于科学诗的误解，比如，误以为科学诗隶属于科普读物，是普及科学知识的一种工具；又比如，误以为科学诗仅仅是儿童文学的一个小分支——儿童诗——的一个更小的分支。

其实早在1959年，在《科学诗》一书的序言中，有着“中国科学诗之父”美誉的高士其就已对科学诗下过比较准确的定义了：“‘科学诗’包括‘科学儿童诗’在内，是现代文学中一个新的品种，它的特点：就是把科学和诗歌结合起来，把一般人认为枯燥无味的科学，变成生动活泼富有诗意的东西。”

在《科学诗》的“内容说明”中，还有此书编者给科学诗下的另一则定义：“这种诗就是以科学为题材和内容，将科学予以诗化，通过诗歌形象来揭示科学秘密。”

乍看上述两则定义没有什么区别，但仔细辨识，会发现二者的细微差异处：高士其的定义更为宽泛灵活；编者的定义则更绝对些。对于后者，诗歌评论家吴思敬分析道，“从今天看来，这个定义是有些偏差的。因为它没有将诗与科学的特殊对象区别开来。科学探讨的是世界多种现象的本质和运动规律；诗的对象则是人，是人的心灵、人的情感、人的命运以及人对自然、社会和人自身的思考。诗与科学对象的特殊性，决定了二者把握世界方式的不同。早期的某些科学诗难于引起读者持续的阅读兴趣，主要就在于把科学的对象硬塞入诗歌，而忽略了诗歌把握世界方式的特殊性所致。”①

顾名思义，科学诗既然是科学与诗亲密结合的产儿，那么它身上必然流淌着科学与诗共同的血脉，它必然既是“科学”的，而又是“诗”的，但又绝非科学与诗的简单拼凑，而是它们相亲相爱的美妙结晶，因而是集中了二者优长的、鲜活独特的“这一个”。诗评家谢冕也给科学诗下一个似乎更恰当的定义，他说：“我以为科学诗的写作，只应是一种诗与科学产生联系并彼此溶解的写作，不应简单地理解为在诗中装填进去有关科学的内容。科学诗不仅意味着诗的涉及科学，而且是诗对科学的‘改造’和‘溶化’。这一类诗当然不排斥‘直接写’，然而更重视‘诗一样地写’。不论它写的是何等内容的‘科学’，最终，它都必须是‘诗’。”②

总之，科学诗是科学与诗美满结合的产儿。科学性与诗性是它的两大特征。本着“海纳百川、有容乃大”的原则，我们认为，科学诗的范畴也不宜划得太窄、太死，而要留有足够的弹性，这样做更有利于科学诗的茁壮成长。不管是科学叙事诗、科学抒情诗、科学哲理诗、科学童话诗、科

① 吴思敬：《科学诗：真与美的宁馨儿》，载《诗刊》，1999（3）。

② 谢冕：《诗和科学随想》，载《诗刊》，2001（7）。

学幻想诗，还是科学商品诗等等，统统都可算作科学诗。

二、发展简史与重要作家作品

严格意义上的科学诗是近代科学技术兴起以后的产物，中国现代白话科学诗更是迟至五四新文学运动以后，由高士其身体力行地加以倡导才逐渐兴盛起来的。但若将科学诗的界定放宽一些，我们会发现，科学诗的幼芽其实很早就在神州大地上破土而出了。

（一）萌芽期及其重要作家作品

追溯起来，中国留传至今最为久远的古代科学诗，要算两首上古歌谣——《弹歌》与《蜡辞》。《弹歌》："断竹，续竹，飞土，逐肉。"相传是上古黄帝时代的歌谣，反映了原始时代先民们的狩猎生活，虽仅四句八字，却把一个打猎的全过程写得井然有序且颇具动感。《蜡辞》也是一首年代久远的古歌："土反其宅，水归其壑。昆虫毋作，草木归其泽。"相传是上古伊耆氏为帝时的歌谣，它从朴素的生态学角度，表达了先民对于农耕生活的一种祈盼。

事实上，中国源远流长的诗歌长河中，可称为宽泛意义上的科学诗的浪花，远不止以上两朵。1984年10月《科学诗刊》创刊号上，科普作家刘后一就曾撰长文《〈诗经〉中有科学》，详细分析了《诗经》中富含的科学成分。《诗经》中最引人注目的是关于生物的知识。据统计，《诗经》中提到的植物有132种，动物有200多种，且有了粗略的分类。在《诗经》中，以动植物起兴的诗篇比比皆是。"关关雎鸠，在河之洲"，"桃之夭夭，灼灼其华"，"呦呦鹿鸣，食野之苹"，"鹤鸣于九皋，声闻于野"等等。这些诗句，描绘草木形态、鸟兽虫鱼的声音、习性、栖居环境，栩栩如生。正因《诗经》富含知识，文质俱佳，孔子才会把它列为学生的必读书目，甚至标举到"不学诗，无以言"(《论语·季氏》)的高度。

开我国现实主义诗歌先河的《诗经》如此，开浪漫主义诗歌先河的《楚辞》又如何呢？不妨以楚辞最杰出的代表、创始人屈原的作品为例来作考察。屈原是中国诗歌史上第一位伟大诗人，他的楚辞作品《离骚》、《九章》、《九歌》等，想象力上天入地，恣肆汪洋。他的《天问》更是一首雄伟奇特的科学诗篇。在这首长诗中，屈原一口气提出172个问题，天文地理、博物神话、人物历史，无不涉及。鲁迅在《摩罗诗力说》一文中盛赞道："怀疑自遂古之初，直至百物之琐末，放言无惮，为前人所不敢言。"诺贝尔物理学奖获得者李政道博士甚至说，他研读《天问》，发现这是大诗人用诗的形式写就的宇宙学论文，早在2500年前，屈原就在诗中巧妙运用了几何学和物理学的对称性原理，提出了地球是圆的，可能是个东西、南北不一样长的扁椭圆球体。

《天问》不仅对科学家具有启示作用，对于中国文学，尤其是诗歌的贡献更是无法估量的。后世无数天问式、天问体诗作的源头即在于此。如初唐大诗人陈子昂的《登幽州台歌》：

前不见古人，
后不见来者，
念天地之悠悠，
独怆然而涕下。

这是一首蕴涵着深刻的生命体验、飞扬着浩茫的宇宙遐思的力作。而追索它的精神脉络，仍依稀可辨《天问》中那种“独立苍茫自咏诗”的生命意识。

再如宋代词人辛弃疾的《木兰花慢·可怜今夕月》，这首词把有关月亮的神话传说和科学猜测完美地融合在一起，大有《天问》之遗风。王国维《人间词话》对之赞叹道：“词人想象，直悟月轮绕地之理，与科学家密合，可谓神悟。”词的上阕如下：“可怜今夕月，向何处，去悠悠？是别有人间，那边才见，光影东头。是天外，空汗漫，但长风浩浩送中秋？飞镜无根谁系，姮娥不嫁谁留？”

除上述诗人诗作外，一些流传至今的科学歌诀其实也是古代科学诗的一种。特别是在远古时代，科学水平低下，人们对自然界的认识尚处在朦胧状态，记录和传播信息的手段又不似今天这样方便，往往要靠刻写竹简、石碑，以及口口相传的方式，这就使得朗朗上口、易于记诵的歌诀体应运而生。据记载，《九九歌》这种普及算术知识的歌诀早在春秋战国时期就已得到推广了。此外，像一些简短的汤头歌诀、农事谚语，也是自古以来民间普及科学知识的利器，其中不少还颇具文学韵味，如：“天上鲤鱼斑，明日晒谷不用翻”；“朝霞不出门，晚霞行千里”；“有雨山戴帽，无雨云拦腰”；“猪衔草，寒潮到”等等。而像《二十四节气歌》更为脍炙人口：“春雨惊春清谷天，夏满芒夏暑相连。秋处露秋寒霜降，冬雪雪冬小大寒。”再如《九九节气歌》：“一九二九不出手，三九四九冰上走，五九六九沿河看柳，七九河开，八九燕来，九九加一九，耕牛遍地走。”类似这样一些优美通俗的科学歌谣，是很多人蹒跚学步时便跟着大人咿呀学唱的，可说是代代相传。从这里，也足可以看出科学歌诀的生命力有多强健了。

（二）拓展期及重要作家作品

中国现代科学诗真正的拓荒者是高士其，他被誉为“中国科学诗之父”。

高士其（1905～1988），福建福州人。原名高仕錤，后改名为高士其，自谓：“丢了‘人’旁不做官，丢了‘金’旁不要钱。”高士其1918年考入清华学校，1934年起开始致力于科学文艺创作，他的科学小品熔科学、文学、政治为一炉，文笔清新隽永，科学诗更是开一代先河，在诗坛上独树一帜。尤为令人感佩的是，他几十年如一日地凭借惊人毅力，克服全身瘫痪带来的痛苦和困难，坚持创作，著有科学小品、科学诗、科学论文等30多种，150余万字。高士其的科学诗集有《我们的土壤妈妈》、《揭穿小人国的秘密》、《太阳的工作》、《时间伯伯》、《五年计划的科学故事》、《祖国的春天》等。

1946年是高士其诗歌创作的“井喷期”，而对中国现代科学诗而言，某种意义上甚至可称为“元年”。尽管早在1935年的《儿童世界》上，已出现了一首现代意义上的科学诗——董纯才的《新火车头的歌》，向孩子们生动地介绍了火车头如何开动的问题，但可惜的是，这首诗几乎没有引起人们注意，因此，真正引发人们关注科学诗的第一人还是高士其。人们称高士其为中国现代科学诗的创始人、奠基人，而他的科学诗创作就是从1946年正式起步的。这一年，高士其公开发表的诗作至少有11首，包括《电子》、《黑暗与光明》、《我的原子也在爆炸》、《天的进行曲》等。这其中并不全是科学诗，有些称为政治抒情诗或许更为恰当。

高士其这一时期科学诗作中，最具代表性的是《天的进行曲》，有人甚至认为这是严格意义上的中国第一首科学诗。这是一首雄伟的长诗，全诗共分41节，长达600余行，可说是一个了不起的创举，是时隔2000多年后屈原《天问》最为清晰有力的一声回响。在这首诗中，诗人以饱含激情的笔触，大胆辽阔的想象，生动形象的语言，明晰畅达的逻辑，描述了天体、宇宙及地球的发生演化和人类迄今为止对它的认识过程，歌颂了人类勇于探索的精神。它融科学、哲理、诗情为一体，堪称科学诗创作的一个典范。诗人不仅热情宣扬了科学的宇宙观，而且敢于直面当时尖锐的社会政治斗争，在篇末他大声疾呼，“天不是不变的天，/天不是死硬派的天，/天不是顽固分子的天”，“星云不过是一个大家庭，/地球不过是一个小孩子，/天是人民的天呀！”袒露了一个秉良知、富远见、有壮阔胸怀的知识分子呼唤历史新天地的心声！

（三）茁壮成长期及重要作家作品

新中国成立后，尤其是到了1956年，中共中央提出“向科学进军”的口号，制定了1956年至1967年科学技术发展远景规划，重点发展原子能、电子学、半导体、自动化、计算机、喷气和火箭技术等新兴科技。来自政府高层的对于科学的高度重视，引来敏感的科学文艺的积极呼应。科学诗的创作也因此迎来一个茁壮成长的契机，开始走上正轨。在这一进程中，中流砥柱式的人物仍是高士其。

1949 年至 1965 年，是高士其创作的黄金期。较之 1949 年前，这一时期他的科学诗创作有两个显著的新特点：

第一，创作题材空前广泛。1949 年前，因条件所限，高士其早期的科学诗主要取材于他所熟悉的生物学方面。1949 年后大规模的经济建设，各项事业欣欣向荣，科技水平快速提升，而高士其本人也受到国家特殊照顾，不仅病体得到了良好医护，还有了一个温暖幸福的家庭。此外，他还被推选为历届全国人大代表，参加过全国一、二、三、四次文代会，中央文化部科学普及局顾问、中国科普作协名誉主席等职。这使得高士其有了广泛接触社会、游历祖国大好河山的机会。十几年间，他坐着小轮手推车，访遍了祖国的山山水水。壮阔而沸腾的生活化为他笔下壮阔沸腾的诗行。据统计，在这 17 年中，由他口述，秘书高仰之笔录，他共创作了六七十万字的科学小品和科普论文，科学诗创作也达到两千多行。翻翻高士其 1959 年出版的《科学诗》一书，他对科学诗疆域的拓展一目了然。他在《科学诗》序言中这样说道："'科学诗'的领域是非常广阔的。从原子到宇宙；从原始时代到现代；从微生物世界的探险到人类征服自然、改造自然的伟大斗争；从手工具和机器到祖国建设的每一成就，世界科学技术的每一跃进，都可以成为科学诗的内容。"他是这样说的，他也正是这样创作的。

第二，创作手法不断创新，尤注意使作品符合少年儿童阅读。高士其童心不老，他不仅打心眼儿里喜爱孩子，也非常乐意为他们写东西。在《科学诗》序言中他坦言："我写'科学诗'的主要对象，是少年儿童。"并强调，"写作'科学诗'，有一个崇高的目的，那就是为了建设社会主义，为了实现共产主义的伟大理想而奋斗。它不是为了写诗而写诗，也不是单纯为了介绍科学知识而写诗；它要激发少年读者们爱祖国、爱人民、爱劳动的感情，培养他们树立起唯物主义世界观，鼓舞他们向科学进军，引导他们去攀登科学顶峰，使他们能更好地为社会主义建设服务，这就是写作'科学诗'的基本思想和社会意义。"特别值得一提的是，1954 年高士其的科学诗《我们的土壤妈妈》荣获全国儿童文学一等奖，这首诗不仅把科学与文学融合得十分自然巧妙，还充分注意了儿童的心理，熟练运用了为儿童所喜闻乐见的形象生动、活泼易懂的语言，因而获得了巨大成功。

另外，郭沫若的诗集《百花齐放》（1958 年）写了 101 种花，其中许多首也可看作科学诗。他描述了每一种花的形态、特征、用途、性能等，这在科学诗是一次可贵的探索。但从总体上看，这一时期的科学诗创作仍是高士其一枝独秀。

（四）冬眠期及重要作家作品

在“文革”十年中，科学诗的创作整体停止，科学诗的花儿只悄悄绽开了一朵，这是高士其发表于1973年第2期《化石》上的科学长诗《生命进行曲》。这首诗，诗人从生命的起源，歌唱到细胞的形成；从无脊椎动物，歌唱到现代人的出现；从原始社会的开始，歌唱到共产主义的黎明。在这首写于“文革”末期的科学诗的一开始，已近70高龄的老诗人一往深情地这样歌唱道：

生命啊！
你是一首唱不完的歌；
你歌唱欢乐的大地，
你歌唱喜悦的春天。

这是一首深沉隽永的科学诗，这也是一束勇敢的、不畏严寒的、充满灵性与预感的迎春花，它在冰天雪地中金黄地灿烂着，并且满怀信心地期待着。

（五）成熟期及新时期以来的两次高潮

1. 第一次高潮

新时期以来的科学诗有过两次小高潮：一次从“文革”结束到20世纪80年代末；另一次则是从1995年至今。

1978年3月，全国科学大会在北京隆重召开。这预示着科学春天的来临，也是科学诗的春天。1976年至1986年前后短短十几年时间内，科学诗自有史以来第一次呈现繁荣景观。

科学诗这种空前的繁荣是全方位的，主要表现在以下几方面：

第一，作者阵容空前壮大，一大批专业诗人和科学家自觉加入进来。1984年10月，湖南省创办《科学诗刊》，使大批“居无定所”的科学诗人终于有了自己的家园，该刊还招收学员，每期以“蓓蕾初开”栏目登载优秀学员作品，这对于培养科学诗创作后备军是一个卓有成效的创举。1986年，在高士其倡导下，中国科学诗人协会也正式成立了。在科普作协和科学诗人协会的推动下，科学诗创作一时间呈现出兴旺之势。在此期间，《诗刊》、《星星诗刊》、《十月》、《解放军文艺》、《上海文学》等纯文学期刊也纷纷刊载科学诗，至于发表在科学文艺类、科普类科技报刊和少儿报刊的科学诗就更是不计其数了。另据不完全统计，这一时期，尚有《中国科学诗选》、《中国科学诗人作品选》、《飞跃吧 China》、《中国科学家诗词选》、《现代化和我们自己》、《你们知道我是谁——高士其作品选》、《奇怪的病号》、《奇怪的“邮递员”》、《飞吧，科学之鸟》、《森林里的讨论会》、《云帆》、《地球，谜一样的诗》、《大自然之歌》、《美走向心灵深处》等数十本科学诗选本及科学诗专集陆续出版。

第二，作品题材广泛，形式多样，创作空间大大拓展。这一时期，科学诗人们将灵敏的触角伸向科学技术的各个领域，包括高新技术、信息科学、生命科学、生态环境等均有触及。仅以《科学诗刊》1984 年创刊号为例，高新技术有盛世荣的《闻我国发射通讯卫星有感》；信息科学有孟天雄《信息篇》、杨达寿《你骄傲，你是信息》；生命科学有晓钢《宇宙生命网》；生态环境则有胡永槐的《植物情》，等等。如此包罗万象，真是大有“笼天地于形内，挫万物于笔端”的气概。

与此同时，科学诗的表现形式也日益缤纷起来。以《科学诗刊》1985 年第 2 期为例，有科学朗诵诗如沈尧的《奇迹》；有科学抒情诗如阿罗《生命的螺旋》；有科学童话诗如罗丹《小花鹿的故事》；有科学叙事诗如潘志光《女孔明》；有科学哲理诗如《“相对论”之歌》；有科学商品诗如王一义《草板》；有科学歌谣如湖雨深《方剂新歌》；还有古体科学诗如黄永俊的《水调歌头（外一首）》；而怡然的《科学诗话（二）》实则是散文诗形式的科学诗论。凡此种种，应有尽有。

第三，作品质量有了较大提升。这一时期，科学诗人们积极探索科学诗的创作规律，不再满足于图解科学，传授知识，而是通过各种表现手法追求科学诗的审美价值，使科学诗以它的科学美、诗意美共同去感染人、陶冶人、震撼人和征服人，从主题、构思、形象思维、意境、想象、语言到题材各个层面，都努力推陈出新。这其中，张锋的《化石吟》就是一首将智慧、哲思、诗味三者化合无垠的好诗，可说是此期科学诗的上乘之作，并入选了中学语文课本。

2. 第二次高潮

1995 年 5 月，中共中央召开全国科技大会，正式提出“科教兴国”方针。新时期科学诗的第二次小高潮也乘势兴起。科学诗这次高潮也和一些美籍华人科学家、诗人的热心扶持分不开。首先是沈致远在 1997 年第 8 期《诗刊》上发表《科学诗——诗与科学相结合的尝试》一文，并附诗两首《量子情侣》与《圆周率》。1998 年他又在《诗刊》第 4 期上发表科学诗三首《电脑与人脑对话》、《年轮》、《黑洞》。紧接着，由他及其他一些海外华人科学家、诗人大力倡导并出资赞助，在1998年第6期《诗刊》上正式推出由老诗人臧克家题写栏目名的“科学诗园地”，每期一个页码，专刊科学诗。该栏目一直坚持至2001年7月才告停；但自2001年7月起，四川《星星诗刊》又接过了这一接力棒，从第7期起每期开设一固定栏目“科学诗苑”。此外中国最老牌杂志之一的《科学》（1915年创刊）也在2002年新辟出一块“百草园”（副刊），科学散文、科学小品、科学漫画和科学诗。上海《文汇报》“笔会”副刊，间或也刊载科学诗。总之，这一时期科学诗的发展尽管不像新时期之初那样红火，但毕竟又开始有了几个像样的属于自己的平台，也正是因此，科学诗才在创作与理论上均有了一个较大进步。1998年8月，湖南教育出版社还专门出版了一套《中国科学文艺大系》丛书，其中《科学诗歌》卷收录了自1919年以来，共160余首科学诗，是我国半个多世纪科学诗创作的一次检阅。2001年2月，广西科学技术出版社出版了我国第一部科学史诗《科学精神颂》（郭曰方、郑培明著）。2004年郭曰方又创作出版了《精彩人生——人民科学家颂》一书，这是作者讴歌科学家的一部力作，填补了我国长篇科学诗创作的一项空白。

总体来看，这一时期的科学诗特色在于，它最大限度地摆脱了科普工具论的束缚，恢复了天生的自由灵性。再就是，在一定程度上，它开始和儿童文学拉开了距离（尽管在精神底色上，二者永远和谐一致），这也预示着科学诗这棵小苗就要长成大树了。有一个证据是，科学诗人们不再像一些前辈科学诗人那样，天真地以为科学万能，他们诗作中人文反思的东西明显增多；而批判意识的觉醒正是独立品格养成的一大标志，诗人们开始自觉地以“地球人”的身份来思考问题。这样的科学诗无论是在观察世界的角度，关怀世界的深度，抑或是在思考世界的力度等诸多方面，必然会呈现出新的特色与进步。

三、创作方法研究

一般认为，在科学诗理论方面贡献最多者为前面提到的高士其。高士其除在创作上筚路蓝缕地拓荒外，也清醒地认识到理论的重要性，并积极致力于科学诗理论建设中。他的科学诗论主要散见于《谈谈儿童科学读物的创作问题》、《把科学和文艺结合起来》、《加强少年儿童科学读物的创作力量》、《怎样写科学诗》、《〈科学诗〉序言》、《让孩子们获得丰富的科学知识的滋养》等文章中。

高士其的科学诗论注意到了语言技巧、儿童心理及科学、文学、哲学修养与时代性等许多方面。如在《怎样写科学诗》一文中，他总结道：“有了崇高的理想，又有了写诗的愿望，懂得科学，懂得生活，又懂得写诗的技巧，这样就能写出好的科学诗歌来，使诗歌更好的为人民服务。”“要写好‘科学诗’，必须善于运用诗的语言，要通过形象化和故事化把科学的语言变成诗的语言，每一个用词造句都要十分正确，每一个夸张和比喻都需要用得十分恰当。写给孩子们看的科学诗，还必须注意儿童的心理特点和熟悉儿童的语言。”这些话对于科学诗创作初学者真可谓“倾囊而授”了。

新时期开始后，不仅科学诗创作空前繁荣，科学诗理论探讨也空前活跃。《科学诗刊》每期都刊载若干“科学诗话”。其他报刊也常见有关科学诗的评论文字。在一些科学诗选中，也能读到相关论述，如在给《中国科学诗人作品选》写的短序中，高士其先生乐观地预言：“我们的时代，不仅是科学的时代，同时也是科学与文学更加紧密结合的时代。科学诗的发展，恰恰代表了这一业已开始的历史进程，它必将在文学与科学的结合中，起到一种新的带头作用。”而在科学诗选集《飞跃吧 China》序言中，编者也给出了科学诗的新界定：“显而易见，科学性、思想性和艺术性三者是有机的统一，缺乏或离弃其中之一，便会使科学诗大为逊色。就内容而言，它必须是准确的科学知识；就感情而言，它必须是热烈的、积极的、进取的；就艺术而言，它必须是诗的，富有诗意、诗味。知识、感情、诗美三者的巧妙组合，则是我们理想的科学诗。”1991 年《中国科学诗论》的出版，更是适时填补了中国科学诗缺乏理论专著的空白，该书系统阐述了科学诗的源流、形成、发展；科学诗的属性和特质、基本原则、遵循的规律；科学诗的框架及自身的内涵；在写作上应注意的方面，各种诗体及其作用等等。

在新时期科学诗第二次高潮期间，沈致远、谢冕、吴思敬、屠岸、郭曰方等人相继撰写论述科学诗的专文，强调科学诗的求真爱美、启智娱情的作用，是这一时期科学诗论的最大亮色，如吴思敬的《科学诗：真与美的宁馨儿》。此外，如何把科学诗教学更巧妙地融入语文教学中，甚至是其他如生物、生理、地理、物理、化学等理科课程中，使得学生一学而多得，也是科学诗与科学文艺研究的一个重要课题。

本章链接　中外科学文艺名家名著推介

《海底两万里》

［法］儒勒·凡尔纳

儒勒·凡尔纳（Jules Verne，1828～1905）19 世纪法国作家，被誉为“科学幻想小说之父”。1828 年，凡尔纳生于南特，1848 年赴巴黎学习法律，写过短篇小说和剧本。

1863年起，他开始发表科学幻想小说，以总名称为《在已知和未知的世界中奇异的漫游》一举成名。凡尔纳的故事生动幽默，妙语横生，又能激发人们尤其是青少年热爱科学、向往探险的热情，所以100多年来，一直受到世界各地读者的欢迎。据联合国教科文组织的资料表明，凡尔纳是世界上被翻译的作品最多的十大名家之一。代表作为三部曲《格兰特船长的儿女》、《海底两万里》、《神秘岛》，主要作品还有《气球上的五星期》、《地心游记》、《机器岛》、《漂逝的半岛》、《八十天环游地球》等20多部长篇科幻历险小说。凡尔纳的作品形象夸张地反映了19世纪"机器时代"人们征服自然，改造世界的意志和幻想，并成为西方和日本现代科幻小说的先河，我国的科幻小说大多也受到其作品的启发和影响。

《海底两万里》是凡尔纳著名三部曲的第二部。其故事并不复杂：法国人阿罗纳克斯，一位博物学家，应邀赴美参加一项科学考察活动。其时，海上出了个怪物，在全世界闹得沸沸扬扬。科考活动结束之后，博物学家正准备束装就道，返回法国，却接到美国海军部的邀请，于是改弦更张，登上了一艘驱逐舰，参与"把那个怪物从海洋中清除出去"的活动。经过千辛万苦，"怪物"未被清除，驱逐舰反被"怪物"重创，博物学家和他的仆人以及为清除"怪物"被特意请到驱逐舰上来的一名捕鲸手，都成了"怪物"的俘虏。"怪物"非他，原来是一艘尚不为世人所知的潜水艇，名"鹦鹉螺"号。潜艇对俘虏倒也优待，只是，为了保守自己的秘密，潜艇艇长内莫从此永远不许他们离开。阿罗纳克斯一行别无选择，只能跟着潜水艇周游各大洋。10个月之后，这3个人终于在极其险恶的情况下逃脱，博物学家才得以把这件海底秘密公诸于世。《海底两万里》写的主要是他们在这十个月里的经历。书中人物寥寥，有名有姓的只有四个半——"亚伯拉罕·林肯"号驱逐舰舰长法拉格特，只在小说开头部分昙花一现，姑且算半个；内景只是一艘潜水艇。但就是这么四个半人，这么一艘潜水艇，在将近一年的时间中，纵横海底两万里，为我们演绎出一个个故事，展现出一幅幅画面；故事曲折惊险，引人入胜，画面多姿多彩，气象万千。这样一部小说，读来既使人赏心悦目，也令人动魄惊心。作者丰富的想象力，细腻的文笔，奇巧的构思，使该作品既引人入胜，又很有教育意义，适合各种年龄的读者。

（中国少年儿童出版社2005年版）

《小灵通漫游未来》

叶永烈

叶永烈（1940～　），浙江温州人。1963年毕业于北京大学化学系。1951年开始发表作品，1979年加入中国作家协会。现已出版180多部著作。系《十万个为什么》的作者之一，创作了大量科普作品。主要新著为《叶永烈自选集》以及传记文学《毛泽东与蒋介石》等。20世纪70年代末80年代初，他的科幻小说占了中国的半壁江山。其中以科幻小说《小灵通漫游未来》最为出名，此外的科幻作品还包括《飞向冥王星的人》、《一只奇怪的小蜜蜂》、《海马》和"金明戈亮科学探案系列"等。这些作品语言简洁，推理清晰，充满童趣，是优秀的少儿读物，同时也吸引了大量成年人阅读。许多人至今仍然留存着阅读叶永烈作品的美好记忆。

《小灵通漫游未来》是叶永烈的第一部科学幻想小说，写于1961年。但是直到1978年才得以出版，并产生广泛的影响。这部小说通过眼明心亮的小记者小灵通漫游未来市的所见所闻，对未来作了全景式的“扫描”。“飘行车”、人造器官、家用机器人、环幕立体电影、生产蔬果的“农场”……今天虽然已不再新鲜，但在当年的孩子眼里，是多么奇妙多么令人神往，而那个能够穿梭时空、四处走访的“小记者”兼“小旅行家”——小灵通，又是多么令人羡慕。作品语言简洁，充满童趣，受到少年儿童的热烈欢迎。该小说出版后立即引起轰动，成了当时的畅销书。后来，以展望新的技术革命的灿烂前景为主线，叶永烈又创作了《小灵通再游未来》，于1984年出版，2000年又写出《小灵通三游未来》。作者在这本前后历时40多年所写的作品中，塑造了眼明心亮的小记者小灵通的可爱形象，通过小灵通三度漫游未来市的种种见闻，多角度、全方位、生动有趣地展示了未来的美好景象。可以说，这三部作品描绘了一幅充满细节的长卷——未来世界的《清明上河图》。像这样全面、形象地展现未来的作品，在众多的中国科幻小说中是独一无二的。《小灵通漫游未来》创造了三项纪录：《小灵通漫游未来》的发行量300万册，至今仍雄踞中国科幻小说第一名；《小灵通漫游未来》连获大奖：1980年荣获全国少年儿童文艺创作奖一等奖；2002年荣获第13届中国图书奖；取名于《小灵通漫游未来》的小灵通手机如今已经拥有1亿用户。2006年，由湖北少年儿童出版社出版的《小灵通漫游未来》，收入《小灵通再游未来》和《小灵通三游未来》。书中新增许多附录，介绍《小灵通漫游未来》的有关背景资料，以帮助读者更好地阅读《小灵通漫游未来》。

（湖北少年儿童出版社2006年版）

《森林报》

[苏联] 维塔利·比安基

维塔利·比安基（1894～1959）苏联儿童科普作家和儿童文学家。1894年出生于列宁格勒，他的父亲是一位有名的自然科学家。比安基是一个热爱大自然、热爱生活的人，少年时代常跟随父亲去打猎，到27岁时，他已经积累了大量关于大自然的观察笔记，并决心要用艺术的语言来描写和介绍大自然。于是开始创作科学童话、科学故事等。他以新闻的形式和诗的语言，提供孩子们兴味盎然的“森林的讯息”，作品显现出正确深入的生态观察，含蕴丰富的诗情和童心童趣。其主要作品有：《第一次打猎》、《森林报》、《故事和童话集》等。比安基从事创作达30年之久，他特别具有擅长描写动植物生活的艺术才能，他那轻快的笔调，诗意的营造，那引人入胜的故事情节，都给读者留以独特的艺术享受。

《森林报》是比安基的代表作。作家以其具有的擅长描写动植物生活的艺术才能，采用报刊的方式，详细记述、报道、描写了苏联各地森林里各种动、植物的生活。每册书按月分为3期报纸，全书共12期报纸，按春、夏、秋、冬四季12个月，有层次有类别地报道森林中发生的事，每期里有“林中大事记”、“林中大战”、“绿色的朋友”、“集体农庄生活”、“打猎”、“祝你钩钩不落空”和竞猜等不少栏目。或写愉快的节日，或写可悲的事件，或讲森林中的强盗，或讲森林中的英雄，将动植物的生活表现得栩栩如生，引人入胜。作者还告诉孩子甚至是大人应如何去观察大自然，如何比较、思考和研究大自然的方法。比安基在写《森林报》的时候，还力图使那些陈放在博物馆里的动物标本一个个苏醒过来，所以他总是用艺术的语言，生动的描写，让那些奇妙、美丽而又珍贵的动物，永远地活现在他的作品里。而且其文笔又是那样的轻松、优美、风趣，描写准确又生动，使人看完这本书，就像在苏联的森林里度过了愉快美妙的一年似的。可以说这本科学童话是父母和孩子共同阅读的好书，是4岁到100岁读的好书。

（湖南教育出版社出版1999年版）

《乌拉波拉故事集》

［德］柏吉尔

柏吉尔（Bruno Hans Borged），德国科学家和科普作家，生平不详。写过科学童话集《乌拉波拉故事集》、《活动》、《爱的代价》、《琥珀的故事》等。他在《乌拉波拉故事集》这本书中的《给成人的话》里说明自己的创作意图是要把科学和技术知识写成童话形式。在当时，这个尝试是成功的。这本书是1930年左右出版的。后由顾均正翻译介绍到中国，上海开明书店于1941年出版，1942年和1947年重印，颇受读者青睐。

《乌拉波拉故事集》是一本科学童话集。一位古怪的老头儿乌拉波拉博士给孩子们讲了许多奇异的故事，有小水点历险，有梦游月球，有海低救生，有太阳请假，有火山爆发等等。故事不但写得有声有色，而且介绍了水、月球、磷火、潜水、火山、太阳功能、琥珀、彗星等科学知识，包含的范围相当广泛，此书集科学知识与想象情节于一体，共有15个有趣的故事组成，是一本内容通俗易懂、文字生动活泼的科学童话作品集。柏吉尔以拟人、夸张和想象的写作手法，描述了天体运行的关键，揭示自然界乃至宇宙的奥秘。《乌拉波拉故事集》的内容是介绍各种自然科学常识，却是用写童话的笔调写就的，结合科学内容与童话故事，是一部可读性非常强的科学童话集。顾均正曾经这样评价过：“这是一部真正的科学童话，是科学与文艺化合成的结晶体。用包了糖衣的奎宁丸来比它，还嫌不够确切；它是蜜渍的果脯，甜味渗透了一切。”作为科学与文艺的结晶体，《乌拉波拉故事集》很合少年们的口味。

（中国少年儿童出版社2004年版）

《我们的土壤妈妈》

高士其

高士其（1905～1988）原名高仕錤，福建福州人，生物学家、化学家、科普作家。1928年，在芝加哥大学医学研究院攻读博士时，他不幸在一次实验中感染脑炎病毒，造成终身无法治愈的残疾。但高士其却以惊人的毅力完成了医学博士课程，并加入美国化学学会和美国公共卫生学会。学成回国后，高士其曾在南京中央医院任职。1931年开始发表科学文艺作品。1935年与人合著出版了科学小品集《我们的抗敌英雄》。1949年从香港到北京，其后主要进行科学文艺创作。1949年至1965年，创作了大量的科学小品、论文及诗歌。其主要作品包括《我们的抗敌英雄》、《揭穿小人国的秘密》、《我们的土壤妈妈》、《细菌世界探险记》、《生命的起源》、《太阳的工作》、《时间伯伯》、《高士其科学小品甲集》、《土壤世界》、《科学诗》、《你们知道我是谁》、《高士其谈科普创作》等。他的科学小品，被认为擅长通俗易懂地表达出深奥的科学道理，他的著作题材广泛，含有丰富的趣味和丰富的知识。同时他的科学诗歌也被认为擅长用形象的比喻来说明抽象的科学道理。

《我们的土壤妈妈》是高士其科学诗与科学文艺创作的代表作合集，收入了长篇童话《菌儿自传》，科学诗《我们的土壤妈妈》、《光的进行曲》等12首科学诗以及《我们的抗日英雄》等14篇科学小品，充分体现出高士其科学文艺创作的独特风格与艺术成就。

（湖北少年儿童出版社2006年版）

《安德的游戏》

[美] 奥森·斯科特·卡德

奥森·斯科特·卡德（Orson Scott Card，1951～ ）当今美国科幻界最炙手可热的人物之一。1951年，卡德出生于华盛顿州里奇兰，在犹他州长大，分别在杨百翰大学和犹他大学取得学位，目前定居于北卡罗莱纳州。卡德坚信小说具有教化意义，应该向读者传递积极上进的信息。“安德”系列小说便充分反映出作者的这种观念。这个系列还包括《安德的影子》、《霸主的影子》等。在美国科幻史上，从来没有人在两年内连续两次将“雨果”和“星云”两大科幻奖尽收囊中，直到卡德横空出世。1986年，他的《安德的游戏》囊括雨果奖、星云奖，1987年，其续集《死者代言人》再次包揽了这两个世界科幻文学的最高奖项。

《安德的游戏》的故事背景是人类步入太空时代，但却在短短数十年间遭到一种外星智慧生物——虫族（bugger）的两次袭击，史称“第一次入侵”和“第二次入侵”。可怕的外星怪物——虫族越来越严峻地威胁着地球，可是地球各国却把大量金钱和物资花在为小孩子在太空修建游戏基地上，并不断挑选年幼孩子前往其中进行各种对抗游戏。游戏的难度不断被加大，不断有人被淘汰，教官有意孤立成绩突出的人，优秀的学员不择手段、拼命竞争……这一切的最终目的就是挑选出一个心理状态最稳定、神经最强悍的孩子。地球当局将赌注压在了这个最终的游戏天才身上，此人将获得地球远征舰队的指挥权，与虫族展开决战。安德·维京成为了这个游戏天才，但是，大决战以他完全没有想到的方式开始了。一场没有硝烟但却关系到整个人类命运的战争在太空战斗学校悄悄地展开了。绚丽的语言，跌宕迂回的情节，讲述故事的手段，都让卡德的高明在这里一一展示。

（四川科技出版社2003年版）

《飞向人马座》

郑文光

郑文光（1929～2003），我国最重要和最优秀的科幻作家之一，1929年生于越南，1954年开始发表科幻小说，1983年因患脑血栓停止创作。早在20世纪50年代他就开始创作发表科幻小说，成为当时著名的科幻作者。在20世纪80年代初的中国第二次科幻浪潮中他重返科幻文坛，发表了一系列优秀作品并创作了中国科幻史上里程碑式的长篇小说《飞向人马座》。郑文光于1998年获得中国科幻终身成就奖。主要作品有《火星建设者》、《猴王乌呼鲁》，中篇《飞向人马座》、《命运夜总会》，长篇《神翼》、《战神的后裔》等。另有学术著作《康德星云说的哲学意义》、《中国古天文学源流》，翻译作品《宇宙》、《地球》等。郑文光受过系统的天文学教育，像当时的很多科幻作者一样，学术研究是他的主业。郑文光自幼喜文，11岁就在越南的《侨光报》上发表作品。这样的经历使郑文光具有超过一般自然科学家，甚至超过一般科普作家的功底。郑文光的儿童科幻作品语言纯净美丽，具有女性化的纤细感。他善于捕捉青春期少年男女的情感特征，善于表达朦胧的爱意。郑文光还是一个能够将自然界的神秘、科学的力量和人性的勇敢编织起来，从高层次高水平上创建现代神话的作家。在他的小说中，自然界从来是具有凶猛力量同时又无比美丽的世界。

《飞向人马座》写的是科幻小说的常见题材：宇宙历险记。它写了三个年轻人在没有准备的情况下飞向了茫茫宇宙，但是他们镇定自若，保持信心，坚持学习，最后地球上的亲人和朋友找到了他们。终于又回到了故乡。小说以战争为背景，以中国在国际生活中地位的增长为主要线索，将地面与天空、科学与现实、人与人之间的新型关系全面地展现出来。小说主人公奋斗、挫折、成长、爱情等都写得相当纯美，人物也表现出突出的性格。这部作品，涉及了许多天文学、物理学的知识，穿插在惊险曲折的情节中，使人增长知识又不觉枯燥。小说里的年轻人对祖国有诚挚的爱，为了人类宇航事业的发展勇于献身，洋溢着浪漫主义与理想主义精神，不管科学技术如何发展，这种精神是永存的。

（湖北少年儿童出版社2005年版）

◆思考题

1. 科幻小说具有哪些美学特征？
2. 试列举几位中国儿童科幻作家并分析其创作特色。
3. 如何理解科学童话的概念？科学童话具有哪些特征？
4. 试列举科学童话的创作方法。
5. 如何理解科学诗的概念？科学诗包括哪些种类？
6. 中国科学诗发展的历程是怎样的？

《百年百部中国儿童文学经典书系》书目

（各辑排序均以作者出生先后年月为序）

【第一辑】

1. 叶圣陶　《稻草人》童话集
2. 冰　心　《寄小读者》散文集
3. 张天翼　《宝葫芦的秘密》长篇童话
4. 严文井　《“下次开船”港》长篇童话
5. 金　近　《狐狸打猎人的故事》童话集
6. 黄庆云（香港）　《奇异的红星》童话集
7. 管　桦　《小英雄雨来》小说集
8. 金　江　《乌鸦兄弟》寓言集
9. 子　敏（台湾）　《小太阳》散文集
10. 洪汛涛　《神笔马良》童话集
11. 柯　岩　《帽子的秘密》诗歌集
12. 邱　勋　《微山湖上》小说集
13. 金　波　《推开窗子看见你》诗歌集
14. 林焕彰（台湾）　《妹妹的红雨鞋》诗歌集
15. 张之路　《第三军团》长篇小说
16. 董宏猷　《一百个中国孩子的梦》长篇小说
17. 高洪波　《我喜欢你，狐狸》诗歌集
18. 沈石溪　《狼王梦》长篇动物小说
19. 周　锐　《拿苍蝇拍的红桃王子》童话集
20. 曹文轩　《草房子》长篇小说
21. 秦文君　《男生贾里》长篇小说
22. 黄蓓佳　《我要做好孩子》长篇小说
23. 冰　波　《窗下的树皮小屋》童话集
24. 常新港　《独船》小说集
25. 彭学军　《你是我的妹》小说集

【第二辑】

26. 陈伯吹　《一只想飞的猫》童话集
27. 郭 风　《孙悟空在我们村里》散文诗集
28. 任溶溶　《给巨人的书》诗歌集
29. 任大星　《三个铜板豆腐》小说集
30. 郑文光　《飞向人马座》长篇科幻小说
31. 任大霖　《蟋蟀》小说集
32. 葛翠琳　《野葡萄》童话集
33. 孙幼军　《小布头奇遇记》长篇童话
34. 刘厚明　《黑箭》小说集
35. 韩辉光　《校园喜剧》小说集
36. 樊发稼　《春雨的悄悄话》诗歌集
37. 刘先平　《大熊猫传奇》长篇小说
38. 张秋生　《小巴掌童话》童话集
39. 吴 然　《天使的花房》散文集
40. 金曾豪　《苍狼》长篇动物小说
41. 王宜振　《少年抒情诗》诗歌集
42. 桂文亚（台湾）《班长下台》散文集
43. 梅子涵　《女儿的故事》长篇小说
44. 谢武彰（台湾）《赤脚走过田野》散文集
45. 班 马　《巫师的沉船》长篇小说
46. 李 潼（台湾）《少年噶玛兰》长篇小说
47. 刘健屏　《今年你七岁》长篇小说
48. 张品成　《赤色小子》小说集
49. 郑春华　《大头儿子和小头爸爸》长篇幼儿文学
50. 汤素兰　《阁楼精灵》长篇童话

【第三辑】

51. 颜一烟　《盐丁儿》长篇小说
52. 叶君健　《真假皇帝》童话集、翻译
53. 贺 宜　《小公鸡历险记》童话集
54. 林海音（台湾）《城南旧事》小说集
55. 包 蕾　《猪八戒新传》童话集
56. 杲向真　《小胖和小松》小说集
57. 吴梦起　《老鼠看下棋》童话集

58. 圣　野　　《欢迎小雨点》诗歌集
59. 鲁　兵　　《下巴上的洞洞》幼儿文学集
60. 萧　平　　《三月雪》小说集
61. 宗　璞　　《宗璞童话》童话集
62. 赵燕翼　　《小燕子和它的三邻居》童话集
63. 李心田　　《闪闪的红星》长篇小说
64. 沈虎根　　《小师弟》小说集
65. 鹿　子　　《遥遥黄河源》小说集
66. 苏叔阳　　《我们的母亲叫中国》长篇散文
67. 夏有志　　《普来维梯彻公司》小说集
68. 叶永烈　　《小灵通漫游未来》长篇科幻小说
69. 诸志祥　　《黑猫警长》童话集
70. 李凤杰　　《针眼里逃出的生命》长篇小说
71. 葛　冰　　《大脸猫·小糊涂神》童话集
72. 郑允钦　　《吃耳朵的妖精》童话集
73. 孙云晓　　《16 岁的思索》报告文学集
74. 杨红樱　　《寻找快活林》童话集
75. 祁　智　　《芝麻开门》长篇小说

【第四辑】

76. 丰子恺　　《少年音乐和美术故事》散文集
77. 高士其　　《我们的土壤妈妈》科学诗集
78. 袁　静　　《小黑马的故事》小说集
79. 胡　奇　　《五彩路》长篇小说
80. 袁　鹰　　《时光老人的礼物》诗歌集
81. 徐光耀　　《小兵张嘎》长篇小说
82. 田　地　　《我爱我的祖国》诗歌集
83. 于　之　　《小麋鹿学本领》诗歌集
84. 刘兴诗　　《美洲来的哥伦布》科幻小说
85. 杨　啸　　《小山子的故事》小说集
86. 谷　应　　《从滇池飞出的旋律》长篇传记文学
87. 李建树　　《蓝军越过防线》小说集
88. 北　董　　《青蛙爬进了教室》小说集
89. 罗辰生　　《“大将”和美妞》小说集
90. 刘保法　　《中学生圆舞曲》报告文学集

91. 肖复兴 《青春奏鸣曲》长篇小说
92. 竹 林 《竹林村的孩子们》长篇小说
93. 徐 鲁 《我们这个年纪的梦》诗歌集
94. 张 洁 《敲门的女孩子》长篇小说
95. 薛 涛 《随蒲公英一起飞的女孩》小说集
96. 殷健灵 《纸人》长篇小说
97. 鲁 迅等 《从百草园到三味书屋——现代儿童文学选》合集
98. 阮章竞等 《金色的海螺——当代儿童文学选》合集
99. 庄之明等 《新星女队一号——当代儿童文学选》合集

（湖北少年儿童出版社 2006 年出版）

本书作者简介

（以承担章节先后为序）

王泉根　北京师范大学文学院教授、博士生导师
国家社科基金评审组专家，亚洲儿童文学学会副会长
王　蕾　北京师范大学文学院现代文学专业 06 级博士
宋庆龄基金会中国和平出版社编辑
王　林　北京师范大学文学院儿童文学专业博士（2004 年毕业）
人民教育出版社小学语文编辑室编辑
李蓉梅　北京师范大学文学院儿童文学专业 06 级博士
金莉莉　北京师范大学文学院儿童文学专业博士（2004 年毕业）
中国政法大学人文学院中文系讲师
王　冰　首都师范大学初等教育学院讲师
陈　莉　北京师范大学文学院儿童文学专业博士（2007 年毕业）
北京教育学院初教系讲师
王　玉　北京师范大学文学院儿童文学专业博士（2005 年毕业）
中华女子学院学前教育系讲师
张国龙　北京师范大学文学院儿童文学专业博士（2006 年毕业）
北京师范大学文学院讲师
李文华　首都师范大学初等教育学院副教授
郑欢欢　北京师范大学文学院儿童文学专业博士（2007 年毕业）
浙江师范大学人文学院副教授
左　昡　北京师范大学文学院儿童文学专业 06 级博士
陈苗苗　北京师范大学文学院儿童文学专业博士（2007 年毕业）
中国人民大学新闻学院博士后
吴　岩　北京师范大学教育管理学院副教授、博士
北京师范大学文学院科幻文学硕士生导师